CB073448

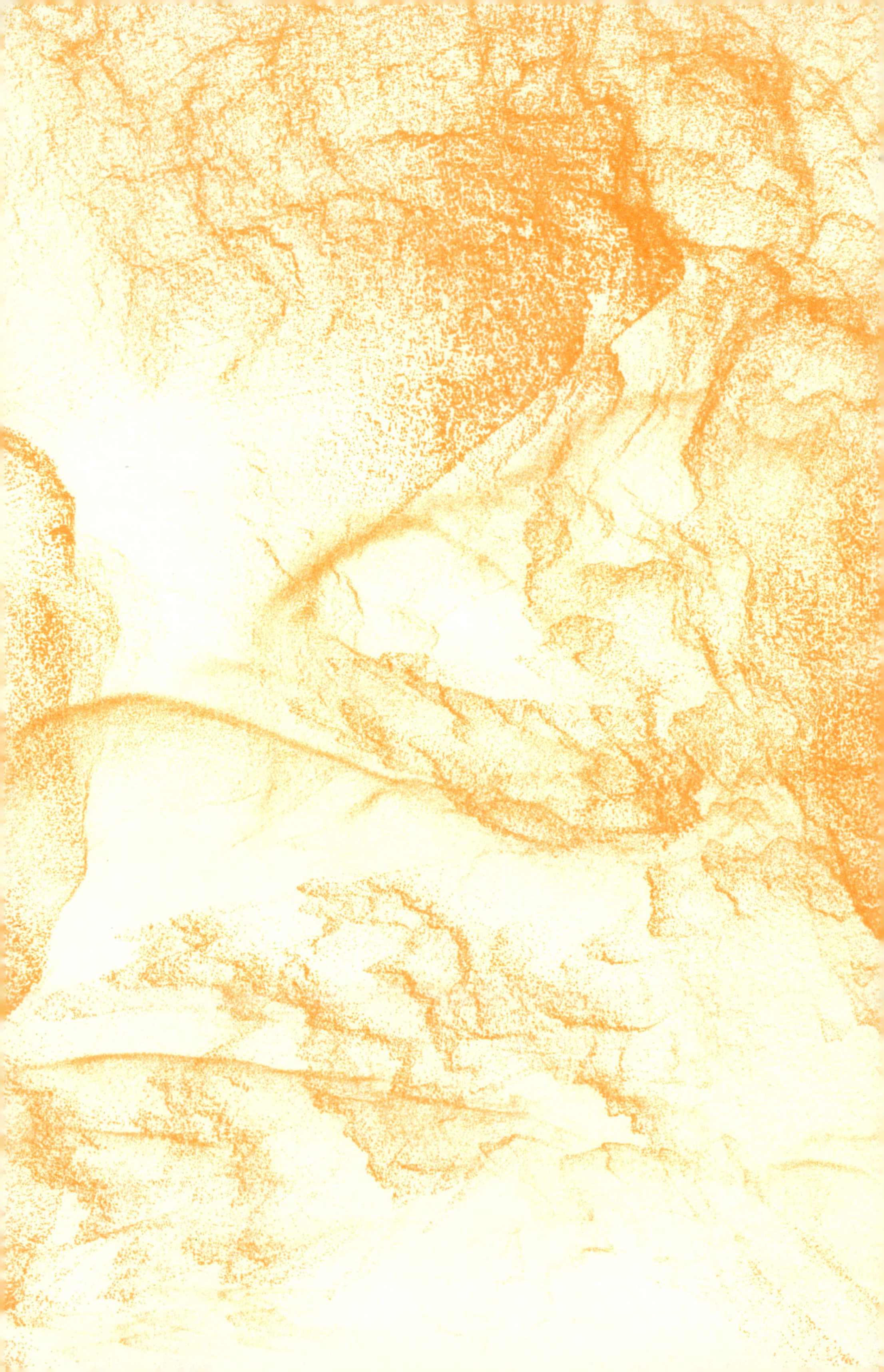

DII

NA

DUNA

TÍTULO ORIGINAL:
Dune

COPIDESQUE:
Marcos Fernando de Barros Lima

REVISÃO:
Entrelinhas Editorial
Carla Bitelli

ILUSTRAÇÃO DE CAPA:
Marc Simonetti

CAPA E PROJETO GRÁFICO:
Pedro Inoue

DIAGRAMAÇÃO:
Desenho Editorial

DIREÇÃO EXECUTIVA:
Betty Fromer

DIREÇÃO EDITORIAL:
Adriano Fromer Piazzi

DIREÇÃO DE CONTEÚDO:
Luciana Fracchetta

EDITORIAL:
Daniel Lameira
Tiago Lyra
Andréa Bergamaschi
Débora Dutra Vieira
Luiza Araujo
Renato Ritto*
Bárbara Prince*
Mateus Duque Erthal*
Katharina Cotrim*

FINANCEIRO:
Roberta Martins
Sandro Hannes

COMERCIAL:
Giovani das Graças
Lidiana Pessoa
Roberta Saraiva
Gustavo Mendonça
Pâmela Ferreira*

COMUNICAÇÃO:
Fernando Barone
Nathália Bergocce
Júlia Forbes

*Equipe original à época do lançamento.

Copyright © Herbert Properties LLC., 1965
Copyright © Editora Aleph, 2017
(edição em língua portuguesa para o Brasil)

Todos os direitos reservados.
Proibida a reprodução, no todo ou em parte, através de quaisquer meios.

EDITORA ALEPH
Rua Tabapuã, 81 - cj. 134
04533-010 – São Paulo – SP – Brasil
Tel.: (55 11) 3743-3202
www.editoraaleph.com.br

DADOS INTERNACIONAIS DE CATALOGAÇÃO NA PUBLICAÇÃO (CIP)
ANGÉLICA ILACQUA CRB-8/7057

Herbert, Frank
Duna / Frank Herbert ;
tradução Maria do Carmo Zanini. - 2. ed. - São Paulo : Aleph, 2017.
680 p.

ISBN 978-85-7657-313-5
Título original: Dune

1. Ficção científica norte-americana 2. Literatura norte-americana I. Título II. Zanini, Maria do Carmo

16-0192   CDD 813.0876

ÍNDICES PARA CATÁLOGO SISTEMÁTICO:
1. Ficção científica norte-americana

FRANK HERBERT

DUNA

2ª EDIÇÃO

SÉRIE DUNA - VOLUME I

TRADUÇÃO
MARIA DO CARMO ZANINI

ALEPH

introdução

Publicado pela primeira vez em 1965, *Duna* é, em retrospecto, o melhor dos grandes romances de ficção científica, e o que mais se manteve relevante. Em parte, porque a história se passa em um futuro distante, em um universo que é radicalmente pós-computadores. Mas era também o livro certo no momento certo – na verdade, ele estava bem à frente de seu tempo. O escritor e jornalista Frank Herbert compreendia a ecologia em uma escala planetária; enquanto as pessoas começavam a pensar, falar e escrever sobre ecologia, e sobre a vida de um planeta como um conjunto de sistemas complexos e interconectados, *Duna* já estava lá, pronto para elas.

O planeta Arrakis – a Duna do título – é um mundo onde a água é o bem mais precioso. Nosso jovial protagonista Paul Atreides é, a exemplo de Valentine Michael Smith, de *Um estranho numa terra estranha*, um messias relutante. Ele vai aprender sobre um planeta e sobre seus habitantes, e se encontrará entre dois mundos.

Os pontos fortes de *Duna* são a profundidade da ambientação do romance e o impacto da ecologia de Arrakis no restante do espaço. A irmandade Bene Gesserit, os Dançarinos Faciais Tleilaxu, a Guilda Espacial, todos têm seu lugar nesse universo. Há bem e mal – sobretudo, na vilania de pantomima dos Harkonnen. Aqui encontramos nobreza, tradição e avanços conceituais, conforme o mundo fica de ponta-cabeça.

Herbert retornaria ao mundo e ao futuro de *Duna* em muitos romances durante as décadas seguintes, mas sem o foco na ecologia e no abuso de poder que havia nos primeiros livros. (Quando eu era garoto, li a continuação *Messias de Duna* – nós tínhamos um exemplar em casa. Consequentemente, sempre considerei *Duna* a primeira parte de um romance em duas partes que se conclui com *Messias de Duna*; um romance sobre a ascensão e queda de um salvador guerreiro, parte Alexandre, o Grande, parte Lawrence da Arábia, parte sacrifício místico.) Outros escreveriam mais histórias nesse universo após a morte do autor, com rendimentos decrescentes. Mas nenhum deles diminui as realizações e a grandiosidade de *Duna*.

Neil Gaiman
Fevereiro de 2016

Às pessoas cuja labuta ultrapassa as ideias e invade o domínio do "real": aos ecólogos das terras áridas, onde quer que estejam, não importa a época, fica dedicada esta tentativa de profecia, com humildade e admiração.

livro primeiro
DUNA

> **É no início que se deve tomar, com máxima delicadeza, o cuidado de dar às coisas sua devida proporção. Disso toda irmã Bene Gesserit sabe. Portanto, para começar a estudar a vida de Muad'Dib, tome o cuidado de primeiro situá-lo em sua época: nascido no quinquagésimo sétimo ano do imperador padixá Shaddam IV. E tome o cuidado mais que especial de colocar Muad'Dib em seu devido lugar: o planeta Arrakis. Não se deixe enganar pelo fato de que ele nasceu em Caladan e ali viveu seus primeiros quinze anos. Arrakis, o planeta conhecido como Duna, será sempre o lugar dele.**
>
> – Excerto do "Manual de Muad'Dib", da princesa Irulan

Na semana anterior à partida para Arrakis, quando a agitação dos últimos preparativos chegara a um furor quase insuportável, uma velha veio visitar a mãe do menino, Paul.

Era uma noite quente no Castelo Caladan, e as pedras antigas que serviam de lar à família Atreides havia vinte e seis gerações exalavam aquela sensação de suor resfriado que costumavam adquirir pouco antes de o tempo virar.

Fizeram a velha entrar pela porta lateral, que ficava no fim da passagem abobadada perto do quarto de Paul, e deram-lhe a oportunidade de espiar o jovem, deitado em sua cama.

À meia-luz de uma luminária suspensa que pairava perto do chão, o menino, acordado, viu uma volumosa forma feminina parada à porta, um passo à frente de sua mãe. A velha era a sombra de uma bruxa: os cabelos eram um emaranhado de teias de aranha a cobrir-lhe as feições obscuras, e os olhos cintilavam feito joias.

– Ele não é pequeno para a idade, Jéssica? – perguntou a velha. Sua voz chiava e arranhava como um baliset desafinado.

A mãe de Paul respondeu, com seu suave contralto:

— É fato conhecido que os Atreides começam a crescer tarde, Vossa Reverência.

— Foi o que ouvi, foi o que ouvi — chiou a velha. — Mas ele já tem 15 anos.

— Sim, Vossa Reverência.

— Está acordado e nos ouve — disse a velha. — O tratantezinho dissimulado. — Ela riu disfarçadamente. — Mas a realeza precisa ser dissimulada. E se ele for realmente o Kwisatz Haderach... bem...

Nas sombras de sua cama, Paul tinha os olhos semicerrados. Dois globos ovalados, pássaro-brilhantes — os olhos da velha —, pareceram crescer e refulgir ao fitar os dele.

— Durma bem, seu tratantezinho dissimulado — disse a velha. — Amanhã você precisará de todas as suas faculdades para enfrentar meu gom jabbar.

E ela se foi, empurrando a mãe dele para fora do quarto e fechando a porta com uma batida firme.

Paul ficou deitado, em vigília, perguntando-se: *O que é um gom jabbar?*

Em meio a toda a confusão daquele período de mudança, a velha foi a coisa mais estranha que ele já tinha visto.

Vossa Reverência.

E a maneira como a mulher se dirigira à mãe dele, Jéssica, como se ela fosse uma criada comum, e não o que era de fato: uma Bene Gesserit, a concubina de um duque e a mãe do herdeiro ducal.

Será o gom jabbar alguma coisa de Arrakis que eu tenho de conhecer antes de ir para lá?, ele se perguntou.

Com a boca, ele deu forma às estranhas palavras da mulher: gom jabbar... Kwisatz Haderach...

Ele tivera de aprender tantas coisas. Arrakis era um lugar tão diferente de Caladan que as novas informações deixavam Paul tonto. *Arrakis. Duna. Planeta Deserto.*

Thufir Hawat, o Mestre dos Assassinos de seu pai, explicara tudo: seus inimigos mortais, os Harkonnen, ficaram em Arrakis por oitenta anos, dominando o planeta em regime semifeudal, contratados pela Companhia CHOAM para minerar a especiaria geriátrica, o mélange. Agora os Harkonnen estavam de partida e seriam substituídos pela Casa dos Atreides, com poderes feudais plenos — uma aparente vitória para o duque Leto. Contudo, dissera Hawat, sob as aparências se escondia o mais mortal dos perigos, pois o duque Leto era popular entre as Casas Maiores do Landsraad.

– O homem popular incita a inveja dos poderosos – dissera Hawat.

Arrakis. Duna. Planeta Deserto.

Paul adormeceu e sonhou com uma caverna arrakina, onde se viu completamente cercado por pessoas em silêncio, à luz fraca dos luciglobos. Havia ali algo de solene que lembrava uma catedral, e ele ouvia um som fraco: o pinga-pinga-pinga de água. Ainda imerso no sonho, Paul sabia que se lembraria dele ao acordar. Ele sempre se lembrava dos sonhos premonitórios.

O sonho desvaneceu.

Paul despertou e viu-se em sua cama quente, pensando... pensando. O mundo do Castelo Caladan, sem brinquedos nem companheiros da mesma idade, talvez não merecesse sua tristeza quando chegasse a hora de se despedir. O dr. Yueh, seu professor, dera a entender que o sistema de classes faufreluches não era seguido à risca em Arrakis. O planeta abrigava um povo que vivia na orla do deserto, sem caid nem bashar que o governasse: um povo arisco chamado fremen, sem registro nos censos da Régate Imperial.

Arrakis. Duna. Planeta Deserto.

Paul percebeu que estava tenso e decidiu praticar uma das lições mentecorporais que sua mãe lhe ensinara. Acionou as respostas com três inspirações rápidas: mergulhou na percepção flutuante... focalizar a consciência... dilatação da aorta... evitar o mecanismo desfocado da consciência... estar consciente por escolha própria... o sangue enriquecido a inundar as regiões de sobrecarga... *não se obtém alimento-segurança-liberdade somente por instinto...* a consciência animal não vai além do imediato nem penetra a ideia de que suas vítimas podem ser extintas... o animal destrói e não produz... os prazeres animalescos não se afastam dos níveis sensuais e fogem aos perceptuais... o ser humano exige uma rede de contextos para enxergar seu universo... a consciência focalizada por escolha própria, é isso que dá forma à rede... a integridade do corpo segue o fluxo de sangue-nervos de acordo com a percepção mais profunda das necessidades da célula... todas as coisas/células/criaturas são impermanentes... lutam por uma permanência-fluência interior...

E a lição se repetiu vez após vez na percepção flutuante de Paul.

Quando a luz amarelada da aurora tocou o parapeito da janela, ele a sentiu através das pálpebras fechadas; abriu-as, escutando o alvoroço reavivado do castelo, e viu as familiares vigas decoradas do teto de seu quarto.

A porta que dava para o vestíbulo se abriu e sua mãe espiou dentro do quarto, com os cabelos cor de bronze velho presos no alto da cabeça por uma fita negra, a face oval despojada de emoção e os olhos verdes fixos e solenes.

– Já está acordado – ela disse. – Dormiu bem?

– Sim.

Ele a estudou em toda a sua altura, viu um vestígio de tensão nos ombros quando ela se pôs a escolher roupas para ele, tirando-as das prateleiras do *closet*. Outra pessoa não teria notado a tensão, mas ela o treinara na Doutrina Bene Gesserit, nas minúcias da observação. Ela se virou, com um paletó quase formal nas mãos. O traje ostentava o gavião vermelho, o timbre dos Atreides, no bolso de cima.

– Vista-se rápido – ela disse. – A Reverenda Madre está esperando.

– Sonhei com ela uma vez – comentou Paul. – Quem é ela?

– Ela foi minha professora na escola da ordem Bene Gesserit. Agora ela é a Proclamadora da Verdade do imperador. E Paul... – ela hesitou. – Fale-lhe de seus sonhos.

– Farei isso. Foi por causa dela que ganhamos Arrakis?

– Nós não ganhamos Arrakis. – Jéssica sacudiu o pó de um par de calças e pendurou-o com o paletó sobre o toucador ao lado da cama. – Não faça a Reverenda Madre esperar.

Paul sentou-se sobre a cama e abraçou os joelhos.

– O que é um gom jabbar?

Mais uma vez, o treinamento que ela mesma lhe dera expôs sua hesitação quase invisível, um ato falho que ele interpretou como medo.

Jéssica foi até a janela, abriu as cortinas e olhou na direção do monte Syubi, atrás dos pomares às margens do rio.

– Você saberá o que é o gom jabbar... muito em breve – ela disse.

Ele ouviu o medo na voz dela e ficou admirado.

Jéssica falou, sem se virar:

– A Reverenda Madre está esperando em minha sala de estar. Por favor, apresse-se.

A Reverenda Madre Gaius Helen Mohiam, sentada numa cadeira atapetada, observou mãe e filho se aproximarem. De um lado e de outro, as janelas se abriam para o rio – que fazia uma curva acentuada para o sul

– e para as terras cultivadas da propriedade dos Atreides, mas a Reverenda Madre ignorava a vista. A idade lhe pesava naquela manhã, e ela estava muito mal-humorada. Culpava a viagem pelo espaço e a sociedade com a abominável Guilda Espacial e seus métodos sigilosos. Mas a missão exigia a atenção pessoal de uma Bene Gesserit dotada de Visão. Nem mesmo a Proclamadora da Verdade do imperador padixá poderia fugir à responsabilidade quando o dever chamava.

Maldita Jéssica, pensou a Reverenda Madre. *Se ao menos tivesse nos dado uma menina, como lhe mandaram fazer.*

Jéssica se deteve a três passos da cadeira e fez uma pequena mesura, um gesto delicado da mão esquerda a mover o vinco da saia. Paul a cumprimentou com a reverência breve que seu instrutor de dança lhe ensinara – a mesma usada "quando não se sabia ao certo a posição hierárquica da outra pessoa".

A Reverenda Madre não deixou de perceber as sutilezas do cumprimento de Paul e disse:

– Ele é cauteloso, Jéssica.

Jéssica levou a mão ao ombro de Paul e contraiu. Por um instante, o medo se fez sentir na pulsação de sua palma. Controlou-se logo em seguida.

– Assim lhe ensinaram, Vossa Reverência.

Do que ela tem medo?, Paul se perguntou.

A velha estudou Paul num relance gestáltico: o rosto oval, como o de Jéssica, mas de ossatura forte; os cabelos negro-negríssimos como os do duque, mas as sobrancelhas eram as do avô materno, que não se podia nomear, assim como o nariz fino e desdenhoso; a forma dos olhos verdes e confrontadores: igual à do antigo duque, o avô paterno que havia morrido.

Aquele homem, sim, sabia apreciar a força da bravura... mesmo na morte, pensou a Reverenda Madre.

– Ensinar é uma coisa – ela disse –, o ingrediente fundamental é outra. Veremos. – Os olhos cansados lançaram um olhar duro para Jéssica. – Saia. Vá praticar a meditação da paz.

Jéssica soltou o ombro de Paul.

– Vossa Reverência, eu...

– Jéssica, você sabe que tem de ser feito.

Paul ergueu os olhos e fitou a mãe, confuso.

Jéssica se empertigou.

– Sim... claro.

Paul voltou a olhar para a Reverenda Madre. A boa educação e o óbvio temor que sua mãe nutria pela velha pediam cautela. Mesmo assim, ele sentia uma apreensão zangada diante do medo que sua mãe irradiava.

– Paul... – Jéssica inspirou profundamente. – O teste ao qual você está prestes a se submeter... é importante para mim.

– Teste? – ele a encarou.

– Não se esqueça de que é filho de um duque – Jéssica disse. Ela deu meia-volta e saiu pomposamente da sala, ao som seco e rumorejante de sua saia. A porta se fechou com firmeza tão logo ela saiu.

Contendo a raiva, Paul encarou a velha.

– É assim que se dispensa lady Jéssica, como se ela fosse uma criada?

Um sorriso perturbou os cantos da boca velha e enrugada.

– Lady Jéssica foi minha criada na escola, rapaz, durante catorze anos. – Inclinou a cabeça. – E era muito boa. Agora, venha aqui!

A ordem o atingiu como uma chicotada. Paul se viu obedecendo sem pensar. *Está usando a Voz comigo*, ele pensou. Deteve-se a um gesto da mulher, bem perto de seus joelhos.

– Está vendo isto? – ela perguntou.

Das pregas de suas vestes ela retirou um cubo de metal verde com cerca de quinze centímetros de lado. Ela o girou, e Paul viu que um dos lados do cubo estava aberto – era negro e estranhamente assustador. A luz não penetrava aquele negror escancarado.

– Insira a mão direita na caixa – ela disse.

O medo tomou Paul de assalto. Ele começou a recuar, mas a velha disse:

– É assim que obedece a sua mãe?

Ele fitou os olhos pássaro-brilhantes.

Lentamente, sentindo a compulsão e incapaz de inibi-la, Paul introduziu a mão na caixa. Sentiu primeiro uma frialdade, como se o negror se fechasse em volta de sua mão, depois o contato oleoso do metal em seus dedos e um formigamento, como se sua mão estivesse dormente.

A fisionomia da velha foi tomada por uma expressão de predador. Ela tirou sua mão direita da caixa e a deixou pairar perto do pescoço de Paul. Ele viu um brilho metálico e começou a se virar na direção...

– Pare! – ela gritou.

Está usando a Voz de novo! Ele voltou a fitar o rosto da mulher.

– Seguro contra seu pescoço o gom jabbar – ela disse. – O gom jabbar, o inimigo despótico. É uma agulha com uma gota de veneno na ponta. A-ah! Não se afaste, ou então provará o veneno.

Paul tentou engolir em seco. Não conseguia desviar os olhos daquele rosto velho e enrugado, dos olhos cintilantes, das gengivas lívidas em volta de dentes argênteos, que refulgiam quando ela falava.

– O filho de um duque *precisa* conhecer os venenos – ela disse. – Assim são os tempos em que vivemos, hein? Musky, para envenenar a bebida. Aumas, para envenenar a comida. Os de efeito rápido, os de efeito lento e os intermediários. Apresento-lhe um novo: o gom jabbar. Só mata animais.

O orgulho venceu o medo de Paul.

– Ousa sugerir que o filho de um duque é um animal? – ele indagou.

– Digamos que estou sugerindo que você talvez seja humano – ela retrucou. – Calma! Um aviso: não tente se desvencilhar. Sou velha, mas minha mão é capaz de enfiar esta agulha em seu pescoço antes de você escapar.

– Quem é você? – ele sussurrou. – Como foi que convenceu minha mãe a me deixar a sós com você? Foi enviada pelos Harkonnen?

– Os Harkonnen? Valha-me, não! Agora, fique quieto. – Um dedo seco tocou-lhe o pescoço e ele conteve o impulso involuntário de saltar para longe.

– Ótimo – ela disse. – Você passou no primeiro teste. Agora, eis como será o resto: se remover a mão da caixa, você morrerá. Essa é a única regra. Mantenha a mão dentro da caixa e você viverá. Retire-a e morrerá.

Paul inspirou fundo, para refrear o tremor.

– Se eu gritar, os criados cairão sobre você em questão de segundos, e *você* morrerá.

– Os criados não conseguirão passar por sua mãe, que está de guarda do outro lado daquela porta. Pode contar com isso. Sua mãe sobreviveu ao teste. Agora é sua vez. Sinta-se honrado. Raramente submetemos as crianças do sexo masculino a esta prova.

A curiosidade reduziu o medo de Paul a um nível controlável. Ele ouvira a verdade na voz da anciã, não havia como negar. Se sua mãe estava de guarda lá fora... se era realmente um teste... e o que quer que fosse, ele sabia que estava enredado, era prisioneiro daquela mão em seu pescoço: o gom jabbar. Ele se lembrou da resposta da Litania contra o Medo, extraída do rito das Bene Gesserit, que sua mãe lhe havia ensinado.

Não terei medo. O medo mata a mente. O medo é a pequena morte que leva à aniquilação total. Enfrentarei meu medo. Permitirei que passe por cima e através de mim. E, quando tiver passado, voltarei o olho interior para ver seu rastro. Onde o medo não estiver mais, nada haverá. Somente eu restarei.

Ele sentiu a calma voltar e disse:

– Vamos logo com isso, velha.

– Velha! – ela ralhou. – Você tem coragem, isso é inegável. Bem, veremos, meu senhor. – Ela se inclinou na direção dele e abaixou a voz, reduzindo-a quase a um sussurro. – Você sentirá dor nessa mão dentro da caixa. Dor. Mas, se retirá-la, tocarei seu pescoço com meu gom jabbar... e a morte será tão rápida quanto o machado do carrasco. Se remover a mão, o gom jabbar tomará sua vida. Entendeu?

– O que há na caixa?

– Dor.

Ele sentiu o formigamento na mão aumentar e apertou os lábios. *Como é que isto pode ser um teste?*, ele se perguntou. O formigamento se transformou em coceira.

A velha disse:

– Já ouviu falar de animais que roem a pata para escapar de uma armadilha? É o tipo de truque que um animal usaria. Um ser humano ficaria preso, resistiria à dor e fingiria estar morto, para que pudesse matar o caçador e acabar com essa ameaça a sua espécie.

A coceira transformou-se na mais leve ardência.

– Por que está fazendo isto? – ele indagou.

– Para determinar se você é humano. Fique quieto.

Paul cerrou o punho da mão esquerda quando a sensação de ardência na outra mão aumentou. Ela crescia aos poucos: calor, e mais calor... e mais calor. Sentiu as unhas da mão livre perfurarem-lhe a palma. Tentou flexionar os dedos da mão que queimava, mas não conseguiu movê-los.

– Está queimando – ele murmurou.

– Silêncio!

A dor latejante subiu-lhe pelo braço. O suor brotou de sua testa. Cada fibra de seu corpo gritava para que ele removesse a mão daquele fosso ardente... mas... o gom jabbar. Sem virar a cabeça, ele tentou mover os olhos para ver aquela agulha terrível que pairava perto de seu pescoço. Percebeu que ofegava, tentou acalmar a respiração e não conseguiu.

Dor!

Seu mundo se esvaziou de todo, a não ser por aquela mão imersa em agonia e o rosto envelhecido, a poucos centímetros de distância, perscrutando-o.

Seus lábios estavam tão secos que ele teve dificuldade para separá-los. *Como queima! Como queima!*

Em sua mente, sentiu a pele da mão torturada encaracolar e enegrecer, e a carne crestada cair até restarem somente ossos carbonizados.

E então cessou!

Como se tivessem desligado um interruptor, a dor cessou.

Paul sentiu o braço direito estremecer, sentiu o suor banhar seu corpo.

– Já basta – murmurou a velha. – Kull wahad! Até hoje, nenhuma criança do sexo feminino teve de aguentar tanto tempo. Acho que eu queria ver você fracassar. – Ela se reclinou, retirando o gom jabbar do pescoço dele. – Tire a mão da caixa, jovem humano, e dê uma olhada nela.

Ele resistiu a um calafrio dolorido, fitou o vazio sem luz onde sua mão parecia continuar por vontade própria. A lembrança da dor inibia todos os seus movimentos. A razão lhe dizia que veria sair daquela caixa um coto enegrecido.

– Vamos! – ela gritou.

Ele tirou a mão da caixa e a observou, atônito. Nenhuma marca. Nenhum sinal de agonia na pele. Ergueu a mão, girou-a, flexionou os dedos.

– Dor por indução nervosa – ela explicou. – Não podemos sair por aí mutilando possíveis seres humanos. Mas há quem daria uma boa soma pelo segredo desta caixa. – Ela devolveu o cubo às pregas de suas vestes.

– Mas a dor... – ele disse.

– Ora, a dor – ela desdenhou. – O ser humano é capaz de dominar qualquer nervo do corpo.

Paul sentiu a mão esquerda dolorida, abriu-a, olhou para as quatro marcas de sangue onde as unhas haviam perfurado sua palma. Deixou a mão cair ao lado do corpo, olhou para a velha.

– Você já fez isso com minha mãe?

– Já peneirou areia? – ela perguntou.

O cutucão tangencial da pergunta arremessou sua mente num estado mais elevado de percepção. *Peneirar areia.* Ele assentiu.

– Nós, Bene Gesserit, peneiramos as pessoas à procura de seres humanos.

Ele ergueu a mão direita, tentando evocar a lembrança da dor.

– E tudo se resume a isto: dor?

– Observei você enquanto sentia dor, rapaz. A dor é somente o eixo do teste. Sua mãe lhe falou de nossos métodos de observação. Vejo em você as marcas dos ensinamentos dela. Nosso teste é feito de crise e observação.

Ele ouviu a confirmação na voz dela e disse:

– É verdade!

Ela o encarou. *Ele pressente a verdade! Seria ele o tal? Seria realmente ele?* Conteve seu entusiasmo, lembrando a si mesma: *A esperança turva a observação.*

– Você sabe quando as pessoas acreditam no que dizem – ela disse.

– Sei.

Ele tinha na voz os harmônicos da habilidade confirmada pela repetição. Ela os ouviu e disse:

– Talvez você seja o Kwisatz Haderach. Sente-se, irmãozinho, aqui a meus pés.

– Prefiro ficar de pé.

– Sua mãe já se sentou a meus pés.

– Não sou minha mãe.

– Você nos odeia um pouco, não? – Ela olhou para a porta e chamou: – Jéssica!

A porta se escancarou e ali estava Jéssica, olhando com frieza para dentro do aposento. O gelo derreteu quando ela viu Paul. Ela esboçou um sorriso tímido.

– Jéssica, você deixou alguma vez de me odiar? – a velha perguntou.

– Eu a amo e odeio ao mesmo tempo – Jéssica respondeu. – Ódio, pelas dores que nunca esquecerei. Amor, por...

– Atenha-se ao essencial – disse a velha, embora houvesse cortesia em sua voz. – Pode entrar agora, mas fique em silêncio. Feche a porta e cuide para que ninguém nos interrompa.

Jéssica entrou, fechou a porta e nela se recostou. *Meu filho vive*, pensou. *Meu filho vive e é... humano. Eu sabia que era... mas... ele vive. Agora posso continuar vivendo.* A porta contra suas costas dava-lhe a sensação de solidez e realidade. Tudo no recinto parecia, a seus sentidos, imediato e urgente.

Meu filho vive.

Paul olhou para a mãe. *Ela disse a verdade.* Ele queria ir embora para refletir sobre aquela experiência, mas sabia que só poderia sair quando fosse dispensado. A velha havia adquirido uma espécie de poder sobre ele. *Elas disseram a verdade.* Sua mãe tinha se submetido àquele teste. Devia haver nisso um propósito terrível... a dor e o medo foram terríveis. Paul entendia os propósitos terríveis. Eram irrefreáveis. Eram uma necessidade em si mesmos. Paul sentiu-se infectado por um propósito terrível. Não sabia ainda qual.

– Um dia, rapaz – disse a velha –, talvez você também tenha de ficar atrás de uma porta como aquela. É uma questão de hábito.

Paul baixou os olhos e fitou a mão que conhecera a dor, depois voltou a erguê-los, dirigindo-os à Reverenda Madre. A voz dela era diferente de qualquer outra que ele já tivesse ouvido na vida. As palavras lhe saíam luminosas. Havia nelas uma agudeza. Sentiu que qualquer pergunta que lhe fizesse produziria uma resposta capaz de alçá-lo de seu mundo de carne e levá-lo a algo maior.

– Por que estão à procura de seres humanos? – ele perguntou.

– Para libertar vocês.

– Libertar?

– Um dia os homens entregaram a própria razão às máquinas, esperando que isso os libertasse. Mas só se deixaram escravizar por outros homens com máquinas.

– "Não criarás uma máquina à semelhança da mente de um homem" – citou Paul.

– É o que dizem o Jihad Butleriano e a Bíblia Católica de Orange. Mas a Bíblia C. O. deveria ter dito: "Não criarás uma máquina para imitar a mente *humana*". Já estudou o Mentat a seu serviço?

– Eu estudei *com* Thufir Hawat.

– A Grande Rebelião removeu uma muleta – ela continuou. – Obrigou a mente *humana* a se desenvolver. As escolas foram fundadas para treinar os talentos *humanos*.

– As escolas das Bene Gesserit?

Ela assentiu.

– Temos dois grandes remanescentes dessas escolas antigas: as Bene Gesserit e a Guilda Espacial. A Guilda, ao que nos parece, ressalta a matemática quase pura. As Bene Gesserit exercem uma outra função.

– Política – ele disse.

– Kull wahad! – exclamou a velha, lançando um olhar duro para Jéssica.

– Nunca contei isso a ele, Vossa Reverência – disse Jéssica.

A Reverenda Madre voltou sua atenção para Paul.

– Deduziu isso com pouquíssimas pistas – ela comentou. – Sim, política. A escola original das Bene Gesserit era dirigida por pessoas que julgaram necessário dar continuidade aos interesses humanos. Viram que não poderia haver tal continuidade sem que se separasse a linhagem humana da linhagem animal, para fins reprodutivos.

De repente, as palavras da velha perderam sua agudeza especial. Paul sentiu-se ofendido naquilo que sua mãe chamava de *instinto de honestidade*. Não que a Reverenda Madre estivesse mentindo. Ela obviamente acreditava no que dizia. Era algo mais profundo, algo ligado ao propósito terrível de Paul.

Ele disse:

– Mas minha mãe me contou que, nas escolas, muitas Bene Gesserit desconhecem seus ancestrais.

– As linhagens genéticas estão em nossos arquivos – ela explicou. – Sua mãe sabe que descende de uma Bene Gesserit ou que sua estirpe era aceitável.

– Então por que ela não sabe quem são seus pais?

– Algumas sabem... Muitas, não. Poderíamos querer procriá-la com um parente próximo, por exemplo, para fixar uma característica genética dominante. Temos vários motivos.

Mais uma vez, Paul sentiu ali um crime contra a honestidade e disse:

– Vocês têm grandes responsabilidades.

A Reverenda Madre o fitou, perguntando-se: *Será que ouvi uma crítica na voz dele?*

– Nosso fardo é pesado – ela disse.

Paul percebeu que ia se livrando cada vez mais da comoção do teste. Ele mediu a velha com o olhar e perguntou:

– Você disse que talvez eu seja o... Kwisatz Haderach. O que é isso? Um gom jabbar humano?

– Paul! – interveio Jéssica. – Não use esse tom com...

– Deixe que eu cuide disso, Jéssica – cortou a velha. – Ora, meu rapaz, você conhece a droga da Proclamadora da Verdade?

– Vocês a tomam para aprimorar o dom de detectar mentiras – ele respondeu. – Minha mãe me contou.

– Você já viu o transe da verdade?

Ele chacoalhou a cabeça.

– Não.

– A droga é perigosa – ela disse –, mas nos concede a intuição. Agraciada com a dádiva da droga, a Proclamadora da Verdade enxerga muitos lugares de sua memória, a memória de seu corpo. Estudamos inúmeras vias do passado... mas somente as vias femininas. – A voz dela assumiu um tom tristonho. – Mas há um lugar que nenhuma Proclamadora da Verdade enxerga. Ele nos repele e aterroriza. Dizem que um dia virá um homem que encontrará no dom da droga seu olho interior. Ele verá o que não podemos ver: o passado feminino e o masculino.

– Seu Kwisatz Haderach?

– Sim, aquele que é capaz de estar em muitos lugares ao mesmo tempo: o Kwisatz Haderach. Muitos homens provaram a droga... muitos mesmo, mas nenhum teve êxito.

– Eles tentaram e fracassaram, todos eles?

– Ah, não. – Ela meneou a cabeça. – Eles tentaram e morreram.

> **Tentar entender Muad'Dib sem entender seus inimigos mortais, os Harkonnen, é tentar enxergar a Verdade sem conhecer a Mentira. É tentar ver a Luz sem conhecer a Escuridão. Não é possível.**
>
> – Excerto do "Manual de Muad'Dib", da princesa Irulan

Era o globo em relevo de um planeta, parcialmente escondido nas sombras, que girava, impelido por uma mão gorda e cheia de anéis brilhantes. O globo descansava sobre um pedestal assimétrico, junto a uma das paredes de uma sala sem janelas em que as outras paredes apresentavam um mosaico de pergaminhos, bibliofilmes, fitas e rolos de película multicoloridos. A sala era iluminada por esferas douradas que pairavam em campos suspensores portáteis.

Uma escrivaninha elipsoide, com tampo de madeira de elacca petrificada, cor de rosa-jade, erguia-se no centro da sala. Ao redor havia cadeiras veriformes suspensas, e duas delas estavam ocupadas. Na primeira, sentava-se um jovem de cabelos escuros, por volta dos 16 anos, de face redonda e olhos soturnos. A outra sustentava um homem esguio, baixo e de rosto efeminado.

Tanto o jovem quanto o homem olhavam fixamente para o globo e para a pessoa meio escondida nas sombras que o fazia girar.

Uma risada soou ao lado do globo. E do riso saiu uma retumbante voz de baixo:

– Aí está, Piter: a maior ratoeira da história. E o duque segue direto para a armadilha. Não é magnífico o que estou fazendo, eu, o barão Vladimir Harkonnen?

– Certamente, barão – disse o homem. Sua voz era a de um tenor, com um timbre delicado e musical.

A mão gorda baixou sobre o globo e o deteve. Agora todos os olhos presentes na sala poderiam se concentrar naquela superfície imóvel e ver que era o tipo de globo feito para os colecionadores ricos ou os governadores planetários do Império. Tinha nele a marca característica do artesanato imperial. As linhas de latitude e longitude foram assentadas com finíssimos fios de platina. As calotas polares eram incrustações dos mais belos diamantes leite-nebulosos.

A mão gorda se moveu, traçando os pormenores da superfície.

– Convido vocês a observar – ribombou a voz de baixo. – Observe de perto, Piter, e você também, Feyd-Rautha, meu querido: de sessenta graus norte a setenta graus sul, estas ondulações primorosas. A cor não lembra deliciosos caramelos? E em lugar nenhum se vê o azul de lagos, rios ou mares. E estas calotas polares adoráveis, tão pequenas... Seria possível confundir este lugar com algum outro? Arrakis! Genuinamente singular. Um cenário soberbo para uma vitória singular.

Um sorriso roçou os lábios de Piter.

– E pensar, barão, que o imperador padixá acredita ter dado ao duque o planeta da especiaria, que pertence ao barão. Que conveniente.

– Que declaração absurda – ribombou o barão. – Você diz isso para confundir o jovem Feyd-Rautha, mas não é necessário confundir meu sobrinho.

O jovem de rosto soturno se mexeu, alisou uma prega dos trajes justos e pretos que vestia. Endireitou-se na cadeira quando uma batida discreta à porta da parede atrás dele se fez ouvir.

Piter desvencilhou-se de sua cadeira, foi até a porta, entreabriu-a o suficiente para receber um cilindro de mensagens. Fechou a porta, desenrolou o cilindro e correu os olhos por ele. Ouviu-se sua risada breve. E mais uma.

– E então? – indagou o barão.

– O idiota nos respondeu, barão!

– E quando foi que um Atreides deixou passar a oportunidade de se exibir? – perguntou o barão. – O que diz ele?

– Ele é muito descortês, barão. Trata-o por "Harkonnen", e não por "Sire et Cher Cousin", sem títulos, nada.

– É um bom nome – o barão grunhiu, e sua voz denunciava impaciência. – O que diz o caro Leto?

– Diz ele: "Declino seu convite para uma reunião. Já enfrentei várias vezes sua deslealdade, e isso é fato conhecido".

– E? – perguntou o barão.

– Diz ele: "A arte da kanly ainda tem admiradores no Império". E assina: "Duque Leto de Arrakis". – Piter começou a gargalhar. – De Arrakis! Que coisa! É engraçado demais para ser verdade!

– Silêncio, Piter – disse o barão, e a gargalhada cessou como se um interruptor a desligasse. – Kanly, é? Vendeta, hein? E ele usa o bom e velho termo, tão impregnado de tradição, para garantir que eu entenda que ele está falando sério.

– O gesto de paz partiu do barão – disse Piter. – As formalidades foram respeitadas.

– Para um Mentat, você fala demais, Piter – reclamou o barão. E pensou: *Tenho de me livrar logo desse aí. Quase já não tem mais serventia.* O barão fitou seu assassino Mentat, do outro lado da sala, e viu nele a característica na qual a maioria das pessoas reparava primeiro: os olhos, duas fendas escuras de azul sobre azul, os olhos que de branco não tinham nada.

Um sorriso largo iluminou o rosto de Piter. Era como o esgar de uma máscara sob aqueles olhos fundos.

– Mas, barão! A vingança nunca foi tão bela. Nunca se viu um plano de tão refinada perfídia: *fazer* Leto trocar Caladan por Duna, e sem outra alternativa, pois é o imperador que ordena. O barão é um pândego!

Com frieza na voz, o barão disse:

– Você sofre de diarreia verbal, Piter.

– Mas sou feliz, meu barão. Ao passo que o barão... o barão tem é inveja.

– Piter!

– A-ah, barão! Não é lamentável que não tenha sido capaz de arquitetar essa trama deliciosa sozinho?

– Um dia desses ainda mando estrangular você, Piter.

– Tenho certeza de que sim, barão. Enfim! Mas uma boa ação sempre vale a pena, não é?

– Você andou mascando verité ou semuta, Piter?

– A verdade destemida surpreende o barão – disse Piter. Seu rosto se reduziu à caricatura de uma máscara ranzinza. – Ah-rá! Mas veja só, barão, sendo eu um Mentat, sei quando mandará o executor. O barão irá se conter enquanto eu for útil. Agir antes disso seria um desperdício, e ainda tenho muita serventia. Sei o que aprendeu com aquele adorável planeta Duna: nada de desperdício. Não é verdade, barão?

O barão continuou a encarar Piter.

Feyd-Rautha se contorceu em sua cadeira. *Esses idiotas brigões!*, pensou. *Meu tio não é capaz de conversar com seu Mentat sem discutir. Será que acham que eu não tenho nada a fazer além de ouvir seus bate-bocas?*

— Feyd — disse o barão. — Eu disse a você para escutar e aprender quando o convidei para esta reunião. Está aprendendo?

— Sim, tio. — A voz lhe saiu cautelosamente submissa.

— Às vezes eu me espanto com Piter — disse o barão. — Causo sofrimento por necessidade, mas ele... posso jurar que ele se delicia com isso. Quanto a mim, tenho pena do pobre duque Leto. O dr. Yueh logo irá traí-lo e será o fim dos Atreides. Mas é certo que Leto saberá quem instruiu o dócil doutor... e saber disso será uma coisa terrível.

— Então por que não instruiu o médico a enfiar um kindjal entre as costelas de Leto, o que seria mais discreto e eficaz? — Piter perguntou. — Você diz ter pena, mas...

— O duque *precisa* saber que fui eu o causador de sua ruína — disse o barão. — E isso tem de chegar aos ouvidos das outras Casas Maiores. Saber disso as fará pensar duas vezes. Ganharei um pouco mais de espaço de manobra. A necessidade é óbvia, mas não preciso gostar disso.

— Espaço de manobra — desdenhou Piter. — O imperador já está de olho no barão. O barão age com demasiada audácia. Um dia desses, o imperador mandará uma ou duas legiões de seus Sardaukar descer aqui em Giedi Primo, e será o fim do barão Vladimir Harkonnen.

— Você adoraria ver isso acontecer, não é, Piter? — o barão perguntou. — Você teria prazer em ver o Corpo dos Sardaukar pilhar minhas cidades e saquear meu castelo. Você realmente adoraria isso.

— O barão ainda pergunta? — murmurou Piter.

— Você deveria ser bashar da corporação — disse o barão. — Gosta demais de sangue e dor. Talvez eu tenha me precipitado ao prometer os despojos de Arrakis.

Piter deu cinco passos curiosamente afetados pela sala e parou bem atrás de Feyd-Rautha. Havia uma atmosfera tensa no recinto, e o jovem ergueu os olhos na direção de Piter, com o cenho preocupado e franzido.

— Não brinque com Piter, barão — disse o Mentat. — Você me prometeu lady Jéssica. Você a prometeu para mim.

— Para quê, Piter? — perguntou o barão. — Dor?

Piter o encarou, prolongando o silêncio.

Feyd-Rautha moveu sua cadeira suspensa de lado e disse:

— Tio, tenho mesmo de ficar? Disse que...

– Meu querido Feyd-Rautha está ficando impaciente – disse o barão, mexendo-se nas sombras ao lado do globo. – Paciência, Feyd. – Voltou sua atenção mais uma vez para o Mentat. – E quanto ao duquezinho, o menino Paul, meu caro Piter?

– A armadilha irá trazê-lo até o barão – Piter resmungou.

– Não foi isso que perguntei – disse o barão. – Você deve se lembrar de ter predito que a bruxa Bene Gesserit daria uma filha ao duque. Você errou, hein, Mentat?

– Eu não costumo errar, barão – Piter disse e, pela primeira vez, havia medo em sua voz. – Admita: eu não costumo errar. E o barão bem sabe que a maioria dessas Bene Gesserit tem filhas. Até mesmo a consorte do imperador só gerou mulheres.

– Tio – disse Feyd-Rautha –, você falou que havia algo importante aqui para eu...

– Ouça só o meu sobrinho – disse o barão. – Ele almeja controlar meu baronato, mas não consegue controlar a si mesmo. – O barão se mexeu ao lado do globo, uma sombra entre sombras. – Muito bem, então, Feyd-Rautha Harkonnen, eu o convoquei esperando ensinar-lhe alguma coisa. Observou nosso bom Mentat? Deve ter aprendido algo com nossa conversa.

– Mas, tio...

– Um Mentat eficientíssimo, o Piter, não acha, Feyd?

– Sim, mas...

– Ah! *Mas*, de fato! Mas ele consome muita especiaria, devora-a feito doce. Veja os olhos dele! Poderia ter saído diretamente do proletariado arrakino. Eficiente, o Piter, mas ele ainda é emotivo e propenso a acessos passionais. Eficiente, o Piter, mas ele ainda é capaz de errar.

Piter falou num tom grave e soturno:

– Chamou-me aqui para depreciar minha eficiência com críticas, barão?

– Depreciar sua eficiência? Você sabe que eu não faria isso, Piter. Desejo apenas que meu sobrinho entenda as limitações de um Mentat.

– Já está treinando meu substituto? – Piter indagou.

– Substituir *você*? Ora, Piter, onde eu encontraria outro Mentat com sua astúcia e seu veneno?

– No mesmo lugar onde me encontrou, barão.

– Talvez eu devesse tentar – o barão contemplou a ideia. – Você parece mesmo um pouco instável ultimamente. E a especiaria toda que come!

– Meus prazeres são caros demais, barão? Faz alguma objeção a eles?

– Meu caro Piter, seus prazeres são o que o prendem a mim. Como eu poderia fazer objeção a isso? Simplesmente desejo que meu sobrinho observe essa característica em você.

– Então estou em exposição – Piter concluiu. – Querem que eu dance? Que eu desempenhe minhas várias funções para o ilustre Feyd-Rau...

– Exatamente – disse o barão. – Você está em exposição. Agora, faça silêncio. – Ele olhou de relance para Feyd-Rautha, reparando nos lábios do sobrinho, cheios e salientes, o marcador genético dos Harkonnen, agora ligeiramente retorcidos de graça. – Isto é um Mentat, Feyd. Foi treinado e condicionado para desempenhar certos deveres. Contudo, não se deve ignorar o fato de que está encerrado num corpo humano. Um inconveniente grave, esse. Às vezes acho que os antigos, com suas máquinas pensantes, é que estavam certos.

– Não passavam de brinquedos comparadas a mim – Piter rosnou. – O barão mesmo conseguiria superar aquelas *máquinas*.

– Talvez – disse o barão. – Ah, bem... – Inspirou profundamente, arrotou. – Agora, Piter, resuma para meu sobrinho os aspectos mais importantes de nossa campanha contra a Casa dos Atreides. Seja nosso Mentat, por favor.

– Barão, eu avisei para não confiar essa informação a alguém tão jovem. Minhas observações...

– Cabe a mim julgar isso – interrompeu o barão. – Estou lhe dando uma ordem, Mentat. Desempenhe uma de suas várias funções.

– Que seja – Piter disse. Ele se empertigou, assumindo uma estranha postura de dignidade, como se fosse mais uma máscara, desta vez a cobrir-lhe o corpo todo. – Daqui a alguns dias-padrão, toda a família do duque Leto irá embarcar numa nave de carreira da Guilda Espacial rumo a Arrakis. A Guilda os deixará na cidade de Arrakina, e não em nossa Cartago. O Mentat do duque, Thufir Hawat, terá concluído corretamente que Arrakina é mais fácil de defender.

– Preste atenção, Feyd – disse o barão. – Observe os planos dentro de planos dentro de planos.

Feyd-Rautha assentiu com a cabeça, pensando: *Agora, sim. O monstrengo velho está finalmente me colocando a par de alguns segredos. Deve ser porque realmente me quer como seu herdeiro.*

– São várias as possibilidades tangenciais – Piter disse. – Eu prevejo que a Casa Atreides irá para Arrakis. No entanto, não devemos ignorar a possibilidade de que o duque tenha contratado a Guilda para levá-lo a um local seguro fora do Sistema. Em circunstâncias semelhantes, outras Casas desertaram, levando suas armas atômicas e seus escudos, fugindo para longe do alcance do Imperium.

– O duque é um homem orgulhoso demais para isso – disse o barão.

– É uma possibilidade – Piter disse. – Contudo, o resultado, para nós, seria o mesmo.

– Não seria, não! – grunhiu o barão. – Eu o quero morto, e sua estirpe extinta.

– Isso é mais provável – Piter disse. – Certos preparativos indicam quando uma Casa vai desertar. O duque não parece estar fazendo nada disso.

– Então – o barão suspirou. – Continue, Piter.

– Em Arrakina – Piter prosseguiu –, o duque e sua família irão ocupar a Residência Oficial, que há pouco tempo era o lar do conde Fenring e de sua esposa.

– O Embaixador dos Contrabandistas – riu o barão.

– Embaixador do quê? – perguntou Feyd-Rautha.

– Seu tio fez uma piada – Piter disse. – Ele chama o conde Fenring de Embaixador dos Contrabandistas, indicando o interesse do imperador no contrabando em Arrakis.

Feyd-Rautha dirigiu um olhar confuso para o tio.

– Por quê?

– Não seja estúpido, Feyd – retrucou o barão. – Enquanto, para todos os efeitos, a Guilda continuar fora do controle imperial, como poderia ser diferente? De que outra maneira espiões e assassinos conseguiriam andar por aí?

A boca de Feyd-Rautha fez um mudo "hããã".

– Preparamos algumas distrações na Residência Oficial – disse Piter. – Haverá um atentado contra a vida do herdeiro Atreides, um atentado que pode muito bem ter êxito.

– Piter – o barão ribombou –, você previu...

– Eu previ que acidentes eram possíveis – Piter disse. – E o atentado tem de parecer legítimo.

— Ah, mas o rapaz tem um corpo tão jovem e saboroso — disse o barão. — Naturalmente, ele pode ser mais perigoso que o pai... treinado como vem sendo por sua mãe bruxa. Mulher maldita! Ah, bem, por favor, Piter, continue.

— Hawat acabará adivinhando que temos um agente infiltrado — Piter disse. — O suspeito óbvio é o dr. Yueh, que é, de fato, nosso agente. Mas Hawat já o investigou e descobriu que nosso médico é formado pela Escola Suk e foi submetido ao Condicionamento Imperial: é supostamente seguro o bastante para atender até mesmo o imperador. Dá-se grande importância ao Condicionamento Imperial. Supõe-se que não seja possível remover o condicionamento definitivo sem matar o indivíduo. Contudo, como alguém já disse, é possível mover um planeta com a alavanca certa. Encontramos a alavanca para mover o médico.

— Como? — Feyd-Rautha perguntou. Achou o assunto fascinante. *Todo mundo* sabia ser impossível subverter o Condicionamento Imperial!

— Fica para outra vez — disse o barão. — Continue, Piter.

— No lugar de Yueh — Piter disse —, colocaremos no caminho de Hawat um suspeito interessantíssimo. A própria audácia dessa mulher chamará a atenção de Hawat.

— Mulher? — Feyd-Rautha perguntou.

— Lady Jéssica em pessoa — disse o barão.

— Não é sublime? — Piter perguntou. — A mente de Hawat estará tão às voltas com essa possibilidade que isso prejudicará suas funções como Mentat. Pode ser até que tente matá-la. — Piter franziu o cenho e acrescentou: — Mas não pense que ele terá êxito.

— Você não quer que ele faça isso, não é? — o barão perguntou.

— Não me distraia — Piter disse. — Enquanto Hawat estiver ocupado com lady Jéssica, desviaremos ainda mais sua atenção com insurreições em algumas vilas fortificadas e coisa que o valha. Elas serão debeladas. É preciso que o duque acredite obter certo grau de segurança. Então, quando chegar a hora, mandaremos um sinal para Yueh e atacaremos com nossa força principal... ah...

— Vá em frente, conte-lhe tudo — disse o barão.

— Atacaremos reforçados por duas legiões de Sardaukar vestindo os uniformes da Casa Harkonnen.

— Sardaukar! — murmurou Feyd-Rautha. Sua mente se concentrou nas temidas tropas imperiais, nos assassinos impiedosos, nos fanáticos-
-soldados do imperador padixá.

– Veja como confio em você, Feyd – disse o barão. – Nenhum sinal dessa trama jamais deverá chegar aos ouvidos de outra Casa Maior, senão o Landsraad pode se unir contra a Casa Imperial, e será o caos.

– O principal – prosseguiu Piter – é que, como a Casa Harkonnen está sendo usada para fazer o serviço sujo do Império, ganharemos uma vantagem de verdade. É uma vantagem perigosa, claro, mas, se usada com cuidado, trará mais dinheiro à Casa Harkonnen do que a qualquer outra Casa do Imperium.

– Você não faz ideia do montante envolvido, Feyd – disse o barão. – Nem em seus sonhos mais absurdos. Para começar, teremos um cargo irrevogável na diretoria da Companhia CHOAM.

Feyd-Rautha concordou com a cabeça. Dinheiro era tudo. A CHOAM era a chave para o dinheiro, pois todas as Casas nobres tiravam o que podiam dos cofres da empresa, valendo-se da autoridade de seus diretores. Esses cargos de diretoria da CHOAM eram a prova real de poder político no Imperium e trocavam de mãos acompanhando a inconstância da força dos votos no Landsraad, que tentava se equiparar ao imperador e *seus* partidários.

– O duque Leto – Piter disse – talvez tente pedir asilo à nova ralé fremen na orla do deserto. Ou pode ser que tente mandar sua família para essa ilusão de segurança. Mas essa rota será bloqueada por um dos agentes de Sua Majestade: o ecólogo planetário. Você talvez se lembre dele: Kynes.

– Feyd se lembra dele – disse o barão. – Continue.

– Babar é muito feio, barão – disse Piter.

– Continue, estou mandando! – o barão berrou.

Piter deu de ombros.

– Se tudo sair como planejado – ele disse –, a Casa Harkonnen terá um subfeudo em Arrakis no prazo de um ano-padrão. Seu tio terá o governo desse feudo. O agente *pessoal* do barão mandará em Arrakis.

– Mais lucro – disse Feyd-Rautha.

– Verdade – disse o barão. E pensou: *Nada mais justo. Fomos nós quem domesticamos Arrakis... a não ser pelos poucos fremen mestiços que se escondem às margens do deserto... e alguns contrabandistas inofensivos, quase tão apegados ao planeta como os trabalhadores nativos.*

– E as Casas Maiores irão saber que o barão destruiu os Atreides – Piter disse. – Elas irão saber.

— Irão saber — murmurou o barão.

— E o melhor de tudo — disse Piter — é que o duque também saberá. Ele já sabe. Já percebeu a armadilha.

— É verdade que o duque sabe — disse o barão, e sua voz tinha um quê de tristeza. — Não haveria como não saber... o que é ainda mais digno de pena.

O barão se afastou do globo de Arrakis. Ao sair das sombras, sua pessoa ganhou dimensão: imensa e excessivamente gorda. E com protuberâncias discretas sob as pregas de suas vestes escuras, revelando que toda aquela banha era parcialmente sustentada por suspensores portáteis presos a sua pele. Ele talvez pesasse mesmo duzentos quilos-padrão, mas seus pés não carregavam mais do que cinquenta.

— Tenho fome — ribombou o barão, esfregando os lábios salientes com a mão cheia de anéis e olhando feio para Feyd-Rautha, com seus olhos gordos. — Mande trazer a comida, meu querido. Vamos comer antes de nos recolhermos.

Assim falou Santa Alia da Faca: "A Reverenda Madre tem de combinar os artifícios sedutores de uma cortesã com a majestade intocável de uma deusa virgem, mantendo esses atributos em tensão enquanto durarem os poderes de sua juventude. Pois, quando a juventude e a beleza tiverem passado, ela descobrirá que o entrelugar, antes ocupado pela tensão, tornou-se uma fonte de astúcia e habilidade."

– Excerto de "Muad'Dib: Memorial da família", da princesa Irulan

– Bem, Jéssica, o que tem a dizer em sua defesa? – perguntou a Reverenda Madre.

Era quase crepúsculo no Castelo Caladan, no dia do ordálio de Paul. As duas mulheres encontravam-se a sós na sala de estar de Jéssica, e Paul esperava no aposento contíguo, a Câmara de Meditação à prova de som.

Jéssica estava de pé, de frente para as janelas da parede sul. Ela via, sem enxergar, as cores do fim de tarde que se amontoavam do outro lado do prado e do rio. Ela ouviu, sem escutar, a pergunta da Reverenda Madre.

Tinha havido um outro ordálio um dia, tantos anos antes. Uma menina magricela, de cabelos cor de bronze, com o corpo torturado pelos ventos da puberdade, entrara no estúdio da Reverenda Madre Gaius Helen Mohiam, censora superiora da escola Bene Gesserit em Wallach IX. Jéssica olhou para sua mão direita, flexionou os dedos, lembrando-se da agonia, do terror, da raiva.

– Pobre Paul – ela murmurou.

– Eu fiz uma pergunta! – A voz da velha saiu áspera, exigente.

– O quê? Ah... – Jéssica afastou à força sua atenção do passado e encarou a Reverenda Madre, que estava sentada com as costas voltadas para a parede de pedra entre as duas janelas a oeste. – O que quer que eu diga?

– O que eu quero que diga? O que eu quero que diga? – A voz envelhecida meio que fez uma imitação cruel.

– Sim, tive um filho homem! – Jéssica se irritou. E ela sabia que era incitada deliberadamente a se enfurecer.

– Você foi instruída a dar apenas filhas ao Atreides.

– Significava tanto para ele – protestou Jéssica.

– E você, tomada pelo orgulho, imaginou-se capaz de gerar o Kwisatz Haderach!

Jéssica ergueu o queixo.

– Pressenti essa possibilidade.

– Você pensou somente no desejo de seu duque de ter um filho homem – a velha disse, ríspida. – E os desejos dele não contam. Uma moça Atreides poderia ter se casado com um herdeiro Harkonnen e acabado com a rixa. Você complicou irremediavelmente as coisas. Podemos perder as duas linhagens agora.

– Vocês não são infalíveis – Jéssica disse. Ela enfrentou com bravura o olhar firme e penetrante daqueles olhos envelhecidos.

Imediatamente, a velha resmungou:

– O mal já está feito.

– Jurei nunca me arrepender de minha decisão – Jéssica disse.

– Quanta nobreza – desdenhou a Reverenda Madre. – Sem arrependimentos. Veremos quando você for uma fugitiva com a cabeça a prêmio e quando a mão de todo homem se voltar contra você para tirar sua vida e a de seu filho.

Jéssica empalideceu.

– Não há alternativa?

– Alternativa? Isso é pergunta que uma Bene Gesserit faça?

– Pergunto apenas o que você vê no futuro com suas habilidades superiores.

– Vejo no futuro o que via no passado. Você conhece bem os padrões daquilo que fazemos, Jéssica. A raça conhece a própria mortalidade e teme a estagnação de sua hereditariedade. Está no sangue: a necessidade de misturar as linhagens genéticas sem planejamento. O Imperium, a Companhia CHOAM, todas as Casas Maiores não passam de minúsculos destroços na esteira do dilúvio.

– A CHOAM – Jéssica murmurou. – Suponho que já tenham decidido como serão divididos os despojos de Arrakis.

– O que é a CHOAM, senão o barômetro de nossos tempos? – a velha perguntou. – O imperador e seus amigos agora detêm 59% dos votos na diretoria da CHOAM. Certamente sentem o cheiro dos lucros e, tão provável quanto os outros sentem o cheiro desses mesmos lucros, a força de seus votos irá crescer. É o padrão da história, menina.

— Com certeza é o que preciso agora — Jéssica disse. — Uma revisão da história.

— Não seja jocosa, menina! Você conhece tão bem quanto eu as forças que nos cercam. Temos uma civilização tríplice: a Família Imperial de um lado, a Federação das Casas Maiores do Landsraad de outro, e, entre os dois, a Guilda, com seu maldito monopólio do transporte interestelar. Na política, o tripé é a mais instável de todas as estruturas. Já seria bem ruim sem a complicação de uma cultura comercial feudal que dá as costas para grande parte da ciência.

Jéssica falou com rancor:

— Lascas na esteira do dilúvio: e esta lasca aqui é o duque Leto; e esta outra, seu filho; e esta...

— Ora, cale-se, menina. Você se meteu nisso sabendo muito bem que andaria sobre o finíssimo fio de uma navalha.

— "Sou Bene Gesserit: existo apenas para servir" — citou Jéssica.

— Verdade — disse a velha. — E por ora só nos resta torcer para que consigamos evitar que isso irrompa numa conflagração generalizada, para que salvemos o que for possível das linhagens cruciais.

Jéssica fechou os olhos, sentindo as lágrimas pressionarem suas pálpebras. Ela resistiu ao estremecimento interior, ao estremecimento exterior, à respiração irregular, à pulsação desigual, à transpiração das palmas. Sem hesitar, disse:

— Pagarei por meu próprio erro.

— E seu filho pagará com você.

— Eu o protegerei como puder.

— Proteger? — cortou a velha. — Você sabe muito bem que há aí um ponto fraco! Se proteger demais seu filho, Jéssica, ele não irá se fortalecer o suficiente para cumprir destino *algum*.

Jéssica se virou, olhou pela janela, para as trevas que se reuniam.

— É assim tão terrível esse planeta Arrakis?

— É bem ruim, mas não de todo. A Missionaria Protectora passou por lá e suavizou um pouco as coisas. — A Reverenda Madre ficou de pé com dificuldade e alisou uma prega em suas vestes. — Peça ao garoto para entrar. Preciso partir em breve.

– Precisa?

A voz da velha se enterneceu.

– Jéssica, minha menina, eu queria poder tomar seu lugar e suas dores. Mas cada uma de nós tem de trilhar o próprio caminho.

– Eu sei.

– Você me é tão cara quanto qualquer uma de minhas filhas, mas não posso deixar isso interferir no meu dever.

– Eu entendo... a necessidade.

– O que você fez, Jéssica, e por que o fez, nós duas já sabemos. Mas a bondade me obriga a lhe dizer que são poucas as chances de o seu rapazinho ser a Totalidade Bene Gesserit. Não tenha muitas esperanças.

Jéssica chacoalhou a cabeça para se livrar das lágrimas nos cantos dos olhos. Foi um gesto de raiva.

– Você faz eu me sentir uma menina de novo, recitando minha primeira lição. – Ela obrigou as palavras a saírem: – "Os seres humanos nunca devem se submeter aos animais." – Um soluço seco a fez estremecer. Em voz baixa, ela disse: – Ando tão sozinha.

– É para ser um dos testes – a velha disse. – Os seres humanos estão quase sempre sozinhos. Agora, chame o menino. O dia foi longo e assustador para ele. Mas ele teve tempo para pensar e relembrar, e tenho de fazer as outras perguntas sobre os sonhos que ele vem tendo.

Jéssica assentiu com a cabeça, foi até a porta da Câmara de Meditação, abriu-a.

– Paul, entre, por favor.

Paul apareceu com uma lentidão obstinada. Fitou a mãe como a uma estranha. A desconfiança velava-lhe os olhos quando ele encarou a Reverenda Madre, mas desta vez ele a saudou com um aceno de cabeça, o cumprimento que se oferecia a um igual. Ele ouviu sua mãe fechar a porta atrás dele.

– Meu jovem – a velha disse –, vamos voltar à questão dos sonhos.

– O que você quer?

– Você sonha todas as noites?

– Nada que valha a pena lembrar. Sou capaz de me lembrar de todos os sonhos, mas alguns valem a pena; outros, não.

– Como sabe a diferença?

– Simplesmente sei.

A velha olhou para Jéssica, depois para Paul.

– Com o que sonhou ontem à noite? Algo que valesse a pena lembrar?

– Sim – Paul fechou os olhos. – Sonhei com uma caverna... e água... e havia uma moça lá, muito magra e de olhos grandes. Seus olhos eram completamente azuis, sem o branco. Eu converso com ela, falo sobre você, sobre ter visto a Reverenda Madre em Caladan. – Paul abriu os olhos.

– E o que você contou a essa moça estranha, sobre ter me visto, isso aconteceu hoje?

Paul pensou nisso, então:

– Sim. Eu conto à moça que você veio e me marcou com um sinal de estranheza.

– Sinal de estranheza – a velha murmurou, lançou mais um olhar para Jéssica, então voltou sua atenção para Paul. – Diga-me sinceramente, Paul, você costuma sonhar com coisas que depois acontecem exatamente como você sonhou?

– Sim. E já sonhei com essa moça antes.

– É? Você a conhece?

– Ainda irei conhecê-la.

– Fale-me sobre ela.

Mais uma vez, Paul fechou os olhos.

– Estamos num lugarejo abrigado nas rochas. É quase noite, mas está quente, e dá para ver trechos de areia por uma abertura nas pedras. Estamos... esperando alguma coisa... que eu vá encontrar umas pessoas. E ela está assustada, mas tenta esconder isso de mim, porque estou empolgado. Ela pede: "Fale-me sobre as águas de seu planeta natal, Usul". – Paul abriu os olhos. – Não é estranho? Meu planeta natal é Caladan. Nunca ouvi falar de um planeta chamado Usul.

– Esse sonho continua? – Jéssica deu a deixa.

– Sim. Mas talvez ela estivesse chamando *a mim* de Usul – Paul disse. – Acabei de pensar nisso. – De novo, ele fechou os olhos. – Ela me pede para falar das águas. Eu seguro sua mão. E digo que vou declamar um poema. E o declamo, mas tenho de explicar algumas palavras, como praia, arrebentação, algas e gaivotas.

– Qual poema? – perguntou a Reverenda Madre.

Paul abriu os olhos.

– É só um dos poemas sinfônicos de Gurney Halleck para momentos tristes.

Duna

Atrás de Paul, Jéssica começou a recitar:

"Lembro-me da fumaça salgada de uma fogueira na praia
E sombras sob os pinheiros –
Concretas, perfeitas... estáticas –
As gaivotas pousadas no cimo da terra
Branco sobre verde...
E chega o vento, através dos pinheiros,
Para agitar as sombras;
As gaivotas abrem as asas,
Alçam voo
E enchem o céu de gritos agudos.
E ouço o vento
Soprar por nossa praia,
E a arrebentação,
E vejo que nossa fogueira
Chamuscou as algas."

– É esse mesmo – Paul confirmou.
A velha fitou Paul, então:
– Meu jovem, como censora das Bene Gesserit, procuro o Kwisatz Haderach, o homem realmente capaz de se tornar uma de nós. Sua mãe vê em você essa possibilidade, mas ela vê com olhos de mãe. Também vejo possibilidade, não mais que isso.
Ela fez silêncio, e Paul viu que a velha queria que ele falasse. Ele a fez esperar.
Sem demora, ela disse:
– Como quiser, então. Seu íntimo é profundo, admito.
– Posso ir agora? – ele perguntou.
– Você não quer ouvir o que a Reverenda Madre tem a lhe contar sobre o Kwisatz Haderach? – Jéssica perguntou.
– Ela disse que aqueles que tentaram morreram.
– Mas posso ajudar você, dar-lhe algumas dicas de por que eles fracassaram – disse a Reverenda Madre.
Ela fala de dicas, Paul pensou. *Ela não sabe nada na verdade*. E ele disse:
– Dê-me as dicas, então.

– E aí posso ir para o inferno? – Ela sorriu, irônica, um zigue-zague de rugas na face idosa. – Muito bem: "Aquilo que se submete prevalece".

Ele se espantou. Ela falava de coisas tão elementares quanto a tensão intrínseca ao significado. Será que pensava que a mãe dele não lhe tinha ensinado nada?

– Isso é uma dica? – ele perguntou.

– Não estamos aqui para trocar palavras nem para tergiversar sobre seus significados – a velha disse. – O salgueiro se submete ao vento e prospera, até o dia em que serão muitos salgueiros: uma barreira contra o vento. Esse é o propósito do salgueiro.

Paul a encarou. Ela dissera *propósito*, e ele sentiu a palavra esbofeteá-lo, reinfectando-o com um propósito terrível. Sentiu uma raiva repentina da mulher: a bruxa velha e fátua, com a boca cheia de chavões.

– Você acha que eu poderia ser esse Kwisatz Haderach – ele disse. – Você fala de mim, mas não disse nada sobre o que podemos fazer para ajudar meu pai. Eu a ouvi conversando com minha mãe. Você fala como se meu pai estivesse morto. Bem, ele não está!

– Se houvesse o que fazer por ele, já teríamos feito – a velha resmungou. – Talvez consigamos salvar você. É duvidoso, mas possível. Mas, por seu pai, nada. Quando aprender a aceitar isso como fato, terá aprendido uma *verdadeira* lição Bene Gesserit.

Paul notou como as palavras abalaram sua mãe. Ele olhou ferozmente para a velha. Como ela podia dizer uma coisa daquelas sobre seu pai? O que lhe dava tanta certeza? Sua mente fervilhava de ressentimento.

A Reverenda Madre olhou para Jéssica.

– Você andou lhe ensinando a Doutrina, vi os sinais. Eu teria feito a mesma coisa em seu lugar, e que se danem as Regras.

Jéssica fez que sim.

– Agora, eu a aconselho – disse a velha – a ignorar a ordem regular do treinamento. A segurança dele exige a Voz. Ele já está bem avançado, mas nós duas sabemos de quanto mais ele ainda precisa... e desesperadamente. – Ela se aproximou de Paul, encarou-o de cima a baixo. – Adeus, jovem humano. Espero que sobreviva. Mas, se não sobreviver... bem, nós ainda teremos êxito.

Mais uma vez, ela olhou para Jéssica. As duas trocaram um sinal fugaz de compreensão. Depois a velha precipitou-se para fora da sala, ao som rumorejante de suas roupas, sem olhar para trás nem uma vez. A sala e seus ocupantes já tinham sido excluídos dos pensamentos dela.

Mas Jéssica tinha vislumbrado o rosto da Reverenda Madre quando ela se virou. Havia lágrimas nas faces marcadas por rugas. As lágrimas foram mais desalentadoras que qualquer palavra ou sinal que as duas tivessem trocado naquele dia.

> **Você leu que Muad'Dib não tinha ninguém da mesma idade para brincar com ele em Caladan. Os perigos eram imensos. Mas Muad'Dib teve de fato maravilhosos instrutores-companheiros. Havia Gurney Halleck, o guerreiro-trovador. Você irá cantar algumas canções de Gurney ao ler este livro. Havia Thufir Hawat, o velho Mentat e Mestre dos Assassinos, que infundia o medo até mesmo no coração do imperador padixá. Havia Duncan Idaho, o Mestre-Espadachim dos Ginaz; dr. Wellington Yueh, um nome de obscura traição, mas de conhecimento luminoso; lady Jéssica, que orientou o filho na Doutrina Bene Gesserit; e, naturalmente, o duque Leto, cujas qualidades como pai havia tempos eram menosprezadas.**
>
> – Excerto de "A história de Muad'Dib para crianças", da princesa Irulan

Thufir Hawat entrou de mansinho na sala de treinamento do Castelo Caladan, fechou a porta suavemente. Ficou parado ali um momento, sentindo-se velho, cansado e surrado pelas intempéries. Sua perna esquerda doía no ponto em que o haviam ferido uma vez, a serviço do Velho Duque.

Três gerações deles agora, pensou.

Olhou para o outro lado do recinto iluminado pela luz do meio-dia que, aos borbotões, atravessava as claraboias, e viu o menino sentado de costas para a porta, absorto em documentos e mapas espalhados sobre uma mesa em L.

Quantas vezes terei de dizer ao garoto para não se sentar de costas para a porta? Hawat limpou a garganta.

Paul continuou debruçado sobre os estudos.

A sombra de uma nuvem passou sobre as claraboias. Mais uma vez, Hawat limpou a garganta.

Paul se endireitou e falou, sem se virar:

– Eu sei. Estou sentado de costas para a porta.

Hawat reprimiu um sorriso e atravessou a sala com passadas largas.

Paul ergueu os olhos para o velho de cabelos brancos que se deteve a um dos cantos da mesa. Os olhos de Hawat eram dois poços de prontidão num rosto escuro e profundamente vincado de rugas.

– Ouvi você chegar pelo corredor – disse Paul. – E ouvi você abrir a porta.

– Os sons que produzo podem ser imitados.

– Eu saberia a diferença.

É bem possível, Hawat pensou. *A mãe-bruxa certamente está ampliando o treinamento dele. Gostaria de saber o que sua preciosa escola acha disso. Talvez por isso tenham mandado a velha censora: para colocar nossa querida lady Jéssica na linha.*

Hawat colocou uma cadeira diante de Paul e sentou-se de frente para a porta. E o fez incisivamente, recostou-se e examinou a sala. De repente, pareceu-lhe um lugar estranho, um lugar-estrangeiro, agora que a maior parte do equipamento tinha sido levada para Arrakis. Restavam uma mesa de treinamento e um espelho de esgrima, com seus prismas de cristal inativos, e o estaferno ao lado dele, todo acolchoado, lembrando um antigo soldado de infantaria estropiado e maltratado nas guerras.

Ali estou eu, pensou Hawat.

– Thufir, no que está pensando? – Paul perguntou.

Hawat olhou para o menino.

– Estava pensando que logo sairemos todos daqui e que provavelmente nunca mais veremos este lugar.

– Isso o deixa triste?

– Triste? Bobagem! Separar-se dos amigos é uma tristeza. Um lugar é só um lugar. – Olhou para os mapas sobre a mesa. – E Arrakis é só mais um lugar.

– Foi meu pai quem mandou você aqui para me pôr à prova?

Hawat franziu o cenho: o menino era tão observador. Ele assentiu.

– Está pensando que teria sido melhor se ele tivesse vindo pessoalmente, mas você sabe como ele anda ocupado. Ele virá mais tarde.

– Andei estudando as tempestades de Arrakis.

– As tempestades. Sei.

– Parecem bem feias.

– *Feias* é pouco. Essas tempestades se formam numa extensão de 6 ou 7 mil quilômetros de planícies, alimentam-se de tudo o que possa lhes dar um empurrão: força de Coriolis, outras tempestades, qualquer coisa que tenha um tiquinho de energia. Os ventos podem chegar a setecentos quilômetros por hora e carregam tudo o que estiver solto por onde passam: areia, pó, tudo. São capazes de arrancar a carne dos ossos e reduzir os ossos a lascas.

– Por que eles não têm controle meteorológico?

– Arrakis tem problemas especiais, os custos são maiores e ainda é preciso contar a manutenção e outras coisas do gênero. A Guilda cobra um preço terrível pelo monitoramento por satélite, e a Casa de seu pai não é uma das mais ricas, garoto. Você sabe.

– Você já viu os fremen?

A mente do garoto está atirando para todo lado hoje, Hawat pensou.

– Provavelmente, sim – ele respondeu. – Pouco diferem da gente, dos graben e das pias. Todos usam aqueles mantos volumosos e esvoaçantes. E, em espaços fechados, fedem que é um horror. São aquelas roupas que vestem, chamadas "trajestiladores", e que reaproveitam a água do próprio corpo.

Paul engoliu saliva, subitamente ciente da umidade em sua boca, recordando ter passado sede num sonho. Que as pessoas precisassem tanto assim de água a ponto de reciclar a umidade do próprio corpo foi algo que o atingiu com um sentimento de desolação.

– A água lá é preciosa – ele disse.

Hawat concordou, pensando: *Talvez eu esteja fazendo isto, transmitindo a ele a importância daquele planeta como inimigo. É loucura ir para lá sem essa advertência em nossa mente.*

Paul ergueu os olhos para a claraboia, ciente de que havia começado a chover. Ele viu a umidade se espalhar no metavidro cinzento.

– Água – ele disse.

– Você descobrirá uma grande preocupação com a água – Hawat disse. – Por ser filho do duque, nunca lhe faltará, mas verá a seu redor a pressão que a sede exerce.

Paul molhou os lábios com a língua, rememorando aquele dia, uma semana antes, e o ordálio com a Reverenda Madre. Ela também havia dito alguma coisa sobre privação de água.

– Você conhecerá as planícies fúnebres – ela dissera –, os ermos desabitados, o deserto onde nada vive, exceto a especiaria e os vermes da areia. Vai pintar as pálpebras para reduzir o fulgor do sol. Por abrigo passará a entender um buraco protegido do vento e longe da vista. Vai viajar a pé, sem tóptero, nem carro terrestre, nem montaria.

E Paul se vira cativado mais pelo tom da voz dela – monótona e vacilante – do que por suas palavras.

– Quando você for viver em Arrakis – ela dissera –, khala, a terra será um vazio. As luas serão suas amigas; o sol, seu inimigo.

Paul percebeu a aproximação de sua mãe, que tinha deixado seu posto de vigia junto à porta. Ela olhou para a Reverenda Madre e perguntou:

– Não vê nenhuma esperança, Vossa Reverência?

– Não para o pai. – E a velha acenou para que Jéssica fizesse silêncio, depois baixou o olhar até Paul. – Grave isto na memória, rapaz: um mundo é sustentado por quatro coisas... – ela ergueu quatro dedos nodosos – ... o conhecimento dos sábios, a justiça dos poderosos, a prece dos justos e a coragem dos bravos. Mas tudo isso de nada vale... – ela cerrou o punho – ... sem um governante que conheça a arte de governar. Faça *disso* a ciência de sua tradição!

Uma semana tinha se passado desde aquele dia com a Reverenda Madre. Só agora ele começava a registrar integralmente suas palavras. Sentado na sala de treinamento com Thufir Hawat, Paul sentiu uma pontada aguda de medo. Olhou para a carranca confusa do Mentat diante dele.

– O que foi que o distraiu agora? – Hawat perguntou.

– Você conhece a Reverenda Madre?

– A bruxa Proclamadora da Verdade do Imperium? – Os olhos de Hawat se animaram, interessados. – Eu a conheço.

– Ela... – Paul hesitou; descobriu que não conseguiria contar a Hawat sobre o ordálio. As inibições eram profundas.

– Sim? O que tem ela?

Paul inspirou fundo duas vezes.

– Ela disse uma coisa. – Fechou os olhos, recordando as palavras, e, quando falou, sua voz assumiu inconscientemente um pouco do tom da velha: – "Você, Paul Atreides, descendente de reis, filho de um duque, você tem de aprender a governar. Algo que nenhum de seus ancestrais aprendeu". – Paul abriu os olhos e disse: – Isso me enfureceu, eu falei que meu pai governava um planeta inteiro. E ela disse: "Ele o está perdendo". E eu disse que meu pai tinha ganhado um planeta ainda mais rico. E ela disse:

"Ele o perderá também". Quis correr e alertar meu pai, mas ela disse que ele já tinha sido alertado... por você, por minha mãe, por muitas pessoas.

– É bem verdade – Hawat murmurou.

– Então, por que estamos de partida? – indagou Paul.

– Porque o imperador assim ordenou. E porque há esperança, apesar do que disse aquela espiã-bruxa. Que mais brotou dessa antiga fonte de sabedoria?

Paul olhou para sua mão direita, apertada num punho fechado debaixo da mesa. Lentamente, forçou os músculos a relaxar. *Ela me impôs alguma restrição*, pensou. *Como?*

– Ela pediu que eu lhe dissesse o que era governar – Paul disse. – E eu disse que era dar ordens. E ela disse que eu tinha que desaprender algumas coisas.

Nisso ela foi certeira, não há dúvida, Hawat pensou. Ele fez um gesto com a cabeça, para que Paul continuasse.

– Ela disse que um governante precisa aprender a persuadir, e não a obrigar. Disse que ele tem de servir o melhor café para atrair os melhores homens.

– Como ela acha que seu pai atraiu homens como Duncan e Gurney? – Hawat perguntou.

Paul deu de ombros.

– Aí ela disse que o bom governante tem de aprender a língua de seu mundo, que é diferente para cada planeta. E eu achei que ela queria dizer que não se falava galach em Arrakis, mas ela disse que não era nada disso. Disse que estava falando da língua das pedras e das coisas vivas, a língua que não se escuta apenas com os ouvidos. E eu disse que era isso que o dr. Yueh chamava de Mistério da Vida.

Hawat deu uma risadinha.

– Qual foi a reação dela?

– Acho que ficou irritada. Disse que o mistério da vida não era um problema a ser resolvido, e sim uma realidade a ser vivida. Daí citei a Primeira Lei dos Mentats: "Não se pode entender um processo interrompendo-o. O entendimento precisa acompanhar o fluxo do processo, tem de se juntar a ele e fluir com ele". Isso parece tê-la deixado satisfeita.

Ele parece já estar superando, Hawat pensou, *mas aquela bruxa velha o assustou. Por que ela fez isso?*

– Thufir – Paul disse –, será Arrakis tão ruim quanto dizem?

– Nada pode ser tão ruim – Hawat respondeu, forçando um sorriso. – Veja os fremen, por exemplo, o povo renegado do deserto. Numa aproximação de primeira ordem, digo-lhe que há muitos, muitos mais deles do que o Imperium desconfia. As pessoas vivem lá, rapaz: um grande número de pessoas, e... – Hawat levou um dedo magro e forte a um dos olhos. – Elas odeiam os Harkonnen com um fervor sanguinário. Não deixe escapar nem uma palavra sobre esse assunto, rapaz. Só estou lhe contando isso porque sou assistente de seu pai.

– Meu pai me falou de Salusa Secundus – Paul comentou. – Sabe, Thufir, pelo que ouvi, é muito parecido com Arrakis... talvez não tão ruim, mas bem parecido.

– Não sabemos de fato como está Salusa Secundus hoje em dia – Hawat disse. – Só como era tempos atrás... em grande parte. Mas, pelo que se sabe, você tem razão.

– Os fremen irão nos ajudar?

– É uma possibilidade – Hawat se levantou. – Parto hoje para Arrakis. Por enquanto, trate de cuidar bem de si mesmo para este velho que tem tanta afeição por você, hein? Dê a volta, como o bom garoto que é, e sente-se de frente para a porta. Não que eu acredite haver algum perigo no castelo: é só um hábito que quero ver você desenvolver.

Paul ficou de pé, contornou a mesa.

– Você vai hoje?

– Hoje, e você seguirá amanhã. A próxima vez que nos encontrarmos será sobre o solo de seu novo mundo. – Ele agarrou o braço de Paul pelo bíceps. – Mantenha o braço do punhal sempre livre, hein? E seu escudo com a carga completa. – Ele soltou o braço, bateu de leve no ombro de Paul, deu meia-volta e caminhou depressa até a porta.

– Thufir! – Paul chamou.

Hawat se virou, ocupando a porta aberta.

– Não se sente de costas para nenhuma porta – Paul disse.

Um sorriso se espalhou pelo rosto velho e enrugado.

– Nunca, rapaz. Pode contar com isso. – E ele saiu, fechando suavemente a porta.

Paul sentou-se onde Hawat estivera, pôs os documentos em ordem. *Mais um dia aqui*, ele pensou. Deu uma olhada ao redor da sala. *Estamos de partida*. A ideia de partir, de repente, era mais real para ele do que fora até então. Lembrou-se de outra coisa que a velha havia dito sobre um mundo ser a soma de muitas coisas – o povo, a terra, as coisas vivas, as luas, as marés, os sóis –, a somatória desconhecida chamada *natureza*, uma totalidade vaga, sem a menor noção do *agora*. E ele se perguntou: *O que é o agora?*

A porta em frente a Paul abriu-se com estrondo, e um homem feio e gordo a atravessou aos trancos, precedido por um punhado de armas.

– Ora, Gurney Halleck – Paul chamou –, você é o novo Mestre de Armas? Halleck fechou a porta com um golpe de calcanhar.

– Você preferia que eu estivesse aqui para brincar, eu sei – ele disse. Deu uma olhada na sala, notando que os homens de Hawat já a tinham esquadrinhado, verificando tudo, tornando-a segura para o herdeiro de um duque. Os discretos sinais combinados estavam em toda parte.

Paul observou o homem feio e cambaleante colocar-se novamente em movimento e virar na direção da mesa de treinamento, com uma braçada de armas; viu o baliset de nove cordas pendurado no ombro de Gurney, com a multipalheta entretecida nas cordas, perto da ponta do braço do instrumento.

Halleck largou as armas sobre a mesa de exercícios e as enfileirou: as rapieiras, os punhais, os kindjais, os atordoadores de carga lenta e os cinturões-escudos. A cicatriz de cipó-tinta em sua mandíbula se contorceu quando ele se virou, lançando um sorriso para o outro lado da sala.

– Nem me dá bom-dia, seu diabinho – Halleck disse. – E que bicho você mandou morder o velho Hawat? Ele passou por mim, no corredor, como se fosse ao funeral do inimigo.

Paul sorriu. De todos os homens de seu pai, era de Gurney Halleck que ele mais gostava; conhecia a rabugice e a malícia do homem, seus *humores*, e pensava nele mais como amigo do que como mercenário.

Halleck tirou o baliset do ombro e começou a afiná-lo.

– Se não quer falar, não fale – ele disse.

Paul se levantou e atravessou a sala, dizendo em voz alta:

– Ora, Gurney, você vem preparado para a música quando é hora de lutar?

– Então hoje, para os mais velhos, nada de papas na língua? – Halleck disse. Ele experimentou uma das cordas do instrumento, aprovou com a cabeça.

– Onde está Duncan Idaho? – Paul perguntou. – Ele não deveria estar me ensinando o uso das armas?

– Duncan foi conduzir a segunda leva a Arrakis – Halleck disse. – Só restou a você o pobre Gurney, que saiu há pouco de uma peleja e está louco por música. – Ele tocou outra corda, escutou-a, sorriu. – E foi decidido em conselho que, sendo você um combatente tão medíocre, era melhor lhe ensinar o ofício da música, para que não desperdiçasse totalmente sua vida.

– Talvez seja melhor me cantar uma balada, então – Paul disse. – Quero me certificar de como *não* fazer isso.

– Aaah, rá! – Gurney riu. Começou a tocar "Garotas galacianas", e sua multipalheta era um borrão sobre as cordas enquanto ele cantava:

"Oooh, as garotas galacianas
Fazem amor por obsidianas,
Por um gole d'água, as arrakinas!
Mas se deseja as damas
Vorazes como chamas,
Tem de provar as caladaninas!"

– Nada mau para quem não sabe usar a palheta – Paul disse –, mas, se o ouvisse cantar uma canção indecente como essa dentro do castelo, minha mãe decoraria a muralha externa com suas orelhas.

Gurney puxou a orelha esquerda.

– E não seriam a melhor decoração, tão machucadas já foram pelos buracos das fechaduras, de tanto ouvir um certo jovenzinho que conheço praticar umas modinhas estranhas em seu baliset.

– Quer dizer que já esqueceu como é ter areia em sua cama? – Paul disse. Ele puxou um dos cinturões-escudos de cima da mesa e o prendeu bem firme na cintura. – Então vamos lutar!

Os olhos de Halleck se arregalaram de fingida surpresa.

– Ora, vejam! Foi sua mão perversa a autora do feito! Fique em guarda, hoje, jovem mestre, fique em guarda. – Ele apanhou uma rapieira, fustigou o ar com ela. – Sou um demônio em busca de vingança!

Paul ergueu a outra rapieira do par, vergou-a com as mãos, assumiu a posição *aguile*, com um dos pés à frente. Fez-se solene, numa imitação cômica do dr. Yueh.

– Que bobalhão meu pai mandou para me ensinar a lutar – Paul cantarolou. – Este abobalhado Gurney Halleck esqueceu a primeira lição de um homem de armas munido de espada e escudo. – Paul apertou o botão do cinturão; sentiu em sua testa, e depois descendo-lhe pelas costas, o formigamento provocado pelo campo defensivo; ouviu os sons externos, filtrados pelo escudo, assumirem sua característica monotonia. – No combate com escudos, é preciso ser rápido na defesa, lento no ataque – Paul disse. – A única finalidade do ataque é fazer o oponente dar um passo em falso e abrir a guarda para o golpe com a sinistra. O escudo rechaça o golpe rápido, mas aceita o kindjal lento! – Paul ergueu a rapieira com um movimento do pulso, fez uma finta rápida e voltou para desferir uma estocada lenta, calculada para penetrar as defesas de um escudo.

Halleck assistiu à ação, virou-se no último instante para deixar a lâmina embotada roçar seu peito.

– Velocidade, excelente – disse. – Mas você se abriu para um contra vindo de baixo com um aço-liso.

Paul recuou, envergonhado.

– Eu devia surrar seu traseiro por esse descuido – Halleck disse. Ele apanhou um kindjal desembainhado de cima da mesa e o ergueu. – Isto, na mão de um inimigo, pode tirar seu sangue! Você é um aluno capaz, só isso, mas eu já o avisei que nem mesmo de brincadeira deve deixar um homem penetrar sua guarda com a morte numa das mãos.

– Acho que é porque hoje não estou com vontade – Paul disse.

– Vontade? – A voz de Halleck denunciou seu ultraje mesmo através do filtro do escudo. – O que a *vontade* tem a ver com isso? Você luta quando surge a necessidade, não importa se está ou não com vontade! As vontades são para o gado, ou para fazer amor, ou tocar o baliset. Não para lutar.

– Sinto muito, Gurney.

– Ainda é pouco!

Halleck ativou o próprio escudo e dobrou os joelhos, com o kindjal estendido na mão esquerda, a rapieira na direita, em guarda alta.

– Agora pode ficar em guarda para valer! – Ele saltou alto para um lado, depois para a frente, atacando com vigor e fúria.

Paul recuou, defendendo-se. Sentiu o campo crepitar quando as margens dos escudos se tocaram e repeliram uma à outra; percebeu na pele o formigamento elétrico do contato. *O que deu em Gurney?*, ele se perguntou. *Não está fingindo!* Paul moveu a mão esquerda, fazendo deslizar para sua palma o punhal que trazia numa bainha junto ao pulso.

– Viu que precisa de mais uma arma, hein? – Halleck grunhiu.

Será traição?, Paul imaginou. *Não, não o Gurney!*

Por toda a sala, eles lutaram: estocada e parada, finta e contrafinta. O ar dentro das bolhas formadas pelos escudos, de tão exigido, ficou viciado, pois a lenta troca gasosa que se dava nas bordas das barreiras não o conseguia repor. A cada novo contato dos escudos, o cheiro de ozônio ficava mais forte.

Paul continuou a recuar, mas agora dirigia-se para a mesa de exercícios. *Se conseguir contorná-lo perto da mesa, irei lhe mostrar um truque*, pensou Paul. *Só mais um passo, Gurney.*

Halleck deu o passo.

Paul aparou um golpe de cima para baixo, fez a volta, viu a rapieira de Halleck se prender na beirada da mesa. Paul se jogou para o lado, desferiu uma estocada alta com a rapieira e, com o punhal, entrou por sobre a gola de Halleck. Deteve a lâmina a poucos centímetros da jugular.

– É isso o que procura? – sussurrou Paul.

– Olhe para baixo, rapaz – Gurney disse, ofegante.

Paul obedeceu, viu o kindjal de Halleck estendido sob a beirada da mesa, e a ponta quase tocava sua virilha.

– Teríamos nos unido na morte – Halleck disse. – Mas vou admitir que você lutou um pouco melhor quando pressionado. Pareceu estar *com vontade.* – Ele abriu um sorriso feroz e a cicatriz de cipó-tinta ondulou em sua mandíbula.

– A maneira como veio para cima de mim – Paul disse. – Você teria realmente derramado meu sangue?

Halleck recolheu o kindjal, empertigou-se.

– Se você tivesse lutado um tiquinho que fosse aquém do que é capaz, eu teria lhe feito um belo arranhão, uma cicatriz a ser lembrada. Não quero que meu aluno preferido tombe diante do primeiro vagabundo Harkonnen que aparecer.

Paul desativou seu escudo; apoiou-se na mesa para recuperar o fôlego.

– Eu teria merecido essa, Gurney. Mas meu pai ficaria zangado se você me machucasse. Não quero que você seja punido por minha deficiência.

– Quanto a isso – Halleck disse –, teria sido minha deficiência também. E você não precisa se preocupar com uma ou duas cicatrizes de treinamento. Você tem sorte por ter tão poucas. Quanto a seu pai: o duque só me castigaria se eu não conseguisse fazer de você um homem de armas de primeira categoria. E eu teria falhado nisso se não tivesse esclarecido essa falácia de *não estar com vontade* que você inventou de uma hora para outra.

Paul se endireitou, devolveu o punhal à bainha em seu pulso.

– O que fazemos aqui não é exatamente uma brincadeira – Halleck disse.

Paul concordou. Admirou-se com a seriedade atípica da conduta de Halleck, uma veemência que inspirava a sobriedade. Ele olhou para a cicatriz cor de beterraba do cipó-tinta na mandíbula do homem, lembrando-se da história de como tinha sido colocada ali pelo Bruto Rabban num fosso de escravos dos Harkonnen em Giedi Primo. E Paul sentiu uma súbita vergonha por ter duvidado de Halleck, mesmo que por um instante. Foi aí que ocorreu a Paul que a cicatriz de Halleck fora acompanhada por dor – uma dor tão intensa, talvez, quanto aquela infligida por uma Reverenda Madre. Ele afastou esse pensamento que enregelava seu mundo.

– Acho que eu esperava brincar um pouco hoje – Paul disse. – As coisas andam tão sérias por aqui ultimamente.

Halleck deu as costas a Paul para esconder suas emoções. Algo ardia em seus olhos. Havia nele uma dor, como se fosse uma bolha, tudo o que restava de um passado perdido que o Tempo havia lhe tirado com uma tesoura de poda.

Este menino terá de se tornar um homem tão cedo, Halleck pensou. *Tão cedo terá de ler aquele formulário em sua mente, aquele contrato com sua advertência brutal, e preencher a lacuna necessária com os dados necessários: "Por favor, enumere os parentes mais próximos".*

Halleck falou, sem se virar:

– Percebi que você queria brincar, rapaz, e como eu queria me juntar a você. Mas isso não pode mais ser brincadeira. Amanhã vamos para Arrakis. Arrakis é real. Os Harkonnen são reais.

Paul tocou a testa com a lâmina ereta da rapieira.

Halleck se voltou, viu a saudação e devolveu o cumprimento com um aceno de cabeça. Com um gesto, apontou o estafermo.

– Agora vamos trabalhar sua sincronia. Quero ver você pegar aquela coisa com a sinistra. Vou controlá-la daqui, onde posso ter uma visão geral da ação. E já vou avisando que tentarei novos contras hoje. É um aviso que nenhum inimigo de verdade lhe dará.

Paul se espreguiçou, ficando nas pontas dos pés para aliviar os músculos. Sentiu-se solene ao perceber, de repente, que sua vida tinha sido tomada por mudanças rápidas. Foi até o estafermo, moveu a chave no peito do boneco com a ponta de sua rapieira e sentiu o campo defensivo repelir sua espada.

– *En garde!* – Halleck gritou, e o boneco atacou com vigor.

Paul ativou seu escudo, defendendo-se com paradas e contras.

Halleck observava a cena e manipulava os controles. Sua mente parecia dividida: uma parte, atenta às necessidades do treino, e a outra, divagando contrariada.

Sou a árvore frutífera bem dobrada, ele pensou. *Cheio de emoções e habilidades bem dobradas, todas enxertadas em mim: todas frutificando para outra pessoa colher.*

Por alguma razão, ele se lembrou da irmã caçula, de seu rosto de fada, tão nítido na mente dele. Mas ela havia morrido, numa casa de diversões para os soldados Harkonnen. Ela adorava amores-perfeitos... ou seriam margaridas? Ele não conseguia lembrar. Incomodava-o que não conseguisse lembrar.

Paul aparou um golpe lento do boneco, ergueu a mão esquerda em *entretisser*.

Diabinho esperto!, Halleck pensou, agora atento aos movimentos de permeio das mãos de Paul. *Ele anda praticando e estudando por conta própria. Não é o estilo de Duncan, e certamente não é nada que eu tenha lhe ensinado.*

Esse pensamento só fez aumentar a tristeza de Halleck. *Estou melancólico*, pensou. E começou a ficar curioso a respeito de Paul, a imaginar se o menino alguma vez tinha ouvido timidamente seu travesseiro palpitar à noite.

– Se os desejos fossem peixes, atiraríamos nossas redes ao mar – ele murmurou.

Era algo que sua mãe costumava dizer e que ele sempre repetia quando sentia o negror do amanhã se fechar sobre ele. Aí pensou que era um ditado estranho para levar a um planeta que nunca conhecera mares nem peixes.

> **Yueh (*ju'i*), Wellington (*'weliŋtən*), 10.082 - 10.191 Pdr.; doutor em medicina pela Escola Suk (formado em 10.112 Pdr.); casado com Wanna Marcus, B.G. (10.092 - 10.186? Pdr.); conhecido principalmente como o traidor do duque Leto Atreides. (Cf. Bibliografia, Apêndice VII [Condicionamento Imperial] e Traição, A.)**
>
> - Excerto do "Dicionário de Muad'Dib", da princesa Irulan

Apesar de ter ouvido o dr. Yueh entrar na sala de treinamento, notando a rígida deliberação dos passos do homem, Paul continuou esticado, de bruços, sobre a mesa de exercícios, onde a massagista o havia deixado. Sentia-se deliciosamente relaxado depois do treino com Gurney Halleck.

– Você parece bem confortável – disse Yueh, com sua voz calma e aguda.

Paul ergueu a cabeça; viu o palito de homem parado a vários passos de distância, assimilou de um relance as roupas pretas e amarfanhadas, a cabeça quadrada, os lábios roxos e o bigode pendente, a tatuagem em forma de diamante do Condicionamento Imperial em sua testa, os cabelos longos e negros presos no anel de prata da Escola Suk e jogados sobre o ombro esquerdo.

– Você ficará feliz em saber que não temos tempo para as aulas normais hoje – Yueh disse. – Seu pai logo virá.

Paul se sentou.

– Contudo, arranjei um leitor de bibliolivros e várias lições para você levar na travessia até Arrakis.

– Ah.

Paul começou a vestir suas roupas. Entusiasmou-se porque o pai viria. Tinham passado tão pouco tempo juntos desde a ordem do imperador para tomar o feudo de Arrakis.

Yueh foi até a mesa em L, pensando: *Como o garoto ganhou corpo nos últimos meses. Que desperdício! Ah, que triste desperdício.* E lembrou a si mesmo: *Não posso vacilar. Faço o que faço para ter certeza de que aqueles animais dos Harkonnen não irão mais fazer mal a Wanna.*

Paul juntou-se a ele à mesa, abotoando seu paletó.

– O que vou estudar na viagem?

– Aaaah, as formas de vida terráqueas de Arrakis. O planeta parece ter recebido de braços abertos certas formas de vida da Terra. Não se sabe exatamente como. Quando chegarmos, terei de procurar o ecólogo planetário, um tal dr. Kynes, e oferecer minha ajuda nessa pesquisa.

E Yueh pensou: *O que estou dizendo? Sou hipócrita até comigo mesmo.*

– Alguma coisa sobre os fremen? – Paul perguntou.

– Os fremen? – Yueh tamborilou os dedos na mesa, flagrou Paul observando seu gesto nervoso e recolheu a mão.

– Talvez você tenha alguma coisa sobre toda a população arrakina – Paul disse.

– Sim, com certeza – Yueh disse. – São duas divisões genéricas da população: os fremen, eles são um grupo, e os outros são a gente do graben, da pia e da caldeira. Ocorre alguma miscigenação, segundo me disseram. As mulheres das vilas nas pias e caldeiras preferem maridos fremen; seus homens preferem esposas fremen. Eles têm um ditado: "O lustro vem das cidades; a sabedoria, do deserto".

– Você tem imagens deles?

– Verei o que posso conseguir. A característica mais interessante, naturalmente, são os olhos: totalmente azuis, nada de branco.

– Mutação?

– Não. Está relacionado à saturação do sangue com mélange.

– Os fremen devem ser corajosos para viver na orla daquele deserto.

– É o que todos dizem – Yueh falou. – Eles compõem poemas para suas facas. Suas mulheres são tão ferozes quanto os homens. Até mesmo as crianças fremen são violentas e perigosas. Receio que não deixarão você se misturar com eles.

Paul encarou Yueh, encontrando naqueles poucos vislumbres dos fremen uma força verbal que prendeu toda a sua atenção. *Um povo e tanto para ter como aliado!*

– E os vermes? – Paul perguntou.

– O quê?

– Eu gostaria de estudar um pouco mais os vermes da areia.

– Aaaah, mas é claro. Tenho um bibliofilme a respeito de um espécime pequeno, só 110 metros de comprimento e 22 de diâmetro. Foi capturado nas latitudes setentrionais. Testemunhas confiáveis já registraram vermes de mais de quatrocentos metros de comprimento e há motivos para se acreditar que existam alguns ainda maiores.

Paul olhou para um mapa de projeção cônica das latitudes setentrionais de Arrakis que estava aberto sobre a mesa.

– O cinturão desértico e as regiões polares meridionais foram designados inabitáveis. São os vermes?

– E as tempestades.

– Mas é possível tornar qualquer lugar habitável.

– Se for economicamente viável – Yueh disse. – Arrakis tem muitos perigos de alto custo. – Ele alisou o bigode pendente. – Seu pai estará aqui em breve. Antes que eu vá, tenho um presente para você, algo que encontrei ao fazer as malas. – Colocou sobre a mesa, entre eles, um objeto: negro, oblongo, não muito maior que a ponta do polegar de Paul.

Paul olhou para a coisa. Yueh notou que o rapaz não fez menção de apanhá-la e pensou: *Como é cauteloso.*

– É uma Bíblia Católica de Orange muito antiga, feita para os viajantes espaciais. Não é um bibliofilme, e sim uma impressão de verdade em papel filamentar. Tem uma lupa e um sistema de carga eletrostática próprios. – Ele a tomou e demonstrou seu funcionamento. – O livro se mantém fechado devido à carga, que pressiona as capas com fechadura de mola. Você aperta a margem... assim... as páginas selecionadas se repelem e o livro se abre.

– É tão pequena.

– Mas tem mil e oitocentas páginas. Você aperta a margem... assim... e então... a carga vai passando de uma página a outra enquanto você lê. Nunca toque as páginas propriamente ditas com os dedos. O papel filamentar é muito delicado. – Ele fechou o livro, entregou-o a Paul. – Experimente.

Yueh observou Paul manejar o marcador de páginas e pensou: *Estou aliviando minha própria consciência. Dou-lhe o descanso da religião antes de traí-lo. Assim posso dizer a mim mesmo que ele foi aonde não posso ir.*

– Deve ter sido feita antes dos bibliofilmes – Paul disse.

– É bem antiga. Que seja nosso segredo, hein? Pode ser que seus pais julguem o presente valioso demais para alguém tão jovem.

E Yueh pensou: *A mãe dele certamente iria questionar minhas razões.*

– Bem... – Paul fechou o livro, segurou-o em sua mão. – Se é valiosa...

– Faça a vontade de um velho – Yueh disse. – Eu a ganhei quando era muito jovem. – E ele pensou: *Tenho de cativar sua mente, bem como sua cupidez.* – Abra-a em Kalima, capítulo quatro, versículo sessenta e sete, que diz: "Na água toda a vida começou". Há um leve chanfro na borda da capa que marca o lugar.

Paul tateou a capa, detectou dois chanfros, um mais profundo que o outro. Pressionou o mais raso, o livro se abriu em sua mão e a lupa deslizou para o ponto certo.

– Leia em voz alta – Yueh disse.

Paul umedeceu os lábios com a língua e leu:

– "Pense no fato de que o surdo é incapaz de ouvir. Sendo assim, será que não sofremos todos de algum tipo de surdez? Que sentidos nos faltam para que não consigamos ver nem ouvir um outro mundo a nossa volta? O que há a nosso redor que não conseguimos..."

– Pare! – Yueh gritou.

Paul interrompeu a leitura e olhou para o médico.

Yueh fechou os olhos, esforçou-se para se recompor. *Que perversidade fez o livro se abrir na passagem preferida de minha Wanna?* Ele abriu os olhos; viu Paul, que o encarava.

– Algo errado? – Paul perguntou.

– Perdão – Yueh disse. – Era... a passagem preferida de... minha... falecida esposa. Não era essa que eu queria que você lesse. Ela traz à tona lembranças... dolorosas.

– São dois chanfros – Paul disse.

Claro, Yueh pensou. *Wanna marcou seu trecho. Os dedos dele são mais sensíveis que os meus e encontraram a marca. Foi um acidente, só isso.*

– Talvez você ache o livro interessante – Yueh disse. – Nele encontrará muitos fatos históricos e uma boa filosofia da ética.

Paul olhou para o livro diminuto sobre a palma de sua mão: uma coisinha tão pequena. No entanto, encerrava um mistério... algo que tinha acontecido quando ele começara a ler. Ele havia sentido algo despertar seu propósito terrível.

– Seu pai chegará a qualquer momento – Yueh disse. – Guarde o livro e leia-o quando for oportuno.

Paul tocou a margem, como Yueh tinha lhe mostrado. O livro se fechou. Ele o enfiou em sua túnica. Por um instante, quando Yueh havia gritado com ele, Paul temera que o homem quisesse o livro de volta.

— Agradeço o presente, dr. Yueh — Paul disse, falando formalmente. — Será nosso segredo. Se houver alguma dádiva que queira de mim, por favor, não hesite em pedir.

— Eu... não preciso de nada — Yueh disse.

E ele pensou: *Por que fico aqui me torturando? E torturando este pobre rapaz... embora ele não saiba. Ai! Malditos sejam aqueles animais dos Harkonnen! Por que me escolheram como instrumento de sua maldade?*

Como começar a estudar o pai de Muad'Dib? Um homem de simpatia inigualável e frieza surpreendente era o duque Leto Atreides. Contudo, muitos fatos ajudam a desvendar esse duque: o amor duradouro por sua mulher Bene Gesserit; os sonhos que tinha para o filho; a devoção com que os homens o serviam. É aí que o vemos: um homem enredado pelo Destino, um vulto solitário que teve sua luz obscurecida pela glória do filho. Ainda assim, há que se perguntar: o que é o filho, senão uma extensão do pai?

– Excerto de "Muad'Dib: Memorial da família", da princesa Irulan

Paul observou seu pai entrar na sala de treinamento, viu os guardas se posicionarem do lado de fora. Um deles fechou a porta. Como sempre, Paul sentiu a impressão de *presença* que seu pai deixava: alguém que estava totalmente *ali*.

O duque era alto e de tez olivácea. O rosto magro era anguloso, enternecido apenas pelos olhos profundamente cinzentos. Vestia um uniforme de serviço preto, com o timbre vermelho do gavião no peitilho. Um cinturão-escudo prateado, ostentando a pátina do uso, cingia-lhe a cintura fina.

O duque perguntou:

– Trabalhando duro, filho?

Ele foi até a mesa em L, deu uma olhada nos documentos sobre o tampo, percorreu a sala com o olhar e voltou-se para Paul. Sentia-se cansado, tomado pela dor de não demonstrar sua fadiga. *Tenho de aproveitar todas as oportunidades de descansar durante a travessia para Arrakis*, ele pensou. *Não haverá descanso em Arrakis.*

– Não muito – Paul respondeu. – Está tudo tão... – Ele deu de ombros.

– É. Bem, partimos amanhã. Será tão bom nos instalarmos em nossa nova casa, deixar todo esse transtorno para trás.

Paul fez que sim, subitamente acabrunhado ao se lembrar das palavras da Reverenda Madre: *"... por seu pai, nada"*.

– Pai – Paul disse –, Arrakis será tão perigoso quanto dizem?

O duque obrigou-se a agir com despreocupação, sentou-se a um dos cantos da mesa, sorriu. Todo um plano de conversação surgiu em sua mente – o tipo de coisa que ele poderia usar para animar seus homens antes de uma batalha. O plano esmoreceu antes que pudesse ganhar voz, confrontado por um único pensamento:

Este é meu filho.

– Será perigoso – ele admitiu.

– Hawat me contou que temos planos para os fremen – Paul disse. E se perguntou: *Por que não conto a ele o que a velha disse? Como foi que ela lacrou minha boca?*

O duque notou a aflição do filho e disse:

– Como sempre, Hawat vê a principal possibilidade. Mas isso não é tudo. Eu também vejo o Consórcio Honnête Ober Advancer Mercantiles: a Companhia CHOAM. Ao me dar Arrakis, Sua Majestade será obrigada a nos dar um cargo na diretoria da CHOAM... uma vantagem sutil.

– A CHOAM controla a especiaria – Paul disse.

– E Arrakis, com sua especiaria, é nossa via de acesso à CHOAM – disse o duque. – A CHOAM não é só o mélange.

– A Reverenda Madre avisou você? – Paul falou abruptamente. Ele cerrou os punhos, sentindo as palmas escorregadias por causa do suor. O *esforço* necessário para fazer aquela pergunta...

– Hawat me contou que ela assustou você com alertas sobre Arrakis – o duque disse. – Não deixe os temores de uma mulher obscurecerem sua mente. Nenhuma mulher quer ver as pessoas que ama em perigo. Sua mãe está por trás desses alertas. Tome isso como um sinal do amor que ela tem por nós.

– Ela sabe sobre os fremen?

– Sim, e sobre muitas outras coisas.

– Quais?

E o duque pensou: *A verdade poderia ser pior do que ele imagina, mas até mesmo os fatos perigosos são valiosos quando se foi treinado para lidar com eles. E nisso meu filho não foi poupado em nada: no lidar com fatos perigosos. Mas é preciso estimulá-lo: ele é jovem.*

– Poucos produtos não passam pelas mãos da CHOAM – disse o duque. – Toras, jumentos, cavalos, vacas, tábuas, esterco, tubarões, pele de baleia: os mais prosaicos e os mais exóticos... até mesmo nosso humilde arroz-pundi caladanino. Qualquer coisa, a Guilda transporta: as formas de arte de Ecaz, as máquinas de Richese e Ix. Mas tudo empalidece diante do mélange. Basta um punhado de especiaria para comprar uma casa em Tupile. Não se pode manufaturá-la, é preciso minerá-la em Arrakis. É única e tem propriedades geriátricas autênticas.

– E agora nós a controlamos?

– Até certo ponto. Mas o importante é considerar todas as Casas que dependem dos lucros da CHOAM. E pense na enorme proporção desses lucros que depende de um único produto: a especiaria. Imagine o que aconteceria se alguma coisa reduzisse a produção da especiaria.

– Quem quer que tivesse estocado o mélange enriqueceria da noite para o dia – Paul disse. – Os outros estariam ao deus-dará.

O duque se permitiu um momento de satisfação sinistra, olhando para o filho e pensando em como tinha sido perspicaz e realmente *fundamentada* aquela observação. Ele assentiu com a cabeça.

– Os Harkonnen andam estocando há mais de vinte anos.

– Eles querem ver a produção de especiaria cair e você levar a culpa.

– Eles querem que o nome Atreides se torne impopular – disse o duque. – Pense nas Casas do Landsraad que se voltam para mim como uma espécie de líder, seu porta-voz extraoficial. Imagine só como elas reagiriam se eu fosse responsável por uma séria redução em sua renda. Afinal de contas, os lucros vêm em primeiro lugar. Que se dane a Grande Convenção! Não vamos permitir que alguém nos empobreça! – Um sorriso cruel desfigurou a boca do duque. – Elas fariam vista grossa, não importa o *que* fizessem comigo.

– Mesmo se nos atacassem com armas atômicas?

– Nada tão flagrante. Nenhuma desobediência *ostensiva* da Convenção. Mas praticamente qualquer coisa fora isso... talvez até mesmo pulverização e envenenamento do solo.

– Então por que estamos nos metendo nisso?

– Paul! – O duque olhou feio para o filho. – Saber onde está a armadilha é o primeiro passo para não cair nela. É como o combate singular, filho, só que numa escala maior: uma finta dentro de outra dentro de outra... aparentemente sem fim. A tarefa é desenredar isso. Sabendo que os Harkonnen estocam mélange, temos de fazer outra pergunta: quem mais anda estocando? Essa será a lista de nossos inimigos.

– Quem?

– Certas Casas que sabíamos ser hostis e algumas que pensávamos ser amigas. Precisamos pensar nelas por ora, porque nisso tudo há alguém muito mais importante: nosso amado imperador padixá.

Paul tentou engolir, com a garganta repentinamente seca.

– Você não poderia reunir o Landsraad, expor...

– E deixar nosso inimigo perceber que sabemos de quem é a mão que segura o punhal? Agora, Paul, nós *vemos* o punhal. Quem sabe para onde o moveriam em seguida? Se apresentássemos isso ao Landsraad, só faríamos criar uma grande confusão. O imperador negaria seu envolvimento. Quem iria contradizê-lo? Só ganharíamos um pouco de tempo, mas nos arriscaríamos a mergulhar no caos. E de onde viria o ataque seguinte?

– Todas as Casas poderiam começar a estocar a especiaria.

– Nossos inimigos têm a dianteira: e a vantagem é muito grande.

– O imperador – Paul disse. – Ou seja, os Sardaukar.

– Disfarçados com uniformes Harkonnen, sem dúvida – disse o duque. – Mas os mesmos soldados fanáticos, sem tirar nem pôr.

– Como é que os fremen podem nos ajudar contra os Sardaukar?

– Hawat conversou com você sobre Salusa Secundus?

– O planeta-prisão do imperador? Não.

– E se fosse mais do que um planeta-prisão, Paul? Eis uma pergunta que ninguém faz sobre o Corpo Imperial dos Sardaukar: de onde eles vêm?

– Do planeta-prisão?

– Eles vêm de algum lugar.

– Mas os recrutamentos auxiliares convocados pelo imperador...

– É o que nos levaram a acreditar: são apenas os recrutas do imperador treinados desde muito jovens e de maneira soberba. Ouve-se uma ou outra coisa sobre as academias militares do imperador, mas o equilíbrio de nossa civilização continua o mesmo: as forças armadas das Casas Maiores do Landsraad de um lado, os Sardaukar e seus recrutas auxiliares de outro. *E* seus recrutas auxiliares, Paul. Os Sardaukar continuam sendo os Sardaukar.

– Mas todos os relatos sobre Salusa Secundus dizem que se trata de um planeta infernal!

– Indubitavelmente. Mas, se fosse criar homens resistentes, fortes e ferozes, que condições ambientais você imporia a eles?

– Como se obtém a lealdade de homens assim?

– Existem métodos comprovados: explore a certeza de sua superioridade, a mística do pacto secreto, o espírito do sofrimento compartilhado. É factível. Já foi feito em vários planetas e em várias épocas.

Paul assentiu com a cabeça, fixando sua atenção no rosto do pai. Pressentiu uma revelação iminente.

– Pense em Arrakis – disse o duque. – Fora das cidades e vilas fortificadas, é um lugar tão terrível quanto Salusa Secundus.

Paul arregalou os olhos.

– Os fremen!

– Temos ali, potencialmente, um exército tão forte e mortífero quanto os Sardaukar. Precisaremos de paciência para nos valermos deles em segredo e de dinheiro para equipá-los adequadamente. Mas os fremen estão lá... e o dinheiro da especiaria também. Agora você entende por que entraremos em Arrakis sabendo que é uma armadilha.

– Os Harkonnen não sabem sobre os fremen?

– Os Harkonnen desprezaram os fremen, caçaram-nos por prazer, nunca sequer se deram ao trabalho de recenseá-los. Conhecemos a política dos Harkonnen em relação às populações planetárias: gastar o mínimo possível para mantê-las.

Os fios metálicos do símbolo do gavião sobre o peito do duque brilharam quando ele mudou de posição.

– Entendeu?

– Estamos negociando com os fremen neste exato momento – Paul disse.

– Enviei uma missão liderada por Duncan Idaho – explicou o duque. – Duncan é um homem orgulhoso e implacável, mas amigo da verdade. Creio que os fremen irão admirá-lo. Se tivermos sorte, talvez eles nos julguem em função dele: Duncan, o honrado.

– Duncan, o honrado – Paul disse –, e Gurney, o corajoso.

– Disse bem – falou o duque.

E Paul pensou: *Gurney é um daqueles que a Reverenda Madre mencionou, um sustentador de mundos: "... a coragem dos bravos".*

– Gurney me contou que você se saiu bem no combate armado hoje – o duque comentou.

– Não foi o que ele me disse.

O duque gargalhou alto.

— Já imaginava que Gurney economizasse nos elogios. Ele disse que você tem uma boa ideia, nas palavras dele, da diferença entre o fio e a ponta de uma espada.

— Gurney diz que não há arte em matar com a ponta, que deve ser feito com o fio.

— Gurney é um romântico — o duque resmungou. Aquela conversa sobre matar, partindo de seu filho, de repente o transtornou. — Eu preferiria que você nunca tivesse de matar... mas, se a necessidade surgir, faça o que tiver de fazer, com a ponta ou com o fio. — Ele olhou para a claraboia, sobre a qual a chuva tamborilava.

Vendo para onde se dirigia o olhar do pai, Paul pensou nos céus chuvosos lá fora — uma coisa que, segundo todos diziam, nunca se veria em Arrakis —, e esse pensamento sobre os céus o levou ao espaço exterior.

— As naves da Guilda são muito grandes? — ele perguntou.

O duque olhou para ele.

— Esta *será* sua primeira vez fora do planeta — ele disse. — Sim, elas são grandes. Estaremos num paquete, pois a viagem é longa. O paquete é realmente grande. Em seu porão, todas as nossas fragatas e todos os nossos transportes ficarão aconchegados num cantinho: seremos apenas uma pequena parte do manifesto da nave.

— E não poderemos sair de nossas fragatas?

— Faz parte do preço que se paga pela Segurança da Guilda. Se houvesse naves Harkonnen ao lado das nossas, nada teríamos a temer. Os Harkonnen sabem que não vale a pena colocar em risco seus privilégios de embarque.

— Vou ficar de olho nos nossos monitores, para tentar ver um membro da Guilda.

— Não vai, não. Nem mesmo os agentes da Guilda podem ver um de seus membros. A Guilda é tão ciosa de sua privacidade quanto de seu monopólio. Não faça nada que coloque em risco nossos privilégios de embarque, Paul.

— Você acha que eles se escondem porque sofreram mutações e não parecem mais... *humanos*?

— Quem sabe? — O duque deu de ombros. — É um mistério que provavelmente nunca solucionaremos. Temos problemas mais imediatos, e um deles é você.

– Eu?

– Sua mãe queria que eu lhe contasse, filho. Veja bem, pode ser que você tenha os talentos de um Mentat.

Paul encarou o pai, incapaz de falar por um momento, e então:

– Um Mentat? Eu? Mas eu...

– Hawat concorda, filho. É verdade.

– Mas eu pensei que o treinamento de um Mentat tivesse de começar na infância e que o indivíduo não pudesse saber, porque isso poderia inibir o início do... – Ele se calou quando todas as circunstâncias passadas se reuniram num único cálculo-relâmpago. – Entendi – ele disse.

– Chega um dia – disse o duque – em que o Mentat em potencial tem de saber o que está sendo feito. Talvez não seja mais feito *com* ele. O Mentat tem de participar da decisão de continuar ou abandonar o treinamento. Alguns conseguem continuar, outros são incapazes disso. Somente o Mentat em potencial sabe dizer com certeza o que será.

Paul esfregou o queixo. Todo o treinamento especial que ele recebera de Hawat e sua mãe – memorização, concentração da consciência, controle dos músculos e aguçamento dos sentidos, o estudo das línguas e das nuances de voz –, tudo isso se encaixou numa nova espécie de compreensão em sua mente.

– Você será o duque um dia, filho – continuou o pai dele. – Um duque Mentat seria realmente formidável. Pode decidir agora... ou precisa de mais tempo?

Não houve a menor hesitação em sua resposta.

– Continuarei com o treinamento.

– Realmente formidável – o duque murmurou, e Paul viu um sorriso orgulhoso no rosto do pai. O sorriso abalou Paul: dava um ar de caveira ao rosto magro do duque. Paul fechou os olhos, sentindo o propósito terrível redespertar dentro dele. *Talvez ser um Mentat seja um propósito terrível*, ele pensou.

Mas, ao mesmo tempo que ele se concentrava nessa ideia, sua nova percepção a contestava.

Com lady Jéssica e Arrakis, o sistema Bene Gesserit de semear lendas-implantes por meio da Missionaria Protectora chegou a sua realização plena. Há tempos se reconhece a sensatez das Bene Gesserit em semear o universo conhecido com um padrão de profecias para a proteção de seu pessoal, mas nunca se viu uma condição *ut extremis* com um casamento tão perfeito de indivíduo e preparação. As lendas proféticas tornaram-se tão populares em Arrakis que até mesmo certos termos foram adotados (entre eles, Reverenda Madre, canto e respondu e boa parte da panoplía propheticus da Shariá). E hoje é comum aceitar que as habilidades latentes de lady Jéssica foram grandemente subestimadas.

– Excerto de "Análise: A crise arrakina", da princesa Irulan
[circulação reservada: número do arquivo B.G. AR-81088587]

Em toda a volta de lady Jéssica, nas pilhas que se erguiam nos cantos do Grande Átrio de Arrakina, nos montes que se formavam nos espaços abertos, estava embalada toda a vida deles: caixas de madeira e papelão, baús, valises, algumas parcialmente abertas e desfeitas. Ela ouviu os carregadores da nave auxiliar da Guilda depositarem mais uma leva na entrada.

Jéssica estava parada no centro do átrio. Ela girou lentamente, olhando para cima e para os lados, para os entalhes sombreados, as frestas e as janelas em seus nichos profundos. Aquela sala gigantesca e anacrônica a fazia lembrar do Salão das Irmãs de sua escola Bene Gesserit. Mas, na escola, o efeito tinha sido acolhedor. Ali, tudo era pedra fria.

Algum arquiteto tinha se inspirado na história remota para criar aquelas paredes apoiadas em arcobotantes e as tapeçarias escuras, ela pensou. O teto abobadado erguia-se dois andares acima dela, com imensas vigas transversais que certamente tinham sido transportadas pelo espaço até Arrakis a um custo monstruoso. Nenhum planeta daquele sistema tinha árvores para fazer aquelas vigas, a menos que a madeira das vigas fosse artificial.

Ela achava que não.

Aquele havia sido o palácio do governo na época do Antigo Império. Os custos não tinham tanta importância então. Tinha sido antes dos Harkonnen e de sua nova megalópole em Cartago: um lugar ordinário e despudorado a uns duzentos quilômetros a nordeste, do outro lado da Terra Partida. Leto fizera bem ao escolher aquele lugar como a sede de seu governo. O nome, Arrakina, soava bem, repleto de tradição. E era uma cidade menor, mais fácil de esterilizar e defender.

Mais uma vez, ouviu-se o estrépito de caixas sendo descarregadas na entrada. Jéssica suspirou.

Apoiado numa caixa de papelão à direita de Jéssica estava um retrato pintado do pai do duque. O barbante do embrulho pendia do quadro como um enfeite rasgado. Um pedaço do barbante ainda estava na mão esquerda de Jéssica. Ao lado da pintura descansava a cabeça de um touro negro, engastada numa placa envernizada. A cabeça era uma ilha escura num mar de papel acolchoado. A placa estava estendida no chão, e o focinho brilhante do touro apontava o teto como se o animal estivesse prestes a urrar desafiadoramente naquela sala cheia de ecos.

Jéssica se perguntou o que a levara a desembrulhar aquelas duas coisas primeiro: a cabeça e o quadro. Sabia que havia algo de simbólico no ato. Não se sentia tão assustada e insegura desde o dia em que os compradores do duque foram buscá-la na escola.

A cabeça e o retrato.

Eles acentuavam sua sensação de confusão. Ela estremeceu, olhou para as janelas estreitas lá no alto. Ainda era o início da tarde e, naquelas latitudes, o céu parecia negro e frio, muito mais escuro que o azul acolhedor de Caladan. Foi tomada por uma saudade dolorosa e latejante de casa.

Tão longe, Caladan.

– Chegamos!

Era a voz do duque Leto.

Ela girou nos calcanhares e o viu sair da passagem em arco que dava para o salão de jantar. Seu uniforme de serviço preto, com o timbre vermelho do gavião no peitilho, parecia amarrotado e coberto de pó.

– Pensei que você tivesse se perdido neste lugar horrível – ele disse.

– É uma casa fria – ela comentou. Observou a altura dele, a pele morena que a fazia pensar em bosques de oliveiras e num sol dourado sobre águas azuis. Havia fumaça no cinza de seus olhos, mas a face era a de um predador: magra, cheia de ângulos e planos agudos.

Um medo repentino do duque oprimiu o peito de Jéssica. Ele tinha se tornado uma pessoa bastante selvagem e obcecada desde que tomara a decisão de obedecer à ordem do imperador.

– A cidade inteira parece fria – ela disse.

– É uma cidadezinha fortificada, suja e poeirenta – ele concordou. – Mas mudaremos isso. – Ele olhou ao redor do átrio. – Esta é a área pública, para as ocasiões de gala. Acabei de dar uma olhada em alguns dos aposentos íntimos na ala sul. São muito mais agradáveis. – Ele se aproximou, tocou o braço dela, admirando-lhe a imponência.

E, mais uma vez, ele ficou curioso quanto aos ancestrais desconhecidos da mulher: uma Casa desertora, talvez? Membros excluídos da realeza? Ela parecia mais régia que as filhas do próprio imperador.

Pressionada pelo olhar penetrante dele, Jéssica se virou um pouco, expondo seu perfil. E ele percebeu que não havia nada singular e preciso que distinguisse a beleza dela. O rosto era oval, sob uma touca de cabelos da cor do bronze polido. Os olhos espaçados eram verdes e límpidos como o céu matutino de Caladan. O nariz era pequeno; a boca, larga e generosa. Seu talhe era agradável, mas escasso: era alta, e a elegância roubara-lhe algumas curvas.

Ele se lembrou de que as irmãs leigas da escola a chamavam de magrela, pelo que lhe disseram seus compradores. Mas aquela descrição era excessivamente simplista. Ela devolvera uma beleza régia à estirpe dos Atreides. Ele estava feliz por Paul ter saído à mãe.

– Onde está Paul? – ele perguntou.

– Em algum lugar da casa, estudando com Yueh.

– Provavelmente na ala sul – ele disse. – Pensei ter ouvido a voz de Yueh, mas não tive tempo de dar uma olhada. – Olhou para ela, hesitante. – Vim aqui somente para pendurar a chave do Castelo Caladan no salão de jantar.

Ela prendeu a respiração, deteve o impulso de abraçá-lo. Pendurar a chave: havia finalidade naquele ato. Mas ali não era a hora nem o lugar para consolá-lo.

– Vi nosso estandarte em cima da casa quando entramos – ela disse.
Ele olhou para o quadro do pai.

– Onde é que você ia pendurar isso?

– Aqui, em algum lugar.

– Não. – A palavra soou categórica e definitiva, fazendo-a saber que poderia convencê-lo com um truque, mas uma discussão franca seria inútil. Ainda assim, ela tinha de tentar, mesmo se o gesto só servisse para não a deixar esquecer que ela não o enganava.

– Milorde – ela disse –, se ao menos...

– A resposta ainda é não. Eu vergonhosamente faço sua vontade em muitas coisas, mas não nisto. Acabei de vir do salão de jantar e ali há...

– Milorde! Por favor.

– A escolha é sua digestão ou minha dignidade ancestral, minha cara – ele disse. – Serão pendurados na sala de jantar.

Ela suspirou.

– Sim, milorde.

– Você pode retomar seu hábito de fazer as refeições em seus aposentos sempre que possível. Espero vê-la em sua devida posição somente nas ocasiões formais.

– Obrigada, milorde.

– E nada de frieza e formalidades comigo! Agradeça-me por nunca ter me casado com você, minha cara. Senão seria sua *obrigação* juntar-se a mim à mesa em todas as refeições.

Ela manteve a face imóvel e assentiu.

– Hawat já instalou nosso próprio farejador de venenos no teto do salão de jantar – ele disse. – Há um modelo portátil em seu quarto.

– Você previu esta... discordância – ela disse.

– Minha cara, também penso em seu conforto. Contratei serviçais. São daqui, mas Hawat os aprovou: são todos fremen. Darão para o gasto até podermos liberar nosso pessoal de seus outros deveres.

– E será que alguém daqui está realmente seguro?

– Todos aqueles que odeiam os Harkonnen. Talvez você queira até ficar com a governanta: a shadout Mapes.

– Shadout – Jéssica disse. – Um título fremen?

– Disseram-me que quer dizer "aquela que retira a água do poço", um significado com implicações muito importantes por aqui. Você talvez não a ache lá muito servil, apesar de Hawat falar muito bem dela, com base no relatório de Duncan. Estão convencidos de que ela deseja servir... mais especificamente, que ela deseja servir você.

– Eu?

– Os fremen ficaram sabendo que você é Bene Gesserit – ele disse. – Existem lendas aqui sobre as Bene Gesserit.

A Missionaria Protectora, pensou Jéssica. *Nenhum lugar lhes escapa.*

– Quer dizer que Duncan teve êxito? – ela perguntou. – Os fremen serão nossos aliados?

– Não há nada definido ainda – ele respondeu. – Duncan crê que eles querem nos observar por algum tempo. Mas eles prometeram fazer uma trégua e parar de atacar nossas vilas mais afastadas. É uma vitória mais importante do que pode parecer. Hawat me contou que os fremen eram uma pedra bem grande no sapato dos Harkonnen, que a dimensão dos estragos causados por eles era um segredo guardado a sete chaves. Não ajudaria muito se o imperador soubesse que o exército Harkonnen é ineficaz.

– Uma governanta fremen – contemplou Jéssica, voltando ao assunto da shadout Mapes. – Ela deve ter os olhos totalmente azuis.

– Não deixe a aparência dessa gente enganar você – ele disse. – No fundo, são fortes e vigorosos. Acho que serão tudo de que precisamos.

– É uma jogada perigosa – ela disse.

– Não vamos recomeçar com isso – ele disse.

Ela se obrigou a sorrir.

– *Estamos* empenhados, não há dúvida quanto a isto. – Ela se submeteu ao rápido regime de tranquilização, as duas inspirações profundas, o pensamento ritualizado, e então disse: – Quando eu distribuir os cômodos, devo reservar algo especial para você?

– Um dia desses você vai ter de me ensinar como faz isto – ele disse –, a maneira como você empurra as preocupações para um lado e volta sua atenção para questões práticas. Deve ser coisa das Bene Gesserit.

– É coisa de mulher – ela disse.

Ele sorriu.

– Muito bem, distribuição dos cômodos: certifique-se de que eu tenha um escritório grande perto do meu quarto de dormir. A papelada será maior aqui do que em Caladan. Uma sala de guarda, claro. Acho que é tudo. Não se preocupe com a segurança da casa. Os homens de Hawat foram minuciosos.

— Tenho certeza de que sim.

Ele deu uma olhadela no relógio de pulso.

— E cuide para que todos os nossos relógios sejam ajustados de acordo com o horário de Arrakina. Designei um técnico para isso. Ele logo aparecerá. — Removeu um fio de cabelo da testa de Jéssica. — Preciso voltar ao campo de pouso agora. A segunda nave auxiliar está para chegar a qualquer momento, trazendo a força reserva de meu estado-maior.

— Hawat não pode recebê-los? Milorde parece tão cansado.

— O bom Thufir está ainda mais ocupado que eu. Você sabe que este planeta está infestado de Harkonnen e suas intrigas. Além disso, preciso tentar convencer alguns dos caçadores de especiaria treinados a não irem embora. Eles têm essa opção, sabe, com a mudança de suserania... e é impossível comprar o tal planetólogo que o imperador e o Landsraad empossaram como Juiz da Transição. Ele vai permitir a opção. Cerca de oitocentos operários treinados esperam partir no transporte de especiaria e há um cargueiro da Guilda a postos.

— Milorde... — Ela não completou a frase, hesitante.

— Sim?

Ele não se deixará convencer a não tentar tornar este planeta seguro para nós, ela pensou. *E não posso usar meus truques com ele.*

— A que horas espera jantar? — ela perguntou.

Não era isso que ela ia dizer, ele pensou. *Aaaah, minha Jéssica, eu queria que estivéssemos em outro lugar, qualquer lugar longe deste lugar horrível: sozinhos, nós dois, sem preocupações.*

— Vou comer no refeitório dos oficiais no campo — ele disse. — Não me espere até muito tarde. E... ah, vou mandar um carro da guarda pegar Paul. Quero que ele participe de nossa conferência estratégica.

Ele limpou a garganta, como se fosse dizer mais alguma coisa; então, sem aviso, deu meia-volta e se pôs a andar, a caminho da entrada onde, pelo barulho, ela deduziu que mais caixas eram depositadas. A voz dele soou uma vez, vinda de lá, imperiosa e cheia de desdém, da maneira que ele sempre falava com os serviçais quando estava com pressa:

— Lady Jéssica está no Grande Átrio. Vá ter com ela imediatamente.

A porta externa foi batida com violência.

Jéssica se virou, encarou o quadro do pai de Leto. Tinha sido pintado por um artista renomado, Albe, quando o Velho Duque já estava na meia-idade. Estava retratado com o traje de toureiro, com uma capa magenta atirada sobre o ombro esquerdo. O rosto parecia jovem, dificilmente mais velho do que Leto era agora, e com os mesmos traços aquilinos, o mesmo olhar cinzento. Com os punhos fechados à altura dos quadris, ela olhou furiosamente para a pintura.

– Maldito! Maldito! Maldito! – sussurrou.

– Quais são suas ordens, bem-nascida?

Era a voz de uma mulher, fraca e gutural.

Jéssica girou sobre os calcanhares e viu-se diante de uma mulher baixa, ossuda, de cabelos grisalhos, enfiada num vestido-saco deselegante, na cor parda dos escravos. A mulher parecia tão enrugada e ressequida quanto qualquer membro da turba que os recebera no caminho desde o campo de pouso naquela manhã. Todo nativo que Jéssica tinha visto naquele planeta parecia seco como uma passa e subnutrido. Ainda assim, Leto tinha dito que eram fortes e vigorosos. E havia os olhos, claro – aquela tintura do mais profundo e escuro azul, sem o branco –, sigilosos, misteriosos. Jéssica fez força para não encará-la.

Sem mover o pescoço, a mulher acenou com a cabeça e disse:

– Chamam-me shadout Mapes, bem-nascida. Quais são suas ordens?

– Pode se dirigir a mim como "milady" – Jéssica disse. – Não sou da nobreza. Sou a concubina comprometida do duque Leto.

Mais uma vez aquele estranho aceno, e a mulherzinha examinou Jéssica com um olhar intrigado e malicioso.

– Há uma esposa, então?

– Não há e nunca houve. Sou a única... companheira do duque, a mãe de seu herdeiro oficial.

Ainda enquanto falava, Jéssica riu internamente do orgulho por trás de suas palavras. *O que foi mesmo que Santo Agostinho disse?*, ela se perguntou. *"A mente comanda o corpo, e ele a obedece. A mente dá uma ordem a si mesma e encontra resistência." Sim: ando encontrando mais resistência ultimamente. Preciso fazer um retiro.*

Um grito esquisito veio da rua lá fora. E se repetiu: "Suu-suu-Suuk! Suu-suu-Suuk!". E depois: "Ikhut-eigh! Ikhut-eigh!". E de novo: "Suu--suu-Suuk!".

— O que *é* isso? — Jéssica perguntou. — Ouvi várias vezes ao passar de carro pelas ruas hoje de manhã.

— É só um vendedor de água, milady. Mas a senhora não precisa se preocupar com esses tipos. A cisterna aqui tem capacidade para cinquenta mil litros e está sempre cheia. — Ela olhou para seu vestido. — Ora, sabe de uma coisa, milady? Não preciso usar meu trajestilador aqui. — Ela gargalhou. — E ainda não morri!

Jéssica hesitou, querendo interrogar aquela mulher fremen, precisando de dados para orientá-la. Mas era mais urgente pôr ordem na bagunça do castelo. Ainda assim, ela achou perturbadora a ideia de que a água fosse um sinal tão grande de riqueza ali.

— Meu marido falou-me de seu título, shadout — Jéssica disse. — Reconheci a palavra. É muito antiga.

— Conhece as línguas antigas, então? — Mapes perguntou, e esperou com uma estranha veemência.

— As línguas são as primeiras coisas que uma Bene Gesserit aprende — Jéssica respondeu. — Conheço a bhotani jib e a chakobsa, todas as línguas de caça.

Mapes assentiu.

— Exatamente como nas lendas.

E Jéssica se perguntou: *Por que continuo com esta farsa?* Mas os métodos das Bene Gesserit eram tortuosos e irresistíveis.

— Conheço as Coisas Misteriosas e a doutrina da Grande Mãe — Jéssica disse. Identificou os sinais mais óbvios nas ações e na aparência de Mapes, as pequenas inconfidências. — Miseces prejia — ela disse, na língua chakobsa. — Andral t're pera! Trada cik buscakri miseces perakri...

Mapes deu um passo atrás, aparentemente prestes a sair correndo.

— Sei muitas coisas — Jéssica disse. — Sei que você teve filhos, que perdeu entes queridos, que se escondeu de medo, que cometeu atos de violência e ainda cometerá outros. Sei muitas coisas.

Em voz baixa, Mapes disse:

— Não quis ofendê-la, milady.

— Você fala da lenda e busca respostas — Jéssica disse. — Cuidado com as respostas que encontrar. Sei que veio preparada para agir com violência, trazendo uma arma em seu corpete.

— Milady, eu...

– Há uma possibilidade remota de que você consiga derramar meu sangue – Jéssica disse –, mas, ao fazê-lo, acarretaria mais ruína do que seus temores mais absurdos conseguiriam imaginar. Há coisas piores que a morte, sabe... mesmo para um povo inteiro.

– Milady! – Mapes implorou. Parecia prestes a cair de joelhos. – A arma foi enviada como um presente para a *senhora*, caso milady se revelasse a Predestinada.

– E como o instrumento de minha morte, caso eu me revelasse outra coisa – Jéssica disse. Ela aguardou com a aparente tranquilidade que tornava as pessoas treinadas pelas Bene Gesserit tão aterradoras em combate.

Agora veremos para que lado penderá a decisão, ela pensou.

Lentamente, Mapes enfiou a mão no decote de seu vestido e de lá tirou uma bainha escura. Dela se projetava uma empunhadura negra, com sulcos profundos para os dedos. Ela tomou a bainha numa das mãos e o cabo na outra, sacou uma arma branca como o leite, ergueu-a. A lâmina parecia brilhar e cintilar com luz própria. Apresentava dois gumes, como um kindjal, e a lâmina tinha, talvez, uns vinte centímetros de comprimento.

– Sabe o que é isto, milady? – Mapes perguntou.

Jéssica sabia que só poderia ser uma coisa: a lendária dagacris de Arrakis, a arma branca que nunca saíra do planeta e só era conhecida por meio de rumores e conversa fiada.

– É uma dagacris – ela disse.

– Cuidado com o que diz – Mapes disse. – Sabe o que significa?

E Jéssica pensou: *A pergunta teve algo de incisivo. Eis a razão para esta fremen estar a meu serviço, para fazer essa pergunta. Minha resposta pode levar à violência ou... o quê? Ela quer uma resposta minha: o significado de uma faca. Ela é chamada de shadout na língua chakobsa. A faca, a faca é "Criador da Morte" em chakobsa. Ela está ficando impaciente. Preciso responder agora. A demora é tão perigosa quanto a resposta errada.*

Jéssica disse:

– É um criador...

– Aiiiiii! – chorou Mapes. Era um som tanto de pesar quanto de exultação. Ela estremeceu com tanta força que a lâmina da faca disparou pequenos reflexos cintilantes por toda a sala.

Jéssica esperou, aprumada. Sua intenção tinha sido dizer que a faca era um *criador da morte* e depois acrescentar a palavra antiga, mas todos os seus sentidos agora a alertavam, todo o intenso treinamento para a prontidão que revelava significados no mais casual dos espasmos musculares.

A palavra-chave era... *criador.*

Criador? Criador.

Ainda assim, Mapes segurava a faca como se estivesse preparada para usá-la.

Jéssica disse:

– Você pensou que eu, conhecendo os mistérios da Grande Mãe, não conheceria o Criador?

Mapes baixou a faca.

– Milady, quando se convive há tanto tempo com a profecia, o momento de revelação é um choque.

Jéssica pensou na profecia – a Shariá e toda a panoplía propheticus. Uma Bene Gesserit da Missionaria Protectora descera ali séculos antes – morta havia tempos, sem dúvida, mas depois de cumprido seu objetivo: as lendas protetoras implantadas naquelas pessoas para o dia em que as Bene Gesserit precisassem.

Bem, havia chegado o dia.

Mapes devolveu a faca à bainha e disse:

– Esta é uma arma instável, milady. Guarde-a perto da senhora. Se passar mais de uma semana longe da pele, ela começará a se desintegrar. Será sua, um dente de shai-hulud, enquanto milady viver.

Jéssica estendeu a mão direita e arriscou:

– Mapes, você embainhou a lâmina sem tirar sangue.

Com um grito sufocado, Mapes deixou cair a faca embainhada na mão de Jéssica e abriu violentamente o corpete pardo, lamentando-se:

– Tome a água de minha vida!

Jéssica tirou a arma da bainha. Como brilhava! Dirigiu a ponta para Mapes, viu um medo maior que o pânico da morte tomar a mulher. *Veneno na ponta?*, Jéssica se perguntou. Ela ergueu a ponta, desenhou um arranhão delicado com o fio da lâmina acima do seio esquerdo de Mapes. O sangue brotou em profusão, mas parou quase imediatamente. *Coagulação ultrarrápida*, Jéssica pensou. *Uma mutação para conservar umidade?*

Ela embainhou a arma e disse:

– Abotoe seu vestido, Mapes.

Mapes obedeceu, tremendo. Os olhos, sem nada de branco, fitaram Jéssica.

– A senhora é nossa – ela murmurou. – A senhora é a Predestinada.

Ouviu-se novo som de coisas que eram descarregadas na entrada. Rapidamente, Mapes apanhou a faca embainhada e a escondeu no corpete de Jéssica.

– Quem vir esta faca terá de ser purificado ou morto! – ela disse, entredentes. – A senhora *sabe* disso, milady!

Sei agora, Jéssica pensou.

Os carregadores foram embora sem entrar no Grande Átrio.

Mapes se recompôs e disse:

– Os impuros que veem uma dagacris não podem deixar Arrakis vivos. Nunca se esqueça disso, milady. À senhora foi confiada uma dagacris. – Ela inspirou profundamente. – Agora a coisa tem de seguir seu curso. Não se pode apressá-la. – Ela olhou para as caixas e os bens empilhados que as cercavam. – E aqui há bastante trabalho para nós enquanto isso.

Jéssica hesitou. *"A coisa tem de seguir seu curso."* Era uma frase de efeito específica do repertório de encantamentos da Missionaria Protectora: *a vinda da Reverenda Madre para libertar vocês.*

Mas eu não sou uma Reverenda Madre, Jéssica pensou. E então: *Grande Mãe! Introduziram essa profecia aqui! Deve ser um lugar horrível!*

Num tom de voz trivial, Mapes disse:

– O que a senhora quer que eu faça primeiro, milady?

O instinto alertou Jéssica para imitar aquele tom despreocupado. Ela disse:

– O quadro do Velho Duque ali, ele tem de ser pendurado numa das paredes laterais do salão de jantar. A cabeça do touro deve ficar na parede oposta à do quadro.

Mapes foi até a cabeça do touro.

– Que animal enorme deve ter sido para carregar uma cabeça como esta – ela disse. Abaixou-se. – Terei de limpá-la primeiro, não, milady?

– Não.

– Mas há grumos de terra nos cornos.

– Não é terra, Mapes. É o sangue do pai de nosso duque. Os cornos foram borrifados com um fixador transparente horas depois de essa fera ter matado o Velho Duque.

Mapes ficou de pé.

– Ora essa! – falou.

– É só sangue – Jéssica disse. – E sangue velho, por falar nisso. Peça a ajuda de alguém para pendurá-las. Essas coisas descomunais são pesadas.

– A senhora achou que fiquei incomodada com o sangue? – Mapes perguntou. – Sou do deserto e já vi bastante sangue.

– Eu... notei que sim – Jéssica disse.

– E uma parte dele era meu – continuou Mapes. – Mais do que a senhora tirou com seu arranhãozinho.

– Preferia que eu tivesse cortado mais fundo?

– Ah, não! A água do corpo já é bem pouca, não precisamos jogá-la fora. A senhora fez bem.

E Jéssica, reparando nas palavras e nos gestos, compreendeu as implicações mais profundas da frase "a água do corpo". Mais uma vez, sentiu-se oprimida pela importância da água em Arrakis.

– De que lado do salão de jantar devo pendurar cada uma destas belezuras, milady? – Mapes perguntou.

Sempre prática, a tal Mapes, Jéssica pensou. E disse:

– Fica a seu critério, Mapes. Não faz realmente diferença.

– Como quiser, milady. – Mapes se abaixou e começou a tirar o papel de embrulho e o barbante da cabeça do touro. – Matou um duque velho, não foi? – ela cantarolou em voz baixa.

– Quer que eu chame um carregador para ajudar você? – Jéssica perguntou.

– Darei um jeito, milady.

Sim, ela dará um jeito, Jéssica pensou. *Esta criatura fremen tem isto: o impulso de dar um jeito.*

Jéssica sentiu a bainha fria da dagacris sob seu corpete, pensou na extensa corrente de maquinações das Bene Gesserit que havia forjado mais um elo ali. Por causa dessas maquinações, ela havia sobrevivido a uma crise fatal. "Não se pode apressá-la", Mapes dissera. Mas aquele lugar tinha um ritmo impetuoso que enchia Jéssica de pressentimentos. E nem todos os preparativos da Missionaria Protectora nem a inspeção paranoica daquele monte acastelado de pedras por parte de Hawat conseguiriam fazer aquela sensação desaparecer.

– Quando acabar de pendurar isso aí, comece a desfazer as caixas – Jéssica disse. – Um dos carregadores na entrada tem todas as chaves e sabe onde as coisas devem ficar. Pegue as chaves e a lista com ele. Se tiver alguma pergunta, estarei na ala sul.

– Como quiser, milady – Mapes disse.

Jéssica deu-lhe as costas, pensando: *Hawat pode ter aprovado a segurança desta residência, mas há algo errado neste lugar. Eu sinto que sim.*

Uma necessidade urgente de ver o filho se apoderou de Jéssica. Ela começou a andar na direção do arco que levava ao salão de jantar e aos aposentos íntimos. Foi caminhando cada vez mais rápido, até quase correr.

Atrás dela, Mapes parou de remover o papel da cabeça do touro e olhou para a mulher que se afastava.

– Ela é a Predestinada, não há dúvida – murmurou. – Coitada.

> "*Yueh! Yueh! Yueh!*", diz o refrão. "Morrer um
> milhão de vezes ainda é pouco para Yueh!"
>
> – Excerto de "A história de Muad'Dib para crianças", da princesa Irulan

A porta estava escancarada, e Jéssica a atravessou, entrando numa sala de paredes amarelas. A sua esquerda estendiam-se um canapé baixo, de couro preto, e duas estantes vazias, além de um cantil pendurado, com pó sobre o bojo. A sua direita, dos dois lados de outra porta, havia mais estantes vazias, uma escrivaninha caladanina e três cadeiras. Às janelas, diretamente à frente dela, estava o dr. Yueh, com as costas voltadas para ela e a atenção concentrada no mundo lá fora.

Jéssica deu mais um passo silencioso para dentro da sala.

Viu que o casaco de Yueh estava amassado, com uma mancha branca perto do cotovelo esquerdo, como se ele tivesse encostado em giz. Ele parecia, visto por trás, um palito descarnado vestindo roupas pretas e grandes demais, uma caricatura movida por cordas ao comando de um titereiro. Somente a cabeça quadrada, com cabelos longos, cor de ébano, presos sobre o ombro pelo anel de prata da Escola Suk, parecia viva – virando-se ligeiramente para acompanhar algum movimento lá fora.

Mais uma vez, ela relanceou o olhar pela sala, não vendo nem sinal de seu filho, mas sabia que a porta fechada à direita levava a um pequeno quarto de dormir pelo qual Paul havia expressado certa predileção.

– Boa tarde, dr. Yueh – ela disse. – Onde está Paul?

Ele meneou a cabeça, como que para alguma coisa do outro lado da janela, e falou distraidamente, sem se virar:

– Seu filho se cansou, Jéssica. Eu o mandei repousar no quarto aí ao lado.

Abruptamente, ele se empertigou e se virou, com o bigode balouçando acima dos lábios roxos.

– Perdoe-me, milady! Meus pensamentos andavam longe... Eu... não quis abusar da familiaridade.

Ela sorriu e estendeu a mão direita. Por um momento, receou que ele se ajoelhasse.

– Wellington, por favor.

– Usar o nome de milady como fiz... eu...

– Nós nos conhecemos há seis anos – ela disse. – Já passou da hora de deixarmos de lado as formalidades entre nós... quando sozinhos.

Yueh arriscou um sorriso débil, pensando: *Creio que funcionou. Agora ela irá pensar que qualquer coisa incomum na minha conduta se deve ao constrangimento. Ela não irá procurar razões mais profundas se acreditar já saber a resposta.*

– Receio que estivesse distraído – ele disse. – Toda vez que eu... sinto pena de milady, receio que penso em milady como... bem, Jéssica.

– Pena de mim? Por quê?

Yueh deu de ombros. Havia tempos ele percebera que Jéssica não tinha sido abençoada com plenas habilidades de Proclamar a Verdade como sua Wanna. Ainda assim, ele dizia a verdade a Jéssica sempre que possível. Era mais seguro.

– Viu este lugar, mi... Jéssica? – Ele tropeçou no nome, atirou-se: – Tão estéril perto de Caladan. E o povo! As mulheres da cidade pelas quais passamos vindo para cá gritavam debaixo dos véus. A maneira como olharam para nós.

Ela cruzou os braços sobre o peito, sentindo ali a dagacris, uma arma entalhada a partir do dente de um verme da areia, se os relatórios estivessem corretos.

– É só que somos estranhos para elas: pessoas diferentes, costumes diferentes. Elas só conheciam os Harkonnen. – Desviou o olhar para as janelas. – O que estava olhando lá fora?

Ele voltou a olhar para a janela.

– As pessoas.

Jéssica colocou-se ao lado dele, olhou para a esquerda, em direção à frente da casa, onde a atenção de Yueh se concentrava. Uma fileira de vinte palmeiras crescia ali, e o chão abaixo delas estava limpo, estéril. Um tapume as separava da rua, onde passavam pessoas vestindo mantos. Jéssica detectou um leve bruxuleio no ar entre ela e as pessoas – um escudo doméstico – e continuou estudando a turba que passava, imaginando por que Yueh achava aquelas pessoas tão cativantes.

O padrão apareceu, e ela levou a mão ao queixo. A maneira como os transeuntes olhavam para as palmeiras! Ela viu inveja, um pouco de ódio... até mesmo uma sensação de esperança. Todas as pessoas esquadrinhavam aquelas árvores com uma expressão rígida.

– Sabe o que estão pensando? – Yueh perguntou.

– Está dizendo que é capaz de ler mentes? – ela perguntou.

– Aquelas mentes, sim – ele respondeu. – Olham para aquelas árvores e pensam: "Aí estão cem de nós". É isso que pensam.

Ela se voltou para ele com o cenho franzido.

– Por quê?

– São tamareiras – ele explicou. – Uma tamareira precisa de quarenta litros de água por dia. Um homem precisa apenas de oito litros. Uma palmeira, portanto, equivale a cinco homens. São vinte palmeiras lá fora: cem homens.

– Mas algumas daquelas pessoas olham para as árvores com esperança.

– Esperam apenas que caiam algumas tâmaras, mas não estamos na estação certa.

– Enxergamos este lugar com olhos demasiadamente críticos – ela disse. – Há esperança tanto quanto perigo aqui. A especiaria *pode* nos enriquecer. Com o erário cheio, poderemos transformar este mundo no que desejarmos.

E ela riu, em silêncio, de si mesma: *Quem é que estou tentando convencer?* A risada transpôs suas coibições e saiu seca, sem graça.

– Mas não se pode comprar a segurança – ela disse.

Yueh se virou para que ela não visse seu rosto. *Se ao menos fosse possível odiar estas pessoas, em vez de amá-las!* À maneira dela, de várias formas, Jéssica era como sua Wanna. Mas esse pensamento também era de um rigor capaz de empederni-lo e fazê-lo cumprir seu objetivo. A crueldade dos Harkonnen tinha métodos ardilosos. Talvez Wanna não estivesse morta. Ele precisava ter certeza.

– Não se preocupe conosco, Wellington – Jéssica disse. – O problema é nosso, não seu.

Pensa que me preocupo com ela! Ele piscou os olhos para não chorar. *E me preocupo, claro. Mas tenho de me apresentar diante daquele barão perverso depois de perpetrado o ato e aproveitar a única oportunidade que terei de atingi-lo em seu ponto mais fraco: em seu momento de vanglória!*

Ele suspirou.

– Paul poderia acordar se eu desse uma olhada nele? – ela perguntou.

– De jeito nenhum. Dei a ele um sedativo.

– Ele está se adaptando à mudança? – ela perguntou.

– A não ser pelo cansaço excessivo, sim. Está empolgado, mas que rapaz de 15 anos não estaria, dadas as circunstâncias? – Ele foi até a porta, abriu-a. – Ele está aí dentro.

Jéssica o imitou e olhou para dentro de um quarto escuro.

Paul estava deitado num catre estreito, com um dos braços sob uma coberta leve, o outro atirado para trás, por cima da cabeça. A persiana de uma janela ao lado da cama tecia uma trama de sombras sobre o rosto e a coberta.

Jéssica olhou atentamente para o filho, vendo a forma oval do rosto, tão parecido com o seu. Mas os cabelos eram os do duque: cor de carvão e desgrenhados. Cílios longos escondiam os olhos cor de limão. Jéssica sorriu, sentindo que seus temores cediam. De repente, viu-se fascinada pela ideia de traços genéticos na fisionomia do filho: eram as feições dela nos olhos e no contorno do rosto, mas entreviam-se toques marcantes do pai naquele perfil, como a maturidade a surgir da infância.

Pensou nos traços do rapaz como uma destilação apurada de padrões aleatórios: linhas intermináveis de acaso encontrando-se num nexo. O pensamento a fez querer se ajoelhar ao lado da cama e tomar o filho nos braços, mas ela foi inibida pela presença de Yueh. Retrocedeu e fechou a porta de mansinho.

Yueh tinha voltado para a janela, incapaz de suportar a maneira como Jéssica olhava para o filho. *Por que Wanna nunca me deu filhos?*, ele se perguntou. *Sei, como médico, que não havia nenhum motivo físico que nos impedisse. Será que as Bene Gesserit tinham um motivo? Será, talvez, que ela tinha sido instruída a desempenhar outro papel? Qual poderia ter sido? Ela certamente me amava.*

Pela primeira vez, ficou encantado com a ideia de que talvez ele fosse parte de um padrão mais intricado e complicado do que sua mente era capaz de entender.

Jéssica parou ao lado dele e disse:

– Que abandono delicioso é o sono de uma criança.

Ele falou mecanicamente:

– Ah, se os adultos conseguissem relaxar dessa maneira.

– Sim.

— Onde é que perdemos isso? — ele murmurou.

Ela olhou para ele, percebendo o estranho tom de voz, mas sua mente ainda estava em Paul, pensando nos novos rigores do treinamento que ele receberia ali, pensando em como a vida dele seria diferente, tão distinta da vida que um dia tinham planejado para ele.

— É mesmo, perdemos alguma coisa — ela disse.

Ela olhou para a direita, para uma escarpa carregada de arbustos verdes-cinza e agitados pelo vento: folhas cobertas de pó e galhos secos e retorcidos. O céu demasiadamente escuro era como uma nódoa pairando sobre a escarpa, e a luz leitosa do sol arrakino dava à cena um matiz prateado — luz semelhante à da dagacris escondida em seu corpete.

— O céu é tão escuro — ela comentou.

— Deve-se em parte à falta de umidade — ele explicou.

— Água! — ela falou, ríspida. — Para onde quer que olhemos, estamos às voltas com a falta de água!

— É o precioso mistério de Arrakis — ele disse.

— Por que é tão escassa? Existem rochas vulcânicas aqui. Posso enumerar dezenas de fontes de energia. Há o gelo polar. Dizem ser impossível perfurar no deserto: as tempestades e marés de areia destroem o equipamento antes que se consiga instalá-lo, isso se os vermes da areia não fizerem o serviço primeiro. De qualquer maneira, nunca encontraram sinais de água por lá. Mas o mistério, Wellington, o verdadeiro mistério são os poços que foram perfurados aqui nas pias e bacias. Já leu a respeito deles?

— No início, um fiozinho d'água, depois nada — ele disse.

— Mas, Wellington, esse é o mistério. A água estava lá. Ela seca. E nunca mais se encontra água. E, no entanto, outro buraco perfurado ao lado do primeiro produzirá o mesmo resultado: um fio d'água que para de brotar. Será que ninguém achou isso curioso?

— É curioso — ele disse. — Você desconfia da ação de algum ser vivo? Não teria aparecido nas amostras geológicas?

— O que teria aparecido? Matéria vegetal ou animal alienígena? E quem a reconheceria? — Ela voltou a olhar para a escarpa. — A água para de brotar. Alguma coisa a obstrui. É disso que desconfio.

— Talvez se saiba a razão — ele disse. — Os Harkonnen tornaram inacessíveis muitas fontes de informação sobre Arrakis. Talvez houvesse um motivo para suprimi-las.

— Qual motivo? — ela perguntou. — E também temos a umidade atmosférica. É bem pouca, certamente, mas existe. É a principal fonte de água daqui, recolhida em captadores de vento e condensadores. De onde isso vem?

— Das calotas polares?

— O ar frio retém pouca umidade, Wellington. Algumas coisas aqui, atrás do véu dos Harkonnen, merecem uma investigação minuciosa, e nem todas essas coisas estão envolvidas diretamente com a especiaria.

— Estamos, de fato, atrás do véu dos Harkonnen — ele disse. — Talvez nós... — Não concluiu, notando a maneira intensa e repentina como ela olhava para ele. — Algo errado?

— A maneira como você diz "Harkonnen" — ela disse. — Nem a voz de meu duque tem tanto veneno ao mencionar esse nome abominável. Não sabia que você tinha motivos pessoais para odiá-los, Wellington.

Grande Mãe!, ele pensou. *Despertei sua desconfiança! Agora tenho de usar todos os truques que minha Wanna me ensinou. Só há uma solução: contar a verdade até onde eu puder.*

Ele disse:

— Você não sabia que minha esposa, minha Wanna... — Ele encolheu os ombros, incapaz de falar, com um nó na garganta. E depois: — Eles... — As palavras não saíam. Ele entrou em pânico, fechou os olhos com força, sentindo praticamente só a agonia em seu peito até uma mão tocar-lhe delicadamente o braço.

— Perdoe-me — Jéssica disse. — Não era minha intenção reabrir uma velha ferida. — E ela pensou: *Aqueles animais! A mulher dele era Bene Gesserit: os sinais estão estampados nele. E é óbvio que os Harkonnen a mataram. Eis mais uma pobre vítima que jurou lealdade aos Atreides por um cherem de ódio.*

— Desculpe-me — ele disse. — Não consigo falar sobre isso. — Ele abriu os olhos, entregando-se à consciência interior do pesar. Aquilo, pelo menos, era verdade.

Jéssica o estudou, observando os malares oblíquos, as lantejoulas escuras que eram os olhos amendoados, a cútis amanteigada e o bigode comprido, que pendia feito uma moldura arredondada de um lado e de outro dos lábios roxos e do queixo fino. Ela viu que as rugas da face e da testa eram marcas de tristeza tanto quanto da idade. Viu-se tomada por uma profunda afeição por ele.

— Wellington, sinto muito por termos trazido você para este lugar perigoso – ela disse.

— Vim por livre e espontânea vontade – ele falou. E aquilo também era verdade.

— Mas este planeta inteiro é uma armadilha dos Harkonnen. Você certamente sabe disso – ela disse.

— Será preciso mais que uma armadilha para apanhar o duque Leto – ele retorquiu. E aquilo também era verdade.

— Talvez eu deva confiar um pouco mais nele – ela disse. – É um estrategista brilhante.

— Fomos desarraigados – ele explicou. – É por isso que estamos apreensivos.

— E como é fácil matar a planta desarraigada – ela disse. – Especialmente quando a colocam em solo hostil.

— Temos certeza de que o solo é hostil?

— Houve tumultos por causa da água quando ficaram sabendo quantas pessoas o duque acrescentaria à população – ela comentou. – Só pararam quando souberam que instalaríamos novos captadores de vento e condensadores como compensação.

— Não há muita água aqui para manter a vida humana – ele disse. – As pessoas sabem que, se houver mais gente para beber uma quantidade limitada de água, o preço subirá e os miseráveis morrerão. Mas o duque já resolveu isso. Não quer dizer que os tumultos representem uma hostilidade permanente em relação a ele.

— E os guardas – ela disse. – Guardas por toda parte. E escudos. Para onde quer que se olhe, lá está a distorção provocada por eles. Não vivíamos assim em Caladan.

— Dê uma chance a este planeta – ele pediu.

Mas Jéssica continuou a olhar com frieza pela janela.

— Sinto o cheiro da morte neste lugar – ela disse. – Hawat mandou batedores para cá aos montes. Os guardas lá fora são homens dele. Os carregadores são homens dele. Houve saques não explicados de grandes somas de dinheiro do erário. Os montantes só podem significar uma coisa: subornos no alto escalão. – Ela chacoalhou a cabeça. – A morte e a trapaça seguem Thufir Hawat aonde quer que ele vá.

— Assim você o difama.

– Difamar? É um elogio. A morte e a trapaça são nossas únicas esperanças agora. Eu só não me iludo quanto aos métodos de Thufir.

– Você deveria... arranjar algo para fazer – ele disse. – Para não ter tempo de pensar nessas coisas mórbid...

– Algo para fazer! E o que é que toma a maior parte de meu tempo, Wellington? Sou a secretária do duque: ando tão ocupada que a cada dia descubro coisas novas para temer... coisas que ele nem desconfia que eu sei. – Ela apertou os lábios e falou baixinho: – Às vezes, pergunto-me se minha formação em administração pela escola Bene Gesserit não foi o que mais pesou na decisão dele ao me escolher.

– Como assim? – Ele se viu surpreso com o tom cínico, com a amargura que nunca a tinha visto demonstrar.

– Você não acha, Wellington – ela perguntou –, que uma secretária apaixonada é muito mais segura?

– Não devia pensar assim, Jéssica.

A repreenda havia chegado naturalmente a seus lábios. Não havia dúvida quanto ao que o duque sentia por sua concubina. Bastava observá-lo enquanto ele a seguia com os olhos.

Ela suspirou.

– Tem razão. Não devia.

Novamente, ela se abraçou, pressionando a dagacris embainhada contra sua pele e pensando nos assuntos não resolvidos que a arma representava.

– Logo haverá muito sangue derramado – ela disse. – Os Harkonnen só irão descansar quando estiverem mortos ou destruírem meu duque. O barão não consegue esquecer que Leto tem parentesco com a família real, por mais distante que seja, ao passo que os títulos dos Harkonnen foram comprados pela CHOAM. Mas aquilo que o envenena, bem no fundo de sua mente, é saber que um Atreides baniu um Harkonnen por covardia depois da Batalha de Corrin.

– A velha rixa – Yueh murmurou. E por um momento ele sentiu o contato ácido do ódio. A antiga rixa o havia apanhado em sua teia, matado Wanna ou, pior ainda, submetido-a à tortura dos Harkonnen, até que o marido fizesse o que lhe fora ordenado. A velha rixa o enredara, e aquelas pessoas eram parte daquela coisa peçonhenta. A ironia era que tamanha letalidade devesse desabrochar ali em Arrakis, a única fonte de mélange do universo, a especiaria que prolongava a vida e trazia a saúde.

— No que está pensando? — ela perguntou.

— Estou pensando que a especiaria é vendida a 620 mil solaris o decagrama no mercado livre neste exato momento. É dinheiro suficiente para comprar muitas coisas.

— A ganância afeta até mesmo você, Wellington.

— Não é ganância.

— O que é, então?

Ele deu de ombros.

— Futilidade. — Ele olhou para ela. — Você se lembra da primeira vez que experimentou a especiaria?

— Tinha gosto de canela.

— Mas nunca se repete — ele disse. — É como a vida: apresenta uma face diferente toda vez que a experimentamos. Alguns afirmam que a especiaria produz uma reação de paladar adquirido. O corpo, ao aprender que algo é bom para ele, interpreta o sabor como agradável, ligeiramente eufórico. E, assim como a vida, nunca será realmente sintetizada.

— Creio que teria sido mais ajuizado desertar, fugir para longe do Império — ela disse.

Ele percebeu que ela não lhe dera atenção, concentrou-se nas palavras dela e se perguntou: *Sim... Por que ela não o obrigou a fazer isso? Ela poderia obrigá-lo a fazer praticamente qualquer coisa.*

Ele falou rápido, porque roçava a verdade e mudava o assunto:

— Seria audácia minha, Jéssica, se eu lhe fizesse uma pergunta pessoal?

Ela se encostou no parapeito da janela, com uma pontada inexplicável de inquietação.

— Claro que não. Você é... meu amigo.

— Por que não fez o duque se casar com você?

Ela se virou, de cabeça erguida e com um olhar ferino.

— Fazê-lo se casar comigo? Mas...

— Eu não deveria ter perguntado — ele se desculpou.

— Não. — Ela deu de ombros. — Há um bom motivo político: enquanto meu duque continuar solteiro, algumas das Casas Maiores ainda podem sonhar com uma aliança. E... — ela suspirou — motivar as pessoas, submetê-las a nossa vontade, leva-nos a perder a fé na humanidade. É um poder que avilta tudo o que toca. Se eu o tivesse obrigado a fazer... isso, então não teria sido ele a fazer.

– Está aí uma coisa que minha Wanna poderia ter dito – ele murmurou. E aquilo também era verdade. Ele levou uma das mãos à boca, engolindo em seco convulsivamente. Nunca havia chegado tão perto de contar tudo, de confessar o papel secreto que lhe cabia.

Jéssica falou, desfazendo o momento:

– Além do que, Wellington, o duque, na verdade, são dois homens. Um deles, eu amo muito. É encantador, espirituoso, atencioso... terno: tudo o que uma mulher deseja. Mas o outro homem é... frio, insensível, exigente, egoísta: impiedoso e cruel como o vento do inverno. Esse é o homem moldado pelo pai. – A face dela se contorceu. – Se ao menos aquele velho tivesse morrido quando meu duque nasceu!

No silêncio que se fez entre eles, era possível ouvir a brisa gerada por um ventilador que dedilhava as persianas.

De imediato, ela inspirou fundo e disse:

– Leto tem razão: estes aposentos são mais agradáveis que os das outras partes da casa. – Ela se virou, varrendo a sala com o olhar. – Se me der licença, Wellington, quero dar mais uma olhada nesta ala antes de distribuir os cômodos.

Ele concordou.

– Claro. – E pensou: *Se ao menos houvesse uma maneira de não fazer o que tenho de fazer.*

Jéssica deixou os braços caírem ao lado do corpo, foi para a porta do corredor e ficou ali um momento, hesitante, depois saiu. *Durante toda a nossa conversa, ele escondeu alguma coisa, não quis contá-la*, ela pensou. *Para não ferir meus sentimentos, sem dúvida. Ele é um bom homem.* Mais uma vez, ela hesitou; quase deu meia-volta para confrontar Yueh e arrancar dele aquilo que escondia. *Mas isso só faria envergonhá-lo, ficaria assustado, sabendo que é tão fácil decifrá-lo. Eu deveria confiar mais nos amigos.*

> **Muitos notaram a rapidez com que Muad'Dib aprendeu as necessidades de Arrakis. As Bene Gesserit, naturalmente, sabem por quê. Para os demais, podemos dizer que Muad'Dib aprendeu rápido porque primeiro lhe ensinaram como aprender. E a primeira lição de todas foi desenvolver a confiança fundamental de que ele era capaz de aprender. É surpreendente saber quantas pessoas não acreditam ser capazes de aprender e quantas outras creem que aprender é difícil. Muad'Dib sabia que toda experiência era uma lição.**
>
> – Excerto de "A humanidade de Muad'Dib", da princesa Irulan

Paul estava deitado na cama, fingindo dormir. Tinha sido fácil escamotear o sonífero do dr. Yueh e fingir engoli-lo. Paul reprimiu uma risada. Até mesmo sua mãe tinha acreditado que ele dormia. Teve vontade de se levantar num salto e pedir-lhe permissão para explorar a casa, mas percebera que ela não aprovaria. As coisas ainda estavam desordenadas demais. Não. Era melhor assim.

Se eu sair de fininho, sem pedir permissão, não terei desobedecido ordens. E ficarei dentro da casa, onde é seguro.

Ouviu a mãe e Yueh conversando no outro cômodo. As palavras eram indistintas: algo sobre a especiaria... os Harkonnen. A conversa ora se fazia ouvir, ora não.

A atenção de Paul se dirigiu à cabeceira entalhada de sua cama: uma cabeceira falsa, presa à parede, que escondia o controle das funções do quarto. Um peixe saltador tinha sido esculpido na madeira, com ondas espessas e castanhas logo abaixo. Ele sabia que, se empurrasse o único olho visível do peixe, as luminárias suspensas do quarto se acenderiam. Uma das ondas, quando era virada, controlava a ventilação. Outra mudava a temperatura.

Em silêncio, Paul se sentou na cama. Uma estante alta estava apoiada na parede à esquerda dele. Ela se abria e revelava um *closet*, com várias gavetas de um lado. A maçaneta da porta que dava para o corredor imitava a barra de impulso de um ornitóptero. Era como se o quarto tivesse sido criado para seduzi-lo.

O quarto e o planeta.

Pensou no bibliofilme que Yueh havia lhe mostrado: "Arrakis: Estação de Experimentação Botânica no Deserto de Sua Majestade Imperial". Era um bibliofilme antigo, anterior à descoberta da especiaria. Nomes passaram pela mente de Paul, cada qual com sua imagem impressa pelo pulso mnemônico do livro: *carnegíea, ambrósia, tamareira, abrônia, enotera, equinocacto, incenso, fustete, arbusto de creosoto... raposa-orelhuda, gavião-do-deserto, rato-canguru...*

Nomes e imagens, nomes e imagens do passado do homem na Terra – e muitos já não eram mais encontrados em nenhum outro lugar do universo, exceto ali em Arrakis.

Tantas coisas novas para aprender: a especiaria.

E os vermes da areia.

Uma porta se fechou no outro cômodo. Paul ouviu os passos da mãe no corredor, afastando-se. Ele sabia que o dr. Yueh acharia alguma coisa para ler e ficaria na sala contígua.

Era a hora de sair para explorar.

Paul se esgueirou para fora da cama, foi até a porta-estante que dava para o *closet*. Parou ao ouvir um ruído atrás dele e virou-se.

A cabeceira entalhada da cama estava se dobrando e baixando sobre o ponto onde ele estivera dormindo. Paul ficou imóvel, e isso salvou sua vida.

De trás da cabeceira saiu furtivamente um diminuto caçador-buscador, com não mais que cinco centímetros de comprimento. Paul o reconheceu na hora: uma arma comum dos assassinos que toda criança de sangue real aprendia a identificar bem cedo. Era um pedacinho voraz de metal, guiado pelas mãos e pelos olhos de alguém nas proximidades. Era capaz de se enterrar na carne viva e abrir caminho pelas vias nervosas até o órgão vital mais próximo.

O buscador subiu, fez um giro quase completo pelo quarto e voltou.

Pela mente de Paul passaram em velocidade as informações pertinentes, as limitações do caçador-buscador: seu campo suspensor compacto distorcia a visão do olho transmissor. Como só a luz fraca do quarto iluminava o alvo, o operador tinha de contar com algum tipo de movimento, qualquer coisa que se movesse. Um escudo conseguiria retardar um caçador, ganhar tempo para que se pudesse destruí-lo, mas Paul deixara seu escudo sobre a cama. Podiam ser abatidos por armaleses, mas as armaleses eram caras e sua manutenção tinha a má fama de ser volátil – e havia sempre o perigo de pirotecnia explosiva se o raio *laser* interceptasse um escudo ativo. Os Atreides contavam com seus escudos pessoais e sua sagacidade.

Agora, Paul mantinha-se num estado de imobilidade catatônica, sabendo que só poderia contar com sua sagacidade para enfrentar aquela ameaça.

O caçador-buscador subiu mais meio metro. Atravessou as faixas de sombra e luz criadas pelas palhetas da persiana, para a frente e para trás, em todas as direções do quarto.

Tenho de tentar agarrá-lo, ele pensou. *O campo suspensor deixa a coisa escorregadia na base. Tenho de segurar com força.*

A coisa baixou meio metro, virou para a esquerda, fez a volta, contornando a cama. Ouvia-se um zumbido baixo que saía do dispositivo.

Quem está operando essa coisa?, Paul se perguntou. *Tem de ser alguém aqui perto. Eu poderia gritar e chamar Yueh, mas a coisa o mataria no instante em que a porta se abrisse.*

A porta do corredor atrás de Paul rangeu. Soou ali uma batida. A porta se abriu.

O caçador-buscador passou rente à cabeça dele feito uma flecha, na direção do movimento.

A mão direita de Paul se projetou para fora e para baixo e agarrou o aparelho letal. Agora a coisa zumbia e se contorcia na mão dele, mas os músculos do rapaz se fecharam desesperadamente sobre ela. Com um giro e uma arremetida violenta, ele bateu o nariz da coisa contra a placa de metal da porta. Sentiu a coisa se esfacelar quando o olho da ponta foi esmagado, e o buscador morreu em sua mão.

Mas ele continuou a segurar a coisa, só para ter certeza.

Os olhos de Paul se ergueram e encontraram o olhar franco e totalmente azul da shadout Mapes.

– Seu pai mandou chamá-lo – ela disse. – Há alguns homens no corredor para escoltá-lo.

Paul fez que sim, e seus olhos e sua percepção se concentraram naquela mulher esquisita, metida num vestido-saco na cor parda dos escravos. Ela agora olhava para a coisa que ele segurava firme na mão.

– Já ouvi falar dessas coisas – ela disse. – Teria me matado, não é?

Ele teve de engolir saliva antes de conseguir falar.

– Eu... era o alvo.

– Mas a coisa vinha em minha direção.

– Porque você estava em movimento. – E ele se perguntou: *Quem é esta criatura?*

– Então você salvou minha vida.

– Salvei a sua e a minha.

– Parece-me que poderia tê-la deixado me pegar e fugido – ela disse.

– Quem é você? – ele perguntou.

– A shadout Mapes, a governanta.

– Como sabia onde me encontrar?

– Sua mãe me contou. Eu a encontrei na escada que leva à sala dos sortilégios no fim do corredor. – Ela apontou sua direita. – Os homens de seu pai ainda estão esperando.

Devem ser os homens de Hawat, ele pensou. *Temos de encontrar o operador desta coisa.*

– Vá até os homens de meu pai – ele disse. – Diga a eles que peguei um caçador-buscador dentro da casa e que eles devem se espalhar e procurar o operador. Diga-lhes para isolar a casa e o resto da propriedade imediatamente. Eles saberão o que fazer. O operador certamente é um estranho entre nós.

E ele se perguntou: *Poderia ser esta criatura?* Mas ele sabia que não. O buscador ainda estava sob o controle de alguém quando ela entrou.

– Antes de eu fazer o que me manda, homenzinho – Mapes disse –, tenho de limpar o caminho entre nós. Você colocou um fardo d'água sobre meus ombros que não sei bem se quero levar. Mas nós, fremen, saldamos nossas dívidas, com o mal ou com o bem. E sabemos que há um traidor entre vocês. Quem seria, não sabemos dizer, mas temos certeza absoluta de que ele existe. Quiçá seja dele a mão que guiou esse fatiador de carne.

Paul absorveu aquilo em silêncio: *um traidor*. Antes que ele conseguisse falar, a mulher esquisita deu meia-volta e correu na direção da entrada.

Ele cogitou chamá-la de volta, mas algo nela lhe dizia que ela se ressentiria disso. Ela contara o que sabia e agora ia fazer o que ele *mandara*. A casa estaria fervilhando com os homens de Hawat num minuto.

Sua mente passou a outras partes daquela estranha conversa: *sala dos sortilégios*. Olhou para a esquerda, para onde ela havia apontado. *Nós, fremen*. Então aquilo era um fremen. Ele esperou o lampejo mnemônico que guardaria o padrão do rosto dela em sua memória: feições encarquilhadas e morenas, olhos de um azul sobre azul, sem nada de branco. Ele anexou o rótulo: *a shadout Mapes*.

Ainda segurando o buscador em pedaços, Paul voltou para seu quarto, apanhou seu cinturão-escudo sobre a cama com a mão esquerda, cingiu-o à cintura e o afivelou enquanto voltava a sair para o corredor e disparava pela esquerda.

Ela tinha dito que a mãe dele estava em algum lugar por ali: uma escada... uma *sala dos sortilégios*.

> *O que sustentou lady Jéssica no momento de sua provação? Pense com cuidado neste provérbio das Bene Gesserit e talvez você entenda: "Qualquer estrada, se seguida exatamente até seu fim, leva exatamente a lugar nenhum. Escale a montanha só um pouquinho, para verificar se é mesmo uma montanha. Do topo, não se vê a montanha".*
>
> – Excerto de "Muad'Dib: Memorial da família", da princesa Irulan

No fim da ala sul, Jéssica encontrou uma escada metálica que subia em caracol até uma porta oval. Ela olhou rapidamente para trás, para o corredor, e outra vez para a porta.

Oval?, ela se admirou. *Que formato estranho para a porta de uma casa.*

Pelas janelas sob a escada em caracol, ela via o grande sol branco de Arrakis, que se movia na direção da noite. Sombras compridas crivavam o corredor. Ela voltou sua atenção para a escada. A dura iluminação indireta destacava torrõezinhos de terra seca sobre o metal trabalhado e vazado dos degraus.

Jéssica pousou uma das mãos sobre o corrimão e começou a subir. O corrimão era frio ao contato de sua palma em movimento. Ela parou ao chegar à porta, viu que não havia maçaneta, só uma leve depressão na superfície, bem onde a maçaneta deveria estar.

Não pode ser uma fechadura palmar, ela disse consigo mesma. *Uma fechadura palmar é fechada ou aberta pela forma da mão e pelas linhas da palma de um indivíduo.* Mas parecia ser uma fechadura palmar. E havia maneiras de abrir qualquer fechadura palmar, como ela aprendera na escola.

Jéssica deu mais uma olhada para trás, para se certificar de que ninguém a observava, colocou a mão sobre a depressão na porta. A pressão mais delicada para distorcer as linhas: um giro do pulso, mais uma volta, uma torção que fez a palma deslizar pela superfície.

Ela sentiu o clique.

Mas ouviram-se passos apressados no corredor abaixo dela. Jéssica tirou a mão da porta, virou-se, viu Mapes aparecer ao pé da escada.

– Temos homens no Grande Átrio dizendo que foram mandados pelo duque para levar o jovem mestre Paul – Mapes disse. – Eles têm o sinete ducal e o guarda os identificou. – Ela olhou de relance para a porta, depois para Jéssica.

É cautelosa essa Mapes, Jéssica pensou. *Bom sinal.*

– Ele está no quinto aposento a partir desta ponta do corredor, no quartinho – Jéssica disse. – Se tiver dificuldade para acordá-lo, chame o dr. Yueh na sala ao lado. Pode ser que Paul precise tomar uma injeção estimulante para despertar.

Mais uma vez, Mapes lançou um olhar penetrante para a porta oval, e Jéssica imaginou detectar asco naquela expressão. Antes que Jéssica pudesse perguntar algo sobre a porta e o que se escondia atrás dela, Mapes havia se virado e corrido, voltando pelo corredor.

Hawat verificou o lugar, Jéssica pensou. *Não pode haver nada de muito terrível aí dentro.*

Ela empurrou a porta, que se abriu para uma sala pequena, com uma outra porta oval na parede oposta. Essa outra porta tinha uma roda como maçaneta.

Uma câmara de compressão!, Jéssica pensou. Olhou para baixo, viu uma escora de porta no chão da salinha. A escora tinha o sinal pessoal de Hawat. *A porta foi deixada aberta e escorada*, ela pensou. *Alguém deve ter derrubado a escora acidentalmente, sem perceber que a porta externa seria trancada por uma fechadura palmar.*

Ela passou por cima do rebordo e entrou na salinha.

Para que uma câmara de compressão numa casa?, ela se perguntou. E, de repente, pensou em criaturas exóticas isoladas em ambientes especiais.

Ambiente especial!

Faria sentido em Arrakis, onde mesmo as coisas mais secas trazidas de outros planetas precisavam ser irrigadas.

A porta atrás dela começou a se fechar. Ela a segurou e escorou com firmeza, usando a vareta que Hawat tinha deixado ali. Voltou a encarar a porta interna, com a maçaneta de roda, vendo agora uma inscrição quase apagada gravada no metal acima da maçaneta. Ela reconheceu as palavras em galach e leu:

– Ó, Homem! Eis aqui um pedaço adorável da Criação de Deus: coloca-te, portanto, diante Dela e aprende a amar a perfeição de Teu Amigo Supremo.

Jéssica jogou todo seu peso na roda, que girou para a esquerda, e a porta interna se abriu. Uma brisa suave roçou-lhe a face, agitou-lhe os cabelos. Ela sentiu a mudança no ar, um sabor mais penetrante. Escancarou a porta e viu-se diante de um aglomerado de folhas, atravessado por uma abundante luz solar amarela.

Sol amarelo?, ela se perguntou. E em seguida: *Vidro filtrador!*

Jéssica passou pela soleira e a porta se fechou atrás dela.

– Uma estufa de ambiente úmido – murmurou.

Plantas envasadas e árvores de poda baixa estavam por toda parte. Ela reconheceu uma mimosa, um marmeleiro florido, a sondagi, a pleniscenta de flores verdes, o akarso alviverde... rosas...

Até mesmo rosas!

Ela se inclinou para aspirar a fragrância de um gigantesco botão rosado; endireitou-se para dar uma olhada na sala.

Seus sentidos foram invadidos por um ruído ritmado.

Ela apartou uma selva de folhas sobrepostas para ver o centro da sala. Uma fonte baixa erguia-se ali, pequena e com bordas estriadas. O ruído ritmado era a água de um pequeno jato que surgia do chafariz, dividia-se no ar e chovia sobre a bacia de metal com um galope de baques surdos.

Recorrendo ao rápido regime de desobstrução dos sentidos, Jéssica começou a inspecionar metodicamente o perímetro da sala. Parecia ter uns dez metros quadrados. Pela localização, logo acima de uma das pontas do corredor, e devido a diferenças sutis na construção, ela calculou que a estufa teria sido acrescentada ao telhado daquela ala muito depois de completado o edifício original.

Ela se deteve nos limites sul da sala, em frente à grande extensão de vidro filtrador, e olhou ao redor. Todo o espaço disponível ali estava atulhado de plantas exóticas de clima úmido. Alguma coisa farfalhou na folhagem. Ela ficou tensa, depois entreviu um simples servógio programável, dotado de braços em forma de canos e mangueiras. Um dos braços se ergueu, emitiu um borrifo fino de água que umedeceu a face de Jéssica. O braço se recolheu, e ela olhou para o que tinha sido regado: um feto arborescente.

Água em toda parte naquela sala... num planeta onde a água era o sumo mais precioso da vida. Água desperdiçada de maneira tão conspícua que, escandalizada, ela encontrou sua calma interior.

Ela olhou para fora, para o sol amarelo do filtro. Pairava baixo no horizonte acidentado acima dos penhascos que formavam parte do imenso afloramento de rocha conhecido como a Muralha-Escudo.

Vidro filtrador, ela pensou. *Para transformar um sol branco em algo mais suave e familiar. Quem poderia ter construído este lugar? Leto? Seria próprio dele surpreender-me com um presente destes, mas não houve tempo suficiente. E ele anda ocupado com problemas mais graves.*

Lembrou-se do relatório que informava que muitas casas arrakinas eram isoladas com portas e janelas pressurizadas, para conservar e reaproveitar a umidade interna. Leto havia dito que era uma declaração deliberada de poder e riqueza aquela casa ignorar tais precauções, pois suas portas e janelas barravam apenas o pó onipresente.

Mas aquele cômodo personificava uma declaração muito mais significativa do que a ausência de hidrovedação nas portas externas. Ela estimava que aquela sala de recreação deveria usar água suficiente para sustentar mil pessoas em Arrakis, talvez mais.

Jéssica percorreu a extensão da janela, ainda olhando para a sala. Seu deslocamento descortinou uma superfície metálica, da altura de uma mesa, ao lado da fonte, e ela vislumbrou um bloco branco de apontamentos e um estilo, parcialmente escondidos por uma folha pendente, em forma de abano. Ela foi até a mesa, reparou nos sinais que Hawat havia deixado no móvel e examinou uma mensagem escrita no bloco:

"A LADY JÉSSICA,

Que este lugar lhe dê tanto prazer quanto deu a mim. Por favor, permita que esta sala transmita uma lição que aprendemos com as mesmas professoras: a proximidade de um objeto de desejo é uma tentação ao excesso. Nesse caminho jaz o perigo.

Meus melhores votos,
MARGOT, LADY FENRING"

Jéssica meneou afirmativamente a cabeça, lembrando-se de que Leto havia se referido ao ex-representante do imperador como conde Fenring. Mas a mensagem oculta na nota exigia atenção imediata, dissimulada como estava para informá-la de que a autora era outra Bene Gesserit. Um pensamento amargo tocou Jéssica de passagem: *o conde casou-se com sua lady.*

Ainda enquanto esse pensamento lhe passava pela cabeça, ela já estava inclinada sobre a mesa, à procura da mensagem secreta. Tinha de estar ali. A parte visível da nota continha a frase combinada que toda Bene Gesserit livre de uma Injunção Escolar tinha de dar a outra Bene Gesserit quando a situação assim exigia: "Nesse caminho jaz o perigo".

Jéssica apalpou o verso da nota, esfregou a superfície, em busca dos pontinhos cifrados. Nada. A borda do bloco passou por seus dedos ávidos. Nada. Devolveu o bloco ao lugar onde ela o havia encontrado, tomada pela sensação de urgência.

Teria algo a ver com a posição do bloco?, ela imaginou.

Mas Hawat havia examinado aquela sala e, sem dúvida, teria movido o bloco. Ela olhou para a folha que pairava sobre o bloco. A folha! Ela passou um dedo pela superfície inferior, pela margem, pela haste. Estava ali! Seus dedos detectaram os discretos pontos cifrados e começaram a lê-los de uma vez só:

"Seu filho e o duque correm perigo imediato. Prepararam um quarto para atrair seu filho. Os H o encheram com armadilhas mortais de fácil detecção, deixando uma que talvez passe despercebida." Jéssica conteve o impulso de correr para Paul; era preciso ler a mensagem inteira. Seus dedos se apressaram na leitura dos pontos: "Desconheço a natureza exata da ameaça, mas tem algo a ver com uma cama. A ameaça a seu duque envolve a traição de um companheiro ou lugar-tenente de confiança. O plano dos H é dar você de presente a um assecla. Até onde sei, esta estufa é segura. Perdoe-me por não saber dizer mais. Minhas fontes são poucas, pois meu conde não está na folha de pagamento dos H. Às pressas, MF".

Jéssica largou a folha, virou-se e correu de volta para Paul. Naquele instante, a porta pressurizada se abriu com estrondo. Paul a atravessou de um salto, segurando alguma coisa em sua mão direita, e bateu a porta atrás dele. Ele viu a mãe, abriu caminho até ela pela folhagem, olhou de relance para a fonte, enfiou a mão e a coisa que segurava na cascata de água.

– Paul! – Ela segurou o ombro dele, de olhos fixos na mão do garoto. – O que é isso?

Ele falou despreocupadamente, mas ela percebeu o esforço por trás daquele tom de voz:

– Um caçador-buscador. Eu o peguei em meu quarto e esmaguei-lhe o nariz, mas quero ter certeza. A água provocará um curto-circuito.

– Mergulhe-o! – ela ordenou.

Ele obedeceu.

Imediatamente, ela disse:

– Recolha sua mão. Deixe a coisa na água.

Ele removeu a mão, chacoalhando-a para se livrar da água, e fitou o metal inerte dentro da fonte. Jéssica quebrou o talo de uma planta e cutucou a coisinha letal.

Estava morta.

Jéssica soltou o talo dentro da água e olhou para Paul. Os olhos dele examinavam a sala com uma intensidade inquisitiva que ela não deixou de reconhecer: a Doutrina B.G.

– Este lugar poderia esconder qualquer coisa – ele disse.

– Tenho motivos para crer que é seguro – ela replicou.

– Meu quarto também deveria ser seguro. Hawat disse...

– Era um caçador-buscador – ela o fez lembrar. – Significa que alguém dentro da casa o operava. Os raios de controle dos buscadores têm alcance limitado. A coisa poderia ter sido trazida para dentro da casa depois do exame de Hawat.

Mas ela pensou na mensagem da folha: "*... traição de um companheiro ou lugar-tenente de confiança*". Não o Hawat, certamente. Não o Hawat.

– Os homens de Hawat estão vasculhando a casa neste instante – ele disse. – Esse buscador quase pegou a velha que foi me acordar.

– A shadout Mapes – Jéssica disse, lembrando-se do encontro na escada. – A convocação de seu pai para...

– Pode esperar – Paul disse. – Por que acha que esta sala é segura?

Ela apontou o bilhete e o explicou.

Ele relaxou um pouco.

Mas Jéssica continuou tensa por dentro, pensando: *Um caçador-buscador! Mãe de Misericórdia!* Foi preciso todo o seu treinamento para evitar um acesso de tremor histérico.

Paul falou com toda a tranquilidade:

– Foram os Harkonnen, naturalmente. Teremos de destruí-los.

Ouviu-se uma batida à porta pressurizada: o código usado por uma das unidades de Hawat.

– Entre – Paul gritou.

A porta se escancarou e um homem alto, com o uniforme dos Atreides e a insígnia de Hawat na boina, inclinou-se e entrou na sala.

– Aí está o senhor – ele disse. – Encontramos no porão uma pilha de pedras que escondia um homem. Tinha com ele o painel de controle de um buscador.

– Quero participar do interrogatório – Jéssica disse.

– Sinto muito, milady. Nós lhe demos uma surra tentando capturá-lo. Ele morreu.

– Nada que possa identificá-lo? – ela perguntou.

– Ainda não encontramos nada, milady.

– Era natural de Arrakis? – Paul perguntou.

Jéssica acenou afirmativamente com a cabeça diante da perspicácia da pergunta.

– Parece que sim – o homem disse. – Foi enfiado naquela pilha de pedras há mais de um mês, pelo jeito, e deixado ali para nos esperar. As pedras e a argamassa no ponto por onde ele entrou no porão estavam intactas quando inspecionamos o lugar ontem. Aposto minha reputação nisso.

– Ninguém está questionando sua meticulosidade – Jéssica disse.

– Eu estou, milady. Devíamos ter usado sondas sônicas lá embaixo.

– Presumo que estejam fazendo isso agora – Paul disse.

– Sim, senhor.

– Avise meu pai que vamos nos atrasar.

– Agora mesmo, senhor. – Ele olhou para Jéssica. – Hawat ordenou que, nas atuais circunstâncias, o jovem mestre seja mantido num lugar seguro. – Novamente, os olhos dele varreram a sala. – Que tal aqui?

– Tenho motivos para crer que é seguro – ela disse. – Tanto Hawat quanto eu examinamos esta sala.

– Então montarei guarda lá fora, milady, até termos vasculhado a casa mais uma vez. – Ele fez uma reverência, levou a mão à boina, cumprimentando Paul, saiu por onde tinha entrado e fechou a porta.

Paul rompeu o silêncio repentino, dizendo:

– Não seria melhor examinarmos a casa nós mesmos mais tarde? Seus olhos talvez vejam coisas que os outros deixaram passar.

– Esta ala era o único lugar que eu não tinha examinado – ela explicou. – Eu a deixei por último porque...

– Porque Hawat cuidou dela pessoalmente – completou ele.

Ela lançou um olhar rápido e inquisitivo para o rosto dele.

– Você desconfia de Hawat? – ela perguntou.

– Não, mas ele está ficando velho... está sobrecarregado de trabalho. Poderíamos aliviá-lo um pouco.

– Isso só o humilharia e prejudicaria sua eficiência – ela disse. – Nem um inseto perdido conseguirá andar por esta ala depois que lhe contarem o que aconteceu. Ficará envergonhado pelo...

– Temos de tomar nossas próprias providências – interrompeu ele.

– Hawat serve os Atreides há três gerações – ela disse. – Ele merece todo o nosso respeito e confiança... vezes e vezes sem conta.

Paul disse:

– Quando meu pai se irrita com algo que você tenha feito, ele diz *"Bene Gesserit!"*, como se fosse uma ofensa.

– E o que eu faço para irritar seu pai?

– Discuta com ele.

– Você não é seu pai, Paul.

E Paul pensou: *Ela ficará preocupada, mas tenho de lhe contar o que a tal Mapes disse sobre um traidor entre nós.*

– O que você está escondendo? – Jéssica perguntou. – Não é do seu feitio, Paul.

Ele deu de ombros e contou o que se passara entre ele e Mapes.

E Jéssica pensou na mensagem da folha. Tomou uma decisão repentina, mostrou a folha a Paul e contou-lhe o que a mensagem dizia.

– Meu pai precisa saber disso agora mesmo – ele disse. – Vou radiografar a mensagem em código e enviá-la.

– Não – ela mandou. – Vai esperar até poder falar com ele a sós. Quanto menos pessoas souberem disso, melhor.

– E com isso você quer dizer que não devemos confiar em ninguém?

– Há uma outra possibilidade – ela disse. – Pode ser que fosse para esta mensagem chegar até nós. As pessoas que a deixaram talvez acreditassem que era verdade, mas talvez o único propósito fosse que esta mensagem chegasse até nós.

O rosto de Paul continuou sério e impassível.

– Para semear a desconfiança e a suspeita em nossas fileiras e, dessa maneira, nos enfraquecer – ele concluiu.

– Você precisa falar com seu pai em particular e alertá-lo quanto a essa possibilidade – ela disse.

– Entendi.

Ela se virou para a alta janela de vidro filtrador, olhou para fora, para sudoeste, onde o sol de Arrakis afundava: uma esfera amarelada acima dos penhascos.

Paul a imitou e disse:

– Também não acho que seja Hawat. Poderia ser Yueh?

– Ele não é um dos lugares-tenentes nem um companheiro – ela disse. – E posso garantir que ele odeia os Harkonnen tanto quanto nós.

Paul dirigiu sua atenção para os penhascos, pensando: *E não poderia ser Gurney... nem Duncan. Seria um dos suboficiais? Impossível. São todos de famílias leais a nós há gerações... e por bons motivos.*

Jéssica esfregou a testa, sentindo o próprio cansaço. *É tamanho o perigo aqui!* Ela olhou para a paisagem amarelada pelo filtro, estudando-a. Depois das terras ducais, estendia-se um pátio de armazenagem delimitado por uma cerca alta e, dentro dele, fileiras de silos da especiaria, com torres de vigia sobre palafitas a contorná-lo, tal qual aranhas assustadas e numerosas. Via dali pelo menos vinte pátios cheios de silos que se estendiam até os penhascos da Muralha-Escudo – uma repetição de silos que tartamudeava por toda a bacia.

Aos poucos, o sol modificado pelo filtro ia se enterrando no horizonte. As estrelas surgiram do nada. Ela viu uma estrela brilhante, tão baixa no horizonte que piscava com um ritmo claro e preciso, um tremor de luz: pisca-pisca-pisca-pisca-pisca...

Paul se mexeu ao lado dela na sala tomada pela penumbra.

Mas Jéssica se concentrou naquela estrela brilhante e solitária, percebendo que estava baixa *demais*, que só poderia vir dos penhascos da Muralha-Escudo.

Alguém mandando sinais!

Ela tentou ler a mensagem, mas o código não era nenhum que ela conhecesse.

Outras luzes haviam se acendido lá embaixo, na planície sob os penhascos: pontinhos amarelos e espaçados, em contraste com a escuridão azul. E uma luz à esquerda deles ficou mais brilhante, começou a piscar de volta para o penhasco – muito rápido: pisquesguicha, tremeluz, pisca!

E sumiu.

A estrela falsa no penhasco se apagou imediatamente.

Sinais... e eles a enchiam de premonições.

Por que usaram luzes para mandar sinais através da bacia?, ela se perguntou. *Por que não usaram a redecom?*

A resposta era óbvia: a redecom certamente já era monitorada pelos agentes do duque Leto. Os sinais de luz só poderiam significar que as mensagens eram trocadas pelos inimigos dele: agentes dos Harkonnen.

Ouviu-se uma batida à porta atrás deles, e a voz do homem de Hawat:

– Tudo limpo, senhor... milady. Hora de levar o jovem mestre a seu pai.

> **Dizem que o duque Leto fechou os olhos para os perigos de Arrakis, que ele entrou imprudentemente na arapuca. Não seria mais provável que tivesse convivido tanto tempo com o perigo extremo que acabou avaliando equivocadamente uma mudança na magnitude do risco? Ou será possível que ele tenha se sacrificado deliberadamente para que seu filho pudesse ter uma vida melhor? Tudo indica que o duque não era um homem fácil de ludibriar.**
>
> – Excerto de "Muad'Dib: Memorial da família", da princesa Irulan

O duque Leto Atreides estava debruçado sobre o parapeito de uma torre de controle de aterrissagem à entrada de Arrakina. A primeira lua da noite, uma moeda de prata achatada nos polos, pairava bem acima do horizonte meridional. Abaixo dela, os penhascos acidentados da Muralha-Escudo brilhavam como açúcar queimado através de um nevoeiro de pó. A sua esquerda, as luzes de Arrakina cintilavam na cerração – amarelas... brancas... azuis.

Ele pensou nos anúncios recém-publicados, logo acima de sua assinatura, em todos os lugares densamente povoados do planeta: "Nosso sublime imperador padixá me encarregou de tomar posse deste planeta e pôr um fim a todas as desavenças".

A formalidade cerimonial da notícia dava-lhe a sensação de isolamento. *Quem se deixou enganar por esse legalismo ilusório? Não os fremen, com certeza. Nem as Casas Menores que controlavam o comércio interno de Arrakis... e pertenciam aos Harkonnen praticamente até o último homem.*

Tentaram tirar a vida de meu filho!

Era difícil suprimir a raiva.

Ele viu as luzes de um veículo em movimento se dirigirem para o campo de pouso, vindas de Arrakina. Torceu para que fosse o transporte de tropas que trazia Paul. A demora era exasperadora, apesar de ele saber que se devia à cautela do lugar-tenente de Hawat.

Tentaram tirar a vida de meu filho!

Chacoalhou a cabeça para expulsar os pensamentos zangados, voltou a olhar para o campo, onde cinco de suas próprias fragatas estavam estacionadas ao longo do perímetro, feito sentinelas monolíticas.

Melhor uma demora cautelosa do que...

O oficial era bom, ele se lembrou. Um homem indicado para promoção, completamente leal.

"Nosso sublime imperador padixá..."

Ah, se o povo daquela cidade fortificada e decadente pudesse ver a nota particular do imperador para seu "nobre duque", as alusões desdenhosas a homens e mulheres cobertos por véus: "... mas que outra coisa se pode esperar de bárbaros cujo sonho mais caro é viver fora da segurança organizada das faufreluches?".

Parecia ao duque que, naquele momento, seu sonho mais caro era pôr fim a todas as distinções de classe e nunca mais pensar na hierarquia fatal. Ergueu os olhos, afastando-os da poeira, para contemplar as estrelas imóveis, e pensou: *Ao redor de uma daquelas luzinhas gira Caladan... mas eu nunca mais verei minha pátria.* A saudade de Caladan foi uma pontada repentina em seu peito. Sentiu que não vinha de dentro dele, e sim de Caladan. Não conseguia se obrigar a chamar de pátria aquele deserto seco de Arrakis e duvidava que um dia o fizesse.

Tenho de disfarçar meus sentimentos, ele pensou. *Pelo bem do menino. Se é para ele ter uma pátria, será aqui. Posso pensar em Arrakis como um inferno ao qual cheguei antes da morte, mas ele terá de encontrar aqui sua inspiração. Tem de haver alguma coisa.*

Foi varrido por uma onda de autopiedade, imediatamente desprezada e rejeitada, e, por alguma razão, ele se viu relembrando dois versos de um poema que Gurney Halleck repetia com frequência:

"Meus pulmões provam o ar do Tempo
Que já atravessou cascatas de areia...".

Bem, Gurney encontraria muitas cascatas de areia por ali, o duque pensou. Os ermos centrais, para além daqueles penhascos que o luar açucarava, eram desertos: rocha estéril, dunas e poeira ao vento, uma imensidão seca e não mapeada, com grupos de fremen aqui e ali, ao longo da orla, e talvez espalhados por toda a área. Se havia algo capaz de comprar um futuro para a linhagem dos Atreides, esse algo talvez fosse os fremen.

Contanto que os Harkonnen não tivessem infectado até mesmo os fremen com suas intrigas venenosas.

Tentaram tirar a vida de meu filho!

Um rangido metálico e alto fez a torre toda vibrar e balançou o parapeito sob os braços dele. Os anteparos blindados caíram diante dele, bloqueando a vista.

A nave auxiliar está chegando, ele pensou. *Hora de descer e trabalhar.* Virou-se para a escada atrás dele, dirigiu-se para a grande sala de reuniões, tentando se manter calmo na descida, preparando seu rosto para o encontro que logo se daria.

Tentaram tirar a vida de meu filho!

Os homens já estavam entrando, vindos do campo, quando ele chegou à sala de teto amarelo e abobadado. Carregavam nos ombros suas mochilas espaciais, berravam e faziam barulho, como estudantes de volta das férias.

– Ei! Sentiu isso embaixo dos pés? É gravidade, cara!

– Quantos *g*'s tem este lugar? Parece forte.

– Exatos nove décimos de um *g*.

O fogo cruzado de palavras tomou a sala.

– Deu uma boa olhada neste buraco durante a descida? Cadê todo o saque que devia estar aqui?

– Os Harkonnen levaram tudo!

– Eu quero é uma chuveirada quente e uma cama macia!

– Cê não tá sabendo, idiota? Não tem chuveiro aqui embaixo. Tem que esfregar a bunda com areia!

– Ei! Calado! O duque!

O duque saiu da boca da escadaria e entrou numa sala subitamente silenciosa.

Gurney Halleck caminhava à frente do grupo, com a mochila num dos ombros e o braço de seu baliset de nove cordas na outra mão. Eram mãos de dedos compridos e polegares grandes, capazes de movimentos diminutos que arrancavam uma música delicadíssima do instrumento.

O duque observou Halleck, admirando o homem feio e gordo, reparando nos olhos como cacos de vidro, com seu brilho de inteligência selvagem. Ali estava um homem que vivia fora das faufreluches, apesar de obedecer a todos os seus preceitos. Como é que Paul o tinha chamado? *"Gurney, o corajoso."*

Os cabelos finos e louros de Halleck pendiam de um lado e outro de sua calva estéril. A boca grande se contorcia num sorriso escarninho e divertido, e a cicatriz da chicotada de cipó-tinta em sua mandíbula parecia ter vida própria. Todo o seu aspecto indicava uma competência informal e resoluta. Ele se aproximou do duque e fez uma reverência.

– Gurney – Leto disse.

– Milorde. – Com o baliset, ele fez um gesto na direção dos homens na sala. – São os últimos. Preferia ter vindo na primeira leva, mas...

– Ainda sobraram alguns Harkonnen para você – o duque disse. – Venha comigo, Gurney, para podermos conversar.

– É só mandar, milorde.

Eles foram para um recesso, ao lado de uma máquina de água automática, enquanto os homens se inquietavam na sala grande. Halleck largou a mochila num canto e continuou segurando o baliset.

– Quantos homens você pode ceder a Hawat? – o duque perguntou.

– Thufir está com algum problema, sire?

– Ele só perdeu dois agentes, mas seus batedores nos forneceram informações excelentes sobre toda a estrutura dos Harkonnen aqui. Se agirmos rapidamente, talvez consigamos um pouco de segurança, o respiro de que precisamos. Ele quer todos os homens de que você puder dispor, homens que não torçam o nariz para uma lâmina suja de sangue.

– Posso ceder trezentos de meus melhores homens – Halleck disse. – Para onde devo mandá-los?

– Para o portão principal. Hawat tem um agente posicionado lá, esperando para levá-los.

– Devo cuidar disso agora mesmo, sire?

– Daqui a pouco. Temos um outro problema. O comandante do campo irá segurar a nave auxiliar aqui até o amanhecer sob algum pretexto. O paquete da Guilda que nos trouxe está para seguir viagem, e a nave auxiliar deve fazer contato com um cargueiro que irá subir um carregamento de especiaria.

– Nossa especiaria, milorde?

– Nossa especiaria. Mas a nave auxiliar também transportará alguns caçadores de especiaria do antigo regime. Eles decidiram partir com a mudança de suserania, e o Juiz da Transição irá permitir. São trabalhadores valiosos, Gurney, cerca de oitocentos deles. Antes de a nave auxiliar partir, você tem de convencer esses homens a se juntarem a nós.

– Com que força devo convencê-los, sire?

– Quero cooperação voluntária, Gurney. Esses homens têm a experiência e os talentos de que precisamos. O fato de estarem de partida indica que não são parte da máquina dos Harkonnen. Hawat acredita que pode haver algumas maçãs podres no grupo, mas ele enxerga assassinos em qualquer sombra.

– Thufir já descobriu sombras muito produtivas nesta vida, milorde.

– E outras ele não encontrou. Mas acho que infiltrar agentes nessa turma que está de partida seria criativo demais para os Harkonnen.

– Talvez, sire. Onde estão esses homens?

– No nível mais baixo, numa sala de espera. Sugiro que desça até lá e toque uma ou duas canções para amaciá-los, depois aumente a pressão. Pode oferecer cargos de autoridade àqueles que se qualificarem. Ofereça um aumento de vinte por cento em relação aos salários que recebiam dos Harkonnen.

– Só isso, sire? Sei que os Harkonnen pagavam pouco. E, para homens com o dinheiro da indenização nos bolsos e a vontade de viajar... bem, sire, vinte por cento dificilmente pareceria um incentivo apropriado para ficar.

Leto falou com impaciência:

– Então faça o que achar melhor em casos particulares. Só não esqueça que o erário não é infinito. Fique nos vinte por cento sempre que puder. Precisamos particularmente de condutores de especiaria, monitores climáticos, duneiros: qualquer um que tenha experiência no deserto aberto.

– Entendido, sire. "Eles todos vêm com violência: sua vanguarda irrompe como o vento oriental, eles ajuntam cativos como areia."

– Uma citação muito comovente – disse o duque. – Deixe seu pessoal nas mãos de um tenente. Faça-o dar um breve treinamento de hidrodisciplina, depois acomode os homens para passarem a noite no quartel ao lado do campo. Os funcionários do campo irão orientá-los. E não esqueça os homens para Hawat.

– Trezentos dos melhores, sire. – Ele apanhou sua mochila espacial. – Onde poderei encontrá-lo para fazer meu relatório, milorde, depois de completadas minhas tarefas?

— Eu tomei posse de uma sala de conferências aqui em cima. Faremos aqui as reuniões do estado-maior. Quero organizar uma nova sequência de retirada planetária, com a saída dos esquadrões blindados em primeiro lugar.

Halleck se deteve no ato de virar, cruzou olhares com Leto.

— Está prevendo *esse* tipo de problema, sire? Pensei que houvesse um Juiz da Transição aqui.

— Batalhas francas e secretas — o duque disse. — Haverá muito sangue derramado antes de terminarmos.

— "E a água que tomares do rio tornar-se-á sangue sobre a terra seca" — citou Halleck.

O duque suspirou.

— Volte logo, Gurney.

— Muito bem, milorde. — A cicatriz da chicotada se agitou quando ele sorriu. — "Eis que, como um jumento montês no deserto, saio eu ao meu trabalho." — Virou-se, caminhou a passos largos até o centro da sala, deteve-se para retransmitir suas ordens e seguiu apressado por entre os homens.

Leto balançou a cabeça tão logo o outro homem deu-lhe as costas. Halleck era um assombro constante: a cabeça cheia de canções, citações e frases floreadas... e o coração de um assassino ao lidar com os Harkonnen.

Sem demora, Leto traçou uma rota tranquila, em diagonal, até o elevador, respondendo às continências com um aceno despreocupado da mão. Ele reconheceu um homem do departamento de propaganda e deteve-se para dar a ele uma mensagem que poderia ser retransmitida aos homens pelos canais devidos: aqueles que haviam trazido suas mulheres gostariam de saber que elas estavam em segurança e onde poderiam ser encontradas. Os outros iam querer saber que a população ali parecia ter mais mulheres que homens.

O duque bateu no braço do propagandista, um sinal de que a mensagem era de máxima prioridade e deveria ser divulgada imediatamente, depois continuou a atravessar a sala. Ele acenou com a cabeça para os homens, sorriu, trocou gracejos com um subalterno.

O comandante sempre tem de parecer confiante, ele pensou. *Toda essa fé depositada em seus ombros, e você numa posição crítica, sem demonstrar nada.*

Deixou escapar um suspiro de alívio quando o elevador o engoliu e ele pôde se virar e encarar as portas impessoais.

Tentaram tirar a vida de meu filho!

> **Acima da saída do campo de pouso de Arrakina, como que entalhada rudemente com um instrumento ordinário, havia uma inscrição que Muad'Dib repetiria muitas vezes. Ele a viu naquela primeira noite em Arrakis, quando foi levado ao posto de comando ducal para participar da primeira conferência de todo o estado-maior de seu pai. As palavras da inscrição eram um apelo àqueles que deixavam Arrakis, mas incidiram com implicações sombrias sobre os olhos de um menino que acabara de escapar da morte por um triz. Diziam: "Ó, vocês que sabem o que sofremos aqui, não se esqueçam de nós em suas preces".**
>
> – Excerto do "Manual de Muad'Dib", da princesa Irulan

– Toda a teoria da guerra é um risco calculado – o duque disse –, mas, quando se trata de colocar em risco a própria família, o elemento do *cálculo* se perde em... outras coisas.

Ele sabia que não estava refreando sua raiva tão bem quanto deveria e virou-se, caminhou a passos largos por toda a extensão da mesa comprida e voltou.

O duque e Paul estavam sozinhos na sala de conferências do campo de pouso. Era uma sala cheia de ecos, mobiliada apenas com a mesa comprida, circundada por antiquadas cadeiras de três pernas, um mapa e um projetor numa das pontas. Paul sentava-se à mesa, perto do mapa. Ele tinha contado ao pai o episódio do caçador-buscador e relatado que um traidor os ameaçava.

O duque se deteve na frente de Paul e esmurrou a mesa:

– Hawat me disse que a casa era segura!

Paul falou, hesitante:

– Também fiquei com raiva... no início. E culpei Hawat. Mas a ameaça veio de fora da casa. Simples, inteligente e direta. E teria tido êxito não fosse o treinamento que recebi do senhor e de tantos outros, entre eles Hawat.

– Você o está defendendo? – o duque indagou.

– Sim.

– Ele está ficando velho. É isso. Deveria ser...

– Ele é muito experiente – Paul disse. – Quantas vezes o senhor se lembra de ter visto Hawat errar?

– Eu é que deveria defendê-lo – o duque disse. – Não você.

Paul sorriu.

Leto sentou-se à cabeceira da mesa, pousou uma das mãos sobre a do filho.

– Você... andou amadurecendo, filho. – Ele ergueu a mão. – Isso me alegra. – Retribuiu o sorriso do menino. – Hawat cuidará do próprio castigo. Ficará com mais raiva de si mesmo por causa disso do que nós dois juntos conseguiríamos despejar em cima dele.

Paul olhou rapidamente para as janelas escuras atrás do mapa, para o negror da noite. As luzes da sala eram refletidas pelo parapeito de uma sacada lá fora. Ele viu sinais de movimentação e reconheceu a forma de um guarda que vestia o uniforme dos Atreides. Paul voltou a olhar para a parede branca atrás de seu pai, depois para baixo, para a superfície brilhante da mesa, vendo nela seus próprios punhos cerrados.

A porta de frente para o duque se abriu com estrondo. Thufir Hawat a atravessou, parecendo mais velho e curtido do que nunca. Ele percorreu toda a extensão da mesa e deteve-se em posição de sentido diante de Leto.

– Milorde – ele disse, falando para um ponto acima da cabeça de Leto. – Acabei de saber que falhei com milorde. Sou obrigado a entregar minha renún...

– Ora, sente-se e pare de fazer papel de idiota – disse o duque. Ele acenou para a cadeira em frente a Paul, do outro lado da mesa. – Se cometeu um erro, foi o de *super*estimar os Harkonnen. Suas mentes simplórias pensaram num truque simplório. Não contávamos com truques simplórios. E meu filho fez questão de me apontar que escapou por causa do treinamento que você deu a ele. Você não falhou! – Bateu de leve no encosto de uma cadeira vazia. – Sente-se, já disse!

Hawat afundou-se na cadeira.

– Mas...

– Não quero saber – o duque disse. – O incidente é coisa do passado. Temos assuntos mais urgentes. Onde estão os outros?

– Pedi que esperassem lá fora enquanto eu...
– Chame-os.

Hawat olhou Leto nos olhos.

– Sire, eu...

– Sei quem são meus amigos de verdade, Thufir – o duque disse. – Chame os homens.

Hawat engoliu em seco.

– É para já, milorde.

Ele girou na cadeira e gritou para a porta aberta:

– Gurney, faça-os entrar.

Halleck conduziu a fila de homens para dentro da sala: os oficiais do estado-maior, de aparência assustadoramente séria, seguidos pelos auxiliares e especialistas mais jovens, com ares ansiosos. O som breve de pés que se arrastavam ecoou pela sala quando os homens tomaram seus assentos. O cheiro suave do estimulante rachag percorreu a mesa.

– Temos café para quem quiser – disse o duque.

Olhou para seus homens, pensando: *Eles formam um bom grupo. Minha situação nesta guerra poderia ser bem pior.* Esperou até trazerem o café da sala ao lado e servirem-no, notando o cansaço em alguns rostos.

No mesmo instante, ele vestiu sua máscara de muda eficiência, ficou de pé e chamou a atenção deles batendo os nós dos dedos na mesa.

– Bem, cavalheiros – ele disse –, nossa civilização parece ter se entregado de tal maneira ao hábito da invasão que não podemos sequer obedecer a uma ordem simples do Imperium sem que os costumes antigos sejam ressuscitados.

Risadas breves e secas fizeram-se ouvir ao redor da mesa, e Paul percebeu que seu pai tinha dito a coisa certa e no tom de voz certo para levantar os ânimos. Até mesmo o vestígio de cansaço em sua voz estava correto.

– Acho que, primeiro, é melhor saber se Thufir tem algo a acrescentar ao relatório que fez sobre os fremen – disse o duque. – Thufir?

Hawat ergueu os olhos.

– Tenho algumas questões econômicas a discutir depois de meu relatório geral, sire, mas já posso dizer que os fremen parecem ser, cada vez mais, os aliados de que precisamos. Por ora, estão esperando para ver se podem confiar em nós, mas parecem se portar com transparência. Mandaram-nos um presente: trajestiladores feitos por eles mesmos... mapas de certas áreas desérticas em volta de fortalezas que os Harkonnen deixaram para trás... – Olhou de relance para a mesa. – As informações que nos forneceram mostraram-se completamente confiáveis e nos ajudaram consideravelmente em nossas negociações com o Juiz da Transição. Também mandaram algumas quinquilharias: joias para Lady Jéssica, aguardente de especiaria, doces, remédios. Meus homens estão processando o pacote neste instante. Não parece haver má-fé.

– Você gosta dessas pessoas, Thufir? – perguntou um homem na outra ponta da mesa.

Hawat voltou-se para o indagador.

– Duncan Idaho diz que são admiráveis.

Paul olhou para o pai, depois voltou a olhar para Hawat e arriscou uma pergunta:

– Você tem alguma informação nova sobre o tamanho da população fremen?

Hawat olhou para Paul.

– Com base no beneficiamento de alimentos e em outros indícios, Idaho estima que o complexo de cavernas que visitou tinha por volta de dez mil pessoas no total. O líder deles disse governar um sietch de duas mil famílias. Temos motivos para acreditar que existam muitas dessas comunidades sietch. Todas parecem leais a alguém de nome Liet.

– Isso é novidade – disse Leto.

– Pode ser um erro de minha parte, sire. Algumas coisas indicam que esse Liet pode ser uma divindade daqui.

Um outro homem na outra ponta da mesa limpou a garganta e perguntou:

– É certo que eles negociam com os contrabandistas?

– Uma caravana de contrabandistas deixou esse sietch enquanto Idaho estava lá, levando consigo um grande carregamento de especiaria. Usavam animais de carga e deram a entender que enfrentariam uma viagem de dezoito dias.

– Parece – disse o duque – que os contrabandistas redobraram suas operações durante este período tumultuado. Isso merece consideração. Não devemos nos preocupar demais com as fragatas clandestinas que operam ao largo de nosso planeta: sempre foi assim. Mas deixá-las completamente sem supervisão... isso não é nada bom.

– Tem um plano, sire? – Hawat perguntou.

O duque olhou para Halleck.

– Gurney, quero que você lidere uma delegação, ou uma embaixada, se preferir, para contatar esses empresários aventureiros. Diga-lhes que irei ignorar as operações deles contanto que me paguem um tributo ducal. Hawat estima que as propinas e a necessidade de mais homens de armas para manter suas operações devem ter lhes custado quatro vezes isso.

– E se o imperador ficar sabendo? – Halleck perguntou. – Ele é muito cioso dos lucros que obtém com a CHOAM, milorde.

Leto sorriu.

– Vamos depositar todo o tributo em nome de Shaddam IV e deduzi-lo legalmente de nossos custos de arrecadação. Quero ver os Harkonnen se oporem a isso! E arruinaremos mais alguns habitantes que enriqueceram à custa do sistema dos Harkonnen. Chega de propinas!

Um sorriso desfigurou o rosto de Halleck.

– Ah, milorde, que beleza de golpe baixo. Como eu queria ver a cara do barão quando ficar sabendo disso.

O duque virou-se para Hawat.

– Thufir, você conseguiu aqueles livros contábeis que disse ser possível comprar?

– Sim, milorde. Estão sendo examinados minuciosamente agora mesmo. Mas dei uma olhada neles e posso fazer uma primeira aproximação.

– Faça, então.

– Os Harkonnen tiravam dez bilhões de solaris daqui a cada cento e trinta dias-padrão.

Toda a mesa ficou boquiaberta. Até mesmo os assistentes mais jovens, que tinham chegado a demonstrar um pouco de tédio, endireitaram-se nas cadeiras e arregalaram os olhos.

Halleck murmurou:

– "Porque chuparão a abundância dos mares e os tesouros escondidos da areia."

– Estão vendo, cavalheiros – disse Leto. – Alguém aqui é tão ingênuo a ponto de acreditar que os Harkonnen fizeram as malas e, quietinhos, deixaram tudo isso para trás só porque o imperador mandou?

Houve um menear generalizado de cabeças e murmúrios de concordância.

— Teremos de tomar tudo a fio de espada — Leto disse. Ele se voltou para Hawat. — Agora é um ótimo momento para um inventário do equipamento. Quantas lagartas de areia, colheitadeiras, usinas de especiaria e equipamento de apoio eles nos deixaram?

— Uma lista completa, como informa o inventário imperial auditado pelo Juiz da Transição, milorde — Hawat disse. Indicou com um gesto que um dos auxiliares lhe entregasse uma pasta, abriu-a sobre a mesa, à frente dele. — Esqueceram de mencionar que menos da metade das lagartas está operacional, que somente cerca de um terço tem caleches para aerotransportá-las até as areias de especiaria; que tudo que os Harkonnen nos deixaram está prestes a quebrar e a se desfazer. Teremos sorte se conseguirmos fazer metade do equipamento funcionar, e mais sorte ainda se um quarto dele ainda estiver funcionando daqui a seis meses.

— Bem como esperávamos — Leto disse. — Qual é a estimativa segura em relação ao equipamento básico?

Hawat olhou para sua pasta.

— Por volta de 930 usinas-colheitadeiras que poderão ser despachadas em alguns dias. Cerca de 6.250 ornitópteros para levantamento topográfico, reconhecimento e observação meteorológica... caleches: pouco menos de mil.

Halleck disse:

— Não seria mais barato reabrir as negociações com a Guilda e obter permissão para manter uma fragata em órbita como satélite meteorológico?

O duque olhou para Hawat.

— Nenhuma novidade nesse caso, não é, Thufir?

— Teremos de tentar outras vias por ora — Hawat disse. — O agente da Guilda não estava realmente negociando conosco. Estava apenas deixando claro, de um Mentat para outro, que o valor estava muito acima de nossas possibilidades e continuaria assim, por mais possibilidades que criássemos. Nossa tarefa é descobrir por quê, antes de o abordarmos de novo.

Um dos assistentes de Halleck na outra ponta da mesa girou em sua cadeira e disse com aspereza:

— Não é justo!

— Justo? — o duque olhou para o homem. — Quem é que pede justiça? Fazemos nossa própria justiça. E a faremos aqui em Arrakis, vencendo ou perdendo. Arrependeu-se de ter se juntado a nós, senhor?

O homem fitou o duque e disse:

— Não, sire. Milorde não pôde se esquivar, e eu nada pude fazer a não ser segui-lo. Perdoe-me o arroubo, mas – ele deu de ombros – todos nos sentimos um pouco amargos de vez em quando.

— A amargura eu entendo – disse o duque. – Mas não vamos clamar por justiça enquanto tivermos a força dos braços e a liberdade para usá-los. Mais alguém anda alimentando a amargura? Se anda, pode deixá-la extravasar. Estamos entre amigos e todo homem pode dizer o que pensa.

Halleck se mexeu e falou:

— Penso, sire, que exasperador é o fato de as outras Casas Maiores não oferecerem ajuda. Elas chamam milorde de "Leto, o Justo" e juram amizade eterna, mas desde que isso não lhes custe nada.

— Elas ainda não sabem quem vai ganhar esta briga – o duque disse. – A maioria das Casas enriqueceu assumindo poucos riscos. Não se pode, de fato, culpá-las por isso, só desprezá-las. – Olhou para Hawat. – Estávamos discutindo o equipamento. Você se importaria de projetar alguns exemplos para que os homens comecem a conhecer esse maquinário?

Hawat fez que sim e gesticulou para um assistente posicionado perto do projetor.

Uma projeção solidográfica tridimensional apareceu sobre a mesa, mais ou menos a um terço de sua extensão desde onde se encontrava o duque. Alguns dos homens mais afastados se levantaram para enxergar melhor.

Paul se debruçou, olhando atentamente para a máquina.

De acordo com a escala proporcionada pelas minúsculas figuras humanas que a circundavam, a coisa tinha cerca de 120 metros de comprimento e 40 de largura. Era essencialmente um corpo comprido e insetoide, movido por conjuntos independentes de esteiras largas.

— Esta é uma usina-colheitadeira – Hawat disse. – Escolhemos uma em boas condições para esta projeção. Contudo, há uma draga que veio com a primeira equipe de ecólogos imperiais e ainda está funcionando... mas não sei dizer como... nem por quê.

— Se é aquela que chamam de "Velha Maria", é uma peça de museu – disse um assistente. – Acho que os Harkonnen ficaram com ela só para usá-la como castigo, uma ameaça que pairava sobre a cabeça de seus operários. Seja bonzinho ou vão mandar você para a Velha Maria.

Ouviram-se risadas em volta da mesa.

Paul não tomou parte, com a atenção focada na projeção e na pergunta que tomava sua mente. Ele apontou a imagem sobre a mesa e disse:

— Thufir, existem vermes da areia grandes o suficiente para engolir uma dessas inteira?

O silêncio se instalou rapidamente na mesa. O duque praguejou baixinho, em seguida pensou: *Não, eles têm de encarar a realidade daqui.*

— Existem vermes nas profundezas do deserto capazes de engolir essa usina inteira de uma bocada só — Hawat disse. — Aqui, mais perto da Muralha-Escudo, onde se dá a maior parte da colheita, existem muitos vermes capazes de danificar essa usina e devorá-la sem pressa.

— Por que não as guarnecemos com escudos? — perguntou Paul.

— De acordo com o relatório de Idaho — Hawat disse —, os escudos são perigosos no deserto. Um escudo de tamanho humano atrai todos os vermes num raio de centenas de metros. Parece levá-los a um furor assassino. É o que nos dizem os fremen, e não há motivo para duvidarmos deles. Idaho não viu o menor indício de equipamentos geradores de escudos no sietch.

— Nada mesmo? — Paul perguntou.

— Seria muito difícil esconder esse tipo de coisa no meio de vários milhares de pessoas — Hawat disse. — Idaho teve acesso livre a todas as partes do sietch. Não viu escudos nem qualquer indicação de seu uso.

— É um enigma — comentou o duque.

— Os Harkonnen certamente usavam muitos escudos aqui — Hawat falou. — Tinham oficinas em todas as vilas fortificadas, e suas contas mostram gastos elevados com a reposição de escudos e peças sobressalentes.

— Será que os fremen têm como anular os escudos? — Paul perguntou.

— Não parece provável — Hawat disse. — Claro que, teoricamente, é possível: uma enorme contracarga estática poderia fazer isso, mas ninguém até hoje conseguiu colocar a ideia à prova.

— Já teríamos ouvido falar de algo assim a esta altura — Halleck falou. — Os contrabandistas têm contato direto com os fremen e teriam adquirido um aparelho como esse se estivesse disponível. E não teriam o menor escrúpulo de comercializá-lo fora do planeta.

— Não gosto da ideia de deixar uma pergunta tão importante sem resposta — Leto disse. — Thufir, quero que dê prioridade máxima à solução desse problema.

— Já estamos trabalhando nisso, milorde. — Limpou a garganta. — Aah, Idaho disse uma coisa: ele disse que a atitude dos fremen em relação aos escudos é inequívoca. Disse que eles se divertem muito com a ideia.

O duque franziu o cenho e então:

— O assunto em pauta é o equipamento de extração da especiaria.

Hawat acenou para seu assistente junto ao projetor.

A imagem solidográfica da usina-colheitadeira foi substituída pela projeção de um aparelho alado que apequenava as imagens das figuras humanas em volta dele.

— Isto é um caleche — Hawat disse. — É basicamente um ornitóptero grande cuja única função é levar uma usina às areias ricas em especiaria, e depois resgatar a usina quando um verme da areia aparece. Eles sempre aparecem. Colher a especiaria é uma questão de entrar e sair correndo, carregando tudo o que puder.

— Admiravelmente adequado à moral dos Harkonnen — disse o duque.

As gargalhadas foram abruptas e ruidosas.

Um ornitóptero substituiu o caleche no foco do projetor.

— Estes ornitópteros são bem convencionais — continuou Hawat. — Com grandes modificações, podem ter um alcance maior. Foi tomado o cuidado especial de vedar as áreas essenciais à entrada de areia e pó. Somente um a cada trinta deles apresenta escudos, talvez por terem se livrado do peso do gerador de escudo para obter maior alcance.

— Não gosto dessa despreocupação com os escudos — o duque murmurou. E pensou: *Será esse o segredo dos Harkonnen? Significa que sequer conseguiremos escapar em fragatas protegidas por escudos se tudo der errado para nós?* Ele chacoalhou a cabeça, para afastar aqueles pensamentos, e disse: — Passemos à estimativa preliminar. Qual será nosso lucro aproximado?

Hawat virou duas páginas de seu caderno de notas.

— Depois de avaliar os consertos necessários e o equipamento operacional, chegamos a uma primeira estimativa dos custos operacionais. Baseia-se, naturalmente, num valor pessimista, para termos uma nítida margem de segurança. — Ele fechou os olhos, entregando-se ao quase-transe dos Mentats, e disse: — Com os Harkonnen, a manutenção e os salários ficavam em catorze por cento. Teremos sorte se conseguirmos trinta por cento no início. Considerados o reinvestimento e os fatores de crescimento, entre eles a porcentagem da CHOAM e os custos militares, nossa margem de lucro será reduzida a parcos seis ou sete por cento até conseguirmos substituir o equipamento antigo. Aí pode ser que consigamos aumentá-la para doze ou quinze por cento, como deveria ser. – Ele abriu os olhos. – A menos que milorde deseje adotar os métodos dos Harkonnen.

– Estamos tentando criar uma base planetária sólida e permanente – o duque disse. – Temos de manter uma grande porcentagem da população feliz, especialmente os fremen.

– Muito especialmente os fremen – Hawat concordou.

– Nossa supremacia em Caladan – o duque disse – dependia de nossa força no mar e no ar. Aqui, temos de desenvolver algo que prefiro chamar de força do *deserto*. Pode ser que venha a incluir a força aérea, mas é possível que não. Chamo a atenção de vocês para a ausência de escudos nos ornitópteros. – Ele chacoalhou a cabeça. – Os Harkonnen contavam com a rotatividade extraplanetária de parte de seu pessoal estratégico. Não podemos correr esse risco. Todo grupo novo teria sua quota de agitadores.

– Então teremos de nos contentar com um lucro muito menor e uma safra reduzida – Hawat disse. – Nossa produção, nas duas primeiras temporadas, deve ser um terço menor que a média dos Harkonnen.

– Aí está – disse o duque –, exatamente como esperávamos. Teremos de agir rápido com os fremen. Eu gostaria de ter cinco batalhões completos de soldados fremen antes da primeira auditoria da CHOAM.

– Não é muito tempo, sire – Hawat disse.

– Não temos muito tempo, como vocês bem sabem. Estarão aqui com Sardaukar disfarçados de Harkonnen na primeira oportunidade. Quantos você acha que eles mandarão, Thufir?

– Quatro ou cinco batalhões no total, sire. Não mais que isso, sendo tão altos os preços cobrados pela Guilda para transportar tropas.

– Então cinco batalhões de fremen mais nossas próprias forças terão de dar conta do recado. Se desfilarmos alguns Sardaukar capturados diante do Conselho do Landsraad, a história será muito diferente, com ou sem lucro.

– Faremos o possível, sire.

Paul olhou para o pai, depois para Hawat, repentinamente consciente da idade avançada do Mentat, ciente de que o velho tinha servido três gerações de Atreides. *Velho*. Era visível no brilho remelento dos olhos castanhos, na face vincada e queimada por climas exóticos, na curva arredondada dos ombros e nos lábios finos e marcados pela mancha cor de groselha do suco de sapho.

Tanta coisa depende de um velho, Paul pensou.

– Estamos, no momento, numa guerra de assassinos – o duque disse –, mas que ainda não é total. Thufir, qual é a condição da máquina Harkonnen aqui?

– Eliminamos 259 indivíduos do pessoal estratégico deles, milorde. Não restam mais que três células dos Harkonnen, talvez umas cem pessoas ao todo.

– Esses Harkonnen que você eliminou – disse o duque – eram gente de posses?

– A maioria tinha boa situação na classe empresarial, milorde.

– Quero que falsifique certificados de vassalagem assinados por cada um deles – o duque mandou. – Protocole cópias com o Juiz da Transição. Nossa posição legal será a de que eles ficaram aqui sob falsa alegação de lealdade. Confisque os bens, tome tudo, despeje as famílias, despoje-as. E certifique-se de que a Coroa receba seus dez por cento. Precisa ser totalmente legal.

Thufir sorriu, revelando dentes manchados de vermelho sob os lábios escarlates.

– Uma manobra digna de seu avô, milorde. Envergonho-me de não ter pensado nisso primeiro.

Halleck franziu o cenho lá do outro lado da mesa e surpreendeu a expressão carrancuda de Paul. Os demais sorriam e assentiam com a cabeça.

Está errado, Paul pensou. *Isso só fará os outros lutarem com mais afinco. Não têm nada a ganhar com a rendição.*

Ele sabia que, na convenção da kanly, valia tudo, mas aquele era o tipo de manobra que poderia destruí-los mesmo garantindo-lhes a vitória.

– "Peregrino sou em terra estrangeira" – citou Halleck.

Paul o encarou, reconhecendo a citação da Bíblia C. O., e perguntou-se: *Será que Gurney também deseja ver o fim das tramas insidiosas?*

O duque olhou de relance para a escuridão lá fora; voltou a olhar para Halleck.

– Gurney, quantos desses areneiros você convenceu a ficar conosco?

– Duzentos e oitenta e seis ao todo, sire. Acho que está de bom tamanho. São todos de categorias úteis.

– Só isso? – O duque mordiscou os lábios, e então: – Bem, mande avisar...

Um tumulto à porta o interrompeu. Duncan Idaho passou pelos guardas posicionados ali, percorreu apressadamente a extensão da mesa e inclinou-se para falar ao ouvido do duque.

Leto o deteve com um gesto e disse:

– Fale alto, Duncan. Como pode ver, é uma reunião estratégica.

Paul estudou Idaho, reparando nos movimentos felinos, na rapidez de reflexos que o tornava um instrutor de armas tão difícil de superar. O rosto redondo e moreno de Idaho se voltou para Paul, e os olhos de troglodita não deram sinal de tê-lo reconhecido, mas Paul percebeu a emoção que se escondia sob uma máscara de serenidade.

Idaho passou os olhos por toda a mesa e disse:

– Capturamos uma tropa de mercenários Harkonnen disfarçados de fremen. Os próprios fremen nos enviaram um mensageiro para nos avisar sobre o bando falso. No ataque, porém, descobrimos que os Harkonnen emboscaram o mensageiro fremen e o machucaram bastante. Nós o estávamos trazendo para cá, para que fosse tratado por nossos médicos, quando ele morreu. Eu tinha percebido que o homem estava bem mal e parei para fazer o que fosse possível. Eu o flagrei tentando jogar uma coisa fora. – Idaho olhou rapidamente para Leto. – Uma faca, milorde, uma faca que milorde nunca viu igual.

– Dagacris? – alguém perguntou.

– Sem dúvida alguma – Idaho disse. – Branca feito leite, com um brilho único. – Ele enfiou uma das mãos na túnica e tirou dali uma bainha da qual se projetava uma empunhadura com sulcos negros.

– Não tire a arma da bainha!

A voz veio da porta aberta na extremidade da sala, uma voz vibrante e pungente que fez todos se levantarem e olharem naquela direção.

Um vulto alto, coberto por um manto, estava à porta, barrado pelas espadas cruzadas dos guardas. Um manto castanho-claro envolvia completamente o homem, exceto por uma abertura no capuz e no véu negro que expunha os olhos totalmente azuis, nada de branco em nenhum dos dois.

– Deixe-o entrar – sussurrou Idaho.

– Liberem o homem – o duque disse.

Os guardas hesitaram, depois baixaram suas espadas.

O homem entrou impetuosamente na sala e colocou-se diante do duque.

– Este é Stilgar, o chefe do sietch que visitei, líder daqueles que nos avisaram sobre o bando falso – Idaho falou.

– Seja bem-vindo, senhor – Leto disse. – E por que não devemos desembainhar esta arma?

Stilgar olhou para Idaho e disse:

– Você respeitou nossos costumes de asseio e honra. Eu permitiria que você visse a arma do homem de quem se tornou amigo. – O olhar dele passou pelos demais que estavam na sala. – Mas não conheço esses aí. Você quer que eles profanem uma arma venerável?

– Eu sou o duque Leto – interpôs o duque. – Você permitiria que eu visse a arma?

– Permitirei que você conquiste o direito de desembainhá-la – Stilgar disse, e, como soasse em toda a mesa um murmúrio de protesto, ele ergueu uma das mãos magras e de veias escuras. – Não se esqueça de que essa arma pertencia a alguém que fez amizade com você.

No silêncio da espera, Paul estudou o homem, sentindo a aura de poder que ele irradiava. Era um líder, um líder *fremen*.

Um homem perto do centro da mesa, à frente de Paul, resmungou:

– Quem é ele para nos dizer que direitos temos em Arrakis?

– Dizem que o duque Leto Atreides governa com o consentimento dos governados – disse o fremen. – Portanto, tenho de dizer a vocês como são as coisas conosco: recai uma certa responsabilidade sobre aqueles que veem uma dagacris. – Ele lançou um olhar sombrio para Idaho. – Eles são nossos. Nunca podem deixar Arrakis sem nosso consentimento.

Halleck e vários outros começaram a se levantar, com uma expressão de ira no rosto. Halleck disse:

– O duque Leto determina se...

– Um momento, por favor – falou Leto, e bastou a brandura de sua voz para contê-los. *Isso não pode fugir ao controle*, ele pensou. Dirigiu-se ao fremen: – Senhor, honro e respeito a dignidade pessoal de qualquer homem que respeite minha dignidade. Estou, de fato, em dívida com o senhor. E eu *sempre* saldo minhas dívidas. Se é seu costume que esta faca deva permanecer embainhada, então assim será ordenado por *mim*. E se houver alguma outra maneira de homenagearmos o homem que morreu a nosso serviço, basta dizer.

O fremen fitou o duque, depois afastou o véu do rosto, revelando um nariz afilado e uma boca de lábios carnudos em meio à barba negra e lustrosa. Ele se debruçou deliberadamente sobre a ponta da mesa e cuspiu em sua superfície polida.

Quando os homens em volta da mesa fizeram menção de saltar das cadeiras, a voz de Idaho trovejou do outro lado da sala:

– Esperem!

Na quietude repentina e tensa que se seguiu, Idaho disse:

– Nós lhe agradecemos, Stilgar, pela dádiva da umidade de seu corpo. Nós a aceitamos no espírito em que foi oferecida. – E Idaho cuspiu na mesa, diante do duque.

À parte para o duque, ele disse:

– Lembre-se de como a água é preciosa aqui, sire. Foi um sinal de respeito.

Leto voltou a afundar-se em sua cadeira, interceptou o olhar de Paul – um sorriso triste no rosto do filho –, sentiu que a tensão em volta da mesa ia relaxando aos poucos, à medida que seus homens começavam a entender o que acontecera.

O fremen olhou para Idaho e disse:

– Você se portou bem em meu sietch, Duncan Idaho. Você é escravo de sua lealdade ao duque?

– Está pedindo que eu me junte a ele, sire – disse Idaho.

– Ele aceitaria a dupla vassalagem? – Leto perguntou.

– Quer que eu vá com ele, sire?

– Quero que você decida por si mesmo – Leto disse, sem conseguir afastar a urgência de sua voz.

Idaho estudou o fremen.

– Você me aceitaria nessas condições, Stilgar? Haverá ocasiões em que terei de voltar para servir a meu duque.

– Você luta bem e fez o que pôde por nosso amigo – Stilgar respondeu. Ele olhou para Leto. – Que seja assim: Idaho fica com a dagacris que tem nas mãos como sinal de sua lealdade a nós. Ele precisa ser purificado, naturalmente, e os ritos devem ser observados, mas isso se pode arranjar. Ele será fremen e soldado dos Atreides. Há um precedente: Liet serve a dois senhores.

– Duncan? – Leto perguntou.

– Entendi, sire – Idaho disse.

– Então estamos de acordo – Leto disse.

– Sua água é nossa, Duncan Idaho – Stilgar disse. – O corpo de nosso amigo fica com seu duque. A água dele é água dos Atreides. É um compromisso entre nós.

Leto suspirou, olhou para Hawat e encontrou os olhos do velho Mentat. Hawat assentiu, aparentemente satisfeito.

– Esperarei lá embaixo – disse Stilgar – enquanto Idaho se despede dos amigos. Turok era o nome de nosso amigo morto. Lembrem-se disso quando chegar a hora de libertar o espírito dele. Vocês são amigos de Turok.

Stilgar começou a dar meia-volta.

– Poderia ficar mais um pouco? – perguntou Leto.

O fremen se virou, devolvendo o véu a seu lugar com um gesto tranquilo e rápido, ajustando alguma coisa debaixo dele. Paul viu de relance o que parecia ser um tubo fino antes de o véu voltar ao lugar.

– E por que eu ficaria? – o fremen perguntou.

– Nós lhe faríamos as honras da casa – o duque disse.

– A honra exige que eu esteja em outro lugar muito em breve – o fremen replicou. Lançou mais um olhar para Idaho, virou-se e saiu, passando pelos guardas à porta.

– Se os outros fremen forem como ele, estaremos todos muito bem servidos – Leto comentou.

Idaho falou, impassível:

– Ele é um bom exemplo, sire.

– Entendeu o que tem de fazer, Duncan?

– Sou seu embaixador junto aos fremen, sire.

– Muita coisa depende de você, Duncan. Vamos precisar de pelo menos cinco batalhões dessas pessoas antes de os Sardaukar caírem sobre nós.

– Isso dará um pouco de trabalho, sire. Os fremen são muito independentes. – Idaho hesitou, e então: – E, sire, há mais uma coisa. Um dos mercenários que derrubamos estava tentando tirar esta arma de nosso amigo fremen que morreu. O mercenário disse que os Harkonnen oferecem uma recompensa de um milhão de solaris a quem lhes trouxer uma dagacris.

Leto ergueu o queixo, nitidamente surpreso.

– Por que querem tanto uma dessas armas?

— A faca é entalhada a partir do dente de um verme da areia; é a marca dos fremen, sire. Com ela, um homem de olhos azuis poderia entrar em qualquer sietch desta terra. Eles me questionariam, a não ser que me conhecessem. Não pareço um fremen. Mas...

— Piter de Vries — disse o duque.

— Um homem de astúcia diabólica, milorde — Hawat disse.

Idaho enfiou a faca embainhada em sua túnica.

— Guarde essa faca — o duque disse.

— Entendido, milorde. — Bateu de leve no transmissor-receptor de seu cinto de utilidades. — Mandarei notícias assim que possível. Thufir tem o código para me contatar. Usem a língua de batalha. — Ele bateu continência, deu meia-volta e correu atrás do fremen.

Ouviram os passos dele retumbando pelo corredor.

Leto e Hawat trocaram um olhar cúmplice. Sorriram.

— Temos muito a fazer, sire — disse Halleck.

— E eu não os deixo trabalhar — Leto completou.

— Tenho o relatório sobre as bases avançadas — Hawat disse. — Devo deixá-lo para uma outra ocasião, sire?

— Isso irá nos tomar muito tempo?

— Não, se forem só as informações essenciais. Os fremen dizem que mais de duzentas dessas bases avançadas foram construídas aqui em Arrakis na época da Estação de Experimentação Botânica no Deserto. Todas teriam sido abandonadas, mas existem relatos de que foram lacradas antes disso.

— Algum equipamento dentro delas? — o duque perguntou.

— De acordo com os relatórios que Duncan me mandou, sim.

— Onde estão localizadas? — Halleck perguntou.

— A resposta a essa pergunta — Hawat disse — é invariavelmente: "só Liet sabe".

— Só Deus sabe — Leto murmurou.

— Talvez não, sire — Hawat disse. — Milorde ouviu o tal Stilgar mencionar o nome. Será que estava se referindo a uma pessoa de verdade?

— Servir a dois senhores — Halleck disse. — Parece uma citação religiosa.

— E você deve saber qual é — o duque disse.

Halleck sorriu.

— O Juiz da Transição — Leto disse —, o ecólogo imperial, Kynes... Ele não saberia onde ficam as bases?

– Sire – advertiu Hawat –, esse Kynes é funcionário do Império.

– E ele está bem longe do imperador – Leto disse. – Quero essas bases. Devem estar repletas de materiais que podemos reaproveitar para consertar nosso equipamento de trabalho.

– Sire! – Hawat disse. – Essas bases ainda são, legalmente, propriedade de Sua Majestade.

– O clima daqui é bastante cruel para destruir qualquer coisa – o duque disse. – Sempre podemos culpar o clima. Encontre o tal Kynes e ao menos descubra se as bases existem.

– Seria perigoso confiscá-las – Hawat disse. – Duncan foi claro numa coisa: essas bases, ou a ideia de que existem, têm algum significado profundo para os fremen. Podemos nos indispor com os fremen se tomarmos as bases.

Paul olhou para as faces dos homens a seu redor, viu com que intensidade eles acompanhavam cada palavra. Pareciam profundamente perturbados com a atitude de seu pai.

– Escute o que ele diz, pai – Paul disse baixinho. – Ele fala a verdade.

– Sire – Hawat insistiu –, essas bases poderiam nos fornecer os materiais para consertar todos os equipamentos que nos deixaram, mas podem estar fora de nosso alcance por motivos estratégicos. Seria precipitado agir sem mais informações. Esse Kynes tem a autoridade de árbitro do Imperium. Não nos esqueçamos disso. E os fremen acatam o que ele diz.

– Seja gentil, então – disse o duque. – Desejo apenas saber se as bases existem.

– Como quiser, sire. – Hawat se recostou na cadeira e baixou os olhos.

– Muito bem, então – disse o duque. – Sabemos o que nos aguarda: trabalho. Fomos treinados para isso. Temos alguma experiência com isso. Sabemos claramente quais são as recompensas e as alternativas. Vocês todos têm suas tarefas. – Ele olhou para Halleck. – Gurney, cuide da situação com os contrabandistas primeiro.

– "Hei de ir aos rebeldes que habitam em terra árida" – salmodiou Halleck.

– Um dia desses ainda verei esse homem ser incapaz de fazer uma citação, e ele parecerá estar nu – o duque disse.

As risadas ecoaram ao redor da mesa, mas Paul notou como eram forçadas.

O duque se voltou para Hawat.

– Estabeleça mais um posto de comando para os serviços de inteligência e comunicação neste andar, Thufir. Quando estiverem prontos, vou querer falar com você.

Hawat se levantou, correu os olhos pela sala, como se procurasse apoio. Ele se virou e liderou a procissão para fora da sala. Os outros saíram com pressa, arrastando as cadeiras pelo assoalho, embaralhando-se em pequenos nós de confusão.

Acabou em confusão, Paul pensou, olhando para as costas dos últimos homens a sair. Antes, as reuniões do estado-maior sempre terminavam com vivacidade. Aquela reunião parecera simplesmente se arrastar até o fim, esgotada por suas próprias deficiências e, ainda por cima, culminando numa discussão.

Pela primeira vez, Paul se permitiu pensar na possibilidade real de derrota – e não pensou nisso por medo nem por causa de alertas como os da Reverenda Madre, e sim por enfrentar aquela possibilidade com coragem, devido a sua própria avaliação da situação.

Meu pai está desesperado, ele pensou. *As coisas não vão nada bem para nós.*

E Hawat... Paul recordou como o velho Mentat tinha se comportado durante a conferência: as hesitações sutis, os sinais de desassossego.

Hawat estava profundamente transtornado com alguma coisa.

– É melhor ficar aqui o resto da noite, filho – o duque disse. – De qualquer maneira, logo amanhecerá. Vou avisar sua mãe. – Ele se pôs de pé, devagar, rígido. – Por que você não junta algumas dessas cadeiras e se estica em cima delas para descansar um pouco?

– Não estou muito cansado, senhor.

– Como quiser.

O duque recolheu as mãos às costas e começou a andar de um lado para outro, ao longo da mesa.

Como um animal enjaulado, pensou Paul.

– O senhor vai discutir a possibilidade de um traidor com Hawat? – Paul perguntou.

O duque parou diante do filho, falou para as janelas escuras.

– Discutimos a possibilidade muitas vezes.

– A velha parecia ter tanta certeza – Paul disse. – E a mensagem que minha mãe...

– As precauções foram tomadas – o duque disse. Ele olhou ao redor da sala, e Paul reparou na fera acuada que se escondia nos olhos do pai. – Fique aqui. Tenho algumas coisas para discutir com Thufir sobre os postos de comando. – Ele se virou e saiu da sala, cumprimentando brevemente com a cabeça os guardas da porta.

Paul ficou olhando para o lugar que seu pai ocupara. O espaço havia ficado vago antes mesmo de o duque deixar a sala. E ele se lembrou do alerta da velha: *"... por seu pai, nada"*.

> **Naquele primeiro dia, quando Muad'Dib cruzou as ruas de Arrakina com sua família, algumas pessoas no caminho lembraram-se das lendas e da profecia e arriscaram-se a gritar: "Mahdi!". Mas seu grito foi mais uma pergunta que uma afirmação, pois então só podiam esperar que ele fosse a Lisan al-Gaib das profecias, a Voz do Mundo Exterior. Concentraram sua atenção também na mãe, porque tinham ouvido falar que ela era uma Bene Gesserit, e era óbvio que ela era como as outras Lisan al-Gaib.**
>
> – Excerto do "Manual de Muad'Dib", da princesa Irulan

O duque encontrou Thufir Hawat sozinho na sala de canto que um guarda havia lhe apontado. Ouvia-se o som de homens instalando o equipamento de comunicações na sala ao lado, mas o lugar estava razoavelmente tranquilo. O duque deu uma rápida olhada ao redor quando Hawat se levantou atrás de uma mesa atulhada de papéis. Era um recinto de paredes verdes que exibia, além da mesa, três cadeiras suspensas, das quais o H dos Harkonnen tinha sido removido às pressas, deixando uma mancha de cor imperfeita.

– As cadeiras estão livres, mas são bastante seguras – Hawat disse. – Onde está Paul, sire?

– Eu o deixei na sala de conferências. Espero que descanse um pouco agora que não estou lá para distraí-lo.

Hawat concordou com a cabeça, foi até a porta que dava para a sala contígua, fechou-a, isolando o barulho de estática e descargas elétricas.

– Thufir – Leto disse –, estou interessado nas reservas de especiaria dos Harkonnen e do Império.

– Milorde?

O duque mordeu os lábios.

– Os armazéns podem ser destruídos. – Levantou uma das mãos quando Hawat fez menção de falar. – Ignore o estoque do imperador. No fundo, ele adoraria ver os Harkonnen em dificuldades financeiras. E o barão poderá objetar se algo que ele não admite ter for destruído?

Hawat chacoalhou a cabeça.

— Temos poucos homens disponíveis, sire.

— Use alguns dos homens de Idaho. E talvez alguns fremen gostem da ideia de sair um pouco do planeta. Um ataque de surpresa a Giedi Primo: a distração tem suas vantagens táticas, Thufir.

— Como quiser, milorde — Hawat se virou para sair, e o duque viu indícios de nervosismo no velho. Pensou: *Talvez ele ache que desconfio dele. Deve saber que tenho informações particulares sobre traidores. Bem... melhor aplacar seus temores imediatamente.*

— Thufir — ele disse —, como você é um dos poucos nos quais posso confiar completamente, há um outro assunto que precisa ser discutido. Nós dois sabemos que a vigilância deve ser constante para impedir traidores de se infiltrarem em nossas forças... mas tenho duas informações novas.

Hawat se virou e encarou o duque.

E Leto repetiu o que Paul havia lhe contado.

Em vez de acarretar a intensa concentração dos Mentats, as informações só fizeram aumentar a agitação de Hawat.

Leto estudou o velho e, sem demora, disse:

— Você anda escondendo alguma coisa, amigo velho. Eu deveria ter desconfiado quando o vi tão nervoso durante a reunião do estado-maior. O que era tão perigoso que você não poderia despejar diante de todos os presentes?

Hawat repuxou os lábios manchados de sapho, que se reduziram a uma linha tensa e retilínea, contornada por rugas minúsculas. Conservaram sua rigidez enrugada quando ele falou:

— Milorde, não sei bem como tocar no assunto.

— Nós já ganhamos muitas cicatrizes um pelo outro, Thufir — disse o duque. — Você sabe que pode tocar em *qualquer* assunto comigo.

Hawat continuou a encará-lo, pensando: *É disso que gosto mais nele. Este é o homem honrado que merece toda a minha lealdade e meus serviços. Por que tenho de magoá-lo?*

— Bem? — Leto exigiu.

Hawat deu de ombros.

— É um fragmento de bilhete. Nós o tomamos de um mensageiro Harkonnen. O bilhete deveria chegar às mãos de um agente chamado Pardee. Temos bons motivos para acreditar que Pardee era o cabeça da resistência Harkonnen aqui. O bilhete... é algo que pode ter grandes consequências ou consequência nenhuma. Está sujeito a várias interpretações.

– Qual é o conteúdo delicado desse bilhete?

– Fragmento de bilhete, milorde. Incompleto. Estava impresso em filme minimicro, com a usual cápsula de destruição anexa. Interrompemos a ação do ácido pouco antes de se apagar tudo, deixando apenas um fragmento. O fragmento, contudo, é extremamente sugestivo.

– É?

Hawat esfregou os lábios.

– Diz o seguinte: "... eto nunca irá desconfiar e, quando o golpe partir de alguém que ele ama, o fato de saber quem foi já bastará para destruí-lo". O bilhete estava selado com o sinete do próprio barão, que eu mesmo autentiquei.

– Sua suspeita é óbvia – o duque disse, e sua voz se tornou subitamente gélida.

– Preferiria antes cortar meus braços a magoar milorde – Hawat disse. – Milorde, e se...

– Lady Jéssica – Leto disse, e ele sentiu que a raiva o consumia. – Você não conseguiria arrancar a verdade desse tal Pardee?

– Infelizmente, Pardee não estava mais entre os vivos quando interceptamos o mensageiro. Tenho certeza de que o mensageiro não sabia o que portava.

– Entendi.

Leto chacoalhou a cabeça, pensando: *Que vigarice. Não deve ter fundamento. Conheço minha mulher.*

– Milorde, se...

– Não! – o duque gritou. – Há aí um erro que...

– Não podemos ignorar, milorde.

– Ela está comigo há dezesseis anos! Houve inúmeras oportunidades para... Você mesmo investigou a escola e a mulher!

Hawat falou, com amargura:

– É bem sabido que algumas coisas me escapam.

– É impossível, estou dizendo! Os Harkonnen querem destruir a *linhagem* Atreides: ou seja, Paul também. Já tentaram uma vez. E uma mulher seria capaz de conspirar contra o próprio filho?

– Talvez ela não esteja conspirando contra o filho. E o atentado de ontem poderia ter sido uma farsa inteligente.

– Não poderia ter sido uma farsa.

– Sire, ela não deveria saber quem foram seus pais, mas e se soubesse? E se fosse uma órfã? Uma menina que ficou órfã, por exemplo, por causa de um Atreides?

– Ela já teria agido tempos atrás. Envenenado minha bebida... um estilete no meio da noite. Quem teve oportunidade melhor?

– Os Harkonnen querem *destruí-lo*, milorde. A intenção deles não é simplesmente matá-lo. Há uma série de distinções sutis na kanly. Poderia ser a obra-prima das vendetas.

O duque deixou cairem os ombros. Ele fechou os olhos, parecendo velho e cansado. *Não pode ser*, ele pensou. *A mulher abriu seu coração para mim.*

– Que melhor maneira de me destruir do que semear a desconfiança em relação à mulher que amo? – ele perguntou.

– Uma interpretação que já cogitei – Hawat disse. – Ainda assim...

O duque abriu os olhos, fitou Hawat, pensando: *Deixe-o desconfiar. A função dele é desconfiar, não a minha. Talvez, se eu aparentar acreditar nisso, outro homem possa ficar descuidado.*

– O que sugere? – sussurrou o duque.

– Por ora, monitoramento constante, milorde. Ela deve ser vigiada o tempo todo. Providenciarei para que seja feito com discrição. Idaho seria a escolha ideal para o serviço. Talvez consigamos trazê-lo de volta em coisa de uma semana. Há um jovem em treinamento na tropa de Idaho que pode ser o substituto perfeito para enviarmos aos fremen. Ele é um diplomata talentoso.

– Não coloque em risco nossa cabeça de ponte entre os fremen.

– Claro que não, sire.

– E quanto a Paul?

– Talvez possamos alertar o dr. Yueh.

Leto deu as costas a Hawat.

– Deixo isso em suas mãos.

– Serei discreto, milorde.

Pelo menos posso contar com isso, Leto pensou. E disse:

– Vou caminhar um pouco. Se precisar de mim, estarei dentro do perímetro. O guarda pode...

– Milorde, antes de ir, tenho um filmeclipe que Vossa Alteza deveria ver. É uma análise aproximada de primeira ordem da religião fremen. Deve estar lembrado que me pediu um relatório a respeito.

O duque se deteve e falou, sem se virar:

– Não pode esperar?

– Claro, milorde. Mas milorde perguntou o que estavam gritando. Era "Mahdi!". E a palavra era dirigida ao jovem mestre. Quando eles...

– A Paul?

– Sim, milorde. Eles têm uma lenda aqui, uma profecia, de que um líder virá, filho de uma Bene Gesserit, para conduzi-los à verdadeira liberdade. Segue o conhecido padrão messiânico.

– Eles pensam que Paul é esse... esse...

– É apenas a esperança deles, milorde. – Hawat apresentou uma cápsula de filmeclipe.

O duque a aceitou e enfiou num dos bolsos.

– Darei uma olhada mais tarde.

– Certamente, milorde.

– Neste exato momento, preciso de tempo para... pensar.

– Sim, milorde.

O duque inspirou profunda e ruidosamente e saiu da sala. Pegou a direita no corredor, começou a andar, com as mãos às costas, prestando pouca atenção a onde estava. Havia corredores, escadas, sacadas e átrios... pessoas que o cumprimentavam e lhe davam passagem.

Ele acabou voltando para a sala de conferências, encontrou-a às escuras e Paul a dormir sobre a mesa, com o manto de um dos guardas atirado sobre ele e uma mochila por travesseiro. O duque foi de mansinho até a outra ponta da sala e passou à sacada que sobranceava o campo de pouso. Um guarda no canto da sacada, reconhecendo o duque sob as luzes refletidas do campo, assumiu a posição de sentido.

– À vontade – o duque murmurou. Ele se debruçou sobre o metal frio do parapeito da sacada.

A quietude que antecedia o amanhecer baixara sobre a bacia desértica. Ele ergueu os olhos. Logo acima, as estrelas eram um xale de lantejoulas sobre o negro-azulado. Bem baixa no horizonte meridional, a segunda lua da noite aparecia através de um fino nevoeiro de pó: uma lua inacreditável que olhava para ele com uma luz cínica.

Observada pelo duque, a lua mergulhou sob os penhascos da Muralha--Escudo, cobrindo-os de açúcar, e, na súbita intensidade da escuridão, ele sentiu frio. Pôs-se a tremer.

Foi tomado pela raiva.

Os Harkonnen me prejudicaram, acossaram e caçaram pela última vez, ele pensou. *Não passam de montes de estrume com a mentalidade de prebostes de aldeias! É aqui que vou lutar!* E ele pensou, com um quê de tristeza: *Tenho de governar com mão forte e olhar vigilante, como o gavião entre as aves menores.* Inconscientemente, a mão dele roçou o emblema do gavião em sua túnica.

No leste, da noite brotou um feixe luminoso de penumbra, seguido de uma opalescência nacarada que ofuscou as estrelas. Aproximava-se a longa e tangente manobra da alvorada, incendiando o horizonte acidentado.

Era uma cena de tamanha beleza que prendeu toda a atenção dele.

Algumas coisas são inigualáveis, ele pensou.

Nunca tinha imaginado que algo ali poderia ser tão belo quanto aquele horizonte vermelho e fragmentado, quanto os penhascos purpúreos e ocres. Depois do campo de pouso, onde o fino orvalho da noite havia insuflado vida nas sementes breves de Arrakis, ele viu imensos aglomerados de flores vermelhas e, atravessando-os, uma trilha clara de violeta... como pegadas gigantescas.

– É uma linda manhã, sire – o guarda disse.

– É, sim.

O duque balançou afirmativamente a cabeça, pensando: *Talvez possamos vir a gostar deste planeta. Talvez ele possa se tornar uma boa pátria para meu filho.*

E então ele viu os vultos humanos que entravam nos campos floridos, varrendo-os com estranhos utensílios semelhantes a foices: colhedores de orvalho. A água era tão preciosa ali que até o orvalho tinha de ser recolhido.

E talvez possa ser um lugar medonho, o duque pensou.

> **Provavelmente não existe epifania mais terrível do que o instante em que descobrimos que nosso pai é um homem, de carne e osso.**
>
> – Excerto de "Frases reunidas de Muad'Dib", da princesa Irulan

O duque disse:

– Paul, vou fazer uma coisa abominável, mas necessária. – Ele estava ao lado do farejador de venenos portátil que haviam trazido para o café da manhã na sala de conferências. Os apêndices sensores da coisa pendiam inertes sobre a mesa, fazendo Paul se lembrar de um inseto estranho e recém-morto.

A atenção do duque se voltava para fora, para o campo de pouso e seu turbilhão de pó, com o céu da manhã ao fundo.

Paul tinha diante dele um leitor carregado com um filmeclipe curto sobre as práticas religiosas dos fremen. O clipe tinha sido compilado por um dos especialistas de Hawat, e Paul ficou transtornado com as referências a si próprio.

"Mahdi!"

"Lisan al-Gaib!"

Se fechasse os olhos, era possível recordar os gritos da multidão. *Então é essa a esperança deles*, pensou. E lembrou-se do que a velha Reverenda Madre tinha dito: Kwisatz Haderach. As lembranças feriram sua sensação de propósito terrível, matizando aquele mundo estranho com uma impressão de familiaridade que ele não conseguia entender.

– Uma coisa abominável – o duque repetiu.

– Como assim, senhor?

Leto se virou, olhou para o filho de cima a baixo.

– É que os Harkonnen querem me levar a desconfiar de sua mãe. Não sabem que seria mais fácil eu desconfiar de mim mesmo.

– Não entendi, senhor.

Leto voltou a olhar para fora. O sol branco estava bem alto em seu quadrante matutino. A luz leitosa realçava as nuvens de poeira fervilhantes que transbordavam para os desfiladeiros cegos entremeados na Muralha-Escudo.

Lentamente, falando com vagar para conter sua raiva, o duque explicou a Paul o bilhete misterioso.

– O senhor poderia muito bem desconfiar de mim – Paul disse.

– Eles precisam pensar que tiveram êxito – disse o duque. – Precisam pensar que sou idiota a esse ponto. Tem de parecer real. Nem sua mãe pode saber da farsa.

– Mas, senhor! Por quê?

– A reação de sua mãe não pode ser fingida. Ah, ela sabe fingir muito bem... mas tanta coisa depende disso. Espero desentocar um traidor. Precisa parecer que fui completamente enganado. É preciso magoá-la dessa maneira para que sua mágoa não seja maior mais tarde.

– Por que está me contando isso, pai? Eu poderia deixar escapar alguma coisa.

– Não estarão vigiando você por conta disso – o duque explicou. – Você irá guardar segredo. É preciso. – Ele andou até as janelas e falou, sem se virar. – Dessa maneira, se algo me acontecer, você poderá contar a verdade a ela: que nunca duvidei dela, nem pelo mais breve instante. Quero que ela saiba disso.

Paul reconheceu o pensamento fatalista nas palavras do pai e disse rapidamente:

– Nada irá lhe acontecer, senhor. Os...

– Fique quieto, filho.

Paul olhou fixamente para as costas do pai, vendo o cansaço na inclinação do pescoço, no alinhamento dos ombros, nos movimentos vagarosos.

– O senhor está só cansado, pai.

– Eu *estou* cansado – o duque concordou. – Estou cansado moralmente. A degeneração melancólica das Casas Maiores talvez tenha finalmente me atingido. E fomos tão fortes um dia.

Paul se enfureceu e disse:

– Nossa Casa não degenerou!

– Não?

O duque se virou, encarou o filho, revelando círculos escuros sob os olhos severos e um sorriso cínico na boca.

– Eu deveria me casar com sua mãe, fazê-la duquesa. Mas... minha condição de solteiro dá a algumas Casas a esperança de que possam se aliar a mim por meio de suas filhas casadouras. – Ele deu de ombros. – Por isso, eu...

– Minha mãe já me explicou isso.

– Nada angariria mais lealdade para um líder do que um ar de bravura – disse o duque. – E, portanto, eu cultivo um ar de bravura.

– O senhor é um bom líder – Paul protestou. – Governa bem. Os homens o seguem de boa vontade e o amam.

– Meu departamento de propaganda é um dos melhores – o duque disse. Voltou-se mais uma vez para fitar a bacia lá fora. – As possibilidades para nós, aqui em Arrakis, são maiores do que o Imperium conseguiria imaginar. Mas, às vezes, acho que teria sido melhor se tivéssemos fugido, desertado. Às vezes, gostaria que pudéssemos mergulhar de volta no anonimato das massas, ficar menos expostos a...

– Pai!

– Sim, *estou* cansado – o duque disse. – Sabia que estamos usando resíduos da especiaria como matéria-prima e já temos nossa própria fábrica de filme?

– Como?

– Não podemos ficar sem filme – disse o duque. – Senão, como poderíamos inundar as vilas e a cidade com nossas informações? O povo precisa saber que somos bons governantes. Como viria a saber se não o informássemos?

– O senhor deveria dormir um pouco – Paul sugeriu.

O duque voltou a olhar para o filho.

– Arrakis tem uma outra vantagem que quase esqueci de mencionar. A especiaria está em tudo. Nós a respiramos e comemos em quase tudo. E descobri que isso confere uma certa imunidade natural a alguns dos venenos mais comuns do Manual dos Assassinos. E a necessidade de vigiar cada gota de água submete toda a produção de alimentos – a cultura de levedo, a hidropônica, o chemavit, tudo – à mais rígida fiscalização. Não podemos eliminar grandes segmentos de nossa população com veneno, e tampouco podemos ser atacados dessa maneira. Arrakis nos torna morais e éticos.

Paul começou a falar, mas o duque o interrompeu, dizendo:

– Preciso de alguém para quem contar essas coisas, filho. – Ele suspirou, voltou a olhar para a paisagem ressequida onde até mesmo as flores tinham desaparecido naquele momento, pisoteadas pelos colhedores de orvalho, secas sob o sol da manhã.

— Em Caladan, governávamos com a força do ar e do mar – o duque disse. – Aqui, temos de descobrir a força do deserto. Este é seu legado, Paul. O que será de você se algo me acontecer? Não será uma Casa de desertores, e sim uma Casa de guerrilheiros: em fuga, caçada.

Paul buscou as palavras em vão, não encontrou nada para dizer. Nunca tinha visto o pai tão desanimado.

— Para manter Arrakis – o duque continuou –, nós nos vemos confrontados por decisões que podem nos custar nosso amor-próprio. – Ele apontou lá para fora, para o estandarte verde e preto dos Atreides que pendia flacidamente de um mastro no limite do campo de pouso. – Aquele nobre estandarte poderia vir a representar muita maldade.

Paul engoliu em seco. As palavras de seu pai estavam prenhes de futilidade, uma ideia fatalista que deixou o menino com a sensação de vazio no peito.

O duque tirou uma pastilha antifadiga de um dos bolsos e a engoliu a seco.

— Poder e medo – disse. – Os instrumentos da arte de governar. Tenho de mandar reforçar seu treinamento como guerrilheiro. Naquele filmeclipe ali... Chamam você de "Mahdi", "Lisan al-Gaib"... Como último recurso, você pode se aproveitar disso.

Paul fitou o pai e observou os ombros se endireitarem com a ação da pastilha, mas lembrou-se das palavras de medo e dúvida.

— O que está atrasando o tal ecólogo? – o duque resmungou. – Mandei Thufir trazê-lo aqui logo cedo.

> **Meu pai, o imperador padixá, me pegou pela mão um dia, e senti, usando os métodos ensinados por minha mãe, que ele estava transtornado. Ele me levou ao Salão dos Retratos, até a egocópia do duque Leto Atreides. Notei a forte semelhança entre eles — meu pai e aquele homem no retrato —, ambos com rostos magros e elegantes, traços bem marcados e dominados por olhos frios. "Filha-princesa", meu pai disse, "como eu queria que você fosse mais velha quando chegou a hora de este homem escolher uma mulher". Meu pai tinha 71 anos na época e não parecia mais velho que o homem no retrato, e eu tinha apenas 14, mas lembro-me de ter deduzido, naquele instante, que meu pai, no fundo, desejava que o duque tivesse sido seu filho, e que não via com bons olhos as necessidades políticas que fizeram deles inimigos.**
>
> – "Na casa de meu pai", da princesa Irulan

Seu primeiro encontro com as pessoas que ele recebera ordens para matar deixou o dr. Kynes abalado. Ele se orgulhava de ser um cientista para quem as lendas não passavam de pistas interessantes a apontar raízes culturais. Mas o menino se encaixava na antiga profecia de maneira tão precisa. Ele tinha os "olhos do demandante" e o ar de "candura reservada".

Naturalmente, a profecia não especificava se a Deusa Mãe traria o Messias consigo ou se iria gerá-lo ali mesmo. Ainda assim, havia aquela estranha correspondência entre a predição e aquelas pessoas.

Eles se encontraram no meio da manhã, em frente ao prédio da administração do campo de pouso de Arrakina. Um ornitóptero sem marcas de identificação estava pousado ali perto, zumbindo baixinho em modo de espera, tal qual um inseto sonolento. Um guarda Atreides estava ao lado do veículo, com a espada desembainhada e cercado pela ligeira distorção do ar provocada por um escudo.

Kynes sorriu desdenhosamente ao ver o padrão do escudo e pensou: *Arrakis tem aí uma surpresa reservada para eles!*

O planetólogo ergueu uma das mãos, fez sinal para seus guardas fremen recuarem. Continuou avançando a passos largos, em direção à entrada do prédio: o buraco negro na rocha revestida de plástico. Tão exposto, aquele prédio monolítico, ele pensou. Tão menos conveniente que uma caverna.

O movimento na entrada chamou a atenção dele. Deteve-se, aproveitando o momento para ajeitar o manto e o posicionamento do trajestilador sobre o ombro esquerdo.

As portas da entrada se escancararam. Guardas Atreides saíram rapidamente, todos eles armados até os dentes: atordoadores de carga lenta, espadas e escudos. Atrás deles vinha um homem alto, de rosto aquilino, pele e cabelos morenos. Ele vestia um manto jubba, com o timbre dos Atreides no peitilho, e o usava de uma maneira que denunciava sua falta de familiaridade com a roupa. A veste aderia às pernas do trajestilador de um dos lados. Faltava à roupa um ritmo solto que acompanhasse a cadência dos passos.

Ao lado do homem caminhava um jovem com os mesmos cabelos negros, mas de rosto mais arredondado. O garoto parecia pequeno para os 15 anos que Kynes sabia ser sua idade. Mas o corpo jovem dava uma impressão de autoridade, de confiança impecável, como se o menino visse e conhecesse coisas que os outros não conseguiam enxergar. E ele vestia o mesmo manto elegante do pai, mas com uma naturalidade que levaria qualquer um a pensar que o garoto sempre usara aquelas roupas.

O Mahdi saberá de coisas que os outros não enxergam, dizia a profecia.

Kynes chacoalhou a cabeça, dizendo a si mesmo: *São apenas pessoas.*

Acompanhando os dois e, como eles, vestido para o deserto, vinha um homem que Kynes reconheceu: Gurney Halleck. Kynes inspirou profundamente para conter seu ressentimento em relação a Halleck, que o havia instruído quanto à maneira de se *portar* diante do duque e de seu herdeiro.

– *Você pode chamar o duque de "milorde" ou "sire". "Bem-nascido" também está correto, mas geralmente fica reservado para ocasiões mais formais. Pode se dirigir ao filho como "jovem mestre" ou "milorde". O duque é um homem indulgente, mas não tolera muita intimidade.*

E Kynes pensou, ao ver o grupo se aproximar: *Eles logo aprenderão quem é o mestre em Arrakis. Mandaram aquele Mentat me interrogar metade da noite, não foi? Esperam que eu lhes sirva de guia numa inspeção das minas de especiaria, não é?*

O significado das perguntas de Hawat não escapara a Kynes. Eles queriam as bases imperiais. E era óbvio que ficaram sabendo das bases por meio de Idaho.

Farei Stilgar mandar a cabeça de Idaho a este duque, Kynes disse consigo mesmo.

A comitiva do duque estava agora apenas a alguns passos de distância, e seus pés, enfiados nas botinas, trituravam a areia.

Kynes fez uma reverência.

– Milorde duque.

Quando o ecólogo se aproximara do vulto solitário ao lado do ornitóptero, Leto o tinha estudado: alto, magro, vestido para o deserto, com manto folgado, trajestilador e botas de cano baixo. O capuz do homem fora atirado para trás e o véu pendia de lado, revelando cabelos longos e ruivos e uma barba esparsa. Os olhos eram daquele azul sobre azul sob grossas sobrancelhas. Vestígios de manchas escuras sujavam-lhe a pele ao redor dos olhos.

– Você é o ecólogo – disse o duque.

– Preferimos o título antigo por aqui, milorde – Kynes disse. – Planetólogo.

– Como quiser – o duque disse. Olhou para Paul. – Filho, este é o Juiz da Transição, o árbitro da disputa, o homem incumbido de garantir que as formalidades sejam obedecidas em nossa pretensão ao domínio deste feudo. – Olhou para Kynes. – Este é meu filho.

– Milorde – Kynes disse.

– Você é fremen? – Paul perguntou.

Kynes sorriu.

– Sou aceito tanto no sietch quanto na aldeia, jovem mestre. Mas estou a serviço de Sua Majestade, sou o planetólogo imperial.

Paul assentiu, impressionado com a sensação de força que o homem transmitia. Halleck havia apontado Kynes para Paul desde uma das janelas superiores do prédio da administração:

– Aquele homem ali com a escolta fremen, o que está andando na direção do ornitóptero agora.

Paul tinha inspecionado Kynes brevemente com o binóculo, reparando na boca retílinea e rígida, na testa alta. Halleck dissera ao pé do ouvido de Paul:

– Tipinho esquisito. Sua maneira de falar é precisa: breve, bem definida, afiada.

E o duque, atrás deles, dissera:

– É um cientista.

Agora, a apenas alguns passos do homem, Paul sentia a força de Kynes, o impacto daquela personalidade, como se o homem tivesse sangue real, como se tivesse nascido para comandar.

– Creio que temos de agradecer a você por nossos trajestiladores e por estes mantos – disse o duque.

– Espero que tenham servido, milorde – Kynes disse. – São de confecção fremen e foram feitos o mais próximo possível das medidas que seu homem aqui, Halleck, me deu.

– Fiquei preocupado com o fato de você ter dito que não poderia nos levar ao deserto a menos que usássemos estas roupas – disse o duque. – Temos condições de carregar bastante água. Não é nossa intenção ficar muito tempo fora e teremos como cobertura aérea a escolta que se vê lá em cima agora mesmo. É improvável que sejamos abatidos.

Kynes o encarou, vendo a pele rica em água. Falou com frieza:

– Nunca discuta probabilidades em Arrakis. Fale apenas de possibilidades.

– Dirija-se ao duque como milorde ou sire!

Leto fez um sinal com a mão, o código que dizia a Halleck para desistir, e falou:

– Nossos costumes são novidade por aqui, Gurney. Precisamos fazer concessões.

– Como quiser, sire.

– Estamos em dívida com o senhor, dr. Kynes – Leto disse. – Estes trajes e a consideração por nosso bem-estar serão lembrados.

Por impulso, Paul recordou uma citação da Bíblia C. O. e disse:

– "O presente é a bênção do rio."

As palavras soaram alto demais no ar parado. Os homens da escolta fremen, que Kynes havia deixado na sombra do prédio da administração e que descansavam de cócoras, levantaram-se num salto e começaram a cochichar, visivelmente agitados. Um deles gritou:

– Lisan al-Gaib!

Kynes deu meia-volta, fez um sinal breve e cortante com uma das mãos, acenou para os guardas se afastarem. Eles recuaram, resmungando entre si, e em fila contornaram o prédio.

– Muito interessante – Leto disse.

Kynes olhou duramente para o duque e para Paul, depois disse:

– Muitos nativos do deserto são supersticiosos. Não dê atenção a eles. Não fazem por mal. – Mas ele pensou nas palavras da lenda: *"Eles irão vos saudar com as Sagradas Escrituras, e vossos presentes serão uma bênção"*.

A avaliação que Leto tinha feito de Kynes – baseada parcialmente no breve relatório verbal de Hawat (precavido e cheio de suspeitas) – cristalizou-se de repente: o homem *era* fremen. Kynes viera acompanhado de uma escolta fremen, que poderia significar simplesmente que os fremen estavam colocando à prova sua liberdade recém-adquirida de entrar nas áreas urbanas, mas parecia ser uma guarda de honra. E, com sua atitude, Kynes demonstrava ser um homem orgulhoso, acostumado à liberdade, e eram apenas suas próprias suspeitas que continham sua língua e seus modos. A pergunta de Paul tinha sido direta e pertinente.

Kynes havia se tornado um nativo.

– Não acha melhor irmos, sire? – Halleck perguntou.

O duque assentiu.

– Pilotarei meu próprio tóptero. Kynes pode se sentar na frente comigo, para mostrar o caminho. Você e Paul ficam com os bancos de trás.

– Um momento, por favor – Kynes disse. – Com sua permissão, sire, tenho de verificar a segurança de seus trajes.

O duque começou a falar, mas Kynes insistiu:

– Preocupo-me com minha pele tanto quanto com a sua... milorde. Sei muito bem quem terá a garganta cortada se algum mal acontecer a vocês dois enquanto estiverem sob meus cuidados.

O duque franziu o cenho, pensando: *Que momento mais delicado! Se eu me recusar, poderei ofendê-lo. E este homem pode ter um valor incomensurável para mim. Contudo... deixá-lo entrar em meu escudo, tocar minha pessoa, quando sei tão pouco sobre ele?*

Os pensamentos passaram rapidamente pela cabeça dele, com a decisão logo em seu encalço.

— Estamos em suas mãos – disse o duque. Deu um passo à frente e abriu seu manto; viu Halleck ficar nas pontas dos pés, aprumado e alerta, mas sem sair do lugar. – E, se pudesse nos fazer a gentileza – pediu o duque –, eu gostaria que alguém que convive tão de perto com o traje o explicasse.

— Certamente – Kynes disse. Ele tateou por baixo do manto, em busca dos lacres dos ombros, falando enquanto examinava o traje. – É basicamente um microssanduíche: um filtro de alto desempenho e um sistema de trocas de calor. – Ele ajustou a vedação dos ombros. – A camada em contato com a pele é porosa. A transpiração a atravessa, depois de ter resfriado o corpo... é quase o processo de evaporação normal. As duas camadas seguintes – Kynes apertou o traje no peito – têm filamentos de troca de calor e precipitadores de sal. O sal é reaproveitado.

O duque ergueu os braços a um gesto de Kynes e comentou:

— Muito interessante.

— Respire fundo – Kynes disse.

O duque obedeceu.

Kynes examinou os lacres das axilas, ajustou um deles.

— Os movimentos do corpo, principalmente a respiração – continuou ele –, e um pouco de ação osmótica propiciam a força de bombeamento. – Ele afrouxou ligeiramente o traje no peito. – A água reaproveitada circula até bolsas coletoras, das quais você a retira por meio deste tubo que fica preso ao pescoço.

O duque recolheu o queixo e abaixou a cabeça para ver a ponta do tubo.

— Eficaz e conveniente – ele disse. – Boa engenharia.

Kynes se ajoelhou, examinou os lacres das pernas.

— A urina e as fezes são processadas nas almofadas das coxas – ele disse e se levantou, apalpou a gola do traje, ergueu ali uma aba divisória. – No alto deserto, você usa este filtro no rosto, com este tubo nas narinas; estes obturadores garantem um encaixe perfeito. Inspire pelo filtro da boca, expire pelo tubo nasal. Com um traje fremen em boas condições, você não perderá mais do que um dedal de umidade por dia, mesmo se estiver no Grande Erg.

— Um dedal por dia – o duque disse.

Kynes apertou um dedo contra a almofada do traje sobre a testa e disse:

– Isto pode friccionar um pouco. Se começar a incomodar, por favor, avise-me. Posso apertá-la um pouco mais.

– Obrigado – disse o duque. Ele moveu os ombros quando Kynes se afastou e percebeu que o traje realmente parecia melhor agora: mais apertado e menos incômodo.

Kynes voltou-se para Paul.

– Agora vamos dar uma olhada em você, rapaz.

É um bom homem, mas terá de aprender a se dirigir a nós da maneira correta, pensou o duque.

Paul esperou passivamente enquanto Kynes inspecionava o traje. Tinha sido uma sensação esquisita vestir a roupa escorregadia e cheia de pregas. Em sua pré-consciência, ele sabia com absoluta certeza que nunca havia usado um trajestilador antes. E, contudo, cada gesto de ajustar as linguetas aderentes, sob a orientação desastrada de Gurney, parecera natural, instintivo. Ao apertar o peito para obter bombeamento máximo com o movimento da respiração, ele sabia exatamente o que estava fazendo e por quê. Ao apertar bem as linguetas do pescoço e da testa, ele sabia que era para evitar as bolhas provocadas pelo atrito.

Kynes se empertigou e recuou um passo, com uma expressão confusa.

– Você já tinha usado um trajestilador antes? – ele perguntou.

– Esta é a primeira vez.

– Então alguém o ajustou para você?

– Não.

– Você deixou as botinas frouxas nos tornozelos. Quem lhe disse para fazer isso?

– Parecia... o jeito certo.

– E é mesmo.

E Kynes coçou o queixo, pensando na lenda: *"Ele conhecerá vossos costumes como que desde o berço"*.

– Estamos perdendo tempo – disse o duque. Ele apontou o tóptero que os aguardava e seguiu na frente, respondendo à continência do guarda com um aceno de cabeça. Subiu e entrou, prendeu o cinto de segurança, verificou os controles e os instrumentos. A nave estalou quando os demais subiram a bordo.

Kynes colocou o cinto e concentrou-se no conforto acolchoado da aeronave: o luxo delicado dos estofos verde-acinzentados, o brilho dos instrumentos, a sensação de ar filtrado e limpo em seus pulmões quando as portas se fecharam e os exaustores foram ligados.

Tão cômodo!, ele pensou.

– Tudo em ordem, sire – Halleck disse.

Leto acionou as asas, sentiu-as bater uma vez, e então duas. Estavam no ar dez metros depois, com as asas totalmente recolhidas, impelidos pelos jatos posteriores numa ascensão sibilante e quase vertical.

– Para sudeste, por cima da Muralha-Escudo – Kynes disse. – Foi lá que mandei seu areneiro-mestre concentrar o equipamento.

– Certo.

Inclinando lateralmente o tóptero, o duque entrou em formação com sua cobertura aérea, e as outras naves assumiram posições de guarda enquanto se dirigiam para sudeste.

– O projeto e a manufatura destes trajestiladores indicam um grau elevado de sofisticação – o duque comentou.

– Um dia desses, quem sabe eu mostre a vocês uma fábrica do sietch – Kynes disse.

– Seria interessante – o duque disse. – Vi que os trajes também são manufaturados em algumas cidades fortificadas.

– Cópias inferiores – Kynes disse. – Todo duneiro que preza sua vida usa um traje fremen.

– E ele limitará a perda de água a um dedal por dia?

– Corretamente trajado, com o gorro bem justo na testa e todos os lacres em ordem, você perderá água principalmente pela palma das mãos – Kynes disse. – Pode vestir as luvas do traje se não estiver usando as mãos para fazer algo importante, mas, no alto deserto, a maioria dos fremen passa nas mãos o sumo das folhas do arbusto de creosoto. Isso inibe a transpiração.

O duque olhou para baixo e para a esquerda, para a paisagem acidentada da Muralha-Escudo: abismos de pedras torturadas, trechos castanho-amarelados cortados pelas linhas negras das falhas geológicas. Era como se alguém tivesse deixado o chão despencar do espaço e o abandonado ali onde caiu.

Atravessaram uma bacia rasa, com o contorno nítido de areia cinzenta que se espalhava depressão adentro a partir de um desfiladeiro que se abria ao sul. Os dedos de areia deslizavam para dentro da bacia: um delta seco delineado contra a rocha mais escura.

Kynes se recostou, pensando na pele rica em água que ele havia tocado sob os trajestiladores. Eles usavam cinturões-escudos sobre os mantos, atordoadores de carga lenta nas cinturas, transmissores de emergência do tamanho de moedas pendurados em cordões em volta do pescoço. Tanto o duque quanto o filho carregavam punhais embainhados junto ao pulso, e as bainhas pareciam bem usadas. Aquelas pessoas pareciam a Kynes uma combinação estranha de delicadeza e força militar. Havia nelas uma atitude totalmente diferente da dos Harkonnen.

– Quando fizer seu relatório ao imperador sobre a mudança de suserania, você dirá que seguimos as regras? – Leto perguntou. Ele olhou para Kynes, depois de volta ao curso que tomavam.

– Os Harkonnen partiram; vocês chegaram – Kynes disse.

– E tudo está como deveria ser? – Leto perguntou.

Uma tensão momentânea mostrou-se na contração de um músculo da mandíbula de Kynes.

– Como planetólogo e Juiz da Transição, sou súdito direto do Imperium... milorde.

O duque sorriu sinistramente.

– Mas nós dois conhecemos a realidade.

– Devo lembrá-lo que Sua Majestade apoia meu trabalho.

– Verdade? E qual é seu trabalho?

No breve silêncio que se fez, Paul pensou: *Ele está pressionando demais o tal Kynes.* Paul olhou para Halleck, mas o guerreiro-menestrel fitava a paisagem estéril lá fora.

Kynes falou com toda a formalidade:

– Você, naturalmente, se refere a meus deveres como planetólogo.

– Naturalmente.

– Em grande parte, trata-se de biologia e botânica de terras áridas... alguma pesquisa geológica: coleta e análise de amostras de solo. As possibilidades de um planeta inteiro nunca se esgotam.

– Você também pesquisa a especiaria?

Kynes se virou, e Paul reparou na tensão nos maxilares do homem.

– Que pergunta curiosa, milorde.

– Não se esqueça de que este agora é meu feudo. Meus métodos e os dos Harkonnen são diferentes. Não me importo se você estuda a especiaria, desde que divida comigo o que descobrir. – Ele olhou para o planetólogo. – Os Harkonnen desencorajavam a pesquisa da especiaria, não é?

Kynes devolveu o olhar sem responder.

– Pode falar francamente – disse o duque –, sem temer por sua vida.

– A Corte Imperial, de fato, está bem longe – Kynes murmurou. E pensou: *O que esse invasor aguado espera? Acha que sou tão burro a ponto de abraçar a causa dele?*

O duque deu uma risadinha, sem desviar sua atenção do curso.

– Percebo uma nota ácida em sua voz, senhor. Chegamos sem fazer cerimônia, com nosso bando de assassinos domesticados, não é? E esperamos que vocês percebam de imediato que somos diferentes dos Harkonnen?

– Vi a propaganda com que vocês inundaram as comunidades sietch e as vilas – Kynes disse. – "Adorem o duque bonzinho." Seu departamento de...

– Agora escute aqui! – gritou Halleck. Afastou bruscamente sua atenção da janela e inclinou-se para a frente.

Paul pousou uma das mãos sobre o braço de Halleck.

– Gurney! – disse o duque. Olhou para trás. – Este homem passou muito tempo sob o domínio dos Harkonnen.

Halleck se recostou.

– Sim, senhor.

– Aquele seu Hawat é muito sutil – Kynes disse –, mas o objetivo dele é bem óbvio.

– Vai abrir aquelas bases para nós, então? – o duque perguntou.

Kynes falou, lacônico:

– São propriedade de Sua Majestade.

– Não estão em uso.

– Poderiam estar.

– Sua Majestade concorda?

Kynes olhou duramente para o duque.

– Arrakis poderia ser o Éden se seus soberanos parassem de procurar a especiaria e olhassem para a frente!

Não respondeu minha pergunta, o duque pensou. E perguntou:

– Como é que um planeta vai se tornar o Éden sem dinheiro?

– E de que serve o dinheiro – Kynes perguntou – se não consegue comprar os serviços de que se precisa?

Ah, agora sim!, o duque pensou. E disse:

— Discutiremos isso outra hora. Neste exato momento, creio que estejamos chegando ao limite da Muralha-Escudo. Devo manter o mesmo curso?

— O mesmo curso — murmurou Kynes.

Paul olhou pela janela. Abaixo deles, o terreno acidentado começava a formar pregas inclinadas, descendo na direção de uma planície rochosa e desolada e de uma saliência de gume afiado. Para além da saliência, dunas em meia-lua marchavam rumo ao horizonte e, aqui e ali, ao longe, via-se uma nódoa sombria, um borrão mais escuro que indicava algo que não era areia. Afloramentos de rochas, talvez. No ar perturbado pelo calor, não havia como Paul ter certeza.

— Há alguma planta lá embaixo? — Paul perguntou.

— Algumas — Kynes disse. — A zona de vida desta latitude costuma apresentar o que chamamos de pequenos surrupiadores de água, adaptados a roubar a umidade uns dos outros e a consumir rapidamente os vestígios de orvalho. Algumas partes do deserto pululam com formas de vida. Mas todas elas aprenderam a sobreviver nestas condições inclementes. Se *vocês* se virem presos lá embaixo, terão de imitar essas formas de vida para não morrer.

— Quer dizer, roubar a água uns dos outros? — Paul perguntou. A ideia lhe pareceu ultrajante e sua voz denunciava essa emoção.

— Acontece — disse Kynes —, mas não foi bem isso que eu quis dizer. Veja, meu clima exige uma atitude especial em relação à água. Você pensa na água o tempo todo. Não desperdiça nada que contenha umidade.

E o duque pensou: "... *meu clima!*".

— Vire dois graus mais para o sul, milorde — Kynes disse. — Há uma ventania vindo do oeste.

O duque assentiu. Tinha visto a massa ondulante de poeira castanho-amarelada naquela direção. Ele inclinou o tóptero e fez a volta, reparando na maneira como as naves da escolta, ao virarem para acompanhá-lo, refletiam a cor laranja e leitosa da luz refratada pela poeira.

— Isso deve nos fazer passar ao largo da tempestade — Kynes disse.

— Aquela areia deve ser perigosa para quem entra nela voando — Paul disse. — É verdade que é capaz de cortar os metais mais resistentes?

— Nesta altitude, não é areia, e sim poeira — Kynes disse. — O perigo é a falta de visibilidade, a turbulência e o entupimento das entradas de ar dos motores.

– Veremos de fato a mineração da especiaria hoje? – Paul perguntou.
– Muito provavelmente – Kynes disse.

Paul se recostou no assento. Tinha usado as perguntas e sua hiperpercepção para fazer o que sua mãe chamava de "registrar" a pessoa. Ele tinha Kynes agora: o tom de voz, cada detalhe do rosto e do gestual. Uma prega nada natural na manga esquerda da túnica do homem indicava a bainha de uma arma. Na cintura havia uma protuberância estranha. Diziam que os homens do deserto usavam uma faixa na cintura, na qual enfiavam pequenos utensílios. Talvez as protuberâncias se devessem a essa faixa – certamente não se tratava de um cinturão-escudo secreto. Um broche de cobre, onde se via gravada a imagem de uma lebre, fechava a gola do manto de Kynes. Outro broche menor, com uma imagem parecida, pendia da ponta do capuz que ele trazia jogado para trás, sobre os ombros.

Halleck se contorceu no assento ao lado de Paul, esticou o braço até o compartimento traseiro e de lá tirou seu baliset. Kynes se virou para olhar quando Halleck começou a afinar o instrumento, depois voltou sua atenção para o curso que seguiam.

– O que gostaria de ouvir, jovem mestre? – Halleck perguntou.
– Escolha você, Gurney – Paul disse.

Halleck se inclinou, para deixar o ouvido bem perto da caixa de ressonância, tocou uma corda e cantou baixinho:

"Nossos ancestrais comeram o maná do deserto,
Nos lugares ardentes onde nascem os ciclones.
Senhor, salvai-nos daquela terra horrível!
Salvai-nos... oooooh, salvai-nos
Da terra seca e sedenta."

Kynes olhou para o duque e disse:
– Milorde *realmente* anda com um número reduzido de guardas. Todos eles são homens de muitos talentos como este?
– Gurney? – riu o duque. – Gurney é único. Gosto de tê-lo comigo por causa dos olhos. Os olhos dele deixam passar pouca coisa.

O planetólogo franziu o cenho.

Sem perder um compasso da música, Halleck se intrometeu:

"Pois sou como a coruja do deserto, ó!
Aiiah! Sou como a coruja do deseeerto!"

O duque estendeu a mão, tirou um microfone do painel de instrumentos, ligou-o com o polegar e disse:

– Líder para Escolta Gema. Objeto voador às nove horas, Setor B. Identificação?

– É só uma ave – Kynes disse. E acrescentou: – Tem olhos aguçados.

O alto-falante do painel chiou, e então:

– Escolta Gema. Objeto examinado em amplificação máxima. É uma ave de grande porte.

Paul olhou na direção indicada, viu o ponto distante, um pingo de movimento intermitente, e percebeu como seu pai deveria estar agitado. Todos os sentidos estavam em alerta total.

– Não sabia que existiam aves desse porte tão dentro do deserto – o duque disse.

– É provavelmente uma águia – Kynes disse. – Muitas criaturas se adaptaram a este lugar.

O ornitóptero passou veloz sobre uma planície rochosa e árida. A dois mil metros de altitude, Paul olhou para baixo e viu a sombra enrugada da nave e sua escolta. A terra lá embaixo parecia plana, mas as ondas de sombra contavam outra história.

– Alguém já escapou do deserto a pé? – o duque perguntou.

A música de Halleck cessou. Ele se inclinou para a frente, com o intuito de escutar a resposta.

– Não das profundezas do deserto – Kynes disse. – Homens já escaparam da segunda zona várias vezes. Sobreviveram porque cruzaram as áreas rochosas aonde os vermes raramente vão.

O timbre da voz de Kynes prendeu a atenção de Paul. Percebeu que seus sentidos entravam em alerta, como tinham sido treinados para fazer.

– Aaah, os vermes – o duque disse. – Tenho de ver um deles um dia desses.

– Pode ser que veja um hoje – Kynes disse. – Onde há especiaria, há vermes.

– Sempre? – Halleck perguntou.

– Sempre.

– Há alguma relação entre o verme e a especiaria? – perguntou o duque.

Kynes se virou, e Paul viu o homem morder os lábios ao falar.

– Eles defendem as *areias* da especiaria. Cada verme tem um... território. Quanto à especiaria... quem sabe? Os espécimes de vermes que examinamos levam-nos a desconfiar que ocorrem reações químicas complicadas em seus corpos. Encontramos traços de ácido clorídrico nos dutos e formas ácidas ainda mais complicadas em outros pontos. Vou dar a você minha monografia sobre o assunto.

– E os escudos não servem como defesa? – perguntou o duque.

– Escudos! – zombou Kynes. – Se ativar um escudo na zona dos vermes, terá selado seu destino. Os vermes ignoram os limites territoriais, vêm de muito longe para atacar um escudo. Nenhum homem que usasse escudo sobreviveu a um desses ataques.

– Como é que se abate um verme, então?

– A aplicação de choque elétrico de alta voltagem a cada segmento anelar separadamente é a única maneira conhecida de matar e preservar um verme inteiro – Kynes disse. – Podem ser atordoados e feitos em pedaços por explosivos, mas cada segmento anelar tem vida própria. Fora as armas atômicas, não conheço um explosivo de poder suficiente para destruir por completo um verme grande. São incrivelmente resistentes.

– Por que ninguém tentou exterminá-los? – perguntou Paul.

– Muito caro – Kynes disse. – Muita área para cobrir.

Paul se recostou em seu cantinho. Seu sentido para a verdade, a percepção das nuances de tom de voz, dizia que Kynes estava mentindo e contando meias-verdades. E ele pensou: *Se houver uma relação entre os vermes e a especiaria, matar os vermes destruiria a especiaria.*

– Ninguém terá de escapar do deserto tão cedo – o duque disse. – É só disparar este pequeno transmissor no pescoço e o socorro estará a caminho. Todos os nossos operários usarão um destes muito em breve. Vamos criar um serviço de resgate especial.

– É muito louvável – Kynes disse.

– Você fala como se não concordasse – disse o duque.

– Concordar? Claro que concordo, mas isso não adiantará muita coisa. A eletricidade estática das tempestades de areia encobre muitos sinais. Os transmissores curto-circuitam. Já tentaram isso antes, sabe? Arrakis é dura com os equipamentos. E, se você é caçado por um verme, não tem muito tempo. Em geral, não mais que quinze ou vinte minutos.

– O que você aconselha? – o duque perguntou.
– Está pedindo meu conselho?
– Como planetólogo, sim.
– Você seguiria meu conselho?
– Se o achasse razoável...
– Muito bem, milorde. Nunca viaje sozinho.

O duque desviou sua atenção dos controles.

– Só isso?
– Só isso. Nunca viaje sozinho.
– E se uma tempestade separar você do grupo e obrigá-lo a pousar? – Halleck perguntou. – Não há algo que se possa fazer?
– *Algo* é um campo muito vasto – Kynes disse.
– O que você faria? – Paul perguntou.

Kynes olhou duramente para o menino, depois voltou a dar atenção ao duque.

– Eu me lembraria de garantir a integridade de meu trajestilador. Se estivesse fora da zona dos vermes ou nas pedras, ficaria com a nave. Se estivesse no alto deserto, me afastaria da nave o mais rápido possível. Mil metros, mais ou menos, já dariam. Depois eu me esconderia embaixo de meu manto. Um verme acabaria pegando a nave, mas talvez não me notasse.

– E depois? – Halleck perguntou.

Kynes deu de ombros.

– Esperaria o verme ir embora.
– Só isso? – Paul perguntou.
– Depois que o verme fosse embora, aí tentaria sair andando – Kynes disse. – É preciso pisar leve, evitar as areias de percussão, as bacias de maré-poeira, seguir na direção da zona rochosa mais próxima. Existem muitas dessas zonas. É possível sobreviver.
– Areias de percussão? – Halleck perguntou.
– Uma forma de compactação da areia – Kynes disse. – Basta o passo mais leve para fazê-las rufar. Os vermes sempre respondem a isso.
– E uma bacia de maré-poeira? – o duque perguntou.
– Certas depressões no deserto foram preenchidas com terra com o passar dos séculos. Algumas são tão vastas que apresentam correntes e marés. Todas engolem os incautos que nelas pisam.

Halleck voltou a se recostar e recomeçou a tocar o baliset. No mesmo instante, ele cantou:

"Feras selvagens do deserto ali caçam
Esperando os inocentes passarem.
Ooooh, não provoque os deuses do deserto,
A menos que queira um epitáfio solitário
Os perigos do..."

Ele se calou e inclinou-se para a frente.
– Nuvem de poeira à frente, sire.
– Já vi, Gurney.
– É o que estamos procurando – disse Kynes.
Paul se esticou todo no assento para dar uma olhada e viu uma nuvem amarela e encapelada, bem perto da superfície do deserto, uns trinta quilômetros à frente.
– É uma de suas lagartas-usinas – Kynes disse. – Está na superfície, o que quer dizer que encontrou a especiaria. A nuvem é a areia expelida pelos exaustores depois da remoção da especiaria por centrifugação. Não há outra nuvem parecida com essa.
– Aeronave acima dela – o duque disse.
– Estou vendo dois... três... quatro vigias – Kynes disse. – Estão à espera de uma trilha de verme.
– Trilha de verme? – o duque perguntou.
– Uma onda de areia que se move na direção da lagarta. Também devem ter sondas sísmicas na superfície. Os vermes, às vezes, enterram-se muito fundo e a onda não aparece – Kynes varreu o céu com o olhar. – Deve haver um caleche por perto, mas não o estou vendo.
– O verme sempre vem, hein? – Halleck perguntou.
– Sempre.
Paul se inclinou e tocou o ombro de Kynes.
– Qual é o tamanho da área demarcada por um verme?
Kynes franziu o cenho. O garoto continuava a fazer perguntas adultas.
– Depende do tamanho do verme.
– Qual é a variação? – o duque perguntou.

– Os grandes podem controlar trezentos ou quatrocentos quilômetros quadrados. Os pequenos... – ele se calou quando o duque acionou os jatos de frenagem. A nave deu um solavanco e o sussurro dos propulsores da cauda se calou. As asas se estenderam e começaram a bater. O veículo tornou-se um tóptero perfeito quando o duque inclinou a nave, mantendo as asas numa batida suave, e apontou o extremo leste, passada a lagarta-usina, com sua mão esquerda.

– Aquilo é uma trilha de verme?

Kynes se inclinou na frente do duque para olhar ao longe.

Paul e Halleck se acotovelavam, olhando na mesma direção, e Paul reparou que a escolta, surpresa com a manobra repentina, tinha seguido em frente, mas agora fazia a volta. A lagarta-usina estava a uns três quilômetros de distância.

No ponto indicado pelo duque, sequências de dunas em meia-lua espalhavam ondas de sombra na direção do horizonte e, atravessando-as feito uma linha de prumo que se estendia ao longe, vinha um monte alongado em movimento, uma crista de areia. Lembrava a Paul a turbulência causada por um peixe grande nadando logo abaixo da superfície.

– É um verme – Kynes disse. – E dos grandes. – Ele se recostou, agarrou o microfone do painel, digitou uma nova frequência no seletor. Olhando para o mapa quadriculado móvel acima de suas cabeças, ele disse ao microfone: – Chamando lagarta em Delta Ájax Nove. Alerta de trilha de verme. Lagarta em Delta Ájax Nove. Alerta de trilha de verme. Responda, por favor.

Ele esperou.

O alto-falante do painel emitiu chiados de estática, depois ouviu-se uma voz:

– Quem chama Delta Ájax Nove? Câmbio.

– Parecem bem tranquilos – Halleck disse.

Kynes falou ao microfone:

– Voo não registrado, uns três quilômetros ao norte e a leste de vocês. Trilha de verme em curso de interceptação com sua posição, contato estimado em vinte e cinco minutos.

Outra voz trovejou no alto-falante:

– Aqui é o Vigia Controle. Avistamento confirmado. Aguardem definição de contato. – Houve uma pausa, e então: – Contato em vinte e seis minutos e contando. Foi uma estimativa precisa. Quem está nesse voo não registrado? Câmbio.

Halleck livrou-se do cinto de segurança e se atirou entre Kynes e o duque.

– É a frequência de trabalho normal, Kynes?

– Sim. Por quê?

– Quem está ouvindo?

– Só as equipes de trabalho nesta área. Reduz a interferência.

Mais uma vez, o alto-falante crepitou, e então:

– Aqui é Delta Ájax Nove. Quem fica com a bonificação desse avistamento? Câmbio.

Halleck olhou para o duque.

Kynes disse:

– Há uma bonificação proporcional ao carregamento de especiaria para quem der o primeiro alerta de verme. Eles querem saber...

– Diga-lhes quem viu aquele verme primeiro – Halleck disse.

O duque concordou.

Kynes hesitou, depois ergueu o microfone:

– O crédito do avistamento vai para o duque Leto Atreides. O duque Leto Atreides. Câmbio.

A voz no alto-falante saiu monótona e parcialmente distorcida por uma explosão de estática:

– Entendido e obrigado.

– Agora, diga para dividirem a bonificação entre eles – Halleck mandou. – Diga que é o desejo do duque.

Kynes inspirou fundo, e então:

– É o desejo do duque que vocês dividam a bonificação entre os tripulantes. Entenderam? Câmbio.

– Entendido e obrigado – respondeu o alto-falante.

O duque falou:

– Esqueci de mencionar que Gurney também é muito talentoso como relações-públicas.

Kynes virou-se para Halleck, com a confusão estampada no cenho franzido.

– É para que os homens saibam que o duque se preocupa com a segurança deles – Halleck disse. – A notícia vai se espalhar. Foi numa frequência de trabalho da área: é improvável que os agentes Harkonnen tenham ouvido. – Ele olhou para fora, para a cobertura aérea. – E somos uma força considerável. Valia a pena correr o risco.

O duque inclinou a nave na direção da nuvem de areia que irrompia da lagarta-usina.

– O que vai acontecer agora?

– Há um caleche aqui perto em algum lugar – Kynes disse. – Vai aparecer e içar a lagarta.

– E se o caleche tiver se acidentado? – perguntou Halleck.

– *Sempre* se perde algum equipamento – Kynes disse. – Aproxime-se e sobrevoe a lagarta, milorde. Isto vai ser interessante.

O duque fechou a cara e ocupou-se dos controles ao entrarem numa zona de turbulência sobre a lagarta.

Paul olhou para baixo, viu que a areia ainda era expelida pelo monstro de metal e plástico abaixo deles. Parecia um grande besouro azul e castanho, com muitas esteiras que se estendiam em apêndices ao redor dele. Viu a boca de um gigantesco funil invertido enfiada na areia escura em frente ao veículo.

– É um veio rico em especiaria, pela cor – Kynes disse. – Vão continuar trabalhando até o último minuto.

O duque transferiu mais força para as asas, enrijeceu-as para uma descida mais abrupta e baixou um pouco, planando em círculos acima da lagarta. Uma olhadela para a esquerda e para a direita mostrou-lhe que sua cobertura mantinha a altitude e circulava acima deles.

Paul estudou a nuvem amarela que jorrava dos exaustores da lagarta, olhou para o deserto, para o rastro do verme que se aproximava.

– Não deveríamos ouvi-los chamar o caleche? – Halleck perguntou.

– Geralmente mantêm a aeronave numa frequência diferente – Kynes disse.

– Não deveria haver dois caleches de prontidão para cada lagarta? – o duque perguntou. – Deve haver 26 homens naquela máquina lá embaixo, para não mencionar o custo do equipamento.

Kynes disse:

– Vocês não têm equi...

Ele foi interrompido quando o alto-falante explodiu com uma voz zangada:

– Alguém aí está vendo a aeronave? Não está respondendo.

Um ruído distorcido crepitou no alto-falante, sufocado por um repentino sinal de cancelamento, depois ouviram-se o silêncio e a primeira voz:

– Apresentem-se, pela ordem! Câmbio.

– Aqui é o Vigia Controle. Da última vez que a vi, a aeronave estava bem alto e seguindo em círculo para noroeste. Não a estou vendo agora. Câmbio.

– Vigia um: negativo. Câmbio.

– Vigia dois: negativo. Câmbio.

– Vigia três: negativo. Câmbio.

Silêncio.

O duque olhou para baixo. A sombra de sua própria nave estava justamente passando sobre a lagarta.

– Só quatro vigias, certo?

– Correto – Kynes disse.

– São cinco em nosso grupo – o duque disse. – Nossas naves são maiores. Podemos fazer caber mais três em cada uma. Os vigias devem ser capazes de levar dois cada.

Paul fez a conta mentalmente e disse:

– Sobram três.

– Por que não têm dois caleches para cada lagarta? – gritou o duque.

– Vocês não têm equipamento extra suficiente – Kynes disse.

– Mais razão para proteger o que temos!

– Aonde pode ter ido aquele caleche? – Halleck perguntou.

– Poderia ter sido obrigado a pousar em algum lugar fora de vista – Kynes disse.

O duque agarrou o microfone, hesitou com o polegar suspenso sobre a chave.

– Como podem ter perdido o caleche de vista?

– Eles ficam de olho no chão, procurando trilhas de verme – Kynes disse.

O duque acionou a chave com o polegar e falou ao microfone:

– Aqui é seu duque. Estamos descendo para evacuar a tripulação da Delta Ájax Nove. Todos os vigias têm ordens para fazer o mesmo. Os vigias pousarão no lado leste. Ficamos com o oeste. Câmbio. – Esticou o braço, digitou sua frequência de comando, repetiu a ordem para sua própria cobertura aérea e entregou o microfone a Kynes.

Kynes voltou à frequência de trabalho e uma voz irrompeu do alto-falante:

– ... quase carga completa de especiaria! Temos quase uma carga completa! Não podemos deixar tudo para um maldito verme! Câmbio.

– Dane-se a especiaria! – o duque gritou. Voltou a segurar o microfone e disse: – Especiaria é o que não falta. Há lugar em nossas naves para todos, exceto três de vocês. Tirem a sorte ou decidam como quiserem quem vai e quem fica. Mas vocês vão, e isso é uma ordem. – Voltou a enfiar o microfone nas mãos de Kynes e murmurou um "perdão" quando o planetólogo sacudiu um dedo machucado.

– Quanto tempo? – Paul perguntou.

– Nove minutos – Kynes disse.

O duque disse:

– Esta nave tem mais potência que as outras. Se decolarmos usando os jatos e com as asas em três quartos, poderemos acomodar mais um homem.

– A areia é fofa – Kynes disse.

– Com mais quatro homens a bordo numa decolagem a jato, poderíamos quebrar as asas, sire – Halleck disse.

– Não nesta nave – disse o duque. Ele puxou os controles para trás quando o tóptero passou planando ao lado da lagarta. As asas se inclinaram para cima e frearam o tóptero, que deslizou até parar a vinte metros da usina.

A lagarta agora estava silenciosa, e a areia não jorrava mais de seus respiradouros. Emitia apenas um leve ronco mecânico, que se tornou mais audível quando o duque abriu a porta.

Imediatamente, suas narinas foram tomadas de assalto pelo odor de canela, forte e pungente.

Com um sonoro bater de asas, a aeronave vigia pousou na areia do outro lado da lagarta. A escolta do próprio duque mergulhou para aterrissar alinhada com ele.

Paul, olhando para a usina, viu como todos os tópteros ficavam pequenos perto dela: mosquitos ao lado de um besouro-soldado.

– Gurney, você e Paul, joguem fora aquele banco lá atrás – o duque disse. Usou uma manivela para reduzir as asas manualmente a três quartos, ajustou-lhes o ângulo, verificou os controles dos jatos. – Por que diabos não estão saindo daquela máquina?

– Ainda têm esperança de que o caleche apareça – Kynes disse. – Restam alguns minutos. – Ele olhou para o leste.

Todos se voltaram para olhar na mesma direção, sem que vissem sinal do verme, mas havia uma sensação tensa e forte de ansiedade no ar.

O duque tomou o microfone, digitou sua frequência de comando e disse:

– Dois de vocês, joguem fora seus geradores de escudo. Pela ordem. Assim conseguirão carregar mais um homem. Não vamos deixar ninguém para aquele monstro. – Ele voltou à frequência de trabalho e gritou: – Muito bem, vocês aí na Delta Ájax Nove! Para fora! Já! É uma ordem de seu duque! Rápido, ou então vou fazer essa lagarta em pedaços com uma armalês.

Uma escotilha se abriu perto da frente da usina, uma outra atrás e uma terceira em cima. Os homens saíram aos trambolhões, escorregando e descendo de quatro até a areia. Um homem alto, vestindo uma túnica de trabalho remendada, foi o último a aparecer. Ele pulou para uma esteira e dali para a areia.

O duque devolveu o microfone ao painel, pendurou-se no degrau da aeronave e gritou:

– Dois homens para cada um dos vigias.

O homem de túnica remendada começou a dividir sua tripulação aos pares, empurrando-os na direção do veículo que esperava do outro lado.

– Quatro aqui! – gritou o duque. – Quatro naquela nave lá atrás! – Ele gesticulou com um dedo na direção de um dos tópteros da escolta diretamente atrás dele. Os guardas acabavam de empurrar o gerador de escudo para fora. – E quatro naquela nave lá! – Ele apontou a outra nave da escolta, que tinha se livrado do gerador de escudo. – Três em cada uma das outras! Corram, seus lobos da areia!

O homem alto terminou de contar sua tripulação, veio caminhando com dificuldade pela areia, seguido por três de seus companheiros.

– Estou ouvindo o verme, mas não consigo vê-lo – Kynes disse.

Os outros ouviram, então, um resvalar abrasivo, distante e cada vez mais alto.

– Tamanho desleixo, maldição – o duque resmungou.

Ao redor deles, as aeronaves começaram a deixar a areia. Fizeram o duque se lembrar de certa vez nas selvas de seu planeta natal, da chegada repentina a uma clareira, e das aves carniceiras alçando voo, deixando para trás a carcaça de um gauro.

Os especieiros chegaram com dificuldade ao flanco do tóptero, começaram a subir a bordo, passando por trás do duque. Halleck ajudou, puxando-os para a traseira do veículo.

– Já para dentro, rapazes! – ele gritou. – Rápido.

Paul, espremido num canto por homens suados, sentiu o cheiro do medo na transpiração, viu que dois deles tinham ajustado mal as golas de seus trajestiladores. Guardou a informação na memória para agir no futuro. Seu pai teria de impor uma disciplina mais rígida em relação aos trajestiladores. Os homens tinham a tendência de ficar desleixados se essas coisas não fossem observadas.

O último homem chegou ofegante à traseira do veículo e disse:

– O verme! Está quase em cima da gente! Decole!

O duque, de cenho franzido, deslizou para seu assento e disse:

– Ainda temos quase três minutos de acordo com a primeira estimativa de contato. Certo, Kynes? – Ele fechou a porta e verificou se estava bem fechada.

– É quase isso mesmo, milorde – Kynes disse, e pensou: *É senhor de si esse duque.*

– Tudo em ordem, sire – Halleck disse.

O duque assentiu, viu a última nave da escolta decolar. Ajustou a ignição, deu mais uma olhada nas asas e nos instrumentos e acionou a sequência dos jatos.

A decolagem afundou o duque e Kynes em seus bancos, comprimiu as pessoas na traseira. Kynes observou como o duque manuseava os controles: com suavidade e segurança. O tóptero estava totalmente no ar agora, e o duque estudava seus instrumentos, olhava para as asas à esquerda e à direita.

– Está muito pesada, sire – Halleck disse.

– Dentro dos limites de tolerância desta nave – disse o duque. – Não achou realmente que eu me arriscaria a perder esta carga, não é, Gurney?

Halleck abriu um sorriso largo e disse:

– Nem um pouco, sire.

O duque inclinou a nave numa curva longa e suave, ascendendo acima da lagarta. Paul, espremido num canto ao lado de uma janela, olhou para baixo, para a máquina silenciosa sobre a areia. A trilha de verme havia se interrompido a cerca de quatrocentos metros da lagarta. E agora parecia haver turbulência na areia em volta da usina.

– O verme agora está embaixo da lagarta – Kynes disse. – Vocês estão prestes a presenciar uma coisa que pouca gente já viu.

Partículas de terra escureciam a areia em volta da lagarta. A máquina enorme começou a adernar para a direita. Um gigantesco redemoinho de areia começou a se formar ali, à direita da lagarta. Movia-se cada vez mais rápido. A areia e a terra agora enchiam o ar num raio de centenas de metros.

E então eles o viram!

Um buraco amplo surgiu na areia. A luz do sol faiscou nos raios brancos dentro dele. Paul estimou que o diâmetro do buraco era, no mínimo, o dobro do comprimento da lagarta. Ele viu a máquina deslizar para dentro daquela abertura, num vagalhão de areia e terra. O buraco recuou.

– Deuses, que monstro! – murmurou um homem ao lado de Paul.

– Ficou com toda a nossa suada especiaria – grunhiu um outro.

– Alguém vai pagar por isso – disse o duque. – Prometo.

Pela ausência de inflexão na voz, Paul percebeu a intensidade da ira de seu pai. Descobriu que sentia a mesma coisa. Era um desperdício criminoso!

No silêncio que se seguiu, eles ouviram Kynes.

– Bendito seja o Criador e Sua água – Kynes murmurou. – Benditas Suas idas e vindas. Que Sua passagem purifique o mundo. Que Ele conserve o mundo para Seu povo.

– O que foi que disse? – perguntou o duque.

Mas Kynes ficou em silêncio.

Paul olhou para os homens amontoados ao redor dele. Estavam olhando fixa e receosamente para a nuca de Kynes. Um deles sussurrou:

– Liet.

Kynes se virou, carrancudo. O homem se encolheu em seu assento, envergonhado.

Um outro resgatado começou a tossir, uma tosse seca e áspera. No mesmo instante, ele deixou escapar um grito sufocado:

– Maldito seja este inferno!

O duneiro alto que tinha sido o último a sair da lagarta disse:

– Fica calmo aí, Coss. Senão só vai fazer a tosse piorar. – Ele se mexeu no meio dos homens até que conseguisse enxergar a nuca do duque. – O siô é o duque Leto, não é? – ele disse. – É ao siô que a gente tem que agradecer por estar vivo. A gente ia morrer ali mesmo se o siô não aparecesse.

– Quieto, homem, e deixe o duque pilotar a nave – Halleck murmurou.

Paul olhou para Halleck. O menestrel também tinha visto as rugas de tensão nos cantos da face de seu pai. Pisava-se em ovos quando o duque estava zangado.

Leto, inclinando o tóptero, começou a abandonar o grande círculo, parou a um novo sinal de movimento na areia. O verme tinha se retirado para as profundezas, e agora, perto de onde a lagarta estivera, viam-se dois vultos que se deslocavam para o norte, afastando-se da depressão de areia. Pareciam deslizar sobre a superfície e mal levantavam poeira para marcar sua passagem.

– Quem são aqueles lá embaixo? – o duque gritou.

– Dois camaradas que pegaram uma carona com a gente, siô – disse o duneiro alto.

– Por que não disseram nada sobre eles?

– Resolveram correr o risco, siô – respondeu o duneiro.

– Milorde – disse Kynes –, eles sabem que não adianta tentar salvar homens apanhados no deserto em território de verme.

– Mandaremos uma nave buscá-los quando chegarmos à base! – o duque disse, ríspido.

– Como desejar, milorde – Kynes aquiesceu. – Mas o provável é que, quando a nave chegar aqui, não haja nada para salvar.

– Mandaremos uma nave mesmo assim – afirmou o duque.

– Estavam bem ao lado de onde o verme apareceu – Paul disse. – Como escaparam?

– As paredes do buraco desmoronam e as distâncias acabam enganando – Kynes disse.

– Está desperdiçando combustível aqui, sire – arriscou Halleck.

– Certo, Gurney.

O duque fez a nave dar a volta e rumar para a Muralha-Escudo. Sua escolta deixou de circular no alto e assumiu posições acima e ao lado dele.

Paul pensou no que o duneiro e Kynes haviam dito. Ele detectava meias-verdades e completas mentiras. Os homens na areia deslizavam sobre a superfície com tamanha segurança, movendo-se de uma maneira obviamente calculada para não atrair novamente o verme desde as profundezas onde se encontrava.

Fremen!, pensou Paul. *Quem mais caminharia com tanta segurança sobre a areia? Quem mais não seria motivo de preocupação mais que natural... por não estar em perigo?* Eles *sabem viver aqui!* Eles *sabem ser mais espertos que o verme!*

– O que os fremen faziam naquela lagarta? – Paul perguntou.

Kynes girou.

O duneiro alto arregalou os olhos para Paul: azul sobre azul sobre azul.

– Quem é o moleque? – ele perguntou.

Halleck posicionou-se entre o homem e Paul, disse:

– Este é Paul Atreides, o herdeiro ducal.

– Por que ele tá dizendo que a gente tinha fremen na nossa roncadeira? – o homem perguntou.

– A descrição bate – Paul disse.

Kynes riu alto.

– Não dá para identificar um fremen só de olhar! – Ele se voltou para o duneiro. – Você aí, quem eram aqueles homens?

– Amigos de um dos outros – o duneiro disse. – Só uns amigos de uma vila aí que queriam ver as areias da especiaria.

Kynes se virou.

– Fremen!

Mas ele estava recordando as palavras da lenda: *"Lisan al-Gaib não se deixará enganar por nenhum ardil"*.

– Já morreram, é quase certo, jovem siô – o duneiro disse. – Não vamos falar mal deles.

Mas Paul ouviu a falsidade nas vozes de ambos, sentiu a ameaça que colocara Halleck instintivamente na posição de guarda.

Paul falou friamente:

– Um lugar terrível para morrer.

Sem se virar, Kynes disse:

– Quando Deus determina que uma criatura morra num determinado lugar, Ele faz os desejos da criatura dirigirem-na para aquele lugar.

Leto lançou um olhar duro para Kynes.

E Kynes, devolvendo o olhar, viu-se transtornado por um fato que observara ali: *Este duque estava mais preocupado com os homens do que com a especiaria. Ele arriscou sua vida e a vida de seu filho para salvar os homens. Deu pouca importância à perda de uma lagarta cheia de especiaria. O risco que os homens correram o deixou furioso. Um líder como esse poderia inspirar uma lealdade fanática. Seria difícil derrotá-lo.*

Contra sua própria vontade e contra todos os pareceres anteriores, Kynes admitiu para si mesmo: *Gosto deste duque.*

> **A grandeza é uma experiência transitória. Nunca é consistente. Depende em parte da imaginação criadora de mitos da humanidade. A pessoa que experimenta a grandeza precisa perceber o mito no qual está inserida. Precisa refletir o que nela é projetado. E precisa entender muito bem o sarcasmo. É isso que a desatrela da crença em suas próprias pretensões. O sarcasmo é tudo que lhe permite se mover dentro de si mesma. Sem essa qualidade, até mesmo a grandeza ocasional destruirá um homem.**
>
> – Excerto de "Frases reunidas de Muad'Dib", da princesa Irulan

No salão de jantar da casa grande de Arrakina, as luminárias suspensas se acenderam ao primeiro sinal de escuridão. Emitiam sua luz amarela para o alto, derramando-a sobre a cabeça do touro negro, com seus cornos ensanguentados, e sobre a escura e cintilante pintura a óleo do Velho Duque.

Abaixo daqueles talismãs, a roupa de mesa branca reluzia ao redor dos reflexos da prataria polida dos Atreides, que tinha sido arranjada de maneira precisa ao longo da mesa grande: pequenos arquipélagos de talheres que esperavam ao lado de copos de cristal, cada conjunto posicionado diante de uma pesada cadeira de madeira. O candelabro central e clássico continuava apagado, e sua corrente se enrolava em direção ao teto e às sombras onde haviam escondido o mecanismo do farejador de venenos.

Detendo-se à porta para inspecionar os arranjos, o duque pensou no farejador de venenos e no que o aparelho significava em sua sociedade.

Tudo faz parte de um padrão, ele pensou. *É possível compreender a nós mesmos pelo idioma: as descrições precisas e delicadas das maneiras de administrar a morte à traição. Alguém tentará o chaumurky esta noite, o veneno na bebida? Ou será chaumas, o veneno na comida?*

Balançou a cabeça.

Diante de cada prato sobre a mesa comprida havia um cântaro de água. Pela estimativa do duque, havia água suficiente ao longo da mesa para sustentar uma família arrakina pobre durante mais de um ano.

De cada lado da porta onde ele se encontrava, havia amplos lavatórios de azulejos decorados, verdes e amarelos. Cada pia tinha seu cabide de toalhas. Era o costume, explicara a governanta, que os convidados, ao entrarem, mergulhassem suas mãos na pia com toda a cerimônia, derramassem várias taças de água no chão, secassem as mãos numa toalha e a atirassem na poça que ia se formando e aumentando à porta. Depois do jantar, os mendigos se reuniam lá fora para torcer as toalhas e recolher a água.

Tão típico de um feudo dos Harkonnen, o duque pensou. *Todas as depravações concebíveis do espírito.* Ele inspirou profundamente, sentindo a fúria apertar seu estômago.

– O costume termina aqui! – ele murmurou.

Viu uma das criadas – uma das velhas encarquilhadas que a governanta tinha recomendado – rondando a porta da cozinha do outro lado do salão. O duque fez um sinal com a mão erguida. Ela saiu das sombras, contornou a mesa rapidamente e foi até ele, e o duque notou o rosto curtido, os olhos de azul sobre azul.

– Milorde deseja alguma coisa? – Ela mantinha a cabeça baixa, os olhos resguardados.

Ele apontou.

– Remova estas pias e toalhas.

– Mas... Bem-nascido... – Ela ergueu os olhos, boquiaberta.

– Conheço o costume! – ele gritou. – Leve estas pias para a porta da frente. Enquanto estivermos comendo e até terminarmos, todo mendigo que bater à porta poderá beber uma taça cheia de água. Entendido?

O rosto curtido da mulher exibiu uma confusão de emoções: consternação, raiva...

Com uma intuição repentina, Leto percebeu que ela devia ter planejado vender a água retirada das toalhas pisoteadas e arrancar alguns cobres dos coitados que batiam à porta. Talvez aquilo também fosse um costume.

A face dele se anuviou e ele grunhiu:

– Vou postar um guarda para garantir que minhas ordens sejam cumpridas ao pé da letra.

Ele girou nos calcanhares e tomou a passagem de volta ao Grande Átrio. As lembranças rodavam em sua mente, como os resmungos desdentados das velhas. Lembrou-se do mar aberto e das ondas – dias de relva, e não de areia –, verões deslumbrantes que haviam passado rapidamente por ele como folhas num vendaval.

Tudo perdido.

Estou ficando velho, ele pensou. *Senti a mão gélida de minha mortalidade. E no quê? Na ganância de uma velha.*

No Grande Átrio, lady Jéssica era o centro de um grupo heterogêneo diante da lareira. Ali o fogo crepitava, lançando a luz alaranjada e bruxuleante sobre joias, rendas e tecidos caros. Ele reconheceu um fabricante de trajestiladores de Cartago, um importador de equipamentos eletrônicos, um fornecedor de água, cuja mansão de veraneio ficava perto de sua usina na calota polar, um representante do Banco da Guilda (esguio e distante, o sujeito); um negociante de peças de reposição para o equipamento de mineração da especiaria, uma mulher magra e de rosto austero, cujo serviço de acompanhantes para os visitantes extraplanetários era supostamente uma fachada para várias operações de contrabando, espionagem e chantagem.

A maioria das mulheres ali no salão parecia ter como molde um tipo específico: ornamental, trajado com apuro, uma combinação estranha de sensualidade inatingível.

Mesmo que não fosse a anfitriã, Jéssica teria dominado o grupo, ele pensou. Ela não usava joia alguma e tinha escolhido cores quentes: um vestido longo, quase no mesmo tom das chamas, e uma fita cor de terra que lhe prendia os cabelos cor de bronze.

Percebeu que ela fizera aquilo para provocá-lo discretamente, uma reprovação à recente afetação de frieza por parte dele. Ela sabia muito bem que ele gostava mais dela naqueles tons, que ele a via como um farfalhar de cores quentes.

Ali perto, mas não parte integrante do grupo, estava Duncan Idaho, com seu cintilante uniforme de gala, o rosto encovado e indecifrável, os cabelos negros e encaracolados bem penteados. Ele, que estivera com os fremen, havia sido chamado de volta e tinha recebido ordens de Hawat: *"Com o pretexto de protegê-la, mantenha lady Jéssica sob vigilância constante".*

O duque deu uma rápida olhada no recinto.

Lá estava Paul, no canto, cercado por um grupo adulador da jovem richece arrakina, e, à parte entre eles, três oficiais da Guarda. O duque reparou particularmente nas moças. Que bom partido um herdeiro ducal daria. Mas Paul tratava todas igualmente, com um ar de nobreza reservada.

O título lhe cairá bem, o duque pensou, e percebeu, com um calafrio, que se tratava de mais um pensamento de morte.

Paul viu o pai à porta e evitou os olhos dele. Olhou ao redor, para as aglomerações de convidados, com as mãos cheias de joias a segurar drinques (e as inspeções discretas com minúsculos farejadores de controle remoto). Vendo todos aqueles rostos tagarelas, Paul sentiu uma aversão repentina. Eram máscaras baratas presas a pensamentos supurados: vozes que lutavam para afogar o silêncio clamoroso em cada íntimo.

Estou de má vontade, ele pensou, e imaginou o que Gurney teria a dizer sobre isso.

Ele sabia de onde vinha seu mau humor. Quisera não ter ido à recepção, mas seu pai tinha sido firme:

– Você tem um lugar, uma posição a preservar. Já tem idade suficiente para fazer isso. Já é quase um homem.

Paul viu o pai entrar pela porta, inspecionar a sala e depois caminhar até o grupo que cercava lady Jéssica.

Quando Leto se aproximou do grupo de Jéssica, o fornecedor de água estava perguntando:

– É verdade que o duque irá introduzir o controle meteorológico?

Atrás do homem, o duque disse:

– Ainda não pensamos tão longe, senhor.

O homem se virou, revelando um rosto redondo e delicado, intensamente bronzeado.

– Aah, o duque – ele disse. – Sentimos sua falta.

Leto olhou para Jéssica.

– Precisei fazer uma coisa. – Ele voltou sua atenção para o fornecedor de água, explicou o que tinha mandado fazer com os lavatórios e acrescentou: – No que me diz respeito, esse velho costume acaba aqui.

– É uma ordem ducal, milorde? – o homem perguntou.

– Deixo isso a cargo de sua própria... ah... consciência – o duque disse. Ele se virou, notando que Kynes havia se juntado ao grupo.

Uma das mulheres comentou:

– Acho que se trata de um gesto muito generoso: dar a água para os...

Alguém a calou com um psiu.

O duque olhou para Kynes, reparando que o planetólogo vestia um uniforme castanho-escuro à moda antiga, com as dragonas de Funcionário Público Imperial e uma minúscula lágrima dourada no colarinho a indicar a patente.

O fornecedor de água perguntou, com voz zangada:

– O duque estaria criticando nosso costume?

– Esse costume mudou – Leto disse. Cumprimentou Kynes com um aceno de cabeça, reparou na carranca de Jéssica e pensou: *A carranca não lhe cai bem, mas aumentará os boatos de que estamos estremecidos.*

– Com a licença do duque – o fornecedor de água disse –, eu tenho mais algumas perguntas sobre costumes.

Leto ouviu o repentino tom untuoso na voz do homem, notou o silêncio atento do grupo, a maneira como, por toda a sala, as cabeças começavam a se virar na direção deles.

– Não está quase na hora do jantar? – Jéssica perguntou.

– Mas nosso convidado tem algumas perguntas a fazer – Leto disse. E ele olhou para o fornecedor de água, vendo um homem de rosto redondo, com olhos grandes e lábios grossos, lembrando-se do memorando de Hawat: *"... e o tal fornecedor de água é um homem que precisamos vigiar: Lingar Bewt, não esqueça o nome. Os Harkonnen o usavam, mas nunca o controlaram completamente".*

– Os costumes relacionados à água são interessantes – Bewt disse, e havia um sorriso em seu rosto. – Estou curioso para saber o que pretende fazer com a estufa anexa a esta casa. Pretende continuar esfregando-a na cara das pessoas... milorde?

Leto controlou a raiva e encarou o homem. Os pensamentos passaram rápido por sua mente. Era preciso coragem para desafiá-lo em seu próprio castelo ducal, principalmente agora que tinham a assinatura de Bewt num contrato de vassalagem. O ato também exigira uma medida de conhecimento do próprio poder. A água, de fato, era poder ali. Se, por exemplo, as instalações aquíferas fossem minadas, prontas para serem destruídas a um mero sinal... O homem parecia capaz de fazer algo assim. A destruição das instalações aquíferas poderia muito bem destruir Arrakis. Poderia muito bem ser a espada que o tal Bewt segurava sobre a cabeça dos Harkonnen.

– Milorde o duque e eu temos outros planos para a estufa – Jéssica disse. Sorriu para Leto. – Pretendemos mantê-la, certamente, mas apenas para guardá-la em nome do povo de Arrakis. É nosso sonho que, um dia, o clima de Arrakis possa ser suficientemente alterado para que aquelas plantas sejam cultivadas em qualquer lugar ao ar livre.

Bendita seja, Leto pensou. *Quero ver nosso fornecedor de água engolir essa.*

– Seu interesse na água e no controle atmosférico é óbvio – disse o duque. – Aconselho-o a diversificar seus negócios. Um dia, a água não será um artigo de luxo em Arrakis.

E ele pensou: *Hawat tem de redobrar seus esforços para se infiltrar na organização do tal Bewt. E precisamos começar a construir instalações aquíferas de reserva imediatamente. Nenhum homem vai segurar uma espada sobre minha cabeça.*

Bewt fez que sim, com o sorriso ainda estampado na cara.

– Um sonho louvável, milorde. – Ele deu um passo atrás.

A expressão no rosto de Kynes chamou a atenção de Leto. O homem estava olhando fixamente para Jéssica. Parecia transfigurado, como um homem apaixonado... ou tomado por um transe religioso.

Os pensamentos de Kynes, por fim, foram sobrepujados pelas palavras da profecia: *"E eles também terão vosso sonho mais precioso"*. Falou diretamente a Jéssica:

– Você nos traz o encurtamento do caminho?

– Ah, dr. Kynes – disse o fornecedor de água. – Voltou de suas perambulações com a gentalha fremen. Que bondade a sua.

Kynes lançou um olhar inescrutável para Bewt e disse:

– Dizem, no deserto, que a posse de uma grande quantidade de água pode acometer um homem com uma imprudência fatal.

– Há muitos ditados estranhos no deserto – Bewt replicou, mas a voz dele denunciava inquietação.

Jéssica foi até Leto, passou a mão por baixo do braço dele, para ganhar alguns instantes e se acalmar. Kynes tinha dito: "... o encurtamento do caminho". No idioma antigo, a expressão se traduzia como "Kwisatz Haderach". A estranha pergunta do planetólogo parecia ter passado despercebida para os demais, e agora Kynes se inclinava para ouvir melhor uma faceirice dita em voz baixa por uma das consortes.

Kwisatz Haderach, pensou Jéssica. *Será que nossa Missionaria Protectora também plantou essa lenda aqui?* O pensamento reavivou a esperança secreta que ela nutria para Paul. *Ele poderia ser o Kwisatz Haderach. Poderia ser.*

O representante do Banco da Guilda travara conversa com o fornecedor de água, e a voz de Bewt se alçou sobre o burburinho das conversas:

– Muitas pessoas tentaram mudar Arrakis.

O duque viu como as palavras pareceram transfixar Kynes, fazendo o planetólogo se empertigar e afastar-se da coquete.

No silêncio repentino que se seguiu, um soldado da guarda, com o uniforme da infantaria, pigarreou atrás de Leto e disse:

– O jantar está servido, milorde.

O duque dirigiu um olhar intrigado para Jéssica.

– O costume aqui é o anfitrião e a anfitriã acompanharem os convidados até a mesa – ela disse, e sorriu. – Mudaremos esse também, milorde?

Ele falou com frieza:

– Parece ser um costume excelente. Vamos mantê-lo por ora.

É preciso manter a ilusão de que a suspeita de traição recai sobre ela, ele pensou. Olhou para os convidados que desfilavam diante deles. *Quem de vocês acredita nessa mentira?*

Jéssica, sentindo o distanciamento do duque, ficou admirada com aquilo, como fizera frequentemente na última semana. *Ele age como um homem em luta consigo mesmo,* ela pensou. *Será que foi porque agi tão rápido para organizar este jantar? Mas ele sabe como é importante começar a misturar nossos homens e oficiais com os habitantes daqui no plano social; somos pai e mãe substitutos para todos eles. Nada reafirma tanto esse fato como este tipo de atividade social.*

Leto, observando o desfile de convidados, lembrou-se do que Thufir Hawat havia dito quando o informaram sobre o jantar:

– *Sire! Eu o proíbo.*

Um sorriso soturno roçou os lábios do duque. Tinha sido uma cena e tanto. E como Leto continuasse inflexível quanto a comparecer ao jantar, Hawat sacudira a cabeça:

– Tenho um péssimo pressentimento a respeito disso, milorde – ele havia dito. – As coisas acontecem rápido demais em Arrakis. Não é o estilo dos Harkonnen. Não é mesmo.

Paul passou pelo pai de braços dados com uma moça meia cabeça mais alta que ele. O rapaz lançou um olhar impertinente para o pai, assentiu com a cabeça para algo que a moça disse.

– O pai dela fabrica trajestiladores – Jéssica comentou. – Disseram-me que só um idiota se deixaria apanhar nas profundezas do deserto vestindo um dos trajes do homem.

– Quem é o homem de rosto marcado à frente de Paul? – o duque perguntou. – Não o reconheço.

– Um acréscimo de última hora à lista de convidados – ela sussurrou. – Gurney cuidou de tudo. Contrabandista.

– Gurney cuidou disso?

– A meu pedido. Foi liberado por Hawat, mas achei que Thufir se fez de difícil. O contrabandista se chama Tuek, Esmar Tuek. É uma autoridade entre sua gente. Todos o conhecem aqui. Já jantou em várias casas.

– Por que está aqui?

– Todos os presentes farão essa pergunta – ela disse. – Tuek irá semear a dúvida e a desconfiança só por estar aqui. Ele também fará saber que você está preparado para validar suas ordens quanto à proibição da propina, impondo-as também do lado dos contrabandistas. Esse foi o ponto de que Hawat pareceu gostar.

– Não tenho certeza se *eu* gosto. – Ele cumprimentou com a cabeça um casal que passava, viu que restavam apenas alguns convidados a precedê-los. – Por que não convidou alguns fremen?

– E Kynes? – ela perguntou.

– Sim, Kynes – ele disse. – Preparou alguma outra surpresinha para mim? – Ele a conduziu pelo braço atrás da procissão.

– Todo o resto é extremamente convencional – ela disse.

E pensou: *Meu querido, não vê que esse contrabandista controla naves rápidas, que ele pode ser subornado? Precisamos de uma saída livre, uma porta para escapar de Arrakis se tudo o mais der errado.*

Quando eles entraram no salão de jantar, ela soltou o braço dele e deixou Leto acomodá-la na cadeira. Ele foi até sua cabeceira da mesa. Um soldado de infantaria guardava o lugar para ele. Os outros se acomodaram com um farfalhar de tecidos, um arrastar de cadeiras, mas o duque continuou de pé. Fez um sinal com a mão, e os guardas com os uniformes de infantaria que cercavam a mesa recuaram um passo, em posição de sentido.

Um silêncio apreensivo baixou sobre a sala.

Jéssica, correndo os olhos por toda a extensão da mesa, viu um leve tremor nos cantos da boca de Leto, notou o sombrio rubor de raiva em sua face. *O que o deixou irritado?*, ela se perguntou. *Certamente não o fato de eu ter convidado o contrabandista.*

– Há quem questione minha decisão de mudar o costume dos lavatórios – Leto disse. – É minha maneira de dizer a vocês que muitas coisas irão mudar.

Um silêncio constrangedor baixou sobre a mesa.

Acham que ele está bêbado, Jéssica pensou.

Leto ergueu seu cântaro de água, segurou-o bem alto, onde os raios das luzes suspensas encontravam no recipiente um reflexo.

– Como Chevalier do Imperium, portanto – ele disse –, faço-lhes um brinde.

Os demais pegaram seus cântaros e todos os olhos se concentraram no duque. Na súbita quietude, uma luz suspensa flutuou ligeiramente, levada por um brisa errante proveniente do corredor da cozinha. Sombras brincaram nos traços aquilinos do duque.

– Aqui estou e aqui fico! – ele exclamou.

As pessoas abortaram o movimento de levar os cântaros aos lábios. Detiveram-se, pois o duque continuou de braço erguido.

– Meu brinde é uma daquelas máximas tão caras a nossos corações: "Os negócios geram o progresso! A fortuna a tudo toca!".

Ele provou sua água.

Os outros se juntaram a ele. Trocaram olhares intrigados.

– Gurney! – chamou o duque.

De um recesso na extremidade da sala onde se encontrava Leto veio a voz de Halleck:

– Aqui, milorde.

– Toque alguma coisa, Gurney.

Um acorde menor do baliset flutuou no ar, vindo do recesso. Os criados, autorizados por um gesto do duque, começaram a colocar os pratos sobre a mesa: assado de lebre do deserto ao molho cepeda, aplomage siriano, chukka na redoma, café com mélange (o odor fragrante de canela da especiaria percorreu toda a mesa), um verdadeiro ganso de panela, servido com um vinho frisante caladanino.

E, mesmo assim, o duque continuava de pé.

Enquanto os convidados aguardavam, dividindo sua atenção entre os pratos diante deles e o duque ainda de pé, Leto disse:

– Antigamente, era obrigação do anfitrião entreter os convidados com seus próprios talentos. – Os nós de seus dedos ficaram brancos, tamanha a força com que seguravam o cântaro de água. – Não sei cantar, mas ofereço-lhes as palavras da canção de Gurney. Pensem nela como mais um brinde, um brinde a todos que morreram para nos trazer até aqui.

Movimentos de desconforto se fizeram ouvir na mesa.

Jéssica baixou rapidamente o olhar, para ver as pessoas sentadas mais perto dela: havia o fornecedor de água de rosto redondo e sua mulher, o pálido e austero representante do Banco da Guilda (parecia um espantalho de boca miúda, com os olhos fixos em Leto), o rude Tuek, de rosto marcado, com os olhos de azul sobre azul voltados para baixo.

– Em revista, amigos: soldados que dispensam revista – entoou o duque. – Para a sorte são fardo de dor e dinares. Sua almas carcomem argênteos colares. Em revista, amigos: soldados que dispensam revista. Cada qual um pontinho de tempo inocente. Com eles passa o fascínio da fortuna. Em revista, amigos: soldados que dispensam revista. Findo nosso tempo em ricto sorridente. Passaremos nós o fascínio da fortuna.

O duque deixou sua voz morrer no último verso, bebeu longamente de seu cântaro de água, devolveu-o à mesa com estrondo. A água transbordou e molhou a toalha branca.

Os demais beberam em constrangido silêncio.

O duque voltou a erguer sua água e, dessa vez, verteu no chão o meio cântaro que lhe restava, sabendo que as outras pessoas da mesa teriam de fazer a mesma coisa.

Jéssica foi a primeira a seguir o exemplo.

Houve um momento de paralisia antes de os demais começarem a esvaziar seus cântaros. Jéssica viu como Paul, sentado perto do pai, observava as reações a seu redor. Viu-se também fascinada pelo que as ações dos convidados revelavam, principalmente as das mulheres. Era água limpa e potável, e não algo já descartado numa toalha ensopada. A relutância em simplesmente jogá-la fora ficava patente nas mãos trêmulas, nas reações retardadas, no riso nervoso... e na obediência violenta à imposição. Uma mulher deixou cair seu cântaro e desviou os olhos quando o homem que a acompanhava o apanhou.

Kynes, porém, foi quem mais chamou a atenção dela. O planetólogo hesitou, em seguida esvaziou seu cântaro num recipiente que trazia sob o paletó. Ele sorriu para Jéssica ao surpreendê-la a observá-lo, ergueu o cântaro vazio num brinde silencioso. Seu ato em nada pareceu envergonhá-lo.

A música de Halleck ainda tomava a sala, mas tinha deixado para trás o tom menor e agora era cadenciada e jovial, como se ele tentasse levantar os ânimos.

– Que o jantar comece – o duque disse, e afundou em sua cadeira.

Ele está zangado e inseguro, Jéssica pensou. *A perda da lagarta-usina o atingiu mais fundo do que deveria. Tem de ser algo mais do que a perda. Ele age como um homem desesperado.* Ela ergueu seu garfo, esperando que o gesto escondesse sua própria amargura. *Por que não? Ele está desesperado.*

Lentamente, a princípio, depois com crescente animação, o jantar seguiu seu curso. O fabricante de trajestiladores elogiou a escolha de Jéssica quanto ao *chef* e ao vinho.

– Trouxemos ambos de Caladan – ela disse.

– Soberbo! – ele disse, provando o chukka. – Simplesmente soberbo! E nem uma pitada de mélange na carne. A gente acaba se cansando da especiaria em tudo.

O representante do Banco da Guilda olhou para Kynes, do outro lado da mesa.

– Fiquei sabendo, dr. Kynes, que mais uma lagarta-usina foi perdida por causa de um verme.

– As notícias voam – o duque disse.

– Então é verdade? – o banqueiro perguntou, voltando sua atenção para Leto.

– Claro que é verdade! – o duque falou, ríspido. – O maldito caleche desapareceu. Uma coisa daquele tamanho não poderia desaparecer!

– Quando o verme chegou, não havia nada para recolher a lagarta – Kynes disse.

– *Não* poderia! – repetiu o duque.

– Ninguém viu o caleche partir? – o banqueiro perguntou.

– Os vigias costumam ficar de olho na areia – Kynes disse. – Sua principal preocupação é a trilha de verme. A tripulação de um caleche geralmente é formada por quatro homens: dois pilotos e dois atracadores assalariados. Se um... ou até mesmo dois desses tripulantes estivessem a serviço dos inimigos do duque...

— Aaah, entendi — falou o banqueiro. — E o senhor, como Juiz da Transição, o senhor impugnará isso?

— Terei de avaliar com cuidado minha posição — Kynes disse — e certamente não discutirei tal questão à mesa. — E ele pensou: *Essa sombra esquelética! Ele sabe que esse é o tipo de infração que fui instruído a ignorar.*

O banqueiro sorriu, voltou sua atenção para a comida.

Jéssica lembrou-se de uma aula a que assistira na escola Bene Gesserit. O assunto era espionagem e contraespionagem. A professora era uma Reverenda Madre gorducha e de cara feliz, e sua voz alegre contrastava estranhamente com o assunto em pauta.

Uma coisa a se destacar a respeito de qualquer escola de espionagem e/ou contraespionagem é a semelhança no padrão de reações primárias de todas as pessoas formadas por ela. Toda disciplina fechada deixa nos alunos sua marca, seu padrão. Esse padrão é suscetível à análise e à predição.

Agora, os padrões motivacionais são semelhantes em todos os espiões. Ou seja: certos tipos de motivações são semelhantes, apesar das escolas diferentes e dos objetivos opostos. Primeiro, vocês irão estudar como separar esse elemento para análise: no início, por meio de padrões de interrogatório que revelam a orientação interior dos interrogadores; segundo, pela observação minuciosa da orientação de pensamento-linguagem dos analisados. Verão, é claro, que é razoavelmente simples determinar os idiomas maternos de seus alvos, tanto pela inflexão da voz quanto pelo padrão da fala.

E agora, sentada à mesa com seu filho, seu duque e seus convidados, ouvindo o representante do Banco da Guilda falar, Jéssica sentiu um calafrio ao perceber uma coisa: o homem era um agente dos Harkonnen. Ele exibia o padrão de fala de Giedi Primo — disfarçado e discreto, mas exposto à percepção treinada de Jéssica como se o homem tivesse se anunciado.

Isso significa que a própria Guilda está contra a Casa Atreides?, ela se perguntou. O pensamento a deixou consternada, e ela disfarçou sua emoção pedindo um novo prato, sem deixar de ouvir as palavras do homem, esperando que ele deixasse escapar seu intento. *Agora ele desviará a conversa para algo aparentemente inocente, mas com implicações sinistras*, ela disse consigo mesma. *É o padrão dele.*

O banqueiro engoliu a comida, bebericou o vinho, sorriu para algo que a mulher a sua direita lhe disse. Pareceu escutar por um momento um homem na outra ponta da mesa que explicava ao duque que as plantas nativas de Arrakis não tinham espinhos.

– Gosto de observar as aves de Arrakis – disse o banqueiro, dirigindo suas palavras a Jéssica. – Todas as nossas aves, claro, comem carniça, e muitas vivem sem água, pois se tornaram consumidoras de sangue.

A filha do fabricante de trajestiladores, sentada entre Paul e o pai do garoto na outra ponta da mesa, desfigurou seu belo rosto franzindo o cenho e disse:

– Ah, Suu-Suu, você diz coisas tão desagradáveis.

O banqueiro sorriu.

– Chamam-me Suu-Suu porque sou o consultor financeiro do Sindicato dos Vendedores Ambulantes de Água. – E, como Jéssica continuava a olhar para ele sem fazer qualquer comentário, ele acrescentou: – Por causa do pregão dos vendedores de água: "Suu-Suu Suuk!". – E ele imitou o chamado com tamanha exatidão que muita gente em volta da mesa se pôs a rir.

Jéssica ouviu o tom jactate da voz, mas reparou principalmente que a moça havia falado no momento certo: era uma cena arranjada. A jovem tinha dado ao banqueiro o pretexto para dizer o que disse. Jéssica olhou para Lingar Bewt. O magnata da água estava de cara amarrada, concentrado em seu jantar. Ocorreu a Jéssica que o banqueiro tinha dito: *"Eu também controlo a fonte suprema de poder em Arrakis: a água"*.

Paul percebera a mentira na voz de sua companheira de jantar, viu que sua mãe seguia a conversa com a intensidade típica das Bene Gesserit. Por impulso, ele decidiu entrar no jogo e prolongar a conversa. Dirigiu-se ao banqueiro:

– Está querendo dizer, senhor, que essas aves são canibais?

– Que pergunta mais estranha, jovem mestre – disse o banqueiro. – Eu disse apenas que as aves bebem sangue. Não precisa ser o sangue de sua própria espécie, não é mesmo?

– *Não* foi uma pergunta estranha – Paul disse, e Jéssica notou, nítido na voz dele, o tom irascível de réplica característico de seu treinamento. – Muitas pessoas cultas sabem que a pior competição possível para um organismo jovem vem de sua própria espécie. – Espetou o garfo deliberadamente num pedaço de comida do prato de sua companheira, comeu-o.

– Estão comendo do mesmo prato. Têm as mesmas necessidades básicas.

O banqueiro se empertigou e olhou feio para o duque.

– Não cometa o erro de achar que meu filho é uma criança – disse o duque. E sorriu.

Jéssica olhou ao redor da mesa, viu que Bewt tinha se animado e que Kynes e o contrabandista, Tuek, sorriam largamente.

– É uma lei da ecologia – Kynes disse – que o jovem mestre parece entender muito bem. A luta entre os elementos da vida é a luta pela energia livre do sistema. O sangue é uma fonte de energia eficiente.

O banqueiro baixou seu garfo e falou, com voz zangada:

– Dizem que a escória fremen bebe o sangue de seus mortos.

Kynes balançou a cabeça e falou num tom professoral:

– Não é o sangue, senhor. Mas toda a água de um homem, em última instância, pertence a sua gente, a sua tribo. É uma necessidade quando se vive perto da Grande Chã. Toda a água é preciosa ali, e o corpo humano tem aproximadamente setenta por cento de seu peso composto por água. O morto, certamente, não precisará mais da água.

O banqueiro apoiou as duas mãos na mesa, de um lado e do outro de seu prato, e Jéssica pensou que ele estava prestes a se levantar e sair, furioso.

Kynes olhou para Jéssica.

– Perdoe-me, milady, por tratar de um assunto tão desagradável à mesa, mas o que se dizia era mentira e foi necessário esclarecer as coisas.

– Você anda há tanto tempo com os fremen que perdeu todo o tato – o banqueiro disse entredentes.

Kynes olhou para ele com toda a calma, estudou o rosto pálido e trêmulo.

– Está me desafiando, senhor?

O banqueiro ficou petrificado. Engoliu em seco e falou, com toda a formalidade:

– Claro que não. Não insultaria dessa maneira nossos anfitriões.

Jéssica ouviu o medo na voz do homem, viu o pavor no rosto dele, em sua respiração, na pulsação de uma veia em sua têmpora. O homem tinha medo de Kynes!

– Nossos anfitriões são plenamente capazes de decidir por si mesmos se foram ou não insultados – Kynes disse. – São pessoas de coragem que sabem o que é a defesa da honra. Somos todos testemunhas de sua coragem pelo fato de estarem aqui... agora... em Arrakis.

Jéssica viu que Leto estava adorando aquilo. Ao contrário da maioria dos convidados. As pessoas em volta da mesa estavam preparadas para sair às pressas, com as mãos fora de vista, sob a mesa. As duas exceções dignas de nota eram Bewt, que sorria ostensivamente diante da derrota do banqueiro, e o contrabandista, Tuek, que parecia esperar uma deixa de Kynes. Jéssica viu que Paul olhava, admirado, para Kynes.

– E então? – Kynes disse.

– Não quis ofender ninguém – o banqueiro murmurou. – Se alguém se ofendeu, que aceite então minhas desculpas.

– Desculpas aceitas – Kynes disse. Ele olhou para Jéssica e voltou a comer, como se nada tivesse acontecido.

Jéssica viu que o contrabandista também relaxou. Reparou numa coisa: o homem se mostrara, em todos os aspectos, um assistente pronto para ajudar Kynes. Havia algum tipo de acordo entre Kynes e Tuek.

Leto brincou com o garfo, olhou intrigado para Kynes. Os modos do ecólogo indicavam uma mudança de atitude em relação à Casa Atreides. Kynes parecera mais imparcial durante a viagem pelo deserto.

Jéssica fez sinal para que trouxessem mais um prato e bebida. Os serviçais apareceram com *langues de lapins de garenne*, vinho tinto e um molho de levedo-cogumelos como acompanhamento.

Aos poucos, a conversa do jantar foi retomada, mas Jéssica ouvia a agitação nos diálogos, certa irritação, e viu que o banqueiro comia num silêncio taciturno. *Kynes o teria matado sem hesitar*, ela pensou. E percebeu que havia uma atitude despreocupada em relação ao ato de matar nos modos de Kynes. Ele matava com indiferença, e ela imaginou que se tratava de uma característica dos fremen.

Jéssica virou-se para o fabricante de trajestiladores a sua esquerda e disse:

– Não me canso de admirar a importância da água em Arrakis.

– É muito importante – ele concordou. – Que prato é este? É delicioso.

– Línguas de coelhos silvestres num molho especial – ela disse. – Uma receita muito antiga.

– Quero a receita – o homem disse.

Ela assentiu.

– Vou providenciá-la.

Kynes olhou para Jéssica e disse:

– O recém-chegado a Arrakis geralmente subestima a importância da água por aqui. Estamos lidando, veja bem, com a Lei do Mínimo.

Ela percebeu, pelo timbre da voz dele, que Kynes a estava colocando à prova e disse:

– O crescimento é limitado pelo recurso presente em menor quantidade. E, naturalmente, a condição menos favorável controla a taxa de crescimento.

– É raro encontrar membros de uma Casa Maior a par de problemas planetológicos – Kynes disse. – A água é a condição menos favorável à vida em Arrakis. E não vamos nos esquecer de que o próprio *crescimento* pode produzir condições desfavoráveis, a menos que seja tratado com extremo cuidado.

Jéssica pressentiu uma mensagem oculta nas palavras de Kynes, mas não conseguiu decifrá-la.

– Crescimento – ela disse. – Está querendo dizer que Arrakis pode ter um ciclo da água regular para sustentar a vida humana em condições mais favoráveis?

– Impossível! – exclamou o magnata da água.

Jéssica voltou sua atenção para Bewt.

– Impossível?

– Impossível em Arrakis – ele disse. – Não deem ouvidos a esse sonhador. Todas as provas obtidas em laboratório o contradizem.

Kynes olhou para Bewt, e Jéssica notou que as outras conversas em volta da mesa tinham cessado agora que as pessoas se concentravam naquele novo diálogo.

– As provas laboratoriais costumam ignorar um fato muito simples – Kynes disse. – E o fato é que estamos lidando com questões que têm origem e existem lá fora, onde as plantas e os animais levam uma vida normal.

– Normal! – Bewt desdenhou. – Nada em Arrakis é normal!

– Ao contrário – Kynes retrucou. – É possível estabelecer aqui certos equilíbrios autossustentáveis. Basta entender os limites do planeta e as pressões que agem sobre ele.

– Nunca acontecerá – Bewt disse.

O duque percebeu uma coisa de repente, o ponto exato em que a atitude de Kynes tinha mudado: quando Jéssica falara em guardar as plantas da estufa para Arrakis.

– O que seria preciso fazer para estabelecer o sistema autossustentável, dr. Kynes? – Leto perguntou.

– Se conseguirmos envolver três por cento do elemento vegetal de Arrakis na formação de compostos carbônicos alimentares, teremos dado início ao sistema cíclico – Kynes disse.

– A água é o único problema? – o duque perguntou. Ele percebeu o entusiasmo de Kynes, viu-se contagiado.

– A água ofusca os outros problemas – Kynes disse. – Este planeta tem muito oxigênio sem as costumeiras características concomitantes: vida vegetal difundida e grandes fontes de dióxido de carbono livre, criadas por certos fenômenos, como os vulcões. Ocorrem reações químicas incomuns em áreas de grande superfície por aqui.

– Você tem projetos-piloto? – perguntou o duque.

– Tivemos muito tempo para desenvolver o Efeito Tansley: experimentos limitados a pequenas unidades e de base amadorística dos quais minha ciência pode agora extrair seus fatos empíricos – Kynes disse.

– Não há água suficiente – Bewt disse. – Simplesmente não há água suficiente.

– Mestre Bewt é um especialista em água – Kynes disse. Ele sorriu, voltou a se concentrar em seu jantar.

O duque fez um gesto incisivo e descendente com a mão direita e gritou:

– Não! Quero uma resposta! Há água suficiente, dr. Kynes?

Kynes fitou o próprio prato.

Jéssica assistiu ao teatro de emoções no rosto dele. *Ele disfarça bem*, ela pensou, mas ela o tinha registrado agora e entendeu que ele se arrependia de ter falado.

– Há água suficiente? – o duque indagou.

– Pode ser... que sim – Kynes disse.

Está simulando a incerteza!, Jéssica pensou.

Com seu mais profundo sentido para a verdade, Paul captou o motivo subjacente e teve de recorrer a todo o seu treinamento para disfarçar sua empolgação. *Há água suficiente! Mas Kynes não quer que saibam disso.*

– Nosso planetólogo tem muitos sonhos interessantes – Bewt disse. – Ele sonha como os fremen, com profecias e messias.

O riso soou em pontos estranhos da mesa. Jéssica os assinalou: o contrabandista, a filha do fabricante de trajestiladores, Duncan Idaho, a dona do misterioso serviço de acompanhantes.

As tensões, aqui, estão distribuídas de maneira curiosa esta noite, Jéssica pensou. *Há muita coisa acontecendo sem que eu saiba. Terei de arranjar novas fontes de informações.*

O duque deixou seu olhar passar de Kynes a Bewt, e de Bewt a Jéssica. Sentiu-se estranhamente abandonado, como se alguma coisa importantíssima tivesse lhe escapado.

– *Pode* ser – ele murmurou.

Kynes falou rapidamente:

– Talvez devamos discutir isso em outra ocasião, milorde. São tantas...

O planetólogo foi interrompido quando um soldado com o uniforme Atreides entrou às pressas pela porta de serviço, foi liberado pelos guardas e correu para o lado do duque. O homem se inclinou e sussurrou ao pé do ouvido de Leto.

Jéssica reconheceu a insígnia da unidade de Hawat na boina do soldado e resistiu à apreensão. Dirigiu-se à companhia feminina do fabricante de trajestiladores: uma mulher diminuta e de cabelos escuros, com cara de boneca e um vestígio de prega epicântica nos olhos.

– Mal tocou seu jantar, minha cara – Jéssica disse. – Devo pedir algo para você?

A mulher olhou para o fabricante de trajestiladores antes de responder:

– Não estou com muita fome.

Abruptamente, o duque ficou de pé ao lado de seu soldado, falou num tom ríspido de comando:

– Fiquem sentados, todos vocês. Terão de me perdoar, mas surgiu uma questão que exige minha atenção pessoal. – Deu um passo para o lado. – Paul, seja o anfitrião em meu lugar, sim?

Paul ficou de pé, querendo perguntar por que o pai tinha de partir, sabendo que tinha de desempenhar seu papel em grande estilo. Deu a volta até a cadeira de seu pai e sentou-se.

O duque virou-se para o recesso onde Halleck estava sentado e disse:

– Gurney, por favor, tome o lugar de Paul à mesa. Não podemos ter um número ímpar de pessoas. Quando o jantar acabar, pode ser que eu peça a você que leve Paul para o campo do P.C. Aguarde meu contato.

Halleck deixou o recesso vestindo o uniforme de gala, e sua feiura disforme parecia fora de lugar naqueles atavios cintilantes. Ele encostou o baliset na parede, foi até a cadeira que Paul até então ocupara e se sentou.

– Não há por que se alarmarem – o duque disse –, mas tenho de pedir que ninguém saia até nossa guarda dizer que é seguro. Vocês estarão em perfeita segurança desde que fiquem aqui, e resolveremos esse pequeno problema muito em breve.

Paul reconheceu as palavras codificadas na mensagem de seu pai: *guarda-seguro-segurança-breve*. O problema era de segurança, e não violência. Viu que sua mãe decodificara a mesma mensagem. Os dois relaxaram.

O duque acenou brevemente com a cabeça, virou-se e saiu pela porta de serviço, acompanhado de seu soldado.

Paul disse:

– Por favor, continuemos o jantar. Creio que o dr. Kynes estava falando sobre a água.

– Podemos discutir isso numa outra ocasião? – Kynes perguntou.

– Mas é claro – Paul disse.

E Jéssica notou, com orgulho, a dignidade de seu filho, a impressão madura de confiança.

O banqueiro pegou seu cântaro de água e gesticulou com ele na direção de Bewt.

– Nenhum de nós consegue superar mestre Lingar Bewt no floreado das frases. Pode-se quase supor que ele aspirava à condição de Casa Maior. Vamos, mestre Bewt, faça um brinde. Talvez você tenha um pouco de sabedoria a oferecer para o menino que deve ser tratado como um homem.

Jéssica cerrou os dedos da mão direita por baixo da mesa. Viu Halleck trocar com Idaho um sinal, viu os soldados da guarda ao longo das paredes colocarem-se em posição de máxima defesa.

Bewt lançou um olhar venenoso para o banqueiro.

Paul olhou de relance para Halleck, assimilou as posições defensivas de seus guardas, olhou para o banqueiro até o homem baixar seu cântaro de água. Disse:

– Certa vez, em Caladan, vi quando encontraram o corpo de um pescador afogado. Ele...

– Afogado? – exclamou a filha do fabricante de trajestiladores.

Paul hesitou, e em seguida:

– Sim. Imerso em água até morrer. Afogado.

– Que maneira interessante de morrer – ela murmurou.

O sorriso de Paul esfriou, e ele voltou sua atenção para o banqueiro.

– O interessante a respeito desse homem eram os ferimentos em seus ombros, provocados pelos cravos das botas de um outro pescador. Ele e outros pescadores estavam num barco, um veículo que trafega sobre a água, que naufragou... afundou sob a água. Outro pescador que ajudou a recuperar o corpo disse ter visto marcas como as feridas daquele homem várias vezes. Indicavam que outro pescador que estava se afogando tinha tentado pisar nos ombros do pobre coitado, na tentativa de alcançar a superfície... de alcançar o ar.

– E por que isso é interessante? – o banqueiro perguntou.

– Por causa de uma observação feita por meu pai na época. Ele disse que o homem que está se afogando e sobe nos nossos ombros para se salvar é compreensível... exceto quando vemos isso acontecer na sala de estar. – Paul hesitou o suficiente para que o banqueiro visse o que estava por vir. – E, devo acrescentar, exceto quando o vemos acontecer à mesa de jantar.

Um silêncio repentino tomou o aposento.

Isso foi temerário, Jéssica pensou. *Esse banqueiro talvez tenha posição social suficiente para desafiar meu filho.* Ela viu que Idaho estava pronto para agir. Os soldados da guarda estavam alertas. Gurney Halleck tinha seus olhos fixos nos homens diante dele.

– Ro-ro-rooou! – fez o contrabandista, Tuek, com a cabeça para trás, gargalhando com total espontaneidade.

Sorrisos nervosos apareceram por toda a mesa.

Bewt ostentava um sorriso largo.

O banqueiro tinha empurrado sua cadeira para trás e olhava ferozmente para Paul.

Kynes disse:

– Quem diz a um Atreides o que quer, ouve o que não quer.

– É costume dos Atreides insultar seus convidados? – indagou o banqueiro.

Antes que Paul pudesse responder, Jéssica se inclinou e disse:

– Senhor! – E ela pensou: *Temos de descobrir qual é o jogo dessa criatura dos Harkonnen. Estaria aqui para atentar contra a vida de Paul? Teria a ajuda de alguém?* – Meu filho exibe um traje qualquer e o senhor alega que lhe foi feito sob medida? – Jéssica perguntou. – Que revelação fascinante. – Ela deslizou a mão pela perna até a dagacris que trazia numa bainha presa à panturrilha.

O banqueiro voltou seu olhar feroz para Jéssica. Os olhares se desviaram de Paul, e ela o viu se desvencilhar da mesa, preparando-se para agir. Ele tinha se concentrado na palavra código: *traje*. *"Prepare-se para a violência."*

Kynes dirigiu um olhar especulativo para Jéssica e, com a mão, fez um sinal discreto para Tuek.

O contrabandista levantou-se de sopetão e ergueu seu cântaro.

– Farei um brinde – ele disse. – Ao jovem Paul Atreides, ainda um rapazola na aparência, mas um homem no agir.

Por que estão interferindo?, Jéssica se perguntou.

O banqueiro agora encarava Kynes, e Jéssica viu o terror voltar ao rosto do agente.

As pessoas em volta da mesa começaram a responder ao brinde.

Kynes manda e as pessoas obedecem, Jéssica pensou. *Disse-nos que está do lado de Paul. Qual é o segredo de seu poder? Não pode ser seu cargo de Juiz da Transição. Isso é temporário. E certamente não por ser um funcionário público.*

Ela removeu a mão do punho da dagacris, ergueu seu cântaro para Kynes, que respondeu na mesma moeda.

Somente Paul e o banqueiro (*Suu-Suu! Que apelido idiota!*, Jéssica pensou) continuavam de mãos vazias. A atenção do banqueiro ainda estava em Kynes. Paul fitava o próprio prato.

Eu estava lidando com a situação da maneira correta, Paul pensou. *Por que eles interferiram?* Olhou disfarçadamente para os convidados homens mais próximos dele. Preparar-se para a violência? Por parte de quem? Certamente não daquele banqueiro.

Halleck se mexeu e falou como se para ninguém em particular, lançando suas palavras acima da cabeça dos convidados diante dele:

– Em nossa sociedade, as pessoas não deveriam se ofender com tanta facilidade. Geralmente é um ato suicida. – Ele olhou para a filha do fabricante de trajestiladores ao lado dele. – Não acha, senhorita?

– Ah, sim. Sim. Acho, sim – ela disse. – É tanta violência. Fico enojada. E, várias vezes, a intenção não é ofender, mas as pessoas morrem do mesmo jeito. Não faz sentido.

– De fato, não faz – Halleck disse.

Jéssica viu a perfeição com que a moça representava e percebeu: *Essa jovenzinha cabeça-oca não é uma jovenzinha cabeça-oca.* Viu, então, o padrão da ameaça e entendeu que Halleck também a detectara. Tinham planejado fisgar Paul com o sexo. Jéssica relaxou. Seu filho provavelmente tinha sido o primeiro a enxergar o plano: seu treinamento não teria deixado passar aquela artimanha óbvia.

Kynes falou ao banqueiro:

– Outro pedido de desculpas não seria apropriado?

Com um sorriso amarelo, o banqueiro virou-se para Jéssica e disse:

– Milady, receio ter exagerado no vinho. Vocês servem bebidas fortes à mesa e não estou acostumado.

Jéssica ouviu o veneno escondido no tom de voz dele e falou suavemente:

– Quando estranhos se conhecem, é preciso fazer grandes concessões às diferenças de costume e educação.

– Obrigado, milady – ele disse.

A companheira de cabelos escuros do fabricante de trajestiladores inclinou-se na direção de Jéssica e disse:

– O duque disse que estaríamos seguros aqui. Espero que isso não signifique mais combates.

Ela foi instruída a dar esse rumo à conversa, Jéssica pensou.

– É provável que não seja nada de importante – Jéssica disse. – Mas são tantos os pormenores que exigem a atenção pessoal do duque neste momento. Enquanto perdurar a inimizade entre os Atreides e os Harkonnen, todo cuidado é pouco. O duque jurou a kanly. É claro que ele não deixará nenhum agente dos Harkonnen vivo em Arrakis. – Ela olhou para o representante do Banco da Guilda. – E as Convenções, naturalmente, o respaldam. – Ela voltou sua atenção para Kynes. – Não é, dr. Kynes?

– De fato – Kynes disse.

O fabricante de trajestiladores puxou delicadamente sua companheira para trás. Ela olhou para ele e disse:

– Creio que agora eu vá comer alguma coisa. Gostaria de experimentar aquela ave que serviram há pouco.

Jéssica fez sinal para um dos criados e se virou para o banqueiro:

– E o senhor falava há pouco de aves e seus hábitos. São tantas coisas interessantes sobre Arrakis. Diga-me, onde se encontra a especiaria? Os caçadores se aprofundam no deserto?

– Ah, não, milady – ele disse. – Sabe-se muito pouco sobre as profundezas do deserto. E quase nada sobre as regiões austrais.

– Contam que há um grande filão de especiaria nos confins do sul – Kynes disse –, mas desconfio que seja uma invenção fantasiosa, criada apenas para uma canção. Alguns caçadores de especiaria mais ousados às vezes penetram a orla do cinturão central, mas isso é extremamente perigoso: os pontos de referência são incertos; as tempestades, frequentes. As baixas aumentam dramaticamente quanto mais longe operamos das bases na Muralha-Escudo. Pelo que descobrimos, não é lucrativo se aventurar muito ao sul. Quem sabe se tivéssemos um satélite meteorológico...

Bewt ergueu os olhos e falou de boca cheia:

– Dizem que os fremen andam por lá, que eles vão a qualquer lugar e já encontraram esponjas e chupeiras nas latitudes meridionais.

– Esponjas e chupeiras? – Jéssica perguntou.

Kynes falou rapidamente:

– Boatos absurdos, milady. São conhecidas em outros planetas, mas não em Arrakis. A esponja é um lugar onde a água infiltrada sobe até a superfície, ou perto o suficiente da superfície, e pode ser encontrada por quem cavar um buraco seguindo certos indícios. A chupeira é um tipo de esponja de que a pessoa retira a água por meio de um canudo... assim se diz.

Suas palavras enganam, Jéssica pensou.

Por que ele está mentindo?, Paul se perguntou.

– Que interessante – Jéssica disse. E pensou: *"Assim se diz...". Que modo de falar curioso têm aqui. Ah, se soubessem o que isso revela sobre sua dependência de superstições.*

– Ouvi dizer que vocês têm um ditado – Paul disse –, que o lustro vem das cidades e a sabedoria, do deserto.

— Temos muitos ditados em Arrakis — Kynes disse.

Antes que Jéssica pudesse formular uma nova pergunta, um criado se inclinou para entregar-lhe um bilhete. Ela o abriu, viu a caligrafia e os sinais codificados do duque, passou os olhos pela mensagem.

— Ficarão todos deliciados em saber — ela disse — que nosso duque manda avisar para ficarmos tranquilos. A questão que nos privou da companhia dele já foi resolvida. O caleche perdido foi encontrado. Um agente dos Harkonnen na tripulação dominou os demais e levou a máquina para uma base de contrabandistas, esperando vendê-la ali. Tanto o homem quanto a máquina foram entregues a nossas forças. — Ela acenou com a cabeça para Tuek.

O contrabandista devolveu o aceno.

Jéssica voltou a dobrar o bilhete e o enfiou em sua manga.

— Fico feliz que não tenha se tornado uma batalha franca — o banqueiro disse. — As pessoas esperam que os Atreides tragam paz e prosperidade.

— Principalmente prosperidade — Bewt disse.

— Podemos passar à sobremesa agora? — Jéssica perguntou. — Pedi a nosso *chef* para preparar um doce caladanino: arroz-pongi em calda dolsa.

— Parece maravilhoso — disse o fabricante de trajestiladores. — Seria possível conseguir-me a receita?

— Todas as receitas que desejar — Jéssica disse, registrando o homem para passar as informações a Hawat mais tarde. O fabricante de trajestiladores era um arrivistazinho medroso e poderia ser comprado.

A conversa fiada recomeçou ao redor dela:

— Que tecido mais adorável...

— Ele mandou fazer um engaste perfeito para a joia...

— Podemos tentar aumentar a produção no próximo bimestre...

Jéssica olhou para seu prato, pensando na parte cifrada da mensagem de Leto: *"Os Harkonnen tentaram fazer passar um carregamento de armaleses. Nós os capturamos. Pode ser que tenham tido êxito com outros carregamentos. Sem dúvida, significa que eles não estão muito preocupados com os escudos. Tome as precauções necessárias"*.

Jéssica concentrou-se nas armaleses, cheia de dúvidas. Os feixes incandescentes de luz destrutora eram capazes de atravessar qualquer substância conhecida, contanto que não tivesse a proteção de um escudo. O fato de que a realimentação de um escudo poderia fazer explodir tanto a armalês quanto o escudo não incomodava os Harkonnen. Por quê? Uma explosão escudo-armalês era uma variável perigosa: podia ser mais poderosa que a de uma arma atômica, podia matar apenas o artilheiro e seu alvo protegido por escudo.

As incógnitas a enchiam de apreensão.

Paul disse:

– Nunca duvidei de que encontraríamos o caleche. Quando meu pai se dispõe a resolver um problema, ele o resolve. Eis aí um fato que os Harkonnen estão começando a descobrir.

Ele está se gabando, Jéssica pensou. *Não deveria. Ninguém que vai dormir no subsolo, como precaução contra armaleses, tem o direito de se gabar.*

Não há escapatória: pagamos pela violência de nossos ancestrais.

– Excerto de "Frases reunidas de Muad'Dib", da princesa Irulan

Jéssica ouviu o tumulto no Grande Átrio e acendeu a luminária ao lado de sua cama. O relógio que ficava ali não tinha sido ajustado de acordo com o horário local, e ela teve de subtrair vinte e um minutos para determinar que deviam ser duas horas da manhã.

O tumulto era ruidoso e incoerente.

Será o ataque dos Harkonnen?, ela se perguntou.

Saiu da cama, verificou os monitores para saber onde estava sua família. A tela mostrou Paul dormindo no aposento dos fundos do porão que haviam rapidamente transformado num quarto de dormir. O barulho obviamente não chegava lá embaixo. Não havia ninguém no quarto do duque, a cama dele estava feita. *Será que estaria ainda no campo do P.C.?*

Ainda não havia um monitor que mostrasse a porta principal da casa.

Jéssica ficou no meio do quarto, escutando.

Havia uma voz incoerente, aos berros. Ouviu alguém chamar o dr. Yueh. Jéssica pegou um roupão, atirou-o por cima dos ombros, enfiou os pés nos chinelos, prendeu a dagacris junto à perna.

Mais uma vez, uma voz chamou o dr. Yueh.

Jéssica amarrou o cinto do roupão e foi para o corredor. Aí ocorreu-lhe a ideia: *E se Leto estivesse ferido?*

O corredor parecia se estender para sempre sob seus pés ligeiros. Ela virou ao atravessar o arco no final, passou correndo pelo salão de jantar e pela abertura que dava para o Grande Átrio; encontrou o lugar fortemente iluminado: todas as luminárias suspensas acesas na intensidade máxima.

A sua direita, perto da entrada principal, ela viu dois guardas segurando Duncan Idaho entre eles. A cabeça dele pendia para a frente e havia um silêncio abrupto e ofegante na cena.

Um dos guardas falou, acusando Idaho:

– Viu o que fez? Acordou lady Jéssica.

As cortinas imensas enfunavam-se atrás dos homens, revelando que a porta da frente ainda estava aberta. Não havia sinal do duque nem de Yueh. De um lado estava Mapes, olhando friamente para Idaho. Ela vestia um manto comprido e castanho, com um desenho serpeante na bainha. Seus pés estavam enfiados em botinas desamarradas.

– E daí que acordei lady Jéssica? – Idaho resmungou. Olhou para o teto e berrou: – Minh'espada provou sangue primero em Grumman!

Grande Mãe! Está bêbado!, Jéssica pensou.

A face redonda e morena de Idaho era uma carranca fechada. Seus cabelos, encaracolados como a pelagem de um cabrito negro, estavam cheios de terra. Um rasgão esfarrapado em sua túnica deixava exposta a camisa social que ele vestira no jantar horas antes.

Jéssica foi até ele.

Um dos guardas cumprimentou-a com a cabeça, sem soltar Idaho.

– Não sabíamos o que fazer com ele, milady. Estava criando um tumulto aí na frente, recusando-se a entrar. Ficamos com medo que os habitantes aparecessem e o vissem. Não seria nada bom. Ficaríamos com má fama por aqui.

– Por onde ele andou? – perguntou Jéssica.

– Ele acompanhou uma das moças até a casa depois do jantar, milady. Ordens de Hawat.

– Qual moça?

– Uma das meninas do serviço de acompanhantes. Sabe como é, milady? – Ele olhou para Mapes e baixou a voz. – Estão sempre requisitando Idaho para vigiar as damas.

E Jéssica pensou: *Claro que sim. Mas por que ele está bêbado?*

Ela franziu o cenho, virou-se para Mapes.

– Mapes, traga um estimulante. Sugiro cafeína. Talvez tenha sobrado um pouco do café com especiaria.

Mapes deu de ombros e foi para a cozinha. As botinas desamarradas chape-chapearam no assoalho de pedra.

Idaho girou a cabeça instável e olhou enviesado para Jéssica.

– Matei mais de mil homens para o duque – ele murmurou. – Só queria saber o que estou fazendo aqui. Não dá para viver debaixo da terra. Não dá para viver em cima da terra. Que raio de lugar é este, hein?

Um som proveniente da entrada do corredor lateral chamou a atenção de Jéssica. Ela se virou, viu Yueh se aproximar, com o estojo de primeiros socorros na mão esquerda. Estava completamente vestido, parecia pálido, exausto. A tatuagem em forma de diamante se destacava nitidamente em sua testa.

– O bom doutor! – gritou Idaho. – O que você é, doutor? Um mediquinho d'esquina? – Virou-se de olhos turvos para Jéssica. – Estou fazendo papel de idiota, não estou?

Jéssica franziu o cenho; ficou em silêncio, perguntando-se: *Por que Idaho se embebedaria? Será que foi drogado?*

– Muita cerveja d'especiaria – Idaho disse, tentando se endireitar.

Mapes voltou com uma xícara fumegante nas mãos, deteve-se atrás de Yueh, em dúvida. Olhou para Jéssica, que sacudiu a cabeça.

Yueh depositou seu estojo no chão, cumprimentou Jéssica e disse:

– Cerveja de especiaria, é?

– A melhor coisa que já tomei na vida – Idaho disse. Tentou assumir a posição de sentido. – Minha espada provou sangue primeiro em Grumman! Matei um Harkon... Harkon... matei ele para o duque.

Yueh se virou, olhou para a xícara nas mãos de Mapes.

– O que é isso?

– Cafeína – Jéssica respondeu.

Yueh tomou a xícara, estendeu-a para Idaho.

– Beba isto, rapaz.

– Não quero beber mais.

– Mandei beber!

A cabeça de Idaho bamboleou na direção de Yueh e ele deu um passo cambaleante à frente, arrastando os guardas consigo.

– Já estou cheio de fazer o que o Universo Imperial quer, doutor. Pelo menos uma vez vamos fazer a coisa do meu jeito.

– Depois de beber isto – Yueh disse. – É só cafeína.

– Deve ser igual ao resto todo deste lugar! O maldito sol é forte demais. Nada tem a cor certa. Está tudo errado ou...

– Bem, é noite agora – Yueh disse. Falou com sensatez. – Beba isto como o bom rapaz que é. Fará você se sentir melhor.

– Não quero me sentir melhor!

– Não podemos discutir com ele a noite toda – Jéssica disse. E pensou: *Isso pede tratamento de choque.*

– Não há razão para ficar aqui, milady – Yueh disse. – Posso cuidar disto.

Jéssica chacoalhou a cabeça. Deu um passo à frente, esbofeteou Idaho com força.

Ele cambaleou para trás, junto com os guardas, e olhou ferozmente para ela.

– Não são modos que se apresentem na casa de seu duque – ela disse. Tomou a xícara das mãos de Yueh, derramando uma parte do café, e empurrou-a na direção de Idaho. – Agora beba isto! É uma ordem!

Idaho ficou ereto de repente, olhando feio para ela. Falou devagar, com uma enunciação precisa e cuidadosa:

– Não recebo ordens de uma maldita espiã Harkonnen.

Yueh se empertigou e virou-se para encarar Jéssica.

O rosto dela perdera a cor, mas ela balançava afirmativamente a cabeça. Tudo ficou claro: os ramos partidos de significado que ela vira nas palavras e ações de todos que a cercavam naqueles últimos dias agora poderiam ser traduzidos. Viu-se dominada por uma raiva quase grande demais para refrear. Foi preciso invocar seu treinamento mais profundo como Bene Gesserit para acalmar-lhe a pulsação e tranquilizar sua respiração. Mesmo então, ela sentia o fogo tremular.

Estavam sempre requisitando Idaho para vigiar as damas!

Lançou um olhar para Yueh. O médico baixou os olhos.

– Você sabia disso? – ela indagou.

– Ouvi... boatos, milady. Mas não queria aumentar suas preocupações.

– Hawat! – ela gritou. – Tragam-me Thufir Hawat imediatamente!

– Mas, milady...

– Imediatamente!

Tem de ser Hawat, ela pensou. *Uma suspeita como essa, se tivesse qualquer outra fonte, teria sido descartada de imediato.*

Idaho sacudiu a cabeça e resmungou:

– Pó jogar essa droga fora.

Jéssica olhou para a xícara em sua mão e, de repente, atirou todo o conteúdo na cara de Idaho.

– Tranquem-no num dos quartos de hóspedes da ala leste – ela mandou. – Deixemos o *sono* cuidar disso.

Os dois guardas olharam para ela, desgostosos. Um deles arriscou:

– Talvez devêssemos levá-lo para outro lugar, milady. Poderíamos...

– Ele deve ficar aqui! – Jéssica gritou. – Tem um trabalho a fazer aqui.

– Sua voz pingava amargura. – Ele é tão bom para vigiar as damas.

Os guardas engoliram em seco.

– Sabem onde está o duque? – ela indagou.

– No posto de comando, milady.

– Hawat está com ele?

– Hawat está na cidade, milady.

– Tragam-me Hawat imediatamente – ordenou Jéssica. – Estarei em minha sala de estar quando ele chegar.

– Mas, milady...

– Se for necessário, chamarei o duque – ela disse. – Espero que não seja necessário. Não quero incomodá-lo com uma coisa dessas.

– Sim, milady.

Jéssica empurrou a xícara vazia para as mãos de Mapes; respondeu a pergunta muda dos olhos de azul sobre azul.

– Pode voltar para a cama, Mapes.

– Tem certeza de que não precisará de mim?

Jéssica sorriu sinistramente.

– Tenho certeza.

– Talvez possa esperar até amanhã – disse Yueh. – Posso lhe dar um sedativo e...

– Volte para seus aposentos e deixe-me cuidar disto do meu jeito – ela disse. Bateu de leve no braço dele, para abrandar a ordem. – É a única maneira.

Abruptamente, de cabeça erguida, ela se virou e saiu andando pela casa, na direção de seus aposentos. Paredes frias... passagens... uma porta familiar... Ela abriu a porta com violência e a bateu com força depois de entrar. Jéssica ficou ali, olhando feroz para as janelas obstruídas por escudos de sua sala de estar. *Hawat! Foi ele que os Harkonnen compraram? Veremos.*

Jéssica foi até a poltrona fofa e antiquada, revestida com couro de schlag bordado, e posicionou-a de modo a não perder a porta de vista. De repente, tinha toda a consciência da dagacris embainhada junto a sua perna. Ela pegou a bainha e a prendeu no braço, testou com que rapidez poderia fazer a arma escorregar até sua mão. Voltou a dar uma olhada na sala, memorizando a localização exata de cada coisa em caso de emergência: a espreguiçadeira perto do canto, as cadeiras de espaldar reto junto da parede, as duas mesas baixas, sua cítara no pedestal ao lado da porta que dava para seu quarto.

As luminárias suspensas emitiam uma luz rosada e pálida. Ela reduziu sua intensidade, sentou-se na poltrona, acariciando o estofo, apreciando o peso régio da poltrona para aquela ocasião.

Agora, que venha ele, pensou. *O que tiver de ser, será.* E preparou-se à maneira Bene Gesserit para a espera, reunindo paciência, poupando suas forças.

Mais cedo do que esperava, uma batida soou à porta e Hawat entrou a uma ordem dela.

Ela o observou sem se mexer na poltrona, reparando na sensação crepitante de energia induzida por drogas nos movimentos dele, enxergando o cansaço subjacente. Os olhos cansados e remelentos de Hawat brilhavam. Sua pele curtida parecia levemente amarelada à luz da sala, e havia uma mancha grande e úmida na manga do braço que usava o punhal.

Ela sentiu ali o cheiro de sangue.

Jéssica apontou uma das cadeiras de espaldar reto e disse:

– Pegue aquela cadeira e sente-se aqui diante de mim.

Hawat fez uma reverência e obedeceu. *Idaho, seu bêbado idiota!*, ele pensou. Estudou o rosto de Jéssica, imaginando como poderia salvar a situação.

– Já passou da hora de esclarecer as coisas entre nós – Jéssica disse.

– O que a preocupa, milady? – ele se sentou, apoiando as mãos nos joelhos.

– Não banque o desentendido comigo! – ela o cortou. – Se Yueh não lhe contou por que eu o convoquei, então um de seus espiões em minha casa o fez. Sejamos, ao menos, honestos um com o outro!

– Como quiser, milady.

– Primeiro, responda-me uma coisa – ela disse. – Você é agente dos Harkonnen agora?

Hawat quase pulou da cadeira, com o rosto carregado de fúria, e indagou:

– Ousa me insultar tanto assim?

– Sente-se – ela disse. – Você me insultou primeiro.

Lentamente, ele voltou a afundar em sua cadeira.

E Jéssica, decifrando os sinais daquele rosto que conhecia tão bem, permitiu-se respirar fundo. *Não é Hawat.*

– Agora sei que continua leal a meu duque – ela disse. – Estou preparada, portanto, para perdoar a afronta.

— E o que há para perdoar?

Jéssica fechou a cara, perguntando-se: *Devo usar meu trunfo? Devo contar a ele que há poucas semanas carrego dentro de mim a filha do duque? Não... O próprio Leto ainda não sabe. Isso só complicaria a vida dele, iria distraí-lo num momento em que precisa se concentrar em nossa sobrevivência. Ainda não é hora de usar isso.*

— Uma Proclamadora da Verdade resolveria isto – ela disse –, mas não temos uma Proclamadora da Verdade certificada pelo Alto Conselho.

— Exatamente. Não temos uma Proclamadora da Verdade.

— Há um traidor entre nós? – ela perguntou. – Estudei nosso pessoal com grande cuidado. Quem poderia ser? Não é Gurney. Certamente não é Duncan. Os lugares-tenentes *deles* não detêm uma posição suficientemente estratégica que valha a pena considerar. Não é você, Thufir. Não pode ser Paul. *Sei* que não sou eu. Dr. Yueh, então? Devo chamá-lo e colocá-lo à prova?

— Sabe que é um gesto inútil – Hawat disse. – Ele foi condicionado pelo Alto Colegiado. *Disso* tenho certeza.

— Sem mencionar que a esposa dele era uma Bene Gesserit e foi morta pelos Harkonnen – Jéssica disse.

— Então foi isso que aconteceu a ela – fez Hawat.

— Não reparou no ódio na voz dele quando pronuncia o nome Harkonnen?

— Sabe que não sou bom de ouvido – Hawat disse.

— O que o fez suspeitar de mim? – ela perguntou.

Hawat franziu o cenho.

— Milady coloca este seu servo numa situação impossível. Devo lealdade primeiro ao duque.

— Estou disposta a perdoar muita coisa por causa dessa lealdade – ela disse.

— E, de novo, sou obrigado a perguntar: o que há para perdoar?

— Um impasse? – ela indagou.

Ele deu de ombros.

— Então, vamos discutir outra coisa por enquanto – ela disse. – Duncan Idaho, o admirável homem de armas cujas habilidades de guarda-costas e vigia são tão valorizadas. Hoje à noite, ele abusou de algo chamado cerveja de especiaria. Ouvi falar que parte de nosso pessoal tem se entorpecido com essa bebida. É verdade?

– Milady tem suas fontes.

– Tenho mesmo. Não vê essa embriaguez como um sintoma, Thufir?

– Milady fala por enigmas.

– Aplique suas habilidades de Mentat! – ela gritou. – Qual é o problema com Duncan e os demais? Posso responder com três palavras: não têm pátria.

Ele apontou um dedo para o chão.

– Arrakis é a pátria deles.

– Arrakis é uma incógnita! Caladan era a pátria deles, mas nós os desalojamos. Não têm pátria. E temem que o duque os decepcione.

Ele se empertigou.

– Os homens que dissessem tal coisa dariam motivo para...

– Ora, pare com isso, Thufir. É derrotismo ou traição um médico diagnosticar corretamente uma doença? Minha única intenção é curar a doença.

– O duque me encarregou dessas questões.

– Mas você entende que tenho certa preocupação natural com o progresso dessa doença – ela retorquiu. – E quem sabe você admita que tenho certas habilidades úteis nesse caso.

Será que terei de abalá-lo para valer?, ela se perguntou. *Ele precisa de uma sacudidela, algo que o arranque da mesmice.*

– Eu poderia interpretar sua preocupação de várias maneiras – Hawat disse, dando de ombros.

– Então já me condenou?

– Claro que não, milady. Mas não posso me dar ao luxo de correr riscos na situação atual.

– Você deixou passar uma ameaça à vida de meu filho bem aqui nesta casa – ela disse. – Quem correu esse risco?

O rosto dele se anuviou.

– Ofereci minha renúncia ao duque.

Agora ele estava sinceramente zangado e revelava sua raiva na respiração acelerada, na dilatação das narinas, no olhar fixo. Jéssica viu uma veia pulsar na têmpora dele.

– Sou leal ao duque – ele disse, mordendo as palavras.

– Não há traidor algum – ela disse. – A ameaça é outra coisa. Talvez tenha a ver com as armaleses. Talvez eles corram o risco de esconder algumas armaleses com temporizadores e apontá-las para os escudos da casa. Talvez...

– E quem poderia dizer, depois da explosão, que não se tratava de uma arma atômica? – ele perguntou. – Não, milady. Eles não irão se arriscar a fazer algo *tão* ilegal. A radiação persiste. Os indícios são difíceis de apagar. Não. Eles cumprirão a *maioria* das formalidades. Tem de ser um traidor.

– Você é leal ao duque – ela escarneceu. – Você o destruiria tentando salvá-lo?

Ele inspirou fundo, e em seguida:

– Se for inocente, milady terá minhas mais humildes desculpas.

– Olhe só para você, Thufir – disse ela. – Os seres humanos vivem melhor quando cada um deles tem seu próprio lugar, quando cada um sabe onde se encaixa no plano das coisas. Destrua esse lugar e destruirá a pessoa. Você e eu, Thufir, dentre todos aqueles que amam o duque, estamos nas melhores posições para destruir um o lugar do outro. Eu não poderia fazer o duque desconfiar de você, sussurrando-lhe suspeitas ao pé do ouvido durante a noite? Quando ele estaria mais suscetível a essas insinuações, Thufir? Terei de pintar um quadro mais claro ainda para você?

– Está me ameaçando? – ele grunhiu.

– Na verdade, não. Estou simplesmente mostrando a você que alguém está nos atacando usando a disposição elementar de nossas vidas. É inteligente, diabólico. Sugiro anular esse ataque organizando nossas vidas de maneira a não deixarmos frestas para essas farpas penetrarem.

– Está me acusando de levantar suspeitas infundadas?

– Infundadas, sim.

– Você as combateria com suas próprias insinuações?

– *Sua* vida é feita de insinuações, não a minha, Thufir.

– Então está questionando minha capacidade?

Ela suspirou.

– Thufir, quero que examine seu próprio envolvimento emocional nisto tudo. O ser humano *natural* é um animal sem lógica. Suas projeções da lógica sobre todas as questões são *anti*naturais, mas deixamos que continue com isso porque tem lá sua serventia. Você é a personificação da lógica: um Mentat. No entanto, suas soluções para os problemas são conceitos que, num sentido muito concreto, são projetados para fora de você mesmo, onde serão estudados e revolvidos, examinados de todos os lados.

– Agora quer me ensinar a fazer meu trabalho? – ele perguntou, sem tentar esconder o desdém em sua voz.

– Qualquer coisa fora de você é o que você enxerga e nisso pode aplicar sua lógica – ela disse. – Mas é uma característica humana que, ao confrontarmos problemas pessoais, as coisas mais pessoais e profundas sejam as mais difíceis de submeter à análise da lógica. Nossa tendência é andar às cegas por aí e jogar a culpa em tudo e todos, menos na coisa profundamente arraigada que de fato está nos roendo.

– Você está deliberadamente tentando minar a confiança que deposito em minhas habilidades como Mentat – ele disse entredentes. – Se encontrasse um dos nossos tentando sabotar dessa maneira qualquer outra arma de nosso arsenal, não hesitaria em denunciá-lo e destruí-lo.

– Os melhores Mentats têm um respeito considerável pelo fator erro em seus cálculos – ela disse.

– Nunca afirmei o contrário!

– Então concentre-se nestes sintomas que nós dois observamos: a embriaguez dos homens; as desavenças; os mexericos e os boatos absurdos que trocam sobre Arrakis; ignoram o que há de mais simples nas...

– É só o ócio – ele disse. – Não tente desviar minha atenção fazendo uma coisa simples parecer misteriosa.

Ela o encarou, pensando nos homens do duque massageando as desgraças uns dos outros no quartel, até se fazer sentir o cheiro eletrostático do atrito, como material isolante queimado. *Estão se tornando os homens da lenda anterior à Guilda*, ela pensou. *Como os homens do explorador estelar perdido, o Ampoliros – enjoados sobre os canhões –, em demanda eterna, eternamente prontos e eternamente despreparados.*

– Por que nunca fez uso de minhas habilidades a serviço do duque? – ela perguntou. – Teme que eu venha a competir com você por *sua* posição?

Ele a transfixou com os olhos cansados em chamas.

– Conheço parte do treinamento que dão a vocês, suas... – Ele se calou e fechou a cara.

– Continue, pode dizer – ela provocou. – Suas *bruxas* Bene Gesserit.

– Conheço uma parte do *verdadeiro* treinamento que dão a vocês – ele disse. – Vi os resultados em Paul. Não me deixo enganar pelo que suas escolas dizem ao público: que vocês existem apenas para servir.

O abalo tem de ser forte, e ele está quase pronto para recebê-lo, ela pensou.

– Você escuta respeitosamente o que digo no Conselho – ela disse –, mas raramente ouve meus conselhos. Por quê?

– Não confio em seus motivos como Bene Gesserit – ele respondeu.

– Você pode se imaginar capaz de decifrar um homem; pode *pensar* que é capaz de obrigar um homem a fazer exatamente o que você...

– Thufir, seu pobre *idiota*! – ela exclamou, furiosa.

Ele fechou a cara, voltando a se recostar na cadeira.

– Seja o que for que ouviu falar a respeito de nossas escolas – ela disse –, a verdade é muito mais terrível. Se eu quisesse destruir o duque... ou você, ou qualquer outra pessoa a meu alcance, você não conseguiria me impedir.

E ela pensou: *Por que deixo o orgulho arrancar de mim essas palavras? Não foi assim que me treinaram. Não é assim que devo abalá-lo.*

Hawat enfiou furtivamente uma das mãos em sua túnica, onde ele guardava um minúsculo projetor de dardos envenenados. *Ela não usa escudo*, pensou. *Estaria só se vangloriando? Eu poderia matá-la agora... mas, aaah, as consequências de um erro meu...*

Jéssica notou o gesto em direção ao bolso e disse:

– Rezemos para que a violência entre nós nunca seja necessária.

– É uma prece válida – ele concordou.

– Enquanto isso, a doença se espalha entre nós – ela disse. – Pergunto novamente: não é mais razoável supor que os Harkonnen plantaram essa suspeita para nos lançar um contra o outro?

– Parece que voltamos ao impasse – ele disse.

Ela suspirou, pensando: *Ele está quase pronto.*

– O duque e eu somos pai e mãe substitutos para nossa gente – ela disse. – A posição...

– Ele não a tomou como esposa – disse Hawat.

Ela se obrigou a retomar a calma, pensando: *Foi uma boa réplica.*

– Mas não tomará nenhuma outra – ela disse. – Não enquanto eu viver. E somos substitutos, como eu dizia. Para romper essa ordem natural em nossas relações, para nos perturbar, transtornar e confundir, que alvo seria mais sedutor para os Harkonnen?

Ele percebeu aonde ela queria chegar e seu cenho se franziu numa carranca ameaçadora.

– O duque? – ela perguntou. – Um alvo atraente, sim, mas ninguém, com a possível exceção de Paul, estaria mais protegido. Eu? Sou uma tentação, mas eles certamente sabem que as Bene Gesserit são alvos difíceis. E existe um alvo melhor, alguém cujos deveres criam necessariamente um monstruoso ponto cego. Alguém para quem a desconfiança é tão natural quanto respirar. Alguém que erige toda a sua vida sobre insinuações e mistérios. – Ela atirou a mão direita na direção dele. – Você!

Hawat fez menção de pular da cadeira.

– Eu ainda não o dispensei, Thufir! – ela exclamou, furiosa.

O velho Mentat quase caiu na cadeira, tão rápido seus músculos o traíram.

Ela sorriu sem alegria.

– Agora você conhece uma parte do *verdadeiro* treinamento que recebemos – ela disse.

Hawat tentou engolir em seco. A ordem que partira dela tinha sido régia, peremptória, emitida num tom e de um modo que ele achara completamente irresistíveis. O corpo dele tinha obedecido antes que ele pudesse pensar a respeito. Nada poderia ter impedido sua reação – nem a lógica nem a ira passional... nada. Para fazer o que ela tinha acabado de fazer, era necessário um conhecimento íntimo e apurado da pessoa comandada, um controle tão profundo que ele nunca imaginara possível.

– Já disse que devemos nos entender – ela disse. – Quis dizer que *você* deve *me* entender. Eu já entendo você. E digo-lhe, neste instante, que sua lealdade ao duque é tudo o que garante sua segurança comigo.

Ele a encarou e umedeceu os lábios com a língua.

– Se eu quisesse um fantoche, o duque teria se casado comigo – ela disse. – Ele poderia até mesmo pensar que o tivesse feito de livre e espontânea vontade.

Hawat baixou a cabeça e passou a olhar através de seus cílios esparsos. Somente um controle dos mais rígidos o impedia de chamar os guardas. O controle... e, agora, a suspeita de que a mulher não permitiria tal coisa. Sua pele se arrepiava ao lembrar como ela o havia controlado. No momento de hesitação, ela poderia ter sacado uma arma para matá-lo!

Será que todo ser humano tem esse ponto cego?, ele imaginou. *Todos podemos ser comandados a agir sem opor resistência?* A ideia o desconcertava. *Quem conseguiria impedir alguém com esse poder?*

– Você vislumbrou o punho que a luva das Bene Gesserit esconde – ela disse. – São poucos aqueles que o veem e sobrevivem. E o que fiz é uma coisa relativamente simples para nós. Você não viu todo o meu arsenal. Pense nisso.

– Por que não usa isso para destruir os inimigos do duque? – ele perguntou.

– O que quer que eu destrua? – ela perguntou. – Quer que eu transforme nosso duque num fraco, que o faça depender eternamente de mim?

– Mas, com esse poder...

– O poder é uma faca de dois gumes, Thufir – ela disse. – Você está pensando: "Com que facilidade ela poderia dar forma a um instrumento humano e com ele atingir as entranhas do inimigo". Verdade, Thufir. Até mesmo as suas entranhas. Mas o que eu ganharia com isso? Se algumas Bene Gesserit fizessem tais coisas, isso não lançaria uma suspeita sobre todas as Bene Gesserit? Não queremos isso, Thufir. Não queremos destruir a nós mesmas. – Ela balançou afirmativamente a cabeça. – Existimos realmente apenas para servir.

– Não sei o que responder – ele disse. – Sabe que não.

– Você não contará nada do que aconteceu aqui a ninguém – ela disse. – Conheço você, Thufir.

– Milady...

Mais uma vez, o velho tentou engolir em seco. E pensou: *Ela tem grandes poderes, é fato. Mas isso não faria dela um instrumento ainda mais formidável para os Harkonnen?*

– O duque poderia ser destruído tão rapidamente por seus amigos quanto por seus inimigos – ela disse. – Creio que agora você irá investigar essa suspeita a fundo e livrar-se dela.

– No caso de se mostrar infundada – ele disse.

– *No caso* – ela escarneceu.

– No caso.

– Você *é mesmo* tenaz – ela disse.

– Cauteloso – ele disse – e ciente do fator erro.

– Então tenho outra pergunta para você: o que significa, para você, estar diante de um outro ser humano, de mãos amarradas e impotente, e esse outro ser humano segura uma faca contra sua garganta... mas se recusa a matá-lo, desamarra-o e dá-lhe a faca para usá-la como bem entender?

Ela se levantou da poltrona e deu as costas para ele.

– Pode ir agora, Thufir.

O velho Mentat se levantou, hesitou, e sua mão esgueirou-se na direção da arma letal sob sua túnica. Lembrou-se da praça de touros e do pai do duque (que tinha sido um homem de coragem, apesar de todos os seus outros defeitos) e de certo dia de *corrida* tempos atrás: o animal feroz e negro parado lá, cabisbaixo, imobilizado e confuso. O velho duque dera às costas aos cornos, a capa atirada com afetação sobre um dos braços, enquanto os gritos de aplauso choviam das arquibancadas.

Eu sou o touro, e ela, o toureiro, Hawat pensou. Afastou sua mão da arma, olhou de relance para o suor que cintilava em sua palma vazia.

E soube então que, independentemente de qual fosse a verdade no fim das contas, ele nunca esqueceria aquele momento nem perderia sua admiração suprema por lady Jéssica.

Em silêncio, ele deu meia-volta e saiu da sala.

Jéssica deixou de olhar para o reflexo nas janelas, virou-se e fitou a porta fechada.

– Agora veremos alguma coisa ser feita – ela sussurrou.

> **Digladia-se com sonhos?**
> **Peleja com sombras?**
> **Move-se numa espécie de sono?**
> **O tempo escapuliu.**
> **Sua vida foi roubada.**
> **Ocupou-se de ninharias,**
> **Vítima de seu desatino.**
>
> – **Nênia para Jamis na Planície Fúnebre, retirada de "Canções de Muad'Dib", da princesa Irulan**

Leto estava no vestíbulo de sua casa, estudando um bilhete à luz de uma única luminária suspensa. Faltavam ainda algumas horas para o amanhecer, e ele sentia o cansaço. Um mensageiro fremen levara o bilhete aos guardas mais avançados havia pouco, exatamente quando o duque chegara de seu posto de comando.

Dizia o bilhete: "Uma coluna de fumaça de dia, um pilar de fogo à noite". Não havia assinatura.

O que significa?, ele se perguntou.

O mensageiro havia partido sem esperar resposta e antes que pudessem interpelá-lo. Sumira noite adentro feito uma sombra.

Leto enfiou o papel num dos bolsos de sua túnica, pensando em mostrá-lo a Hawat mais tarde. Afastou um cacho de cabelos da testa, inspirou como quem suspirasse. O efeito das pílulas antifadiga estava passando. Foram dois longos dias desde o jantar, e bem mais tempo desde a última vez que ele havia dormido. Fora os problemas militares, ele tivera, ainda por cima, aquela reunião com Hawat, que relatou sua conversa com Jéssica.

Devo acordar Jéssica?, ele se perguntou. *Não há mais motivo para esse joguinho de segredos entre nós. Ou há?*

Maldito seja Duncan Idaho!

Sacudiu a cabeça. *Não, não o Duncan. Errei ao não confiar em Jéssica desde o início. Tenho de confiar agora, antes que a situação fique ainda pior.*

A decisão fez com que se sentisse melhor, e ele foi rapidamente do vestíbulo para o Grande Átrio, pelas galerias, em direção à ala da família.

Na curva onde as galerias se dividiam, levando a uma área de serviço, ele se deteve. Um estranho vagido vinha de algum lugar da galeria de serviço. Leto levou a mão esquerda à chave de seu cinturão-escudo e deixou o kindjal deslizar para a mão direita. A faca transmitia uma sensação de segurança. O som estranho dava-lhe calafrios.

De mansinho, o duque percorreu a galeria de serviço, amaldiçoando a iluminação inadequada. As menores luminárias suspensas haviam sido instaladas ali a cada oito metros e ajustadas para o nível mais fraco. As paredes de pedra escura engoliam a luz.

Uma massa indistinta esticada no assoalho surgiu da escuridão à frente dele.

Leto hesitou, quase ativou seu escudo, mas se conteve, pois isso limitaria seus movimentos, sua audição... e porque o carregamento de armaleses que haviam interceptado o enchera de dúvidas.

Em silêncio, ele foi até a massa cinzenta, viu que se tratava de uma figura humana, um homem de bruços. Leto usou um dos pés para virá-lo, mantendo a faca em riste, e abaixou-se para ver-lhe o rosto na luz fraca. Era o contrabandista, Tuek, com uma mancha úmida no peito. Os olhos mortos fitavam o nada em sua negra inanidade. Leto tocou a nódoa: estava quente.

Como é que este homem foi morrer aqui?, Leto se perguntou. *Quem o matou?*

Os vagidos ganhavam volume ali. Vinham de algum lugar adiante, da galeria lateral que levava à sala central, onde tinham instalado o principal gerador de escudo da casa.

Com a mão sobre a chave do cinturão e o kindjal em riste, o duque contornou o corpo, esgueirou-se pela galeria e, protegido por uma parede, deu uma olhada na direção da sala do gerador de escudo.

Mais uma massa cinzenta jazia esticada no chão a alguns passos de distância, e ele logo viu que aquela era a fonte do ruído. A forma se arrastou na direção dele com uma lentidão dolorosa, arquejando e balbuciando.

Leto livrou-se do medo repentino que apertava sua garganta, disparou pela galeria, ajoelhou-se ao lado do vulto que se arrastava. Era Mapes, a governanta fremen, com os cabelos caídos sobre o rosto e as roupas em desalinho. Uma nódoa escura e levemente cintilante se espalhava das costas para o flanco da mulher. Ele a tocou no ombro, e ela ergueu o torso, apoiando-se nos cotovelos e inclinando a cabeça para fitá-lo, com os olhos de uma inanidade feita de sombras negras.

– É você – ela falou, ofegante. – Matou... guarda... mandou... buscar... Tuek... fuja... milady... você... você... aqui... não... – Ela tombou para a frente e sua cabeça bateu na pedra com um baque surdo.

Leto tateou-lhe as têmporas, à procura de uma pulsação. Nada encontrou. Olhou para a mancha: apunhalaram-na pelas costas. Quem? Sua mente trabalhava em alta velocidade. Ela teria querido dizer que alguém matara um guarda? E Tuek? Jéssica o teria mandado chamar? Por quê?

Ele começou a se levantar. Um sexto sentido o alertou. Levou rapidamente uma das mãos à chave que acionava o escudo... tarde demais. Um impacto entorpecente jogou o braço dele para um lado. Sentiu a dor, viu um dardo se projetar da manga, sentiu a paralisia se espalhar a partir dali, subindo-lhe pelo braço. Foi necessário um esforço doloroso para erguer a cabeça e olhar para a galeria.

Yueh estava junto à porta aberta da sala do gerador. Seu rosto parecia amarelo à luz de uma única luminária mais forte acima da porta. A sala atrás dele era só quietude: nenhum som de geradores.

Yueh!, Leto pensou. *Ele sabotou os geradores da casa! Estamos completamente expostos!*

Yueh começou a andar na direção dele, guardando no bolso uma pistola de dardos.

Leto descobriu-se ainda capaz de falar e disse, ofegante:

– Yueh! Como?

Aí a paralisia chegou a suas pernas, e ele deslizou até o chão com as costas apoiadas na parede de pedra.

O rosto de Yueh demonstrava certa tristeza quando ele se inclinou e tocou a testa de Leto. O duque descobriu-se capaz de sentir o contato, mas era algo remoto... embotado.

– A droga do dardo é seletiva – Yueh disse. – Você consegue falar, mas eu não faria isso. – Ele olhou para o corredor e, mais uma vez, inclinou-se sobre Leto, arrancou o dardo e o jogou fora. O som do dardo retinindo nas pedras chegou fraco e distante aos ouvidos do duque.

Não pode ser Yueh, Leto pensou. *Ele foi condicionado.*

– Como? – Leto murmurou.

– Sinto muito, meu caro duque, mas *existem* coisas mais fortes que isto. – Ele tocou a tatuagem em forma de diamante em sua testa. – Eu mesmo acho tudo isso muito estranho, essa supressão de minha consciência febril, mas quero matar um homem. Sim, realmente desejo isso. Para conseguir o que quero, não deixarei nada me deter.

Ele olhou para baixo, para o duque.

– Ah, não é você, meu caro duque. O barão Harkonnen. Quero matar o barão.

– Ba... rão Har...

– Fique quieto, por favor, meu pobre duque. Você não tem muito tempo. Aquele incisivo que implantei em sua boca depois da queda em Narcal: aquele dente precisa ser substituído. Em instantes, eu o deixarei inconsciente e trocarei o dente. – Ele abriu a mão, contemplou alguma coisa ali. – Uma duplicata exata, com o cerne esculpido primorosamente em forma de nervo. Escapará aos detectores de praxe, até mesmo a um exame rápido. Mas, se você o morder com força, a cobertura irá se esfacelar. Então, se exalar com força, você encherá o ar a seu redor com um gás venenoso, extremamente letal.

Leto olhou para cima e encarou Yueh, vendo a loucura nos olhos do homem, a transpiração na testa e no queixo.

– Você morrerá de um jeito ou de outro, meu pobre duque – Yueh disse. – Mas chegará bem perto do barão antes de morrer. Ele acreditará que você está tão entorpecido pelas drogas que não fará nenhuma tentativa derradeira de atacá-lo. E você estará drogado e amarrado. Mas o ataque pode assumir formas estranhas. E *você* irá se lembrar do dente. O *dente*, duque Leto Atreides. Você irá se lembrar do dente.

O velho médico aproximou-se mais e mais, até seu rosto e seu bigode pendente dominarem o campo visual cada vez mais estreito de Leto.

– O dente – Yueh murmurou.

– Por quê? – Leto sussurrou.

Yueh se abaixou ao lado do duque, apoiado num dos joelhos.

– Fiz com o barão um pacto de shaitan. Tenho de me certificar de que ele cumprirá sua parte. Quando eu o vir, saberei. Quando olhar para o barão, eu *saberei*. Mas nunca me verei diante dele sem pagar o preço. Você é o preço, meu pobre duque. E eu saberei quando o vir. Minha pobre Wanna me ensinou muitas coisas, e uma delas é enxergar a verdade certeira quando a tensão é imensa. Nem sempre consigo fazer isso, mas, quando vir o barão... então, eu *saberei*.

Leto tentou olhar para baixo, para o dente na mão de Yueh. Sentia como se aquilo estivesse acontecendo num pesadelo: não poderia ser.

Os lábios arroxeados de Yueh abriram-se num esgar.

– Não chegarei perto o bastante do barão, do contrário eu mesmo o faria. Não. Serei detido a uma distância segura. Mas você... ora, ora! Você, minha arma adorável! O barão vai querer você perto dele, para tripudiar e vangloriar-se um pouco.

Leto viu-se quase hipnotizado por um músculo no lado esquerdo da mandíbula de Yueh. O músculo se contorcia quando o homem falava.

Yueh se aproximou ainda mais.

– E você, meu bom duque, meu precioso duque, tem de se lembrar deste dente. – Ele apresentou o dente, segurando-o entre o indicador e o polegar. – Será tudo o que lhe restará.

A boca de Leto se moveu sem emitir qualquer som, e em seguida:

– Recuso.

– Aah, não! Não pode recusar. Porque, em troca deste pequeno favor, farei uma coisa por você. Salvarei seu filho e sua mulher. Ninguém mais conseguirá fazer isso. Eles podem ser removidos para um lugar onde nenhum Harkonnen os alcançará.

– Como... salvar... eles? – Leto sussurrou.

– Fazendo parecer que estão mortos, escondendo-os entre pessoas que sacam o punhal ao ouvir o nome dos Harkonnen, que odeiam tanto os Harkonnen que queimariam uma cadeira onde um Harkonnen tivesse se sentado, que salgariam a terra onde um Harkonnen pisasse. – Ele tocou a mandíbula de Leto. – Sente alguma coisa na mandíbula?

O duque descobriu que não conseguia responder. Sentiu um puxão distante, viu a mão de Yueh aparecer segurando o anel do sinete ducal.

– Para Paul – Yueh disse. – Você ficará inconsciente em instantes. Adeus, meu pobre duque. Quando nos encontrarmos de novo, não teremos tempo para conversar.

Um distanciamento frio se espalhou a partir da mandíbula de Leto, subindo-lhe para a face. O corredor obscuro ficou reduzido a um ponto, que tinha como centro os lábios arroxeados de Yueh.

– Lembre-se do dente! – Yueh sussurrou. – O dente!

Deveria existir uma ciência do descontentamento. As pessoas precisam de dificuldade e opressão para desenvolver músculos psíquicos.

– Excerpto de "Frases reunidas de Muad'Dib", da princesa Irulan

Jéssica acordou no escuro, sentindo a premonição na quietude a seu redor. Não conseguia entender por que seu corpo e sua mente pareciam tão apáticos. O medo bulia com seus nervos. Cogitou se sentar na cama e acender a luz, mas algo refreou a decisão. Sua boca parecia... estranha.

Tam, tam, tam, tam!

Era um som surdo que, no escuro, vinha não se sabia de onde. De algum lugar.

A espera se encheu de tempo, estalidos e pontas de agulhas em movimento.

Ela começou a sentir seu corpo, a perceber amarras nos pulsos e tornozelos, uma mordaça na boca. Estava deitada de lado, com as mãos atadas às costas. Experimentou as amarras e percebeu que eram de fibra de *krimskell* e que só ficariam mais apertadas se ela as puxasse.

E então, ela se lembrou.

Algo se movera na escuridão de seu quarto, algo úmido e pungente atingira seu rosto, enchendo sua boca, e mãos tentaram agarrá-la. Ela havia arquejado – uma única inspiração – e sentira o narcótico na umidade. A consciência tinha recuado, mergulhando-a numa arca negra de terror.

Aconteceu, ela pensou. *Como era simples subjugar as Bene Gesserit. Bastava apenas a traição. Hawat estava certo.*

Ela se obrigou a não puxar as amarras.

Este não é meu quarto, ela pensou. *Levaram-me para algum outro lugar.*

Aos poucos, ela foi reunindo a calma interior.

Percebeu o odor de seu próprio suor rançoso, misturado à infusão química do medo.

Onde está Paul?, ela se perguntou. *Meu filho: o que fizeram com ele?*

Calma.

Ela se obrigou a manter a calma, usando as antigas fórmulas.

Mas o terror continuava tão próximo.

Leto? Onde está você, Leto?

Notou que a escuridão diminuía. Começou com as sombras. As dimensões se separaram, tornaram-se novos espinhos de percepção. Branco. Um risco sob uma porta.

Estou no chão.

Pessoas andando. Sentiu isso no assoalho.

Jéssica voltou a reprimir a lembrança do terror. *Tenho de me manter calma, alerta e preparada. Pode ser que eu tenha apenas uma oportunidade.* Mais uma vez, ela coagiu a calma interior.

O latejar desajeitado das batidas de seu coração se regularizou, dando forma ao tempo. Ela contou para trás. *Fiquei inconsciente quase uma hora.* Fechou os olhos, concentrou sua percepção nos passos que se aproximavam.

Quatro pessoas.

Contou as diferenças nos passos.

Tenho de fingir que ainda estou inconsciente. Ela relaxou no chão gelado, experimentando a prontidão de seu corpo, ouviu uma porta se abrir, sentiu a luz aumentar através das pálpebras.

Dois pés se aproximaram: alguém parou ao lado dela.

— Está acordada — trovejou uma voz de baixo. — Não precisa fingir.

Ela abriu os olhos.

O barão Vladimir Harkonnen estava de pé ao lado dela. A sua volta, ela reconheceu o quarto do porão onde Paul dormira, viu o catre dele num dos cantos, vazio. Os guardas trouxeram luminárias suspensas e distribuíram-nas perto da porta aberta. A luz intensa no corredor atrás da porta machucava-lhe os olhos.

Ela olhou para cima, para o barão. Ele vestia uma capa amarela que fazia volume por cima dos suspensores portáteis. As bochechas gordas eram dois montes querubínicos sob os olhinhos aracnonegros.

— O tempo de ação da droga foi calculado — ribombou ele. — Sabíamos o exato minuto em que você recuperaria a consciência.

Como?, ela se perguntou. *Teriam de saber meu peso exato, conhecer meu metabolismo, meu... Yueh!*

— É uma pena que tenha de continuar amordaçada — disse o barão. — Teríamos uma conversa tão interessante.

Só poderia ser Yueh, ela pensou. *Mas como?*

O barão olhou para a porta atrás dele.

– Entre, Piter.

Ela nunca antes tinha visto o homem que entrou e colocou-se ao lado do barão, mas o rosto era conhecido, e também o homem: *Piter de Vries, o Assassino-Mentat*. Ela o examinou: traços aquilinos, olhos tingidos de azul que sugeriam ser ele nativo de Arrakis, mas sutilezas de postura e movimentação deixavam claro que não era o caso. E a pele dele era firme, rica em água. Era alto, porém esguio, e havia nele algo de efeminado.

– Pena que não possamos ter nossa conversa, minha cara lady Jéssica – o barão disse. – No entanto, estou a par de suas habilidades. – Ele olhou para o Mentat. – Não é verdade, Piter?

– Verdade, barão – disse o homem.

A voz era de tenor. Foi um banho gelado em sua espinha. Ela nunca tinha ouvido uma voz tão enregelante. Para alguém com o treinamento das Bene Gesserit, a voz gritava: *matador!*

– Tenho uma surpresa para o Piter – disse o barão. – Ele pensa que veio aqui receber sua recompensa: você, lady Jéssica. Mas quero demonstrar uma coisa: que ele não a deseja realmente.

– Está brincando comigo, barão? – Piter perguntou, e sorriu.

Vendo aquele sorriso, Jéssica se admirou que o barão não tivesse saltado para se defender do tal Piter. E então ela se corrigiu. O barão não sabia como decifrar aquele sorriso. Não tinha o Treinamento.

– Em vários aspectos, Piter é tão ingênuo – o barão disse. – Ele não admite que você é uma criatura mortífera, lady Jéssica. Eu poderia mostrar a ele, mas seria correr um risco idiota. – O barão sorriu para Piter, cujo rosto se transformara numa máscara expectante. – Sei o que Piter quer de fato. Piter quer o poder.

– O barão prometeu que eu poderia ficar com *ela* – Piter disse. A voz de tenor perdera um pouco de sua circunspeção gélida.

Jéssica ouviu os sinais na voz do homem e permitiu-se um estremecimento interior. *Como é que o barão conseguiu transformar um Mentat num animal desses?*

– Darei a você a oportunidade de escolher, Piter – disse o barão.

– Escolher o quê?

O barão estalou os dedos gordos.

– Esta mulher e o exílio fora do Imperium, ou o Ducado de Atreides em Arrakis para governar como bem entender em meu nome.

Jéssica observou os olhos de aranha do barão examinarem Piter.

– Você poderia ser o duque daqui, a não ser no título – o barão disse.

Meu Leto está morto, então?, Jéssica se perguntou. Sentiu um gemido mudo começar em algum ponto de sua mente.

O barão manteve sua atenção voltada para o Mentat.

– Entenda a si mesmo, Piter. Você a quer porque ela era a mulher de um duque, um símbolo do poder dele: bela, útil, treinada primorosamente para desempenhar seu papel. Mas um ducado inteiro, Piter! É mais que um símbolo: é a realidade. Com isso, você poderia ter muitas mulheres... e mais.

– Não está brincando com Piter?

O barão se virou com aquela leveza de dançarino que lhe conferiam os suspensores.

– Brincando? Eu? Lembre-se: *eu* estou abrindo mão do menino. Você ouviu o que o traidor disse a respeito do treinamento do rapaz. São iguais, a mãe e o filho: mortíferos. – O barão sorriu. – Tenho de ir. Mandarei o guarda que reservei para este momento. É surdo como uma porta. As ordens dele são transportar vocês na primeira etapa de sua viagem de exílio. Ele subjugará a mulher se notar que ela tem você sob controle. Não deixará você tirar a mordaça até terem saído de Arrakis. Se você decidir não partir... ele tem outras ordens.

– Não precisa ir embora – Piter disse. – Já escolhi.

– Ah, rá! – fez o barão, com uma risadinha desdenhosa. – Uma decisão tão rápida só pode significar uma coisa.

– Fico com o ducado – Piter disse.

E Jéssica pensou: *Será que Piter não sabe que o barão está mentindo? Mas... como poderia saber? Ele é um Mentat deturpado.*

O barão olhou para Jéssica.

– Não é prodigioso eu conhecer Piter tão bem? Apostei com meu Mestre de Armas que essa seria a escolha de Piter. Rá! Bem, já vou indo. Assim é muito melhor. Aaah, muito melhor. Entendeu, lady Jéssica? Não tenho nada contra você. É uma necessidade. Assim é muito melhor. Sim. E não cheguei *realmente* a mandar que a destruíssem. Quando me perguntarem o que aconteceu a você, poderei dar de ombros sem fugir à verdade.

– Fica a meu critério, então? – Piter perguntou.

– O guarda que vou lhe mandar acatará suas ordens – disse o barão. – Faça o que fizer, caberá a você decidir. – Ele encarou Piter. – Sim. Neste caso, não haverá sangue em minhas mãos. A decisão é sua. Sim. Não sei de nada. Espere até eu sair, então faça o que tem de fazer. Sim. Bem... ah, sim. Sim. Ótimo.

Ele teme ser interrogado por uma Proclamadora da Verdade, Jéssica pensou. *Quem? Aaah, a Reverenda Madre Gaius Helen, é claro! Se ele sabe que terá de ser interrogado por ela, então o imperador certamente está envolvido nisto. Aaaah, meu pobre Leto.*

Com uma última olhadela para Jéssica, o barão se virou e saiu pela porta. Ela o seguiu com os olhos, pensando: *É como a Reverenda Madre avisou: o adversário é forte demais.*

Dois soldados Harkonnen entraram. Um terceiro, com a cara tão marcada por cicatrizes que parecia uma máscara, veio logo em seguida e ficou junto à porta, com uma armalês na mão.

O surdo, Jéssica pensou, examinando o rosto marcado. *O barão sabe que eu poderia usar a Voz com qualquer outro homem.*

O de cara marcada olhou para Piter.

– O menino está numa liteira aí fora. Quais são suas ordens?

Piter falou para Jéssica:

– Pensei em subjugar você ameaçando seu filho, mas estou vendo que isso não funcionaria. Deixo a emoção anuviar a razão. Não muito esperto para um Mentat. – Olhou para os dois primeiros soldados, virando-se, para que o surdo pudesse ler seus lábios: – Levem os dois para o deserto, como o traidor sugeriu que fizéssemos com o menino. O plano dele é bom. Os vermes irão destruir todas as provas. Seus corpos não poderão ser encontrados.

– Não quer despachá-los pessoalmente? – perguntou Cara Marcada.

Ele lê lábios, Jéssica pensou.

– Sigo o exemplo de meu barão – Piter disse. – Levem-nos para onde o traidor mandou.

Jéssica ouviu o severo controle dos Mentats na voz de Piter e pensou: *Ele também teme a Proclamadora da Verdade.*

Piter deu de ombros, virou-se e passou pelo vão da porta. Ali hesitou, e Jéssica pensou que ele voltaria para dar uma última olhada nela, mas ele saiu sem se virar.

— Eu é que não gosto nem de pensar em encarar a Proclamadora da Verdade depois do servicinho desta noite — disse Cara Marcada.

— Até parece que cê vai encontrar ela um dia — disse um dos outros soldados. Ele deu a volta e se abaixou perto da cabeça de Jéssica. — A gente fica aqui batendo papo e o serviço aí para fazer. Segura os pés dela...

— Por que é que a gente não mata eles aqui mesmo? — Cara Marcada perguntou.

— Muita sujeira — disse o primeiro. — A não ser que cê queira estrangular eles. Eu já gosto de um serviço limpo e honesto. A gente larga eles no deserto que nem o traidor disse, corta eles um pouquinho e deixa as provas pros vermes. Depois não tem que limpar nada.

— É... bem, acho que cê tem razão — disse Cara Marcada.

Jéssica os escutava com atenção, observando, registrando. Mas a mordaça bloqueava sua Voz e havia que se considerar o surdo.

Cara Marcada devolveu a armalês ao coldre, segurou os pés dela. Ergueram-na como se ela fosse uma saca de grãos, fizeram-na passar pela porta e a jogaram numa liteira sustentada por suspensores que trazia outro vulto amarrado. Quando a viraram, para acomodá-la na liteira, ela viu o rosto de sua companhia: Paul! Ele estava amarrado, mas não amordaçado. O rosto dele não estava a mais de dez centímetros do dela, olhos fechados, respiração regular.

Será que foi drogado?, ela se perguntou.

Os soldados ergueram a liteira, e os olhos de Paul se abriram uma fração mínima: rasgos escuros olhando para ela.

Que ele não tente usar a Voz, ela rogou. *O guarda surdo!*

Os olhos de Paul se fecharam.

Ele vinha praticando a respiração da percepção, tranquilizando sua mente, escutando seus captores. O surdo era um problema, mas Paul conteve seu desespero. O regime Bene Gesserit para acalmar a mente que sua mãe lhe ensinara o mantinha a postos, pronto para aproveitar qualquer oportunidade.

Paul se permitiu mais uma inspeção de olhos semicerrados do rosto da mãe. Ela parecia ilesa. Mas amordaçada.

Ele se perguntou quem poderia tê-la capturado. Sua própria captura era bem óbvia: foi dormir com uma cápsula prescrita por Yueh, acordou e viu-se amarrado naquela liteira. Talvez algo parecido tivesse acontecido com ela. A lógica dizia que o traidor era Yueh, mas ele deixou a decisão final em suspenso. Não havia como entender aquilo: um médico Suk, traidor.

A liteira se inclinou de leve quando os soldados Harkonnen a fizeram passar pelo vão de uma porta, noite estrelada adentro. Um dos suspensores raspou no batente. E então estavam sobre a areia que outros pés trituravam. Um tóptero fazia vulto logo adiante, obliterando as estrelas. A liteira foi depositada no chão.

Os olhos de Paul se adaptaram à luz fraca. Reconheceu o soldado surdo como o homem que abria a porta do tóptero e dava uma olhada lá para dentro, para a obscuridade verde iluminada pelo painel de instrumentos.

– Este é o tóptero que a gente vai usar? – ele perguntou, virando-se para observar os lábios do colega.

– Foi esse que o traidor disse que tinham adaptado pro deserto – disse o outro.

Cara Marcada concordou com a cabeça.

– Mas é um daqueles veículos de ligação. Não tem espaço aí dentro para mais do que dois de nós.

– Dois já tá bom – disse o que carregava a liteira, aproximando-se e apresentando os lábios para leitura. – Podemos cuidar disso de agora em diante, Kinet.

– O barão me falou para ter certeza do que vai acontecer com esses dois – Cara Marcada objetou.

– Por que cê tá tão preocupado? – perguntou um outro soldado, que vinha atrás daquele que carregava a liteira.

– Ela é uma bruxa Bene Gesserit – disse o surdo. – Elas têm poderes.

– Aaah... – O da liteira fez o sinal da mão fechada junto à orelha. – É uma delas, hein? Sei do que tá falando.

O soldado atrás dele grunhiu.

– Ela vai virar comida de verme daqui a pouco. Acho que nem uma bruxa Bene Gesserit tem poder sobre um dos grandes vermes. Hein, Czigo? – Ele cutucou o da liteira.

– É – disse o da liteira. Ele voltou à liteira e segurou Jéssica pelos ombros. – Vamos, Kinet. Pode vir junto se quiser ter certeza do que vai acontecer.

– Bondade sua me convidar, Czigo – Cara Marcada disse.

Jéssica sentiu-se erguida no ar, e a sombra da aeronave girou... estrelas. Ela foi empurrada para a traseira do tóptero, teve suas amarras de fibra de *krimskell* examinadas e prenderam-na no banco com o cinto de segurança. Paul foi espremido ao lado dela, preso com o cinto, e ela notou que ele tinha sido amarrado apenas com corda.

Cara Marcada, o surdo que eles chamaram de Kinet, sentou-se na frente. O da liteira, que chamaram de Czigo, deu a volta e ficou com o outro assento da frente.

Kinet fechou sua porta e debruçou-se sobre os controles. O tóptero decolou num salto de asas dobradas, dirigiu-se para o sul, sobre a Muralha-Escudo. Czigo deu um tapinha no ombro do colega e disse:

– Cê não quer virar e ficar de olho nos dois?

– Tem certeza que sabe o caminho? – Kinet observou os lábios de Czigo.

– Ouvi o que o traidor disse tão bem quanto você.

Kinet girou seu assento. Jéssica viu o reflexo das estrelas na armalês que ele trazia na mão. O interior do tóptero, uma barreira à luz, parecia ficar mais iluminado à medida que os olhos dela se adaptavam, mas a cara marcada do guarda continuava obscura. Jéssica experimentou o cinto de seu assento, viu que estava frouxo. Sentiu algo áspero na tira que lhe tocava o braço esquerdo e percebeu que alguém tinha praticamente cortado o cinto, que se romperia com um puxão repentino.

Será que alguém esteve neste tóptero e o preparou para nós?, ela se perguntou. *Quem?* Lentamente, ela desvencilhou os pés amarrados dos de Paul.

– É mesmo uma vergonha desperdiçar uma mulher tão bonita – Cara Marcada disse. – Cê já pegou uma dessas bem-nascidas? – Ele se virou para o piloto.

– Nem todas as Bene Gesserit são bem-nascidas – disse o piloto.

– Mas todas parecem ter nariz empinado.

Ele me enxerga muito bem, Jéssica pensou. Levou as pernas amarradas ao assento, encolheu-se numa bola sinuosa, sem tirar os olhos de Cara Marcada.

– É bem bonita, ela – Kinet disse. Umedeceu os lábios com a língua. – É mesmo uma vergonha. – Olhou para Czigo.

– Cê tá pensando o que eu acho que tá pensando? – o piloto perguntou.

– E quem ia saber? – o guarda perguntou. – E depois... – Ele deu de ombros. – Eu nunca peguei uma bem-nascida. Pode ser que nunca mais tenha uma chance como esta.

– Se encostar um dedo na minha mãe... – disse Paul, entredentes. Ele olhou com ferocidade para Cara Marcada.

– Ei! – riu o piloto. – O cachorrinho sabe latir. Mas não morde.

E Jéssica pensou: *A voz de Paul saiu muito aguda. Mas pode ser que funcione.*

Continuaram voando em silêncio.

Pobres idiotas, Jéssica pensou, estudando os guardas e rememorando as palavras do barão. *Serão mortos tão logo relatem o êxito de sua missão. O barão não quer testemunhas.*

O tóptero fez uma curva sobre o limite sul da Muralha-Escudo, e Jéssica viu um trecho de areia sombreado pelo luar abaixo deles.

– Aqui já deve dar – o piloto disse. – O traidor disse para deixá-los na areia em qualquer lugar perto da Muralha-Escudo. – Ele fez a nave descer na direção das dunas num longo mergulho em queda livre e nivelou-a bruscamente perto da superfície do deserto.

Jéssica viu Paul começar a respirar no ritmo do exercício de tranquilização. Ele fechou e abriu os olhos. Jéssica só fez olhar, sem poder ajudá-lo. *Ele ainda não domina a Voz*, ela pensou. *Se ele falhar...*

O tóptero tocou a areia com uma guinada suave, e Jéssica, olhando para o norte, de volta à Muralha-Escudo, viu a sombra de asas se esconder lá em cima.

Alguém está nos seguindo!, ela pensou. *Quem?* E depois: *O grupo que o barão designou para vigiar estes dois. E também haverá vigias para os vigias.*

Czigo desligou os rotores das asas. O silêncio inundou a cabine.

Jéssica virou a cabeça. Via pela janela, atrás de Cara Marcada, o brilho fraco de uma das luas que nascia, um aro açucarado de rocha elevando-se do deserto. Elevações erodidas pelas rajadas de areia raiavam-lhe os flancos.

Paul limpou a garganta.

O piloto disse:

– Agora, Kinet?

– Não sei, Czigo.

Czigo se virou e disse:

– Aaah, olha só. – Ele estendeu a mão na direção da saia de Jéssica.

– Tire a mordaça dela – Paul ordenou.

Jéssica sentiu as palavras ressoarem no ar. O tom, o timbre excelente: imperioso, muito feroz. Teria sido melhor se tivesse saído um pouco mais grave, mas poderia ainda se encaixar no espectro daquele homem.

Czigo desviou sua mão para a faixa na boca de Jéssica e afrouxou o nó da mordaça.

– Pare com isso! – Kinet mandou.

– Ah, cala essa boca – Czigo disse. – As mãos dela tão amarradas. – Ele soltou o nó e a faixa caiu. Seus olhos brilharam quando ele examinou Jéssica.

Kinet pousou uma das mãos sobre o braço do piloto.

– Olha, Czigo, não precisa...

Jéssica torceu o pescoço, cuspiu a mordaça. Deu a sua voz um tom grave e pessoal.

– Cavalheiros! Não precisam *brigar* por minha causa. – Ao mesmo tempo, ela se contorceu sinuosamente para que Kinet pudesse vê-la.

Ela viu que os dois ficaram tensos, sabendo que, naquele instante, eles se convenceram de que era preciso brigar por ela. Sua discordância não precisava de outro motivo. Em suas mentes, eles já *estavam* brigando por ela.

Ela ergueu o rosto, iluminado pelos instrumentos, para garantir que Kinet lesse seus lábios, e disse:

– Não se indisponham. – Eles se afastaram ainda mais e trocaram olhares desconfiados. – Existe alguma mulher pela qual valha a pena lutar? – ela perguntou.

Pelo simples fato de pronunciar as palavras, de estar ali, ela fez valer a pena lutarem por ela.

Paul apertou os lábios, obrigou-se a ficar quieto. Ele tivera sua oportunidade com a Voz. Agora tudo dependia de sua mãe, cuja experiência era muito maior que a sua.

– É – Cara Marcada disse. – A gente não precisa brigar por causa...

A mão dele disparou na direção da garganta do piloto. O golpe foi recebido por um brilho metálico que bloqueou o braço e, no mesmo movimento, enterrou-se impetuosamente no peito de Kinet.

Cara Marcada gemeu, arqueou-se para trás, de encontro à porta.

– Achou que eu fosse um idiota pra não conhecer esse truque – Czigo disse. Ele recolheu a mão, revelando a faca, que cintilou à luz do luar.

– Agora o cachorrinho – ele disse, e inclinou-se na direção de Paul.

– Não é necessário – Jéssica murmurou.

Czigo hesitou.

– Não prefere que eu coopere? – Jéssica perguntou. – Dê uma chance ao menino. – Seus lábios se abriram num sorriso escarninho. – Ele já tem tão poucas lá fora, na areia. Se lhe concedesse isso... – Ela sorriu. – Você poderia se ver muito bem recompensado.

Czigo olhou para a esquerda, para a direita, voltou sua atenção para Jéssica.

– Já me contaram o que um homem pode passar neste deserto – ele disse. – A faca pode ser uma bênção pro garoto.

– Não estou pedindo muito – Jéssica implorou.

– Está tentando me enganar – Czigo disse.

– Não quero ver meu filho morrer – Jéssica disse. – Onde está o truque?

Czigo recuou, acionou o trinco da porta com o cotovelo. Agarrou Paul, arrancou-o do assento, colocou metade do corpo do menino para fora do tóptero e segurou a faca no ar.

– Que é que cê vai fazer, cachorrinho, se eu cortar suas cordas?

– Ele sairá daqui imediatamente e irá para aquelas rochas – Jéssica disse.

– É isso que vai fazer, cachorrinho? – Czigo perguntou.

A voz de Paul saiu convenientemente rude:

– Sim.

A faca baixou, cortou as amarras das pernas dele. Paul sentiu em suas costas a mão pronta para atirá-lo na areia, fingiu cambalear de encontro ao umbral da porta em busca de apoio, virou-se como quem tentasse se segurar e atacou com o pé direito.

O dedo do pé foi dirigido com uma precisão que fazia jus a seus longos anos de treinamento, como se todo aquele treinamento se concentrasse naquele instante. Quase todos os músculos de seu corpo cooperaram na colocação do golpe. A ponta atingiu a parte mole do abdômen de Czigo, logo abaixo do esterno, e subiu com toda a força, passando por cima do fígado e atravessando o diafragma para esmagar o ventrículo direito do coração do homem.

Com um grito gorgolejante, o guarda foi atirado para trás, sobre os bancos. Paul, incapaz de usar as mãos, continuou a cair até a areia, aterrissando com uma cambalhota que absorveu o impacto e o recolocou em pé num só movimento. Ele voltou a entrar na cabine, encontrou a faca e segurou-a entre os dentes enquanto sua mãe serrava as amarras que a prendiam. Ela pegou a arma e liberou as mãos dele.

– Eu poderia ter cuidado dele – ela disse. – Ele teria de cortar minhas amarras. Foi um risco idiota.

– Vi a oportunidade e a aproveitei – retrucou.

Ela ouviu o controle severo da voz dele e disse:

– O sinal da casa de Yueh foi desenhado no teto desta cabine.

Ele olhou para cima e viu o símbolo em caracol.

– Vamos sair e examinar este veículo – ela disse. – Há uma mochila debaixo do banco do piloto. Eu a senti quando entramos.

– Uma bomba?

– Duvido. Há algo peculiar aqui.

Paul saltou para a areia e Jéssica o seguiu. Ela se virou, enfiou a mão sob o banco, à procura da estranha mochila, vendo os pés de Czigo bem perto de seu rosto, sentindo a umidade da mochila ao retirá-la, percebendo que era o sangue do piloto.

Desperdício de umidade, ela pensou, sabendo que se tratava de um pensamento arrakino.

Paul olhou ao redor, viu a escarpa rochosa que se erguia do deserto, como uma praia que se elevava do mar, e as paliçadas esculpidas pelo vento mais adiante. Ele deu meia-volta quando sua mãe tirou a mochila do tóptero, viu-a olhar por sobre as dunas, para a Muralha-Escudo. Ele olhou para ver o que tinha chamado a atenção dela, viu um outro tóptero se precipitando na direção deles, percebeu que não tinham tempo para tirar os corpos de dentro do tóptero e fugir.

– Corra, Paul! – Jéssica gritou. – São os Harkonnen!

> **Arrakis ensina a mentalidade da faca: cortar fora o que está incompleto e dizer que "agora está completo, porque acabou aqui".**
>
> – Excerto de "Frases reunidas de Muad'Dib", da princesa Irulan

Um homem vestindo o uniforme Harkonnen derrapou no chão e deteve-se na ponta do corredor; olhou para Yueh, assimilou num só relance o corpo de Mapes, a forma estatelada do duque, Yueh ali de pé. O homem segurava uma armalês em sua mão direita. Havia nele um ar despreocupado de brutalidade, uma sensação de vigor e *aplomb* que fez Yueh estremecer.

Sardaukar, Yueh pensou. *Um bashar, pelo jeito. Provavelmente um dos subordinados diretos do imperador, mandado aqui para ficar de olho nas coisas. Não importa o uniforme, não há como disfarçá-los.*

– Você é Yueh – o homem disse. Ele olhou intrigado para o anel da Escola Suk nos cabelos do médico, olhou uma vez só para a tatuagem em forma de diamante e depois encontrou os olhos de Yueh.

– Sou Yueh – disse o médico.

– Pode relaxar, Yueh – o homem disse. – Quando você baixou os escudos da casa, nós entramos em seguida. Tudo está sob controle. Esse é o duque?

– Este é o duque.

– Está morto?

– Apenas inconsciente. Sugiro que o amarre.

– Foi você que liquidou aqueles ali? – Ele olhou de relance para trás, na direção do corredor, onde jazia o corpo de Mapes.

– Tanto pior – Yueh murmurou.

– Pior! – desdenhou o Sardaukar. Ele avançou, olhou para Leto no chão. – Então este é o grande Duque Vermelho.

Se eu ainda tivesse alguma dúvida sobre a identidade deste homem, não a teria mais agora, Yueh pensou. *Somente o imperador chama os Atreides de Duques Vermelhos.*

O Sardaukar se abaixou, cortou a insígnia do gavião vermelho que Leto trazia no uniforme.

– É só uma lembrancinha – ele disse. – Onde está o anel do sinete ducal?

– Não está com ele – Yueh disse.

– Estou vendo! – o Sardaukar berrou.

Yueh se empertigou e engoliu em seco. *Se me pressionarem, se trouxerem uma Proclamadora da Verdade, descobrirão sobre o anel, sobre o tóptero que preparei: será tudo um fracasso.*

– Às vezes, o duque mandava o anel por um mensageiro, para garantir que a ordem vinha diretamente dele – Yueh disse.

– Devem ser uns mensageiros de total confiança – resmungou o Sardaukar.

– Não vai amarrá-lo? – Yueh arriscou.

– Por quanto tempo ele ficará inconsciente?

– Mais ou menos duas horas. Não fui tão preciso na dosagem dele como fiz com a mulher e o menino.

O Sardaukar cutucou o duque com o dedo do pé.

– Desse não precisamos ter medo nem mesmo acordado. Quando é que a mulher e o menino irão acordar?

– Daqui a uns dez minutos.

– Tão cedo?

– Disseram-me que o barão chegaria logo depois de seus homens.

– Assim será. Você espera lá fora, Yueh. – Olhou duro para o médico. – Agora!

Yueh olhou para Leto.

– E quanto...

– Ele será entregue ao barão devidamente amarrado como um assado que vai ao forno. – Mais uma vez, o Sardaukar olhou para o diamante tatuado na testa de Yueh. – Você é conhecido; estará bem seguro nos corredores. Não temos mais tempo para jogar conversa fora, traidor. Já estou ouvindo os outros que chegam.

Traidor, Yueh pensou. Baixou o olhar, passou pelo Sardaukar, sabendo que era só um vislumbre de como a história se lembraria dele: *Yueh, o traidor.*

Ele passou por outros cadáveres no caminho até a entrada principal e os olhou de relance, temendo que um deles pudesse ser Paul ou Jéssica. Eram todos soldados da guarda, ou então usavam uniformes Harkonnen.

Alguns guardas Harkonnen ficaram alertas e o encararam quando ele saiu pela porta da frente para a noite iluminada pelas chamas. Haviam ateado fogo às palmeiras da rua para iluminar a casa. A fumaça negra do combustível usado para incendiar as árvores subia aos borbotões, atravessando as chamas alaranjadas.

– É o traidor – alguém disse.

– O barão vai querer ver você em breve – disse um outro.

Tenho de chegar ao tóptero, Yueh pensou. *Tenho de colocar o anel ducal num lugar onde Paul possa encontrá-lo.* E o medo o atingiu: *Se Idaho desconfiar de mim ou perder a paciência, se não esperar e se não for exatamente aonde eu lhe disse para ir, Jéssica e Paul não serão poupados do massacre. E a mim será negado até mesmo esse pequeno alívio para a consciência.*

O guarda Harkonnen soltou o braço dele e disse:

– Espere ali e fique fora do caminho.

De repente, Yueh se viu como pária naquele cenário de destruição, sem que nada lhe fosse poupado, sem que lhe demonstrassem um pingo de pena. *Idaho não pode falhar!*

Um outro guarda trombou com ele e gritou:

– Fique fora do caminho!

Mesmo se aproveitando de mim, eles me desprezam, Yueh pensou. Ele se empertigou depois de ser empurrado para um lado e recuperou um pouco de sua dignidade.

– Espere o barão! – rosnou um oficial da guarda.

Yueh assentiu, caminhou com naturalidade controlada ao longo da fachada da casa, dobrou a esquina e entrou nas sombras, fora do alcance da luz das palmeiras em chamas. Rapidamente, e cada passo denunciava sua ansiedade, ele foi até o jardim dos fundos, sob a estufa, onde o tóptero esperava: a nave que ele posicionara ali para levar Paul e sua mãe.

Havia um guarda diante da porta aberta nos fundos da casa, com a atenção concentrada no corredor iluminado e no estardalhaço que faziam os homens lá dentro, vasculhando sala por sala.

Como estavam confiantes!

Yueh abraçou as sombras, contornou o tóptero, abriu delicadamente a porta do lado oposto ao que se achava o guarda. Tateou sob os assentos da frente, em busca do fremkit que escondera ali, levantou uma aba e enfiou lá dentro o sinete ducal. Sentiu que amassava o papel de especiaria, o bilhete que escrevera, e enfiou o anel dentro dele. Recolheu a mão e voltou a fechar a mochila.

Yueh fechou de mansinho a porta do tóptero, contornou a esquina da casa e voltou às árvores em chamas.

Está feito, ele pensou.

Mais uma vez, ele apareceu à luz das palmeiras ardentes. Envolveu-se mais em seu manto, olhou para as chamas. *Logo saberei. Logo verei o barão e saberei. E o barão... ele irá confrontar um pequeno dente.*

> **Reza a lenda que, no instante em que o duque Leto Atreides morreu, um meteoro cruzou os céus sobre o palácio de seus ancestrais em Caladan.**
>
> – Princesa Irulan, introdução à "História de Muad'Dib para crianças"

O barão Vladimir Harkonnen estava diante de uma escotilha do cargueiro, agora pousado, que ele vinha usando como posto de comando. Pela escotilha, ele via a noite arrakina iluminada pelas chamas. Sua atenção se concentrou na distante Muralha-Escudo, onde a arma secreta do barão fazia seu trabalho.

Artilharia explosiva.

As armas beliscavam as cavernas para onde os homens de armas do duque haviam se retirado para uma resistência desesperada. Mordidas calculadas com cuidado, clarões alaranjados, saraivadas de pedra e terra iluminadas momentaneamente – e os homens do duque eram enterrados vivos, para morrer de fome, apanhados feito animais em suas tocas.

O barão sentia aquela mastigação distante: um rufar de tambor que chegava até ele através do metal da nave: *bruum... bruum*. E então: *BRUUM-bruum!*

Quem pensaria em reviver a artilharia nesta era de escudos? O pensamento era uma risadinha em sua mente. *Mas era previsível que os homens do duque corressem para aquelas cavernas. E o imperador agradecerá minha inteligência em preservar as vidas de nossa força conjunta.*

Ele ajustou um dos pequenos suspensores que protegiam seu corpo obeso da força da gravidade. Um sorriso vincou-lhe o rosto, esticando as linhas de suas papadas.

É uma pena desperdiçar os homens de armas do duque, ele pensou. Alargou o sorriso, rindo de si mesmo. *Que crueldade sentir pena!* Balançou a cabeça. O fracasso era, por definição, sacrificável. O universo inteiro estava ali, escancarado diante do homem que conseguisse tomar as decisões corretas. Era preciso expor os coelhos inseguros, fazê-los correr para suas tocas. Senão, como fazer para controlá-los e procriá-los? Imaginou seus homens de armas como abelhas desbaratando os coelhos. E pensou: *O dia se torna um delicioso zumbido quando temos abelhas suficientes a nosso serviço.*

Uma porta se abriu atrás dele. O barão examinou o reflexo na escotilha negro-noite antes de se virar.

Piter de Vries avançou aposento adentro, seguido por Umman Kudu, o capitão da guarda pessoal do barão. Havia uma movimentação de homens à porta, as caras submissas de seus guardas, as expressões cuidadosamente servis na presença dele.

O barão se virou.

Piter levou um dedo ao topete, arremedando uma continência.

– Boas-novas, milorde. Os Sardaukar trouxeram o duque.

– Claro que trouxeram – ribombou o barão.

Ele estudou a máscara lúgubre de maldade no rosto efeminado de Piter. E os olhos: aqueles rasgos velados do mais puro azul sobre azul.

Tenho de me livrar logo dele, o barão pensou. *Quase já não tem serventia, quase chega a representar uma ameaça definitiva a minha pessoa. Primeiro, porém, ele tem de fazer o povo de Arrakis odiá-lo. E então... meu querido Feyd-Rautha será recebido como um salvador.*

O barão desviou sua atenção para o capitão da guarda – Umman Kudu, de rosto talhado à faca e queixo afilado –, um homem de confiança, pois os vícios do capitão eram conhecidos.

– Primeiro, onde está o traidor que me entregou o duque? – o barão perguntou. – Tenho de dar ao traidor sua recompensa.

Piter girou nas pontas dos pés, fez sinal aos guardas lá fora.

Uma coisa negra se moveu ali, e Yueh passou pela porta. Seus movimentos eram rígidos e vigorosos. O bigode pendia, flanqueando-lhe os lábios roxos. Somente os olhos cansados pareciam vivos. Yueh se deteve depois de dar três passos sala adentro, obedecendo a um sinal de Piter, e ali ficou, fitando o barão, o espaço vazio entre eles.

– Aaah, dr. Yueh.

– Milorde Harkonnen.

– Entregou-nos o duque, pelo que me disseram.

– Minha parte no acordo, milorde.

O barão olhou para Piter.

Piter acenou com a cabeça.

O barão voltou a olhar para Yueh.

– Cumprida à risca, hein? E eu... – Ele cuspiu as palavras: – O que eu tinha mesmo de fazer em troca?

– Lembra-se muito bem, milorde Harkonnen.

E Yueh permitiu-se pensar agora, ouvindo o silêncio clamoroso de relógios em sua mente. Tinha visto os indícios sutis nos modos do barão. Wanna estava mesmo morta – muito além do alcance deles. Do contrário, ainda haveria como controlar o médico fraco. A atitude do barão indicava que não havia controle algum: terminara.

– Lembro? – o barão perguntou.

– Prometeu libertar minha Wanna de sua agonia.

O barão assentiu.

– Ah, sim. Agora me lembro. Foi isso. Essa foi minha promessa. Foi assim que subvertemos o Condicionamento Imperial. Não aguentou ver sua bruxa Bene Gesserit rastejar nos amplificadores de dor de Piter. Bem, o barão Vladimir Harkonnen sempre cumpre suas promessas. Eu disse que a livraria da agonia e permitiria a você se juntar a ela. Que assim seja. – Acenou com a mão para Piter.

Os olhos azuis de Piter assumiram uma aparência vítrea. Seu movimento foi felino em sua repentina fluidez. A faca em sua mão cintilou feito garra ao entrar como relâmpago nas costas de Yueh.

O velho se empertigou, sem desviar sua atenção do barão.

– Junte-se a ela, então! – o barão disse, com veemência.

Yueh continuou de pé, vacilante. Seus lábios se moveram com minuciosa precisão, e sua voz saiu numa cadência estranhamente calculada:

– Vo... cê... pen... sa... que... me... der... ro... tou. Pen... sa... que... não... sei... o ... que... com... prei... para... mi... nha... Wanna.

Ele tombou. Não dobrou os joelhos nem amorteceu a queda. Foi como se derrubassem uma árvore.

– Junte-se a ela, então – o barão repetiu. Mas suas palavras foram como um eco fraco.

Yueh o enchera com uma sensação agourenta. Voltou rapidamente sua atenção para Piter, viu o homem limpar a lâmina num trapo qualquer, observou o olhar cremoso de satisfação nos olhos azuis.

Então é assim que ele mata com as próprias mãos, o barão pensou. *É bom saber.*

– Ele *realmente* nos entregou o duque? – o barão perguntou.

– Com certeza, milorde – Piter disse.

– Então, traga-o aqui!

Piter olhou para o capitão da guarda, que deu meia-volta para obedecer.

O barão olhou para Yueh no chão. Da maneira como o homem havia tombado, era de se suspeitar que tivesse carvalho em lugar dos ossos.

– Nunca consegui confiar num traidor – o barão disse. – Nem mesmo num traidor que eu tenha criado.

Olhou para a escotilha amortalhada pela noite. O barão sabia que aquela quietude negra lá fora era dele. Não havia mais a explosão da artilharia contra as cavernas da Muralha-Escudo; as armadilhas em forma de tocas estavam fechadas. De repente, a mente do barão não conseguia conceber nada mais belo do que aquela absoluta inanidade negra. A menos que fosse o branco sobre o negro. Branco laminado sobre o negro. Branco como porcelana.

Mas restava a sensação de dúvida.

O que teria querido dizer o médico velho e idiota? Claro que provavelmente sabia o que o esperava. Mas aquela parte sobre pensar que o tinha derrotado: *"Você pensa que me derrotou"*.

O que ele teria querido dizer?

O duque Leto Atreides entrou pela porta. Seus braços estavam acorrentados, o rosto aquilino riscado de terra. Seu uniforme estava rasgado, pois lhe haviam arrancado a insígnia. A cintura estava em farrapos, pois lhe tinham tirado o cinturão-escudo sem antes desfazer os laços do uniforme. Os olhos do duque tinham um aspecto vidrado e insano.

– Beeeem – o barão disse. Ele hesitou, inspirando profundamente. Sabia que tinha falado alto demais. Aquele momento, tão esperado, perdera um pouco de seu sabor.

Maldito seja aquele médico execrável por toda a eternidade!

– Creio que o bom duque esteja drogado – Piter disse. – Foi assim que Yueh o capturou para nós. – Piter virou-se para o duque. – Não está drogado, meu caro duque?

A voz vinha de muito longe. Leto sentia as correntes, a dor nos músculos, os lábios rachados, a face em chamas, o gosto seco da sede que rilhava em sua boca. Mas os sons eram surdos, abafados por um cobertor felpudo. E ele via apenas formas indistintas através do cobertor.

– E a mulher e o menino, Piter? – o barão perguntou. – Alguma notícia?

Piter passou rapidamente a língua pelos lábios.

– Você sabe de alguma coisa! – o barão gritou. – O que é?

Piter olhou para o capitão da guarda, depois para o barão.

– Os homens enviados para fazer o serviço, milorde... Eles... ah... foram... ah... encontrados.

– Bem, e o que disseram foi satisfatório?

– Estão mortos, milorde.

– Claro que estão! O que quero saber é...

– Estavam mortos quando foram encontrados, milorde.

O barão ficou lívido.

– E a mulher e o menino?

– Nenhum sinal, milorde, mas havia um verme. Chegou enquanto o local era examinado. Talvez tudo tenha saído como queríamos: um acidente. Possivelmente...

– Não vivemos de possibilidades, Piter. E quanto ao tóptero desaparecido? Isso sugere alguma coisa a meu Mentat?

– Um dos homens do duque obviamente fugiu nele, milorde. Matou nosso piloto e fugiu.

– Qual dos homens do duque?

– Foi uma morte limpa e discreta, milorde. Hawat, talvez, ou aquele tal Halleck. Possivelmente Idaho. Ou qualquer lugar-tenente do alto escalão.

– Possibilidades – o barão resmungou. Olhou para a figura instável e drogada do duque.

– A situação está sob controle, milorde – Piter disse.

– Não está, não! Onde está aquele planetólogo estúpido? Onde está o tal Kynes?

– Disseram-nos onde encontrá-lo e já o mandamos buscar, milorde.

– Não estou gostando da maneira como o funcionário do imperador está nos ajudando – o barão murmurou.

Eram palavras através de um cobertor felpudo, mas algumas ficaram gravadas a fogo na mente de Leto. *A mulher e o menino: nenhum sinal.* Paul e Jéssica tinham escapado. E a sorte de Hawat, Halleck e Idaho era uma incógnita. Ainda havia esperança.

– Onde está o anel do sinete ducal? – indagou o barão. – Não há nada no dedo dele.

– Os Sardaukar disseram que não estava com ele quando o pegaram, milorde – disse o capitão da guarda.

– Você matou o médico cedo demais – o barão disse. – Foi um erro. Você deveria ter me avisado, Piter. Agiu de maneira muito precipitada, e isso pode prejudicar nosso empreendimento. – Ele franziu as sobrancelhas. – Possibilidades!

O pensamento persistia como uma onda senoidal na mente de Leto: *Paul e Jéssica escaparam!* E havia algo mais em sua memória.

O dente!

Lembrava-se de uma parte agora: *uma pílula de gás venenoso na forma de um dente postiço.*

Alguém lhe dissera para se lembrar do dente. O dente estava em sua boca. Sentia-lhe a forma com a língua. Tudo o que ele tinha a fazer era mordê-lo com força.

Ainda não!

A pessoa lhe dissera para esperar até estar perto do barão. Quem lhe dissera aquilo? Não conseguia lembrar.

– Quanto tempo ele ficará assim, drogado? – o barão perguntou.

– Talvez mais uma hora, milorde.

– Talvez – o barão resmungou. Virou-se mais uma vez para a janela enegrecida pela noite. – Estou com fome.

Aquele é o barão, aquela forma vaga e cinzenta ali, Leto pensou. A forma ia e vinha, oscilando com o movimento da sala. E a sala aumentou e diminuiu. Ficou mais clara e mais escura. Desmoronou nas trevas e desapareceu.

O tempo tornou-se uma sequência de camadas para o duque. Ele se deixou levar de uma para outra. *Tenho de esperar.*

Havia uma mesa. Leto viu a mesa com bastante nitidez. E um homem obscenamente gordo do outro lado da mesa, com os restos de uma refeição diante dele. Leto sentiu que estava sentado numa cadeira de frente para o homem gordo, sentiu as correntes, as correias que mantinham seu corpo entorpecido na cadeira. Sabia que algum tempo havia se passado, mas não tinha ideia de quanto.

– Creio que ele está voltando a si, barão.

Uma voz sedosa, aquela. Era Piter.

– Estou vendo, Piter.

Um baixo retumbante: o barão.

Leto percebeu que os arredores começavam a ficar mais nítidos. A cadeira na qual se sentava ganhou firmeza, as amarras ficaram mais distintas.

E ele via o barão claramente agora. Leto observou os movimentos das mãos do homem: toques compulsivos na borda de um prato, no cabo de uma colher, o dedo que traçava a prega de uma papada.

Leto observou a mão em movimento, fascinado por ela.

— Você está me ouvindo, duque Leto — o barão disse. — Sei que está me ouvindo. Queremos saber de você onde encontrar sua concubina e o filho que teve com ela.

Nenhum sinal escapou a Leto, mas as palavras foram um banho de tranquilidade. *É verdade, então: eles não têm Paul e Jéssica.*

— Isto não é uma brincadeira de criança — trovejou o barão. — Deve saber disso. — Ele se inclinou na direção de Leto, estudando-lhe o rosto. Afligia o barão não poder lidar com aquilo em particular, só entre os dois. Que outras pessoas vissem a realeza naquela situação... aquilo abria um péssimo precedente.

Leto sentiu que suas forças retornavam. Agora, a lembrança do dente postiço se destacava em sua mente como a torre de uma igreja numa paisagem plana. A cápsula em forma de nervo dentro do dente — o gás venenoso —, ele se lembrou de quem havia colocado a arma letal em sua boca.

Yueh.

A lembrança, nublada pelas drogas, de ver um cadáver flácido ser arrastado diante dele, naquela sala suspensa como vapor na mente de Leto. Sabia que tinha sido Yueh.

— Está ouvindo esse barulho, duque Leto? — o barão perguntou.

Leto tomou ciência do gemido de uma rã, o choro gutural de alguém em agonia.

— Pegamos um de seus homens disfarçado de fremen — disse o barão. — Percebemos o disfarce com facilidade: foram os olhos, sabe. Ele insiste em dizer que recebeu ordens para viver entre os fremen e espioná-los. Vivi algum tempo neste planeta, *cher cousin*. Não se espiona aquela ralé maltrapilha do deserto. Diga-me, comprou o auxílio deles? Mandou sua mulher e filho para eles?

Leto sentiu o medo apertar-lhe o peito. *Se Yueh os mandou para o povo do deserto... a busca só cessará quando forem encontrados.*

— Vamos, vamos — disse o barão. — Não temos muito tempo e a dor não tarda. Por favor, não nos leve a isso, meu caro duque. — O barão olhou para Piter, que estava de pé junto ao ombro de Leto. – Piter não tem todos os seus instrumentos aqui, mas tenho certeza de que ele é capaz de improvisar.

– O improviso, às vezes, é melhor, barão.

Essa voz sedosa e insinuante! Leto a escutou ao pé do ouvido.

– Você tinha um plano de emergência – o barão disse. – Para onde mandou sua mulher e o menino? – Ele olhou para a mão de Leto. – Seu anel sumiu. O menino ficou com ele?

O barão ergueu os olhos e fitou os de Leto.

– Não responde – ele disse. – Vai me obrigar a fazer algo que não quero fazer? Piter usará métodos simples e diretos. Concordo que, às vezes, são os melhores, mas não é nada bom que *você* tenha de ser submetido a essas coisas.

– Sebo quente aplicado às costas, talvez, ou nas pálpebras – Piter disse. – Talvez em outras partes do corpo. É particularmente eficaz quando a vítima não sabe onde o sebo a atingirá em seguida. É um bom método, e há uma espécie de beleza no padrão de bolhas brancas e pustulentas sobre a pele nua, não acha, barão?

– Um primor – disse o barão, e sua voz soou amarga.

Esses dedos irrequietos! Leto observava as mãos gordas, as joias cintilantes naquelas mãos gordas como as de um bebê, suas andanças compulsivas.

O choro agoniado que entrava pela porta atrás dele exasperava o duque. *Quem foi que pegaram?*, ele se perguntou. *Teria sido Idaho?*

– Acredite, *cher cousin* – disse o barão. – Não quero que chegue a isso.

– Pense nos mensageiros nervosos, correndo para pedir uma ajuda que não virá – Piter disse. – É uma arte, sabe.

– Você é um artista soberbo – grunhiu o barão. – Agora, tenha a decência de ficar calado.

Leto lembrou-se de repente de uma coisa que Gurney Halleck havia dito certa vez, ao ver um retrato do barão. *"Então vi subir do mar uma besta... e sobre suas cabeças nomes de blasfêmia."*

– Estamos perdendo tempo, barão – Piter disse.

O barão concordou.

– Sabe, meu caro Leto, você acabará nos contando onde eles estão. Existe um nível de dor que irá comprá-lo.

É bem provável que esteja certo, Leto pensou. *Não fosse o dente... e o fato de que realmente não sei onde eles estão.*

O barão pegou uma fatia de carne, enfiou-a na boca, mastigou devagar e engoliu. *Precisamos tentar outra coisa*, ele pensou.

– Observe este indivíduo, oferecido como troféu, que nega estar à venda – disse o barão. – Observe-o, Piter.

E o barão pensou: *Sim! Veja-o, esse homem que acredita ser impossível comprá-lo. Veja-o detido ali por um milhão de ações de si mesmo, vendido aos pouquinhos a cada segundo de sua vida! Se o pegasse agora e o sacudisse, ele iria retinir por dentro. Esvaziado! Vendido por completo! Que diferença faz como irá morrer?*

O gemido de rã ao fundo cessou.

O barão viu Umman Kudu, o capitão da guarda, aparecer no vão da porta do outro lado da sala e balançar a cabeça. O prisioneiro não dera a informação desejada. Mais um fracasso. Hora de parar de desperdiçar seu tempo com aquele duque idiota, o idiota mole e estúpido que não percebia como o inferno estava perto dele: a distância medida pela espessura de um nervo.

Esse pensamento tranquilizou o barão, superando sua relutância em submeter um membro da realeza a tortura. Viu-se, de repente, como um cirurgião praticando intermináveis dissecções com tesouras flexíveis: cortando e arrancando as máscaras dos tolos, revelando o inferno que havia por baixo.

Coelhos, todos eles!

E como se encolhiam ao ver um carnívoro!

Leto, do outro lado da mesa, só fazia olhar, perguntando-se por que esperava. O dente acabaria com tudo rapidamente. Contudo... tinha sido boa sua vida, em grande parte. Viu-se recordando uma pipa-antena e suas cabriolas no céu azul e nacarado de Caladan, e Paul rindo de alegria ao vê-la. E lembrou-se do nascer do sol ali em Arrakis: as camadas de cor da Muralha-Escudo, suavizadas por uma névoa de pó.

– Que pena – o barão murmurou. Afastou-se da mesa com um empurrão, levantou-se agilmente com a ajuda de seus suspensores e hesitou, vendo uma mudança acometer o duque. Viu o homem inspirar fundo, enrijecer o queixo, a ondulação de um músculo da mandíbula quando o duque cerrou a boca.

Que medo ele tem de mim!, o barão pensou.

Transtornado pelo medo de que o barão pudesse lhe escapar, Leto mordeu com força o dente-cápsula, sentiu-o quebrar. Abriu a boca, expeliu o vapor cáustico cujo sabor começava a sentir, o gás formando-se em sua língua. O barão encolheu, uma figura no final de um túnel cada vez mais apertado. Leto ouviu um grito sufocado ao pé do ouvido, o homem da voz sedosa: Piter.

Pegou-o também!

– Piter! Qual é o problema?

A voz trovejou muito longe.

Leto percebeu que lembranças passavam por sua mente, os resmungos desdentados das velhas. A sala, a mesa, o barão, um par de olhos aterrorizados – de azul sobre azul, os olhos –, tudo comprimido a seu redor em arruinada simetria.

Havia um homem de queixo afilado, um homem de brinquedo que caía. O homem de brinquedo tinha o nariz quebrado, inclinado para a esquerda: um metrônomo em contratempo, congelado eternamente no início de uma batida. Leto ouviu o som de cerâmica que se partia – tão longe –, um rugido em seus ouvidos. Sua mente era uma arca sem fundo que recebia tudo. Tudo que já tinha existido: cada grito, cada sussurro, cada... silêncio.

Restava-lhe um pensamento. Leto o viu numa luz informe sobre raios negros: *O dia que a carne molda, e a carne que o dia molda*. O pensamento lhe deu uma sensação de plenitude que ele sabia que nunca conseguiria explicar.

Silêncio.

O barão estava encostado em sua porta particular, seu refúgio atrás da mesa. Ele a tinha fechado com estrondo, deixando para trás uma sala cheia de mortos. Seus sentidos captaram os guardas que se aglomeravam em volta dele. *Será que respirei aquilo?*, ele se perguntou. *O que quer que fosse, será que também me pegou?*

Sua audição voltou... e a razão também. Ouviu alguém gritar ordens: máscaras de gás... manter uma porta fechada... ligar os exaustores.

Os outros caíram rápido, pensou. *Ainda estou de pé. Ainda estou respirando. Inferno! Essa foi por pouco!*

Agora era capaz de analisar o que acontecera. Seu escudo estava ativado, em nível baixo, mas suficiente para desacelerar a troca molecular de um lado a outro da barreira. E ele se afastara da mesa... isso e o grito sufocado e surpreso de Piter, que fizera o capitão da guarda correr para a morte.

O acaso e o alerta no último suspiro de um homem: foi o que o salvou.

O barão não sentia a menor gratidão em relação a Piter. O idiota provocara a própria morte. E o estúpido capitão da guarda! Dissera ter examinado todos antes de levá-los à presença do barão! Como foi que o duque...? Nenhum aviso. Nem mesmo do farejador de venenos acima da mesa... não até ser tarde demais. Como?

Bem, agora já não importa, o barão pensou, firmando sua mente. *O próximo capitão da guarda terá como primeira missão encontrar respostas para essas perguntas.*

Percebeu mais atividade no fim do corredor, depois da curva, junto à outra porta que dava para aquela sala da morte. O barão se afastou da porta, examinou os lacaios que o cercavam. Estavam ali, de olhos fixos, em silêncio, à espera de uma reação do barão.

Será que o barão está zangado?

E o barão percebeu que haviam se passado apenas alguns segundos desde que fugira daquela sala terrível.

Alguns guardas tinham suas armas apontadas para a porta. Outros dirigiam sua ferocidade para o corredor vazio que se estendia ao longe, rumo aos ruídos depois da curva à direita deles.

Um homem contornou aquela curva a passos largos, com a máscara de gás pendurada no pescoço pela correia, os olhos atentos aos farejadores de veneno que revestiam o teto do corredor inteiro. Era louro, de cara amassada e olhos verdes. Linhas bem definidas irradiavam de sua boca de lábios grossos. Parecia ser uma criatura aquática, fora de lugar entre aqueles que caminhavam pela terra.

O barão encarou o homem que se aproximava, relembrando o nome: Nefud. Iakin Nefud. Cabo da guarda. Nefud era viciado em semuta, a combinação de música e entorpecente que se fazia tocar na consciência mais profunda. Uma informação útil, essa.

O homem estacou em frente ao barão e bateu continência.

– O corredor está liberado, milorde. Eu estava do lado de fora, observando, e vi que deve ser um gás venenoso. Os ventiladores da sua sala estavam sugando o ar destes corredores. – Ele olhou para o farejador sobre a cabeça do barão. – Nada da substância escapou. Já limpamos a sala. Quais são suas ordens?

O barão reconheceu a voz do homem: era ele que gritara as ordens. *Eficiente, este cabo*, ele pensou.

– Estão todos mortos lá dentro? – o barão perguntou.

– Sim, milorde.

Bem, teremos de nos adaptar, o barão pensou.

– Primeiro – ele disse –, deixe-me parabenizá-lo, Nefud. Você é o novo capitão da minha guarda. E espero que leve a sério a lição que o fim de seu predecessor nos ensina.

O barão observou seu recém-promovido guarda entender progressivamente o que aquilo implicava. Nefud sabia que nunca mais ficaria sem semuta.

Nefud assentiu.

– Milorde sabe que eu me dedicarei inteiramente a sua segurança.

– Sim. Bem, ao trabalho. Desconfio que o duque tinha alguma coisa na boca. Descubra o que era essa coisa, como foi usada, quem o ajudou a colocá-la ali. Tome todas as precauções...

Ele se viu interrompido e sua linha de raciocínio partida por um tumulto no corredor atrás dele: os guardas à porta do elevador que vinha dos níveis inferiores da fragata tentavam conter um bashar coronel alto que acabara de sair do elevador.

O barão não reconheceu o bashar coronel: o rosto magro, a boca feito um talho no couro, pingos de tinta idênticos em lugar dos olhos.

– Tirem suas mãos de mim, bando de abutres! – o homem berrou e empurrou os guardas.

Aaah, um dos Sardaukar, o barão pensou.

O bashar coronel caminhou a passos largos até o barão, cujos olhos quase se fecharam de apreensão. Os oficiais Sardaukar o enchiam de receios. Pareciam todos parentes do duque... do falecido duque. E a maneira como tratavam o barão!

O bashar coronel posicionou-se a meio passo do barão, com as mãos nos quadris. Os guardas vinham logo atrás dele, titubeantes e inquietos.

O barão notou a omissão da continência, o desdém nos modos do Sardaukar, e sua apreensão aumentou. Havia ali apenas uma legião deles – dez brigadas –, reforçando as legiões Harkonnen, mas o barão não tinha ilusões. Aquela única legião era perfeitamente capaz de se virar contra os Harkonnen e vencê-los.

– Diga a seus homens para não me impedirem de ver você, barão – o Sardaukar grunhiu. – Meus homens trouxeram-lhe o duque Atreides antes que eu pudesse discutir com você o destino dele. Vamos discutir isso agora.

Não posso ser humilhado diante de meus homens, o barão pensou.

– E? – A palavra saiu controlada e fria, o que encheu o barão de orgulho.

– Meu imperador me incumbiu de garantir que seu primo real morra de maneira limpa e sem sofrimento – o bashar coronel disse.

– Essas foram as ordens imperiais que recebi – o barão mentiu. – Achou que eu desobedeceria?

– Devo relatar a meu imperador o que eu vir com meus próprios olhos – disse o Sardaukar.

– O duque já está morto – o barão disse, ríspido, e acenou com a mão, dispensando o sujeito.

O bashar coronel continuou parado diante do barão. Não reconheceu ter sido dispensado, sequer com um movimento involuntário dos olhos ou dos músculos.

– Como? – ele grunhiu.

O quê?!, o barão pensou. *Já passou da conta.*

– Pelas próprias mãos, se quiser mesmo saber – disse o barão. – Tomou veneno.

– Quero ver o corpo agora – disse o bashar coronel.

O barão olhou para o teto, fingindo exasperação, enquanto seus pensamentos se sucediam em velocidade. *Maldição! Este Sardaukar de olhos aguçados verá a sala antes que possamos mudar algumas coisas!*

– Agora – o Sardaukar grunhiu. – Quero vê-lo com meus próprios olhos.

O barão percebeu que não havia como impedir. O Sardaukar veria tudo. Saberia que o duque havia matado gente dos Harkonnen... que o barão, muito provavelmente, havia escapado por um triz. Havia o indício dos restos do jantar sobre a mesa e o duque morto, na cadeira oposta, cercado por destruição.

Não havia mesmo como impedir.

– Não adianta tentar me dissuadir – rosnou o bashar coronel.

– Não estou tentando – o barão disse, e fitou os olhos de obsidiana do Sardaukar. – Não escondo nada de meu imperador. – Ele acenou com a cabeça para Nefud. – O bashar coronel deve ver tudo, imediatamente. Faça-o entrar pela porta que você guardava, Nefud.

– Por aqui, senhor – Nefud disse.

Lentamente, com insolência, o Sardaukar contornou o barão e, usando os ombros, abriu caminho por entre os guardas.

Insuportável, o barão pensou. *Agora o imperador saberá que eu cometi um deslize. Verá isso como um sinal de fraqueza.*

E era uma agonia perceber que o imperador e seu Sardaukar tinham o mesmo desprezo pela fraqueza. O barão mordeu o lábio inferior, consolando-se com o fato de que o imperador, pelo menos, não ficara sabendo do ataque dos Atreides a Giedi Primo, nem da destruição dos estoques de especiaria.

Maldito seja aquele duque ardiloso!

O barão observou as costas dos homens que se afastavam: o Sardaukar arrogante e o atarracado e eficiente Nefud.

Teremos de nos adaptar, o barão pensou. *Terei, outra vez, de deixar Rabban governar este maldito planeta. Sem restrições. Terei de sacrificar o sangue de minha própria casa para deixar Arrakis em condições de aceitar Feyd-Rautha. Maldito Piter! Ele acabaria provocando a própria morte antes que eu acabasse com ele.*

O barão suspirou.

E tenho de mandar vir um novo Mentat de Tleilax imediatamente. Sem dúvida alguma, já devem ter um novo pronto para mim a esta altura.

Um dos guardas ao lado dele tossiu.

O barão virou-se para o homem.

– Estou com fome.

– Sim, milorde.

– E quero um pouco de diversão enquanto vocês limpam aquela sala e descobrem seus segredos para mim – o barão ribombou.

O guarda baixou os olhos.

– Que diversão milorde deseja?

– Estarei em meus aposentos – o barão disse. – Traga-me o rapazinho que compramos em Gamont, aquele de olhos adoráveis. Drogue-o bem. Não estou com ânimo para lutar.

– Sim, milorde.

O barão se virou, começou a se mover, com seu passo saltitante, sustentado pelos suspensores, em direção a seus aposentos. *Sim*, ele pensou. *Aquele de olhos adoráveis, aquele que tanto se parece com o jovem Paul Atreides.*

> **Ó mares de Caladan,**
> **Ó súditos do duque Leto:**
> **A Cidadela de Leto tombou,**
> **Tombou para sempre...**
>
> – Excerto de "Canções de Muad'Dib", da princesa Irulan

Paul sentia que todo o seu passado, toda experiência anterior àquela noite, tinha se transformado na areia que escorria dentro de uma ampulheta. Estava sentado ao lado de sua mãe, abraçando os próprios joelhos no interior de uma pequena cabana de tecido e plástico – uma tendestiladora –, que saíra, assim como as roupas fremen que vestiam agora, da mochila deixada no tóptero.

Não havia dúvida na mente de Paul quanto a quem tinha colocado o fremkit lá, quem havia determinado o curso do tóptero que os levara prisioneiros.

Yueh.

O médico traidor mandara-os diretamente para as mãos de Duncan Idaho.

Paul olhou para fora, através do lado transparente da tendestiladora, para as rochas sombreadas pela luz da lua que contornavam o lugar onde Idaho os havia escondido.

Escondendo-me como uma criança, agora que eu sou o duque, Paul pensou. O pensamento o mortificava, mas ele não podia negar que o que fizeram tinha sido uma sábia decisão.

Algo tinha acontecido com sua percepção naquela noite: ele via com clareza aguçada todas as circunstâncias e ocorrências ao redor dele. Sentia-se incapaz de deter o influxo de dados ou a precisão fria com a qual cada novo item era acrescentado a seu conhecimento, com a qual a computação se centrava em sua percepção. Era o poder de um Mentat e algo mais.

Paul voltou a pensar no momento de fúria impotente quando o estranho tóptero tinha se precipitado sobre eles na escuridão, mergulhando como um gavião gigante que sobrevoasse o deserto, com o vento a assoviar em suas asas. Foi então que a coisa acontecera na mente de

Paul. O tóptero havia tocado a areia, sulcando uma duna, e derrapado na direção dos vultos que corriam – sua mãe e ele mesmo. Paul se lembrava do cheiro de enxofre provocado pela abrasão dos esquis do tóptero contra a areia.

Ele sabia que sua mãe tinha se virado, esperando encontrar uma armalês nas mãos de mercenários Harkonnen, e reconhecera Duncan Idaho, debruçado no vão da porta aberta do tóptero e gritando:

– Rápido! Há uma trilha de verme ao sul de vocês!

Mas Paul já sabia, ao se virar, quem pilotava o tóptero. Uma série de pormenores na maneira como era pilotado, o ímpeto da aterrissagem – pistas tão pequenas que nem mesmo sua mãe as tinha detectado –, fizeram Paul saber *exatamente* quem estava atrás dos controles.

Dentro da tendestiladora, de frente para Paul, Jéssica se mexeu e disse:

– Só pode haver uma explicação. Os Harkonnen capturaram a esposa de Yueh. Ele odiava os Harkonnen! Não posso ter me enganado quanto a isso. Você leu o bilhete. Mas por que ele nos salvou do massacre?

Só agora ela começa a ver e, mesmo assim, muito mal, Paul pensou. O pensamento foi um choque. Ele havia entendido aquilo como algo sem importância ao ler o bilhete que acompanhava o sinete ducal dentro da mochila.

"Não tentem me perdoar", escrevera Yueh. "Não quero seu perdão. A culpa que tenho de carregar já é suficiente. O que fiz, fiz sem maldade nem esperança de que as outras pessoas entendam. É meu próprio tahaddi al--burhan, minha provação suprema. Entrego-lhes o sinete ducal dos Atreides como prova de que escrevo a verdade. Quando lerem este bilhete, o duque Leto estará morto. Consolem-se com minha garantia de que ele não morreu sozinho, que alguém que odiamos acima de tudo morreu com ele."

Não tinha sido endereçado a ninguém, nem assinado, mas não havia como confundir os garranchos familiares: era a caligrafia de Yueh.

Relembrando a carta, Paul voltou a experimentar o sofrimento daquele momento, algo agudo e estranho que parecia acontecer fora de sua nova acuidade mental. Tinha lido que seu pai estava morto, entendera que era verdade, mas interpretara aquilo simplesmente como mais um dado a ser computado em sua mente e usado.

Eu amava meu pai, Paul pensou, sabendo que era verdade. *Eu deveria lamentar sua morte. Deveria sentir alguma coisa.*

Mas não sentia nada, a não ser: *Eis aí um fato importante.*
Idêntico a todos os outros fatos.

Enquanto isso, sua mente adicionava impressões sensoriais, extrapolando, computando.

As palavras de Halleck retornaram: *"As vontades são para o gado, ou para fazer amor. Você luta quando surge a necessidade, não importa se está ou não com vontade".*

Talvez seja isso, Paul pensou. *Lamentarei a morte de meu pai mais tarde... quando houver tempo.*

Mas não sentiu arrefecer a exatidão gélida de sua existência. Sentia que sua nova percepção era apenas o começo, que ela crescia. A sensação de propósito terrível, que ele havia experimentado a primeira vez durante seu ordálio com a Reverenda Madre Gaius Helen Mohiam, o impregnava. Sua mão direita – a mão da dor relembrada – ardia e latejava.

É isso que é ser o Kwisatz Haderach das Bene Gesserit?, ele se perguntou.

– Durante algum tempo, pensei que Hawat tivesse falhado conosco novamente – Jéssica disse. – Pensei que talvez Yueh não fosse um médico Suk.

– Ele era tudo que pensávamos que era... e mais – Paul disse. E pensou: *Por que ela está demorando tanto para enxergar essas coisas?* Então continuou: – Se Idaho não conseguir entrar em contato com Kynes, nós...

– Ele não é nossa única esperança – ela disse.

– Não foi o que quis sugerir.

Ela ouviu a dureza do aço na voz dele, a impressão de autoridade, e percorreu com o olhar a escuridão cinzenta da tendestiladora para chegar até ele. Paul era uma silhueta contra as rochas açucaradas de luar e visíveis através da transparência da tenda.

– Outros homens de seu pai devem ter escapado – disse Jéssica. – Temos de reuni-los, encontrar...

– Temos de contar apenas conosco – interrompeu Paul. – Nossa preocupação imediata é o arsenal atômico da família. Temos de pegar essas armas antes que os Harkonnen tenham a oportunidade de procurá-las.

– É improvável que sejam encontradas – ela falou –, da maneira como foram escondidas.

– Não devemos deixar isso por conta do acaso.

E ela pensou: *Chantagem com o arsenal atômico da família, ameaçando destruir o planeta e sua especiaria: é isso que ele tem em mente. Mas, se o fizer, só lhe restará a fuga, a deserção e o anonimato.*

As palavras de sua mãe tinham desencadeado uma outra linha de raciocínio em Paul: a preocupação de um duque com todas as pessoas que eles perderam naquela noite. *As pessoas são a verdadeira força de uma Casa Maior,* Paul pensou. E se lembrou das palavras de Hawat: *"Separar-se das pessoas é uma tristeza; um lugar é só um lugar".*

– Estão usando os Sardaukar – Jéssica disse. – Temos de esperar até retirarem os Sardaukar.

– Eles pensam que nos têm entre o deserto e os Sardaukar – Paul disse. – A intenção deles é não deixar sobreviventes entre os Atreides: extermínio absoluto. Não conte com a fuga de nenhum dos nossos.

– Eles não podem arriscar indefinidamente expor a participação do imperador nisto.

– Não podem?

– Uma parte de nosso pessoal deve conseguir escapar.

– Deve?

Jéssica desviou os olhos, assustada com a força implacável na voz do filho, ouvindo a estimativa precisa das chances. Sentiu como se a mente dele tivesse saltado à frente e agora enxergasse certas coisas melhor do que ela. Tinha ajudado a treinar a inteligência que fazia aquilo, mas agora via-se amedrontada por ela. Seus pensamentos divagaram, procurando o santuário perdido de seu duque, e as lágrimas arderam em seus olhos.

É assim que tinha de ser, Leto, ela pensou. *"Um tempo para o amor, um tempo para o pesar."* Ela levou uma das mãos ao ventre e concentrou sua percepção no embrião que carregava ali. *Tenho a filha Atreides que me mandaram gerar, mas a Reverenda Madre estava enganada: uma filha não teria sido a salvação de meu duque. Esta criança é somente a vida, em meio à morte, estendendo os braços para o futuro. Concebi por instinto, e não por obediência.*

– Tente o receptor da redecom mais uma vez – Paul disse.

A mente continua funcionando, não importa quanto tentamos contê-la, ela pensou.

Jéssica procurou o pequeno receptor que Idaho havia deixado com eles, acionou o interruptor. Uma luz verde brilhou no mostrador do instrumento. Um guincho metálico saiu do alto-falante. Ela abaixou o volume e correu as faixas. Uma voz, falando a língua de batalha dos Atreides, invadiu a tenda.

– ... voltar e reagrupar na serra. Fédor diz não haver sobreviventes em Cartago e o Banco da Guilda foi saqueado.

Cartago!, Jéssica pensou. *Era um foco de Harkonnen.*

– São Sardaukar – continuou a voz. – Atenção aos Sardaukar com uniformes Atreides. Eles...

Um rugido tomou o alto-falante, depois o silêncio.

– Tente as outras faixas – Paul disse.

– Percebe o que isso significa? – Jéssica perguntou.

– Eu já esperava. Querem que a Guilda nos culpe pela destruição de seu banco. Com a Guilda contra nós, estamos presos em Arrakis. Tente as outras faixas.

Ela ponderou as palavras: *Eu já esperava.* O que tinha acontecido com ele? Lentamente, Jéssica voltou ao instrumento. Ao passar de uma faixa à outra, captou vislumbres de violência nas poucas vozes que gritavam na língua de batalha dos Atreides: "... recuar...", "... tentem se reagrupar no...", "... presos numa caverna na...".

E não havia como confundir o júbilo vitorioso no palavreado dos Harkonnen que jorrava das outras faixas. Ordens vigorosas, relatórios de batalha. Não eram suficientes para Jéssica registrá-los e decifrar o idioma, mas o tom era óbvio.

Vitória dos Harkonnen.

Paul sacudiu a mochila ao lado dele, ouvindo o gorgolejar dos dois litrofões de água. Inspirou fundo, olhou pela transparência da tenda para a escarpa rochosa delineada contra as estrelas. Sua mão esquerda apalpou o lacre-esfíncter da entrada da tenda.

– Logo amanhecerá – ele disse. – Podemos esperar Idaho mais um dia, mas não outra noite. No deserto, é preciso viajar à noite e descansar à sombra durante o dia.

O saber armazenado na memória insinuou-se na mente de Jéssica: *No deserto, sem um trajestilador, um homem sentado à sombra precisa de cinco litros diários de água para manter o peso do corpo.* Sentiu a película lisa e macia do trajestilador em contato com seu corpo, pensando em como suas vidas dependiam daquelas roupas.

– Se sairmos daqui, Idaho não conseguirá nos encontrar.

– Existem maneiras de fazer qualquer homem falar – ele disse. – Se Idaho não tiver voltado ao amanhecer, teremos de considerar a possibilidade de ter sido capturado. Quanto tempo você acha que ele conseguiria resistir?

A pergunta não precisava de resposta, e ela continuou em silêncio.

Paul ergueu o lacre da mochila, tirou lá de dentro um diminuto micromanual dotado de lucibarra e lupa. Letras verdes e alaranjadas saltaram das páginas: "litrofões, tendestiladora, cápsulas energéticas, recatas, respirarenador, binóculo, repakit do trajestilador, pistola de tingibara, mapa das pias, filtrobs, parabússola, ganchos de criador, marteladores, fremkit, pilar de fogo...".

Tantas coisas para se sobreviver no deserto.

Logo em seguida, ele colocou o manual de lado sobre o chão da tenda.

– Para onde podemos ir? – Jéssica perguntou.

– Meu pai falava da *força do deserto* – disse Paul. – Sem ela, os Harkonnen não conseguirão governar este planeta. Nunca governaram este planeta, e nunca o farão. Nem mesmo com dez mil legiões de Sardaukar.

– Paul, você não está pensando em...

– Temos todos os indícios em nossas mãos – ele disse. – Bem aqui, nesta tenda: a tenda propriamente dita, esta mochila e o que há dentro dela, estes trajestiladores. Sabemos que a Guilda pede um preço exorbitante pelos satélites meteorológicos. Sabemos que...

– O que os satélites meteorológicos têm a ver com isso? – ela perguntou. – Eles não poderiam... – Ela se calou.

Paul sentiu que a hiperacuidade de sua mente interpretava as reações dela, computando minúcias.

– Entendeu agora – ele disse. – Os satélites vigiam a terra lá de cima. Existem coisas nas profundezas do deserto que não podem ser submetidas a inspeções frequentes.

– Está sugerindo que a própria Guilda controla este planeta?

Ela era tão lenta.

– Não! – ele disse. – Os fremen! Estão pagando a Guilda para garantir sua privacidade, e numa moeda disponível a todos que detêm a força do deserto: a especiaria. Não é uma simples resposta aproximada de segunda ordem: é a computação direta. Pode contar com isso.

– Paul – Jéssica disse –, você ainda não é um Mentat. Não pode saber com certeza...

– Nunca serei um Mentat – ele disse. – Sou outra coisa... uma aberração.

– Paul! Como pode dizer uma coisa...

– Deixe-me em paz!

Ele deu as costas à mãe para olhar a noite lá fora. *Por que não consigo chorar?*, ele se perguntou. Sentia que cada fibra de seu ser desejava ardentemente aquela libertação, que lhe seria negada para sempre.

Jéssica nunca tinha ouvido tamanho sofrimento na voz de seu filho. Queria abrir-lhe os braços, abraçá-lo, consolá-lo, ajudá-lo, mas sentia que não havia nada que ela pudesse fazer. Ele tinha de resolver o problema sozinho.

O barra luminosa do manual do fremkit, jogado no chão entre os dois, chamou a atenção de Jéssica. Ela o ergueu, deu uma olhada na guarda e leu: "'Manual do 'Deserto Amigo', o lugar cheio de vida. Aqui se encontram os ayat e a burhan da Vida. Creia, e al-Lat nunca o queimará".

Lembra o Livro de Azhar, ela pensou, recordando seus estudos dos Grandes Segredos. *Será que uma Manipuladora das Religiões passou por Arrakis?*

Paul tirou a parabússola da mochila, devolveu-a e disse:

– Pense em todas essas máquinas de aplicação especial dos fremen. Demonstram uma sofisticação inigualável. Admita. A cultura que criou estas coisas denuncia uma sagacidade de que ninguém desconfiava.

Hesitando, ainda preocupada com a dureza na voz dele, Jéssica voltou ao livro, estudou a ilustração de uma constelação do céu arrakino, "Muad'Dib: o Ratinho", e notou que a cauda apontava o norte.

Paul, na escuridão da tenda, observava os movimentos da mãe, que ele mal distinguia à luz da lucibarra do manual. *Chegou a hora de cumprir o desejo de meu pai*, ele pensou. *Tenho de dar a ela a mensagem dele, agora que ela ainda tem tempo para sentir pesar. O pesar seria uma inconveniência mais tarde.* E ele se viu escandalizado pela exatidão de sua lógica.

– Mãe – ele disse.

– Sim?

Ela percebeu a alteração na voz dele, e o som a fez congelar por dentro. Nunca tinha ouvido um controle tão rígido.

– Meu pai está morto – ele disse.

Vasculhou seu íntimo, em busca do encadeamento de um fato e outro, e outro – a maneira Bene Gesserit de avaliar os dados –, e então lhe ocorreu: a sensação aterradora de perda.

Jéssica assentiu com a cabeça, incapaz de falar.

– Um dia meu pai me encarregou – disse Paul – de entregar a você uma mensagem se algo acontecesse a ele. Receava que você acreditasse que ele não confiava em você.

Aquela desconfiança inútil, ela pensou.

– Ele queria que soubesse que nunca suspeitou de você – Paul disse, e explicou a farsa, acrescentando: – Ele queria que soubesse que sempre confiou em você inteiramente, sempre a amou e tratou com carinho. Disse que antes desconfiaria de si mesmo e que só se arrependia de uma coisa: nunca ter feito de você a duquesa.

Ela limpou as lágrimas que lhe corriam pela face e pensou: *Que desperdício estúpido da água do corpo!* Mas sabia do que se tratava realmente aquele pensamento: a tentativa de se esconder do pesar na raiva. *Leto, meu Leto*, ela pensou. *Que coisas terríveis fazemos com aqueles que amamos!* Com um gesto violento, ela apagou a lucibarra do pequeno manual.

Os soluços a fizeram estremecer.

Paul ouviu o pesar de sua mãe e sentiu o vazio dentro de si. *Não sinto pesar*, ele pensou. *Por quê? Por quê?* Achava a incapacidade de sentir pesar um defeito terrível.

"Tempo de buscar, e tempo de perder", Jéssica pensou, citando a Bíblia C. O. *"Tempo de guardar, e tempo de deitar fora; tempo de amar, e tempo de odiar; tempo de guerra, e tempo de paz."*

A mente de Paul seguira em frente com sua precisão enregelante. Enxergou as vias que se abriam diante deles naquele planeta hostil. Sem a válvula de segurança do sonhar, ele concentrou sua percepção presciente, vendo-a como uma computação dos futuros mais prováveis, com algo mais, porém, um quê de mistério, como se sua mente mergulhasse numa camada intemporal e provasse os ventos do futuro.

Abruptamente, como se tivesse encontrado a chave necessária, a mente de Paul galgou mais um degrau perceptivo. Sentiu que se apegava a esse novo nível, agarrando-se a uma posição precária e olhando ao redor. Era como se ele existisse num globo, com vias que se irradiavam em todas as direções... mas isso era só uma descrição aproximada da sensação.

Lembrou-se de um dia ter visto um lenço de gaze soprado pelo vento, e agora sentia como se o futuro se contorcesse numa superfície tão ondulante e impermanente quanto à daquele lenço ao vento.

Viu pessoas.

Sentiu o calor e o frio de incontáveis probabilidades.

Conheceu nomes e lugares, experimentou emoções sem fim, repassou os dados de inúmeras frestas inexploradas. Havia tempo para sondar, testar e provar, mas tempo nenhum para moldar.

A coisa era um espectro de possibilidades, desde o passado mais remoto ao futuro mais remoto, das mais prováveis às mais improváveis. Viu sua própria morte de incontáveis maneiras. Viu novos planetas, novas culturas.

Pessoas.

Pessoas.

Viu-as em multidões tão grandes que seria impossível relacioná-las, mas sua mente catalogou todas elas.

Até mesmo os membros da Guilda.

E pensou: *A Guilda... haveria uma alternativa para nós, minha estranheza aceita como algo familiar e de grande valor, com um suprimento garantido da hoje tão necessária especiaria.*

Mas o estarrecia a ideia de viver no seguir-tateando-mentalmente-pelos-futuros-possíveis que conduzia as espaçonaves velozes. Contudo, *era* uma alternativa. E, ao deparar com o *futuro possível* que incluía os membros da Guilda, ele reconheceu sua própria estranheza.

Minha visão é de outra espécie. Vejo outro tipo de terreno: os caminhos disponíveis.

A percepção transmitia tanto confiança quanto alarme: tantos lugares naquele outro tipo de terreno sumiam de sua vista em curvas e depressões.

Tão rápido quanto viera, a sensação lhe escapou, e ele percebeu que a experiência inteira tinha ocupado o espaço de uma pulsação.

Contudo, sua própria percepção tinha sido revirada, iluminada de uma maneira terrível. Olhou a sua volta.

A noite ainda cobria a tendestiladora em seu esconderijo nas rochas. Ainda era possível ouvir o pesar de sua mãe.

E ainda era possível sentir a ausência de seu próprio pesar... aquele lugar vazio, separado de sua mente, que seguia adiante com seu passo inabalável, lidando com dados, avaliando, computando, submetendo respostas, à semelhança do que fazia um Mentat.

E agora ele via que tinha uma quantidade de dados que poucas mentes como a dele chegaram um dia a englobar. Mas isso não tornava o espaço vazio dentro dele mais fácil de suportar. Sentiu que algo tinha de rebentar. Era como se tivessem acionado o mecanismo de uma bomba-relógio dentro dele. A coisa seguia fazendo o que tinha de fazer, independentemente do que ele quisesse. Registrava minúsculas diferenças ao redor dele, uma ligeira alteração na umidade, uma fração de decréscimo na temperatura, o progresso de um inseto no teto da tendestiladora, a aproximação solene do amanhecer no trecho estrelado de céu que ele enxergava pelo lado transparente da tenda.

O vazio era insuportável. Saber que o mecanismo tinha sido acionado não fazia a menor diferença. Ele podia olhar para seu próprio passado e ver o início: o treinamento, a definição dos talentos, as pressões sutis das disciplinas sofisticadas, até mesmo a exposição à Bíblia C. O. num momento crítico... e, por último, o consumo intenso de especiaria. E podia olhar para a frente – a direção mais aterrorizante – e ver aonde tudo levava.

Sou um monstro!, ele pensou. *Uma aberração!*

– Não – ele disse. E depois: – Não. Não! NÃO!

Viu-se esmurrando o chão da tenda. (A parte implacável de si registrou isso como um dado emocional interessante e o computou.)

– Paul!

A mãe estava ao lado dele, segurando-lhe as mãos, e o rosto dela era uma massa cinzenta a olhar para ele.

– Paul, qual é o problema?

– Você! – ele disse.

– Estou aqui, Paul – ela disse. – Está tudo bem.

– O que fez comigo? – ele indagou.

Numa explosão de lucidez, ela percebeu uma parte da razão da pergunta e disse:

– Eu o dei à luz.

Foi, segundo o instinto e o conhecimento impalpável que ela possuía, exatamente a resposta correta para acalmá-lo. Ele sentiu que as mãos dela o seguravam, concentrou-se no contorno indistinto do rosto da mãe. (Certos traços genéticos na estrutura facial foram anotados, da nova maneira, por sua mente em fluxo constante. As pistas foram somadas a outros dados e uma resposta definitiva emitida.)

– Solte-me – ele disse.

Ela ouviu a dureza na voz dele e obedeceu.

– Quer me dizer qual é o problema, Paul?

– Você sabia o que estava fazendo quando me treinou? – ele perguntou.

Não há mais sinal da infância em sua voz, ela pensou. E disse:

– Esperava aquilo que qualquer mãe ou pai esperaria: que você fosse... superior, diferente.

– Diferente?

Ela ouviu o rancor no tom de voz dele e disse:

– Paul, eu...

– Você não queria um filho! – ele disse. – Queria um Kwisatz Haderach! Queria um homem Bene Gesserit!

O rancor dele a fez recuar.

– Mas, Paul...

– Por acaso consultou meu pai quanto a isso?

Ela falou com ternura, motivada pelo frescor de seu pesar:

– O que quer que você seja, Paul, é algo que herdou de seu pai tanto quanto de mim.

– Mas não o treinamento – ele disse. – Não as coisas que... despertaram... o adormecido.

– Adormecido?

– Está aqui. – Ele levou uma das mãos à cabeça, depois ao peito. – Dentro de mim. Não para, não para, não para, e...

– Paul!

Ela ouvira a histeria que margeava a voz dele.

– Escute – ele disse. – Você queria que eu contasse meus sonhos à Reverenda Madre: agora você ouvirá no lugar dela. Acabei de ter um sonho *desperto*. Sabe por quê?

– Você precisa se acalmar – ela disse. – Se houver...

– A especiaria – ele disse. – Está em tudo por aqui: no ar, no solo, na comida. A especiaria *geriátrica*. É como a droga da Proclamadora da Verdade. É um veneno!

Ela se empertigou.

Ele baixou a voz e repetiu:

– Um veneno... tão discreto, tão insidioso... tão irreversível. Só mata quando a pessoa deixa de consumi-lo. Não podemos deixar Arrakis sem levar uma parte de Arrakis conosco.

A *presença* aterradora de sua voz não admitia discussão.

– Você e a especiaria – Paul disse. – A especiaria muda qualquer um que a consuma tanto assim, mas, graças a *você*, pude levar a mudança à consciência. Não preciso deixá-la no inconsciente, onde o distúrbio pode ser apagado. Eu a *enxergo*.

– Paul, você...

– Eu a *enxergo!* – ele repetiu.

Ela ouviu loucura na voz dele, não soube o que fazer.

Mas ele voltou a falar, e ela ouviu o controle férreo retornar.

– Estamos presos aqui.

Estamos presos aqui, ela concordou.

E aceitou as palavras dele como verdadeiras. Nenhuma pressão das Bene Gesserit, nenhum truque ou artifício conseguiria libertá-los completamente de Arrakis: a especiaria era viciante. Seu corpo já tinha percebido isso muito antes de sua mente despertar e encarar o fato.

Então aqui viveremos nossas vidas, ela pensou, *neste planeta infernal. O lugar estará preparado para nós, se conseguirmos escapar dos Harkonnen. E não há dúvida quanto a meu destino: uma égua reprodutora que preservará uma linhagem importante para o Plano das Bene Gesserit.*

– Tenho de lhe contar meu devaneio, meu sonho desperto – Paul disse. (Agora havia fúria em sua voz.) – Para me certificar de que você aceitará o que vou dizer, primeiro direi que sei que você terá uma filha, minha irmã, aqui em Arrakis.

Jéssica apoiou as mãos no chão da tenda, encostou-se na parede abaulada de tecido para refrear uma pontada de medo. Sabia que sua gravidez ainda não era visível. Somente seu próprio treinamento como Bene Gesserit tinha lhe permitido decifrar os primeiros sinais de seu corpo, saber da existência do embrião com apenas algumas semanas de idade.

– Apenas para servir – Jéssica sussurrou, apegando-se ao lema das Bene Gesserit. – Existimos apenas para servir.

– Encontraremos um lar entre os fremen – Paul disse –, onde sua Missionaria Protectora nos preparou um refúgio.

Prepararam um caminho para nós no deserto, Jéssica disse consigo mesma. *Mas como é que ele sabe sobre a Missionaria Protectora?* Descobriu ser cada vez mais difícil dominar seu pânico diante da estranheza assoberbante de Paul.

Ele estudou a sombra escura que era sua mãe, enxergando-lhe o medo e cada reação com sua nova percepção, como se uma luz ofuscante a delineasse. Uma ponta de compaixão por ela se insinuou nele.

– As coisas que podem acontecer aqui, nem consigo começar a contá-las a você – ele disse. – Não consigo nem sequer contá-las a mim mesmo, apesar de tê-las visto. Essa *consciência* do futuro, parece que não sou capaz de controlá-la. Simplesmente acontece. O futuro imediato... digamos, daqui a um ano... consigo ver uma parte dele... uma *via* tão larga quanto nossa Avenida Central em Caladan. Outros lugares, não consigo ver... lugares obscuros... como que escondidos atrás de um morro – (e mais uma vez, ele pensou na superfície de um lenço ao vento) – ... e há ramificações...

Fez silêncio quando foi tomado pela lembrança daquela *visão*. Nenhum sonho presciente, nenhuma experiência em sua vida o tinha preparado para a totalidade com a qual os véus tinham sido rasgados para revelar a nudez do tempo.

Recordando a experiência, ele reconheceu seu próprio propósito terrível: a pressão de sua vida se espalhando para fora, feito uma bolha em expansão... o tempo que se recolhia diante da bolha...

Jéssica encontrou o controle da lucibarra da tenda e a ativou.

Uma luz fraca e verde afastou as sombras, aliviando-lhe o medo. Fitou o rosto de Paul, os olhos dele: o olhar que se voltava para dentro. E lembrou onde tinha visto aquele olhar antes: retratado em registros de desastres, nos rostos de crianças que conheceram a fome ou sofreram ferimentos terríveis. Os olhos eram como fossos, a boca uma linha reta, as faces encovadas.

É o olhar da terrível conscientização, ela pensou, *de alguém obrigado a conhecer a própria mortalidade.*

Ele, de fato, não era mais uma criança.

A importância subjacente às palavras dele começou a se apoderar da mente dela, empurrando todo o resto para o lado. Paul enxergava à frente uma rota de fuga para eles.

– Há uma maneira de escapar dos Harkonnen – ela disse.

– Os Harkonnen! – ele desdenhou. – Esqueça esses seres humanos deturpados. – Fitou a mãe, estudando as feições dela à luz da lucibarra. As feições a traíam.

Ela disse:

— Não devia chamar as pessoas de seres humanos sem...

— Não tenha tanta certeza de que sabe a diferença — ele disse. — Trazemos nosso passado conosco. E, minha mãe, há algo que você não sabe, mas deveria saber: *nós* somos Harkonnen.

A mente dela fez uma coisa aterradora: apagou-se, como se precisasse barrar todas as sensações. Mas a voz de Paul seguiu naquele passo implacável, arrastando-a consigo.

— Quando encontrar um espelho, analise seu rosto, analise o meu agora. Os traços estão aí para quem quiser ver. Veja minhas mãos, minha ossatura. Se nada disso convencê-la, então acredite no que digo. Trilhei o futuro. Vi um registro. Vi um lugar, tenho todos os dados. Somos Harkonnen.

— Um... ramo renegado da família — ela disse. — É isso, não é? Algum primo dos Harkonnen que...

— Você é filha do próprio barão — ele disse, e viu como ela apertou a boca com as mãos. — O barão provou muitos prazeres na juventude e, certa vez, deixou-se seduzir. Mas foi em prol das metas genéticas das Bene Gesserit, foi uma de *vocês*.

A maneira como ele disse *vocês* atingiu-a feito bofetada. Mas colocou sua mente para funcionar: não havia como contestar as palavras dele. Tantas pontas soltas de significado no passado dela agora se estendiam e se juntavam. A filha que as Bene Gesserit queriam não era para pôr fim à velha rixa entre os Atreides e os Harkonnen, e sim para fixar um fator genético em suas linhagens. *O quê?* Procurou em vão uma resposta.

Como se enxergasse a mente dela, Paul disse:

— Elas pensaram que seu empenho era para chegar a mim. Mas não sou o que elas esperavam e cheguei antes da hora. E *elas* não sabem disso.

Jéssica apertou a boca com as mãos.

Grande Mãe! Ele é o Kwisatz Haderach!

Sentiu-se exposta e nua diante dele, percebendo, então, que ele a via com olhos que deixavam escapar pouca coisa. E *isso*, ela sabia, era a razão de seu medo.

— Está pensando que eu sou o Kwisatz Haderach — ele disse. — Tire isso da cabeça. Sou algo inesperado.

Preciso notificar uma das escolas, ela pensou. *O catálogo de cruzamentos pode mostrar o que aconteceu.*

– Elas só ficarão sabendo sobre mim quando já for tarde demais – ele disse.

Tentando distraí-lo, ela baixou as mãos e perguntou:

– Encontraremos um lugar entre os fremen?

– Os fremen têm um ditado que eles atribuem a Shai-hulud, o Velho Pai Eternidade – ele disse. – Dizem eles: "Esteja pronto para mostrar gratidão por aquilo que encontrar".

E ele pensou: *Sim, minha mãe, entre os fremen. Você ficará com os olhos azuis e criará um calo em seu nariz adorável por causa do tubo filtrador de seu trajestilador... e terá minha irmã, Santa Alia da Faca.*

– Se você não é o Kwisatz Haderach – Jéssica disse –, o que...

– Você não tem como saber – ele disse. – Não irá acreditar até ver com os próprios olhos.

E ele pensou: *Sou uma semente.*

De repente, ele viu como era fértil o solo no qual havia caído e, com essa percepção, foi tomado por seu propósito terrível, que rastejava pelo vazio interior, ameaçando sufocá-lo de pesar.

Ele tinha visto duas grandes ramificações no caminho à frente dele: numa delas, ele confrontava um barão idoso e malvado e dizia "Olá, avô". Pensar naquela senda, e no que jazia ao longo dela, o deixava enjoado.

A outra senda tinha longos trechos de obscuridade cinzenta, exceto por picos de violência. Ali ele tinha visto uma religião guerreira, um incêndio que se espalhava pelo universo, com o estandarte verde e preto dos Atreides tremulando à frente de legiões fanáticas, embriagadas com a aguardente de especiaria. Gurney Halleck e alguns outros homens de seu pai – em número lamentavelmente pequeno – estavam entre eles, todos marcados com o símbolo do gavião encontrado no santuário do crânio de seu pai.

– Não posso tomar esse caminho – ele murmurou. – É o que as bruxas velhas das suas escolas realmente querem.

– Não entendo você, Paul – disse sua mãe.

Ele continuou em silêncio, pensando como a semente que era, pensando com a consciência da raça que ele tinha provado pela primeira vez como um propósito terrível. Descobriu que não conseguia mais odiar as Bene Gesserit, nem o imperador, nem mesmo os Harkonnen. Foram todos enredados pela necessidade da raça de renovar sua herança dispersa, de cruzar, misturar e infundir suas linhagens num imenso e novo patrimônio genético comum. E a raça só conhecia uma maneira segura de fazer isso, a maneira antiga, a maneira testada e aprovada que atropelava tudo em seu caminho: o jihad.

Não posso mesmo tomar esse caminho, ele pensou.

Mas ele viu novamente, com os olhos do espírito, o santuário do crânio de seu pai e a violência, em meio à qual tremulava o estandarte verde e preto.

Jéssica limpou a garganta, preocupada com o silêncio dele.

– Então... os fremen nos darão asilo?

Ele ergueu os olhos e, sob a iluminação esverdeada da tenda, fitou as feições nobres e endogâmicas do rosto dela.

– Sim – ele disse. – Esse é um dos caminhos. – Ele assentiu com a cabeça. – Sim. Eles irão me chamar de... Muad'Dib, "Aquele que Aponta o Caminho". Sim... é como irão me chamar.

Ele fechou os olhos, pensando: *Agora, meu pai, posso lamentar sua morte*. E sentiu as lágrimas correrem-lhe pelo rosto.

livro segundo
MUAD'DIB

> **Quando meu pai, o imperador padixá, soube da morte do duque Leto Atreides e de como ele havia morrido, ficou furioso como nunca o tínhamos visto ficar até então. Culpou minha mãe e o acordo que foi obrigado a fazer para colocar uma Bene Gesserit no trono. Culpou a Guilda e o barão velho e malvado. Culpou todos ao alcance da visão, até mesmo a mim, pois disse que eu era uma bruxa como as outras. E, quando tentei consolá-lo, dizendo que o fato se dera de acordo com uma lei mais antiga de autopreservação, à qual até mesmo os soberanos mais antigos se submetiam, ele me ofereceu um sorriso zombeteiro e perguntou se eu o julgava um fraco. Foi aí que entendi que tamanha paixão não se devia a uma preocupação com o falecido duque, e sim às implicações daquela morte para toda a realeza. Vendo hoje, em retrospecto, acho que meu pai também tinha certa presciência, pois é certo que sua linhagem e a de Muad'Dib tinham ancestrais comuns.
>
> – "Na casa de meu pai", da princesa Irulan

– Agora Harkonnen matará Harkonnen – Paul murmurou.

Ele havia acordado pouco antes do anoitecer e se sentado no interior da tendestiladora, vedada e às escuras. Ao falar, ele ouviu os movimentos indistintos de sua mãe, que dormia encostada à parede oposta da tenda.

Paul deu uma olhada no detector de proximidade que estava no chão e examinou, no escuro, os mostradores iluminados por tubos de fósforo.

– Logo será noite – disse sua mãe. – Por que você não recolhe as palas da tenda?

Paul percebeu, então, que já fazia algum tempo que a respiração dela estava diferente e que ela havia permanecido deitada, no escuro e em silêncio, até ter certeza de que ele estava acordado.

– Recolher as palas não adiantaria nada – ele disse. – Houve uma tempestade. A tenda está coberta de areia. Vou nos desenterrar daqui a pouco.

– Nem sinal de Duncan?

– Nada.

Paul esfregou distraidamente o sinete ducal em seu polegar, e uma fúria repentina, dirigida à própria essência daquele planeta que tinha ajudado a matar-lhe o pai, fez com que ele começasse a tremer.

– Ouvi quando a tempestade começou – Jéssica disse.

O vazio complacente das palavras dela o ajudou a recuperar um pouco a calma. Sua mente se concentrou na tempestade, na maneira como ele a vira começar através da transparência da tendestiladora: filetes gelados de areia cruzando a bacia, depois riachos e canais a sulcar o céu. Ele tinha dirigido seu olhar para uma ponta de rocha e visto a forma mudar sob a rajada, tornando-se uma cunha baixa e amarela. A areia apertada na bacia onde se encontravam havia obscurecido o céu com tons escuros de caril e, em seguida, obliterado toda a luz quando a tenda foi coberta.

Os arcos da tenda rangeram uma vez, aceitando a pressão, e então o silêncio, rompido apenas pelo chiado fraco do fole do respirarenador que bombeava o ar da superfície.

– Tente o receptor outra vez – Jéssica disse.

– Não vai adiantar – ele disse.

Ele pegou o hidrotubo de seu trajestilador, que ficava preso junto ao pescoço, molhou a boca com um gole de água morna e pensou que ali começava sua verdadeira vida arrakina: sobrevivendo da umidade reaproveitada de seu corpo e de sua respiração. A água era insípida e insossa, mas aliviou-lhe a garganta.

Jéssica ouviu Paul beber a água, sentiu a oleosidade de seu próprio trajestilador, que aderia a seu corpo, mas se recusou a admitir a sede. Para admiti-la, seria preciso abrir totalmente os olhos e enxergar as necessidades terríveis de Arrakis, onde era forçoso conservar até mesmo pequenas frações de umidade, guardar as poucas gotas nas bolsas coletoras da tenda, relutar em desperdiçar uma exalação em campo aberto.

Era tão mais fácil voltar a dormir.

Mas a mera lembrança do sonho que a visitara durante o sono naquele dia a fazia estremecer. Ela mantivera suas mãos de sonho sob uma torrente de areia, onde haviam escrito um nome: *duque Leto Atreides*. O nome se apagava por causa da areia, e ela tentava refazê-lo, mas a primeira letra era preenchida antes que se começasse a última.

A areia não parava.

Seu sonho se transformou num choro cada vez mais alto. Aquele choro ridículo – parte de sua mente havia percebido que o som era o de sua própria voz quando criança, pouco mais que um bebê. Uma mulher que a memória não conseguia enxergar direito estava de partida.

A mãe que nunca conheci, Jéssica pensou. *A Bene Gesserit que me deu à luz e me entregou às Irmãs, porque foi o que lhe mandaram fazer. Será que ficou feliz por se livrar da filha de um Harkonnen?*

– É na especiaria que temos de atingi-los – disse Paul.

Como ele consegue pensar em atacar num momento como este?, ela se perguntou.

– Um planeta inteiro, cheio de especiaria – ela disse. – Como é que vai atingi-los assim?

Ela o ouviu se mexer, o som da mochila sendo arrastada pelo chão da tenda.

– Em Caladan, era a força do mar e do ar – ele disse. – Aqui é a *força do deserto*. Os fremen são a chave.

A voz dele vinha das proximidades do esfíncter da tenda. Seu treinamento de Bene Gesserit detectou no tom dele uma amargura mal resolvida e dirigida a ela.

A vida inteira, ele foi treinado para odiar os Harkonnen... por minha causa. Como me conhece pouco! Fui a única mulher de meu duque. Aceitei a vida e os valores dele, mesmo quando desafiavam as ordens que recebi das Bene Gesserit.

A lucibarra da tenda se acendeu a um toque de Paul e encheu o recinto abobadado com um brilho verde. Paul se agachou diante do esfíncter, com o gorro do trajestilador preparado para o deserto aberto: a testa coberta, o filtro bucal em seu lugar, os obturadores nasais ajustados. Somente seus olhos escuros eram visíveis: uma faixa estreita de rosto que se virou uma vez para ela e depois para o outro lado.

– Proteja-se para sair – ele disse, e sua voz foi toldada pelo filtro.

Jéssica puxou o filtro para a boca e começou a ajustar seu gorro ao ver Paul romper o lacre da tenda.

A areia produziu um som irritante quando ele abriu o esfíncter, e um chiado áspero de grãos invadiu a tenda antes que ele conseguisse imobilizá-los com um compactador estático. Formou-se um buraco na muralha de areia quando a ferramenta realinhou os grãos. Ele se esgueirou para fora e os ouvidos dela acompanharam o progresso do filho até a superfície.

O que encontraremos lá fora?, ela se perguntou. *Soldados Harkonnen e Sardaukar, esses são os perigos que podemos esperar. Mas e os perigos que desconhecemos?*

Ela pensou no compactador e nos outros instrumentos estranhos da mochila. De repente, cada um daqueles utensílios destacou-se em sua mente como um sinal de perigos misteriosos.

Aí ela sentiu uma brisa quente que veio da superfície e tocou-lhe a face exposta acima do filtro.

– Passe a mochila. – Era a voz de Paul, baixa e abafada.

Ela obedeceu, ouviu o gorgolejar dos litrofões ao empurrar a mochila pelo chão. Olhou para cima e viu Paul emoldurado pelas estrelas.

– Peguei – ele disse, esticando-se para puxar a mochila até a superfície.

Agora ela via apenas o círculo de estrelas. Eram como as extremidades luminosas de armas apontadas para ela. Uma chuva de meteoros cruzou seu pedacinho de noite. Os meteoros pareceram-lhe um aviso, as listras de um tigre, costelas nuas e luminosas que fizeram seu sangue gelar. E ela sentiu um calafrio por estarem os dois com a cabeça a prêmio.

– Ande logo – Paul disse. – Quero desmontar a tenda.

Uma chuva de areia da superfície roçou a mão esquerda de Jéssica. *Quanta areia a mão é capaz de reter?*, ela se perguntou.

– Precisa de ajuda? – Paul perguntou.

– Não.

Ela engoliu em seco, enfiou-se no buraco, sentiu a areia compactada pela estática lixar suas mãos. Paul se abaixou e a tomou pelo braço. Ela se viu de pé ao lado dele, num trecho uniforme de deserto iluminado pelas estrelas, e deu uma olhada ao redor. A areia chegava quase a transbordar da bacia onde eles estavam, deixando apenas uma borda indistinta de pedras ao redor. Ela sondou as trevas que se estendiam diante deles com seus sentidos treinados.

Ruídos de pequenos animais.

Aves.

Areia deslocada, caindo, e os sons fracos de criaturas dentro dela.

Paul desmontando a tenda e puxando-a para fora do buraco.

A luz das estrelas desalojava a noite o bastante para impregnar cada sombra com ameaças. Ela olhava para manchas de escuridão.

As trevas são uma recordação cega, ela pensou. *Escutamos atentamente, esperando ouvir os ruídos da alcateia, os gritos daqueles que caçavam nossos ancestrais num passado tão remoto que só nossas células mais primitivas ainda recordam. Os ouvidos enxergam. As narinas enxergam.*

No mesmo instante, Paul parou ao lado dela e disse:

– Duncan me contou que, se fosse capturado, ele conseguiria resistir... até este momento. Temos de sair daqui agora mesmo. – Levou a mochila ao ombro, foi até a borda rasa da bacia, subiu para uma saliência que sobranceava o deserto aberto.

Jéssica o seguiu automaticamente, notando como passara a depender do filho.

Pois, por ora, a dor da perda é mais pesada que as areias ou os mares, ela pensou. *Este mundo me privou de tudo, exceto do propósito mais antigo de todos: a vida de amanhã. Vivo hoje por meu jovem duque e por minha filha que ainda não nasceu.*

Sentiu a areia puxar seus pés ao escalar a borda e se colocar ao lado de Paul.

Ele olhava para o norte, por sobre uma fileira de pedras, estudando um escarpamento ao longe.

O contorno distante da rocha era como um antigo couraçado dos mares, delineado pelas estrelas. O longo zunido da escarpa se dispersava numa onda invisível, com sílabas de antenas bumerangues, chaminés que arqueavam para trás, um soerguimento na popa, em forma de π.

Um clarão laranja explodiu acima da silhueta, e um risco púrpura e brilhante cortou o céu de cima para baixo, na direção do clarão.

Mais um risco púrpura!

E mais um clarão laranja subindo!

Era como uma antiga batalha naval, a lembrança de obuses de artilharia, e aquela visão os fascinou.

– Pilares de fogo – Paul murmurou.

Um círculo de olhos vermelhos ergueu-se sobre a rocha distante. Riscos púrpura fustigaram o céu.

– Chamas de jatos e armaleses – disse Jéssica.

A primeira lua de Arrakis, avermelhada de poeira, ergueu-se acima do horizonte à esquerda deles, e ali os dois viram o rastro de uma tempestade: uma faixa de movimento acima do deserto.

– Devem ser tópteros dos Harkonnen a nossa procura – Paul disse. – Da maneira como estão retalhando o deserto... é como se quisessem garantir o extermínio do que estiver por lá... da maneira como se extermina um ninho de insetos.

– Ou um ninho de Atreides – Jéssica disse.

– Temos de encontrar abrigo – Paul disse. – Iremos para o sul e não sairemos de perto das pedras. Se nos apanharem no deserto aberto... – Ele se virou, acomodando a mochila nos ombros. – Estão matando qualquer coisa que se mova.

Ele deu um passo sobre a saliência e, naquele instante, ouviu o silvo baixo de aeronaves planando e viu as formas escuras de ornitópteros logo acima deles.

> **Meu pai certa vez me disse que o respeito pela verdade é praticamente o alicerce de toda moral. "Não há como uma coisa surgir do nada", ele disse. É um pensamento profundo para quem entende como a "verdade" pode ser volúvel.**
>
> – Excerto de "Conversas com Muad'Dib", da princesa Irulan

– Sempre me orgulhei de enxergar as coisas como elas realmente são – disse Thufir Hawat. – Essa é a maldição de ser um Mentat. Não se consegue parar de analisar os dados.

Ao falar, seu rosto velho e curtido pareceu sereno na obscuridade que antecedia o amanhecer. Os lábios manchados de sapho haviam se retraído numa linha reta, com rugas radiais que se espalhavam para cima.

Um homem de manto estava agachado na areia, em silêncio, de frente para Hawat, aparentemente indiferente ao que ele dizia.

Os dois estavam abaixados sob uma projeção de rocha que sobranceava uma pia ampla e rasa. O amanhecer se espalhava sobre o perfil acidentado dos penhascos do outro lado da bacia, pincelando tudo de rosa. Fazia frio debaixo da projeção, uma frialdade seca e penetrante deixada pela noite. Hawat ouvia o bater de dentes atrás dele, entre os poucos soldados que restavam de sua força.

O homem agachado diante de Hawat era um fremen que havia cruzado a pia ao primeiro sinal de luz do falso amanhecer, roçando de leve a areia, misturando-se às dunas, com movimentos mal e mal discerníveis.

O fremen estendeu um dedo e pôs-se a desenhar na areia que separava os dois. Parecia um arco cuspindo uma flecha.

– São muitas as patrulhas dos Harkonnen – ele disse. Ergueu o dedo, apontou para cima, por sobre os penhascos que Hawat e seus homens haviam descido.

Hawat concordou com a cabeça.

Muitas patrulhas. Sim.

Mas ele ainda não sabia o que aquele fremen queria, e isso era exasperante. O treinamento de Mentat deveria dar a um homem o poder de enxergar motivações.

Tinha sido a pior noite da vida de Hawat. Ele estava em Tsimpo, uma vila fortificada, posto-tampão avançado da antiga capital, Cartago, quando os informes sobre o ataque começaram a chegar. A princípio, ele pensou: *É uma incursão. Os Harkonnen estão nos testando.*

Mas os informes se seguiram, cada vez mais rápido.

Duas legiões desembarcaram em Cartago.

Cinco legiões – cinquenta brigadas! – atacaram a base principal do duque em Arrakina.

Uma legião em Arsunt.

Dois grupos-tarefa na Pedra Lascada.

Aí os informes passaram a ser mais minuciosos: havia Sardaukar imperiais entre os agressores – talvez duas legiões deles. E ficou claro que os invasores sabiam exatamente o tamanho da força que deviam mandar para cada local. Exatamente! Informações soberbas!

A fúria escandalizada de Hawat foi tamanha que chegou a ameaçar o funcionamento normal de suas faculdades de Mentat. A magnitude do ataque atingiu sua mente como se fosse um golpe físico.

Agora, escondido sob uma pedra no deserto, ele acenava para ninguém com a cabeça e envolvia-se em seu manto rasgado, como se para afastar as sombras gélidas.

A magnitude do ataque.

Ele sempre havia esperado que o inimigo alugasse um ou outro cargueiro da Guilda para incursões exploratórias. Era uma jogada bastante comum naquele tipo de conflito armado entre Casas. Os cargueiros aterrissavam em Arrakis e dali decolavam regularmente, transportando a especiaria para a Casa Atreides. Hawat tomara precauções para evitar incursões fortuitas de falsos cargueiros de especiaria. No caso de um ataque total, eles não esperavam mais que dez brigadas.

Contudo, segundo a última contagem, havia mais de duas mil naves pousadas em Arrakis: não só cargueiros mas também fragatas, aeronaves de reconhecimento, monitores, esmagadores, transportes de tropas, lixeiras...

Mais de cem brigadas: dez legiões!

Toda a renda que Arrakis obtivesse com a especiaria nos cinquenta anos seguintes talvez chegasse a cobrir o custo daquela empreitada.

Talvez.

Subestimei o que o barão estava disposto a gastar para nos atacar, Hawat pensou. *Falhei com meu duque.*

E ainda havia a questão da traidora.

Viverei o suficiente para vê-la estrangulada!, ele pensou. *Eu deveria ter matado aquela bruxa Bene Gesserit quando tive a oportunidade.* Não restava dúvida em sua mente quanto a quem os traíra: lady Jéssica. Ela se enquadrava em todos os fatos disponíveis.

– O tal Gurney e parte da força dele estão a salvo com nossos amigos contrabandistas – disse o fremen.

– Ótimo.

Quer dizer que Gurney sairá deste planeta infernal. Não estamos todos perdidos.

Hawat voltou a olhar para seus homens ali amontoados. Tinha começado a noite com pouco mais de trezentos dos melhores. Desses, restavam exatos vinte, e metade deles estava ferida. Alguns estavam dormindo naquele momento, de pé, encostados na pedra, esparramados na areia debaixo da rocha. Seu último tóptero, que eles vinham usando como aerodeslizador para transportar os feridos, tinha enguiçado pouco antes da madrugada. Eles o haviam retalhado com armaleses e escondido os pedaços, depois desceram com dificuldade até aquele esconderijo na orla da bacia.

Hawat tinha apenas uma vaga ideia de sua localização: cerca de duzentos quilômetros a sudeste de Arrakina. Os caminhos mais usados entre as comunidades sietch da Muralha-Escudo ficavam em algum lugar ao sul de sua posição.

O fremen diante de Hawat atirou para trás o capuz e o gorro do trajestilador, revelando cabelos e barba ruivos. Os cabelos estavam penteados para trás, deixando livre a testa alta e franzina. Ele tinha os olhos inescrutáveis e totalmente azuis, resultado da dieta de especiaria. A barba e o bigode estavam manchados num dos lados da boca, e os pelos, emaranhados naquele ponto, devido à pressão da alça do tubo coletor dos obturadores nasais.

O homem removeu os obturadores, reajustou-os. Coçou uma escara junto ao nariz.

– Se cruzarem a pia esta noite – disse o fremen –, não usem os escudos. Há uma brecha no paredão – ele se virou e apontou o sul – lá, e é areia exposta daqui até o erg. Os escudos vão atrair um... – ele hesitou

– verme. Eles não costumam entrar aqui, mas são sempre atraídos pelos escudos.

Ele disse verme, pensou Hawat. *Ia dizer alguma outra coisa. O quê? E o que ele quer de nós?*

Hawat suspirou.

Não conseguia se lembrar de ter se sentido tão exausto antes. Era um cansaço muscular que as pílulas antifadiga não eram capazes de aliviar.

Aqueles malditos Sardaukar!

Com uma amargura autoacusadora, ele confrontou a ideia dos fanáticos-soldados e da traição imperial que eles representavam. Sua própria avaliação dos dados, como Mentat, dizia-lhe como eram diminutas suas chances de um dia apresentar provas daquela traição diante do Alto Conselho do Landsraad, onde talvez se fizesse justiça.

– Quer ir até os contrabandistas? – o fremen perguntou.

– É possível?

– O caminho é longo.

"Os fremen não gostam de dizer não", Idaho havia comentado certa vez.

Hawat falou:

– Você ainda não disse se sua gente pode nos ajudar com os feridos.

– Estão feridos.

A mesma droga de resposta todas as vezes!

– Nós sabemos que estão feridos! – Hawat berrou. – Não é essa a...

– Calma, amigo – advertiu o fremen. – O que os feridos têm a dizer? Há entre eles quem entenda a necessidade de água de sua tribo?

– Não conversamos sobre a água – disse Hawat. – Nós...

– Entendo sua relutância – disse o fremen. – São seus amigos, seus irmãos de tribo. Vocês têm água?

– Não o bastante.

O fremen apontou a túnica de Hawat, a pele exposta debaixo dela.

– Foram surpreendidos dentro do sietch, sem seus trajes. Você tem de tomar uma decisão d'água, amigo.

– Podemos comprar a ajuda de vocês?

O fremen deu de ombros.

– Vocês não têm água. – Ele olhou para o grupo atrás de Hawat. – Quantos feridos você estaria disposto a gastar?

Hawat ficou em silêncio, olhando fixamente para o homem. Sendo um Mentat, ele via que a comunicação entre eles estava em desacordo. Os sons das palavras não se concatenavam da maneira normal.

– Sou Thufir Hawat – ele disse. – Posso falar em nome de meu duque. Faço uma promessa em troca de sua ajuda. Quero uma forma limitada de ajuda, para preservar minha força tempo suficiente apenas para matar uma traidora que se julga imune à vingança.

– Quer que tomemos seu partido numa vendeta?

– Da vendeta cuidarei eu mesmo. Quero me livrar da responsabilidade pelos meus homens feridos para poder me dedicar a isso.

O fremen franziu o cenho.

– Como é que você pode ser responsável pelos feridos? São responsáveis por si mesmos. A água é que está em questão, Thufir Hawat. Quer que eu tire essa decisão de suas mãos?

O homem levou a mão a uma arma escondida sob seu manto.

Hawat ficou tenso, perguntando-se: *Será traição?*

– Do que tem medo? – o fremen indagou.

A franqueza desconcertante dessa gente! Hawat falou com cautela:

– Minha cabeça está a prêmio.

– Aaah. – O fremen tirou a mão da arma. – Você pensa que a corrupção e a intriga nos afligem. Não nos conhece. Os Harkonnen não têm água suficiente para comprar nem a menor de nossas crianças.

Mas pagaram o preço cobrado pela Guilda para transportar mais de duas mil naves de combate, Hawat pensou. E o montante ainda o transtornava.

– Eu e você lutamos com os Harkonnen – Hawat disse. – Não é melhor dividirmos os problemas e as maneiras de enfrentar o resultado da batalha?

– Já estamos dividindo – disse o fremen. – Vi você lutar com os Harkonnen. Você é bom. Houve momentos em que eu ficaria grato por ter você a meu lado.

– É só dizer em que posso ajudá-lo – Hawat disse.

– Quem sabe? – o fremen perguntou. – As forças dos Harkonnen estão em toda parte. Mas você ainda não tomou a decisão d'água nem a apresentou a seus feridos.

Preciso tomar cuidado, Hawat disse consigo mesmo. *Há alguma coisa aqui que não foi bem entendida.*

Ele disse:

— Você poderia me mostrar como faz, como os arrakinos fazem?

— Pensamento de estrangeiro — disse o fremen, e havia um certo escárnio em seu tom de voz. Apontou o noroeste, por sobre o topo do penhasco. — Vimos vocês atravessarem a areia noite passada. — Ele abaixou o braço. — Você está mantendo sua força na face de deslizamento das dunas. Não presta. Estão sem trajestiladores, sem água. Não vão durar muito.

— Não é fácil adquirir os hábitos de Arrakis — disse Hawat.

— Verdade. Mas matamos Harkonnen.

— O que vocês fazem com seus próprios feridos? — Hawat indagou.

— Então um homem não sabe quando vale a pena ser salvo? — perguntou o fremen. — Seus feridos sabem que vocês não têm água. — Ele inclinou a cabeça, olhando de lado para Hawat. — Este é nitidamente o momento de tomar uma decisão d'água. Os feridos e os ilesos têm de pensar no futuro da tribo.

O futuro da tribo, pensou Hawat. *A tribo dos Atreides. Faz sentido.* Obrigou-se a fazer a pergunta que vinha evitando:

— Tem alguma notícia de meu duque ou do filho dele?

Olhos azuis e inescrutáveis se ergueram para fitar os de Hawat.

— Notícia?

— A sorte deles! — Hawat gritou.

— A sorte é igual para todos — disse o fremen. — Dizem que seu duque encontrou a dele. Quanto a Lisan al-Gaib, o filho, ele está nas mãos de Liet. Liet ainda não se pronunciou.

Eu já sabia a resposta antes de perguntar, pensou Hawat.

Ele olhou para trás, para seus homens. Estavam todos acordados agora. Tinham escutado a conversa. Olhavam fixamente para o trecho de areia, com a compreensão estampada em suas expressões: não havia como voltar para Caladan, e agora Arrakis estava perdido.

Hawat virou-se para o fremen.

— Sabe o que aconteceu com Duncan Idaho?

— Ele estava na casa grande quando o escudo caiu — disse o fremen.

— Disso eu sei... nada mais.

Ela baixou o escudo e deixou os Harkonnen entrarem, ele pensou. *Eu é que me sentei com as costas para a porta. Como ela pôde fazer isso sabendo que se voltaria contra o próprio filho? Mas sabe-se lá como uma bruxa Bene Gesserit pensa... se é que se pode chamar aquilo de pensamento.*

Hawat, com a garganta seca, tentou engolir saliva.

– Quando terá notícias do menino?

– Sabemos pouco sobre o que está acontecendo em Arrakina – o fremen disse. Deu de ombros. – Quem sabe?

– Vocês têm como descobrir?

– Talvez. – O fremen coçou a escara junto ao nariz. – Diga-me, Thufir Hawat, sabe alguma coisa a respeito das armas de grande porte usadas pelos Harkonnen?

A artilharia, pensou Hawat, com amargura. *Quem teria adivinhado que eles usariam artilharia na era dos escudos?*

– Você está se referindo à artilharia que eles usaram para prender nossa gente nas cavernas? – ele perguntou. – Eu... conheço um pouco da teoria por trás dessas armas explosivas.

– O homem que foge para uma caverna que só tem uma abertura merece morrer – disse o fremen.

– Por que pergunta sobre essas armas?

– É Liet quem quer saber.

Será isso que ele quer de nós?, Hawat se perguntou. E disse:

– Veio aqui em busca de informações sobre as armas de grande porte?

– Liet queria ver uma delas com os próprios olhos.

– Então por que não pegam uma? – zombou Hawat.

– Pois é – disse o fremen. – Pegamos uma. Nós a escondemos num lugar onde Stilgar poderá examiná-la para Liet, e onde Liet poderá vê-la com seus próprios olhos se quiser. Mas duvido que ele queira: a arma não é muito boa. Não serve para Arrakis.

– Vocês... pegaram uma? – Hawat perguntou.

– Foi uma bela luta – disse o fremen. – Perdemos apenas dois homens e derramamos a água de mais de cem deles.

Havia Sardaukar na equipagem de cada canhão, Hawat pensou. *Este louco do deserto fala com toda a naturalidade de ter perdido apenas dois homens em combate com os Sardaukar!*

– Não teríamos perdido aqueles dois não fossem os outros sujeitos que lutavam ao lado dos Harkonnen – disse o fremen. – Alguns deles são bons combatentes.

Um dos homens de Hawat se aproximou, mancando, e olhou para o fremen agachado.

– Está falando dos Sardaukar?

– Ele está falando dos Sardaukar – confirmou Hawat.

– Sardaukar! – disse o fremen, e parecia haver júbilo em sua voz. – Aaah, então era isso que eles eram! A noite foi realmente boa. Sardaukar. De qual legião? Vocês sabem?

– Nós... não sabemos – Hawat disse.

– Sardaukar – contemplou o fremen. – Mas estavam vestidos como Harkonnen. Não é estranho?

– O imperador não quer que saibam que ele está lutando contra uma Casa Maior – disse Hawat.

– Mas *você* sabe que eles são Sardaukar.

– E quem sou eu? – perguntou Hawat, com amargura.

– Você é Thufir Hawat – o homem falou com franqueza. – Bem, acabaríamos descobrindo cedo ou tarde. Mandamos três deles prisioneiros para os homens de Liet interrogarem.

O assistente de Hawat falou devagar, com a incredulidade em cada palavra:

– Vocês... *capturaram* Sardaukar?

– Só três – respondeu o fremen. – Eles lutaram bem.

Ah, se tivéssemos tido tempo para nos associarmos com esses fremen, Hawat pensou. Era um lamento amargurado em sua mente. *Se tivéssemos conseguido armá-los e treiná-los. Grande Mãe, que exército teríamos criado!*

– Talvez sua hesitação se deva à preocupação com a Lisan al-Gaib – disse o fremen. – Se ele for realmente a Lisan al-Gaib, nada de mau lhe acontecerá. Não desperdice pensamentos com uma coisa que ainda não foi provada.

– Eu sirvo a... Lisan al-Gaib – Hawat disse. – Seu bem-estar me diz respeito. É minha devoção.

– Você foi devotado à água dele?

Hawat olhou de relance para seu assistente, que ainda encarava o fremen, e voltou a dar atenção ao sujeito agachado.

– À água dele, sim.

– Você quer voltar para Arrakina, para o lugar da água dele?

– Para... sim, o lugar da água dele.

– Por que não disse desde o começo que era uma questão de água? – O fremen se levantou e prendeu com firmeza os obturadores nasais.

Hawat fez, com a cabeça, um sinal para o assistente voltar para onde estavam os outros. Com um encolher de ombros cansado, o homem obedeceu. Hawat ouviu uma conversa em voz baixa irromper entre os homens.

O fremen disse:

– Sempre há um caminho para se chegar à água.

Atrás de Hawat, um homem praguejou. O assistente de Hawat gritou:

– Thufir! Arkie acabou de morrer.

O fremen levou o punho fechado ao ouvido.

– O laço da água! É um sinal! – Olhou para Hawat. – Temos aqui perto um lugar para receber a água. Devo chamar meus homens?

O fremen ainda mantinha o punho perto do ouvido.

– É o laço da água, Thufir Hawat? – ele indagou.

A mente de Hawat disparou. Começava a entender para onde iam as palavras do fremen, mas temia a reação dos homens cansados sob a projeção de rocha quando eles entendessem do que se tratava.

– O laço da água – Hawat disse.

– Que nossas tribos se unam – disse o fremen, baixando a mão fechada.

Como se aquele fosse o sinal combinado, quatro homens escorregaram e saltaram da rocha acima deles. Lançaram-se sob a projeção, enrolaram o morto num manto folgado, ergueram-no e, levando-o, começaram a correr ao longo do paredão, para a direita. Jatos de pó se elevavam em torno de seus pés ligeiros.

Acabou antes que os homens cansados de Hawat conseguissem entender alguma coisa. O grupo, com o corpo envolto no manto e pendurado feito um saco, sumiu ao contornar o penhasco.

Um dos homens de Hawat gritou:

– Para onde estão levando o Arkie? Ele estava...

– Eles o estão levando para... enterrá-lo – Hawat disse.

– Os fremen não enterram seus mortos! – o homem vociferou. – Não tente nos enganar, Thufir. Sabemos o que eles fazem. Arkie era um de...

– O paraíso é uma certeza para o homem que morre a serviço da Lisan al-Gaib – disse o fremen. – Se é a Lisan al-Gaib que vocês servem, como disseram, por que lançam gritos de pesar? A memória de alguém que morreu dessa maneira viverá enquanto a memória do homem durar.

Mas os homens de Hawat avançaram, com expressões zangadas no rosto. Um deles havia se apoderado de uma armalês. Começou a sacá-la.

– Parem aí onde estão! – Hawat vociferou. Resistiu ao cansaço mórbido que tomava seus músculos. – Essas pessoas respeitam nossos mortos. Os costumes são diferentes, mas a intenção é a mesma.

– Eles vão triturar o Arkie para fazer água – rosnou o homem com a armalês.

– Seus homens querem assistir à cerimônia, é isso? – o fremen perguntou.

Ele nem sequer enxerga o problema, Hawat pensou. A ingenuidade do fremen era assustadora.

– Preocupam-se com um companheiro que era respeitado – Hawat disse.

– Trataremos seu companheiro com a mesma reverência com a qual tratamos os nossos – disse o fremen. – Esse é o laço da água. Conhecemos os ritos. A carne pertence ao homem; a água, à tribo.

Hawat falou rapidamente quando o homem com a armalês deu mais um passo adiante.

– Agora vocês vão ajudar nossos feridos?

– O laço é incontestável – disse o fremen. – Faremos por vocês o que a tribo faz pelos seus. Primeiro, temos de arranjar trajes para todos vocês e cuidar de suas necessidades.

O homem com a armalês hesitou.

O assistente de Hawat disse:

– Estamos comprando a ajuda deles com... a água de Arkie?

– Comprando, não – Hawat disse. – Nós nos unimos a essas pessoas.

– Costumes diferentes – um dos homens dele resmungou.

Hawat começou a relaxar.

– E eles nos ajudarão a chegar a Arrakina?

– Mataremos Harkonnen – disse o fremen. Ele sorriu. – E Sardaukar. – Recuou um passo, levou a mão em concha ao ouvido e inclinou a cabeça para trás, pondo-se a escutar. No mesmo instante, ele baixou as mãos e disse: – Uma aeronave se aproxima. Escondam-se embaixo da pedra e não se mexam.

A um gesto de Hawat, seus homens obedeceram.

O fremen pegou Hawat pelo braço e o empurrou para trás, com os outros.

— Lutaremos quando chegar a hora de lutar — o homem disse. Enfiou uma das mãos sob o manto, tirou de lá uma gaiola pequena, de onde removeu uma criatura.

Hawat reconheceu um morcego diminuto. O morcego virou a cabeça e Hawat viu os olhos de azul sobre azul.

O fremen acariciou o morcego, acalmando-o, cantarolando para o bichinho. Ele se inclinou sobre a cabeça do animal, estendeu a língua e deixou pingar uma gota de saliva dentro da boca do morcego, voltada para cima. O morcego esticou as asas, mas continuou sobre a mão aberta do fremen. O homem pegou um tubo minúsculo, segurou-o ao lado da cabeça do morcego e emitiu sons inarticulados dentro dele; em seguida, erguendo a criatura bem alto, arremessou-a para cima.

O morcego voou para longe, descrevendo um arco ao lado do penhasco, e sumiu de vista.

O fremen dobrou a gaiola, enfiou-a sob o manto. Mais uma vez, ele inclinou a cabeça e pôs-se a ouvir.

— Estão batendo as terras altas — ele disse. — É de se perguntar quem estão procurando lá em cima.

— Eles sabem que fugimos nesta direção — Hawat disse.

— Nunca suponha que você é o único alvo de uma caçada — disse o fremen. — Fique de olho no outro lado da bacia. Vai ver uma coisa.

O tempo passou.

Alguns dos homens de Hawat se mexeram, murmurando.

— Fiquem quietos como animais assustados — silvou o fremen.

Hawat percebeu certa movimentação perto do penhasco do outro lado: borrões fugazes de bronze sobre bronze.

— Meu amiguinho levou sua mensagem — disse o fremen. — É um bom mensageiro, seja de dia ou de noite. Perdê-lo seria uma infelicidade.

O movimento do outro lado da pia foi cessando aos poucos. Em todo o trecho de quatro ou cinco quilômetros de areia, nada restava a não ser a pressão cada vez maior do calor do dia: colunas embaçadas de ar ascendente.

— Fiquem bem quietinhos agora — murmurou o fremen.

Uma fila de pessoas, caminhando com dificuldade, surgiu de uma brecha no penhasco do outro lado e pôs-se a atravessar a pia em linha reta. Para Hawat, pareciam ser fremen, mas devia ser um bando curiosamente desajeitado. Contou seis homens caminhando pesadamente sobre as dunas.

Um tuok-tuok de asas de ornitóptero soou alto à direita, atrás do grupo de Hawat. A nave sobrevoou o paredão de rocha acima deles: um tóptero Atreides pintado às pressas com as cores de batalha dos Harkonnen. O tóptero mergulhou na direção dos homens que cruzavam a pia.

O grupo se deteve sobre a crista de uma duna e acenou.

O tóptero passou sobre eles uma vez, descrevendo um círculo em curva fechada, voltou e aterrissou, envolto em poeira, na frente dos fremen. Cinco homens saíram do tóptero, e Hawat viu, nos movimentos deles, o tremeluzir dos escudos, repelindo o pó, e a competência implacável dos Sardaukar.

– Aiiii! Estão usando aqueles escudos estúpidos – sibilou o fremen ao lado de Hawat. Olhou na direção do paredão que delimitava a pia ao sul.

– São Sardaukar – Hawat sussurrou.

– Ótimo.

Os Sardaukar se aproximaram do grupo fremen num semicírculo envolvente. O sol cintilava nas armas brancas de prontidão. Os fremen formavam um grupo compacto, aparentemente indiferentes.

Súbito, da areia ao redor dos dois grupos brotaram fremen. Estavam diante do ornitóptero, em seguida dentro dele. Onde os dois grupos haviam se encontrado na crista da duna, uma nuvem de poeira obscureceu parcialmente a ação violenta.

Em instantes, o pó baixou. Somente os fremen continuavam de pé.

– Deixaram só três homens dentro do tóptero – disse o fremen ao lado de Hawat. – Tivemos sorte. Não creio que tenhamos danificado a nave ao tomá-la.

Atrás de Hawat, um de seus homens sussurrou:

– Eram Sardaukar!

– Reparou como lutaram bem? – o fremen perguntou.

Hawat inspirou profundamente. Farejou a poeira queimada em volta dele, sentiu o calor, a secura. Numa voz igualmente seca, ele disse:

– É, eles realmente lutaram bem.

O tóptero capturado decolou com um brusco bater de asas, subiu obliquamente para o sul, numa ascensão íngreme e de asas dobradas.

Então os fremen também sabem pilotar tópteros, Hawat pensou.

Na duna ao longe, um fremen acenou com um retalho de tecido verde: uma... duas vezes.

– Estão vindo mais! – gritou o fremen ao lado de Hawat. – Preparem-se. Eu esperava partir sem mais inconvenientes.

Inconvenientes!, Hawat pensou.

Ele viu outros dois tópteros mergulharem lá do alto, a oeste, rumo a um trecho de areia onde repentinamente não se viam mais fremen. Só oito manchas azuis – os corpos dos Sardaukar vestindo uniformes Harkonnen – permaneciam naquele palco de violência.

Um outro tóptero apareceu, planando sobre o paredão acima de Hawat. Ele inspirou fundo ao ver a nave: era um grande transporte de tropas. Voava com a lentidão indolente e as asas abertas de um veículo completamente lotado, qual ave gigante chegando ao ninho.

Ao longe, o raio fino e púrpura de uma armalês saltou de um dos tópteros descendentes. O feixe fustigou a areia, levantando um rastro saibroso de pó.

– Os covardes! – disse o fremen ao lado de Hawat, entredentes.

O transporte de tropas seguiu na direção da mancha de cadáveres vestidos de azul. Suas asas se estenderam por completo e inclinaram-se ligeiramente para cima, preparando uma parada rápida.

A atenção de Hawat foi atraída por um reflexo de sol no metal, ao sul: era um tóptero em mergulho vertical, motor ligado, asas dobradas e recolhidas às laterais, jatos feito chamas douradas contra o cinza-escuro e prateado do céu. Precipitou-se feito flecha na direção do transporte de tropas, que vinha sem escudos por causa do uso de armaleses nas proximidades. O tóptero em mergulho atingiu o transporte em cheio.

Um rugido incandescente abalou a bacia. Em toda a volta, pedras despencaram das faces do penhasco. A areia, onde estiveram o transporte e os tópteros que o acompanhavam, lançou um gêiser de laranja e vermelho em direção ao céu, e tudo ali irrompeu em chamas.

Era o fremen que partiu no tóptero capturado, Hawat pensou. *Ele se sacrificou deliberadamente para abater aquele transporte. Grande Mãe! Quem são esses fremen?*

– Uma troca razoável – disse o fremen ao lado de Hawat. – Devia haver trezentos homens naquele transporte. Agora, temos de cuidar da água deles e planejar a captura de outra aeronave. – Ele começou a sair do esconderijo à sombra da rocha.

Uma chuva de uniformes azuis veio do alto do paredão diante dele, caindo com a lentidão dos suspensores em baixa intensidade. Naquele instante fugaz, Hawat teve tempo de ver que eram Sardaukar, de semblantes cruéis e tomados pelo frenesi da batalha, que eles não usavam escudos e que cada um deles tinha uma faca numa das mãos e um atordoador na outra.

Uma faca foi arremessada e acertou a garganta do companheiro fremen de Hawat, atirando-o para trás e fazendo-o girar e cair com o rosto voltado para o chão. Hawat só teve tempo de sacar sua própria faca antes de ser abatido pelas trevas de um projétil atordoador.

> **Muad'Dib era realmente capaz de ver o Futuro, mas é preciso entender os limites desse poder. Pense na visão. Temos olhos, mas não enxergamos sem luz. Se estamos no leito de um vale, não enxergamos além de nosso vale. Da mesma maneira, Muad'Dib nem sempre tinha a opção de ver o outro lado do terreno misterioso. Conta-nos ele que uma única decisão profética e obscura, talvez a escolha de uma palavra, e não outra, poderia mudar inteiramente o aspecto do futuro. Conta-nos que "a visão do tempo é vasta, mas, quando o atravessamos, o tempo se torna uma porta estreita". E ele sempre resistiu à tentação de escolher um trajeto claro e seguro, advertindo-nos: "Esse caminho leva sempre à estagnação".**
>
> **– Excerto de "Despertar de Arrakis", da princesa Irulan**

Quando os ornitópteros surgiram planando do seio da noite, logo acima deles, Paul tomou a mãe pelo braço e disse, ríspido:

– Não se mexa!

Aí ele viu a nave principal à luz da lua, a maneira como as asas se inclinaram para frear e pousar, o vigor afoito das mãos nos controles.

– É Idaho – ele sussurrou.

A nave e suas companheiras pousaram na bacia como um bando de pássaros de volta ao ninho. Idaho já estava fora do tóptero e correndo na direção deles antes de a poeira baixar. Dois vultos vestindo mantos fremen o seguiam. Paul reconheceu um deles: Kynes, alto e de barba ruiva.

– Por aqui! – Kynes gritou, desviando-se para a esquerda.

Atrás de Kynes, outros fremen jogavam capas de pano sobre os ornitópteros. As naves tornaram-se uma fileira de dunas baixas.

Idaho derrapou até parar na frente de Paul e bateu continência.

– Milorde, os fremen têm um esconderijo provisório aqui perto, onde nós...

– O que está acontecendo lá atrás?

Paul apontou a cena de violência acima do penhasco distante: a luz dos jatos, os raios purpúreos das armaleses que fustigavam o deserto.

Um raro sorriso roçou o rosto redondo e plácido de Idaho.

– Milorde... Sire, deixei-lhes uma sur...

Uma luz branca e fulgurante tomou o deserto: brilhante como um sol, imprimiu as sombras deles no chão de pedra da saliência. Com um movimento impetuoso, Idaho segurou o braço de Paul numa das mãos e o ombro de Jéssica na outra, jogando-os saliência abaixo até a bacia. Eles se estatelaram todos juntos na areia, e o rugido de uma explosão atroou sobre suas cabeças. A onda de choque arrancou lascas da saliência rochosa que tinham acabado de deixar.

Idaho se sentou e limpou a areia que o cobria.

– Não me diga que são as armas atômicas da família! – exclamou Jéssica. – Pensei...

– Você instalou um escudo lá atrás – disse Paul.

– Um dos grandes, em força total – disse Idaho. – O raio de uma armalês fez contato e... – Deu de ombros.

– Fusão subatômica – disse Jéssica. – É uma arma perigosa.

– Arma, não, milady: defesa. Aquela escória pensará duas vezes antes de usar armaleses de novo.

Os fremen dos ornitópteros estacaram logo acima dos três. Um deles falou, em voz baixa:

– É melhor nos abrigarmos, amigos.

Paul ficou de pé, e Idaho ajudou Jéssica a se levantar.

– A explosão vai chamar uma atenção considerável, sire – disse Idaho.

Sire, pensou Paul.

A palavra soava tão estranha quando dirigida a ele. Sire tinha sempre sido seu pai.

Sentiu-se brevemente em contato com seus poderes prescientes, vendo-se infectado pela consciência racial selvagem que impelia o universo humano rumo ao caos. A visão o deixou abalado, e ele permitiu que Idaho o conduzisse pela orla da bacia até uma projeção rochosa. Os fremen estavam abrindo ali um buraco com seus compactadores.

– Quer que eu carregue a mochila, sire? – perguntou Idaho.

– Não está pesada, Duncan – disse Paul.

— Milorde está sem um escudo corporal — disse Idaho. — Quer ficar com o meu? — Olhou para o penhasco ao longe. — É improvável que voltem a usar as armaleses.

— Fique com seu escudo, Duncan. Seu braço direito já me basta como escudo.

Jéssica viu o efeito do elogio, viu como Idaho se aproximou de Paul, e pensou: *Com que segurança meu filho trata sua gente.*

Os fremen removeram um tampão de rocha, abrindo uma passagem descendente para o interior do complexo subterrâneo natural do deserto. Arranjaram uma coberta camuflada para a abertura.

— Por aqui — disse um dos fremen, conduzindo-os pela escada de pedra abaixo, escuridão adentro.

Atrás deles, a cobertura obliterou o luar. Um brilho fraco e verde ganhou vida logo adiante, revelando os degraus e as paredes de pedra, uma curva para a esquerda. Fremen envoltos em mantos os cercavam e empurravam para baixo. Contornaram a curva, encontraram mais uma passagem descendente que se abriu numa câmara subterrânea e acidentada.

Kynes estava diante deles, com o capuz de seu jubba atirado para trás. A gola de seu trajestilador cintilava sob a luz verde. Os cabelos compridos e a barba estavam em desalinho. Os olhos azuis, sem nada de branco, eram uma escuridão só sob o cenho carregado.

No momento do encontro, Kynes se perguntou: *Por que estou ajudando essa gente? É a coisa mais perigosa que já fiz. Isso pode me destruir junto com eles.*

E aí ele olhou diretamente para Paul, vendo o menino que havia se tornado adulto, disfarçando o pesar, suprimindo tudo, exceto a posição que agora era forçoso assumir: a de duque. E Kynes percebeu naquele momento que o duque ainda existia, e somente por causa daquele jovem, e não se podia tomar uma coisa daquelas levianamente.

Jéssica deu só uma olhada ao redor da câmara, registrando-a em seus sentidos, à maneira das Bene Gesserit: um laboratório civil, cheio de cantos e linhas retas, à moda antiga.

— É uma das Estações Ecológicas Experimentais do Império que meu pai queria como bases avançadas — disse Paul.

Que seu pai queria!, pensou Kynes.

Frank Herbert

E Kynes voltou a se perguntar: *É idiotice minha ajudar esses fugitivos? Por que estou fazendo isso? Seria tão fácil capturá-los agora e usá-los para comprar a confiança dos Harkonnen.*

Paul seguiu o exemplo de sua mãe, assimilando a totalidade do recinto, vendo a bancada de trabalho de um lado, as paredes de rocha lisa. Alguns instrumentos cobriam a bancada: mostradores iluminados, broquéis gradex de arame, de onde saíam vidros acanelados. O cheiro de ozônio saturava o lugar.

Alguns fremen seguiram adiante, contornaram um canto dissimulador da câmara, e novos sons se fizeram ouvir ali: o tossir de uma máquina, os gemidos de correias giratórias e multitransmissões.

Paul olhou para o fundo do recinto, viu gaiolas empilhadas e encostadas na parede contendo pequenos animais.

– Identificou corretamente o lugar – disse Kynes. – Para que você usaria um lugar como este, Paul Atreides?

– Para tornar este planeta adequado aos seres humanos – respondeu Paul.

Talvez seja por isso que eu os ajudo, pensou Kynes.

O ruído da máquina se reduziu a um zumbido e cessou de repente. Preenchendo o silêncio, o guincho agudo de um dos animais engaiolados se fez ouvir. Parou subitamente, como se fosse algo constrangedor.

Paul voltou sua atenção para as gaiolas, viu que os animais eram morcegos de asas marrons. Um alimentador automático projetava-se da parede lateral, varando as gaiolas.

Um fremen saiu da área oculta da câmara e disse a Kynes:

– Liet, o equipamento gerador de campo não está funcionando. Não posso ocultar nossa presença dos detectores de proximidade.

– Consegue consertá-lo? – perguntou Kynes.

– Não tão rápido. As peças... – O homem deu de ombros.

– Sim – disse Kynes. – Então vamos nos virar sem as máquinas. Leve uma bomba de ar manual para a superfície.

– É para já. – O homem saiu correndo.

Kynes virou-se para Paul.

– Você deu uma boa resposta.

Jéssica notou a melodia grave e despreocupada da voz do homem. Era uma voz *régia*, acostumada a comandar. E não deixou passar o fato de terem se referido a ele como Liet. Liet era o alter-ego fremen, a outra face do planetólogo pacífico.

– Somos muitíssimo gratos por sua ajuda, dr. Kynes – ela disse.

– Hmm, veremos – disse Kynes. Ele acenou com a cabeça para um de seus homens. – Café de especiaria em meus aposentos, Shamir.

– Agora mesmo, Liet – disse o homem.

Kynes indicou uma abertura em arco na parede lateral da câmara.

– Se me fazem o favor...

Jéssica se permitiu um aceno régio antes de aceitar o convite. Ela viu Paul fazer um sinal com a mão para Idaho, dizendo-lhe para ficar de guarda ali.

A passagem, com dois passos de profundidade, atravessava uma porta pesada e abria-se num gabinete quadrangular, iluminado pelos luciglobos dourados. Jéssica passou uma das mãos pela porta ao entrar e se sobressaltou ao identificar o açoplás.

Paul deu três passos para dentro da sala; largou a mochila no chão. Ouviu a porta se fechar atrás dele, estudou o lugar: eram oito metros de um lado, paredes de rocha natural, cor de caril, interrompidas por arquivos de metal à direita deles. Uma escrivaninha baixa, com tampo de vidro leitoso e cheio de bolhas amarelas, ocupava o centro da sala. Quatro cadeiras suspensas rodeavam a mesa.

Kynes contornou Paul e puxou uma cadeira para Jéssica. Ela se sentou, reparando na maneira como o filho examinava a sala.

Paul continuou de pé durante mais um piscar de olhos. Uma leve anomalia no ar da sala lhe revelou que havia uma saída secreta à direita deles, atrás dos arquivos.

– Não quer se sentar, Paul Atreides? – perguntou Kynes.

O cuidado com que evita meu título, Paul pensou. Mas aceitou a cadeira e continuou calado enquanto Kynes se sentava.

– Você percebe que Arrakis poderia ser um paraíso – disse Kynes. – Mas, como vê, o Imperium só manda para cá seus jagunços treinados, exploradores ávidos pela especiaria!

Paul ergueu o polegar que trazia o sinete ducal.

– Vê este anel?

– Sim.

– Sabe o que significa?

Jéssica virou-se bruscamente para fitar o filho.

– Seu pai está morto nas ruínas de Arrakina – disse Kynes. – Você é, tecnicamente, o duque.

– Sou um soldado do Imperium – disse Paul –, *tecnicamente* um jagunço.

O rosto de Kynes se anuviou.

– Mesmo com o corpo de seu pai aos pés dos Sardaukar do imperador?

– Os Sardaukar são uma coisa, a fonte legal de minha autoridade é outra – disse Paul.

– Arrakis tem sua própria maneira de determinar quem veste o manto da autoridade – Kynes disse.

E Jéssica, virando-se mais uma vez, agora para encarar Kynes, pensou: *Este homem tem dentro de si o aço do qual ninguém ainda tirou a têmpera... e precisamos do aço. O que Paul está fazendo é perigoso.*

Paul disse:

– A presença dos Sardaukar em Arrakis é uma medida de quanto nosso amado imperador temia meu pai. Agora, *eu* darei ao imperador padixá motivos para temer o...

– Rapaz – disse Kynes –, existem coisas que você não...

– Dirija-se a mim como sire ou milorde – disse Paul.

Seja cortês, Jéssica pensou.

Kynes encarou Paul, e Jéssica notou o brilho de admiração no rosto do planetólogo, bem como um quê de graça.

– Sire – disse Kynes.

– Sou um estorvo para o imperador – disse Paul. – Sou um estorvo para todos aqueles que querem dividir Arrakis como seu espólio. Enquanto eu viver, hei de continuar a ser esse estorvo, até se engasgarem comigo e morrerem sufocados!

– Palavras – disse Kynes.

Paul olhou fixamente para ele. No mesmo instante, falou:

– Vocês têm aqui a lenda da Lisan al-Gaib, a Voz do Mundo Exterior, que levará os fremen ao paraíso. Seus homens têm...

– Superstição! – disse Kynes.

– Talvez – concordou Paul. – Ou talvez não. As superstições, às vezes, têm raízes estranhas e ramificações mais estranhas ainda.

– Tem um plano – Kynes disse. – Isso é óbvio... *sire*.

– Seus fremen conseguiriam arranjar provas definitivas de que os Sardaukar estão aqui disfarçados de Harkonnen?

– É bem provável que sim.

– O imperador recolocará um Harkonnen no poder aqui – disse Paul. – Talvez até mesmo o Bruto Rabban. Que seja. Depois de ter se envolvido tanto que não conseguirá mais se esquivar da culpa, deixemos o imperador enfrentar a possibilidade de uma denúncia perante o Landsraad. Que ele responda a isso onde...

– Paul! – disse Jéssica.

– Presumindo que o Alto Conselho do Landsraad aceite seu caso – disse Kynes –, só poderia haver um resultado: guerra generalizada entre o Imperium e as Casas Maiores.

– Caos – disse Jéssica.

– Mas eu apresentaria meu caso ao imperador – disse Paul – e daria a ele uma alternativa ao caos.

Jéssica falou, com secura na voz:

– Chantagem?

– Um dos instrumentos da arte de governar, como você mesma já disse – Paul respondeu, e Jéssica ouviu a amargura na voz dele. – O imperador não tem filhos homens, somente filhas.

– Você almeja o trono? – Jéssica perguntou.

– O imperador não correrá o risco de ter o Imperium fragmentado pela guerra total – disse Paul. – Planetas destruídos, desordem por toda parte: ele não correrá esse risco.

– Está propondo uma jogada perigosa – disse Kynes.

– O que as Casas Maiores do Landsraad mais temem? – Paul perguntou. – O que elas mais temem é o que está acontecendo aqui neste exato momento, em Arrakis: que os Sardaukar venham a abatê-las uma por vez. É por isso que *existe* um Landsraad. É a força que une a Grande Convenção. Somente unidas elas serão páreo para as forças imperiais.

– Mas estão...

– Isso é o que temem – disse Paul. – Arrakis faria com que cerrassem fileiras. Todos eles veriam a si mesmos no lugar de meu pai: apartados do rebanho e mortos.

Kynes falou para Jéssica:

– Esse plano poderia funcionar?

– Não sou um Mentat – Jéssica respondeu.

– Mas é Bene Gesserit.

Ela o sondou com o olhar e disse:

– O plano dele tem qualidades e defeitos... como qualquer plano teria neste estágio. Um plano depende tanto de sua execução quanto de sua concepção.

– "A lei é a ciência suprema" – citou Paul. – É o que se lê acima da porta do imperador. Proponho que mostremos a ele a lei.

– Não tenho certeza se posso confiar na pessoa que concebeu o plano – disse Kynes. – Arrakis tem seu próprio plano, que nós...

– Sentado no trono – Paul disse –, eu poderia transformar Arrakis num paraíso com um aceno de mão. É isso que ofereço em troca de seu apoio.

Kynes se empertigou.

– Minha lealdade não está à venda, *sire*.

Paul o encarou por sobre a escrivaninha e enfrentou o gelo daqueles olhos de azul sobre azul, estudando o rosto barbado, a aparência imperiosa. Um sorriso sombrio roçou os lábios de Paul, e ele falou:

– Disse bem. Peço desculpas.

Kynes retribuiu o olhar de Paul e, sem demora, replicou:

– Nenhum Harkonnen jamais admitiu ter errado. Talvez você não seja como eles, Atreides.

– Pode ser uma falha na educação deles – Paul disse. – Você diz que não está à venda, mas creio ter a moeda que o fará aceitar. Em troca de sua lealdade, ofereço-lhe *minha* lealdade... total.

Meu filho tem a sinceridade dos Atreides, Jéssica pensou. *Tem aquela honra formidável, quase ingênua – e que força poderosa é de fato.*

Ela viu que as palavras de Paul abalaram Kynes.

– Que absurdo – disse Kynes. – Você é só um menino e...

– Sou o duque – disse Paul. – Sou um Atreides. Nenhum Atreides até hoje faltou com a palavra em algo assim.

Kynes engoliu em seco.

– Quando digo total – Paul disse –, quero dizer sem reservas. Eu daria minha vida por você.

– Sire! – exclamou Kynes, e a palavra foi arrancada de seus lábios, mas Jéssica viu que ele já não estava falando com um menino de 15 anos, e sim com um homem, um superior. Agora Kynes usava a palavra com sinceridade.

Neste momento, ele daria sua vida por Paul, ela pensou. *Como é que os Atreides conseguem fazer isso com tanta rapidez e facilidade?*

– Sei que está falando sério – disse Kynes. – Mas os Harko...

A porta atrás de Paul se abriu com estrondo. Ele girou e viu uma cena vertiginosa de violência: gritos, o entrechoque do aço, rostos de figuras de cera contraindo-se na passagem.

Com a mãe a seu lado, Paul saltou para a porta, vendo que Idaho bloqueava a passagem, com os olhos injetados de sangue e embaçados pelo escudo, e, depois dele, mãos como garras e o aço descrevendo arcos no ar, golpeando inutilmente o campo protetor. Uma língua de fogo alaranjada cintilou quando um atordoador foi repelido pelo escudo. E, em meio a tudo aquilo, coriscavam a espada e a adaga de Idaho, pingando sangue.

E então Kynes estava ao lado de Paul, e os dois jogaram seu peso contra a porta.

Paul teve um último vislumbre de Idaho enfrentando um bando de uniformes Harkonnen: os zigue-zagues bruscos e controlados, os cabelos negros e encaracolados ostentando uma flor rubra de morte. Aí a porta se fechou e ouviu-se um estalido quando Kynes acionou os ferrolhos.

– Parece que me decidi – Kynes disse.

– Alguém detectou suas máquinas antes que fossem desligadas – Paul comentou. Puxou a mãe para longe da porta e viu o desespero nos olhos dela.

– Eu deveria ter desconfiado de algum problema quando o café não veio – disse Kynes.

– Você tem uma saída de emergência para fora daqui – Paul disse. – Vamos usá-la?

Kynes inspirou fundo e disse:

– Esta porta deve aguentar, durante uns vinte minutos, qualquer coisa com a exceção de armaleses.

– Eles não irão usar armaleses, pois receiam que tenhamos escudos deste lado – Paul disse.

– Eram Sardaukar vestindo uniformes Harkonnen – Jéssica sussurrou.

Agora ouviam pancadas na porta, golpes ritmados.

Kynes indicou os arquivos encostados na parede à direita e disse:

– Por ali. – Ele foi até o primeiro arquivo, abriu uma gaveta e acionou uma alavanca lá dentro. A parede inteira de arquivos oscilou e expôs a boca negra de um túnel. – Esta porta também é de açoplás – Kynes disse.

– Vocês estavam bem preparados – Jéssica disse.

– Vivemos oitenta anos sob o domínio dos Harkonnen – Kynes disse. Ele os conduziu trevas adentro e fechou a porta.

Na escuridão repentina, Jéssica viu uma seta luminosa no chão à frente dela.

A voz de Kynes soou atrás deles:

– Nós nos separamos aqui. Esta parede é mais resistente. Deve aguentar pelo menos uma hora. Sigam as setas, como aquela ali no chão. Irão se apagar quando vocês passarem. Elas atravessam um labirinto e levam a outra saída, onde eu escondi um tóptero. Há uma tempestade grassando pelo deserto esta noite. A única esperança de vocês é correr para a tempestade, mergulhar no topo do furacão e seguir com ele. Minha gente faz isso ao roubar os tópteros. Se ficarem no alto da tempestade, irão sobreviver.

– E quanto a você? – Paul perguntou.

– Tentarei fugir de outro jeito. Se for capturado... bem, ainda sou o Planetólogo Imperial. Posso dizer que era prisioneiro de vocês.

Fugindo feito covardes, Paul pensou. *Mas de que outra maneira poderei viver para vingar meu pai?* Ele se virou para encarar a porta.

Jéssica o ouviu se mover e disse:

– Duncan está morto, Paul. Você viu a ferida. Não há nada que possa fazer por ele.

– Ainda vão me pagar caro por isso um dia – disse Paul.

– Não vão, não, a menos que você se apresse agora – Kynes disse.

Paul sentiu a mão do homem em seu ombro.

– Onde nos encontraremos, Kynes? – Paul perguntou.

– Mandarei alguns fremen procurar vocês. O trajeto da tempestade é conhecido. Corram, e que a Grande Mãe lhes conceda velocidade e sorte.

Eles o ouviram partir, uma escalada apressada na escuridão.

Jéssica procurou a mão de Paul e o puxou delicadamente.

– Não vamos nos separar – ela disse.

– Não.

Ele a seguiu por cima da primeira seta, vendo a marca se apagar tão logo a tocaram. Uma outra seta se acendeu mais à frente.

Eles passaram por ela, viram-na se apagar, viram outra flecha mais adiante.

Estavam correndo agora.

Planos dentro de planos dentro de planos, Jéssica pensou. *Será que nos tornamos parte do plano de alguém agora?*

As setas os fizeram contornar curvas, passar por aberturas laterais que eles mal conseguiam discernir na leve luminescência. O caminho inclinou-se para baixo durante algum tempo, depois para cima, sempre para cima. Chegaram finalmente a uma escada, contornaram um canto e foram detidos por uma parede brilhante, com uma maçaneta escura no centro.

Paul apertou a maçaneta.

A parede oscilou, afastando-se deles. As luzes se acenderam, revelando uma caverna talhada na rocha e um ornitóptero pousado em seu centro. Uma parede lisa e cinzenta, onde se via pregada uma placa indicando uma porta, fazia vulto passada a aeronave.

– Para onde foi Kynes? – Jéssica perguntou.

– Ele fez o que qualquer bom líder de guerrilheiros faria – Paul disse. – Ele nos dividiu em dois grupos e providenciou para que ele mesmo não fosse capaz de revelar nosso paradeiro caso o capturassem. E ele não saberia realmente.

Paul a trouxe para dentro da câmara, notando como os pés deles levantavam a poeira do chão.

– Faz muito tempo que ninguém vem aqui – ele disse.

– Ele parecia certo de que os fremen conseguiriam nos encontrar – ela disse.

– Divido com ele essa certeza.

Paul soltou a mão da mãe, foi até a porta esquerda do ornitóptero, abriu-a e guardou a mochila na parte de trás do veículo.

– Esta nave foi preparada para enganar os detectores de proximidade – ele disse. – O painel de instrumentos tem o controle remoto da porta e das luzes. Oitenta anos sob o domínio dos Harkonnen e eles aprenderam a ser meticulosos.

Jéssica encostou-se no outro lado da nave para recuperar o fôlego.

– Os Harkonnen irão mandar uma força de cobertura para esta área – ela disse. – Não são estúpidos. – Ela consultou seu senso de direção e apontou para a direita. – A tempestade que vimos fica para lá.

Paul concordou com a cabeça, resistindo a uma súbita relutância em se mover. Sabia o motivo, mas saber disso em nada ajudava. Em algum momento daquela noite, ele tinha ultrapassado um nexo decisivo e penetrado nas profundezas do desconhecido. Ele conhecia a área-tempo que cercava os dois, mas o aqui e agora era um lugar misterioso. Era como se ele tivesse visto a si mesmo, de muito longe, sumir de vista ao entrar num vale. Entre os caminhos incontáveis que levavam para fora do vale, alguns poderiam colocar um certo Paul Atreides de volta ao alcance da visão, mas muitos, não.

– Quanto mais tempo esperarmos, mais preparados eles estarão – Jéssica disse.

– Entre, sente-se e ponha o cinto – ele disse.

Ele se juntou à mãe dentro do ornitóptero, ainda se digladiando com a ideia de que pisava em terreno *obscuro*, nunca presenciado numa visão presciente. E ele percebeu, com uma sensação repentina de choque, que andara confiando cada vez mais na memória presciente, e isso o tinha enfraquecido para lidar com aquela emergência em particular.

Se confiar em seus olhos, os outros sentidos sairão enfraquecidos. Era um provérbio das Bene Gesserit. Incorporou-o naquele momento, prometendo nunca mais cair nessa armadilha... se sobrevivesse.

Paul prendeu seu cinto, viu que a mãe estava segura e verificou a aeronave. As asas estavam em repouso total e atingiam envergadura máxima, com seus delicados interfólios de metal estendidos. Ele tocou a barra retratora, viu as asas encurtarem para a decolagem com a ajuda dos jatos, da maneira como Gurney Halleck havia lhe ensinado. A chave de ignição moveu-se com facilidade. Os mostradores do painel de instrumentos ganharam vida quando os jatopropulsores foram acionados. As turbinas começaram a assoviar baixinho.

– Pronta? – ele perguntou.

– Sim.

Ele tocou o controle remoto das luzes.

A escuridão os encobriu.

Sua mão tornou-se uma sombra em contraste com os mostradores luminosos quando ele disparou o controle remoto da porta. Um rangido soou à frente deles. Ouviu-se o sussurro de uma cascata de areia que logo se calou. Uma brisa poeirenta roçou a face de Paul. Ele fechou sua porta e sentiu a pressurização repentina.

Uma vasta extensão de estrelas toldadas pelo pó, emoldurada por trevas angulosas, apareceu no lugar da parede-porta. A luz estelar definia uma saliência mais adiante, um indício de ondulações na areia.

Paul baixou a chave da sequência de acionamento que brilhava sobre o painel. As asas se fecharam, movendo-se para trás e para baixo, e arremessaram o tóptero fora do ninho. A potência dos jatopropulsores aumentou de repente e as asas travaram-se em posição para aproveitar a força ascencional.

Jéssica descansou as mãos no duplo comando, sentindo a segurança dos movimentos do filho. Estava assustada e, ao mesmo tempo, extasiada. *Agora o treinamento de Paul é nossa única esperança*, ela pensou. *Sua juventude e presteza.*

Paul aumentou a potência dos jatos. O tóptero se inclinou, afundando os dois em seus assentos, quando uma muralha escura se ergueu diante deles, com as estrelas ao fundo. Ele deu mais asa e mais força à aeronave. Depois de outra sequência rápida e ascendente de batidas das asas, eles evitaram e sobrevoaram as rochas, arestas açucaradas de prata e afloramentos à luz das estrelas. A segunda lua, avermelhada pelo pó, mostrava a cara acima do horizonte, à direita deles, definindo a faixa que a tempestade deixava ao passar.

As mãos de Paul dançaram sobre os controles. As asas se reduziram a élitros de besouro.

A força G puxou-lhes a pele quando a nave fez a volta, inclinando-se bastante.

– Chamas de jatos atrás de nós! – Jéssica disse.

– Eu vi.

Ele empurrou a alavanca de força para a frente.

O tóptero saltou feito um animal assustado, acelerou para sudoeste, na direção da tempestade e da grande curva do deserto. Ali perto, Paul viu sombras dispersas que indicavam o fim da linha de rochas, o complexo subterrâneo que afundava sob as dunas. Mais além, à luz da lua, estendiam-se sombras em forma de crescente: dunas que iam se recolhendo umas dentro das outras.

E acima do horizonte erguia-se a imensidão plana da tempestade, feito uma muralha em contraste com as estrelas.

Alguma coisa fez o tóptero balançar.

– Fogo de artilharia! – foi o grito sufocado de Jéssica. – Estão usando algum tipo de lança-projéteis.

Ela viu surgir de repente um sorriso animalesco no rosto de Paul.

– Parece que estão evitando usar as armaleses – ele disse.

– Mas nós não temos escudos!

– E eles sabem disso?

O tóptero voltou a estremecer.

Paul se virou e olhou para trás.

– Só um deles parece rápido o suficiente para nos acompanhar.

Ele voltou a se concentrar no curso que seguiam, vendo a muralha da tempestade ganhar altura diante deles. Parecia sólida e tangível.

– Lança-projéteis, foguetes, todo o armamento antigo: eis aí uma coisa que deixaremos para os fremen – murmurou Paul.

– A tempestade – disse Jéssica. – Não é melhor voltar?

– E a nave atrás de nós?

– Está avançando.

– Agora!

Paul encurtou as asas, fez uma curva acentuada para a esquerda e entrou na ebulição ilusoriamente lenta da muralha tempestuosa, sentido a força G puxar as maçãs de seu rosto.

Pareceram planar para dentro de um nevoeiro gradual de pó, que foi ficando cada vez mais denso até obliterar o deserto e a lua. A aeronave tornou-se um sussurro longo e horizontal de trevas, iluminada apenas pelo brilho verde do painel de instrumentos.

Pela mente de Jéssica passaram rapidamente todos os alertas sobre aquelas tempestades: que cortavam o metal como se fosse manteiga, arrancavam a carne dos ossos e os carcomiam. Sentiu o açoite do vento coberto de poeira, que os fez girar, e Paul teve de lutar com os controles. Ela o viu cortar a energia e sentiu a nave dar um solavanco. O metal a sua volta assoviou e estremeceu.

– Areia! – Jéssica gritou.

Ela viu Paul balançar a cabeça negativamente à luz do painel.

– Nesta altitude, não há muita areia.

Mas ela sentia que estavam afundando cada vez mais no turbilhão.

Paul estendeu as asas até a envergadura máxima para o voo planado, ouviu-as ranger com o esforço. Manteve os olhos fixos nos instrumentos, planando por instinto, lutando para ganhar altitude.

O ruído de sua passagem diminuiu.

O tóptero começou a derivar para a esquerda. Paul se concentrou no globo luminoso dentro da curva de atitude de voo e pelejou para nivelar a nave.

Jéssica tinha a estranha sensação de que estavam imóveis, de que todo o movimento era externo. Uma torrente indistinta e bronzeada de encontro às janelas, um silvo retumbante que não a deixava esquecer as forças que os cercavam.

Ventos de setecentos ou oitocentos quilômetros por hora, ela pensou. A ansiedade da adrenalina a atormentava. *Não terei medo*, disse consigo mesma, dando forma às palavras da litania Bene Gesserit. *O medo mata a mente*.

Aos poucos, seus longos anos de treinamento iam prevalecendo.

A calma voltou.

– Temos um grande problema – Paul murmurou. – Não podemos descer nem pousar... e não acho que eu conseguiria nos tirar daqui. Teremos de seguir com a tempestade.

A calma se esvaiu. Jéssica sentiu seus dentes baterem e os cerrou com força. Aí ouviu a voz de Paul, baixa e controlada, recitando a litania.

– Não terei medo. O medo mata a mente. O medo é a pequena morte que leva à aniquilação total. Enfrentarei meu medo. Permitirei que passe por cima e através de mim. E, quando tiver passado, voltarei o olho interior para ver seu rastro. Onde o medo não estiver mais, nada haverá. Somente eu restarei.

> **O que você despreza? É com isso que se fará realmente conhecer.**
>
> – Excerto do "Manual de Muad'Dib", da princesa Irulan

– Estão mortos, barão – disse Iakin Nefud, o capitão da guarda. – Tanto a mulher quanto o garoto estão certamente mortos.

Em seus aposentos particulares, o barão Vladimir Harkonnen sentou-se, ainda sustentado pelos suspensores de dormir. Além daquele cômodo, envolvendo-o como várias cascas de ovo, estendia-se a fragata espacial que ele mandara aterrissar em Arrakis. Ali em seus aposentos, porém, o metal insensível da nave era disfarçado por cortinas, almofadas de tecido e raros objetos de arte.

– É uma certeza – afirmou o capitão da guarda. – Estão mortos.

O barão reacomodou seu corpo volumoso nos suspensores, concentrou sua atenção numa estátua de ebalina de um menino em pleno salto, instalada num nicho do outro lado do quarto. Seu sono foi desaparecendo aos poucos. Ele endireitou os suspensores acolchoados sob as pregas gordas de seu pescoço e, à luz do único luciglobo do quarto, olhou para o vão da porta onde estava o capitão Nefud, impedido de entrar pelo pentaescudo.

– Estão certamente mortos, barão – o homem repetiu.

O barão reparou no vestígio de entorpecimento induzido pela semuta nos olhos de Nefud. Era óbvio que o homem estivera imerso no êxtase da droga ao receber o informe e tinha se detido apenas para tomar o antídoto antes de correr até ali.

– Tenho um relatório completo – disse Nefud.

Vamos deixá-lo suar um pouco, pensou o barão. *A arte de governar exige que seus instrumentos estejam sempre prontos e afiados. Poder e medo – prontos e afiados.*

– Você viu os corpos? – o barão trovejou.

Nefud hesitou.

– Então?

– Milorde... foram vistos mergulhando numa tempestade... ventos de mais de oitocentos quilômetros por hora. Nada sobrevive a uma tempestade dessas, milorde. Nada! Uma de nossas próprias naves foi destruída na perseguição.

O barão encarou Nefud, notando o espasmo nervoso nos músculos delineados da mandíbula do homem, a maneira como o queixo se movia quando Nefud engolia saliva.

– Você viu os corpos? – perguntou o barão.

– Milorde...

– Para que veio aqui chocalhar essa sua armadura? – o barão rugiu. – Para me dizer que uma coisa é certa quando não é? Está pensando que vou elogiar sua estupidez, dar-lhe outra promoção?

O rosto de Nefud ficou lívido.

Veja só o franguinho, pensou o barão. *Estou cercado por palermas inúteis. Se eu espalhasse areia diante desta criatura e lhe dissesse que era milho, ela começaria a bicar.*

– O tal Idaho nos levou até eles, então? – perguntou o barão.

– Sim, milorde!

Veja só como ele responde sem pensar, pensou o barão. Continuou:

– Estavam tentando correr para os fremen, hein?

– Sim, milorde.

– Mais alguma coisa nesse... relatório?

– O planetólogo imperial, Kynes, está envolvido, milorde. Idaho uniu-se a esse Kynes em circunstâncias misteriosas... Eu diria até *suspeitas*.

– E daí?

– Eles... ah, fugiram juntos para um lugar no deserto onde o menino e a mãe aparentemente estavam se escondendo. No calor da perseguição, vários de nossos grupos foram apanhados numa explosão escudo-armalês.

– Quantos perdemos?

– Eu... ah, ainda não sei ao certo, milorde.

Está mentindo, pensou o barão. *Deve ter sido bem ruim.*

– O lacaio do imperador, o tal Kynes – disse o barão –, estava fazendo jogo duplo, hein?

– Aposto minha reputação nisso, milorde.

Sua reputação!

– Mandem matar o homem – disse o barão.

– Milorde! Kynes é o planetólogo *imperial*, a serviço de Sua Majestade...

– Faça parecer um acidente, então!

– Milorde, havia soldados Sardaukar acompanhando nossas forças quando o tal ninho fremen foi tomado. Estão mantendo Kynes sob custódia.

– Tire-o deles. Diga que quero interrogá-lo.

– E se fizerem objeção?

– Não vão, se você agir direito.

Nefud engoliu em seco.

– Sim, milorde.

– O homem tem de morrer – ribombou o barão. – Ele tentou ajudar meus inimigos.

Nefud trocou de pé.

– Então?

– Milorde, os Sardaukar têm... duas pessoas sob custódia que podem lhe interessar. Capturaram o Mestre dos Assassinos do duque.

– Hawat? Thufir Hawat?

– Vi o prisioneiro pessoalmente, milorde. É Hawat.

– Nunca pensei que fosse possível!

– Dizem que ele foi derrubado por um atordoador, milorde. No deserto, onde não podia usar seu escudo. Está praticamente ileso. Se conseguirmos botar as mãos nele, teremos uma boa diversão.

– Está falando de um Mentat – grunhiu o barão. – Não se desperdiça um Mentat. Ele falou alguma coisa? O que tem a dizer sobre sua derrota? Saberia a extensão de... não, claro.

– Falou apenas o suficiente, milorde, para revelar que acredita ter sido lady Jéssica a traidora.

– Aaaaah.

O barão voltou a se deitar, pensativo. Em seguida:

– Tem certeza? É lady Jéssica o alvo da ira dele?

– Foi o que ele disse na minha frente, milorde.

– Deixe-o pensar que ela está viva, então.

– Mas, milorde...

– Fique quieto. Quero que Hawat seja bem tratado. Estão proibidos de contar a ele sobre o falecido doutor Yueh, o verdadeiro traidor. Digam que o doutor Yueh morreu defendendo seu duque. De certo modo, pode até ser verdade. Vamos alimentar a desconfiança dele em relação a lady Jéssica.

– Milorde, eu não...

– A maneira de controlar e dirigir um Mentat, Nefud, é por meio das informações que ele recebe. Informações falsas, resultados falsos.

– Sim, milorde, mas...

– Hawat está passando fome? Sede?

– Milorde, Hawat ainda está nas mãos dos Sardaukar!

– Sim. De fato. Mas os Sardaukar devem estar tão ansiosos para arrancar informações de Hawat quanto eu. Reparei numa coisa sobre nossos aliados, Nefud. Não são muito ardilosos... politicamente falando. Acredito realmente que seja de propósito: o imperador os quer dessa maneira. Sim. Acredito mesmo. Lembre o comandante dos Sardaukar que sou conhecido por obter informações de indivíduos relutantes.

Nefud parecia descontente.

– Sim, milorde.

– Diga ao comandante dos Sardaukar que quero interrogar Hawat e Kynes ao mesmo tempo, jogando um contra o outro. Ele deve ser capaz de entender isso.

– Sim, milorde.

– E quando os tivermos em nossas mãos... – o barão acenou com a cabeça.

– Milorde, os Sardaukar vão querer que um observador acompanhe o barão durante... os interrogatórios.

– Estou certo de que conseguiremos criar uma emergência para afastar os observadores indesejados, Nefud.

– Entendo, milorde. É aí que Kynes pode sofrer seu acidente.

– Tanto Kynes quanto Hawat irão sofrer acidentes, Nefud. Mas somente Kynes sofrerá um acidente de verdade. É Hawat que eu quero. Sim. Ah, sim.

Nefud piscou, engoliu em seco. Parecia prestes a fazer uma pergunta, mas continuou calado.

– Hawat receberá tanto comida quanto água – disse o barão. – Que seja tratado com cordialidade, com simpatia. À água dele você irá administrar o veneno residual desenvolvido pelo falecido Piter de Vries. *E* você cuidará para que o antídoto se torne uma parte regular da dieta de Hawat daqui em diante... a não ser que eu dê outra ordem.

– O antídoto, sim. – Nefud chacoalhou a cabeça. – Mas...

– Não seja estúpido, Nefud. O duque quase me matou com o veneno daquele dente-cápsula. O gás que ele exalou diante de mim privou-me de meu Mentat mais valioso, Piter. Preciso de um substituto.

– Hawat?

– Hawat.

– Mas...

– Você vai dizer que Hawat é completamente leal aos Atreides. É verdade, mas os Atreides estão mortos. Nós iremos cortejá-lo. É preciso convencê-lo de que a culpa pela morte do duque não é dele. Foi tudo obra daquela bruxa Bene Gesserit. Ele servia a um mestre inferior, que deixava a emoção toldar a razão. Os Mentats admiram a capacidade de calcular sem emoção, Nefud. Vamos cortejar o formidável Thufir Hawat.

– Cortejá-lo, sim, milorde.

– Hawat, infelizmente, tinha um mestre de poucos recursos, incapaz de elevar um Mentat aos ápices sublimes da razão, que são direito dos Mentats. Hawat verá nisso um certo quê de verdade. O duque não podia pagar os espiões mais eficientes para fornecer a seu Mentat as informações necessárias. – O barão encarou Nefud. – Não vamos nos enganar, Nefud. A verdade é uma arma poderosa. Sabemos como esmagamos os Atreides. Hawat também sabe. Nós o fizemos com dinheiro.

– Com dinheiro. Sim, milorde.

– Vamos cortejar Hawat – disse o barão. – Vamos escondê-lo dos Sardaukar. E guardaremos para uma emergência... a retirada do antídoto para o veneno. Não há como remover o veneno residual. E, Nefud, Hawat não terá do que desconfiar. O antídoto não se deixará revelar por um farejador de venenos. Hawat poderá examinar sua comida quanto quiser e não detectará nenhum sinal de veneno.

A compreensão fez Nefud arregalar os olhos.

– A ausência de uma coisa – disse o barão – pode ser tão letal quando a *presença*. A ausência de ar, hein? A ausência de água? A ausência de qualquer outra coisa que nos cause dependência. – O barão acenou afirmativamente com a cabeça. – Está entendendo, Nefud?

Nefud engoliu em seco.

– Sim, milorde.

– Então, mãos à obra. Encontre o comandante dos Sardaukar e coloque o plano em ação.

— É para já, milorde — Nefud fez uma reverência, virou-se e saiu apressado.

Hawat a meu lado!, pensou o barão. *Os Sardaukar irão entregá-lo a mim. Se por acaso desconfiarem de alguma coisa, será de que eu quero destruir o Mentat. E essa desconfiança eu vou confirmar! Os idiotas! Um dos Mentats mais formidáveis de toda a história, um Mentat treinado para matar, e eles o irão atirar a meus pés, feito um brinquedo bobo para ser quebrado. Mostrarei a eles que serventia é possível dar a um brinquedo desses.*

O barão se esticou para passar a mão por baixo de uma cortina ao lado de sua cama suspensa e apertar um botão para convocar seu sobrinho mais velho, Rabban. Voltou a se sentar, sorrindo.

E todos os Atreides, mortos!

O estúpido capitão da guarda tinha razão, naturalmente. Era certo que nada sobreviveria no caminho de uma tempestade de jatos de areia em Arrakis. Não um ornitóptero... nem seus ocupantes. A mulher e o menino estavam mortos. Os subornos no alto escalão, os gastos *inimagináveis* para levar uma força militar esmagadora a um único planeta... todos os relatórios matreiros, feitos sob medida só para os ouvidos do imperador, todo o planejamento cuidadoso, tudo isso estava finalmente dando resultado.

Poder e medo, medo e poder!

O barão enxergava o caminho diante dele. Um dia, um Harkonnen seria imperador. Não ele mesmo, e nenhuma cria sua. Mas um Harkonnen. Não seria o tal Rabban a quem havia acabado de chamar, claro. Mas o irmão caçula de Rabban, o jovem Feyd-Rautha. O menino tinha uma perspicácia que o barão apreciava... uma ferocidade.

Um garoto adorável, o barão pensou. *Mais um ou dois anos... digamos, quando ele tiver 17, saberei ao certo se ele é o instrumento de que a Casa Harkonnen precisa para conquistar o trono.*

— Milorde barão.

O homem parado diante do campo protetor da porta do quarto do barão era baixo, gordo de rosto e de corpo, tinha os olhos muito juntos e os ombros salientes da linhagem paterna dos Harkonnen. Havia ainda uma certa rigidez em sua gordura, mas era óbvio para quem olhasse que ele recorreria um dia aos suspensores portáteis para carregar seu peso excessivo.

Uma cabeça oca que só pensa em brutalidade, pensou o barão. *Não é nenhum Mentat o meu sobrinho... nenhum Piter de Vries, mas talvez algo mais adequado para a tarefa em questão. Se eu lhe der a liberdade necessária, ele passará por cima de tudo que se colocar em seu caminho. Ah, como seremos odiados aqui em Arrakis!*

– Meu caro Rabban – disse o barão. Ele liberou o campo da porta, mas manteve incisivamente seu escudo corporal em força máxima, sabendo que o tremeluzir da proteção seria visível acima do luciglobo ao lado da cama.

– Milorde me chamou? – disse Rabban. Ele entrou no quarto, lançou um olhar rápido para a perturbação que o escudo corporal provocava no ar, procurou uma cadeira suspensa e não encontrou uma sequer.

– Chegue mais perto, para que eu possa vê-lo melhor – disse o barão.

Rabban deu mais um passo, pensando que o maldito velho tinha deliberadamente removido todas as cadeiras, obrigando os visitantes a ficar em pé.

– Os Atreides estão mortos – disse o barão. – Os últimos deles. Foi por isso que eu mandei você vir para cá, para Arrakis. Este planeta volta a ser seu.

Rabban piscou.

– Mas eu pensei que milorde ia promover Piter de Vries para o...

– Piter também está morto.

– Piter?

– Piter.

O barão reativou o campo da porta, impedindo a invasão de toda forma de energia.

– Finalmente se cansou dele, hein? – perguntou Rabban.

A voz dele saiu monótona e sem vida no quarto à prova de energia.

– Vou lhe dizer uma coisa somente desta vez – trovejou o barão. – Você está insinuando que eu eliminei Piter como se eliminasse algo insignificante. – Ele estalou os dedos gordos. – Simples assim, hein? Não sou tão estúpido, sobrinho. Tomarei como uma indelicadeza se você voltar a sugerir, com suas palavras ou ações, que eu possa ser tão estúpido.

O medo transpareceu nos olhos apertados de Rabban. Ele sabia, dentro de certos limites, até que ponto o barão era capaz de se voltar contra a própria família. Raras vezes chegava a matar, a menos que o motivo envolvesse lucros ou insultos escandalosos. Mas esses castigos em família poderiam ser dolorosos.

– Perdoe-me, milorde barão – disse Rabban. Ele baixou os olhos, para esconder a raiva tanto quanto para mostrar subserviência.

– Você não me engana, Rabban – disse o barão.

Rabban manteve os olhos baixos e engoliu em seco.

– Tenho uma tese – disse o barão. – Nunca elimine um homem sem pensar, da maneira que um feudo inteiro talvez faça por meio de um *processo legal e justo*. Faça-o sempre com um objetivo maior, e *saiba qual é seu objetivo*.

A raiva falou por Rabban:

– Mas você eliminou o traidor, Yueh! Vi o corpo dele ser arrastado lá para fora quando cheguei ontem à noite.

Rabban encarou o tio, subitamente assustado com o som daquelas palavras.

Mas o barão sorriu.

– Tomo muito cuidado com as armas perigosas – ele disse. – O doutor Yueh era um traidor. Ele me entregou o duque. – A voz do barão ganhou força. – *Eu* subornei um médico da Escola Suk! Da Escola *Interna*! Ouviu bem, rapaz? Mas é uma arma imprevisível para se deixar por aí. Não o eliminei sem motivo.

– O imperador sabe que milorde subornou um médico Suk?

Foi uma pergunta perspicaz, pensou o barão. *Será que julguei mal este meu sobrinho?*

– O imperador ainda não sabe – disse o barão. – Mas seus Sardaukar certamente irão informá-lo. Antes que isso aconteça, porém, eu terei lhe enviado meu relatório, por meio da Companhia CHOAM. Explicarei que, *por sorte*, descobri um médico que fingia ter sido condicionado. Um falso médico, entendeu? Como todos *sabem* ser impossível anular o condicionamento de uma Escola Suk, a desculpa será aceita.

– Aaah, entendi – murmurou Rabban.

E o barão pensou: *É, espero mesmo que sim. Espero que entenda como é crucial que isso continue em segredo*. O barão ficou admirado consigo mesmo. *Por que estou fazendo isso? Por que estou me gabando diante deste meu sobrinho tolo, o sobrinho que sou obrigado a usar e descartar?* O barão teve raiva de si mesmo. Sentiu-se traído.

– Precisa ficar em segredo – disse Rabban. – Entendi.

O barão suspirou.

– Desta vez tenho instruções diferentes para você quanto a Arrakis, sobrinho. Da última vez que governou este lugar, eu o mantive sob rédea curta. Desta vez, tenho apenas uma exigência.

– Milorde?

– Renda.

– Renda?

– Tem ideia, Rabban, de quanto gastamos para atacar os Atreides com tamanha força militar? Tem ao menos a mais vaga noção de quanto a Guilda cobra pelo transporte de tropas?

– Caro, hein?

– Caro!

O barão apontou um braço gordo na direção de Rabban.

– Se espremer Arrakis para tirar daqui cada centavo que o planeta possa nos dar durante sessenta anos, você mal conseguirá nos reembolsar!

Rabban abriu a boca e voltou a fechá-la sem dizer nada.

– Caro – desdenhou o barão. – O maldito monopólio da Guilda sobre o espaço teria nos arruinado se eu não tivesse me preparado para essa despesa tempos atrás. Deve saber, Rabban, que *nós* arcamos com o grosso dos custos. Chegamos a pagar pelo transporte dos Sardaukar.

Não pela primeira vez, o barão se perguntou se um dia seria possível se esquivar da Guilda. Eles eram insidiosos: sugavam apenas o suficiente para impedir o hospedeiro de objetar, até terem o sujeito nas mãos, quando então poderiam obrigá-lo a pagar, pagar e pagar.

E, como sempre, as exigências exorbitantes recaíam sobre os empreendimentos militares. "Taxas de risco", explicavam os lisos agentes da Guilda. E para cada agente que você conseguia introduzir como fiscal na estrutura do Banco da Guilda, eles colocavam dois agentes em seu sistema.

Insuportáveis!

– Renda, então – disse Rabban.

O barão baixou o braço e cerrou o punho.

– Esprema-os.

– E posso fazer o que quiser desde que eu os esprema?

– O que quiser.

– Os canhões que trouxe – disse Rabban. – Posso...

– Vou removê-los – disse o barão.

– Mas milor...

– Não vai precisar desses brinquedinhos. Foram uma inovação especial e agora são inúteis. Precisamos do metal. Não servem de nada contra os escudos, Rabban. Representaram simplesmente o inesperado. Era previsível que os homens do duque batessem em retirada e se escondessem nas cavernas dos penhascos deste planeta abominável. Nosso canhão só fez enterrá-los vivos.

– Os fremen não usam escudos.

– Pode ficar com umas armaleses, se quiser.

– Sim, milorde. E terei carta branca.

– Desde que você os esprema.

Rabban sorriu maldoso.

– Entendi perfeitamente, milorde.

– Você não entende nada perfeitamente – grunhiu o barão. – Vamos deixar isso claro desde o início. O que você *realmente* entende é como cumprir ordens. Ocorreu a você, meu sobrinho, que há pelo menos cinco milhões de pessoas neste planeta?

– Esqueceu, milorde, que eu já fui seu regente-siridar aqui? E, com o perdão de milorde, sua estimativa parece um pouco baixa. É difícil contar uma população dispersa entre as pias e caldeiras, como é o caso aqui. E, considerando-se os fremen do...

– Os fremen não são dignos de consideração!

– Perdoe-me, milorde, mas os Sardaukar são de outra opinião.

O barão hesitou e encarou o sobrinho.

– Está sabendo de alguma coisa?

– Milorde já havia se recolhido quando cheguei ontem à noite. Eu... ah, tomei a liberdade de contatar alguns de meus lugares-tenentes de... ah, de antes. Andaram servindo de guias para os Sardaukar. Contam que um bando de fremen emboscou e eliminou uma força inteira de Sardaukar em algum lugar a sudeste daqui.

– Eliminaram uma força de Sardaukar?

– Sim, milorde.

– Impossível!

Rabban deu de ombros.

– Fremen derrotando Sardaukar – zombou o o barão.

– Estou simplesmente repetindo o que me contaram – disse Rabban.

– Dizem que essa força fremen já tinha capturado o temível Thufir Hawat do duque.

– Aaaaaah.

O barão acenou com a cabeça, sorrindo.

– Acredito no informe – disse Rabban. – Milorde não faz ideia do problema que eram os fremen.

– Talvez, mas não foram fremen que seus lugares-tenentes viram. Deviam ser homens dos Atreides treinados por Hawat e disfarçados de fremen. É a única resposta possível.

Mais uma vez, Rabban encolheu os ombros.

– Bem, os Sardaukar acham que eram fremen. Os Sardaukar já lançaram um pogrom para exterminar todos os fremen.

– Ótimo!

– Mas...

– Isso manterá os Sardaukar ocupados. E logo teremos Hawat. Sei disso! Posso sentir! Ah, foi um dia e tanto! Os Sardaukar saem caçando uns bandos inúteis do deserto enquanto nós ficamos com o verdadeiro prêmio!

– Milorde... – Rabban hesitou, franzindo o cenho. – Sempre tive a impressão de que subestimamos os fremen, tanto no tamanho de sua população quanto...

– Ignore-os, rapaz! São a ralé. São as cidades e vilas populosas que nos interessam. Há um grande número de pessoas nesses lugares, não?

– Um grande número, milorde.

– Elas me preocupam, Rabban.

– Preocupam?

– Ah... noventa por cento delas não me preocupam em nada. Mas existem sempre algumas... as Casas Menores etc., pessoas ambiciosas que podem tentar algo perigoso. Se uma delas saísse de Arrakis com histórias desagradáveis sobre o que aconteceu aqui, eu ficaria muito aborrecido. Tem ideia de como eu ficaria aborrecido?

Rabban engoliu em seco.

– Tome providências imediatas para manter um refém de cada uma das Casas Menores – disse o barão. – Até onde venham a saber fora de Arrakis, tratou-se de uma batalha leal entre Casas. Os Sardaukar não tiveram nenhuma participação nisso, entendeu? Ao duque foram oferecidos a mercê e o exílio de praxe, mas ele morreu num acidente infeliz antes de poder aceitar. Contudo, ele estava prestes a aceitar. Essa é a história oficial. E qualquer boato de que havia Sardaukar aqui é para ser algo risível.

– Como deseja o imperador – disse Rabban.

– Como deseja o imperador.

– E quanto aos contrabandistas?

– Ninguém acredita em contrabandistas, Rabban. As pessoas os toleram, mas não acreditam neles. De qualquer maneira, você irá subornar algumas pessoas aqui e ali... e tomar outras providências que estou certo de que lhe ocorrerão.

– Sim, milorde.

– Duas coisas eu quero de Arrakis, Rabban: renda e autoridade implacável. Não demonstre misericórdia. Pense nesses palermas como o que são: escravos que invejam seus mestres e esperam somente uma oportunidade para se rebelar. Não mostre a eles nenhum vestígio de pena ou misericórdia.

– É possível exterminar um planeta inteiro? – perguntou Rabban.

– Exterminar? – Havia surpresa no movimento rápido da cabeça do barão. – Quem falou em extermínio?

– Bem, presumi que milorde fosse trazer novos colonos e...

– Eu disse *espremer*, sobrinho, não exterminar. Não destrua a população, simplesmente a subjugue. Você precisa ser um carnívoro, meu rapaz. – Ele sorriu, com a expressão de um bebê no rosto gordo e cheio de covinhas. – Um carnívoro nunca para. Não demonstre misericórdia. Nunca pare. A misericórdia é uma quimera. Pode ser derrotada pelo estômago que ronca de fome, pela garganta que grita de sede. Esteja sempre faminto e sedento. – O barão acariciou as dobras da barriga sob os suspensores. – Como eu.

– Entendi, milorde.

Rabban olhou para a direita, depois para a esquerda.

– Ficou tudo claro, então, sobrinho?

– Exceto uma coisa, tio: o planetólogo, Kynes.

– Ah, sim, Kynes.

– Ele é homem do imperador, milorde. Pode ir e vir como bem entender. E é muito próximo dos fremen... casou-se com uma.

– Kynes estará morto amanhã, ao cair da noite.

– Isso é perigoso, tio, matar um funcionário imperial.

– Como é que você acha que cheguei tão longe e tão rápido? – indagou o barão. Sua voz saiu baixa, cheia de adjetivos indizíveis. – Além disso, não precisa temer que Kynes saia de Arrakis. Está esquecendo que ele é viciado na especiaria.

– Claro!

– Aqueles que sabem nada farão para colocar seu suprimento em risco – disse o barão. – Kynes certamente deve saber.

– Tinha me esquecido – disse Rabban.

Os dois se fitaram em silêncio.

Imediatamente, o barão disse:

– Por falar nisso, faça de meu suprimento uma de suas primeiras preocupações. Tenho um bom estoque particular, mas aquele ataque suicida dos homens do duque acabou com boa parte do que tínhamos armazenado para vender.

Rabban assentiu.

– Sim, milorde.

O barão se animou.

– Agora, amanhã de manhã, reúna o que restou da organização aqui e diga-lhes: "Nosso sublime imperador padixá me encarregou de tomar posse deste planeta e pôr um fim a todas as desavenças".

– Entendi, milorde.

– Desta vez, tenho certeza de que entendeu. Discutiremos a questão com mais detalhes amanhã. Agora, deixe-me terminar meu sono.

O barão desativou o campo da porta e viu o sobrinho sumir de vista.

Uma cabeça oca, pensou o barão. *Uma cabeça oca que só pensa em brutalidade. Não sobrará muita coisa quando Rabban terminar com eles. E aí, quando eu mandar Feyd-Rautha para livrá-los desse fardo, eles o receberão como seu salvador. Feyd-Rautha, o Bem-Amado. Feyd-Rautha, o Benigno, o piedoso que virá salvá-los de um bruto. Feyd-Rautha, um homem a ser seguido, um homem por quem morrer. O garoto saberá, então, como oprimir com impunidade. Estou certo de que é dele que precisamos. Ele aprenderá. E que corpo adorável. É realmente um menino adorável.*

Aos 15 anos, ele já conhecia o silêncio.

– Excerto de "História de Muad'Dib para crianças", da princesa Irulan

Enquanto lutava com os controles do tóptero, Paul começou a perceber que estava separando as forças entretecidas da tempestade, e sua percepção superior à de um Mentat computava com base em minúcias fracionais. Ele sentia as frentes de poeira, os vagalhões, as misturas turbulentas, um ou outro vórtice.

O interior da cabine era uma caixa enfurecida e iluminada pelo brilho verde dos instrumentos. A torrente bronzeada de pó do lado de fora parecia indistinta, mas os sentidos internos de Paul começavam a *enxergar* através dessa cortina.

Tenho de encontrar o vórtice certo, ele pensou.

Já fazia um bom tempo que ele vinha sentindo a força da tormenta diminuir, mas ela ainda os fazia estremecer. Ele aguardou mais uma turbulência.

O vórtice começou como um vagalhão repentino que sacudiu a nave inteira. Paul desafiou todo o medo que sentia para virar o tóptero para a esquerda.

Jéssica viu a manobra no globo de atitude de voo.

– Paul! – ela gritou.

O vórtice os fez virar, rodopiar e adernar. Alçou o tóptero como um gêiser levantaria uma lasca, vomitou-os para cima e para fora – um pontinho alado dentro de um núcleo sinuoso de poeira iluminado pela segunda lua.

Paul olhou para baixo, viu a coluna de vento quente definida pelo pó que acabara de expeli-los, viu a tempestade agonizante se dissipar, como um rio seco deserto adentro: um movimento cinza-enluarado que ia ficando cada vez menor, lá embaixo, à medida que eles subiam na corrente ascendente.

– Saímos – Jéssica sussurrou.

Paul afastou a nave da poeira num ritmo arrebatador e, ao mesmo tempo, pôs-se a examinar o céu noturno.

– Nós os despistamos – ele disse.

Jéssica sentiu seu coração bater com força. Obrigou-se a reencontrar sua calma e olhou para a tempestade que ia diminuindo. Sua noção de tempo dizia-lhe que tinham seguido naquela mistura de forças elementares durante quase quatro horas, mas parte de sua mente calculava que a travessia levara uma vida inteira. Sentiu-se renascida.

Foi como a litania, ela pensou. *Nós a enfrentamos sem resistir. A tempestade passou através de nós e a nossa volta. Foi-se, mas nós ficamos.*

– Não gosto do som que nossas asas estão fazendo – disse Paul. – Alguma coisa foi danificada.

Sentia o voo áspero e prejudicado por meio das mãos que descansavam sobre os controles. Eles tinham deixado a tempestade, mas ainda não estavam totalmente expostos a sua visão presciente. Contudo, tinham escapado, e Paul viu-se trêmulo à beira de uma revelação.

Estremeceu.

A sensação era sedutora e apavorante, e ele se viu enredado na pergunta do que teria provocado aquela percepção trêmula. Sentia que parte daquilo se devia à dieta saturada de especiaria de Arrakis. Mas pensou que outra parte poderia ser a litania, como se as palavras tivessem um poder todo seu.

Não terei medo...

Causa e efeito: ele estava vivo, a despeito de forças malignas, e sentiu-se à beira de uma autoconsciência que não poderia existir sem a magia da litania.

As palavras da Bíblia Católica de Orange ecoavam em sua memória: *"Que sentidos nos faltam para que não consigamos ver nem ouvir um outro mundo a nossa volta?".*

– Pedras por toda parte – Jéssica disse.

Paul se concentrou no movimento do tóptero e chacoalhou a cabeça para desanuviá-la. Olhou para onde a mãe apontava, viu formas rochosas que se erguiam negras sobre a areia, mais à frente e à direita. Sentiu o vento em seus tornozelos e o pó se agitar dentro da cabine. Havia um buraco em algum lugar, graças à tempestade.

– É melhor pousarmos na areia – Jéssica disse. – Pode ser que as asas não aguentem uma frenagem total.

Com a cabeça, ele acenou na direção de um lugar mais adiante, onde serras erodidas pela areia erguiam-se acima das dunas à luz da lua.

– Vou pousar perto daquelas pedras. Verifique seu cinto de segurança.

Ela obedeceu, pensando: *Temos água e trajestiladores. Se encontrarmos comida, conseguiremos sobreviver um bom tempo neste deserto. Os fremen vivem aqui. Se eles conseguem, nós também conseguiremos.*

– Corra para aquelas pedras no instante em que pararmos – disse Paul. – Eu levo a mochila.

– Correr para... – Ela se calou e assentiu. – Vermes.

– Nossos amigos, os vermes – ele a corrigiu. – Eles irão pegar este tóptero. Não haverá sinal de onde aterrissamos.

Como é exato seu raciocínio, ela pensou.

Planaram mais baixo... e mais baixo...

E aí sua passagem provocou uma sensação violenta de movimento: sombras indistintas de dunas, pedras que se erguiam feito ilhas. O tóptero roçou o topo de uma duna com um solavanco suave, pulou um vale de areia, tocou outra duna.

Ele está usando a areia para diminuir nossa velocidade, Jéssica pensou, e permitiu-se admirar a competência do filho.

– Segure-se! – Paul avisou.

Ele puxou os freios das asas, suavemente no início, depois com força progressiva. Sentiu-as bater em concha e seu alongamento diminuir cada vez mais rápido. O vento uivava nas coberteiras e rêmiges imbrincadas dos fólios das asas.

De repente, depois de uma única e levíssima sacudidela de aviso, a asa esquerda, enfraquecida pela tempestade, dobrou-se para cima e para dentro, chocando-se com o lado do tóptero. A nave deslizou pelo topo de uma duna, virando para a esquerda. Tombou e desceu a outra face do monte, enterrando o nariz na duna seguinte, em meio a uma cascata de areia. Caíram sobre o lado da asa quebrada, com a asa direita apontada para as estrelas.

Paul livrou-se do cinto de segurança, lançou-se para cima, por sobre sua mãe, e abriu a porta à força. A areia entrou na cabine, envolvendo-os, trazendo consigo um odor seco de pederneira queimada. Ele pegou a mochila que estava lá atrás e viu que a mãe tinha se soltado do cinto. Ela subiu na lateral do banco direito e saiu, pisando no casco metálico do tóptero. Paul a seguiu, puxando a mochila pelas alças.

– Corra! – ele ordenou.

Ele apontou o topo da face da duna e além, onde era possível ver uma torre de pedra carcomida pelas rajadas de vento e areia.

Jéssica saltou do tóptero e correu, usando as mãos e os pés para escalar a duna escorregadia. Ouvia o avanço ofegante de Paul atrás dela.

Chegaram a uma elevação na areia que fazia uma curva e seguia na direção das pedras.

– Siga a elevação – Paul ordenou. – Assim será mais rápido.

Avançaram com dificuldade na direção das pedras, com a areia aferrando-se a seus pés.

Um ruído novo chegou até eles: um sussurro abafado, um silvo, um resvalar abrasivo.

– Verme – disse Paul.

O barulho ganhou volume.

– Mais rápido! – disse Paul, ofegante.

O primeiro seixal, como uma praia que se erguesse da areia, não estava a mais de dez metros à frente quando eles ouviram o metal ser esmagado e destroçado atrás deles.

Paul passou a mochila para o braço direito, segurando-a pelas alças. Ela ia golpeando-lhe o lado do corpo durante a corrida. Com a outra mão, ele segurou o braço da mãe. Os dois subiram aos trambolhões para a encosta rochosa, escalaram uma superfície coalhada de seixos e atravessaram um canal sinuoso e escavado pelo vento. A respiração chegava seca e ofegante a suas gargantas.

– Não consigo mais correr – Jéssica arquejou.

Paul se deteve, empurrou-a para dentro de uma passagem estreita na rocha, virou-se e olhou para o deserto lá embaixo. Um monte em movimento corria paralelamente à ilha de pedras onde eles estavam: ondulações iluminadas pelo luar, vagas de areia, um túnel encimado por uma crista, quase à altura dos olhos de Paul, a aproximadamente um quilômetro de distância. As dunas baixas na esteira do monte fizeram uma curva, um laço curto que cruzou o trecho de deserto onde eles haviam abandonado o ornitóptero avariado.

Onde o verme estivera, não havia sinal da aeronave.

A cúpula do túnel moveu-se na direção do deserto, fez a volta e cruzou o caminho por onde viera, no encalço da presa.

– É maior que uma espaçonave da Guilda – murmurou Paul. – Disseram-me que os vermes chegavam a grandes dimensões nas profundezas do deserto, mas eu não fazia ideia... de que eram tão grandes.

– Nem eu – sussurrou Jéssica.

Mais uma vez, a coisa se afastou das pedras, disparou rumo ao horizonte, deixando um rastro sinuoso atrás de si. Os dois prestaram atenção até o som da passagem da criatura se dissipar nos suaves movimentos da areia ao redor deles.

Paul inspirou fundo, olhou para o escarpamento que o luar açucarava e citou o Kitab al-Ibar:

– Viaje à noite e, durante o dia, descanse no negror das sombras. – Olhou para a mãe. – Ainda temos algumas horas de escuridão. Consegue continuar?

– Daqui a pouco.

Paul saiu para o seixal, colocou a mochila nos ombros e ajustou as alças. Ficou ali um momento, com uma parabússola nas mãos.

– Assim que você estiver pronta – ele disse.

Ela usou as mãos para se afastar da pedra, sentindo sua força voltar.

– Que direção?

– Para onde esta serra nos levar. – Ele apontou.

– Para as profundezas do deserto – ela disse.

– O deserto dos fremen – Paul sussurrou.

Ele hesitou, abalado pela lembrança de imagens em alto-relevo de uma visão presciente que tivera em Caladan. Tinha visto aquele deserto. Mas o *cenário* da visão era ligeiramente diferente, como se uma imagem óptica tivesse desaparecido em sua consciência, absorvida pela memória, e agora não conseguisse mais exibir o registro perfeito quando projetada sobre a paisagem real. A visão parecia ter mudado, apresentando-se de um ângulo diferente, ao passo que ele permanecia imóvel.

Idaho estava conosco na visão, ele se lembrou. *Mas agora Idaho está morto.*

– Está vendo algum caminho? – Jéssica perguntou, tomando a hesitação dele por outra coisa.

– Não – ele disse. – Mas iremos mesmo assim.

Ele acomodou a mochila nos ombros, agora com mais firmeza, e começou a subir um canal que a areia havia esculpido na rocha. O canal se abria para um pavimento rochoso ao luar, com saliências em degraus que se sucediam em sua ascensão rumo ao sul.

Paul foi até a primeira saliência, galgou-a. Jéssica o seguiu.

Não demorou muito para que ela percebesse como sua jornada havia se voltado para questões imediatas e específicas: os bolsões de areia entre as pedras, onde seus passos ficavam vagarosos; a serra entalhada pelo vento, que cortava suas mãos; a obstrução que os obrigava a fazer uma escolha: *passar por cima ou contorná-la?* O terreno impunha seus próprios ritmos. Eles falavam apenas quando necessário e, mesmo assim, com as vozes roucas de exaustão.

– Atenção aí: a areia deixou a saliência escorregadia.

– Cuidado para não bater a cabeça naquela projeção.

– Fique abaixo desta elevação; a lua está atrás de nós e acabaria revelando nossos movimentos.

Paul se deteve numa angra rochosa e encostou a mochila numa saliência estreita.

Jéssica recostou-se ao lado dele, grata por aquele momento de descanso. Ouviu Paul sugar o tubo do trajestilador e resolveu beber um pouco da água reaproveitada de seu próprio corpo. O gosto era salobro, e ela se lembrou das águas de Caladan: uma fonte alta encerrando uma curva de céu, tamanha opulência de umidade que ninguém notava por seu valor intrínseco... somente por sua forma, ou seu reflexo, ou o barulho que produzia quando alguém parava a seu lado.

Parar, ela pensou. *Descansar... descansar de verdade.*

Ocorreu-lhe que a misericórdia era a capacidade de parar, mesmo que apenas por um instante. Não havia misericórdia onde não era possível parar.

Paul se afastou da saliência rochosa, virou-se e escalou uma superfície íngreme. Jéssica o seguiu com um suspiro.

Escorregaram até uma prateleira ampla que contornava um paredão escarpado. Voltaram a adotar o ritmo incoerente de movimento naquele terreno acidentado.

Jéssica sentia a noite dominada pelos diversos graus de pequenez das substâncias sob os pés e as mãos deles: matacães, cascalho, pedrisco, areia grossa, areia propriamente dita, saibro, poeira ou pó fino.

O pó entupia os filtros nasais e era preciso soprá-lo fora. A areia grossa e o cascalho rolavam sobre as superfícies duras e podiam derrubar os incautos. O pedrisco cortava.

E os trechos onipresentes de areia prendiam e puxavam os pés deles.

Paul estacou de repente sobre uma prateleira rochosa e segurou a mãe quando ela tropeçou nele.

Ele apontou para a esquerda, e ela acompanhou o braço estendido do filho para ver que estavam no topo de um penhasco, e o deserto se estendia como um oceano estático cerca de duzentos metros abaixo deles. Jazia ali, cheio de ondas prateadas pelo luar, sombras de ângulos que aos poucos se desfaziam em curvas e, ao longe, erguiam-se no borrão cinzento e nebuloso de mais um escarpamento.

– Deserto aberto – ela disse.

– Extenso demais para atravessarmos – disse Paul, e a voz dele saiu abafada pelo filtro que lhe cobria o rosto.

Jéssica olhou para a esquerda e para a direita: nada além de areia lá embaixo.

Paul olhou diretamente à frente, por sobre as dunas expostas, observando o movimento de sombras à passagem da lua.

– São cerca de três ou quatro quilômetros de travessia – ele disse.

– Vermes – ela falou.

– Com certeza.

Ela se concentrou em seu cansaço, na dor muscular que embotava seus sentidos.

– Vamos descansar e comer?

Paul tirou a mochila das costas, sentou-se e usou-a como encosto. Jéssica apoiou-se no ombro do filho ao baixar o corpo até a pedra ao lado dele. Ela sentiu Paul se virar quando ela se acomodou, ouviu-o remexer o conteúdo da mochila.

– Tome – ele disse.

A mão dele parecia seca em contato com sua palma, onde ele deixou duas cápsulas de energia.

Ela as engoliu com um gole relutante da água do tubo de seu trajestilador.

– Beba toda a sua água – disse Paul. – Axioma: o melhor lugar para conservar a água é dentro do corpo. Conserva sua energia. Você se fortalece. Confie em seu trajestilador.

Ela obedeceu e esvaziou as bolsas coletoras, sentindo suas forças retornarem. Pensou então como era tranquilo ali, naquele momento de cansaço, e lembrou-se de ter ouvido, certa vez, o guerreiro-menestrel Gurney Halleck dizer: "Melhor ter um bocado seco de comida, e com ele a tranquilidade, do que ter a casa cheia de festins com rixas".

Jéssica repetiu as palavras para Paul.

– Esse era o Gurney – ele disse.

Ela percebeu o tom da voz dele, como se falasse de um morto, e pensou: *E pode ser que o pobre Gurney esteja mesmo morto.* Os soldados Atreides estavam mortos, eram prisioneiros ou, assim como eles, haviam se perdido naquele vazio desprovido de água.

– Gurney sempre conhecia a citação certa para cada ocasião – disse Paul. – Posso ouvi-lo agora: "E eu secarei os rios, e venderei a terra, entregando-a na mão dos maus, e assolarei a terra e a sua plenitude pela mão dos estranhos".

Jéssica fechou os olhos, viu-se à beira das lágrimas, comovida pelo *páthos* na voz do filho.

Sem demora, Paul disse:

– Como é que... está se sentindo?

Ela entendeu que a pergunta se referia a sua gravidez e disse:

– Sua irmã só nascerá daqui a vários meses. Ainda me sinto... fisicamente capaz.

E ela pensou: *A formalidade rígida com que falo a meu próprio filho!* Em seguida, por ser o hábito das Bene Gesserit buscar a resposta para tamanha singularidade no íntimo da alma, ela procurou e encontrou a origem de sua formalidade: *Tenho medo de meu filho; temo sua estranheza; temo o que pode ver em nosso futuro, o que pode me contar.*

Paul cobriu os olhos com o capuz e pôs-se a escutar os ruídos da noite e seus insetos atarefados. Os pulmões estavam saturados com seu próprio silêncio. O nariz comichava. Ele o coçou, removeu o filtro e percebeu o cheiro forte de canela.

– Há especiaria por perto, o mélange – ele disse.

Um vento macio afagou o rosto de Paul e agitou as pregas de seu albornoz. Mas aquele vento não trazia a ameaça de uma tempestade: ele já percebia a diferença.

– Logo amanhecerá – ele disse.

Jéssica assentiu.

– Há uma maneira de atravessar em segurança aquele trecho desprotegido de areia – disse Paul. – É o que os fremen fazem.

– E os vermes?

– Se instalássemos o martelador de nosso fremkit aqui atrás, nas pedras – disse Paul –, isso manteria o verme ocupado durante algum tempo.

Ela olhou para a extensão de deserto enluarado entre eles e o outro escarpamento.

— O suficiente para percorrermos quatro quilômetros?

— Talvez. E se caminhássemos até lá produzindo apenas sons naturais, do tipo que não atrai os vermes...

Paul examinou o deserto aberto, vasculhando sua memória presciente, sondando as alusões misteriosas a marteladores e ganchos de criador no manual do fremkit que acompanhava a mochila com a qual tinham escapado. Achou estranho que só sentisse um pavor penetrante ao pensar nos vermes. Ele sabia, como se a informação estivesse justamente à beira de sua percepção, que os vermes deviam ser respeitados, e não temidos... se... se...

Chacoalhou a cabeça.

— Os sons não podem ter ritmo — disse Jéssica.

— O quê? Ah, sim. Se quebrarmos o ritmo de nossos passos... a própria areia deve se deslocar às vezes. Os vermes não conseguiriam investigar todo e qualquer barulhinho. Mas precisamos estar totalmente descansados antes de tentar.

Ele olhou para o outro paredão de rocha, vendo a passagem do tempo nas sombras verticais deixadas pelo luar.

— Vai amanhecer em menos de uma hora.

— Onde passaremos o dia? — ela perguntou.

Paul virou-se para a esquerda e apontou.

— O penhasco faz uma curva para o norte ali adiante. Vê-se pela erosão que se trata da face exposta ao vento. Deve haver fendas ali, e profundas.

— Então é melhor irmos andando? — ela perguntou.

Ele se levantou e a ajudou a ficar de pé.

— Já descansou o suficiente para a descida? Quero chegar o mais perto possível do nível do deserto antes de acamparmos.

— O suficiente. — Ela acenou com a cabeça, indicando que ele tomasse a frente.

Ele hesitou, depois ergueu a mochila, acomodou-a nos ombros e começou a se afastar, seguindo o penhasco.

Se ao menos tivéssemos suspensores, pensou Jéssica. *Seria tão simples pular lá para baixo. Mas talvez os suspensores sejam mais uma coisa a se evitar no deserto aberto. Pode ser que atraiam os vermes da mesma maneira que os escudos.*

Chegaram a uma série de prateleiras descendentes e, mais adiante, viram uma fissura cuja borda delineada pela sombra do luar apontava o caminho ao longo do vestíbulo.

Paul liderou a descida, movendo-se com cuidado e pressa, porque era óbvio que o luar não duraria muito tempo. Eles desceram pela trilha sinuosa e entraram num mundo de sombras cada vez mais intensas. Ao redor deles, formas vagamente rochosas elevavam-se rumo às estrelas. A fissura estreitou, reduzindo-se a uns dez metros de largura à beira de uma rampa de areia cinza-escuro que descia em declive e sumia nas trevas.

– Dá para descer? – sussurrou Jéssica.

– Creio que sim.

Ele experimentou a superfície com um dos pés.

– Podemos escorregar até lá embaixo – ele disse. – Eu vou primeiro. Espere até me ouvir parar.

– Cuidado – ela disse.

Ele passou à rampa, deslizou e escorregou, descendo a superfície fofa até um piso quase plano de areia compactada. O lugar ficava nas profundezas dos paredões de rocha.

Veio o som de areia deslizando atrás dele. Ele tentou enxergar o alto da rampa no escuro e quase foi derrubado pela cascata, que foi diminuindo até se calar.

– Mãe? – disse ele.

Não houve resposta.

– Mãe?

Ele largou a mochila e se atirou rampa acima, usando os pés e as mãos para subir, cavando, jogando areia para todos os lados feito um selvagem.

– Mãe! – foi seu grito sufocado. – Mãe, onde você está?

Outra cascata de areia o levou de roldão, enterrando-o até os quadris. Ele se libertou com esforço.

Ela foi apanhada pelo deslizamento de areia, ele pensou. *Foi enterrada. Preciso ter calma e resolver isso com cuidado. Ela não vai sufocar imediatamente. Vai se acalmar, entrar em suspensão bindu para reduzir sua necessidade de oxigênio. Ela sabe que vou desenterrá-la.*

À maneira das Bene Gesserit, como ela o havia ensinado, Paul controlou as batidas desenfreadas de seu coração, fez de sua mente uma tábula rasa sobre a qual os últimos momentos poderiam se inscrever. Todos os deslocamentos e desvios da avalanche se repetiram em sua memória, movendo-se com uma pompa interior que contrastava com a fração de segundo de tempo real exigida pela recordação inteira.

No mesmo instante, Paul subiu a rampa na diagonal, sondando com cautela até encontrar a parede da fissura, uma curva saliente da rocha. Começou a cavar, deslocando a areia com cuidado para não provocar outro deslizamento. Um pedaço de tecido chegou a suas mãos. Ele o acompanhou e encontrou um braço. Delicadamente, ele seguiu o curso do braço e descobriu o rosto da mãe.

– Está me ouvindo? – ele sussurrou.

Sem resposta.

Cavou mais rápido e liberou os ombros de Jéssica. Ela não reagiu ao contato das mãos dele, mas Paul detectou uma pulsação fraca.

A suspensão bindu, ele disse consigo mesmo.

Ele removeu a areia até a cintura da mãe, passou os braços dela sobre seus ombros e puxou-a rampa abaixo, devagar a princípio, depois arrastando-a o mais rápido possível, sentindo a areia ceder logo acima. Começou a puxá-la cada vez mais rápido, ofegante com o esforço, pelejando para manter o equilíbrio. Viu-se, então, de volta ao chão compacto da fissura, jogou a mãe sobre o ombro e disparou numa carreira vacilante quando a rampa inteira veio abaixo com um silvo ruidoso que ecoou e foi ampliado pelas paredes de rocha.

Ele se deteve no fim da fissura, que sobranceava a progressão de dunas do deserto, uns trinta metros abaixo. Com toda a delicadeza, ele deitou a mãe sobre a areia e pronunciou a palavra que a tiraria do estado cataléptico.

Ela foi acordando aos poucos, inspirando cada vez mais fundo.

– Eu sabia que você me encontraria – ela murmurou.

Ele voltou a olhar para a fissura.

– Talvez tivesse sido melhor não encontrá-la.

– Paul!

– Perdi a mochila – ele disse. – Está enterrada debaixo de centenas de toneladas de areia... no mínimo.

– Tudo?

– A água extra, a tendestiladora: tudo o que importa. – Ele tateou um bolso. – Ainda tenho a parabússola. – Remexeu o conteúdo da faixa em sua cintura. – Faca e binóculo. Poderemos dar uma boa olhada no lugar onde vamos morrer.

Naquele instante, o sol se ergueu acima do horizonte em algum lugar à esquerda, além do fim da fissura. As cores cintilaram na areia lá de fora, no deserto aberto. Um coro de aves, escondido nas pedras, começou a cantar.

Mas Jéssica só tinha olhos para o desespero estampado no rosto de Paul. Deu a sua voz um tom de desprezo e disse:

– Foi isso que lhe ensinaram?

– Não entende? – ele perguntou. – Tudo de que precisamos para sobreviver neste lugar está debaixo daquela areia.

– Você me encontrou – ela disse, e dessa vez sua voz saiu mansa, comedida.

Paul ficou de cócoras.

Não demorou a olhar para dentro da fissura, para a nova rampa, estudando-a, notando como a areia estava solta.

– Se conseguirmos imobilizar uma pequena área daquela rampa e da face superior de um buraco escavado na areia, talvez consigamos abrir um fosso até a mochila. Água pode funcionar, mas não temos água suficiente para... – Ele hesitou e, em seguida: – Espuma.

Jéssica não se mexeu, para não perturbar o hiperfuncionamento da mente dele.

Paul olhou lá para fora, para as dunas desprotegidas, e procurou com o olfato tanto quanto com a visão, encontrando a direção, e depois focalizou sua atenção num trecho escuro de areia abaixo deles.

– Especiaria – ele disse. – Sua essência é extremamente alcalina. E tenho a parabússola. A bateria é acidobásica.

Jéssica endireitou as costas, ainda sentada e apoiada na rocha.

Paul a ignorou, ficou de pé num salto e começou a descer a superfície compactada pelo vento que se derramava do fim da fissura até o chão do deserto.

Ela observou a maneira como ele caminhava, quebrando o ritmo das passadas: passo, pausa, passo-passo... resvalo... pausa...

Não havia ritmo que pudesse informar um verme voraz que por ali andava algo que não pertencia ao deserto.

Paul chegou à mancha de especiaria, encheu com ela uma dobra do manto e voltou à fissura. Derramou a especiaria na areia, diante de Jéssica, agachou-se e começou a desmontar a parabússola, usando para isso a ponta de sua faca. O mostrador da bússola saiu. Ele tirou a faixa da cintura, espalhou as peças da bússola em cima do tecido, levantou e removeu a bateria. O mecanismo do mostrador foi o próximo, deixando um compartimento côncavo e vazio no instrumento.

– Vai precisar de água – disse Jéssica.

Paul pegou o tubo coletor em seu pescoço, sugou, enchendo a boca, e cuspiu a água dentro do compartimento côncavo.

Se não der certo, será um desperdício de água, Jéssica pensou. *Mas aí não fará a menor diferença.*

Com sua faca, Paul abriu a bateria, derramou os cristais na água. Fizeram um pouco de espuma e assentaram.

Os olhos de Jéssica captaram movimentação no alto. Ela ergueu os olhos e viu uma fila de gaviões ao longo da beirada da fissura. Estavam empoleirados ali, fitando a água exposta lá embaixo.

Grande mãe!, ela pensou. *Percebem a água mesmo de tão longe!*

Paul devolveu a tampa à parabússola, deixando de fora o botão zerador, o que abriu um pequeno orifício até o líquido. Com o instrumento reformulado numa das mãos e um punhado de especiaria na outra, Paul voltou para a fissura, estudando a disposição da rampa. Sua túnica, sem a faixa para contê-la, dançava ao vento. Subiu parte da rampa com dificuldade, desalojando com os pés riachos de areia, jatos de poeira.

Não demorou a parar, enfiou uma pitada de especiaria na parabússola e sacudiu o estojo do instrumento.

Uma espuma verde brotou do orifício deixado pelo botão zerador. Paul a dirigiu para a rampa, formou ali um dique baixo e, com os pés, começou a remover a areia abaixo daquele ponto, imobilizando a face recém-exposta com mais espuma.

Jéssica posicionou-se abaixo dele e gritou:

– Posso ajudar?

– Suba e comece a cavar – ele disse. – Temos de abrir uns três metros. Vai ser por pouco. – Enquanto ele falava, a espuma parou de sair do instrumento.

– Rápido – Paul disse. – Não há como saber por quanto tempo a espuma irá conter a areia.

Jéssica subiu e colocou-se ao lado de Paul, e ele enfiou mais uma pitada de especiaria no orifício, agitando o estojo da parabússola. A espuma voltou a brotar do instrumento.

Enquanto Paul ia dirigindo a barreira de espuma, Jéssica cavava com as mãos, atirando a areia rampa abaixo.

– Qual é a profundidade? – ela perguntou, ofegante.

– Cerca de três metros – ele disse. – E só posso estimar a localização. Talvez tenhamos que ampliar o buraco. – Deu um passo para o lado, escorregando na areia solta. – Cave uma rampa daí onde está para dentro do fosso. Não desça em linha reta.

Jéssica obedeceu.

Aos poucos, o buraco foi se aprofundando e chegou ao mesmo nível do piso da bacia. Nem sinal da mochila.

Será que calculei mal?, Paul se perguntou. *Foi meu pânico inicial que provocou este erro. Será que isso prejudicou minha faculdade?*

Olhou para a bússola. Restavam menos de duas onças de infusão ácida.

Jéssica se aprumou dentro do buraco, passou a mão manchada de espuma pelo rosto. Os olhos dela encontraram os de Paul.

– A face superior – Paul disse. – Vá com cuidado agora. – Ele acrescentou mais uma pitada de especiaria ao recipiente, fez a espuma brotar em volta das mãos de Jéssica, que começou a escavar uma face vertical no declive superior do buraco. Na segunda passada, as mãos dela encontraram algo resistente. Aos poucos, ela foi desenterrando um pedaço de alça com uma fivela plástica.

– Não mexa mais nisso – Paul disse, e sua voz era quase um sussurro.

– Acabou a espuma.

Jéssica segurou a alça numa das mãos e olhou para o filho.

Paul jogou a parabússola vazia no chão da bacia e disse:

– Dê-me a outra mão. Agora escute com atenção. Vou puxar você para o lado e para baixo. Não solte a alça. Não descerá muita areia do topo. Esta rampa acabou se estabilizando. Só vou tentar manter sua cabeça fora da areia. Quando o buraco estiver cheio, poderemos desenterrar você e puxar a mochila.

– Entendi – ela disse.

– Pronta?

– Pronta. – Ela fechou os dedos com força em volta da alça.

Com um único impulso, Paul a puxou meio corpo para fora do buraco, mantendo a cabeça da mãe alta enquanto a barreira de espuma cedia e a areia deslizava para baixo. Quando tudo acabou, Jéssica continuava enterrada obliquamente, até a cintura, com o braço e o ombro esquerdos ainda debaixo da areia e o queixo protegido por uma dobra do manto de Paul. O ombro dela doía devido ao esforço.

– Ainda estou segurando a alça – ela disse.

Devagar, Paul enfiou uma das mãos na areia ao lado da mãe e encontrou a alça.

– Juntos – ele disse. – Pressão contínua. Não podemos rompê-la.

Um pouco mais de areia escorregou lá de cima enquanto os dois puxavam a mochila. Quando a alça rompeu a superfície, Paul parou e tirou a mãe da areia. Juntos, então, eles puxaram a mochila rampa abaixo e para fora do local onde estivera aprisionada.

Em poucos minutos, estavam os dois no chão da fissura, segurando a mochila entre eles.

Paul olhou para a mãe. A espuma manchava-lhe o rosto e a túnica. A areia havia emplastrado nos pontos onde a espuma secara. Ela parecia ter sido o alvo de bolas de areia verde e úmida.

– Você está horrível – ele disse.

– Você também não está nada bonito – ela disse.

Começaram a rir, depois voltaram a ficar sérios.

– Isso não deveria ter acontecido – Paul disse. – Fui descuidado.

Ela encolheu os ombros, sentindo a areia emplastrada se despregar de sua túnica e cair.

– Vou montar a tenda – ele disse. – É melhor tirar essa túnica e dar-lhe uma boa sacudida. – Ele se virou, levando a mochila.

Jéssica concordou com a cabeça, de repente cansada demais para responder.

– Existem buracos na pedra para os espeques – disse Paul. – Alguém já acampou aqui antes.

Por que não?, ela pensou enquanto limpava sua túnica. Era um lugar provável para um acampamento – enfurnado entre paredões de rocha, de frente para um outro penhasco a uns quatro quilômetros de distância –, alto o bastante para evitar os vermes, mas perto o suficiente do deserto para permitir acesso fácil antes de uma travessia.

Ela se virou, vendo que Paul já tinha armado a tenda, cujo hemisfério abobadado e estriado se misturava às paredes da fissura. Paul passou por ela, erguendo o binóculo. Ele ajustou a pressão interna do instrumento com uma torção rápida, focalizando as lentes de óleo no outro penhasco, que se erguia castanho e dourado à luz da manhã depois de toda aquela areia desprotegida.

Jéssica ficou observando enquanto Paul examinava aquela paisagem apocalíptica, sondando com os olhos rios de areia e desfiladeiros.

– Existem plantas ali adiante – ele disse.

Jéssica pegou o binóculo extra na mochila ao lado da tenda e colocou-se ao lado de Paul.

– Lá – ele disse, segurando o binóculo com uma das mãos e apontando com a outra.

Ela olhou para onde ele apontava.

– Carnegíeas – ela disse. – E bem raquíticas.

– Pode haver pessoas por perto – Paul disse.

– Poderiam ser os restos de uma Estação de Experimentação Botânica – ela advertiu.

– Estamos muito ao sul, deserto adentro – ele disse. Baixou o binóculo, passou a mão sob o regulador do filtro, sentindo os lábios secos e rachados, o gosto poeirento da sede na boca. – Tenho a sensação de que o lugar pertence aos fremen – ele disse.

– Tem certeza de que os fremen serão amistosos? – ela perguntou.

– Kynes prometeu que eles ajudariam.

Mas a gente deste deserto conhece o desespero, ela pensou. *Eu mesma o senti hoje. Pessoas desesperadas podem nos matar para ficar com nossa água.*

Ela fechou os olhos e, para se proteger daqueles ermos, conjurou em sua mente uma imagem de Caladan. Fizeram uma viagem de férias certa vez, somente ela e o duque Leto, antes de Paul nascer. Sobrevoaram as selvas do sul, a folhagem silvestre aos berros e os arrozais dos deltas. E viram as fileiras de formigas no verde: bandos de homens que levavam suas cargas nos ombros, em varas sustentadas por suspensores. E, na imensidão do mar, as pétalas brancas dos trimarãs.

Tudo aquilo, perdido.

Jéssica abriu os olhos e viu o silêncio do deserto, o calor crescente do dia. Redemoinhos inquietos de ar quente começavam a tremular sobre a areia. O paredão de rocha do outro lado era como algo que se visualizasse através de vidro barato.

Um derramamento de areia abriu sua breve cortina de um lado a outro da extremidade exposta da fissura. A areia desceu assoviando, deslocada por lufadas de brisa matutina, pelos gaviões que começavam a alçar voo, lançando-se do topo do penhasco. Passado o deslizamento de areia, Jéssica continuou a escutar o silvo. Foi ficando cada vez mais alto, um som que, depois de ouvido, nunca se esquecia.

– Verme – sussurrou Paul.

Vinha da direita, com uma majestade indiferente que não havia como ignorar. Um monte-túnel de areia serpeante atravessou as dunas ao alcance da visão deles. O monte se ergueu na frente, espalhando pó, como as ondas deixadas na água pela proa de um barco. Depois sumiu, seguindo para a esquerda.

O som diminuiu e morreu.

– Já vi fragatas espaciais menores – sussurrou Paul.

Jéssica concordou com a cabeça e continuou a fitar o deserto. Por onde o verme tinha passado, restava aquela ravina torturante. Corria cruel e interminavelmente diante deles, tão convidativa sob seu horizonte desmoronado.

– Depois de descansarmos – Jéssica disse –, será melhor continuarmos com suas aulas.

Ele reprimiu uma raiva repentina e disse:

– Mãe, não acha que podemos dispensar...

– Hoje você cedeu ao pânico – ela disse. – Você conhece sua mente e sua inervação-bindu talvez melhor do que eu, mas tem ainda muito a aprender sobre a musculatura-prana de seu corpo. O corpo, às vezes, age por conta própria, Paul, e posso lhe ensinar isso. Você tem de aprender a controlar cada músculo, cada fibra de seu corpo. Está precisando de uma revisão sobre as mãos. Começaremos com os músculos dos dedos, os tendões da palma e a sensibilidade das pontas. – Ela se virou. – Vamos, entre na tenda, já.

Ele flexionou os dedos da mão esquerda, observando a mãe entrar engatinhando pelo esfíncter, sabendo que não conseguiria demovê-la de sua determinação... com que ele era obrigado a concordar.

O que quer que tenham feito comigo, eu tomei parte nisso, ele pensou.

Frank Herbert

Revisão sobre as mãos!
Olhou para sua mão. Como parecia inadequada comparada a criaturas como aquele verme.

> **Viemos de Caladan, um mundo paradisíaco para nossa forma de vida. Não havia em Caladan a necessidade de criar um paraíso físico nem um paraíso mental: víamos a realidade ao nosso redor. E o preço que pagamos foi o preço que os homens sempre pagam ao alcançar o paraíso nesta vida: ficamos moles, perdemos nossa fibra.**
>
> **– Excerto de "Conversas com Muad'Dib", da princesa Irulan**

– Então você é o grande Gurney Halleck – disse o homem.

Halleck, ali de pé no gabinete circular da caverna, olhava fixamente para o contrabandista sentado diante dele, atrás de uma escrivaninha de metal. O homem usava vestes fremen e tinha os olhos só parcialmente tingidos de azul, o que indicava alimentos de fora do planeta em sua dieta. O gabinete reproduzia o centro de controle principal de uma fragata espacial: sistemas de comunicação e monitores de vídeo ao longo de um arco de trinta graus da parede, consoles de armamento e de disparo remotos adjacentes e a escrivaninha que se projetava da parede na parte restante da curva.

– Sou Staban Tuek, filho de Esmar Tuek – disse o contrabandista.

– Então é a você que devo agradecer pela ajuda que recebemos – disse Halleck.

– Aaah, gratidão – disse o contrabandista. – Sente-se.

Um assento ergonômico, do tipo que se usava nas naves, surgiu da parede ao lado dos monitores, e Halleck afundou-se nele com um suspiro, sentindo o cansaço. Via agora seu próprio reflexo numa superfície escura ao lado do contrabandista, e fechou a cara ao ver as marcas de fadiga em seu rosto bexiguento. A cicatriz de cipó-tinta ao longo de sua mandíbula contorceu-se, acompanhando a carranca.

Halleck desviou os olhos de seu reflexo e fitou Tuek. Via agora a semelhança do contrabandista com o pai: as sobrancelhas espessas e inclinadas, os planos duros dos malares e do nariz.

– Seus homens me disseram que seu pai morreu, assassinado pelos Harkonnen – disse Halleck.

– Pelos Harkonnen ou por um traidor no meio de sua gente – Tuek disse.
A raiva superou uma parte da fadiga de Halleck. Ele se aprumou e disse:
– Sabe o nome do traidor?
– Não temos certeza.
– Thufir Hawat desconfiava de lady Jéssica.
– Aaah, a bruxa Bene Gesserit... talvez. Mas Hawat agora é prisioneiro dos Harkonnen.
– Ouvi dizer. – Halleck inspirou fundo. – Parece que ainda teremos de matar mais gente.
– Não vamos fazer nada que chame atenção para nós – disse Tuek.
Halleck se empertigou.
– Mas...
– Você e os homens sob seu comando que salvamos podem ficar à vontade para nos pedir asilo – disse Tuek. – Você fala de gratidão. Muito bem: salde sua dívida conosco. Sempre podemos usar bons homens. Mas destruiremos vocês sem pestanejar se fizerem alguma coisa explícita, por menor que seja, contra os Harkonnen.
– Mas eles mataram seu pai, homem!
– Talvez. Se for isso mesmo, darei a você a resposta de meu pai para aqueles que agem sem pensar: "A pedra é pesada e a areia é densa, mas a ira de um idiota pesa muito mais".
– Sua intenção é não fazer nada a respeito disso, então? – zombou Halleck.
– Não foi isso que me ouviu dizer. Eu disse apenas que vou proteger nosso contrato com a Guilda. A Guilda exige de nós cautela no jogo. Existem outras maneiras de destruir um inimigo.
– Aaaaah.
– É, ah. Se quiser procurar a bruxa, vá. Mas aviso que provavelmente já deve ser tarde demais... e, de qualquer maneira, duvidamos que seja ela a pessoa que você quer.
– Hawat cometia poucos erros.
– Ele se deixou capturar pelos Harkonnen.
– Acha que *ele* é o traidor?
Tuek deu de ombros.
– A discussão é inútil. Achamos que a bruxa morreu. Pelo menos é nisso que os Harkonnen acreditam.

– Parece que você sabe um bocado sobre os Harkonnen.

– Dicas e indícios... boatos e palpites.

– Somos 74 homens ao todo – disse Halleck. – Se deseja realmente que nos juntemos a vocês, é porque acredita que nosso duque está morto.

– Viram o corpo dele.

– E o menino também, o jovem mestre Paul? – Halleck tentou engolir saliva, mas encontrou um nó em sua garganta.

– De acordo com as últimas notícias que chegaram até nós, ele se perdeu, junto com a mãe, na tempestade do deserto. É provável que nunca encontrem sequer os ossos dos dois.

– Então a bruxa está morta... todos mortos.

Tuek assentiu.

– E o Bruto Rabban, dizem, irá se sentar mais uma vez no trono de Duna.

– O conde Rabban de Lankiveil?

– Sim.

Halleck precisou de um momento para sufocar a onda de fúria que ameaçou dominá-lo. Falou, com a respiração entrecortada:

– Tenho contas pessoais a acertar com Rabban. Devo a ele a morte de minha família – esfregou a cicatriz em sua mandíbula – e isto...

– Não se põe tudo a perder para acertar contas prematuramente – disse Tuek. Ele franziu o cenho, vendo a ação dos músculos na mandíbula de Halleck, o retraimento repentino nos olhos entreabertos do homem.

– Eu sei... eu sei... – Halleck inspirou fundo.

– Você e seus homens podem conseguir passagem para fora de Arrakis trabalhando conosco. Existem muitos lugares...

– Libero meus homens de qualquer compromisso que tenham comigo: eles que façam sua escolha. Com Rabban aqui, eu fico.

– Nesse estado de espírito, não sei se queremos que fique.

Halleck encarou o contrabandista.

– Está duvidando de minha palavra?

– Nããão...

– Você me salvou dos Harkonnen. Jurei lealdade ao duque Leto pela mesma razão. Ficarei em Arrakis... com vocês... ou com os fremen.

– Quer ganhe voz ou não, o pensamento é uma coisa real e tem poder – Tuek disse. – Talvez você descubra que a linha que separa a vida e a morte entre os fremen é muito fina e certeira.

Halleck fechou os olhos brevemente, sentindo o cansaço inundá-lo por dentro.

– "Onde está o Senhor que nos enviou através do deserto, por uma terra de charnecas e de covas?" – ele murmurou.

– Aja com vagar e chegará o dia de sua vingança – Tuek disse. – A pressa é um artifício de Shaitan. Modere sua mágoa. Temos as distrações certas para isso, as três coisas que aliviam o coração: a água, o verde e a beleza das mulheres.

Halleck abriu os olhos.

– Preferiria o sangue de Rabban Harkonnen correndo a meus pés. – Fitou Tuek. – Acha que esse dia virá?

– Pouco me interessa como você enfrentará o futuro, Gurney Halleck. Só posso ajudá-lo a enfrentar o presente.

– Então aceitarei essa ajuda até o dia em que você me mandar vingar seu pai e todos os outros que...

– Escute aqui, *homem de armas* – disse Tuek. Ele se debruçou sobre a escrivaninha, com os ombros à altura das orelhas e os olhos decididos. O rosto do contrabandista, de repente, era como a pedra exposta à intempérie. – A água de meu pai, eu mesmo a comprarei de volta, com minha própria espada.

Halleck devolveu o olhar de Tuek. Naquele momento, o contrabandista lembrou-lhe o duque Leto: um líder de homens, corajoso, seguro de sua posição e de seu curso. Ele era como o duque... antes de Arrakis.

– Quer minha espada a seu lado? – Halleck perguntou.

Tuek se recostou, relaxou, estudando Halleck em silêncio.

– Você me considera um *homem de armas*? – insistiu Halleck.

– Você foi o único lugar-tenente do duque que conseguiu escapar – disse Tuek. – A força inimiga era esmagadora, mas você deu um jeito... Você a derrotou da maneira que derrotamos Arrakis.

– Hein?

– Somos apenas tolerados aqui embaixo, Gurney Halleck – disse Tuek. – Arrakis é nosso inimigo.

– Um inimigo por vez, é isso?

– É.

– É assim que os fremen se viram?

– Talvez.

– Você disse que eu posso achar a vida com os fremen muito dura. Eles vivem no deserto, ao ar livre, é por isso?

– Quem sabe onde os fremen vivem? Para nós, o Platô Central é terra de ninguém. Mas eu queria falar mais sobre...

– Disseram-me que os cargueiros de especiaria da Guilda raramente sobrevoam o deserto – disse Halleck. – Mas correm boatos de que é possível ver trechos de verde aqui e ali, desde que se saiba onde procurar.

– Boatos! – Tuek escarneceu. – Quer escolher agora entre nós e os fremen? Temos uma certa segurança, nosso próprio sietch escavado na rocha, nossas próprias bacias escondidas. Levamos vidas de homens civilizados. Os fremen não passam de uns bandos maltrapilhos que usamos como caçadores de especiaria.

– Mas eles sabem como matar os Harkonnen.

– E quer saber o resultado? Neste exato momento, estão sendo caçados feito animais, com armaleses, porque não têm escudos. Estão sendo exterminados. Por quê? Porque mataram Harkonnen.

– Foram Harkonnen que eles mataram? – perguntou Halleck.

– Como assim?

– Não ouviu dizer que pode haver Sardaukar com os Harkonnen?

– Mais boatos.

– Mas um pogrom... não parece coisa dos Harkonnen. Um pogrom seria um desperdício.

– Acredito no que vejo com meus próprios olhos – disse Tuek. – Faça sua escolha, homem de armas. Eu ou os fremen. Prometo-lhe asilo e a oportunidade de derramar o sangue que ambos desejamos. Pode ter certeza disso. Os fremen só têm a oferecer a vida de quem é caçado.

Halleck hesitou, percebendo que as palavras de Tuek eram sábias e solidárias, mas algo que não conseguia explicar o incomodava.

– Confie em suas próprias habilidades – disse Tuek. – Quem tomou as decisões que fizeram seus homens sobreviverem à batalha? Você. Decida.

– Assim deve ser – disse Halleck. – O duque e o filho estão mortos?

– Os Harkonnen acreditam que sim. Nesse tipo de coisa, minha tendência é confiar nos Harkonnen. – Um sorriso soturno se insinuou nos lábios de Tuek. – Mas essa é toda a confiança que dou a eles.

– Então assim deve ser – repetiu Halleck. Estendeu a mão direita, com a palma para cima e o polegar flexionado para dentro, o gesto tradicional. – Ofereço-lhe minha espada.

– Eu a aceito.

– Quer que eu convença meus homens?

– Você deixaria que eles decidissem por si mesmos?

– Eles me seguiram até aqui, mas a maioria nasceu em Caladan. Arrakis não é o que pensaram que seria. Aqui, perderam tudo, exceto a vida. Prefiro que decidam por si mesmos agora.

– Agora não é o momento de recuar – disse Tuek. – Eles o seguiram até aqui.

– Precisa deles, é isso?

– Sempre temos serventia para homens de armas experientes... nos tempos que vivemos, mais do que nunca.

– Aceitou minha espada. Quer que eu os convença?

– Acho que irão seguir você, Gurney Halleck.

– É minha esperança.

– De fato.

– Posso decidir isso por conta própria, então?

– Por conta própria.

Halleck se levantou do assento ergonômico, sentindo quanto até mesmo aquele pequeno esforço exigia de sua reserva de força.

– Por ora, cuidarei dos alojamentos e do bem-estar deles – disse.

– Consulte meu contramestre – disse Tuek. – Drisq é o nome dele. Diga-lhe que é meu desejo que vocês sejam tratados com toda a cortesia. Eu me juntarei a vocês sem demora. Tenho alguns carregamentos de especiaria para despachar primeiro.

– A fortuna a tudo toca – disse Halleck.

– Tudo – disse Tuek. – Os períodos de convulsão são oportunidades raras para nosso negócio.

Halleck assentiu, ouviu o sussurro leve e sentiu o deslocamento do ar quando uma portinhola hermética se abriu ao lado dele. Virou-se, abaixou-se para passar por ela e saiu do gabinete.

Viu-se na sala de reunião através da qual ele e seus homens tinham sido conduzidos pelos assistentes de Tuek. Era uma área comprida e razoavelmente estreita, escavada na rocha natural, e sua superfície lisa revelava que haviam usado maçaricos de radiofresagem para fazer o serviço. O teto se estendia a uma altura suficiente para continuar a curva de sustentação natural da rocha e permitir correntes internas de convecção. Cabides de armas e armários revestiam as paredes.

Halleck notou, com uma ponta de orgulho, que os homens de sua força que ainda conseguiam ficar de pé estavam de pé: para eles, o cansaço e a derrota não traziam tranquilidade. Os médicos dos contrabandistas circulavam entre eles, cuidando dos feridos. Os homens que precisavam de macas foram reunidos numa mesma área à esquerda, e cada ferido era acompanhado por um Atreides.

O treinamento dos Atreides – *"Cuidamos dos nossos!"* – resistia dentro deles feito um núcleo de rocha natural, pensou Halleck.

Um de seus lugares-tenentes adiantou-se um passo, trazendo o baliset de nove cordas de Halleck, já fora do estojo. O homem bateu continência e disse:

– Senhor, os médicos daqui dizem que não há esperança para Mattai. Não possuem bancos de ossos e órgãos por aqui, é só um posto médico avançado. Estão dizendo que Mattai não vai durar muito, e ele tem um pedido a fazer.

– O que é?

O lugar-tenente apresentou o baliset.

– Mattai quer ouvir uma canção para abrandar sua partida, senhor. Diz ele que o senhor sabe qual é... que ele já a pediu várias vezes. – O lugar-tenente engoliu em seco. – É aquela chamada "Minha mulher", senhor. Se o senhor...

– Eu sei.

Halleck pegou o baliset e, com um gesto rápido, sacou a multipalheta do braço do instrumento. Arrancou-lhe um acorde suave, descobriu que alguém já o havia afinado. Seus olhos ardiam, mas ele expulsou a ardência de seus pensamentos quando começou a tocar, dedilhando a canção, obrigando-se a sorrir com naturalidade.

Vários de seus homens e um médico dos contrabandistas estavam debruçados sobre uma das macas. Um dos homens começou a cantar baixinho quando Halleck se aproximou, entrando no contratempo com a facilidade de quem conhecia a música havia muito:

"Minha mulher está à janela,
Curvas na moldura do vidro,
Braços erguidos... inclinada... debruçada...
De encontro à noitinha vermelha e dourada...
Venham a mim... Venham a mim, os braços cálidos de minha amada.
Para mim...
Para mim, os braços cálidos de minha amada."

O cantor se calou, estendeu um braço enfaixado e fechou os olhos do homem sobre a maca.

Halleck arrancou um último acorde suave do baliset, pensando: *Agora somos setenta e três.*

A vida em família da Creche Real é difícil de entender para muitas pessoas, mas tentarei dar a vocês uma visão resumida. Creio que meu pai só tinha um amigo de verdade. Era o conde Hasimir Fenring, eunuco genético e um dos combatentes mais mortíferos do Imperium. O conde, um homenzinho feio, mas elegante, trouxe um dia uma nova concubina-escrava para meu pai, e minha mãe me mandou espionar os trâmites. Todas nós espionávamos meu pai por uma questão de autopreservação. Naturalmente, as concubinas-escravas, pelos termos do acordo com a Guilda e as Bene Gesserit, não podiam dar à luz um Sucessor Real, mas as intrigas eram constantes e opressivas em sua similaridade. Nós nos especializamos – minha mãe, minhas irmãs e eu – em escapar dos instrumentos sutis da morte. Pode parecer uma coisa terrível de se dizer, mas não sei ao certo se meu pai estava totalmente inocente em todos esses atentados. A Família Real é diferente de qualquer outra família. Ali estava uma nova concubina-escrava, de cabelos ruivos como os de meu pai, esbelta e graciosa. Tinha a musculatura de uma dançarina e, obviamente, havia sido treinada na neurossedução. Meu pai a observou durante um bom tempo, enquanto ela posava nua diante dele. Por fim, ele disse: "É linda demais. Vamos guardá-la como presente". Vocês não fazem ideia da consternação que esse comedimento gerou na Creche Real. Discrição e autocontrole, afinal de contas, eram as ameaças mais letais a todas nós.

– Excerto de "Na casa de meu pai", da princesa Irulan

Era fim de tarde e Paul estava do lado de fora da tendestiladora. A fenda onde ele tinha montado o acampamento era bastante sombreada. Ele olhava fixamente para o penhasco distante, do outro lado da areia exposta, imaginando se deveria acordar sua mãe, que dormia dentro da tenda.

Rugas e mais rugas de dunas espalhavam-se além de seu abrigo. Longe do sol que se punha, as dunas ostentavam sombras lustrosas e tão negras que eram como pedacinhos de noite.

E a planura.

Sua mente procurava qualquer coisa alta naquela paisagem. Mas não havia nada de uma altura convincente no ar embaçado pelo calor nem no horizonte: nenhuma flor, nada que se agitasse com delicadeza para marcar a passagem de uma brisa... somente dunas e aquele penhasco distante sob um céu azul-prateado e luzidio.

E se aquilo lá do outro lado não for uma das estações experimentais abandonadas?, ele se perguntou. *E se não houver fremen tampouco, e se as plantas que vemos forem apenas um acidente?*

Dentro da tenda, Jéssica despertou, virou-se, apoiou as costas no chão e olhou de lado para Paul, através da transparência. Ele estava de costas para ela e havia alguma coisa na postura dele que a fazia se lembrar do pai do menino. Sentiu o pesar brotar dentro dela e virou-se para o outro lado.

Imediatamente, ela ajustou seu trajestilador, refrescou-se com a água de uma das bolsas coletoras da tenda e se esgueirou lá para fora, para ficar de pé e se espreguiçar, livrando os músculos do sono.

Paul falou sem se virar:

– Descobri que gosto da tranquilidade deste lugar.

Como a mente se prepara para seu ambiente, ela pensou. E lembrou-se de um provérbio das Bene Gesserit: "A mente, sob tensão, pode seguir num ou noutro sentido, em direção ao positivo ou ao negativo, ligada ou desligada. Pense nisso como um espectro cujos extremos são a inconsciência no polo negativo e a hiperconsciência no polo positivo. A maneira como a mente irá se inclinar sob tensão é fortemente influenciada pelo treinamento".

– Poderíamos levar uma boa vida aqui – disse Paul.

Ela tentou ver o deserto pelos olhos dele, tentando abranger todos os rigores que aquele planeta aceitava como lugar-comum, imaginando quais seriam os futuros possíveis que Paul havia vislumbrado. *Aqui a solidão é possível*, ela pensou, *sem temer alguém atrás de nós, sem temer o caçador.*

Ela passou por Paul, ergueu seu binóculo, ajustou as lentes de óleo e examinou o escarpamento lá do outro lado. Sim, carnegíea nos barrancos e outras plantas espinhosas... e um emaranhado de gramíneas baixas e verde-amareladas nas sombras.

– Vou levantar o acampamento – disse Paul.

Jéssica assentiu, foi até a boca da fissura, onde poderia ter uma visão ampla do deserto, e brandiu o binóculo para a esquerda. Veio o fulgor branco de uma caldeira de sal, com uma mistura de bronze sujo nas beiradas: um campo branco bem ali, onde o branco era a morte. Mas a caldeira indicava outra coisa: *água*. Em algum momento, a água correra por aquele branco fulgurante. Ela baixou o binóculo, ajustou o albornoz, pôs-se a escutar por alguns instantes o som dos movimentos de Paul.

O sol afundou mais um pouco. As sombras se alongaram, atravessando a caldeira de sal. Linhas de cores vibrantes espalharam-se sobre o horizonte do poente. A cor foi se transformando num dedo de trevas a experimentar a areia. As sombras cor de carvão se alastraram, e o desmoronamento compacto da noite obliterou o deserto.

Estrelas!

Ela olhou para os astros, sentindo os movimentos de Paul, que se aproximava para ficar ao lado dela. A noite do deserto convergia para cima, com uma sensação de elevação rumo às estrelas. O peso do dia retirou-se. Um sopro fugaz de brisa roçou o rosto de Jéssica.

– A primeira lua logo irá nascer – disse Paul. – A mochila está pronta. Já instalei o martelador.

Poderíamos nos perder para sempre neste inferno, ela pensou. *E ninguém saberia.*

O vento noturno espalhava riachos de areia que arranhavam todo o rosto de Jéssica, trazendo o cheiro de canela: uma chuva de odores no escuro.

– Sinta esse cheiro – disse Paul.

– Dá para senti-lo até mesmo com o filtro – ela disse. – Riquezas. Mas conseguiremos comprar água com isso? – Ela apontou o outro lado da bacia. – Não há luzes artificiais lá adiante.

– Os fremen estariam escondidos num sietch atrás daquelas pedras – ele disse.

Um peitoril de prata elevou-se acima do horizonte, à direita deles: a primeira lua. Ergueu-se e colocou-se à vista, com o desenho de uma mão evidente em sua face. Jéssica estudou a prata esbranquiçada da areia exposta à luz.

– Instalei o martelador na parte mais profunda da fenda – disse Paul. – Quando eu acender a vela do aparelho, teremos cerca de trinta minutos.

– Trinta minutos?

– Antes que comece a chamar... um... verme.

– Ah. Estou pronta para ir.

Ele se esgueirou para longe da mãe, e ela o ouviu voltar para a fissura.

A noite é um túnel, ela pensou, *um buraco que leva ao amanhã... se é que teremos um amanhã.* Chacoalhou a cabeça. *Por que tenho de ser tão mórbida? Não foi assim que me treinaram!*

Paul voltou, pegou a mochila e desceu na frente até a primeira duna espraiada, onde se deteve e pôs-se a ouvir, enquanto sua mãe o alcançava. Ouviu o andar suave de Jéssica e os sons esparsos, frios e monótonos: o código do deserto, que deixava explícita sua medida de segurança.

– Temos de caminhar sem ritmo – disse Paul, evocando a lembrança de homens andando na areia... tanto a da memória presciente quanto a da memória real. – Observe como eu faço – ele disse. – É como os fremen caminham pela areia.

Passou para a face de barlavento da duna, seguindo-lhe a curvatura, e moveu-se com um passo arrastado.

Jéssica estudou o andar do filho por uns dez passos e o seguiu, imitando-o. Viu sentido naquilo: deviam soar como o deslocamento natural da areia... como o vento. Mas os músculos protestavam contra aquele padrão artificial e irregular: passo... arrasto... arrasto... passo... passo... espera... arrasto... passo...

O tempo se esticou ao redor deles. O paredão de rocha adiante não parecia estar mais próximo. Aquele que ficava para trás continuava a se elevar a grande altura.

– Tum! Tum! Tum! Tum!

Era um rufar de tambor que vinha do penhasco lá atrás.

– O martelador – sussurrou Paul. As marteladas continuaram, e eles acharam difícil não reproduzir o ritmo daquele som em seus passos.

– Tum... tum... tum... tum...

Moviam-se numa depressão iluminada pelo luar e trespassada por aquelas marteladas ocas. Subindo e descendo dunas transbordantes: passo... arrasto... espera... passo... Atravessando a areia grossa que escorria sob os pés: arrasto... espera... passo...

E, o tempo todo, seus ouvidos procuravam um silvo especial.

O som, quando surgiu, começou tão baixo que foi disfarçado pelo próprio arrastar de pés dos dois. Mas foi ficando cada vez mais alto... e vinha do oeste.

– Tum... tum... tum... tum... – rufava o martelador.

O silvo, cada vez mais próximo, espalhou-se pela noite logo atrás deles. Os dois viraram a cabeça, sem deixar de caminhar, e viram o monte criado pelo verme em movimento.

– Continue andando – sussurrou Paul. – Não olhe para trás.

Um rangido furioso irrompeu das sombras das rochas que haviam acabado de deixar. Era uma avalanche violenta de barulho.

– Continue andando – Paul repetiu.

Ele viu que tinham chegado a um ponto indistinto no qual os dois paredões de rocha – o da frente e o de trás – pareciam igualmente remotos.

Atrás deles, aquele dilacerar frenético e torturante das pedras ainda dominava a noite.

Seguiram em frente, sem parar... Os músculos atingiram um estágio de padecimento mecânico que parecia se estender indefinidamente, mas Paul viu que o escarpamento convidativo adiante parecia ter ficado mais alto.

Jéssica movia-se num vácuo de concentração, ciente de que a pressão de sua vontade era a única coisa que não a deixava parar de andar. A secura doía em sua boca, mas os sons lá atrás afastavam toda esperança de parar e beber a água de uma das bolsas coletoras de seu trajestilador.

– Tum... tum...

Novo furor irrompeu do penhasco distante, abafando o martelador.

Silêncio!

– Mais rápido – Paul sussurrou.

Ela assentiu, sabendo que ele não veria o gesto, mas precisou daquilo para dizer a si mesma que era necessário exigir ainda mais dos músculos já levados ao limite... O movimento nada natural...

O paredão diante deles, e a segurança que representava, erguia-se rumo às estrelas, e Paul viu uma superfície plana de areia lisa estendendo-se na base. Passou para ela, tropeçou de cansaço e endireitou-se com a extensão involuntária de um dos pés.

Um estrondo ressonante sacudiu a areia ao redor deles.

Paul cambaleou dois passos para o lado.

– Bum! Bum!

– Areia de percussão! – Jéssica silvou.

Paul recuperou o equilíbrio. Com um olhar abrangente, ele assimilou a areia ao redor deles, o escarpamento rochoso que estava, talvez, a duzentos metros de distância.

Atrás deles, ouviu-se um silvo, como se fosse o vento, como uma contracorrente sem água.

– Corra! – Jéssica gritou. – Paul, corra!

Correram.

O som de tambores retumbou sob seus pés. Em seguida, estavam fora da areia de percussão e tinham entrado no cascalho. Durante algum tempo, a corrida foi um alívio para os músculos, que doíam devido ao uso sem ritmo e nada familiar. Aquele movimento era possível entender. Ali havia ritmo. Mas a areia e o cascalho prendiam-lhes os pés. E o silvo do verme cada vez mais próximo era como o som de uma tempestade que crescesse em volta deles.

Jéssica tropeçou e caiu de joelhos. Só conseguia pensar no cansaço, no som e no pavor.

Paul a colocou de pé.

Continuaram correndo, de mãos dadas.

Um poste fino brotava da areia mais adiante. Passaram por ele, viram outro.

A mente de Jéssica só registrou a existência dos postes depois de terem passado por eles.

Havia mais um, cuja superfície erodida pelo vento saía de uma rachadura na rocha.

E mais um.

Rocha!

Foi com os pés que ela sentiu a pedra, o impacto da superfície complacente, e o apoio mais firme renovou-lhe as forças.

Uma fenda profunda estendia sua sombra vertical para cima e para dentro do penhasco à frente deles. Dispararam naquela direção e meteram-se na abertura estreita.

Atrás deles, o som da passagem do verme cessou.

Jéssica e Paul se viraram e olharam para o deserto lá fora.

Onde as dunas começavam, talvez a uns cinquenta metros de distância, ao pé de uma praia rochosa, uma curva cinzenta e prateada emergiu do deserto, lançando rios e cascatas de areia e pó por toda parte. Ergueu-se mais alto, transformou-se numa boca gigantesca e ávida. Era um buraco negro e redondo, cujas bordas cintilavam à luz da lua.

A boca serpeou na direção da fenda estreita onde Paul e Jéssica se acotovelavam. O cheiro de canela urrava em suas narinas. O luar cintilava nos dentes cristalinos.

Para a frente e para trás moveu-se a boca imensa.

Paul prendeu a respiração.

Jéssica se agachou, sem tirar os olhos do monstro.

Foi necessário recorrer à concentração intensa de seu treinamento de Bene Gesserit para reprimir o pavor primitivo, abrandar na memória racial um medo que ameaçava tomar toda a sua mente.

Paul sentiu uma espécie de entusiasmo. Em algum instante ainda recente, ele tinha atravessado uma barreira temporal e entrado em território desconhecido. Sentia as trevas adiante, nada se revelava a seu olho interior. Era como se um de seus passos o tivesse mergulhado num poço... ou no cavado de uma onda, no qual o futuro era invisível. A paisagem havia passado por uma mudança profunda.

Em vez de assustá-lo, a sensação de treva-tempo estimulou a hiperaceleração de seus outros sentidos. Viu-se registrando cada aspecto disponível da coisa que se erguia da areia e o buscava. A boca da criatura devia ter uns oitenta metros de diâmetro... dentes cristalinos, com a forma curva das dagacrises, cintilavam ao longo de toda a borda... a baforada de canela, aldeídos impalpáveis... ácidos...

O verme obliterou o luar ao roçar a rocha acima deles. Uma chuva de pedrinhas e areia caiu em cascata dentro do esconderijo estreito.

Paul usou o corpo para empurrar a mãe mais para trás.

Canela!

O cheiro o inundava.

O que o verme tem a ver com a especiaria, com o mélange?, ele se perguntou. E lembrou-se de Liet-Kynes deixando escapar uma referência velada a uma associação entre os vermes e a especiaria.

– Barrrruuuum!

Era como uma trovoada seca vinda de muito longe, à direita deles.

E de novo:

– Barrrruuuum!

O verme voltou para a areia, ficou ali momentaneamente, com os dentes cristalinos a entretecer clarões enluarados.

– Tum! Tum! Tum! Tum!

Outro martelador!, pensou Paul.

Mais uma vez, a coisa soou ao longe, à direita deles.

Um estremecimento percorreu o verme. O monstro se afastou ainda mais, areia adentro. Restava apenas a curva superior, em forma de monte, semelhante a meia boca de sino, a curva de um túnel que se elevava acima das dunas.

Areia raspando.

A criatura afundou mais ainda, retirando-se, fazendo a volta. Tornou-se um monte encapelado de areia que se afastou, descrevendo uma curva e atravessando uma depressão oblonga nas dunas.

Paul saiu da fenda, observou a onda de areia retroceder pelos ermos, em direção ao chamado do novo martelador.

Jéssica o seguiu e escutou:

– Tum... tum... tum... tum... tum...

O ruído cessou imediatamente.

Paul pegou o tubo de seu trajestilador e bebeu um pouco de água reaproveitada.

Jéssica concentrou-se na ação dele, mas sua mente parecia vazia por causa da fadiga e das sequelas do pavor.

– Foi mesmo embora? – ela sussurrou.

– Alguém o chamou – disse Paul. – Os fremen.

Ela sentiu que começava a se recuperar.

– Era tão grande!

– Não tão grande quanto aquele que pegou nosso tóptero.

– Tem certeza de que foram os fremen?

– Usaram um martelador.

– Por que eles nos ajudariam?

– Pode ser que não estivessem nos ajudando. Pode ser que estivessem simplesmente chamando um verme.

– Por quê?

Uma resposta pairava à beira de sua consciência, mas recusou-se a aparecer. Ele teve uma visão em sua mente: algo a ver com os bastões farpados e extensíveis dentro da mochila, os "ganchos de criador".

– Por que chamariam um verme? – Jéssica perguntou.

Um sopro de medo roçou a mente dele, e Paul obrigou-se a dar as costas à mãe, a olhar para o alto do penhasco.

– É melhor encontrarmos uma maneira de subir antes de romper o dia. – Ele apontou. – Aqueles postes pelos quais passamos... existem mais deles.

Ela olhou, seguindo a linha da mão dele, viu os postes – marcos arranhados pelo vento –, divisou a sombra de uma saliência estreita que ia serpenteando e entrando numa fenda lá no alto, acima deles.

– Marcam um caminho para subir o penhasco – disse Paul. Acomodou a mochila nos ombros, foi até a base da saliência e começou a escalar.

Jéssica aguardou um momento, descansando, recuperando as forças; depois seguiu o filho.

Para o alto os dois seguiram, acompanhando os postes de referência até a saliência se reduzir a um rebordo estreito à boca de uma fenda escura.

Paul inclinou a cabeça para perscrutar as sombras. Sentia como era precário o equilíbrio de seus pés naquela saliência delgada, mas obrigou-se a ser cauteloso. Viu apenas trevas dentro da fenda, que se estendia ao longe e para cima e se abria para as estrelas no topo. Procurou com a audição, encontrou apenas os sons esperados: uma diminuta cascata de areia, o *brrr* de um inseto, o tropel de uma criaturazinha em fuga. Experimentou a escuridão dentro da fenda com um dos pés, encontrou rocha abaixo de uma superfície coberta de areia. Lentamente, ele foi contornando o canto e fez sinal para sua mãe acompanhá-lo. Agarrou uma ponta solta da túnica de Jéssica e a ajudou na travessia.

Olharam para cima, para a luz das estrelas emolduradas por dois rebordos de rocha. Paul enxergava a mãe ao lado dele como um borrão acinzentado de movimento.

– Se ao menos pudéssemos nos arriscar a acender uma luz – ele sussurrou.

– Temos outros sentidos além da visão – ela disse.

Paul deslizou um dos pés para a frente, deslocou seu peso para o novo ponto de apoio e, com o outro pé, sondou o chão e encontrou uma obstrução.

Ergueu o pé, encontrou um degrau e subiu nele. Estendeu a mão para trás, sentiu o braço da mãe, puxou-lhe a túnica para que ela o seguisse.

Mais um passo.

– Acho que continua assim até o topo – ele sussurrou.

Degraus rasos e regulares, Jéssica pensou. *Feitos pelo homem, sem dúvida alguma.*

Ela seguiu os passos obscuros de Paul, sentindo os degraus. As paredes de rocha estreitaram até quase roçar-lhe os ombros. Os degraus terminavam numa garganta fendida, com uns vinte metros de comprimento e piso nivelado, que se abria para uma bacia rasa e enluarada.

Paul saiu da fenda e entrou na bacia, sussurrando:

– Que belo lugar.

Jéssica só fez olhar, em muda concordância, desde sua posição um passo atrás dele.

Apesar do cansaço, da irritação dos recatas e obturadores nasais e do confinamento do trajestilador, apesar do medo e do desejo agonizante de descansar, a beleza daquela bacia dominou-lhe os sentidos, obrigando-a a parar e admirá-la.

– É como a terra das fadas – Paul sussurrou.

Jéssica concordou com a cabeça.

Alastrando-se ao longe, diante dela, estendia-se a vegetação do deserto: arbustos, cactos minúsculos, moitas de folhagem, e tudo tremeluzia ao luar. As paredes circulares eram escuras a sua esquerda, açucaradas pela lua à direita.

– Deve ser dos fremen – disse Paul.

– Tantas plantas assim não conseguiriam sobreviver sem pessoas por perto – ela concordou. Destampou o tubo das bolsas coletoras de seu trajestilador e sorveu. A água morna e ligeiramente acre desceu-lhe pela garganta. Notou como aquilo a revigorava. A tampa do tubo raspou de encontro a flocos de areia quando Jéssica a devolveu a seu lugar.

Um movimento chamou a atenção de Paul: à direita dele, no piso da bacia circular logo abaixo deles. Dirigiu seu olhar lá para baixo, atravessando os fustetes e as ervas até uma superfície arenosa de luar, grossa e em forma de cunha, tomada por um upa-pula, salta, pula-pincha de movimentos diminutos.

– Camundongos! – ele exclamou baixinho.

Pula-pincha-pincha!, faziam eles, entrando e saindo das sombras.

Uma coisa caiu sem fazer ruído diante dos olhos deles e no meio dos camundongos. Ouviu-se um grito agudo e fino, um bater de asas, e uma ave cinzenta e espectral voou para longe, cruzando a bacia, levando uma sombra escura e pequenina nas garras.

Precisávamos desse lembrete, Jéssica pensou.

Paul continuou a olhar fixamente para o outro lado da bacia. Inalou, sentiu o cheiro em contralto e levemente pungente de sálvia que galgava a noite. A ave de rapina... Pensou nela como a doutrina daquele deserto. A ave trouxera uma quietude tão muda à bacia que era quase possível ouvir o luar azul e leitoso passar pelas carnegíeas sentinelas e as castillejas espinhosas. Havia ali um zumbido luminoso, de harmonia mais básica que qualquer outra música do universo de Paul.

– É melhor procurarmos um lugar para armar a tenda – ele disse. – Amanhã podemos tentar encontrar os fremen que...

– Muitos invasores se arrependem de encontrar os fremen!

Era uma voz masculina e encorpada que cortou as palavras de Paul, desfazendo o momento. A voz veio do alto, acima deles, e da direita.

– Por favor, não corram, invasores – disse a voz quando Paul fez menção de recuar para a garganta. – Se correrem, só farão desperdiçar a água de seus corpos.

Querem apenas a água de nossa carne!, Jéssica pensou. Seus músculos ignoraram toda a fadiga, colocaram-se naturalmente em estado de prontidão máxima, sem externar nada. Ela determinou exatamente a localização da voz e pensou: *Que capacidade de dissimulação! Eu não o ouvi chegar.* E percebeu que o dono daquela voz se permitira produzir apenas os pequenos sons, os ruídos naturais do deserto.

Outra voz chamou desde a borda da bacia, à esquerda deles.

– Não demore, Stil. Pegue a água deles e vamos embora. Temos pouco tempo antes do amanhecer.

Paul, não tão condicionado quanto a mãe à resposta de emergência, envergonhou-se por ter ficado paralisado e tentado recuar, por ter obliterado suas habilidades com o pânico momentâneo. Obrigou-se, então, a obedecer aos ensinamentos de Jéssica: relaxar, depois simular o relaxamento, em seguida a tensão contida dos músculos, capaz de se lançar em qualquer direção, como uma vergastada.

Frank Herbert

Ainda assim, ele sentia uma pontada de medo em seu íntimo, e sabia qual era a origem. Aquele era um momento cego, e não um futuro que ele já tivesse visto... E foram surpreendidos por fremen selvagens, cujo único interesse era a água contida na carne de dois corpos sem escudos que os protegessem.

Essa adaptação religiosa dos fremen, portanto, é a fonte do que hoje reconhecemos como "os Pilares do Universo", cujos Qizara Tafwid estão entre nós, portando sinais, provas e profecias. Eles nos trazem a fusão mística arrakina, cuja profunda beleza é exemplificada pela música comovente e fundamentada nas formas antigas, mas carimbadas com o novo despertar. Quem é que nunca ouviu nem se comoveu profundamente com "O hino do velho"?
Impeli meus pés pelo deserto
Cuja miragem tremulava feito multidão.
Ávido de glória, sôfrego de perigos,
Vaguei pelos horizontes de al-Kulab,
Vendo o tempo arrasar as montanhas,
Em sua busca, sequioso de mim.
E vi os pardais chegarem rápido,
Mais audazes que um lobo no ataque.
Alastraram-se pela árvore de minha juventude.
Ouvi o bando em meus galhos
E fui apanhado em seus bicos e garras!

– Excerto de "Despertar de Arrakis", da princesa Irulan

O homem se arrastava sobre o topo de uma duna. Era um cisco apanhado no fulgor do sol do meio-dia. Vestia os restos rasgados de um manto jubba, e os farrapos expunham sua pele ao calor. O capuz tinha sido arrancado do manto, mas o homem havia feito um turbante com uma tira de tecido. Mechas de cabelos ruivos saíam do turbante e faziam par com a barba rala e as sobrancelhas grossas. Abaixo dos olhos de azul sobre azul, restos de uma mancha escura espalhavam-se até as maçãs do rosto. Uma depressão emaranhada sobre a barba e o bigode mostrava onde o tubo de um trajestilador havia marcado seu trajeto do nariz às bolsas coletoras.

O homem se deteve, meio corpo sobre o topo da duna, com os braços estendidos descendo pela face de deslizamento. O sangue havia coagulado em suas costas, nos braços e pernas. Manchas de areia cinza-amarelada aderiam aos ferimentos. Lentamente, ele colocou as mãos sob o corpo, tomou impulso para se levantar e ficou ali, cambaleando. E até mesmo naquele ato quase aleatório restava um traço dos movimentos antes tão precisos.

– Eu sou Liet-Kynes – disse, dirigindo-se ao horizonte inane, e sua voz era uma caricatura rouca da força que antes conhecera. – Sou o Planetólogo de Sua Majestade Imperial – sussurrou –, o ecólogo planetário de Arrakis. Sou o administrador desta terra.

Ele tropeçou, caiu de lado na superfície dura da face de barlavento. Suas mãos se enterraram debilmente na areia.

Sou o administrador desta areia, ele pensou.

Percebeu que quase delirava, que devia se enterrar na areia, encontrar a subcamada relativamente fresca e cobrir-se com ela. Mas ainda sentia o mau cheiro, os ésteres quase doces de um bolsão de pré-especiaria em algum lugar sob a areia. Conhecia, melhor do que qualquer outro fremen, o perigo inerente àquele fato. Se conseguia sentir o cheiro da massa pré-especiaria, isso significava que os gases nas profundezas da areia estavam prestes a atingir uma pressão explosiva. Ele tinha de sair dali.

Suas mãos desenharam rabiscos fracos na face da duna.

Um pensamento se alastrou em sua mente, claro e distinto: *A verdadeira riqueza de um planeta está em sua paisagem, na maneira como participamos dessa fonte fundamental da civilização: a agricultura.*

E pensou como era estranho que a mente, havia tanto tempo fixa num único curso, não conseguisse sair dele. Os soldados Harkonnen o deixaram ali, sem água nem trajestilador, pensando que um verme o pegaria se o deserto não o fizesse. Acharam divertido deixá-lo vivo para morrer aos poucos nas mãos impessoais de seu planeta.

Os Harkonnen sempre acharam difícil matar os fremen, ele pensou. *Não morremos facilmente. Eu deveria estar morto... Logo estarei morto... mas não consigo deixar de ser um ecólogo.*

– A função mais elevada da ecologia é a compreensão das consequências.

A voz o abalou, porque ele a reconheceu, porque sabia que se tratava da voz de um morto. Era a voz de seu pai, o planetólogo de Arrakis antes dele: seu pai, falecido havia tanto tempo, morto no desmoronamento de uma caverna na Bacia de Gesso.

— Meteu-se numa bela encrenca, filho — disse o pai. — Devia saber quais seriam as consequências se tentasse ajudar o filho daquele duque.

Estou delirando, pensou Kynes.

A voz parecia vir da direita. Kynes esfregou o rosto na areia, virando-se para olhar naquela direção: nada, exceto um trecho recurvo de duna que o calor fazia dançar no fulgor absoluto do sol.

— Quanto maior o número de formas de vida num sistema, mais nichos a vida terá — disse o pai. E a voz agora vinha da esquerda e de trás dele.

Por que ele fica mudando de lugar?, Kynes se perguntou. *Ele não quer que eu o veja?*

— A vida aprimora a capacidade do ambiente de sustentar a vida — disse o pai. — A vida disponibiliza mais rapidamente os nutrientes necessários. Introduz mais energia no sistema por meio da formidável interação química entre os organismos.

Por que ele insiste nesse assunto?, Kynes se perguntou. *Eu já sabia disso antes de completar 10 anos.*

Os gaviões do deserto — comedores de carniça, como a maioria das criaturas silvestres daquela terra — começaram a sobrevoá-lo em círculos. Kynes viu uma sombra passar perto de sua mão, esforçou-se para virar ainda mais a cabeça e olhar para cima. As aves eram um borrão contra o céu azul-prateado: pontinhos distantes de fuligem que flutuavam acima dele.

— Somos generalistas — disse o pai. — Não é possível traçar linhas definidas em torno de problemas planetários. A planetologia é uma ciência que se faz sob medida.

O que está tentando me dizer?, Kynes imaginou. *Alguma consequência que eu deixei de ver?*

Seu rosto voltou a afundar na areia quente, e ele sentiu o odor de rocha queimada sob os gases da pré-especiaria. Em algum recesso de lógica de sua mente, formou-se um pensamento: *As aves que me sobrevoam comem carniça. Talvez alguns de meus fremen as avistem e venham investigar.*

— Para o planetólogo prático, o instrumento mais importante são os seres humanos — disse o pai. — É preciso cultivar o conhecimento ecológico entre as pessoas. Por isso criei essa forma inteiramente nova de notação ecológica.

Está repetindo coisas que me disse quando eu era criança, Kynes pensou.

Começou a sentir frio, mas aquele recesso de lógica em sua mente lhe disse: *O sol está a pino. Você não tem trajestilador e está quente; o sol está consumindo a umidade de seu corpo.*

Seus dedos enterraram-se debilmente na areia.

Não podiam ao menos ter me deixado um trajestilador?!

– A presença de umidade no ar ajuda a evitar a evaporação acelerada da água dos corpos vivos – disse o pai.

Por que ele continua a repetir o óbvio?, Kynes quis saber.

Tentou pensar na umidade do ar: relva cobrindo aquela duna... água livre em algum lugar abaixo dele, um longo qanat de água corrente a céu aberto, exceto nas iluminuras. Água livre... água de irrigação... eram necessários cinco mil metros cúbicos de água para irrigar um hectare de terra a cada estação de cultivo, ele se lembrou.

– Nossa primeira meta em Arrakis – disse o pai – será a província das pastagens. Começaremos com essas gramíneas psamófitas mutantes. Quando tivermos a umidade presa nas pastagens, passaremos a criar florestas de terras altas, depois alguns corpos d'água a céu aberto – pequenos, no início – e situados nos trajetos dos ventos predominantes, com captadores e precipitadores de umidade distribuídos por esses trajetos para recapturar o que for roubado pelo vento. Temos de criar um verdadeiro siroco, um vento úmido, mas nunca nos livraremos da necessidade de captadores de vento.

Sempre me dando aulas, pensou Kynes. *Por que não cala a boca? Não vê que estou morrendo?*

– Você também morrerá – disse o pai – se não sair de cima dessa bolha que está se formando neste exato momento nas profundezas. Ela está lá, e você sabe disso. Está sentindo o cheiro dos gases pré-especiaria. Sabe que os criadorzinhos estão começando a liberar um pouco de sua água dentro da massa.

Pensar na água abaixo dele era enlouquecedor. Ele a imaginava agora – aprisionada nos estratos de rocha porosa pelos criadorzinhos coriáceos, parte vegetais, parte animais – e a fina ruptura que vertia uma corrente da água mais pura, límpida, líquida e refrescante dentro de...

Uma massa pré-especiaria!

Inalou, sentindo a doçura rançosa. O odor agora era muito mais forte.

Kynes obrigou-se a ficar de joelhos, ouviu o grito de uma ave, o bater apressado de asas.

Este é o deserto da especiaria, ele pensou. *Deve haver fremen por perto, mesmo ao sol. Certamente devem ter visto as aves e virão investigar.*

– Deslocar-se pela paisagem é uma necessidade da vida animal – disse o pai. – Os povos nômades seguem a mesma necessidade. Os padrões de deslocamento se adaptam às necessidades físicas de água, alimento, minerais. Temos de controlar esses padrões agora, alinhá-los a nossos objetivos.

– Cale a boca, velho – Kynes resmungou.

– Temos de fazer em Arrakis uma coisa que nunca se tentou fazer com um planeta inteiro – disse o pai. – Temos de usar o homem como uma força ecológica construtiva, introduzindo formas de vida adaptadas a partir de similares da Terra, um vegetal aqui, um animal ali, um homem acolá, para transformar o ciclo da água, para criar um novo tipo de paisagem.

– Cale-se! – Kynes crocitou.

– Foram os padrões de deslocamento que nos forneceram os primeiros indícios da relação entre os vermes e a especiaria – disse o pai.

Um verme, pensou Kynes, tomado por uma onda de esperança. *É certo que um criador aparecerá quando esta bolha estourar. Mas não tenho ganchos. Como poderei montar um dos grandes criadores sem os ganchos?*

Dava para sentir a frustração minando a pouca força que lhe restava. A água tão perto: coisa de cem metros abaixo dele; um verme que certamente viria, e ele sem os recursos para mantê-lo na superfície e usá-lo.

Kynes tombou para a frente, sobre a areia, voltando à depressão rasa definida por seus movimentos. Sentiu a areia quente contra a face esquerda, mas a sensação era remota.

– O ambiente arrakino incorporou-se ao padrão evolutivo das formas de vida nativas – disse o pai. – É tão estranho que pouquíssimas pessoas tenham deixado de se concentrar na especiaria tempo suficiente para se admirar com o equilíbrio quase ideal de nitrogênio, oxigênio e gás carbônico que se mantém aqui, mesmo com a ausência de grandes áreas de cobertura vegetal. A esfera de energia do planeta está aí para quem quiser vê-la e compreendê-la: um processo implacável, mas um processo mesmo assim. Há nele um espaço vazio? Então alguma coisa ocupará esse vazio. A ciência é feita de tantas coisas que parecem óbvias depois de explicadas. Eu sabia que o criadorzinho estava lá, nas profundezas da areia, muito antes de ter visto um.

— Por favor, pai, pare de me dar aulas — Kynes sussurrou.

Um gavião pousou na areia perto da mão estendida de Kynes. Ele viu a ave fechar as asas e inclinar a cabeça para fitá-lo. Reuniu energia suficiente para resmungar diante da ave, que deu dois passos saltitantes para longe, mas continuou a olhar para ele.

— Os homens e suas obras foram uma doença na superfície de seus planetas até agora — disse o pai. — A natureza costuma compensar as doenças, removê-las ou isolá-las, incorporá-las ao sistema a sua própria maneira.

O gavião baixou a cabeça, estendeu as asas, voltou a fechá-las. Transferiu sua atenção para a mão estendida de Kynes.

Ele descobriu que não tinha mais forças para resmungar diante da ave.

— O sistema histórico de pilhagem e extorsão mútuas tem um fim aqui em Arrakis — disse o pai. — Não se pode seguir roubando aquilo de que se precisa sem pensar naqueles que virão depois. As características físicas de um planeta estão escritas em seu registro econômico e político. Temos o registro diante de nós, e nosso curso é óbvio.

Ele não conseguia parar com as aulas, pensou Kynes. *Aulas, aulas, aulas: sempre dando aulas.*

O gavião saltitou mais um passo para perto da mão estendida de Kynes, virou a cabeça, primeiro para um lado, depois para o outro, examinando a pele exposta.

— Arrakis é um planeta de uma cultura só — disse o pai. — Uma cultura. Sustenta uma classe dominante que vive como viveram as classes dominantes de todas as épocas, ao passo que, abaixo delas, uma massa semi-humana em semiescravidão subsiste de restos. São as massas e os restos que tomam nossa atenção. São muito mais valiosos do que um dia se chegou a suspeitar.

— Estou ignorando você, pai — Kynes sussurrou. — Vá embora.

E ele pensou: *Certamente deve haver alguns de meus fremen por perto. Não há como não verem as aves que me sobrevoam. Eles virão investigar, nem que seja apenas para ver se há umidade disponível.*

— As massas de Arrakis saberão que trabalhamos para fazer a terra se encher de água — disse o pai. — A maioria, naturalmente, só terá uma compreensão quase mística de como planejamos fazer isso. Muitos, sem entender o problema da razão de massa proibitiva, podem até pensar que vamos trazer a água de algum outro planeta que a tem em abundância. Que pensem o que quiserem, contanto que acreditem em nós.

Daqui a um minuto eu vou me levantar e dizer o que penso dele, Kynes pensou. *Ficar aí me dando aulas em vez de me ajudar.*

A ave deu mais um salto para perto da mão estendida de Kynes. Outros dois gaviões pousaram na areia atrás do primeiro.

— A religião e a lei de nossas massas devem ser a mesma coisa — disse o pai. — A desobediência tem de ser um pecado e exigir castigos religiosos. Isso trará o duplo benefício de gerar maior obediência e maior coragem. Entenda, não podemos depender tanto da coragem dos indivíduos, e sim da coragem de uma população inteira.

Onde está minha população agora que mais preciso dela?, Kynes pensou. Reuniu toda a sua força e moveu a mão na direção do gavião mais próximo, uma distância equivalente à largura de um dedo. A ave saltitou para trás, colocando-se entre os companheiros, e todos os três prepararam-se para alçar voo.

— Nosso cronograma alcançará a estatura de um fenômeno natural — disse o pai. — A vida de um planeta é um tecido vasto e de trama firme. As alterações na vegetação e na vida animal serão determinadas, a princípio, pelas forças físicas brutas que manipulamos. Mas, à medida que se estabelecerem, nossas mudanças irão se tornar influências controladoras por conta própria, e teremos de lidar com isso também. Não se esqueça, porém, de que precisamos controlar apenas três por cento da energia da superfície — somente três por cento — para fazer a estrutura inteira pender para nosso sistema autossustentado.

Por que não está me ajudando?, Kynes quis saber. *Sempre a mesma coisa: quando mais preciso, você me abandona.* Ele quis virar a cabeça, olhar na direção de onde vinha a voz do pai, olhar feio para o velho. Os músculos se recusaram a obedecer.

Kynes viu o gavião se mover. A ave se aproximou da mão dele, um passo cauteloso por vez, enquanto os companheiros aguardavam, fingindo indiferença. O gavião se deteve a distância de um salto da mão dele.

Uma lucidez profunda tomou a mente de Kynes. Ele viu, mais do que de repente, um potencial que seu pai nunca tinha vislumbrado para Arrakis. As possibilidades daquele caminho diferente o inundaram.

– Não poderia acontecer um desastre mais terrível para sua gente do que cair nas mãos de um Herói – disse o pai.

Está lendo minha mente!, Kynes pensou. *Ora... que seja.*

As mensagens já foram enviadas para minhas vilas sietch, ele pensou. *Nada será capaz de detê-los. Se o filho do duque estiver vivo, eles irão encontrá-lo e protegê-lo como ordenei. Podem se livrar da mulher, da mãe dele, mas salvarão o menino.*

O gavião saltitou e chegou perto suficiente para bicar a mão dele. Inclinou a cabeça para examinar a carne letárgica. Abruptamente, a ave se empertigou, esticou a cabeça para cima e, com um único grito agudo, saltou para o ar e se afastou, descrevendo uma curva nas alturas, seguida de perto pelos companheiros.

Eles vieram!, Kynes pensou. *Meus fremen me encontraram!*

Então ele ouviu o ribombar da areia.

Todos os fremen conheciam aquele som, eram capazes de distingui-lo imediatamente dos ruídos produzidos pelos vermes ou por outras criaturas do deserto. Em algum lugar abaixo dele, a massa pré-especiaria tinha acumulado a água e a matéria orgânica dos criadorzinhos em quantidade suficiente, atingira o estágio crítico de crescimento desenfreado. Uma bolha gigantesca de dióxido de carbono estava se formando nas profundezas da areia, subindo num "sopro" enorme, com um remoinho de pó no centro. Estava prestes a trocar o que tinha se formado nas profundezas da areia por qualquer coisa que estivesse na superfície.

Os gaviões circulavam no alto, externando sua frustração aos gritos. Sabiam o que estava acontecendo. Todas as criaturas do deserto sabiam.

E eu sou uma criatura do deserto, Kynes pensou. *Está me vendo, pai? Sou uma criatura do deserto.*

Sentiu que a bolha o erguia, sentiu-a romper, que o remoinho de pó o engolfava, arrastando-o para baixo, para a frialdade das trevas. Por um momento, a sensação de frescor e umidade foram um alívio e uma bênção. Em seguida, enquanto seu planeta o matava, ocorreu a Kynes que seu pai e todos os outros cientistas estavam enganados, que os princípios mais persistentes do universo eram o acidente e o erro.

Até mesmo os gaviões sabiam que era verdade.

Profecia e presciência: como é possível colocá-las à prova diante de perguntas sem respostas? Pense nisto: quanto se deve à verdadeira previsão da "forma de onda" (nome que Muad'Dib dava a sua imagem-visão) e quanto se deve ao profeta que vai modelando o futuro para se encaixar na profecia? E quanto aos harmônicos inerentes ao ato profético? Será que o profeta vê o futuro? Ou será que enxerga uma linha de fraqueza, uma falha ou rachadura que ele possa partir com palavras ou decisões, da mesma maneira que um cortador de diamantes estilhaça sua pedra com o golpe de uma faca?

– "Reflexões particulares a respeito de Muad'Dib", da princesa Irulan

"Pegue a água deles", dissera o homem que havia gritado no escuro. E Paul resistiu ao medo, olhou de relance para a mãe. Seus olhos treinados viram que ela estava pronta para o combate, notaram a tensão expectante dos músculos dela.

– Seria lamentável ter de destruir vocês de imediato – disse a voz acima deles.

Esse é o que falou primeiro, pensou Jéssica. *São pelo menos dois: um a nossa direita, outro à esquerda.*

– Cignoro hrobosa sukares hin mange la pchagavas doi me kamavas na beslas lele pal hrobas!

Foi o homem à direita deles, que gritava desde o outro lado da bacia.

Para Paul, as palavras eram incompreensíveis, mas, devido a seu treinamento de Bene Gesserit, Jéssica reconheceu o idioma. Era chakobsa, uma das antigas línguas de caça, e o homem acima deles estava dizendo que talvez fossem os estrangeiros que procuravam.

No silêncio repentino que se seguiu à voz que gritara, a face em aro da segunda lua, levemente azul-marfim, surgiu sobre as pedras do outro lado da bacia, brilhante e curiosa.

Sons de passos rápidos vieram das pedras – acima e de ambos os lados... movimentos obscuros ao luar. Muitos vultos correram pelas sombras.

Uma tropa inteira!, pensou Paul, com uma angústia repentina.

Um homem alto e de albornoz mosqueado se apresentou diante de Jéssica. Seu filtro bucal havia sido atirado para um lado, para que pudesse falar com clareza, revelando uma barba densa à luz indireta da lua, mas o rosto e os olhos continuavam ocultos pela aba do capuz.

– O que temos aqui: djim ou seres humanos? – ele perguntou.

E Jéssica ouviu a zombaria sincera na voz dele, permitiu-se uma tênue esperança. Era a voz de comando, a voz que os havia desconcertado com sua intromissão no meio da noite.

– Seres humanos, eu garanto – disse o homem.

Jéssica sentiu mais do que viu a faca escondida numa das pregas da túnica do homem. Ela se permitiu um momento amargo de arrependimento pelo fato de ela e Paul não terem escudos.

– Vocês também sabem falar? – perguntou o homem.

Jéssica colocou em sua atitude e em sua voz toda a arrogância majestosa à sua disposição. Era urgente responder, mas ela não tinha ouvido o homem falar o suficiente para garantir que tivesse registrado sua cultura e suas fraquezas.

– Quem nos surpreende feito criminosos no meio da noite? – ela indagou.

A cabeça coberta pelo capuz do albornoz demonstrou tensão ao se virar repentinamente, depois um relaxamento vagaroso que revelava muita coisa. O homem tinha bom autocontrole.

Paul se afastou da mãe para fazer deles alvos distintos e dar a ambos um pouco mais de espaço para agir.

A cabeça encapuzada virou-se quando Paul se moveu, expondo uma fatia de rosto ao luar. Jéssica viu um nariz pronunciado, um olho cintilante – *escuro, tão escuro aquele olho, sem nada de branco* –, um bigode castanho-escuro e voltado para cima.

– Um filhote adorável – disse o homem. – Se estão fugindo dos Harkonnen, talvez sejam bem-vindos entre nós. O que foi, menino?

As possibilidades passaram rapidamente pela mente de Paul: *Mentira? Verdade?* Era necessário tomar uma decisão imediata.

– Por que vocês acolheriam fugitivos? – ele indagou.

— Um menino que pensa e fala feito homem – disse o homem alto. – Bem, agora, respondendo a sua pergunta, meu jovem wali, sou um daqueles que não pagam o fai, o tributo em água, para os Harkonnen. É por isso que talvez eu acolha um fugitivo.

Ele sabe quem somos nós, Paul pensou. *Sua voz oculta alguma coisa.*

— Sou Stilgar, o fremen – disse o homem alto. – Isso vai soltar sua língua, menino?

É a mesma voz, pensou Paul. E lembrou-se do Conselho e daquele homem que viera buscar o corpo de um amigo morto pelos Harkonnen.

— Conheço você, Stilgar – disse Paul. – Eu estava com meu pai no Conselho quando você veio buscar a água de seu amigo. Levou com você um dos homens de meu pai, Duncan Idaho: uma troca de amigos.

— Idaho nos abandonou e voltou para seu duque – disse Stilgar.

Jéssica ouviu o tom de desagrado na voz dele e continuou preparada para atacar.

A voz que vinha das rochas acima deles gritou:

— Estamos perdendo tempo aqui, Stil.

— Este é o filho do duque – Stilgar vociferou. – Sem dúvida, é ele quem Liet nos mandou procurar.

— Mas... um menino, Stil.

— O duque era um homem, e este rapaz usou um martelador – disse Stilgar. – Foi corajosa a travessia que fez, no caminho de *shai-hulud*.

E Jéssica ouviu que ele a excluía de seus pensamentos. Já teria chegado ao veredito?

— Não há tempo para colocá-lo à prova – protestou a voz acima deles.

— Mas ele poderia ser a Lisan al-Gaib – disse Stilgar.

Ele procura um presságio!, Jéssica pensou.

— Mas a mulher... – advertiu a voz acima deles.

Jéssica voltou a se preparar. Havia morte naquela voz.

— Sim, a mulher – disse Stilgar. – E sua água.

— Conhece a lei – disse a voz que vinha das pedras. – Aqueles que não conseguem conviver com o deserto...

— Fique quieto – disse Stilgar. – Os tempos mudam.

— Isso foi uma *ordem* de Liet? – perguntou a voz que vinha das pedras.

— Você ouviu a voz do ciélago, Jamis – disse Stilgar. – Por que está me pressionando?

E Jéssica pensou: *Ciélago!* A pista do idioma abriu caminhos largos para a compreensão: era a língua da Ilm e Fiqh, e ciélago significava *morcego*, um mamífero voador e de pequeno porte. *Voz do ciélago*: tinham recebido uma mensagem distrans para procurar Paul e ela.

– Só não quero que esqueça seus deveres, Stilgar, meu amigo – disse a voz acima deles.

– Meu dever é a força da tribo – disse Stilgar. – Esse é meu único dever. Não preciso que ninguém me lembre disso. Este menino-homem me interessa. Ele tem a pele firme. Foi criado com muita água. Foi criado longe do pai sol. Não tem os olhos dos Ibad. Mas não fala nem age como um fracote das caldeiras. Nem seu pai agia assim. Como pode ser?

– Não podemos ficar aqui a noite inteira discutindo – disse a voz que vinha das pedras. – Se uma patrulha...

– Não vou repetir para ficar quieto, Jamis – disse Stilgar.

O homem acima deles continuou em silêncio, mas Jéssica o ouviu se mover, atravessando de um salto uma garganta e descendo até o chão da bacia à esquerda deles.

– A voz do ciélago indicou que seria interessante para nós salvar vocês dois – disse Stilgar. – Vejo possibilidade neste menino-homem forte: ele é jovem e capaz de aprender. Mas e você, mulher? – Ele fitou Jéssica.

Agora tenho sua voz e seu padrão registrados, pensou Jéssica. *Eu poderia controlá-lo com uma palavra, mas ele é um homem forte... muito mais valioso para nós se permanecer incisivo e com plena liberdade para agir. Vamos ver.*

– Sou a mãe deste menino – Jéssica disse. – Em parte, a força que você admira nele é resultado do treinamento que lhe dei.

– A força de uma mulher pode ser infinita – disse Stilgar. – Certamente é, no caso de uma Reverenda Madre. Você é uma Reverenda Madre?

Por ora, Jéssica ignorou as implicações da pergunta e respondeu honestamente:

– Não.

– Foi treinada na doutrina do deserto?

– Não, mas muitos consideram meu treinamento valioso.

– Fazemos nossos próprios juízos de valor – disse Stilgar.

– Todo homem tem o direito de julgar por si próprio – ela disse.

– Que bom que você enxerga a razão – disse Stilgar. – Não podemos nos demorar aqui para colocá-la à prova, mulher. Entendeu? Não queremos que seu espectro nos atormente. Levarei o menino-homem, seu filho; ele terá minha proteção, asilo em minha tribo. Mas, quanto a você, mulher... entende que não é nada pessoal? É a lei, Istislá, no interesse de todos. Não é o bastante?

Paul deu meio passo à frente:

– Do que está falando?

Stilgar olhou de relance para Paul, mas manteve sua atenção focada em Jéssica.

– A menos que tivesse sido treinada a fundo e desde a infância para viver aqui, você poderia levar a destruição a uma tribo inteira. É a lei, e não podemos levar inúteis...

O movimento de Jéssica começou como um falso desmaio, uma queda lenta em direção ao chão. Era a coisa óbvia para uma forasteira fraca fazer, e o óbvio retarda as reações do oponente. Leva-se um instante para interpretar uma coisa conhecida quando essa coisa se revela algo desconhecido. Ela mudou sua trajetória ao ver que ele baixava o ombro direito com o intuito de apontar uma arma, oculta nas pregas do manto, para a nova posição dela. Um giro, uma vergastada do braço, um remoinho de mantos misturados, e ela estava contra as pedras, com o homem indefeso diante dela.

Ao primeiro movimento de sua mãe, Paul recuou dois passos. Quando ela atacou, ele mergulhou nas sombras. Um homem de barba apareceu em seu caminho, quase agachado, e atirou-se à frente com uma arma numa das mãos. Paul acertou o homem abaixo do esterno com a mão aberta e os dedos estendidos, deu um passo para o lado e golpeou, de cima para baixo, a base do pescoço do oponente, tomando-lhe a arma enquanto ele caía.

Em seguida já estava nas sombras, escalando as pedras, com a arma enfiada na faixa em sua cintura. Ele a reconhecera, apesar da forma nada familiar: uma arma de projéteis, e isso revelava muitas coisas sobre aquele lugar, mais uma dica de que não se usavam escudos ali.

Eles irão se concentrar em minha mãe e no tal Stilgar. Ela é páreo para ele. Tenho de chegar a um posição vantajosa e segura, de onde eu possa ameaçá-los e ganhar tempo para que ela consiga escapar.

Ouviu-se um coro nítido de molas acionadas na bacia. Com um zunido, os projéteis ricochetearam nas pedras em volta dele. Um deles agitou o manto de Paul. Ele se espremeu atrás de um canto nas pedras, viu-se dentro de uma fenda vertical e estreita e – com as costas apoiadas num dos lados e os pés no outro – começou a escalá-la devagar e o mais silenciosamente que podia.

O eco da voz forte de Stilgar chegou até ele:

– Para trás, seus piolhos cabeças-de-verme! Ela vai quebrar meu pescoço se vocês chegarem mais perto!

Uma voz vinda da bacia disse:

– O menino fugiu, Stil. O que quer que a gente...

– Claro que ele fugiu, seu cérebro de areia... Uuugh! Calma, mulher!

– Diga-lhes que parem de perseguir meu filho – disse Jéssica.

– Já pararam, mulher. Ele fugiu, como você queria. Deuses magníficos das profundezas! Por que não disse que era mulher de sortilégios e de armas?

– Mande seus homens recuarem – Jéssica disse. – Diga-lhes para sair e vir para a bacia, onde posso vê-los... e é melhor acreditar que sei quantos eles são.

E ela pensou: *Este é o momento delicado, mas, se este homem é tão arguto quanto acho que é, temos uma chance.*

Paul subiu devagar, encontrou uma saliência estreita sobre a qual poderia ficar e olhou lá para baixo, para a bacia. A voz de Stilgar chegou até ele.

– E se eu me recusar? Como é que você... uugh! Deixe estar, mulher! Não vamos mais lhe fazer mal. Deuses magníficos! Se é capaz de fazer isso com o mais forte de nós, você vale dez vezes seu peso em água.

Agora, o teste da razão, Jéssica pensou, e disse:

– Você procura a Lisan al-Gaib.

– Vocês poderiam ser as pessoas da lenda – ele disse –, mas só acreditarei nisso depois dos testes. Só sei que vocês vieram para cá com aquele duque estúpido... Aiiiii! Mulher! Não me importo se você me matar! Ele tinha honra e coragem, mas foi estúpido ao se colocar no caminho do punho dos Harkonnen!

Silêncio.

Sem demora, Jéssica disse:

– Ele não teve escolha, mas não vamos discutir isso. Agora, diga àquele seu homem atrás do arbusto lá adiante para não tentar mais apontar a arma para mim, ou então vou livrar o universo de vocês dois, um depois do outro.

– Você aí! – berrou Stilgar. – Faça o que ela disse!

– Mas, Stil...

– Faça o que ela disse, seu bostinha de lagarto rastejante, cérebro de areia, cara de verme! Se não fizer, eu mesmo a ajudarei a desmembrar você! Não vê o valor desta mulher?

O homem no arbusto ficou totalmente de pé, abandonando seu abrigo parcial, e baixou a arma.

– Ele obedeceu – disse Stilgar.

– Agora – disse Jéssica –, explique claramente a sua gente o que você quer de mim. Não quero que nenhum jovem de pavio curto cometa um erro idiota.

– Quando nos insinuamos nas vilas e cidadezinhas, temos de disfarçar nossa origem, temos de nos misturar com a gente das caldeiras e dos graben – disse Stilgar. – Não portamos armas, pois a dagacris é sagrada. Mas você, mulher, você tem a habilidade sortílega da batalha. Só ouvimos falar dela, e muitos duvidavam, mas não se pode duvidar daquilo que se vê com os próprios olhos. Você dominou um fremen armado. *Essa* é uma arma que nenhuma revista conseguiria encontrar.

Houve alvoroço na bacia quando as palavras de Stilgar calaram na alma.

– E se eu concordar em ensinar a vocês a... doutrina dos sortilégios?

– Minha proteção se estenderá a você e também a seu filho.

– Como podemos ter certeza de que cumprirá sua promessa?

A voz de Stilgar perdeu um pouco de seu discreto tom argumentativo e assumiu um quê de amargura.

– Aqui fora, mulher, não carregamos papel para redigir contratos. Não fazemos promessas à noite para quebrá-las ao amanhecer. Quando um homem diz uma coisa, esse é o contrato. Sendo eu o líder de meu povo, eles se comprometem a cumprir minha palavra. Ensine-nos essa doutrina dos sortilégios e você terá asilo entre nós enquanto desejar. Sua água irá se misturar com nossa água.

– Você fala em nome de todos os fremen? – perguntou Jéssica.

– Daqui a algum tempo, pode ser que sim. Mas somente meu irmão, Liet, fala por todos os fremen. Aqui, prometo apenas sigilo. Meu povo não irá falar de vocês a nenhum outro sietch. Os Harkonnen voltaram a Duna em grande número, e seu duque está morto. Dizem por aí que vocês dois morreram numa tempestade-mãe. O caçador não procura a caça que já está morta.

Parece seguro, Jéssica pensou. *Mas estas pessoas têm um bom sistema de comunicação e alguém poderia mandar uma mensagem.*

– Imagino que tenham oferecido uma recompensa por nós dois – ela disse.

Stilgar continuou em silêncio, e ela quase enxergava os pensamentos que se reviravam na cabeça dele, sentindo os deslocamentos dos músculos do homem sob suas mãos.

Sem demora, ele disse:

– Digo-lhe mais uma vez: dei-lhe a palavra-promessa da tribo. Minha gente agora sabe quanto você vale para nós. O que os Harkonnen poderiam nos dar? Nossa liberdade? Rá! Não, você é o taqwa que nos comprará mais do que toda a especiaria nos cofres dos Harkonnen.

– Então ensinarei a vocês minha doutrina de batalha – Jéssica disse, sentindo a intensidade ritualizada e inconsciente de suas próprias palavras.

– E agora, vai me soltar?

– Que seja – Jéssica disse. Ela o soltou, deu um passo para o lado e colocou-se em plena vista da encosta que ficava na bacia. *Este é o teste-mashad*, ela pensou. *Mas Paul precisa conhecê-los, mesmo se eu morrer, para que ele adquira esse conhecimento.*

No silêncio expectante que se seguiu, Paul avançou devagar para ver melhor onde sua mãe estava. Ao se mover, ele ouviu uma respiração pesada cessar de repente, acima dele, na fenda vertical da rocha, e percebeu ali uma sombra fraca, delineada de encontro às estrelas.

A voz de Stilgar veio da bacia:

– Você aí em cima! Pare de caçar o menino. Ele vai descer logo, logo.

A voz de um garoto ou garota jovem saiu da escuridão acima de Paul:

– Mas, Stil, ele não deve estar muito longe...

– Mandei deixá-lo em paz, Chani! Sua cria de lagarto!

Uma voz acima de Paul praguejou baixinho e, em seguida:

– *Eu*, cria de lagarto!

Mas a sombra recuou e sumiu de vista.

Paul voltou sua atenção para a bacia, distinguindo a sombra cinzenta de Stilgar que se movia ao lado de sua mãe.

– Venham aqui, todos vocês – gritou Stilgar. Virou-se para Jéssica. – E agora eu pergunto como *nós* podemos ter certeza de que você irá cumprir sua parte no negócio? Você foi quem viveu com papéis e contratos vazios e coisas desse...

– Nós, Bene Gesserit, não quebramos nossos votos, assim como vocês – disse Jéssica.

Fez-se um silêncio prolongado, seguido por um silvo de várias vozes:

– Uma bruxa Bene Gesserit!

Paul tirou da cintura a arma que havia apanhado, apontou-a para o vulto obscuro de Stilgar, mas o homem e seus companheiros continuaram imóveis, olhando para Jéssica.

– É *mesmo* a lenda – alguém falou.

– Disseram que a shadout Mapes informou isso a seu respeito – disse Stilgar. – Mas é preciso colocar à prova algo tão importante. Se você é a Bene Gesserit da lenda, cujo filho irá nos levar ao paraíso... – Ele deu de ombros.

Jéssica suspirou, pensando: *Então, nossa Missionaria Protectora chegou a instalar válvulas de segurança religiosas em todo este lugar infernal. Ah, bem... será uma ajuda, e foi para isso mesmo que a criaram.*

Ela disse:

– A vidente que trouxe a lenda para cá, ela a entregou a vocês sob o penhor do karama e da ijaz, o milagre e a inimitabilidade da profecia. Disso eu sei. Você quer um sinal?

Ele dilatou as narinas à luz do luar.

– Não podemos nos deter para celebrar os ritos – ele sussurrou.

Jéssica lembrou-se de um mapa que Kynes havia mostrado a ela enquanto preparava rotas de fuga emergenciais. Parecia ter sido tanto tempo atrás. Havia um lugar chamado "Sietch Tabr" no mapa e, ao lado do nome, a anotação: "Stilgar".

– Talvez quando chegarmos a Sietch Tabr – ela disse.

A revelação o abalou e Jéssica pensou: *Se ele soubesse os truques que usamos! Devia ser boa essa Bene Gesserit da Missionaria Protectora. Estes fremen foram lindamente preparados para acreditar em nós.*

Stilgar trocou de pé, apreensivo.

– Temos de ir agora.

Ela assentiu, para fazê-lo saber que partiam com a permissão dela.

Ele olhou para o alto do penhasco, quase diretamente para a saliência de rocha onde Paul estava agachado.

– Você aí, rapaz, pode descer agora. – Voltou sua atenção para Jéssica e falou em tom de desculpa: – Seu filho fez uma barulheira incrível ao escalar. Ele tem muito a aprender para não colocar todos nós em risco, mas ainda é jovem.

– Não há dúvida de que temos muito a ensinar uns aos outros – Jéssica disse. – Enquanto isso, é melhor cuidar daquele seu companheiro ali adiante. Meu filho barulhento foi um pouco rude ao desarmá-lo.

Stilgar virou-se, balançando o capuz.

– Onde?

– Depois daqueles arbustos – ela apontou.

Stilgar tocou dois de seus homens.

– Cuidem disso. – Olhou para os companheiros, identificou-os. – Jamis não está aqui. – Voltou-se para Jéssica. – Até mesmo seu filhote conhece a doutrina dos sortilégios.

– E você vai notar que meu filho não saiu lá de cima como você ordenou – disse Jéssica.

Os dois homens que Stilgar havia mandado voltaram ajudando um terceiro, que cambaleava e arquejava entre eles. Stilgar olhou de relance para eles, voltou sua atenção para Jéssica.

– O filho só acata ordens vindas de você, hein? Ótimo. Ele tem disciplina.

– Paul, pode descer agora – disse Jéssica.

Paul ficou de pé, aparecendo à luz da lua acima da fenda onde estivera escondido e devolveu a arma fremen à faixa que trazia na cintura. Quando ele se virou, um outro vulto surgiu das pedras para confrontá-lo.

À luz da lua, que se refletia na pedra cinzenta, Paul viu um vulto pequeno, usando as vestes dos fremen, um rosto obscurecido que o fitava por baixo do capuz, e o cano de uma das armas de projéteis apontado para ele, saindo de uma dobra do manto.

– Eu sou Chani, filha de Liet.

A voz era alegre e cadenciada, quase tomada pelo riso.

– Eu não teria deixado você ferir meus companheiros – ela disse.

Paul engoliu em seco. O vulto diante dele virou-se para a luz da lua, e ele viu um rosto de fada e fossos negros por olhos. A familiaridade daquele rosto, os traços saídos de inúmeras visões de suas primeiras experiências prescientes, abalaram Paul de tal maneira que ele ficou paralisado. Lembrou-se da bravata zangada com a qual havia, certa vez, descrito aquele rosto saído de um sonho, dizendo à Reverenda Madre Gaius Helen Mohiam: *"Eu irei conhecê-la"*.

E ali estava o rosto, mas ele nunca tinha sonhado com aquele encontro.

– Você fez tanto barulho quanto um shai-hulud enfurecido – ela disse. – E subiu pelo caminho mais difícil. Siga-me: vou lhe mostrar um jeito mais fácil de descer.

Ele se arrastou para fora da fenda, seguiu o turbilhão do manto da menina pela paisagem acidentada. Ela se movia feito uma gazela, dançando sobre as pedras. Paul sentiu o sangue quente no rosto e agradeceu por estar escuro.

Essa menina! Ela era como o contato do destino. Ele se sentiu apanhado por uma onda, em sintonia com um movimento que elevava seu espírito.

Não demoraram a se ver entre os fremen no chão da bacia.

Jéssica voltou-se para Paul com um sorriso irônico, mas falou dirigindo-se a Stilgar:

– Será uma boa troca de ensinamentos. Espero que você e seu povo não se ressintam da violência que usamos. Pareceu... necessária. Vocês estavam prestes a... cometer um erro.

– Salvar alguém de um erro é uma dádiva do paraíso – disse Stilgar. Tocou os lábios com a mão esquerda, tirou a arma da cintura de Paul com a outra e a jogou para um companheiro. – Você terá sua própria pistola maula, rapaz, quando merecer uma.

Paul fez menção de falar, hesitou, lembrou-se do ensinamento da mãe: *"O início é sempre um momento delicado"*.

– Meu filho já tem as armas de que precisa – disse Jéssica. Encarou Stilgar, obrigando-o a imaginar como Paul tinha conseguido a pistola.

Stilgar olhou para o homem que Paul havia subjugado, Jamis. O homem afastado dos demais, cabisbaixo, respirando pesadamente.

– Você é uma mulher difícil – disse Stilgar. Estendeu a mão esquerda para um companheiro e estalou os dedos. – Kushti bakka te.

Chakobsa outra vez, Jéssica pensou.

O companheiro enfiou dois retalhos de gaze na mão de Stilgar, que os fez correr pelos dedos e colocou um deles em volta do pescoço de Jéssica, sob o capuz, e o outro no pescoço de Paul, da mesma maneira.

— Agora vocês usam o lenço dos bakka — ele disse. — Se nos separarmos, vocês serão reconhecidos como membros do sietch de Stilgar. Falaremos de armas outra hora.

Ele se pôs a percorrer seu bando, inspecionando sua gente, entregando a mochila do fremkit de Paul para um de seus homens carregar.

Bakka, pensou Jéssica, reconhecendo o termo religioso: *bakka, os pranteadores*. Percebeu como o simbolismo dos lenços unia aquele bando. *Por que o pranto os uniria?*, ela se perguntou.

Stilgar foi até a menina que havia deixado Paul envergonhado e disse:

— Chani, tome o menino-homem como seu protegido. Não o deixe se meter em encrenca.

Chani tocou o braço de Paul.

— Venha, menino-homem.

Paul escondeu a raiva em sua voz e disse:

— Meu nome é Paul. Seria melhor você...

— Nós lhe daremos um nome, homenzinho — Stilgar disse —, quando chegar o mihna, no teste da aql.

O teste da razão, Jéssica traduziu. A necessidade repentina de deixar clara a superioridade de Paul passou por cima de todas as outras considerações, e ela gritou:

— Meu filho foi testado com o gom jabbar!

No silêncio que se seguiu, ela percebeu que os deixara comovidos.

— Há muita coisa que não conhecemos uns sobre os outros — disse Stilgar. — Mas estamos nos demorando demais. O sol não pode nos encontrar em campo aberto. — Ele foi até o homem que Paul tinha derrubado e disse: — Jamis, está em condições de viajar?

Um grunhido foi a resposta.

— Ele me pegou de surpresa. Foi um acidente. Tenho condições de viajar.

— Acidente coisa nenhuma — disse Stilgar. — Vou considerar você e Chani responsáveis pela segurança do rapaz, Jamis. Estas pessoas têm minha proteção.

Jéssica olhou para o homem, Jamis. Era dele a voz que viera das pedras e discutira com Stilgar. Era dele a voz que trazia a morte. E Stilgar vira a necessidade de reiterar sua ordem para o tal Jamis.

Stilgar avaliou o grupo com um olhar e, a um gesto seu, separou dois homens.

– Larus e Farrukh, vocês irão esconder nossos rastros. Cuidem para que não deixemos nenhum sinal. Cautela redobrada: temos entre nós duas pessoas sem treinamento. – Ele se virou, com a mão erguida e apontada para o outro lado da bacia. – Fila de pelotão, com flanqueadores, vamos. Temos de chegar à Caverna do Espinhaço antes do amanhecer.

Jéssica seguiu ao lado de Stilgar, contando as cabeças. Eram quarenta fremen – com ela e Paul, eram quarenta e dois. E pensou: *Viajam como companhia militar, até mesmo a menina, Chani.*

Paul entrou na fila atrás de Chani. Reprimira a mágoa de ter sido surpreendido pela menina. Em sua mente agora estava a recordação evocada pelas palavras ríspidas de sua mãe: *"Meu filho foi testado com o gom jabbar!"*. Descobriu que sua mão formigava com a lembrança da dor.

– Olhe por onde anda – Chani cochichou. – Não encoste nos arbustos para não deixar fiapos e revelar que passamos por aqui.

Paul engoliu em seco e concordou com a cabeça.

Jéssica pôs-se a escutar os sons da tropa, ouvindo seus próprios passos e os de Paul, admirada com a maneira como os fremen se moviam. Eram quarenta pessoas a atravessar a bacia, produzindo apenas os sons naturais do lugar: falucas fantasmagóricas, com os mantos esvoaçantes a singrar as sombras. Seu destino era o Sietch Tabr, o sietch de Stilgar.

Ela revirou a palavra em sua mente: sietch. Era uma palavra da língua chakobsa, inalterada através de incontáveis séculos a partir do antigo idioma de caça. Sietch: um ponto de encontro em momentos de perigo. As implicações profundas da palavra e da língua só agora começavam a lhe dizer alguma coisa, depois da tensão do encontro.

– Estamos progredindo bem – disse Stilgar. – Com a graça de Shai-Hulud, chegaremos à Caverna do Espinhaço antes do amanhecer.

Jéssica concordou com a cabeça, conservando sua energia, sentindo a fadiga terrível que ela mantinha afastada com a força de sua vontade... e, ela admitiu, com a força do entusiasmo. Sua mente se concentrou no valor daquela tropa, enxergando o que se revelava ali a respeito da cultura fremen.

Todos eles, ela pensou, *uma cultura inteira treinada na disciplina militar. Que coisa inestimável para um duque desterrado!*

> **Os fremen eram supremos naquela qualidade que os antigos denominavam *spannungsbogen*, que é a autoimposição de um adiamento entre o desejar uma coisa e o estender a mão para apanhá-la.**
>
> – Excerto de "A sabedoria de Muad'Dib", da princesa Irulan

Aproximaram-se da Caverna do Espinhaço ao romper do dia, atravessando uma fenda na muralha da bacia, tão estreita que tiveram de virar de lado para passar por ela. Jéssica viu Stilgar destacar guardas à luz tênue do amanhecer, viu-os por um instante quando começaram a escalar rapidamente o penhasco.

Paul vinha caminhando com a cabeça voltada para cima, vendo a trama do planeta cortada em seção transversal onde a fenda estreita se abria para o céu azul-acinzentado.

Chani puxou-o pelo manto para apressá-lo e disse:

– Rápido. Já é dia.

– Os homens que subiram, aonde estão indo? – Paul sussurrou.

– É a primeira ronda – ela disse. – Apresse-se.

Guardas do lado de fora, Paul pensou. *Inteligente. Mas teria sido mais inteligente ainda se nos aproximássemos do lugar em bandos distintos. Menos chance de perder a tropa inteira.* Deteve-se naquele pensamento, percebendo que era o raciocínio de um guerrilheiro, e lembrou-se do receio de seu pai, de que os Atreides se tornassem uma casa guerrilheira.

– Mais rápido – Chani sussurrou.

Paul acelerou os passos, ouvindo o roçar dos mantos atrás dele. E pensou nas palavras da sirat, tiradas da minúscula Bíblia C. O. de Yueh. *"O paraíso à direita, o inferno à esquerda, e o Anjo da Morte atrás de mim."* Repetiu a citação em sua mente.

Contornaram uma curva onde a passagem se alargava. Stilgar pôs-se de lado, incentivando-os com gestos a entrar num buraco baixo que se abria perpendicularmente.

– Rápido! – ele silvou. – Seremos coelhos engaiolados se uma patrulha nos pegar aqui.

Paul inclinou-se para passar pela abertura, seguiu Chani e entrou numa caverna iluminada por uma tênue luz cinzenta que vinha de algum ponto mais adiante.

– Pode ficar ereto – ela disse.

Ele endireitou as costas e examinou o lugar: uma área ampla e profunda, com teto abobadado que se colocava fora do alcance da mão de um homem. A tropa se espalhou pelas sombras. Paul viu sua mãe surgir de um lado, viu-a examinar os companheiros. E notou como ela não se misturava aos fremen, mesmo que suas vestes fossem idênticas. A maneira como ela se movia: tamanha sensação de poder e graça.

– Procure um lugar para descansar e fique fora do caminho, menino-homem – disse Chani. – Aqui tem comida. – Enfiou na mão dele duas porções embrulhadas em folhas. Fediam a especiaria.

Stilgar apareceu atrás de Jéssica, gritou uma ordem para um grupo à esquerda.

– Instalem o veda-portas e cuidem da hidrossegurança. – Ele se virou para um outro fremen. – Lemil, traga uns luciglobos. – Tomou Jéssica pelo braço. – Quero lhe mostrar uma coisa, mulher dos sortilégios. – Ele a conduziu e os dois contornaram uma curva na rocha, em direção à fonte da luz.

Jéssica viu-se olhando lá para fora, por sobre o rebordo amplo de outra abertura da caverna, uma abertura no alto de um penhasco que sobranceava mais uma bacia, com cerca de dez ou doze quilômetros de largura. A bacia era protegida por paredões de rocha elevados. Moitas esparsas de vegetação distribuíam-se pelo perímetro.

Enquanto ela olhava para a bacia acinzentada pelo amanhecer, o sol ergueu-se sobre o escarpamento distante, iluminando uma paisagem marrom-claro, feita de pedras e areia. E ela reparou como o sol de Arrakis parecia saltar sobre o horizonte.

É porque queremos contê-lo, ela pensou. *A noite é mais segura que o dia.* Foi acometida, então, pela saudade de um arco-íris, naquele lugar que nunca veria a chuva. *Tenho de reprimir essas saudades*, ela pensou. *São uma fraqueza. Não posso mais me dar ao luxo de ter fraquezas.*

Stilgar segurou o braço dela e apontou o outro lado da bacia.

– Ali! Ali você verá drusos de verdade.

Ela olhou para onde ele apontava, viu movimento: pessoas no chão da bacia, debandando, à luz do dia, para o interior das sombras do outro penhasco. Apesar da distância, os movimentos eram claros no ar límpido. Ela tirou o binóculo de sob a túnica, focalizou as lentes de óleo naquelas pessoas ao longe. Os lenços voejavam como um bando de borboletas multicoloridas.

– Ali é minha casa – disse Stilgar. – Chegaremos lá hoje à noite. – Ele olhou para o outro lado da bacia, puxando o bigode. – Meu povo ficou fora até tarde, trabalhando. Quer dizer que não há patrulhas por perto. Mandarei um sinal para eles mais tarde, e eles cuidarão dos preparativos para nos receber.

– Seu povo demonstra ter boa disciplina – Jéssica disse. Ela baixou o binóculo, viu que Stilgar olhava para eles.

– O povo obedece à lei da preservação da tribo – ele disse. – É assim que escolhemos os líderes entre nós. O líder é o mais forte, aquele que traz água e segurança. – Ele ergueu o olhar e voltou sua atenção para o rosto dela.

Ela devolveu o olhar, reparou nos olhos sem branco, nas pálpebras manchadas, a barba e o bigode contornados pelo pó, a linha do tubo coletor que descia das narinas e entrava no trajestilador.

– Comprometi sua liderança ao derrotar você, Stilgar? – ela perguntou.

– Você não me desafiou – ele disse.

– É importante que o líder mantenha o respeito de sua tropa – ela disse.

– Sou páreo para todos aqueles piolhos de areia, sem exceção – disse Stilgar. – Ao me derrotar, você derrotou todos nós. Agora a esperança deles é aprender com você... a doutrina dos sortilégios... e alguns estão curiosos para ver se você pretende me desafiar.

Ela ponderou as implicações.

– Derrotando você em combate formal?

Ele fez que sim.

– Não é algo que eu aconselhe, porque eles não seguiriam você. Não nasceu da areia. Viram isso durante nossa caminhada noturna.

– Pessoas práticas – ela disse.

– Verdade. – Ele olhou para a bacia. – Sabemos do que precisamos. Mas não são muitos que pensam com essa profundidade agora, tão perto de casa. Estivemos fora tempo demais, cuidando de entregar nossa quota de especiaria aos livre-cambistas, para a maldita Guilda... que seus rostos fiquem negros para sempre.

Jéssica se deteve no ato de dar as costas para ele, voltou a olhar para o rosto do homem.

– A Guilda? O que a Guilda tem a ver com sua especiaria?

– É a ordem de Liet – disse Stilgar. – Sabemos a razão, mas isso nos deixa um travo amargo na boca. Subornamos a Guilda com um montante monstruoso em especiaria para manter nossos céus livres de satélites e para que ninguém possa espionar o que estamos fazendo com a face de Arrakis.

Ela mediu suas palavras, lembrando que Paul havia dito que aquele tinha de ser o motivo para que os céus de Arrakis estivessem livres de satélites.

– E o que é que vocês estão fazendo com a face de Arrakis que não pode ser visto?

– Nós a estamos mudando... devagar, mas com segurança... para torná-la adequada à vida humana. Nossa geração não verá isso, nem nossos filhos, nem os filhos de nossos filhos, nem os netos deles... mas virá. – Olhou para fora, por sobre a bacia, com olhos velados. – Água a céu aberto, plantas verdes e altas e pessoas andando livremente por aí, sem os trajestiladores.

Então esse é o sonho do tal Liet-Kynes, ela pensou. E disse:

– Os subornos são perigosos: têm a tendência de ficar cada vez maiores.

– E ficam – ele disse –, mas o jeito demorado é o jeito seguro.

Jéssica virou-se, olhou para fora, por sobre a bacia, tentando enxergá-la da maneira que Stilgar a via em sua imaginação. Ela via apenas a mancha clara e cor de mostarda das pedras distantes e um movimento indistinto e repentino no céu, acima dos penhascos.

– Aaaah – disse Stilgar.

Ela pensou, a princípio, que fosse um veículo de patrulha, depois percebeu que se tratava de uma miragem: outra paisagem flutuando sobre a areia do deserto e um tremular distante de vegetação, e, a meia distância, um verme comprido que deslizava pela superfície, levando no dorso o que pareciam ser mantos fremen esvoaçantes.

A miragem desapareceu.

– Seria melhor viajar montados – disse Stilgar –, mas não podemos permitir a entrada de um criador nesta bacia. Por isso, teremos de caminhar outra vez esta noite.

Criador: a palavra que usam para se referir a um verme, ela pensou.

Ela avaliou a importância das palavras dele, a declaração de que não podiam *permitir* um verme naquela bacia. Sabia o que tinha visto na miragem: fremen montados no dorso de um verme gigante. Foi preciso um autocontrole intenso para não deixar transparecer o impacto daquelas implicações em sua pessoa.

– Temos de voltar para junto dos outros – disse Stilgar. – Para que minha gente não comece a desconfiar que estou flertando com você. Alguns já invejam o fato de minhas mãos terem provado seus encantos quando nos engalfinhamos ontem à noite na Bacia Tuono.

– Agora basta! – Jéssica disse, ríspida.

– Não se ofenda – disse Stilgar, e sua voz saiu mansa. – Não tomamos as mulheres contra a vontade delas... e, no seu caso... – Ele deu de ombros. – ... essa convenção nem sequer é necessária.

– Não se esqueça de que fui a mulher de um duque – ela disse, mas sua voz estava mais calma.

– Como quiser – ele disse. – Já é hora de vedar esta abertura, de permitir o relaxamento da disciplina do trajestilador. Minha gente precisa descansar com conforto hoje. Suas famílias não vão deixá-los descansar muito amanhã.

O silêncio se interpôs entre eles.

Jéssica olhou diretamente para a luz do sol. Tinha ouvido exatamente o que pensara ter ouvido na voz de Stilgar: a oferta muda de mais do que sua *proteção*. Será que ele precisava de uma esposa? Ela percebeu que poderia desempenhar aquele papel ao lado dele. Seria uma maneira de encerrar os conflitos pela liderança tribal: a mulher devidamente aliada ao homem.

Mas e o que seria de Paul? Quem saberia dizer quais regras de paternidade prevaleciam ali? E o que seria da filha ainda por nascer que ela trazia em seu ventre havia poucas semanas? O que seria da filha de um duque morto? Permitiu-se confrontar inteiramente o significado daquela outra criança que crescia dentro de si, enxergar os próprios motivos ao permitir a concepção. Sabia o que era: tinha sucumbido àquele impulso secreto, compartilhado por todas as criaturas que se viam diante da morte, o impulso de buscar a imortalidade na prole. Deixaram-se dominar pelo impulso de fertilidade da espécie.

Jéssica olhou para Stilgar, viu que ele a estudava, à espera de alguma coisa. *Uma filha nascida aqui, de uma mulher casada com um homem como este: qual seria a sina dessa filha?*, ela se perguntou. *Ele tentaria limitar os princípios que uma Bene Gesserit é obrigada a seguir?*

Stilgar limpou a garganta e revelou, naquele momento, que compreendia algumas das perguntas que passavam pela mente de Jéssica:

– O importante para um líder é aquilo que faz dele um líder. São as necessidades de seu povo. Se você me ensinar seus poderes, virá o dia em que um de nós terá de desafiar o outro. Eu preferiria uma alternativa.

– E existem outras alternativas? – ela perguntou.

– A Sayyadina – ele disse. – Nossa Reverenda Madre é idosa.

Eles têm uma Reverenda Madre!

Antes que ela pudesse sondá-lo a esse respeito, ele disse:

– Não estou necessariamente me oferecendo como consorte. Não é nada pessoal, pois você é bela e desejável. Mas, se você se tornar uma de minhas mulheres, isso talvez leve alguns de meus rapazes a acreditar que estou preocupado demais com os prazeres da carne e de menos com as necessidades da tribo. Neste exato momento, eles nos ouvem e observam.

Um homem que pondera suas decisões, que pensa nas consequências, ela pensou.

– Há entre meus rapazes aqueles que chegaram à idade da inquietação – ele disse. – É preciso acalmá-los nesse período. Não posso lhes dar grandes motivos para me desafiar. Porque aí eu teria de aleijar e matar alguns deles. Quando se pode evitá-la, essa não é a maneira adequada de um líder proceder. Veja bem, o líder é o que distingue a turba de um povo. Ele mantém o nível de indivíduos. Quando são muito poucos os indivíduos, o povo volta a ser uma turba.

As palavras dele, a profundidade perceptiva por trás delas, o fato de ele ter falado tanto para ela quanto para aqueles que os escutavam em segredo, obrigou-a a reavaliá-lo.

Ele tem estatura, ela pensou. *Onde teria aprendido esse equilíbrio interior?*

– A lei que determina nossa maneira de escolher um líder é só uma lei – disse Stilgar. – Mas não quer dizer que a justiça seja sempre aquilo de que um povo precisa. O que realmente precisamos agora é de tempo para crescer e prosperar, espalhar nossa força por mais terras.

Qual é a ascendência dele?, ela se perguntou. *De onde vem essa civilidade?* Ela disse:

– Stilgar, subestimei você.

– Eu bem que desconfiava – ele disse.

— Nós dois, aparentemente, subestimamos um ao outro — ela disse.

— Gostaria de pôr um fim nisso — ele disse. — Gostaria de ter sua amizade... e confiança. Gostaria que tivéssemos um pelo outro aquele respeito que cresce no íntimo, sem a necessidade física e vil do sexo.

— Entendo — ela disse.

— Confia em mim?

— Posso ouvir sua sinceridade.

— Entre nós — ele disse —, as Sayyadina, quando não são as líderes formais, detêm uma posição de honra especial. Elas ensinam. Mantêm a força de Deus aqui dentro — e ele tocou o próprio peito.

Agora tenho de sondar esse mistério da Reverenda Madre, ela pensou. E disse:

— Você mencionou sua Reverenda Madre... e ouvi falar de lendas e profecias.

— Dizem que uma Bene Gesserit e seu filho detêm a chave de nosso futuro — ele disse.

— Vocês acreditam que seja eu?

Ela observou o rosto dele, pensando: *O junco novo morre tão fácil. Os inícios são momentos tão perigosos.*

— Não sabemos — ele disse.

Ela concordou com a cabeça, pensando: *Ele é um homem honrado. Quer que eu lhe dê um sinal, mas não fará pender a balança do destino contando-me qual seria esse sinal.*

Jéssica virou a cabeça, olhou para a bacia lá embaixo, para as sombras douradas, as sombras purpúreas, as vibrações do ar empoeirado que passavam pelo rebordo da caverna onde os dois se encontravam. Súbito, sua mente foi tomada por uma prudência felina. Ela conhecia a ladainha da Missionaria Protectora, sabia como adaptar as técnicas da lenda, do temor e da esperança a suas necessidades urgentes, mas sentia mudanças drásticas ali... como se alguém tivesse se infiltrado entre aqueles fremen e capitalizado a influência da Missionaria Protectora.

Stilgar limpou a garganta.

Ela percebeu a impaciência dele, sabia que o dia seguia seu curso e que os homens aguardavam para vedar aquela abertura. Era o momento de ser ousada, e ela percebeu do que precisava: de uma dar al-hikman, uma escola de tradução que lhe fornecesse uma...

– Adab – ela murmurou.

Sua mente pareceu se revolver dentro dela. Jéssica reconheceu a sensação com um acelerar do pulso. Nada, em todo o treinamento das Bene Gesserit, produzia um sinal de reconhecimento como aquele. Só podia ser a adab, a lembrança exigente que se apossava da pessoa. Entregou-se à memória, permitindo que as palavras saíssem de sua boca.

– Ibn qirtaiba – ela disse –, até onde a poeira termina. – Estendeu um braço para fora do manto, viu Stilgar arregalar os olhos. Ouviu o farfalhar de muitos mantos ao fundo. – Vejo um... fremen, com o livro dos exemplos – ela entoou. – Ele está lendo para al-Lat, o sol que ele desafiou e subjugou. Lê para os Sadus do Julgamento, e eis o que lê:

"Meus inimigos são como a grama verde deitada por terra
Que se colocou no caminho da tempestade.
Não viste o que fez nosso Senhor?
Mandou-lhes a peste,
A eles que tramaram contra nós.
São como as aves que o caçador espantou.
Suas intrigas são como pílulas de veneno
Que todas as bocas rejeitam."

Um estremecimento percorreu-lhe o corpo. Jéssica deixou cair o braço.

Até ela chegou, vinda das sombras do interior da caverna, uma resposta murmurada por muitas vozes:

– Suas obras foram derrubadas.

– O fogo de Deus cresce em teu coração – ela disse. E pensou: *Agora o sinal chegou ao canal adequado.*

– O fogo de Deus foi aceso – veio a resposta.

Ela assentiu.

– Teus inimigos hão de tombar – ela disse.

– Bi-la kaifa – eles responderam.

No silêncio repentino, Stilgar curvou-se diante dela.

– Sayyadina – ele disse. – Com a bênção de Shai-hulud, você ainda poderá passar ao interior e se tornar Reverenda Madre.

Passar ao interior, ela pensou. *Uma maneira estranha de expressar essa ideia. Mas o resto se encaixou perfeitamente na ladainha.* E ela sentiu uma amargura cínica pelo que fizera. *Nossa Missionaria Protectora raramente falha. Prepararam para nós um lugar nestes ermos. A prece da salat arranjou-nos um esconderijo. Agora tenho de representar o papel de Auliya, a Amiga de Deus... Sayyadina para povos renegados, influenciados de tal maneira por nossas profecias Bene Gesserit que chegam a chamar suas sumas sacerdotisas de Reverendas Madres.*

Paul estava ao lado de Chani nas sombras do interior da caverna. Ainda sentia o gosto das porções que ela lhe dera para comer: carne de ave e grãos, unidos com mel de especiaria e embrulhados numa folha. Ao provar a comida, percebeu que nunca tinha ingerido tamanha concentração da essência da especiaria e, por um instante, teve medo. Sabia o que aquela essência era capaz de fazer com ele: a *transformação da especiaria* que levava sua mente à percepção presciente.

– Bi-la kaifa – Chani sussurrou.

Paul olhou para ela, vendo o espanto com que os fremen pareciam aceitar as palavras de sua mãe. Somente o homem chamado Jamis parecia alheio à cerimônia, mantendo-se à parte do grupo, com os braços cruzados sobre o peito.

– Duy yakha hin mange – Chani murmurou. – Duy punra hin mange. Tenho dois olhos. Tenho dois pés.

E ela encarou Paul, com uma expressão admirada.

Paul inspirou fundo, tentando acalmar a tempestade dentro dele. As palavras de sua mãe tinham se unido à ação da essência da especiaria, e ele sentira a voz dela subir e descer dentro dele, como as sombras de uma fogueira ao ar livre. Durante toda a prece, ele sentira nela o cinismo da mãe – ele a conhecia tão bem! –, mas nada conseguiria deter aquilo que havia se iniciado com uma simples porção de comida.

Propósito terrível!

Ele a sentia, a consciência racial da qual não conseguia escapar. Estava ali, a lucidez aguçada, o influxo de dados, a precisão gélida de sua percepção. Ele se deixou cair até o chão, sentou-se com as costas apoiadas na pedra, entregando-se à experiência. A percepção passou àquela camada intemporal onde ele enxergava o tempo, detectava os caminhos disponíveis, os ventos do futuro... os ventos do passado: a visão monocular do passado, a visão monocular do presente e a visão monocular do futuro – todas combinadas numa visão trinocular, que lhe permitia enxergar o tempo feito espaço.

Sentiu que existia o perigo de derrubar a si mesmo, e ele teve de se agarrar a sua percepção do presente, sentindo a deflexão embaçada da experiência, o momento fluido, a solidificação contínua daquilo que é no perpétuo foi.

Ao segurar o presente, ele sentiu, pela primeira vez, a constância maciça do movimento do tempo, complicado em toda parte pelas correntes, ondas, marés e contramarés mutáveis, como a arrebentação contra as falésias. Isso o levou a uma nova compreensão de sua presciência, e ele viu a fonte do tempo cego, a fonte do erro, com uma sensação imediata de medo.

A presciência, ele percebeu, era uma iluminação que incorporava os limites daquilo que revelava: ao mesmo tempo uma fonte de precisão e de erro significativo. Uma espécie de incerteza heisenbergiana interveio: o gasto de energia que revelava o que ele via também mudava o que era visto.

E o que ele viu foi um nexo temporal naquela caverna, uma efervescência de possibilidades concentradas ali, onde a ação mais insignificante – um piscar de olhos, uma palavra imprudente, um grão de areia mal colocado – movia uma alavanca gigantesca por todo o universo conhecido. Viu a violência e seu resultado, sujeito a tantas variáveis que o menor movimento dele criava vastas mudanças no padrão.

A visão o fez desejar a imobilidade, mas aquilo também era uma ação que tinha suas consequências.

As incontáveis consequências, linhas que se desdobravam em leque, partindo daquela caverna, e, na maioria dessas consequências-linhas, ele via seu próprio cadáver, com o sangue a escorrer da ferida escancarada de uma facada.

> **Meu pai, o imperador padixá, tinha 72 anos – embora não aparentasse ter mais de 35 – no ano em que arranjou a morte do duque Leto e devolveu Arrakis aos Harkonnen. Ele raramente aparecia em público vestindo outra coisa que não o uniforme dos Sardaukar e o capacete negro de burseg, que trazia sobre o penacho o leão dourado imperial. O uniforme era um lembrete ostensivo de onde residia seu poder. Mas ele nem sempre era tão espalhafatoso. Quando queria, era capaz de irradiar charme e sinceridade, mas tenho me perguntado muitas vezes, nestes últimos tempos, se algo nele era o que parecia ser. Hoje, creio que ele era um homem em luta constante para escapar das grades de uma gaiola invisível. Lembrem-se de que era um imperador, patriarca de uma dinastia que remontava ao passado mais obscuro. Mas nós lhe negamos um filho legítimo. Não foi a derrota mais terrível que um soberano já sofreu? Minha mãe obedecia a suas Superioras da Irmandade, as mesmas a quem lady Jéssica desobedeceu. Qual delas era a mais forte? A história já respondeu.
>
> – "Na casa de meu pai", da princesa Irulan

Jéssica acordou na escuridão da caverna e percebeu a agitação dos fremen a seu redor, sentiu o odor acre dos trajestiladores. Sua noção de tempo informou-lhe que logo anoiteceria lá fora, mas a caverna continuava às escuras, protegida do deserto pelas coberturas plásticas que aprisionavam a umidade de seus corpos ali dentro.

Percebeu que tinha se entregado ao sono absolutamente relaxante do enorme cansaço, e isso sugeria que tipo de avaliação inconsciente ela fazia de sua própria segurança na tropa de Stilgar. Ela se virou na rede que tinham feito de seu manto, baixou os pés até o chão de pedra e calçou as botinas.

Tenho de me lembrar de deixá-las frouxas para ajudar o bombeamento do trajestilador, ela pensou. *São tantas coisas para lembrar.*

Ela ainda sentia o gosto da refeição da manhã – a porção de carne de ave e grãos embrulhados numa folha com mel de especiaria –, e ocorreu-lhe que o uso do tempo era invertido ali: a noite era o dia ativo, e o dia era a hora de descansar.

A noite esconde, a noite é mais segura.

Desenganchou o manto que lhe servia de rede dos pinos da alcova de pedra, atrapalhou-se com o tecido no escuro, até encontrar a parte de cima e enfiá-lo pela cabeça.

Como fazer para enviar uma mensagem para as Bene Gesserit?, ela se perguntou. Era preciso contar a elas sobre os dois deserdados asilados em Arrakis.

Luciglobos se acenderam mais além, caverna adentro. Ela viu algumas pessoas se movimentando por lá, Paul entre elas, já vestido e com o capuz atirado para trás, revelando o perfil aquilino dos Atreides.

Ele tinha agido de maneira tão estranha antes de se recolherem, ela pensou. *Reservado.* Era como se tivesse voltado dos mortos, ainda não totalmente ciente de seu retorno, com os olhos semicerrados e vidrados devido ao olhar interior. Aquilo a fazia pensar no alerta que ele lhe dera sobre a dieta impregnada de especiaria: *viciante.*

Haverá efeitos colaterais?, ela se perguntou. *Ele disse que tinha algo a ver com sua faculdade presciente, mas ele anda estranhamente calado sobre as coisas que vê.*

Stilgar saiu das sombras à direita dela e foi até o grupo sob os luciglobos. Ela reparou em como ele cofiava a barba e em seu olhar atento e de felino que espreitava a caça.

Um medo súbito percorreu Jéssica quando seus sentidos despertaram e captaram as tensões visíveis nas pessoas reunidas em volta de Paul: os movimentos rígidos, as posturas cerimoniosas.

– Eles têm minha proteção! – trovejou Stilgar.

Jéssica reconheceu o homem que Stilgar confrontava: Jamis! Viu, então, a fúria de Jamis, a rigidez dos ombros dele.

Jamis, o homem que Paul derrotou!, ela pensou.

– Conhece a lei, Stilgar – disse Jamis.

– E quem a conhece melhor? – perguntou Stilgar, e ela ouviu o tom conciliador na voz dele, a tentativa de dar um jeito em alguma coisa.

– Escolho o combate – grunhiu Jamis.

Jéssica atravessou a caverna correndo, agarrou o braço de Stilgar.

– O que foi? – ela perguntou.

– É a lei de amtal – disse Stilgar. – Jamis está exigindo o direito de colocar à prova o papel que você tem a desempenhar na lenda.

– Ela precisa de um campeão – Jamis disse. – Se o campeão vencer, será tudo verdade. Mas dizem... – ele passou os olhos pela multidão – ... que ela não precisará de nenhum campeão fremen, o que só pode significar que trará seu próprio campeão.

Ele está falando de travar combate singular com Paul!, Jéssica pensou.

Ela soltou o braço de Stilgar e deu meio passo à frente.

– Nunca precisei de outro campeão além de mim mesma – ela disse. – O significado é bem simples...

– Não nos ensine nossos costumes! – Jamis a cortou. – Não sem antes apresentar outras provas além daquelas que já vi. Stilgar poderia ter lhe dito exatamente o que falar na manhã de ontem. Poderia ter enchido sua mente com mimos, que você repetiu para nós feito papagaio, esperando nos conquistar com falsos pretextos.

Sou páreo para ele, Jéssica pensou, *mas isso poderia contradizer a maneira como interpretam a lenda.* E, mais uma vez, ela se admirou com a maneira como a obra da Missionaria Protectora tinha sido deturpada naquele planeta.

Stilgar olhou para Jéssica e falou em voz baixa, mas calculada para chegar às margens da multidão.

– Jamis costuma guardar ressentimentos, Sayyadina. Seu filho o derrotou e...

– Foi um acidente! – Jamis bradou. – Usaram bruxaria na Bacia Tuono e provarei isso agora!

– ... e eu também já o derrotei – continuou Stilgar. – Com esse desafio tahaddi, ele quer se desforrar de mim também. Jamis é violento demais para dar um bom líder: demasiada *ghafla*, a distração. Entrega sua boca às leis e seu coração ao *sarfa*, o afastamento. Não, ele nunca daria um bom líder. Eu o preservei tanto tempo porque ele tem serventia em combate, mas, quando se deixa tomar por essa raiva mordaz, ele é um perigo para sua própria sociedade.

– Stilgarrrr! – trovejou Jamis.

E Jéssica viu o que Stilgar estava fazendo, tentando enfurecer Jamis para afastar o desafio de Paul.

Stilgar encarou Jamis e, mais uma vez, Jéssica ouviu o tom apaziguador na voz retumbante.

– Jamis, ele é só um menino. Ele...

– Você o designou como homem – disse Jamis. – A mãe dele *diz* que ele passou pelo gom jabbar. Ele tem a pele firme e água de sobra. Quem carregou a mochila deles diz que há litrofões de água dentro dela. Litrofões! E nós aqui, sorvendo nossas bolsas coletoras ao primeiro sinal de umidade.

Stilgar olhou para Jéssica.

– É verdade? Há água em sua mochila?

– Sim.

– Litrofões de água?

– Dois litrofões.

– O que pretendiam fazer com tanta riqueza?

Riqueza?, ela pensou. Chacoalhou a cabeça, sentindo a frialdade na voz dele.

– Onde nasci, a água caía do céu e corria sobre a terra em rios largos – ela disse. – Havia oceanos de água tão vastos que não era possível ver o outro lado. Não fui treinada em sua hidrodisciplina. Nunca tive de pensar na água dessa maneira.

Um suspiro entrecortado se elevou das pessoas ao redor:

– Água que caía do céu... e corria *sobre* a terra.

– Você sabia que há entre nós quem perdeu o conteúdo de suas bolsas coletoras por acidente e que estará em sérios apuros antes de chegarmos a Tabr esta noite?

– Como poderia saber? – Jéssica sacudiu a cabeça. – Se estão necessitados, dê-lhes a água de nossa mochila.

– Era isso que pretendia fazer com essa riqueza?

– Eu pretendia salvar vidas – ela disse.

– Então aceitamos sua bênção, Sayyadina.

– Você não irá nos comprar com água – resmungou Jamis. – Nem você, Stilgar, irá desviar minha raiva. Já vi que está tentando me fazer desafiá-lo, antes que eu possa provar o que digo.

Stilgar encarou Jamis.

– Está determinado a impor essa luta a uma criança, Jamis? – A voz dele saiu grave, venenosa.

– Ela precisa de um campeão.

– Mesmo tendo minha proteção?

– Invoco a lei de amtal – disse Jamis. – É meu direito.

Stilgar assentiu.

– Então, se o menino não o fatiar, você responderá à minha faca em seguida. E desta vez não vou conter minha arma, como fiz antes.

– Não pode fazer isso – Jéssica disse. – Paul é só...

– Não interfira, Sayyadina – disse Stilgar. – Ah, sei que é páreo para mim e, portanto, é páreo para qualquer um de nós, mas não conseguirá derrotar todos nós juntos. Assim tem de ser: é a lei de amtal.

Jéssica se calou, encarando-o à luz verde dos luciglobos, vendo a rigidez demoníaca que se apossara da expressão dele. Desviou sua atenção para Jamis, viu o ar meditabundo daquele rosto e pensou: *Eu devia ter visto isso antes. Ele remói pensamentos. É do tipo calado, que guarda ressentimentos. Eu devia ter me preparado.*

– Se ferir meu filho – ela disse –, terá de se ver comigo. Eu o desafio agora. Vou fazer picadinho de...

– Mãe – Paul deu um passo à frente e tocou-lhe a manga. – Talvez se eu explicasse a Jamis como...

– Explicar! – desdenhou Jamis.

Paul se calou, fitando o homem. Não tinha medo dele. Jamis parecia desajeitado ao se mover e tinha tombado com tanta facilidade quando se confrontaram naquela noite sobre a areia. Mas Paul ainda sentia a efervescência do nexo daquela caverna, ainda se lembrava das visões prescientes que o mostravam morto com uma facada. Tinham sido tão poucas as rotas de fuga para ele naquela visão...

Stilgar disse:

– Sayyadina, recue agora para onde...

– Pare de chamá-la de Sayyadina! – disse Jamis. – Isso ainda não foi provado. Então ela conhece a prece! E daí? Qualquer uma de nossas crianças a conhece.

Ele já falou o suficiente, Jéssica pensou. *Tenho a chave que o decifra. Eu poderia imobilizá-lo com uma palavra.* Ela hesitou. *Mas não posso deter todos eles.*

– Responderá a mim, então – Jéssica disse, dando a sua voz um tom trêmulo, com um ligeiro gemido, um pouco embargado no final.

Jamis a encarou com o medo estampado no rosto.

– Ensinarei a você o que é a agonia – ela continuou, no mesmo tom. – Lembre-se *disso* ao lutar. A dor será tamanha que, comparado a ela, o gom jabbar irá parecer uma lembrança feliz. Você irá se contorcer com todo o seu...

– Ela está tentando me enfeitiçar! – foi o grito sufocado de Jamis. Levou a mão direita fechada ao ouvido. – Peço que seja silenciada!

– Que assim seja – disse Stilgar. Ele lançou um olhar de advertência para Jéssica. – Se voltar a falar, Sayyadina, saberemos que é sua bruxaria, e você será castigada. – Com a cabeça, ele fez sinal para que ela recuasse.

Jéssica sentiu que a puxavam, que a ajudavam a recuar, e percebeu que aquelas mãos não eram indelicadas. Viu Paul ser separado do grupo, e Chani, com seu rosto de fada, cochichar no ouvido dele e acenar com a cabeça na direção de Jamis.

Formou-se um círculo dentro da tropa. Trouxeram mais luciglobos, e todos eles foram regulados para a faixa do amarelo.

Jamis entrou no círculo, tirou o manto e o atirou para alguém na multidão. Ficou ali, vestindo apenas o trajestilador cinzento, vago e lustroso, manchado e marcado por pregas e franzidos. Por um instante, levou a boca ao ombro e bebeu a água do tubo coletor. Imediatamente, empertigou-se, desvencilhou-se do traje, entregou-o com cuidado a alguém na multidão. Esperou, usando uma tanga e, nos pés, um tecido apertado, com uma dagacris na mão direita.

Jéssica viu a menina Chani ajudar Paul, viu-a enfiar o cabo de uma dagacris na mão dele, viu quando ele sopesou a arma, testando-lhe o peso e o equilíbrio. E ocorreu a Jéssica que Paul tinha sido treinado em prana e bindu, o nervo e a fibra, que tinha aprendido uma escola mortífera, que seus professores foram homens como Duncan Idaho e Gurney Halleck, homens que se tornaram lendas ainda vivos. O menino conhecia as técnicas ardilosas das Bene Gesserit e parecia ágil e confiante.

Mas ele só tem 15 anos, ela pensou. *E não tem escudo. Preciso impedi-los. De algum jeito, deve haver uma maneira de...* Ergueu os olhos e viu que Stilgar a observava.

– Não pode impedi-los – ele disse. – Está proibida de falar.

Ela levou uma das mãos à boca, pensando: *Introduzi o medo na mente de Jamis. Isso o deixará um pouco mais lento... talvez. Se eu pudesse ao menos rezar, rezar de verdade.*

Paul estava sozinho agora, quase dentro do círculo, vestindo os calções de luta que costumava usar sob o trajestilador. Trazia uma dagacris na mão direita; os pés descalços pisavam a pedra coberta de areia. Idaho o advertira várias vezes: *"Quando não conhecer muito bem a superfície, a melhor coisa são os pés descalços"*. E havia as instruções de Chani, ainda frescas em sua consciência: *"Jamis vira sua faca para a direita depois de aparar um golpe. É um hábito que todos nós já observamos. Ele vai visar seus olhos, esperando uma piscadela para cortar você. E ele luta com qualquer uma das mãos: cuidado com a passagem da faca de uma mão para outra"*.

Mas a coisa mais forte dentro de Paul, tanto que a sentia com todo o seu corpo, era o treinamento e o mecanismo de reação instintiva que tinham inculcado nele dia após dia, a cada hora passada na sala de treinamento.

As palavras de Gurney Halleck estavam lá para serem lembradas: *"O homem que luta bem com a faca pensa na ponta, no fio e na guarda simultaneamente. A ponta também pode cortar, o fio também pode perfurar, a guarda também pode prender a arma do oponente"*.

Paul olhou para a dagacris. Não havia guarda, somente o aro delgado da empunhadura, com as bordas salientes, para proteger a mão. E, mesmo assim, ele percebeu que desconhecia a tensão de ruptura daquela lâmina, não sabia sequer se era *possível* quebrá-la.

Jamis, andando de lado, foi para a direita, acompanhando a orla do círculo, de frente para Paul.

Paul se agachou, percebendo naquele momento que não tinha escudo, mas havia sido treinado para lutar com aquele campo discreto ao redor dele, treinado para reagir na defesa com máxima velocidade, ao passo que seu ataque estaria em sincronia com a lentidão controlada necessária para penetrar o escudo do inimigo. Apesar dos avisos constantes de seus instrutores para não depender da neutralização irracional da velocidade de ataque promovida pelo escudo, ele sabia que fazia parte dele lutar pensando num escudo.

Jamis lançou o desafio ritualizado:

– Que sua faca lasque e quebre!

Estas facas se quebram, então, Paul pensou.

Lembrou a si mesmo que Jamis tampouco usava escudo, mas o homem não havia sido treinado para usar um, não tinha as inibições de um lutador acostumado ao escudo.

Paul olhou para Jamis, do outro lado do círculo. O corpo do homem parecia cordel de chicote, cheio de nós, sobre um esqueleto seco. Sua dagacris emitia um brilho amarelo e leitoso à luz dos luciglobos.

Paul foi tomado pelo medo. Sentiu-se repentinamente sozinho e nu, exposto à luz amarela e fraca naquele círculo de pessoas. A presciência tinha alimentado seu conhecimento com incontáveis experiências e sugerido as correntes mais fortes do futuro e as cadeias de decisão que as conduziam, mas ali era o *verdadeiro agora*. Era a morte que pendia de um número infinito de minúsculos infortúnios.

Ele percebeu que qualquer coisa poderia mudar o futuro ali. Alguém entre os espectadores que tossisse, uma distração. Uma variação na luminosidade dos luciglobos, uma sombra enganadora.

Estou com medo, Paul disse consigo mesmo.

E pôs-se a contornar o círculo com cautela, na direção oposta à de Jamis, repetindo silenciosamente para si mesmo a litania contra o medo das Bene Gesserit: *"O medo mata a mente..."*. Foi um banho frio por todo o seu corpo. Sentiu os músculos se desembaraçarem, se prepararem e ficarem prontos.

– Vou embainhar minha faca em seu sangue – Jamis rosnou. E, no meio da última palavra, saltou.

Jéssica viu o movimento e sufocou um grito.

O homem atingiu apenas o ar, e Paul agora estava atrás de Jamis, com uma oportunidade clara de atacar as costas expostas.

Agora, Paul! Agora!, Jéssica gritou em sua mente.

O movimento de Paul foi calculado devagar, lindamente fluido, mas saiu tão lento que deu a Jamis o ensejo para girar, afastar-se e virar para a direita.

Paul recuou e se agachou bem rente ao chão.

– Primeiro terá de encontrar meu sangue – ele disse.

Jéssica reconheceu no filho a sincronia do combatente acostumado ao escudo e ocorreu-lhe que aquilo era uma vantagem dúbia. O menino tinha as reações da juventude, treinadas e elevadas a um patamar que aquelas pessoas desconheciam. Mas o ataque também tinha sido treinado e condicionado pelas necessidades de atravessar a barreira de um escudo. O escudo repelia o golpe demasiado rápido, admitia apenas o contra lento e enganador. Era preciso controle e astúcia para penetrar um escudo.

Será que Paul viu isso?, ela se perguntou. *Deve ter visto!*

Jamis voltou a atacar, com um brilho feroz nos olhos escuros, e seu corpo era um borrão amarelo à luz dos luciglobos.

E, mais uma vez, Paul escapou e respondeu com um ataque muito lento.

E de novo.

E de novo.

Todas as vezes, o contragolpe de Paul atrasou-se um instante.

E Jéssica viu uma coisa que ela torceu para Jamis não ter visto. As reações defensivas de Paul eram ofuscantes de tão rápidas, mas, todas as vezes, traçavam o ângulo exato que traçariam se houvesse ali um escudo para ajudar a desviar parte do golpe de Jamis.

– Seu filho está brincando com aquele pobre idiota? – Stilgar perguntou. Ele fez sinal para que ela continuasse em silêncio antes que conseguisse responder. – Desculpe-me. Você não pode falar.

Agora os dois vultos sobre o chão de pedra circulavam um ao outro: Jamis com a mão que segurava a faca estendida à frente e ligeiramente inclinada para cima; Paul agachado e com a faca em guarda baixa.

De novo, Jamis saltou e, dessa vez, virou para a direita, a direção na qual Paul vinha se esquivando.

Em vez de simular o recuo e a esquiva, Paul atingiu a mão armada do homem com a ponta de sua própria faca. E depois sumiu, afastando-se com um giro para a esquerda, grato pelo aviso de Chani.

Jamis recuou para o centro do círculo, esfregando a mão que segurava a faca. O sangue pingou da ferida por um instante, depois parou. Os olhos dele – dois buracos negro-azulados – estavam arregalados e fixos em Paul, estudando-o agora com cautela à luz fraca dos luciglobos.

– Ah, essa doeu – murmurou Stilgar.

Paul se abaixou, colocando-se em posição, e, como tinha sido treinado para fazer depois de tirar sangue, gritou:

– Rende-se?

– Rá! – Jamis berrou.

Um murmúrio zangado elevou-se da tropa.

— Esperem! — Stilgar bradou. — O rapaz não conhece nossa lei. — Depois, para Paul: — Não há rendição no desafio tahaddi. A morte é a prova.

Jéssica viu Paul engolir saliva com dificuldade. E pensou: *Ele nunca matou um homem assim... no calor de uma briga de facas. Será que vai conseguir?*

Paul pôs-se a contornar lentamente o círculo para a direita, impelido pelo movimento de Jamis. O conhecimento presciente das variáveis tempo-efervescentes naquela caverna voltaram para afligi-lo. Sua nova compreensão lhe dizia que havia naquela luta um excesso de decisões em rápida compressão para que um canal futuro e claro se revelasse.

As variáveis se acumulavam, por isso aquela caverna era um nexo indistinto no caminho dele. Era como uma pedra gigantesca na inundação, criando turbilhões na corrente que a contornava.

— Acabe logo com isso, rapaz — murmurou Stilgar. — Não brinque com ele.

Paul avançou discretamente para dentro do círculo, contando com sua vantagem na velocidade.

Jamis agora recuava, tomado por uma revelação: não estava, ali no círculo do tahaddi, diante de um forasteiro fraco, uma presa fácil para a dagacris de um fremen.

Jéssica viu a sombra do desespero no rosto do homem. *É agora que ele se torna mais perigoso,* ela pensou. *Agora está desesperado e é capaz de fazer qualquer coisa. Está vendo que Paul não é como as crianças de sua gente, e sim uma máquina de combate nata, treinada desde a infância. Agora o medo que plantei começa a florescer.*

E descobriu que sentia pena de Jamis: uma emoção mitigada pela consciência de que seu filho corria perigo.

Jamis é capaz de fazer qualquer coisa... qualquer coisa imprevisível, ela disse consigo mesma. Imaginou se Paul teria vislumbrado aquele futuro, se estaria revivendo a experiência. Mas viu como o filho se movia, as gotas de suor no rosto e nos ombros dele, a prudência cautelosa visível na fluência de seus músculos. E pela primeira vez ela sentiu, sem entender, o fator de incerteza no dom do filho.

Paul agora ditava o ritmo da luta, circulando sem atacar. Tinha visto o medo do oponente. A lembrança da voz de Duncan Idaho flutuava na percepção de Paul: *"Quando o oponente teme você, então é o momento de* dar rédeas ao medo, dar-lhe tempo para agir. Deixe que se transforme em pavor. O homem apavorado luta consigo mesmo. Acabará atacando por desespero. Esse é o momento mais perigoso, mas geralmente pode-se confiar que o homem apavorado cometerá um erro fatal. Você está sendo treinado aqui para detectar esses erros e usá-los".

A multidão na caverna começou a murmurar.

Acham que Paul está brincando com Jamis, pensou Jéssica. *Pensam que Paul está sendo desnecessariamente cruel.*

Mas também sentiu o entusiasmo velado da multidão, a apreciação do espetáculo. E viu a pressão aumentar dentro de Jamis. O momento em que a coisa se tornou forte demais para ser contida ficou tão aparente para ela quanto para Jamis... ou para Paul.

Jamis saltou alto, fintando e golpeando de cima para baixo com a mão direita, mas a mão estava vazia. Ele passara a dagacris para a mão esquerda.

Jéssica sufocou um grito.

Mas Paul tinha sido alertado por Chani: *"Jamis luta com qualquer uma das mãos"*. E a profundidade de seu treinamento absorvera aquele truque *en passant.* "Concentre-se na faca, e não na mão que a segura", dissera-lhe Gurney repetidas vezes. *"A faca é mais perigosa que a mão, e a faca pode estar em qualquer uma das mãos."*

E Paul tinha visto o erro de Jamis: o jogo de pernas havia sido tão ruim que o homem levou um instante a mais para se recobrar do salto, cuja intenção tinha sido confundir Paul e ocultar a passagem da arma de uma mão para outra.

Exceto pela luz fraca e amarela dos luciglobos e dos olhos tintos da tropa atenta, aquilo era semelhante a uma sessão na sala de treinamento. Os escudos não faziam diferença quando era possível usar o movimento do corpo contra ele próprio. Paul passou a faca para a outra mão com um movimento rápido, deslizou para o lado e desferiu uma estocada vertical, encontrando o peito de Jamis, que descia. Depois se afastou para ver o homem desabar.

Jamis caiu feito um trapo flácido, de cara no chão, arquejou uma vez e virou o rosto para Paul, depois ficou imóvel sobre o chão de pedra. Seus olhos mortos fitavam o vazio, como contas de vidro escuro.

"Não há arte em matar com a ponta", Idaho tinha dito a Paul certa vez, *"mas não deixe isso conter sua mão quando a oportunidade se apresentar".*

A tropa avançou, tomando todo o círculo, empurrando Paul para um lado. Amontoaram-se ali, escondendo o corpo de Jamis, num furor de atividade. Sem demora, um grupo deles correu de volta às profundezas da caverna carregando um fardo embrulhado num manto.

E não havia corpo sobre o chão de pedra.

Jéssica abriu caminho até seu filho. Sentiu-se nadando num mar de costas fedorentas e cobertas por mantos, uma turba estranhamente silenciosa.

Agora é o momento terrível, ela pensou. *Ele matou um homem com a nítida superioridade da mente e dos músculos. Não pode começar a gostar desse tipo de vitória.*

Ela passou à força pelo último membro da tropa e entrou numa pequena área livre onde dois fremen barbados estavam ajudando Paul a vestir seu trajestilador.

Jéssica encarou o filho. Os olhos de Paul brilhavam. Ele respirava forte, permitindo que as pessoas cuidassem de seu corpo, em vez de ajudá-las.

– Lutou com Jamis e não há marca nenhuma nele – um dos homens murmurou.

Chani estava de lado, com os olhos focados em Paul. Jéssica viu o entusiasmo da menina, a admiração no rosto de fada.

Tem de ser feito agora e rápido, Jéssica pensou.

Ela concentrou o desprezo supremo em sua voz e em seus modos e disse:

– Beeem, que tal a sensação de matar um homem?

Paul se enrijeceu como se tivesse sido esbofeteado. Enfrentou o olhar frio da mãe e seu rosto ficou escuro com o afluxo de sangue. Involuntariamente, olhou de relance para o ponto no chão da caverna onde Jamis estivera caído.

Stilgar abriu caminho e se colocou ao lado de Jéssica, depois de voltar das profundezas da caverna para onde tinham levado o corpo de Jamis. Falou a Paul num tom amargo e controlado:

– Quando chegar a hora de você me desafiar e tentar tomar meu burda, não pense que brincará comigo da maneira que brincou com Jamis.

Jéssica percebeu como suas palavras e as de Stilgar calaram fundo no espírito de Paul, mortificando o menino. O erro cometido por aquelas pessoas agora tinha um propósito. Ela examinou os rostos ao redor, como

Paul estava fazendo, vendo o que ele via. Admiração, sim, e medo... e em alguns: asco. Ela olhou para Stilgar, viu seu fatalismo, compreendeu como ele interpretara a luta.

Paul olhou para a mãe.

– Você sabe o que foi – ele disse.

Ela ouviu a volta à sanidade, o remorso na voz dele. Jéssica varreu a tropa com o olhar e disse:

– Paul nunca tinha matado um homem com uma arma branca.

Stilgar a encarou, com a incredulidade estampada no rosto.

– Não estava brincando com ele – disse Paul. Colocou-se na frente da mãe, ajeitando seu manto, olhou para a mancha escura do sangue de Jamis no chão da caverna. – Não queria matá-lo.

Jéssica viu que Stilgar ia passando a acreditar aos poucos, viu o alívio dele ao cofiar a barba com a mão de veias salientes. Viu os murmúrios de compreensão se espalharem pela tropa.

– Por isso pediu que ele se rendesse – disse Stilgar. – Entendi. Nossos costumes são diferentes, mas você ainda verá que fazem sentido. Pensei ter abrigado um escorpião entre nós. – Ele hesitou, então: – E não irei mais chamá-lo de rapaz.

Uma voz gritou no meio da tropa:

– Temos de dar um nome a ele, Stil.

Stilgar assentiu, cofiando a barba.

– Vejo a força em você... como a força na base de uma coluna. – Fez nova pausa, e depois: – Será conhecido entre nós como Usul, a base da coluna. Esse é seu nome secreto, seu nome na tropa. Nós do Sietch Tabr podemos usá-lo, mas ninguém mais poderá tomar essa liberdade... Usul.

Um burburinho percorreu a tropa:

– Boa escolha, essa...

– Forte...

– Trará boa sorte.

E Jéssica sentiu a aceitação, sabendo que isso a incluía, assim como a seu campeão. Ela era, de fato, a Sayyadina.

– Agora, que nome adulto *você* escolherá para que usemos em público? – perguntou Stilgar.

Paul olhou para a mãe, depois voltou a fitar Stilgar. Pedacinhos daquele momento estavam registrados em sua *memória* presciente, mas as diferenças pareciam físicas, uma pressão que o obrigava a atravessar a passagem estreita do presente.

– Que nome se dá entre vocês ao ratinho, o ratinho que salta? – Paul perguntou, lembrando-se do *upa-pula* na Bacia Tuono. Ilustrou o movimento com uma das mãos.

Um riso soou por toda a tropa.

– Chamamos esse aí de Muad'Dib – disse Stilgar.

Jéssica ficou boquiaberta. Era o nome de que Paul havia lhe falado, dizendo que os fremen os aceitariam e o chamariam daquela maneira. Sentiu um medo repentino *de* seu filho e *por* ele.

Paul engoliu em seco. Sentiu que desempenhava um papel representado inúmeras vezes em sua mente... Contudo, havia diferenças. Via-se empoleirado num cume vertiginoso, depois de passar por muita coisa e obter um repertório imenso de conhecimentos, mas tudo a seu redor era abismo.

E voltou a se lembrar da visão de legiões fanáticas que seguiam o estandarte verde e preto dos Atreides, pilhando e queimando todo o universo em nome de seu profeta Muad'Dib.

Isso não pode acontecer, ele disse consigo mesmo.

– É o nome que deseja? Muad'Dib? – perguntou Stilgar.

– Sou um Atreides. – Paul murmurou, e então alteou a voz: – Não é certo abrir mão inteiramente do nome que meu pai me deu. Posso ser conhecido entre vocês como Paul Muad'Dib?

– Você é Paul Muad'Dib – disse Stilgar.

E Paul pensou: *Isso não estava em nenhuma de minhas visões. Fiz algo diferente.*

Mas sentiu que o abismo continuava a cercá-lo.

E, de novo, uma resposta aos murmúrios percorreu a tropa, de homem para homem:

– Sabedoria aliada à força...

– Não poderíamos pedir nada melhor...

– É a lenda, com certeza...

– Lisan al-Gaib...

– Lisan al-Gaib...

– Vou lhe contar uma coisa a respeito de seu novo nome – disse Stilgar. – A escolha nos agrada. Muad'Dib conhece o deserto. Muad'Dib faz sua própria água. Muad'Dib se esconde do sol e viaja no frescor da noite.

Muad'Dib é fértil e se multiplica sobre a terra. A Muad'Dib chamamos de "instrutor dos meninos". É um alicerce forte sobre o qual erigir sua vida, Paul Muad'Dib, que entre nós é Usul. Seja bem-vindo.

Stilgar tocou a testa de Paul com a palma de uma das mãos, recolheu-a, abraçou Paul e murmurou:

– Usul.

Quando Stilgar o soltou, outro membro da tropa abraçou Paul, repetindo seu novo nome. E Paul passou de abraço em abraço por toda a tropa, ouvindo as vozes, as nuances de tom: "Usul... Usul... Usul". Já sabia dizer o nome de alguns deles. E ali estava Chani, que apertou sua face contra a dele ao abraçá-lo e dizer-lhe o nome.

Sem demora, Paul viu-se novamente diante de Stilgar, que disse:

– Agora você é um dos Ichuan Beduim, nosso irmão. – O rosto dele se endureceu, e ele falou com voz imperiosa: – E agora, Paul Muad'Dib, aperte esse trajestilador. – Olhou para Chani. – Chani! Nunca vi obturadores nasais tão mal ajustados como os de Paul Muad'Dib! Pensei que tivesse mandado você cuidar dele!

– Eu não tinha o material, Stil – ela disse. – Temos os de Jamis, claro, mas...

– Basta!

– Então vou dividir com ele um dos meus – ela disse. – Posso me virar com um só até...

– Não vai, não – disse Stilgar. – Sei que temos sobressalentes. Onde estão os sobressalentes? Somos uma tropa unida ou um bando de selvagens?

Da tropa surgiram mãos estendidas, apresentando objetos duros e fibrosos. Stilgar selecionou quatro e entregou-os a Chani.

– Adapte-os para Usul e para Sayyadina.

Uma voz se ergueu na retaguarda da tropa:

– E quanto à água, Stil? E os litrofões na mochila deles?

– Sei que está precisando, Farok – disse Stilgar. – Hidromestre... onde está o hidromestre? Ah, Shimoom, cuide de medir o que for necessário. O necessário e nada mais. Essa água é o dote da Sayyadina e será reembolsado no sietch de acordo com as taxas de campanha, menos os honorários dos carregadores.

– E de quanto será o reembolso de acordo com as taxas de campanha? – perguntou Jéssica.

– Dez para um – respondeu Stilgar.

– Mas...

– É uma lei sensata, como você verá – disse Stilgar.

Um farfalhar de mantos marcou o movimento na retaguarda da tropa quando os homens se viraram para pegar a água.

Stilgar ergueu uma das mãos e fez-se silêncio.

– Quanto a Jamis – ele disse –, ordeno a cerimônia integral. Jamis era nosso companheiro e irmão dos Ichuan Beduim. Não nos afastaremos sem demonstrar o devido respeito a alguém que comprovou nossa boa sorte com seu desafio tahaddi. Invoco o rito... ao pôr do sol, quando a noite haverá de cobri-lo.

Paul, ouvindo aquelas palavras, percebeu que havia mergulhado novamente no abismo... tempo cego. Não havia passado que ocupasse o futuro em sua mente... exceto... exceto... que ainda sentia o tremular do estandarte verde e preto dos Atreides... em algum lugar adiante... ainda via as espadas ensanguentadas e as legiões fanáticas do jihad.

Não acontecerá, ele disse consigo mesmo. *Não posso deixar acontecer.*

Deus criou Arrakis para treinar os fiéis.

– Excerto de "A sabedoria de Muad'Dib", da princesa Irulan

Na quietude da caverna, Jéssica ouviu o arranhar da areia na pedra com a movimentação das pessoas, os piados distantes que Stilgar dissera serem os sinais de seus vigias.

Os grandes lacres plásticos tinham sido removidos da abertura da caverna. Ela via o avanço das sombras da noite pelo rebordo de rocha a sua frente e, mais adiante, a bacia exposta. Sentiu que a luz do dia os deixava, sentiu-a no calor seco e também nas sombras. Sabia que sua percepção treinada logo lhe daria o que aqueles fremen obviamente possuíam: a capacidade de sentir até mesmo a menor alteração na umidade do ar.

Como eles correram apertar seus trajestiladores quando a caverna foi aberta!

No fundo da caverna, alguém começou a entoar:

"Ima trava okolo!
I korenja okolo!"

Jéssica traduziu em silêncio: *Eis as cinzas! E eis as raízes!*

A cerimônia fúnebre para Jamis estava começando.

Olhou lá para fora, para o pôr do sol arrakino, para os tabuleiros de cor empilhados no céu. A noite estava começando a lançar suas sombras pelas pedras e dunas distantes.

Mas o calor persistia.

O calor impeliu os pensamentos dela para a água e o fato observado de que todo aquele povo podia ser treinado para sentir sede apenas em certos momentos.

Sede.

Ela se lembrava das ondas enluaradas de Caladan, atirando mantos brancos sobre as rochas... e o vento denso de umidade. Agora a brisa que dedilhava suas vestes crestava os trechos de pele exposta na face e na testa. Os novos obturadores nasais a irritavam, e ela se viu incomodada com o tubo que lhe descia pelo rosto e traje adentro, recuperando a umidade de seu hálito.

O próprio traje era um suadouro.

"Seu traje parecerá mais confortável quando você se adaptar a uma quantidade menor de água corporal", Stilgar tinha lhe dito.

Ela sabia que ele tinha razão, mas saber disso não tornava o momento mais confortável. A preocupação inconsciente com a água ali pesava em sua mente. *Não*, ela se corrigiu: *era a preocupação com a umidade.*

E isso era uma questão mais sutil e profunda.

Ela ouviu passos que se aproximavam, virou-se e viu Paul sair das profundezas da caverna, seguido de perto pela menina de rosto feérico, Chani.

E mais uma coisa, Jéssica pensou. *É preciso alertar Paul quanto às mulheres deles. Essas mulheres do deserto não serviriam como esposa para um duque. Concubina, sim, mas não esposa.*

Então ela ficou admirada consigo mesma, pensando: *Será que fui infectada por essas intrigas?* E viu como tinha sido bem condicionada. *Sou capaz de pensar nas necessidades conjugais da realeza sem parar uma vez que seja para ponderar minha própria condição de concubina. Contudo... fui mais que uma concubina.*

– Mãe.

Paul se deteve diante dela. Chani estava logo atrás dele.

– Mãe, sabe o que estão fazendo lá atrás?

Jéssica olhou para a mancha escura que eram os olhos dele por baixo do capuz.

– Creio que sim.

– Chani me mostrou... porque esperam que eu participe e dê minha... permissão para a pesagem da água.

Jéssica olhou para Chani.

– Estão reaproveitando a água de Jamis – disse Chani, e sua voz fina saiu anasalada dos obturadores. – É a lei. A carne pertence à pessoa, mas a água pertence à tribo... exceto em combate.

– Estão dizendo que a água é minha – disse Paul.

Jéssica se perguntou por que aquilo devia deixá-la alerta e precavida.

– A água do combate pertence ao vencedor – disse Chani. – Porque é preciso lutar ao ar livre, sem os trajestiladores. O vencedor tem de recuperar a água que perdeu lutando.

– Não quero a água dele – resmungou Paul. Sentia-se parte de muitas imagens que se moviam simultaneamente, fragmentando-se de maneira desconcertante para o olho interior. Não havia como ter certeza do que fazer, mas de uma coisa estava certo: ele não queria a água destilada a partir da carne de Jamis.

– É... água – disse Chani.

Jéssica admirou-se com a maneira como a menina disse aquilo. *"Água."* Tanto significado num simples som. Um provérbio das Bene Gesserit veio à mente de Jéssica: *"A sobrevivência é a capacidade de nadar em águas estranhas"*. E Jéssica pensou: *Paul e eu, nós temos de encontrar as correntes e os padrões nestas águas estranhas... se quisermos sobreviver.*

– Você aceitará a água – disse Jéssica.

Ela reconheceu o tom em sua voz. Tinha usado o mesmo tom com Leto certa vez, dizendo a seu falecido duque que ele aceitaria uma grande soma que lhe ofereceram em troca de seu apoio a um empreendimento questionável, porque o dinheiro manteria o poder nas mãos dos Atreides.

Em Arrakis, a água era dinheiro. Ela via isso claramente.

Paul continuou em silêncio, sabendo que faria o que ela tinha mandado, não por ser uma ordem, mas porque seu tom de voz o obrigara a fazer uma reavaliação. Recusar a água seria infringir a prática aceita entre os fremen.

No mesmo instante, Paul se lembrou das palavras de Kalima 4:67, na Bíblia C. O. de Yueh. Ele disse:

– "Na água toda vida começa".

Jéssica o encarou. *Onde ele aprendeu essa citação?*, ela se perguntou. *Ele não estudou os mistérios.*

– Assim se diz – falou Chani. – Giudichar mantene: está escrito no Shá-Nama que a água foi a primeira de todas as coisas a ser criada.

Sem que soubesse explicar por quê (e *isso* a incomodava mais que a sensação), Jéssica estremeceu de repente. Virou-se para esconder sua confusão, e foi bem a tempo de ver o pôr do sol. Uma calamidade violenta de cores transbordou do céu quando o sol afundou no horizonte.

– Está na hora!

Era a voz de Stilgar ressoando na caverna.

– A arma de Jamis foi morta. Jamis foi chamado por Ele, por Shai-hulud, que estabeleceu as fases das luas que minguam diariamente e, no fim, aparecem como gravetos tortos e secos. – Stilgar baixou a voz. – Assim se passou com Jamis.

O silêncio caiu feito um cobertor sobre a caverna.

Jéssica viu a sombra cinzenta de Stilgar se mover, como um espectro nos recantos escuros. Ela olhou para trás, para a bacia, sentindo o frescor.

– Que os amigos de Jamis se aproximem – disse Stilgar.

Alguns homens se moveram atrás de Jéssica, deixando cair uma cortina diante da abertura. Um único luciglobo foi aceso bem alto, nos fundos da caverna. Seu brilho amarelo realçou um influxo de vultos humanos. Jéssica ouviu o farfalhar dos mantos.

Chani afastou-se um passo, como se a luz a atraísse.

Jéssica inclinou-se para falar bem perto do ouvido de Paul, usando o código da família:

– Siga o exemplo; faça o que eles fizerem. Será uma cerimônia simples para aplacar o espectro de Jamis.

Será mais que isso, Paul pensou. Sentiu uma espécie de puxão em sua percepção, como se estivesse tentando agarrar algo em movimento e torná-lo imóvel.

Chani recuou até se colocar ao lado de Jéssica e a pegou pela mão.

– Venha, Sayyadina. Temos de ficar à parte.

Paul viu quando as duas se afastaram e entraram nas sombras, deixando-o sozinho. Sentiu-se abandonado.

Os homens que ajeitaram a cortina apareceram ao lado dele.

– Venha, Usul.

Deixou-se conduzir adiante, deixou-se empurrar até um círculo de pessoas que ia se formando ao redor de Stilgar, que estava de pé sob o luciglobo e ao lado de um fardo, todo ângulos e curvas, de coisas reunidas debaixo de um manto sobre o chão de pedra.

A tropa se agachou a um gesto de Stilgar, e seus mantos silvaram com o movimento. Paul acomodou-se com eles, observando Stilgar, reparando na maneira como o globo lá no alto transformava os olhos dele em buracos escuros e avivavam o contato do tecido verde que ele trazia ao pescoço. Paul desviou sua atenção para o monte coberto pelo manto aos pés de Stilgar e reconheceu o braço de um baliset que se projetava do tecido.

– O espírito deixa a água do corpo ao nascer da primeira lua – entoou Stilgar. – Assim se diz. Quando virmos a primeira lua nascer esta noite, a quem ela convocará?

– Jamis – respondeu a tropa.

Stilgar descreveu um círculo completo, girando sobre um dos calcanhares, e percorreu com o olhar o anel de rostos.

– Eu fui amigo de Jamis – ele disse. – Quando o avião de caça se lançou sobre nós em Buraco na Pedra, foi Jamis quem me salvou.

Ele se inclinou sobre a pilha a seu lado, ergueu e afastou o manto.

– Fico com este manto, por ser amigo de Jamis: é o direito do líder. – Ele jogou o manto sobre um dos ombros e aprumou-se.

Agora Paul via ali exposto o conteúdo do monte: o cinza claro e cintilante de um trajestilador, um litrofão amassado, um lenço que trazia um livrinho no meio, o cabo sem lâmina de uma dagacris, uma bainha vazia, uma mochila dobrada, uma parabússola, um distrans, um martelador, vários ganchos metálicos do tamanho de um punho, uma série do que pareciam ser pequenas pedras dentro de um tecido dobrado, um feixe de penas amarradas... e o baliset exposto ao lado da mochila dobrada.

Então Jamis tocava o baliset, pensou Paul. O instrumento fez com que se lembrasse de Gurney Halleck e de tudo que havia se perdido. Paul sabia, com sua memória do futuro no passado, que algumas linhas de contingência poderiam produzir um encontro com Halleck, mas essas reuniões eram poucas e obscuras. Elas o confundiam. O fator de incerteza o deixou maravilhado. *Significa que algo que eu venha a fazer... que talvez eu faça... pode destruir Gurney... ou devolver-lhe a vida... ou...*

Paul engoliu em seco e chacoalhou a cabeça.

Stilgar voltou a se inclinar sobre a pilha.

– Para a mulher de Jamis e para os guardas – ele disse. As pedrinhas e o livro foram recolhidos nas pregas de seu manto.

– Direito do líder – a tropa entoou.

– O marcador do aparelho de café de Jamis – disse Stilgar, e ele ergueu um disco chato de metal verde. – Que seja entregue a Usul, durante a cerimônia adequada, quando voltarmos ao sietch.

– Direito do líder – a tropa entoou.

Por último, ele pegou o cabo da dagacris e ficou de pé.

– Para a planície fúnebre – ele disse.

– Para a planície fúnebre – a tropa respondeu.

Desde seu lugar no círculo, de frente para Paul, Jéssica acenou com a cabeça, reconhecendo a origem antiga do rito, e pensou: *O encontro da ignorância e do conhecimento, da brutalidade e da cultura, começa na dignidade com a qual tratamos nossos mortos.* Olhou para Paul e se perguntou: *Será que ele entende? Saberá o que fazer?*

– Somos amigos de Jamis – disse Stilgar. – Não choramos por nossos mortos feito um bando de garvarg.

Um homem de barba grisalha à esquerda de Paul ficou de pé.

– Fui amigo de Jamis – ele disse. Foi até o monte, ergueu o distrans. – Quando nossa água ficou abaixo do nível mínimo no cerco de Dois Pássaros, Jamis dividiu a sua. – O homem voltou a seu lugar no círculo.

Estão esperando que eu diga que fui amigo de Jamis?, Paul se perguntou. *Estão esperando que eu fique com alguma coisa daquela pilha?* Viu que os rostos se voltavam para ele, depois para o outro lado. *Estão esperando, sim!*

Um outro homem à frente de Paul se levantou, foi até a mochila e removeu a parabússola.

– Fui amigo de Jamis – ele disse. – Quando a patrulha nos surpreendeu em Angra da Penha e eu fui ferido, Jamis a distraiu, para que os feridos pudessem ser salvos. – Ele voltou a seu lugar no círculo.

Mais uma vez, os rostos se voltaram para Paul, que viu neles a expectativa e baixou os olhos. Levou uma cotovelada e uma voz sibilou:

– Quer nos trazer a destruição?

Como posso dizer que fui amigo dele?, Paul se perguntou.

Outro vulto se ergueu do círculo, de frente para Paul e, quando o rosto encapuzado entrou na luz, ele reconheceu a mãe. Ela retirou um lenço do monte.

– Fui amiga de Jamis – ela disse. – Quando o espírito dos espíritos dentro dele viu a necessidade da verdade, esse espírito se retirou e poupou meu filho. – Ela voltou a seu lugar.

E Paul relembrou o desdém na voz de sua mãe quando ela o confrontara depois da luta. *"Que tal a sensação de matar um homem?"*

Novamente, ele viu os rostos se voltarem para ele, sentiu a raiva e o medo da tropa. Um trecho que, certa vez, a mãe tinha bibliofilmado para ele sobre "O culto aos mortos" passou rapidamente pela mente de Paul. Ele sabia o que tinha a fazer.

Devagar, Paul se pôs de pé.

Um suspiro percorreu o círculo.

Paul sentiu seu *eu* diminuir ao se aproximar do centro do círculo. Era como se tivesse perdido um fragmento de si mesmo e o buscasse ali. Ele se inclinou sobre o monte de pertences, ergueu o baliset. Uma corda ressoou baixinho ao bater em alguma coisa na pilha.

– Fui amigo de Jamis – Paul sussurrou.

Sentiu que as lágrimas ardiam em seus olhos, obrigou-se a dar mais volume a sua voz.

– Jamis me ensinou... que... quando se mata... paga-se por isso. Queria ter conhecido Jamis melhor.

Às cegas, ele voltou a seu lugar no círculo e deixou-se cair no chão de pedra.

Uma voz sussurrou:

– Ele está derramando lágrimas!

A novidade deu a volta no círculo:

– Usul oferece umidade aos mortos!

Sentiu que dedos tocavam as maçãs úmidas de seu rosto, ouviu os sussurros de admiração.

Jéssica, ouvindo as vozes, sentiu a intensidade da experiência, percebeu as inibições terríveis que deviam existir em relação a derramar lágrimas. Ela se concentrou nas palavras: *"Ele oferece umidade aos mortos"*. Era um presente para o mundo das sombras: lágrimas. Seriam, sem dúvida alguma, sagradas.

Nada naquele planeta tinha incutido nela com tanta força o valor supremo da água. Nem os vendedores de água, nem as peles ressequidas dos nativos, nem os trajestiladores e as regras da hidrodisciplina. Eis que ali se apresentava uma substância mais preciosa que todas as outras: era a própria vida, e enredava tudo a seu redor com simbolismo e cerimônia.

Água.

– Toquei a face dele – alguém sussurrou. – Senti o presente.

A princípio, os dedos que lhe tocavam a face assustaram Paul. Ele apertou o braço frio do baliset, sentindo as cordas machucarem sua palma. Depois viu os rostos por trás das mãos ávidas, os olhos arregalados, cheios de assombro.

No mesmo instante, as mãos se recolheram. A cerimônia fúnebre foi retomada. Mas agora havia um espaço sutil em volta de Paul, um retraimento, pois a tropa o venerava com um isolamento respeitoso.

A cerimônia terminou com um cântico em voz baixa:

"Chama por ti a lua cheia...
A Shai-hulud verás na areia;
Lusco-fusco e noite magenta,
Tiveste morte tão sangrenta.
À lua redonda oramos calados...
Com a sorte ditosa enfim premiados,
O que procuramos será encontrado
Na terra feroz onde o chão foi crestado."

Um saco volumoso continuava aos pés de Stilgar. Ele se agachou e tocou a coisa com as palmas das mãos. Alguém veio de trás, agachou-se ao lado de Stilgar, e Paul reconheceu o rosto de Chani na sombra do capuz.

– Jamis carregava trinta e três litros, sete dracmas e três trinta e dois avos de dracma da água da tribo – disse Chani. – Eu a abençoo agora, na presença de uma Sayyadina. Ekkeri-akairi, eis a água, fillissin-follasy de Paul Muad'Dib! Kivi a-kavi, nunca mais, nakalas! Nakelas! será medida e contada, ukair-an! pelas pulsações jan-jan-jan de nosso amigo... Jamis.

Num silêncio abrupto e profundo, Chani se virou, olhou para Paul. Sem hesitar, ela disse:

– Se sou a chama, sê o carvão. Se sou o orvalho, sê a água.

– Bi-la kaifa – entoou a tropa.

– Para Paul Muad'Dib vai esta parte – disse Chani. – Que ele a guarde para a tribo, que não a deixe se perder por descuido. Que ele seja generoso e a divida em tempo de necessidade. Que ele a passe adiante quando chegar a hora, pelo bem da tribo.

– Bi-la kaifa – entoou a tropa.

Tenho de aceitar essa água, pensou Paul. Vagarosamente, ele se levantou, colocou-se ao lado de Chani. Stilgar deu um passo atrás, abrindo espaço para o menino, e, com toda a delicadeza, tirou o baliset da mão de Paul.

– Ajoelhe-se – disse Chani.

Paul se ajoelhou.

Ela conduziu as mãos dele até a bolsa d'água, segurou-as contra a superfície resistente.

– Esta água a tribo entrega a teus cuidados – ela disse. – Jamis a deixou. Recebe-a em paz. – Ela ficou de pé e trouxe Paul consigo.

Stilgar devolveu o baliset e estendeu a palma da mão, mostrando um montinho de anéis de metal. Paul olhou para eles, vendo os tamanhos diferentes, a maneira como a luz do luciglobo se refletia neles.

Chani pegou o anel maior, segurou-o num dos dedos.

– Trinta litros – ela disse. Um a um, ela foi pegando os outros, mostrando cada um deles a Paul, contando-os. – Dois litros; um litro; sete hidrofichas de uma dracma cada; uma hidroficha de três trinta e dois avos de dracma. Ao todo: trinta e três litros, sete dracmas e três trinta e dois avos de dracma.

Ergueu-os empilhados num dos dedos, para que Paul os visse.

– Você os aceita? – Stilgar perguntou.

Paul engoliu em seco e assentiu.

– Sim.

– Mais tarde – disse Chani –, mostrarei a você como amarrá-los num lenço, para que não chocalhem e entreguem sua posição quando precisar fazer silêncio. – Ela estendeu a mão.

– Você poderia... segurá-los para mim? – pediu Paul.

Chani lançou um olhar assustado para Stilgar.

Ele sorriu e disse:

– Paul Muad'Dib, que é Usul, ainda não conhece nossos costumes, Chani. Segure as hidrofichas dele sem compromisso, até chegar a hora de mostrar-lhe a maneira de carregá-las.

Ela assentiu, puxou uma fita de tecido de sob o manto, uniu os anéis com ela, usando um trançado intricado, hesitou, depois enfiou-os na faixa da cintura, sob o manto.

Perdi alguma coisa, pensou Paul. Percebia a sensação de humor em volta dele, uma espécie de zombaria, e sua mente fez a associação com uma lembrança presciente: *hidrofichas oferecidas a uma mulher, ritual de corte*.

– Hidromestres – disse Stilgar.

A tropa se levantou num sussurro de mantos. Dois homens se destacaram do grupo e ergueram a bolsa d'água. Stilgar fez descer o luciglobo e, com ele, mostrou o caminho para as profundezas da caverna.

Paul seguia espremido atrás de Chani. Reparou no brilho amanteigado da luz nas paredes de pedra, a maneira como as sombras dançavam, e sentiu o ânimo elevado da tropa contido num ar reprimido de expectativa.

Jéssica, puxada para o fim da tropa por mãos ansiosas, rodeada por corpos que se acotovelavam, refreou um instante de pânico. Tinha reconhecido fragmentos do ritual, identificado os cacos de chakobsa e bhotani-jib nas palavras, e sabia que aqueles momentos aparentemente simples podiam irromper em violência selvagem.

Jan-jan-jan, ela pensou. *Vá, vá, vá.*

Era como uma brincadeira de criança que tivesse perdido toda a inibição nas mãos dos adultos.

Stilgar se deteve diante de um paredão de rocha amarelo. Pressionou uma projeção e a parede oscilou em silêncio para longe dele, abrindo-se ao longo de uma fissura irregular. Ele os conduziu pela entrada e por uma gelosia escura, em forma de favo, que mandou uma corrente de ar fresco na direção de Paul quando o menino passou por ela.

Paul virou-se para Chani, com um olhar inquisitivo, e puxou-lhe o braço.

– O ar ali parecia úmido – ele disse.

– Psiu – ela sussurrou.

Mas um homem atrás deles disse:

– Há bastante umidade no captador esta noite. É o jeito que Jamis encontrou de nos dizer que está satisfeito.

Jéssica atravessou a porta secreta, ouviu-a se fechar. Ela viu como os fremen reduziam o passo ao atravessar a gelosia, sentiu a umidade do ar ao sair do outro lado.

Captador de vento!, ela pensou. *Eles têm um captador de vento escondido em algum lugar na superfície, que canaliza o ar para as regiões mais frias, aqui embaixo, e condensa a umidade.*

Passaram por outra porta de pedra, encimada por gelosias, que se fechou tão logo a atravessaram. A corrente de ar a suas costas trazia uma sensação de umidade claramente perceptível tanto para Jéssica quanto para Paul.

À frente da tropa, o luciglobo nas mãos de Stilgar desceu abaixo do nível das cabeças adiante de Paul. No mesmo instante, ele sentiu degraus sob seus pés, que iam fazendo uma curva para a esquerda e para baixo.

Havia luz, refletida para trás e para cima, passando pelas cabeças encapuzadas, e um movimento sinuoso de pessoas que desciam a escadaria em caracol.

Jéssica sentiu a tensão aumentar a seu redor, uma opressão do silêncio que, de tão urgente, irritava seus nervos.

Os degraus terminaram e a tropa atravessou mais uma porta baixa. A luz do luciglobo foi engolida por um grande espaço aberto, de teto alto e abobadado.

Paul sentiu a mão de Chani em seu braço, ouviu um fraco pinga-pinga de água no ar gelado, sentiu uma quietude absoluta se apossar dos fremen na presença solene de água.

Vi este lugar num sonho, ele pensou.

O pensamento foi tanto animador quanto frustrante. Em algum lugar adiante naquele caminho, as hordas fanáticas, em nome dele, iam deixando um rastro sangrento pelo universo. O estandarte verde e preto dos Atreides iria se tornar um símbolo do terror. As legiões impetuosas investiriam em batalha berrando seu grito de guerra:

– Muad'Dib!

Não pode acontecer, ele pensou. *Não posso deixar isso acontecer.*

Mas ele sentia a exigente consciência racial dentro dele, seu propósito terrível, e entendia que nada tão pequeno desviaria o carro de Jaganath, que vinha ganhando peso e impulso. Se ele morresse naquele instante, a coisa seguiria em frente com sua mãe e sua irmã por nascer. Nada que não fosse a morte de todos os integrantes da tropa reunida ali, naquele momento – bem como de sua mãe e dele mesmo –, conseguiria deter a coisa.

Paul olhou ao seu redor, viu a tropa se espalhar numa fila. Foi empurrado para a frente, de encontro a uma barreira baixa entalhada na pedra natural. Além da barreira, à luz do globo de Stilgar, Paul viu uma superfície escura e serena de água, que se estendia sombras adentro – profundas e negras –, e a parede ao longe, mal visível, talvez a uns cem metros de distância.

Jéssica sentiu a tensão da secura da pele, na testa e nas maçãs do rosto, relaxar um pouco na presença de umidade. O lago era fundo; ela percebeu a profundidade e resistiu à vontade de mergulhar as mãos nele.

Ouviu um chape-chape a sua esquerda. Olhou para a fila de fremen na penumbra, viu Stilgar ao lado de Paul e dos hidromestres, que derramavam sua carga no lago, por meio de um medidor de vazão. O medidor era um olho redondo e cinzento acima da orla do lago. Ela viu o ponteiro brilhante se mover à medida que a água corria pelo medidor, viu o ponteiro parar em trinta e três litros, sete dracmas e três trinta e dois avos de dracma.

Precisão soberba na mensuração da água, Jéssica pensou. E notou que as paredes da calha do medidor não mostravam vestígio de umidade depois da passagem da água. A água escorrera por aquelas paredes sem aderência. Viu naquele simples fato uma pista significativa para entender a tecnologia dos fremen: eram perfeccionistas.

Jéssica desceu a barreira até se colocar ao lado de Stilgar. Abriram caminho para ela com cortesia informal. Ela reparou na expressão absorta dos olhos de Paul, mas o mistério daquele grande lago dominava seus pensamentos.

Stilgar olhou para ela.

– Há entre nós quem precisa de água – ele disse –, mas esses vêm aqui e não tocam nesta água. Sabia disso?

– Acredito – ela disse.

Ele olhou para o lago.

– Temos mais de trinta e oito milhões de decalitros aqui – ele disse. – Isolados dos criadorzinhos, escondidos e preservados.

– Um tesouro – ela disse.

Stilgar ergueu o globo para olhá-la nos olhos.

– É mais que um tesouro. Temos milhares desses depósitos. Somente alguns de nós conhecem todos eles. – Ele inclinou a cabeça de lado. O globo lançou uma luz de sombras amareladas sobre seu rosto e sua barba. – Ouviu isso?

Puseram-se a escutar.

O pinga-pinga da água precipitada pelo captador de vento encheu o recinto com sua presença. Jéssica viu que a tropa inteira foi tomada pelo êxtase da audição. Somente Paul parecia alheio a tudo aquilo.

Para Paul, o som era o dos momentos roubados pelo relógio. Sentia que o tempo o atravessava, que os instantes nunca seriam recuperados. Sentia a necessidade de decidir, mas viu-se impotente para agir.

– Foi calculado com rigor – Stilgar sussurrou. – Sabemos, com uma precisão de até um milhão de decalitros, de quanto precisamos. Quando chegarmos lá, mudaremos a face de Arrakis.

Um sussurro abafado foi a resposta da tropa:

– Bi-la kaifa.

– Prenderemos as dunas com o plantio de gramíneas – disse Stilgar, e sua voz foi ficando mais forte. – Amarraremos a água ao solo com árvores e arbustos.

– Bi-la kaifa – entoou a tropa.

– A cada ano o gelo polar recua – disse Stilgar.

– Bi-la kaifa – eles cantaram.

– Faremos de Arrakis um lar, com lentes degeladoras nos polos, lagos nas zonas temperadas, e somente as profundezas do deserto para o criador e sua especiaria.

– Bi-la kaifa.

– E nenhum homem jamais sofrerá com a falta d'água. Será sua se a recolher de poços, lagoas, lagos ou canais. Correrá pelos qanats para alimentar nossas plantas. Estará lá para o homem que quiser tomá-la. Será sua se estender a mão.

– Bi-la kaifa.

Jéssica percebeu o ritual religioso nas palavras, notou sua própria resposta instintiva e reverente. *Aliaram-se ao futuro*, ela pensou. *Têm sua montanha para escalar. É o sonho do cientista... e estas pessoas simples, estes camponeses, o abraçaram completamente.*

Seus pensamentos voltaram-se para Liet-Kynes, o ecólogo planetário do imperador, o homem que se tornara um nativo – e ela passou a admirá-lo. Era um sonho digno de cativar as almas dos homens, e ela enxergava naquilo a mão do ecólogo. Era um sonho pelo qual os homens estariam dispostos a morrer. Era mais um dos ingredientes essenciais que ela julgava necessários a seu filho: um povo com um objetivo. Seria fácil imbuir aquele povo com o fervor e o fanatismo. Poderia ser a espada que reconquistaria para Paul seu lugar de direito.

– Sairemos agora – disse Stilgar – e esperaremos o nascer da primeira lua. Quando Jamis estiver seguro em seu caminho, iremos para casa.

Expressando sua relutância com murmúrios, a tropa o seguiu, voltando pela barreira e subindo os degraus.

E Paul, caminhando atrás de Chani, sentiu que um momento vital havia passado por ele, que ele deixara de tomar uma decisão essencial e agora estava enredado em seu próprio mito. Sabia que tinha visto aquele lugar antes, provado-o num fragmento de sonho presciente no longínquo planeta Caladan, mas os pormenores do lugar iam sendo preenchidos agora que ele nada vira. Experimentou uma nova sensação de deslumbramento diante dos limites de seu dom. Era como se viajasse na onda do tempo, algumas vezes no cavado, outras na crista, e, em toda a volta, as outras ondas subiam e desciam, revelando e depois escondendo o que levavam em sua superfície.

E, o tempo todo, o jihad desenfreado continuava a fazer vulto mais adiante, a violência e a carnificina. Era como um promontório acima da arrebentação.

A tropa passou em fila pela última porta e entrou na caverna principal. A porta foi lacrada. As luzes foram apagadas, as coberturas removidas das entradas da caverna, revelando a noite e as estrelas que tinham se apoderado do deserto.

Jéssica foi até o rebordo seco nos limites da caverna, olhou para as estrelas. Estavam nítidas e próximas. Sentiu a agitação da tropa ao seu redor, ouviu o som de um baliset que era afinado em algum lugar lá atrás, e a voz de Paul cantarolando o tom. Havia, na voz do filho, uma melancolia que a desagradou.

A voz de Chani se intrometeu, vinda da escuridão intensa da caverna:

– Fale-me sobre as águas de seu planeta natal, Paul Muad'Dib.

E Paul:

– Outra hora, Chani. Prometo.

Tamanha tristeza.

– É um bom baliset – disse Chani.

– Muito bom – disse Paul. – Acha que Jamis vai se importar se eu o usar?

Ele fala do morto no tempo presente, pensou Jéssica. As implicações a perturbaram.

A voz de um homem interferiu:

– Ele até que gostava de música, o Jamis.

– Então cante-me uma de suas canções – implorou Chani.

Tamanho encanto feminino na voz dessa menina, Jéssica pensou. *Tenho de alertar Paul a respeito dessas mulheres... e logo.*

– Eis uma canção de um amigo meu – disse Paul. – Imagino que esteja morto agora, o Gurney. Ele dizia que era sua oração da tarde.

Frank Herbert

A tropa ficou em silêncio, escutando, enquanto a voz de Paul se alteava num doce tenor de menino, com o tanger do baliset ao fundo:

"Este tempo claro de contemplar as brasas...
Um sol auribrilhante perde-se no crepúsculo.
Que frenesi de sentidos, desespero de almíscar
É consorte da memória?"

Jéssica sentiu a música verbalizada em seu peito: pagã, cheia de sons que a deixaram, de repente, tão consciente de si mesma, sentindo seu próprio corpo e suas carências. Continuou ouvindo, em tensa imobilidade.

"O réquiem perolincensário da noite...
Feito para nós!
Que alegrias correm, então...
Brilhantes em seus olhos?
Que amores floridos
Movem nossos corações?
Que amores floridos
Saciam nossos desejos?"

E Jéssica ouviu a réplica do silêncio ressoar com a última nota. *Por que meu filho canta uma canção de amor para essa menina?*, ela se perguntou. Sentiu um medo repentino. Percebia a vida que corria a seu redor, sem que as rédeas estivessem em suas mãos. *Por que escolheu essa canção?*, ela se indagou. *Os instintos às vezes são verdadeiros. Por que ele fez isso?*

Paul ficou sentado, em silêncio, no escuro, e um único pensamento persistente dominava sua consciência: *Minha mãe é meu inimigo. Ela não sabe disso, mas é. Ela trará o jihad. Ela me deu à luz; ela me treinou. É meu inimigo.*

O conceito de progresso age como um mecanismo protetor para nos resguardar dos horrores do futuro.

– Excerto de "Frases reunidas de Muad'Dib", da princesa Irulan

Em seu décimo sétimo aniversário, Feyd-Rautha Harkonnen matou seu centésimo gladiador-escravo nos jogos da família. Os observadores visitantes da Corte Imperial – o conde e a lady Fenring – estiveram no planeta natal dos Harkonnen, Giedi Primo, para a ocasião, e foram convidados a se sentar, naquela tarde, com os parentes mais próximos do rapaz, no camarote dourado acima da arena triangular.

Em homenagem à natividade do na-barão, e para lembrar a todos os Harkonnen e seus súditos que Feyd-Rautha era o herdeiro nomeado, era feriado em Giedi Primo. O velho barão tinha decretado um dia de descanso de meridiano a meridiano, fizera-se um esforço na cidade da família, Harko, para criar a ilusão de alegria: flâmulas tremulavam nos prédios, os muros ao longo da via Cortês receberam nova pintura.

Mas, fora da via principal, o conde Fenring e sua esposa notaram os montes de lixo, os muros ásperos e de cor marrom, refletidos nas poças d'água escuras das ruas, e o passo rápido e furtivo das pessoas.

Na fortaleza de muralhas azuis do barão, havia uma perfeição temerosa, mas o conde e sua esposa viram o preço que se pagava por aquilo: guardas em toda parte e armas com aquele lustro especial que, para olhos treinados, indicavam o uso constante. Havia postos de controle nas passagens de uma área a outra, até mesmo dentro do forte. Os serviçais revelavam seu treinamento militar na maneira como andavam, no aprumo dos ombros... na maneira como seus olhos vigiavam, vigiavam e vigiavam.

– Estão sob pressão – o conde murmurou para a esposa no idioma secreto que usavam. – O barão está começando a ver que preço pagou de fato para se livrar do duque Leto.

– Um dia desses tenho de contar a você a lenda da fênix – ela disse.

Estavam na sala de recepção do forte, esperando a hora de ir aos jogos da família. Não era um salão grande – talvez tivesse quarenta metros de comprimento e metade disso na largura –, mas as colunas falsas nas laterais terminavam em pontas abruptas e o teto era discretamente abobadado, o que criava a ilusão de um espaço muito maior.

– Aaah, aí vem o barão – disse o conde.

O barão percorreu todo o salão com aquele passo deslizante, gingado e peculiar conferido pela necessária condução do peso aliviado pelos suspensores. As papadas subiam e desciam; os suspensores balançavam e se moviam sob o manto alaranjado. As mãos cintilavam com anéis e o manto brilhava com piropalas entretecidas.

Ao lado do barão vinha Feyd-Rautha. Os cabelos escuros formavam cachos miúdos que pareciam incongruentemente alegres acima dos olhos soturnos. Vestia uma túnica negra e muito justa, e calças apertadas, com discretas bocas de sino. Chinelos de sola macia cobriam seus pés pequeninos.

Lady Fenring, reparando no aprumo do jovem e na segurança com que seus músculos se moviam sob a túnica, pensou: *Eis aí alguém que não pretende engordar.*

O barão se deteve diante deles, tomou o braço de Feyd-Rautha e disse:

– Meu sobrinho, o na-barão, Feyd-Rautha Harkonnen. – E, virando sua cara gorda de bebê para Feyd-Rautha, disse: – O conde e a lady Fenring, de quem lhe falei.

Feyd-Rautha baixou a cabeça com a devida cortesia. Olhou para a lady Fenring. Ela tinha cabelos dourados e era esbelta, e a perfeição de sua figura trajava um vestido esvoaçante de linho cru e talhe simples, sem ornamentos. Os olhos verde-acinzentados devolveram-lhe o olhar. Ela tinha aquela serenidade das Bene Gesserit que o jovem achou sutilmente perturbadora.

– Hummmm, ah, hãããã – disse o conde. Estudou Feyd-Rautha. – O, hãããã, jovem *meticuloso*, ah, meu... hãããã... caro? – O conde olhou para o barão. – Meu caro barão, está dizendo que falou de nós para este jovem *meticuloso*? E o que foi que disse?

– Comentei com meu sobrinho a grande estima que nosso imperador tem pelo conde Fenring – disse o barão. E pensou: *Observe-o bem, Feyd! Um assassino com modos de coelho: esse é o tipo mais perigoso.*

– Claro – disse o conde, sorrindo para sua esposa.

Feyd-Rautha tomou as ações e as palavras do homem quase como insultos. Chegavam bem perto de uma desfaçatez que exigiria uma reparação. O rapaz concentrou sua atenção no conde: um homem pequeno, de aparência frágil. Tinha cara de fuinha, olhos escuros e excessivamente grandes. Os cabelos eram grisalhos nas têmporas. E seus movimentos – ele mexia uma das mãos ou virava a cabeça para um lado, mas falava para o outro. Era difícil acompanhá-lo.

– Hummmmm, aaah, hããã, é tão raro encontrar, mmm, tamanha meticulosidade – disse o conde, dirigindo-se ao ombro do barão. – Eu... ah, quero lhe dar os parabéns pela, hããã, perfeição de seu, aah, herdeiro. Tendo em mente o, hããã, antecessor, por assim dizer.

– Quanta gentileza – disse o barão. Fez uma reverência, mas Feyd-Rautha reparou que os olhos do tio não correspondiam à sua cortesia.

– Quando se é, mmm, irônico, isso, aah, sugere que se tem, hãããã, pensamentos profundos – disse o conde.

Ele fez de novo, pensou Feyd-Rautha. *Soa como um insulto, mas nada do que ele diz dá motivo para que exijamos satisfações.*

Ouvir aquele homem falar dava a Feyd-Rautha a sensação de ter a cabeça enfiada no mingau... *humm, aaah, hãããã!* Feyd-Rautha voltou a se concentrar em lady Fenring.

– Estamos, aah, tomando muito tempo do rapaz – ela disse. – Se entendi bem, ele irá se apresentar na arena hoje.

Pelas huris do harém imperial, ela é adorável!, pensou Feyd-Rautha, e disse:

– Matarei um por você hoje, milady. Farei a dedicatória na arena, com sua permissão.

Ela devolveu serenamente o olhar dele, mas sua voz foi como uma chicotada ao dizer:

– Você *não* tem minha permissão.

– Feyd! – disse o barão, e pensou: *O diabinho! Quer que este conde mortífero o desafie?*

Mas o conde só fez sorrir e disse:

– Hããããã, humm.

– Você tem *mesmo* que se preparar para a arena, Feyd – disse o barão. – Precisa estar descansado para não se arriscar estupidamente.

Feyd-Rautha fez uma reverência, e o ressentimento corou-lhe a face.

– Tenho certeza de que tudo estará a seu contento, tio. – Ele cumprimentou o conde Fenring com a cabeça. – Senhor. – Voltou-se para a dama:

– Milady. – Deu meia-volta, saiu do saguão a passos largos, sem se dar ao trabalho de olhar para o grupo de Famílias Menores perto das portas duplas.

– Ele é tão jovem – suspirou o barão.

– Hummm, ah, de fato, hããã – disse o conde.

E lady Fenring pensou: *Será esse o rapaz que a Reverenda Madre mencionou? Essa é uma das linhagens que temos de preservar?*

– Temos mais de uma hora antes de ir para a arena – disse o barão. – Talvez possamos ter agora nossa conversinha, conde Fenring. – Inclinou sua cabeça gorda para a direita. – São muitas as novidades que temos a discutir.

E o barão pensou: *Vejamos como o moleque de recados do imperador entregará sua mensagem sem cometer a grosseria de dizê-la com todas as letras.*

O conde falou para sua esposa:

– Hummm, aah, hããã, pode, mmm, nos, aah, dar licença, minha cara?

– A mudança chega a cada dia, às vezes a cada hora – ela disse. – Mmmmm. – Lançou um sorriso agradável para o barão antes de lhe dar as costas. As saias compridas farfalharam quando ela foi, com passos régios e as costas eretas, em direção às portas duplas no final do salão.

O barão notou como todas as conversas das Casas Menores ali presentes cessaram quando ela se aproximou, como os olhos a seguiram. *Bene Gesserit!*, pensou o barão. *O universo seria tão melhor sem elas!*

– Há um cone do silêncio entre duas daquelas colunas, a nossa esquerda – disse o barão. – Podemos conversar ali, sem recear que alguém nos ouça. – Ele seguiu na frente, com seu passo gingado, e entrou no campo sonossupressor, notando que os ruídos do forte tornavam-se abafados e distantes.

O conde posicionou-se ao lado do barão, e os dois se viraram para a parede, para que ninguém pudesse ler seus lábios.

– Não ficamos satisfeitos com a maneira como o barão dispensou os Sardaukar em Arrakis – disse o conde.

Direto ao assunto!, pensou o barão.

– Os Sardaukar não poderiam mais permanecer sem que corrêssemos o risco de *outros* descobrirem como o imperador me ajudou – disse o barão.

– Mas seu sobrinho Rabban não parece estar fazendo pressão suficiente para encontrar uma solução para o problema dos fremen.

— O que o imperador deseja? — perguntou o barão. — Não deve ter sobrado mais que um punhado de fremen em Arrakis. O deserto austral é inabitável. O deserto setentrional é percorrido regularmente por nossas patrulhas.

— Quem disse que o deserto austral é inabitável?

— Seu próprio planetólogo, meu caro conde.

— Mas o dr. Kynes está morto.

— Ah, sim... uma infelicidade.

— Temos o relatório de uma nave que sobrevoou o extremo sul — disse o conde. — Há indícios de vida vegetal.

— Então a Guilda concordou com o monitoramento desde o espaço?

— Sabe muito bem que não, barão. O imperador não pode, legalmente, monitorar Arrakis.

— E *eu* não tenho como pagar por isso — disse o barão. — Quem fez esse sobrevoo?

— Um... contrabandista.

— Alguém mentiu para o conde — disse o barão. — Os contrabandistas, assim como os homens de Rabban, não conseguem pilotar no sul. Tempestades, estática arenosa e tudo o mais, sabe. Os marcos de navegação caem em menos tempo do que se leva para instalá-los.

— Discutiremos os diversos tipos de estática em outra ocasião — disse o conde.

Aaah, pensou o barão.

— Encontrou algum erro em minhas contas então? — ele indagou.

— Não há legítima defesa quando os erros são imaginários — disse o conde.

Está tentando deliberadamente me enfurecer, pensou o barão. Inspirou fundo duas vezes, para se acalmar. Sentia o cheiro do próprio suor, e o arnês de suspensores sob seu manto de repente pareceu-lhe incômodo e exasperante.

— O imperador não pode estar descontente com a morte da concubina e do menino — disse o barão. — Eles fugiram para o deserto. Veio uma tempestade.

— Sim, foram tantos acidentes convenientes — concordou o conde.

— Não estou gostando de seu tom de voz, conde — disse o barão.

— A raiva é uma coisa, a violência, outra — disse o conde. — Permita-me alertá-lo: se eu sofresse um acidente infeliz aqui, todas as Casas

Maiores ficariam sabendo do que fez em Arrakis. Há tempos elas desconfiam da maneira como você conduz os negócios.

– O único negócio recente de que me recordo – disse o barão – foi transportar várias legiões de Sardaukar para Arrakis.

– Acha que conseguiria usar isso para chantagear o imperador?

– Nem pensaria nisso!

O conde sorriu.

– É possível encontrar comandantes entre os Sardaukar que confessariam ter agido sem receber ordens, porque queriam combater a escória fremen.

– Muitos talvez duvidassem de uma confissão como essa – disse o barão, mas a ameaça o desconcertou. *Será que os Sardaukar são tão disciplinados assim?*, ele se perguntou.

– O imperador quer realmente fazer uma auditoria de seus livros-caixa – disse o conde.

– Fique à vontade.

– O barão... ah... não fará objeção?

– Nenhuma. Meu cargo na diretoria da CHOAM passará até por um pente-fino. – E ele pensou: *Deixe-o levantar e apresentar uma acusação falsa contra mim. Estarei lá, como Prometeu, dizendo: "Contemplai-me, fui injustiçado". Então, que ele me acuse de qualquer outra coisa, mesmo que seja verdadeira. As Casas Maiores não darão crédito a um segundo ataque vindo de um acusador que já se mostrou enganado.*

– Não há dúvida de que seus livros-caixa passarão por qualquer pente-fino – murmurou o conde.

– Por que o imperador está tão interessado em exterminar os fremen? – o barão perguntou.

– Quer mudar de assunto, hein? – O conde deu de ombros. – O interesse é todo dos Sardaukar, e não do imperador. Precisavam praticar a matança... e odeiam deixar uma tarefa pela metade.

Ele acha que vai me assustar lembrando-me de que tem o apoio de assassinos sedentos de sangue?, perguntou-se o barão.

– Um pouco de matança sempre foi uma das armas do negócio – disse o barão –, mas é preciso impor um limite em algum ponto. Tem de sobrar alguém para colher a especiaria.

O conde soltou uma risada breve, como um latido.

— Acha que é capaz de usar os fremen?

— Nunca foram suficientes para isso – disse o barão. – Mas a matança deixou o resto de minha população apreensiva. Está chegando a tal ponto que começo a cogitar outra solução para o problema arrakino, meu caro Fenring. E tenho de confessar que o mérito por essa inspiração cabe ao imperador.

— Aah?

— Veja bem, conde, tenho o planeta-prisão do imperador, Salusa Secundus, como inspiração.

O conde o encarou com uma veemência cintilante.

— Que ligação pode haver entre Arrakis e Salusa Secundus?

O barão percebeu o estado de alerta nos olhos de Fenring e disse:

— Nenhuma ligação, ainda.

— Ainda?

— Há que se admitir que seria uma maneira de desenvolver uma força de trabalho substancial em Arrakis: usá-lo como planeta-prisão.

— Prevê um aumento na população prisional?

— Houve tumultos – admitiu o barão. – Tive de espremê-los com bastante severidade, Fenring. Afinal de contas, o conde sabe o preço que paguei à maldita Guilda para transportar nossas forças conjuntas até Arrakis. Esse dinheiro teve de sair de *algum lugar*.

— Sugiro, barão, que não comece a usar Arrakis como planeta-prisão sem a permissão do imperador.

— Claro que não – disse o barão, intrigado com a frieza repentina na voz de Fenring.

— Outro assunto – disse o conde. – Soubemos que o Mentat do duque Leto, Thufir Hawat, não está morto, e sim a seu serviço.

— Eu não podia desperdiçá-lo – disse o barão.

— Mentiu para nosso comandante Sardaukar quando disse que Hawat estava morto.

— Foi só uma mentirinha inocente, meu caro conde. Eu não suportaria uma discussão prolongada com aquele homem.

— Hawat era o verdadeiro traidor?

— Oh, deuses, não! Era o falso médico. – O barão enxugou o suor do pescoço. – Precisa entender, Fenring, que acabei ficando sem um Mentat. Sabe disso. Nunca tinha ficado sem um Mentat. Foi muito aflitivo.

– Como conseguiu fazer Hawat mudar de lado?

– Seu duque estava morto. – O barão deu um sorriso forçado. – Não há nada a temer no caso de Hawat, meu caro conde. O corpo do Mentat foi impregnado com um veneno latente. Damos a ele um antídoto nas refeições. Sem o antídoto, o veneno seria ativado, e ele morreria em alguns dias.

– Remova o antídoto – disse o conde.

– Mas ele é útil!

– E sabe demais, sabe coisas que nenhum homem vivo deveria saber.

– O conde disse que o imperador não receava ser desmascarado.

– Não brinque comigo, barão!

– Quando eu vir essa ordem sancionada pelo sinete imperial, aí sim obedecerei – disse o barão. – Mas não vou me submeter a seus caprichos.

– Acha que é um capricho?

– O que mais pode ser? O imperador também tem obrigações para comigo, Fenring. Eu o livrei do duque impertinente.

– Com a ajuda de alguns Sardaukar.

– Onde mais o imperador teria encontrado uma Casa para fornecer os uniformes que os disfarçaram e ocultar seu envolvimento?

– Ele se tem feito a mesma pergunta, barão, mas com uma ênfase um pouco diferente.

O barão estudou Fenring, reparando na rigidez dos músculos da mandíbula, no autocontrole cuidadoso.

– Aah, sei – disse o barão. – Espero que o imperador não acredite que conseguirá *me* atacar sem romper o sigilo.

– Ele espera que isso não seja necessário.

– Não é possível que o imperador creia que eu seja uma ameaça! – O barão deixou a raiva e a mágoa alterarem sua voz, pensando: *Deixe que me calunie. Eu poderia me sentar no trono enquanto ainda batesse no peito, dizendo como fui caluniado.*

A voz do conde ganhou um timbre seco e remoto quando ele disse:

– O imperador acredita naquilo que seus sentidos lhe dizem.

– O imperador ousaria me acusar de traição diante de todo o Conselho do Landsraad? – E o barão prendeu o fôlego por antecipação.

– O imperador não precisa *ousar* nada.

O barão virou-se em seus suspensores, para esconder a expressão em seu rosto. *Poderia acontecer ainda durante minha vida*, ele pensou.

Imperador! Deixe que me calunie! Então, os subornos e a coerção, as Casas Maiores cerrando fileiras: elas se uniriam sob minha bandeira como camponeses em busca de abrigo. A coisa que mais temem é o imperador soltar os Sardaukar em cima delas, uma Casa por vez.

– O imperador espera sinceramente nunca ter de acusar o barão de traição – disse o conde.

O barão teve dificuldade para afastar a ironia de sua voz e permitir somente a expressão de mágoa, mas conseguiu.

– Tenho sido um súdito dos mais leais. Essas palavras me causam uma mágoa tão grande que não sou capaz de expressá-la.

– Hummm, ah, hããã – disse o conde.

O barão continuou de costas para o conde, balançando afirmativamente a cabeça. Sem demora, disse:

– É hora de ir para a arena.

– É mesmo – disse o conde.

Saíram do cone de silêncio e, lado a lado, caminharam na direção dos ajuntamentos de Casas Menores na ponta do salão. Um sino começou a dobrar lentamente em algum lugar da fortaleza: o aviso de que faltavam vinte minutos para o evento na arena.

– As Casas Menores esperam que você lhes aponte o caminho – disse o conde, acenando com a cabeça na direção das pessoas de quem os dois se aproximavam.

Duplo sentido... duplo sentido, pensou o barão.

Ergueu os olhos para os novos talismãs de um lado e de outro da saída do salão: a cabeça de touro e o retrato a óleo do Velho Duque Atreides, pai do falecido duque Leto. Ao vê-los, o barão foi tomado por um pressentimento esquisito e imaginou que pensamentos aqueles talismãs teriam inspirado ao duque Leto quando enfeitavam as paredes dos palácios em Caladan e Arrakis: a bravura do pai e a cabeça do touro que o matara.

– A humanidade só tem, ah, uma, mmm, ciência – disse o conde, depois de reunirem seu séquito e passarem do salão à sala de espera, um lugar apertado, de janelas altas e piso ladrilhado, com padrões em branco e púrpura.

– E que ciência é essa? – perguntou o barão.

– É a, hummm, aah, ciência do, aah, descontentamento – disse o conde.

Atrás deles, os membros das Casas Menores, submissos e impressionáveis, riram no tom exato para demonstrar apreço, mas o som produziu uma nota discordante ao colidir com a explosão repentina de motores que chegou até eles quando os pajens escancararam as portas externas, revelando uma fileira de carros terrestres, com seus estandartes tremulando ao vento.

O barão ergueu a voz para transpor o barulho repentino e disse:

– Espero que não fique descontente com a apresentação de meu sobrinho hoje, conde Fenring.

– Eu, aah, me encontro, hummm, tomado apenas pela, hããã, expectativa, sim – disse o conde. – No, aah, procès-verbal, é preciso sempre, humm, aah, considerar a, aah, repartição de origem.

O barão disfarçou o súbito enrijecimento provocado pela surpresa ao tropeçar no primeiro degrau da saída. *Procès-verbal! É uma denúncia de crime contra o Imperium!*

Mas o conde deu uma risadinha, para fazer a coisa parecer uma piada, e bateu de leve no braço do barão.

Contudo, ao longo de todo o caminho até a arena, o barão ficou recostado nas almofadas blindadas de seu carro, lançando olhares velados para o conde que ia a seu lado, perguntando-se por que o *moleque de recados* do imperador havia julgado necessário fazer justamente aquele tipo de piada diante das Casas Menores. Era óbvio que Fenring raramente fazia o que julgava ser desnecessário, nem empregava duas palavras quando uma já bastava, nem se atinha a um só sentido numa mesma frase.

Estavam acomodados no camarote dourado acima da arena triangular – o clangor de cornetas, as arquibancadas abarrotadas de gente barulhenta e flâmulas ao vento, acima e ao redor deles – quando a resposta veio até o barão.

– Meu caro barão – disse o conde, inclinando-se bem perto do ouvido do homem –, sabe, pois não, que o imperador ainda não aprovou oficialmente a escolha de seu herdeiro?

O barão, de repente, sentiu-se dentro de um cone de silêncio só seu, gerado por seu próprio espanto. Encarou Fenring, mal vendo a esposa do conde passar pelos guardas mais à frente para se juntar ao grupo no camarote dourado.

– Esse é o verdadeiro motivo para eu estar aqui hoje – disse o conde. – O imperador quer que eu o informe se o barão escolheu um sucessor digno. Nada como a arena para revelar a pessoa de verdade por baixo da máscara, hein?

– O imperador me prometeu que eu teria liberdade para escolher meu herdeiro! – protestou o barão, entredentes.

– É o que veremos – disse Fenring, virando-se para cumprimentar a esposa. Ela se sentou, sorrindo para o barão, depois dirigiu sua atenção ao chão de areia abaixo deles, onde Feyd-Rautha acabava de aparecer, vestindo roupas justas e gilê, com a luva negra e a faca de lâmina longa na mão direita, a luva branca e a faca curta na esquerda.

– O branco é o veneno e o negro, a pureza – disse lady Fenring. – Um costume curioso, não é, meu amor?

– Hummm – disse o conde.

Gritos de aplauso soaram nas galerias da família para saudar Feyd-Rautha, que se deteve para recebê-los, olhando para cima e examinando aqueles rostos, vendo seus primos e primanes, os hemi-irmãos, as concubinas e os parentes forafreyn. Eram tantas boquinhas redondas e rosadas berrando em meio a uma confusão de roupas e estandartes coloridos.

Nesse momento, ocorreu a Feyd-Rautha que as fileiras apinhadas de rostos olhariam para seu sangue na arena com a mesma avidez com que veriam o do gladiador-escravo. Naturalmente, não havia dúvida de qual seria o resultado daquela luta. Encontrava-se ali somente a forma do perigo, e não seu conteúdo, mas...

Feyd-Rautha ergueu suas facas, apresentando-as ao sol, e cumprimentou os três cantos da arena, segundo o costume antigo. A faca curta na mão enluvada e branca (branco, a marca do veneno) foi a primeira a ser embainhada. Depois a faca comprida na mão que trazia a luva negra, a arma pura que agora era impura, sua arma secreta para transformar aquele dia numa vitória puramente pessoal: veneno na lâmina negra.

Levou só um segundo para ajustar seu escudo corporal e se deteve para sentir a pele da testa se retesar, garantia de que estava adequadamente protegido.

O momento era de um suspense todo próprio, e Feyd-Rautha o prolongou com total domínio de cena, fazendo sinal com a cabeça para os treinadores e furta-capas, verificando-lhes o equipamento com um olhar avaliador: os ferros em posição, com puas afiadas e cintilantes, as farpas e os ganchos que tremulavam com suas bandeirolas azuis.

Feyd-Rautha fez sinal para os músicos.

A marcha lenta teve início, sonora, com sua pompa antiquada, e Feyd-Rautha seguiu à frente de sua trupe até o outro lado da arena, para fazer uma mesura aos pés do camarote de seu tio. Apanhou no ar a chave cerimonial que lhe atiraram.

A música cessou.

No silêncio repentino que se seguiu, ele retrocedeu dois passos, ergueu a chave e gritou:

– Dedico esta verdade a... – e fez uma pausa, sabendo que seu tio pensaria: *Esse idiotazinho vai dedicá-la a lady Fenring, apesar de tudo, e armar uma confusão!* – ... meu tio e patrono, o barão Vladimir Harkonnen – gritou Feyd-Rautha.

E ficou deliciado ao ver o tio suspirar.

A música recomeçou com a marcha rápida, e Feyd-Rautha, à frente de seus homens, correu de volta ao outro lado da arena, para a porta dos prudentes, que só deixava passar aqueles que usassem a faixa de identificação correta. Feyd-Rautha se orgulhava de nunca usar a portapru e raramente precisar dos furta-capas. Mas era bom saber que estavam disponíveis naquele dia: planos especiais às vezes envolviam riscos especiais.

Mais uma vez, o silêncio se instalou na arena.

Feyd-Rautha se virou e encarou a grande porta vermelha do outro lado, de onde sairia o gladiador.

O gladiador especial.

O plano arquitetado por Thufir Hawat era admiravelmente simples e direto, pensou Feyd-Rautha. O escravo não estaria drogado – esse era o risco. Em vez disso, haviam incutido no inconsciente do homem uma palavra-chave que paralisaria seus músculos num instante crítico. Feyd-Rautha repetia a palavra fatal em sua mente, dando-lhe forma com a boca, sem emitir som: "Ralé!". Para a plateia, pareceria que um escravo não drogado fora introduzido na arena para matar o na-barão. E todos os indícios, cuidadosamente preparados, apontariam para o feitor de escravos.

Um zumbido baixo se elevou dos servomotores da porta vermelha, que se preparavam para abri-la.

Feyd-Rautha concentrou todos os seus sentidos na porta. Aquele primeiro instante era o momento crítico. A aparência do gladiador ao entrar na arena fornecia ao olhar treinado boa parte do que o combatente precisava saber. Esperava-se que todos os gladiadores fossem injetados com a droga de elacca, para que entrassem na arena em posição de luta e dispostos a matar, mas era preciso observar como eles erguiam a faca, para que lado se viravam na defesa, se estavam de fato cientes da presença do público nas arquibancadas. A maneira como o escravo inclinava a cabeça poderia dar a dica mais importante para os contras e as fintas.

A porta vermelha se abriu com estrondo.

Lá de dentro arremeteu um homem alto e musculoso, com a cabeça raspada e os olhos escuros e fundos. Sua pele tinha cor de cenoura, como deveria ser, por causa da droga de elacca, mas Feyd-Rautha sabia que a cor não passava de tinta. O escravo vestia malha justa e verde e o cinturão vermelho de um semiescudo – a seta do escudo, apontando a esquerda, indicava que o lado esquerdo do escravo estava protegido. Segurava a faca como se fosse uma espada, ligeiramente inclinada para fora, adotando a postura de um lutador treinado. Devagar, ele avançou arena adentro, virando o lado protegido pelo escudo para Feyd-Rautha e o grupo diante da portapru.

– Não estou gostando da cara desse aí – disse um dos bandarilheiros de Feyd-Rautha. – Tem certeza de que ele está drogado, milorde?

– Veja a cor dele – disse Feyd-Rautha.

– Mas a postura é a de um lutador – disse outro ajudante.

Feyd-Rautha deu dois passos à frente, pisou na areia e estudou aquele escravo.

– O que ele fez com o braço? – perguntou um dos furta-capas.

A atenção de Feyd-Rautha foi desviada para uma esfoladura ensanguentada no antebraço esquerdo do homem, seguiu até a mão, que apontava um desenho traçado no quadril esquerdo da malha verde: havia ali uma forma úmida, os contornos formalizados de um gavião.

Um gavião!

Feyd-Rautha olhou para aqueles olhos fundos e escuros, viu-os brilhar com uma prontidão incomum.

É um dos homens de armas do duque Leto que capturamos em Arrakis!, pensou Feyd-Rautha. *Não é um simples gladiador!* Um calafrio o percorreu, e ele imaginou se Hawat tinha outro plano para aquela arena – uma finta por dentro de outra por dentro de outra. E somente o feitor de escravos para levar a culpa!

O principal treinador de Feyd-Rautha falou-lhe ao pé do ouvido:

– Não estou gostando da cara desse aí, milorde. Deixe-me espetá-lo no braço que leva a faca com uma ou duas farpas, e aí veremos.

– Eu mesmo vou enchê-lo de farpas – disse Feyd-Rautha. Tomou das mãos do treinador um par de hastes compridas, com ganchos nas pontas, sopesou-as, experimentando seu equilíbrio. Aquelas farpas também deveriam estar drogadas, mas não daquela vez, e o treinador poderia morrer por causa disso. Mas era tudo parte do plano.

– *Isso fará de você um herói* – tinha lhe dito Hawat. – *Terá matado seu gladiador em combate singular, apesar da traição. O feitor será executado e seu homem ocupará a posição.*

Feyd-Rautha deu mais cinco passos para dentro da arena, desfrutando o momento, estudando o escravo. Sabia que os especialistas nas arquibancadas lá em cima já tinham percebido que havia algo errado. O gladiador exibia a cor da pele correta para um homem drogado, mas mantinha-se em posição e não tremia. Os aficionados deviam estar cochichando entre eles:

– Olhem a postura dele. Devia estar agitado, atacando ou recuando. Vejam como ele poupa suas forças, como aguarda. Não era para aguardar.

Feyd-Rautha sentiu seu entusiasmo se inflamar. *Que seja mesmo traiçoeira a intenção de Hawat*, ele pensou. *Eu sou páreo para este escravo. E, desta vez, é minha faca longa que traz o veneno, não a curta. Nem mesmo Hawat sabe disso.*

– Ei, Harkonnen! – gritou o escravo. – Está preparado para morrer?

Um silêncio de morte se apossou da arena. *Os escravos não lançam o desafio!*

Agora, Feyd-Rautha teve uma visão clara dos olhos do gladiador, viu neles a ferocidade gélida do desespero. Reparou na maneira como o homem se portava, relaxado e pronto, com os músculos preparados para a vitória. A rede de informações dos escravos levara a mensagem de Hawat até aquele homem: – *Você terá uma oportunidade real de matar o na-barão.* – Aquela parte do plano, portanto, saíra como eles haviam imaginado.

Um sorriso tenso passou pela boca de Feyd-Rautha. Ele ergueu as farpas, vendo o êxito de seus planos na maneira como o gladiador se portava.

– Ei! Ei! – O escravo lançou o desafio e deu dois passos arrastados adiante.

Ninguém nas galerias terá dúvidas agora, Feyd-Rautha pensou.

Aquele escravo deveria estar parcialmente incapacitado pelo pavor que a droga induzia. Cada momento deveria revelar que, por dentro, ele sabia que não havia esperança, que não havia como vencer. Deveriam ter enchido seus ouvidos com histórias sobre os venenos que o na-barão teria escolhido para a arma que trazia na mão com a luva branca. O na-barão nunca concedia a morte rápida: deliciava-se em demonstrar venenos raros, às vezes ficava na arena, destacando efeitos colaterais interessantes na vítima agonizante. Havia medo no escravo, sem dúvida, mas não pavor.

Feyd-Rautha ergueu as farpas bem alto e acenou com a cabeça, quase um cumprimento.

O gladiador atacou.

Sua finta e o contra defensivo foram os melhores que Feyd-Rautha já tinha visto. Foi por um triz que um golpe lateral e calculado não cortou os tendões da perna esquerda do na-barão.

Feyd-Rautha se afastou com passos de dançarino, deixando uma haste farpada no antebraço direito do escravo, os ganchos enterrados completamente na carne, de um modo que o homem não conseguiria removê-los sem rasgar os tendões.

Um suspiro uníssono se elevou das galerias.

O som encheu Feyd-Rautha de júbilo.

Entendeu pelo que o tio estava passando, sentado lá com os Fenring, os observadores da Corte Imperial, ao lado dele. Não podia haver nenhuma interferência naquela luta. Era preciso cumprir as formalidades diante de testemunhas. E o barão interpretaria os acontecimentos da arena de um único jeito: uma ameaça a sua própria pessoa.

O escravo recuou, segurando a faca nos dentes e amarrando a haste farpada ao braço dele com a bandeirola.

– Nem senti sua agulha! – ele gritou. Mais uma vez, ele avançou com seu passo arrastado, com a faca pronta, apresentando o lado esquerdo do corpo, que ele inclinava para trás, para obter a maior área de proteção possível do meio-escudo.

A ação não passou despercebida nas galerias. Gritos agudos brotaram dos camarotes da família. Os treinadores de Feyd-Rautha o chamaram para perguntar se eram necessários.

Ele fez sinal para que voltassem à portapru.

Vou lhes dar um espetáculo como nunca viram, pensou Feyd-Rautha. *Nenhuma morte insípida que os faça admirar apenas a técnica, sem se levantar. Será algo digno de revirar as tripas. Quando eu for o barão, eles irão se lembrar deste dia e não haverá quem não sinta medo de mim por causa de hoje.*

Feyd-Rautha foi perdendo terreno bem devagar diante do gladiador que avançava de lado. A areia rangia sob seus pés. Ouviu o escravo ofegar, sentiu o cheiro de seu próprio suor e um odor fraco de sangue no ar.

O na-barão continuou recuando, virando para a direita, com a segunda farpa pronta. O escravo dançou de lado. Feyd-Rautha pareceu tropeçar, ouviu o grito que partiu das galerias.

Mais uma vez, o escravo atacou.

Deuses, que homem de armas!, pensou Feyd-Rautha ao saltar de lado. Foi só a rapidez da juventude que o salvou, mas ele deixou a segunda farpa enterrada no músculo deltoide do braço direito do escravo.

Gritos agudíssimos de aplauso choveram das galerias.

Agora estão me aplaudindo, pensou Feyd-Rautha. Ouviu o ardor das vozes, exatamente como Hawat havia lhe dito que seria. Nunca tinham aplaudido um lutador da família daquele jeito. E ele pensou, com um quê de ferocidade, numa coisa que Hawat havia lhe dito:

– *É mais fácil se deixar apavorar por um inimigo a quem se admira.*

Ligeiro, Feyd-Rautha retirou-se para o centro da arena, onde todos podiam ver claramente. Sacou a arma de lâmina longa, agachou-se e esperou o escravo que avançava.

O homem só se deteve tempo suficiente para amarrar bem apertado a segunda farpa a seu braço, depois correu atrás dele.

Que a família me veja fazer isto, pensou Feyd-Rautha. *Sou o inimigo deles: que pensem em mim como estão me vendo agora.*

Sacou a faca curta.

– Não tenho medo de você, seu porco Harkonnen – disse o gladiador. – Suas torturas não podem ferir um homem morto. Sou capaz de morrer por minha própria arma antes de um dos treinadores pôr as mãos em mim. E você estará morto a meu lado!

Feyd-Rautha abriu um sorriso largo e apresentou a lâmina longa, que estava envenenada.

— Experimente esta aqui — ele disse, e fez uma finta com a faca curta na outra mão.

O escravo passou a faca para a outra mão, dirigiu para dentro tanto a parada quanto a finta e prendeu a arma curta do na-barão, aquela que vinha na mão da luva branca, que, segundo a tradição, devia estar envenenada.

— Vai morrer, Harkonnen — disse o gladiador, ofegante.

Cruzaram a arena engalfinhados, andando de lado. Um brilho azul marcava o contato do escudo de Feyd-Rautha com o meio-escudo do escravo. O ar foi tomado pelo ozônio liberado pelos campos.

— Morra com seu próprio veneno! — gritou o escravo, entredentes.

Ele começou a forçar a mão da luva branca para dentro, virando a lâmina que julgava estar envenenada.

Que eles vejam isto!, pensou Feyd-Rautha. Ele baixou a arma longa, sentiu-a retinir inutilmente de encontro à haste farpada amarrada ao braço do escravo.

Feyd-Rautha se desesperou por um momento. Não tinha imaginado que as hastes farpadas dariam uma vantagem ao escravo. Mas deram ao homem mais um escudo. E a força daquele gladiador! A lâmina curta era forçada para dentro inexoravelmente, e Feyd-Rautha se concentrou no fato de que também era possível um homem morrer com uma arma sem veneno.

— Ralé! — disse Feyd-Rautha, com a voz entrecortada.

Ao som da palavra-chave, os músculos do gladiador obedeceram com uma indolência momentânea. Foi o suficiente para Feyd-Rautha. Abriu um espaço grande o bastante entre os dois para deixar passar a faca longa. A ponta envenenada moveu-se rapidamente, traçou uma linha vermelha no peito do escravo. O veneno provocou agonia instantânea. O homem se desvencilhou e cambaleou para trás.

Agora, deixemos minha família querida assistir, pensou Feyd-Rautha. *Que pensem neste escravo que tentou virar e usar contra mim a faca que julgou estar envenenada. Que se perguntem como um gladiador pôde entrar nesta arena pronto para tentar uma coisa dessas. E que sempre saibam que nunca terão certeza de qual das minhas mãos traz o veneno.*

Feyd-Rautha ficou em silêncio, observando os movimentos desacelerados do escravo. O homem se mexia com consciência-hesitação. Havia no rosto dele algo ortográfico que todos os espectadores reconheceriam: era a morte inscrita ali. O escravo sabia o que lhe fizeram e como o fizeram. A arma errada continha o veneno.

– Seu! – gemeu o homem.

Feyd-Rautha se afastou para dar espaço à morte. A droga paralisante no veneno ainda não fizera todo o efeito, mas a lentidão do homem indicava seu progresso.

O escravo cambaleou para a frente, como se o puxassem com uma corda, um passo arrastado por vez. Cada passo era o único de seu universo. Ele ainda segurava a faca, mas a ponta vacilava.

– Um dia... um... de nós... vai... pegar... você – ele disse, com a voz entrecortada.

Um beicinho triste deformou a boca do homem. Ele se sentou, curvou-se, ficou rígido e rolou para longe de Feyd-Rautha, com a cara voltada para baixo.

Feyd-Rautha avançou pela arena em silêncio, passou o dedo do pé por baixo do gladiador e o fez rolar, até ficar com as costas no chão, para dar às galerias uma visão clara do rosto quando o veneno começasse a agir sobre os músculos, provocando espasmos. Mas o gladiador reapareceu com sua própria faca enfiada no peito.

Apesar da frustração, Feyd-Rautha admirou-se um pouco com o esforço que aquele escravo fizera para superar a paralisia e apunhalar a si mesmo. Com a admiração veio a consciência de que estava diante de algo realmente temível.

Aquilo que torna um homem super-humano é apavorante.

Enquanto se concentrava nesse pensamento, Feyd-Rautha percebeu a erupção de barulho nas arquibancadas e galerias ao seu redor. Aplaudiam com total abandono.

Feyd-Rautha virou-se, olhou para eles.

Todos estavam aplaudindo, exceto o barão, que continuava sentado, com o queixo apoiado na mão, em contemplação profunda; e o conde e sua esposa, ambos a fitá-lo, com os rostos mascarados por sorrisos.

O conde Fenring virou-se para sua esposa e disse:

– Aah, humm, um rapaz, hummm, habilidoso. Hein, mmm, ah, minha querida?

– Suas, aah, respostas sinápticas são muito rápidas – ela disse.

O barão olhou para ela, para o conde, voltou sua atenção para a arena, pensando: *Se alguém conseguiu chegar tão perto de um dos meus!* A fúria começou a substituir o medo. *Vou assar o feitor em fogo lento esta noite... e se esse conde e sua esposa tiveram algo a ver com isso...*

A conversa no camarote do barão era algo remoto para Feyd-Rautha, pois as vozes se afogavam no cântico acompanhado pelo bater dos pés que agora vinha de toda parte.

– Cabeça! Cabeça! Cabeça! Cabeça!

O barão fez uma careta, vendo a maneira como Feyd-Rautha se voltou para ele. Languidamente, controlando sua fúria com dificuldade, o barão acenou com a mão na direção do rapaz de pé na arena ao lado do corpo escarrapachado do escravo. *Que o garoto fique com a cabeça. Ele a mereceu por desmascarar o feitor.*

Feyd-Rautha viu o sinal de concordância e pensou: *Pensam que assim me lisonjeiam. Que eles vejam agora o que eu penso!*

Viu seus treinadores se aproximarem com uma faca serrilhada para fazer as honras, fez sinal para que voltassem e repetiu o gesto quando eles hesitaram. *Pensam que me lisonjeiam oferecendo-me só uma cabeça!*, ele pensou. Inclinou-se e cruzou as mãos do gladiador em volta do cabo da faca, depois a removeu e colocou-a nas mãos sem vida.

Tudo se deu num instante e ele voltou a ficar ereto. Chamou os treinadores.

– Enterrem este escravo intacto, com a faca nas mãos – ele disse. – O homem fez por merecer.

No camarote dourado, o conde Fenring inclinou-se perto do barão e disse:

– Um gesto nobre, esse; verdadeira bravura. Seu sobrinho tem estilo e também coragem.

– Ele ofende a multidão ao recusar-lhes a cabeça – resmungou o barão.

– De modo algum – disse lady Fenring. Ela se virou, olhando para as arquibancadas em volta deles.

E o barão notou o perfil do pescoço da mulher, um fluir realmente adorável de músculos, como os de um rapazinho.

– Gostaram do que seu sobrinho fez – ela emendou.

À medida que a implicação do gesto de Feyd-Rautha chegava aos assentos mais distantes, à medida que as pessoas viam os treinadores carregarem o corpo intacto do gladiador morto, o barão as observava e percebia que a mulher tinha interpretado corretamente a reação. As pessoas estavam enlouquecidas, davam tapas nas costas umas das outras, gritavam e batiam os pés.

O barão falou, cansado:

– Terei de autorizar uma *fête*. Não se pode mandar as pessoas para casa desse jeito, sem gastar as energias. É preciso que vejam que divido com elas seu entusiasmo. – Com a mão, fez sinal para seu guarda, e um serviçal acima deles baixou a flâmula laranja dos Harkonnen por sobre o camarote, uma, duas, três vezes, o sinal de uma fête.

Feyd-Rautha atravessou a arena para se colocar abaixo do camarote dourado, com as armas embainhadas, os braços caídos junto ao corpo. Acima do furor da multidão, que ainda não havia arrefecido, ele gritou:

– Uma *fête*, tio?

O ruído começou a ceder, pois as pessoas presenciaram aquela conversa e decidiram esperar.

– Em sua honra, Feyd! – o barão berrou lá de cima. E, mais uma vez, ele fez baixar a flâmula como sinal.

Do outro lado da arena, as barreiras dos prudentes foram baixadas e alguns rapazes saltaram para dentro da arena, correndo na direção de Feyd-Rautha.

– Mandou baixar os escudos dos prudentes, barão? – perguntou o conde.

– Ninguém irá ferir o rapaz – disse o barão. – Ele é um herói.

Os primeiros integrantes da massa que investira alcançaram Feyd-Rautha, ergueram-no nos ombros e começaram a desfilar com ele pela arena.

– Ele poderia andar desarmado e sem escudo pelos bairros mais pobres de Harko esta noite – disse o barão. – Dariam a ele o último resto de comida e bebida só para desfrutar de sua companhia.

O barão levantou-se da cadeira, acomodou o peso nos suspensores.

– Desculpem-me, por favor. Existem algumas questões que exigem minha atenção imediata. O guarda levará vocês ao forte.

O conde se levantou, fez uma reverência.

– Certamente, barão. Esperamos ansiosos pela *fête*. Eu, aaah, mmm, nunca vi uma *fête* dos Harkonnen.

– Sim – disse o barão. – A *fête*. – Virou-se, foi envolvido pelos guardas ao passar pela saída privativa do camarote.

Um capitão da guarda fez uma mesura para o conde Fenring.

– Quais são suas ordens, milorde?

– Nós vamos, aah, esperar que o pior, mmm, do tumulto, humm, passe – disse o conde.

– Sim, milorde. – O homem deu três passos para trás, ainda recurvado.

O conde Fenring voltou-se para sua esposa, falou novamente na língua codificada por hããas e humms dos dois:

– Você viu o que aconteceu, não?

Na mesma língua murmurada, ela disse:

– O rapaz sabia que o gladiador não estava drogado. Houve um instante de medo, mas não de surpresa.

– Foi planejada – ele disse. – A apresentação inteira.

– Sem dúvida.

– Cheira a coisa de Hawat, e cheira mal.

– Verdade – ela disse.

– Exigi há pouco que o barão eliminasse Hawat.

– Foi um erro, meu caro.

– Percebi.

– Os Harkonnen podem ter um novo barão logo, logo.

– Se for esse o plano de Hawat.

– Isso exige uma investigação, é verdade – ela disse.

– O jovem será mais suscetível ao controle.

– Por nós... depois desta noite – ela disse.

– Não prevê nenhuma dificuldade para seduzi-lo, minha reprodutorazinha?

– Não, meu querido. Você viu como ele olhou para mim.

– Sim, e vejo agora por que precisamos ter essa linhagem.

– Verdade, e é óbvio que precisamos tê-lo sob controle. Implantarei fundo, em sua identidade mais secreta, as frases prana-bindu necessárias para submetê-lo.

– Partiremos tão logo seja possível, tão logo você tenha certeza – ele disse.

Ela estremeceu.

– Sem dúvida. Não quero ter um filho neste lugar horrível.

– As coisas que fazemos em nome da humanidade – ele disse.

– Sua parte é fácil – ela disse.

– Eu *tive* de superar alguns velhos preconceitos – ele disse. – São bastante primitivos, sabe.

– Meu pobre querido – ela disse, e acariciou-lhe o queixo. – Sabe que essa é a única maneira de garantir a sobrevivência dessa linhagem.

Ele falou, com a voz seca:

– Entendo muito bem o que fazemos.

– Não fracassaremos – ela disse.

– A culpa começa com a sensação de fracasso – ele a fez lembrar.

– Não haverá culpa – ela disse. – Hipnoligação da psique do tal Feyd-Rautha e o filho dele em meu ventre... depois iremos embora.

– Aquele tio dele – disse Fenring. – Já tinha visto tamanha deturpação?

– É um bárbaro – ela disse –, mas o sobrinho pode muito bem ficar pior.

– Graças ao tio. Sabe, quando penso no que esse rapaz poderia ter sido com outro tipo de criação, com o código dos Atreides para orientá-lo, por exemplo.

– É triste – ela disse.

– Queria ter podido salvar tanto o jovem Atreides quanto este. Pelo que ouvi falar daquele jovem Paul, um rapaz dos mais admiráveis, boa combinação de criação e treinamento. – Ele chacoalhou a cabeça. – Mas não devíamos desperdiçar lágrimas com a aristocracia dos desafortunados.

– As Bene Gesserit têm um ditado – ela disse.

– Vocês têm ditados para tudo – ele protestou.

– Vai gostar deste – ela continuou. – Diz: "Não dê um ser humano como morto até ver-lhe o corpo. E, mesmo assim, pode-se cometer um erro".

Muad'Dib nos diz, em "Tempo de reflexão", que seu primeiro confronto com as necessidades arrakinas foi o verdadeiro início de sua educação. Ele aprendeu, na época, a prever o tempo posteando a areia, aprendeu a linguagem das agulhadas do vento, aprendeu que a coceira provocada pela areia irritava o nariz e como fazer para recolher a preciosa umidade de seu corpo, para guardá-la e preservá-la. Quando seus olhos assumiram a cor azul dos Ibad, ele aprendeu a doutrina chakobsa.

– Prefácio de Stilgar a "Muad'Dib, o homem", da princesa Irulan

A tropa de Stilgar, retornando ao sietch com os dois desgarrados do deserto, saiu da bacia à luz minguante da primeira lua. Os vultos trajados com mantos se apressaram, sentindo nas narinas o cheiro de casa. A linha cinzenta do amanhecer atrás deles era mais brilhante no desfiladeiro de seu calendário-horizonte que marcava o meio do outono, o mês de rochacapa.

As folhas mortas revolvidas pelo vento juncavam a base do penhasco, reunidas ali pelas crianças do sietch, mas os ruídos da passagem da tropa (exceto as ocasionais trapalhadas de Paul e sua mãe) não se distinguiam dos sons naturais da noite.

Paul limpou o pó grudado no suor da testa, sentiu que alguém lhe puxava o braço e ouviu a voz sibilante de Chani:

– Faça como eu mandei: cubra bem a cabeça com o capuz! Deixe só os olhos expostos. Está desperdiçando umidade.

Uma ordem em voz baixa atrás deles exigiu silêncio:

– O deserto está ouvindo!

Um pássaro cantou nas pedras lá no alto, acima deles.

A tropa estacou, e Paul sentiu a tensão repentina.

Ouviram-se batidas fracas nas pedras, um som baixo, como o de ratinhos saltitando na areia.

O pássaro voltou a cantar.

Um estremecimento percorreu a tropa. E, de novo, os passinhos de camundongo cruzaram cautelosamente a areia.

E, mais uma vez, o pássaro cantou.

A tropa retomou a escalada e entrou numa fenda nas rochas, mas os fremen haviam abrandado a respiração de tal maneira que isso encheu Paul de cautela, e ele notou olhares velados que se dirigiam a Chani, a maneira como ela pareceu se retrair, recolhendo-se consigo mesma.

Agora havia rocha sob seus pés, um sussurro leve e cinzento de mantos ao redor, e Paul sentiu que a disciplina se relaxava, mas persistia aquele retraimento silencioso em Chani e nos demais. Ele seguiu uma forma feita de sombras, escada acima, por uma curva, mais um lance de escada, um túnel, passou por duas portas com hidrovedação e entrou numa passagem estreita e iluminada por globos, com as paredes e o teto de rocha amarela.

A seu redor, Paul viu os fremen atirarem os capuzes para trás, removerem os obturadores nasais e inspirarem fundo. Alguém suspirou. Paul procurou Chani, viu que ela não estava mais ao lado dele. Foi prensado por corpos envoltos em mantos. Alguém lhe deu uma cotovelada e disse:

– Com licença, Usul. Que aperto! É sempre assim.

À esquerda dele, o rosto estreito e barbado daquele a quem chamavam Farok virou-se para Paul. As pálpebras manchadas e as trevas azuis dos olhos pareciam ainda mais escuras à luz dos globos amarelos.

– Tire o capuz, Usul – disse Farok. – Está em casa. – E ele ajudou Paul, soltando a presilha do capuz e, com os cotovelos, abrindo algum espaço ao redor deles.

Paul removeu os obturadores nasais, afastou o filtro da boca. Foi acossado pelo odor do lugar: os corpos por lavar, os ésteres destilados da água reaproveitada, os eflúvios rançosos da humanidade por toda parte e, acima disso tudo, uma mistura turbulenta de harmônicos provenientes da especiaria ou de cheiros semelhantes.

– Por que estamos esperando, Farok? – Paul perguntou.

– Acho que estamos esperando a Reverenda Madre. Você ouviu a mensagem: coitada da Chani.

Coitada da Chani?, Paul se perguntou. Olhou ao redor, imaginando onde ela estaria, aonde sua mãe teria ido parar naquele aperto.

Farok inspirou fundo.

— Os cheiros de casa — disse ele.

Paul viu que o homem gostava daquele ar fedorento, que não havia ironia na voz dele. Foi aí que ouviu sua mãe tossir, e a voz dela chegou até ele, atravessando a multidão.

— Como são variados os odores de seu sietch, Stilgar. Vejo que vocês fazem muita coisa com a especiaria... fazem papel... plásticos... e isso não é explosivo químico?

— Sabe disso pelo cheiro? — foi a voz de um outro homem.

E Paul percebeu que a fala da mãe se dirigia a ele, que ela queria que ele se acostumasse rapidamente àquele assalto a suas narinas.

Ouviu-se um burburinho na vanguarda da tropa e uma inspiração profunda e prolongada que pareceu passar de um fremen a outro, e Paul ouviu vozes abafadas no fim da fila:

— É verdade, então... Liet está morto.

Liet, pensou Paul. E então: *Chani, filha de Liet*. As peças se encaixaram em sua mente. Liet era o nome fremen do planetólogo.

Paul olhou para Farok e perguntou:

— É o mesmo Liet conhecido como Kynes?

— Só há um Liet — respondeu Farok.

Paul se virou, fitou as costas envoltas num manto de um fremen diante dele. *Então Liet-Kynes está morto*, ele pensou.

— Foi traição dos Harkonnen — alguém disse baixinho. — Fizeram parecer um acidente... perdido no deserto... acidente de tóptero...

Paul sentiu uma explosão de raiva. O homem que fizera amizade com eles, que ajudara a salvá-los dos caçadores Harkonnen, o homem que mandara seus colegas fremen em busca de duas pessoas perdidas no deserto... mais uma vítima dos Harkonnen.

— Usul ainda tem sede de vingança? — perguntou Farok.

Antes que Paul conseguisse responder, ouviu-se um chamado baixo, e a tropa avançou de sopetão, entrando numa câmara maior e carregando Paul consigo. Ele se viu num espaço aberto e confrontado por Stilgar e uma mulher estranha que vestia um sári esvoaçante e de cores vivas, verde e laranja. Trazia os braços nus até os ombros, e Paul viu que ela não usava trajestilador. Sua pele era de um tom azeitonado e claro. Os cabelos escuros partiam da testa alta, penteados para trás, o que enfatizava os malares pronunciados e o nariz aquilino entre as trevas densas de seus olhos.

Ela se virou na direção de Paul, e ele viu hidrocontas enfiadas em aros dourados pendurados nas orelhas da mulher.

– *Isso* aí derrotou meu Jamis? – ela indagou.

– Silêncio, Harah – disse Stilgar. – Foi culpa de Jamis: *ele* invocou o tahaddi al-burhan.

– Ele não passa de um menino! – ela disse. Chacoalhou a cabeça vividamente, de um lado para outro, fazendo as hidrocontas tilintarem. – Minhas crianças perderam o pai por causa de uma outra criança? Sem dúvida foi um acidente!

– Usul, quantos anos tem? – perguntou Stilgar.

– Quinze anos-padrão – disse Paul.

Stilgar percorreu a tropa com os olhos.

– Há entre vocês quem queira me desafiar?

Silêncio.

Stilgar olhou para a mulher.

– Até aprender sua doutrina dos sortilégios, eu não o desafiaria.

A mulher devolveu-lhe o olhar.

– Mas...

– Viu a estrangeira, a mulher que foi com Chani até a Reverenda Madre? – Stilgar perguntou. – Ela é uma Sayyadina forafreyn, mãe deste rapaz. A mãe e o filho são mestres da doutrina de batalha dos sortilégios.

– Lisan al-Gaib – a mulher sussurrou. Seus olhos exibiam admiração quando ela os dirigiu para Paul.

A lenda de novo, pensou Paul.

– Talvez – disse Stilgar. – Mas ainda não foi colocado à prova. – Ele voltou sua atenção para Paul. – Usul, segundo nosso costume, você agora é responsável pela mulher de Jamis aqui e pelos dois filhos dele. A yali... a residência dele é sua. O aparelho de café dele é seu... e ela, a mulher dele.

Paul estudou a mulher, perguntando-se: *Por que ela não chora por seu homem? Por que não demonstra ódio por mim?* De repente, viu que os fremen estavam olhando para ele, esperando.

Alguém sussurrou:

– Temos mais o que fazer. Diga como é que vai aceitá-la.

Stilgar disse:

– Você aceita Harah como mulher ou como criada?

Harah ergueu os braços e começou a girar lentamente num dos calcanhares.

— Ainda sou jovem, Usul. Dizem que ainda pareço jovem como na época em que estava com Geoff... antes de Jamis derrotá-lo.

Jamis matou outro homem para ganhá-la, pensou Paul.

Paul disse:

— Se eu a aceitar como criada, poderei mudar de ideia mais tarde?

— Você tem um ano para mudar sua decisão – disse Stilgar. – Depois disso, ela será uma mulher livre para escolher o que quiser... ou então, você poderia dar a ela a liberdade de escolher por si mesma a qualquer momento. Mas ela será sua responsabilidade, não importa o que aconteça, durante um ano... e você sempre terá alguma responsabilidade em relação aos filhos de Jamis.

— Eu a aceito como criada – disse Paul.

Harah bateu um dos pés, sacudiu os ombros de raiva.

— Mas eu sou jovem!

Stilgar olhou para Paul e disse:

— A cautela é uma qualidade valiosa num homem que deseja a liderança.

— Mas eu sou jovem! – repetiu Harah.

— Silêncio – ordenou Stilgar. – Se a coisa tem mérito, o que tiver de ser, será. Leve Usul para a residência dele e cuide para que receba roupas limpas e tenha um lugar para descansar.

— Oooh! – ela disse.

Paul a tinha registrado o suficiente para fazer uma primeira aproximação. Sentiu a impaciência da tropa, sabia que muitas coisas eram adiadas. Imaginou se teria a coragem de perguntar sobre o paradeiro de sua mãe e Chani; viu, pela postura nervosa de Stilgar, que poderia ser um erro.

Encarou Harah, deu a sua voz o tom e o vibrato necessários para acentuar o medo e a admiração da mulher e disse:

— Leve-me a minha residência, Harah! Discutiremos sua juventude outra hora.

Ela recuou dois passos, lançou um olhar assustado para Stilgar.

— Ele tem a voz dos sortilégios – ela disse, rouca.

— Stilgar – disse Paul. – Tenho uma grande obrigação para com o pai de Chani. Se houver algo...

— Será decidido em conselho – disse Stilgar. – Você poderá falar então.

– Ele o dispensou com um aceno de cabeça, deu-lhe as costas, e o restante da tropa o seguiu.

Paul pegou Harah pelo braço, notando como a pele da mulher parecia fresca ao toque, e percebeu que ela tremia.

– Não vou machucar você, Harah – ele disse. – Leve-me a nossa residência. – E ele abrandou a voz com sons relaxantes.

– E não vai me dispensar depois de um ano? – ela perguntou. – Sei, com certeza, que não sou tão jovem quanto já fui.

– Enquanto eu viver, você terá um lugar a meu lado – ele disse. Soltou o braço dela. – Vamos, onde fica nossa residência?

Ela se virou e seguiu na frente pela passagem, virando à direita e entrando num túnel transversal amplo e iluminado por globos amarelos e espaçados lá no alto. O chão de pedra era liso e a areia ali tinha sido varrida.

Paul a alcançou e pôs-se a estudar o perfil aquilino da mulher enquanto caminhavam.

– Você não me odeia, Harah?

– Por que deveria odiá-lo?

Ela acenou com a cabeça para um grupo de crianças, em cima da saliência elevada de uma passagem lateral, que olhavam fixo para eles. Paul vislumbrou formas adultas atrás das crianças, parcialmente escondidas por cortinas diáfanas.

– Eu... derrotei Jamis.

– Stilgar disse que a cerimônia foi realizada e que você era amigo de Jamis. – Ela olhou obliquamente para ele. – Stilgar disse que você ofereceu umidade aos mortos. É verdade?

– Sim.

– Eu não faria tanto... não conseguiria.

– Você não chora por ele?

– Quando chegar a hora, eu irei chorar por ele.

Passaram por uma abertura em arco. Paul viu, através do arco, homens e mulheres trabalhando em máquinas instaladas em plataformas numa câmara grande e iluminada. Seu ritmo parecia urgente.

– O que estão fazendo ali? – Paul perguntou.

Ela olhou rapidamente para trás quando os dois atravessaram o arco e disse:

– Estão correndo para terminar a quota da oficina de plásticos antes de fugirmos. Precisamos de muitos coletores de orvalho para o plantio.

– Fugirmos?

– Até os açougueiros deixarem de nos caçar ou serem expulsos de nossa terra.

Paul perdeu momentaneamente o equilíbrio, pressentindo um instante suspenso de tempo, lembrando-se de um fragmento, uma projeção visual de presciência... mas estava deslocada, como imagens sobrepostas em movimento. Os pedaços de sua memória presciente não eram exatamente como ele se lembrava deles.

– Os Sardaukar estão nos caçando – ele disse.

– Não irão encontrar muita coisa, a não ser um ou dois sietch desocupados – ela disse. – E terão seu quinhão de morte na areia.

– Eles encontrarão este lugar? – ele perguntou.

– Provavelmente.

– Mas nos damos ao trabalho de... – ele moveu a mão na direção do arco, agora distante, bem atrás deles. – ... fazer... coletores de orvalho?

– O plantio continua.

– O que são coletores de orvalho? – ele perguntou.

O olhar que ela lhe dirigiu foi de pura surpresa.

– Não ensinam nada a vocês em... seja lá de onde veio?

– Não sobre coletores de orvalho.

– Ei! – ela disse, e um diálogo inteiro se concentrou numa palavra.

– Muito bem, e o que são?

– Cada arbusto, cada erva que você vê lá fora no erg – ela disse –, como acha que conseguem sobreviver quando os abandonamos? Cada um deles é plantado com todo o amor em seu próprio buraquinho. Os buracos são preenchidos com ovos macios de cromoplástico. A luz faz com que fiquem brancos. Dá para vê-los cintilar ao amanhecer, se olharmos de um lugar alto. Reflexos brancos. Mas quando o Velho Pai Sol se vai, o cromoplástico fica transparente no escuro. Esfria com extrema rapidez. A superfície condensa a umidade do ar. Essa umidade escorre e mantém nossas plantas vivas.

– Coletores de orvalho – ele murmurou, encantado com a beleza simples do estratagema.

– Vou chorar por Jamis no momento apropriado – ela disse, como se sua mente não tivesse abandonado a outra pergunta dele. – Era um homem bom, o Jamis, mas tinha pavio curto. Um bom provedor, o Jamis, e uma maravilha com as crianças. Não fazia diferença entre o menino de Geoff, meu primogênito, e seu próprio filho legítimo. Aos olhos dele, os dois eram iguais. - Ela lançou um olhar inquisitivo para Paul. - Será assim com você, Usul?

– Não temos esse problema.

– Mas, se...

– Harah!

Ela se encolheu diante da rispidez na voz dele.

Passaram por mais uma sala bem-iluminada e visível através de um arco à esquerda deles.

– O que se faz ali? - ele perguntou.

– Consertam o equipamento de tecelagem - ela disse. - Mas terá de ser desmantelado até a noite de hoje. - Ela fez um gesto na direção de um outro túnel que começava à esquerda deles. - Por ali e mais adiante, fica o beneficiamento de alimentos e a manutenção de trajestiladores. - Ela olhou para Paul. - Seu traje parece novo. Mas, se precisar de reparos, sou boa com os trajes. Trabalho na fábrica quando é temporada.

Começaram a encontrar grupos de pessoas e um número maior de aberturas nas laterais do túnel. Uma fila de homens e mulheres passou por eles, carregando mochilas que gorgolejavam ruidosamente, e o cheiro de especiaria era forte em volta deles.

– Não vão pegar nossa água - disse Harah. - Nem nossa especiaria. Pode ter certeza disso.

Paul olhou para as aberturas nas paredes do túnel, vendo os tapetes pesados sobre a saliência elevada, vislumbres de salas com tecidos de cores vivas nas paredes, almofadas empilhadas. As pessoas dentro dessas aberturas faziam silêncio quando eles se aproximavam e acompanhavam Paul com olhares firmes e indômitos.

– As pessoas acham estranho você ter derrotado Jamis - disse Harah. - Acho que terá de provar algumas coisas quando nos instalarmos num novo sietch.

– Não gosto de matar - ele disse.

– Foi o que Stilgar disse - ela falou, mas sua voz indicava incredulidade.

Um cântico agudo ia ganhando volume à frente deles. Chegaram a outra abertura lateral, mais ampla que qualquer uma das outras que Paul tinha visto. Ele diminuiu o passo, olhando para dentro de uma sala cheia de crianças, sentadas de pernas cruzadas no chão coberto de tapetes marrons.

Junto a um quadro-negro na parede oposta estava uma mulher de sári amarelo, com uma caneta projetora numa das mãos. A lousa estava repleta de desenhos: círculos, cunhas e curvas, meandros e quadrados, arcos flutuantes divididos por linhas paralelas. A mulher apontava os desenhos, um depois do outro, na mesma velocidade com que conseguia mover a caneta, e as crianças salmodiavam no ritmo da mão que se movia.

Paul continuou escutando, ouviu as vozes se apagarem atrás dele ao se aprofundar no sietch com Harah.

– Árvore – entoavam as crianças. – Árvore, relva, duna, vento, montanha, colina, fogo, raio, pedra, pedras, pó, areia, calor, abrigo, calor, cheio, inverno, frio, vazio, erosão, verão, caverna, dia, tensão, lua, noite, rochacapa, maré de areia, encosta, plantio, coletor...

– Vocês dão aulas num momento como este? – perguntou Paul.

Harah ficou séria e o pesar marcou sua voz:

– O que Liet nos ensinou, não podemos vacilar nisso nem um instante. Liet, que está morto, não pode ser esquecido. É a doutrina chakobsa.

Ela cruzou o túnel para a esquerda, subiu para uma saliência, abriu as cortinas de gaze laranja e ficou de lado:

– Sua yali está pronta para você, Usul.

Paul hesitou antes de se juntar a ela sobre a saliência. Sentiu uma relutância repentina em estar sozinho com aquela mulher. Ocorreu-lhe que estava cercado por um modo de vida que só podia ser entendido postulando-se uma ecologia de ideias e valores. Sentiu que aquele mundo dos fremen tentava fisgá-lo, enredá-lo em seus costumes. E ele sabia o que a armadilha reservava: o jihad selvagem, a guerra religiosa que ele pressentia que era preciso evitar a todo custo.

– Esta é sua yali – Harah disse. – Por que hesita?

Paul concordou com a cabeça, juntou-se a ela sobre a saliência. Ergueu as cortinas diante dela, sentindo fibras metálicas no tecido, seguiu-a por uma entrada baixa, até uma sala maior, quadrada, com cerca de seis metros de lado: tapetes azuis e espessos no chão, tecidos azuis e verdes escondendo as paredes de pedra, luciglobos de luz amarela, batendo de leve nos tecidos amarelos que pendiam do teto.

O efeito era o de uma tenda antiga.

Harah estava de pé diante dele, com a mão esquerda no quadril, e seus olhos estudavam-lhe o rosto.

– As crianças estão com uma amiga – ela disse. – Elas aparecerão mais tarde.

Paul disfarçou sua apreensão vasculhando rápido a sala com os olhos. Viu que cortinas finas à direita escondiam parcialmente uma sala maior, com almofadas empilhadas em todas as paredes. Sentiu uma brisa suave vinda de um duto de ar, viu o escape escondido astuciosamente num padrão de cortinas bem acima dele.

– Quer que eu o ajude a remover o trajestilador? – Harah perguntou.

– Não... obrigado.

– Devo lhe trazer comida?

– Sim.

– Há uma câmara de reaproveitamento na outra sala. – Ela apontou. – Para seu conforto e conveniência, quando não estiver usando o trajestilador.

– Você disse que temos de abandonar este sietch – disse Paul. – Não devíamos fazer as malas ou algo assim?

– É o que faremos quando chegar a hora – ela disse. – Os açougueiros não entraram em nossa região ainda.

Mesmo assim, ela hesitou, olhando fixamente para ele.

– O que foi? – ele indagou.

– Você não tem os olhos dos Ibad – ela disse. – É estranho, mas não totalmente sem atrativos.

– Traga a comida – ele disse. – Estou com fome.

Ela sorriu para ele, um sorriso sagaz de mulher que ele achou perturbador.

– Sou sua criada – ela disse, girando e afastando-se num único movimento ágil, escondendo-se atrás de uma pesada cortina divisória que revelou outra passagem antes de voltar a seu lugar.

Zangado consigo mesmo, Paul passou pela cortina fina à direita e entrou na sala maior. Ficou ali um momento, cativo da incerteza. E perguntou-se onde estaria Chani... Chani, que tinha acabado de perder o pai.

Nisso somos iguais, ele pensou.

Um grito lamuriento veio dos corredores externos, mas o volume foi abafado pelas cortinas intervenientes. Repetiu-se, um pouco mais distante. E de novo. Paul percebeu que alguém estava dando as horas. Concentrou-se no fato de que não tinha visto nenhum relógio.

O cheiro tênue de arbusto de creosoto queimado chegou a suas narinas, sobrepujando o fedor onipresente do sietch. Paul percebeu que já tinha suprimido o ataque dos cheiros a seus sentidos.

E imaginou mais uma vez o que seria de sua mãe, como a sobreposição de imagens em movimento do futuro iria incorporá-la... e a filha que ela carregava. A percepção temporal mutável dançou em volta dele. Paul chacoalhou a cabeça vividamente, concentrando sua atenção nos indícios que denotavam grande profundidade e amplitude naquela cultura fremen que os absorvera.

Com suas esquisitices sutis.

Ele tinha visto uma coisa sobre as cavernas e aquela sala, algo que sugeria diferenças muito maiores que qualquer outra coisa que ele já tivesse encontrado.

Não havia sinal de farejador de venenos ali, nenhuma indicação de seu uso em nenhum lugar daquele labirinto subterrâneo. No entanto, ele farejava os venenos no fedor do sietch: fortes, comuns.

Ouviu o roçar das cortinas, pensou que era Harah de volta com a comida e virou-se para observá-la. Em vez disso, debaixo de uma série de cortinas desalojadas, ele viu dois menininhos – talvez com 9 e 10 anos – olhando para ele com olhos ávidos. Os dois traziam uma pequena dagacris, semelhante a um kindjal, e tinham uma das mãos pousada no cabo.

E Paul recordou as histórias sobre os fremen, que suas crianças lutavam com a mesma ferocidade dos adultos.

> **As mãos, os lábios se movem:**
> **Ideias jorram de suas palavras,**
> **E seus olhos devoram!**
> **Ele é uma ilha de Individualidade.**
>
> – Descrição extraída do "Manual de Muad'Dib", da princesa Irulan

Os fosfotubos nos confins superiores mais longínquos da caverna lançavam uma luz fraca sobre o interior apinhado de gente, sugerindo a enormidade daquele espaço cercado de rocha... maior, viu Jéssica, até mesmo que o Salão de Reuniões de sua escola Bene Gesserit. Estimou que houvesse mais de 5 mil pessoas reunidas ali, sob a saliência onde ela se encontrava de pé, ao lado de Stilgar.

E ainda chegavam mais.

O ar era um burburinho de gente.

– Seu filho, que estava descansando, foi convocado, Sayyadina – disse Stilgar. – Deseja que ele tome parte em sua decisão?

– E ele poderia mudar minha decisão?

– Certamente, o ar com que se fala vem dos próprios pulmões, mas...

– A decisão ainda é a mesma – ela disse.

No entanto, tinha lá seus receios e imaginou se deveria usar Paul como desculpa para abandonar um curso perigoso. Também era preciso pensar na filha ainda por nascer. Aquilo que ameaçava a carne da mãe ameaçava a carne da filha.

Chegaram homens carregando tapetes enrolados, resmungando sob tamanho peso, levantando poeira ao largar seu fardo sobre a saliência.

Stilgar a tomou pelo braço, voltou com ela para a concha acústica que delimitava os fundos da saliência. Indicou um banco de pedra dentro da concha.

– A Reverenda Madre irá se sentar aí, mas você pode descansar até ela chegar.

– Prefiro ficar de pé – disse Jéssica.

Ela observou os homens desenrolarem os tapetes, cobrindo a saliência, e olhou para a multidão. Agora havia pelo menos 10 mil pessoas naquele chão de pedra.

E ainda chegavam mais.

Ela sabia que, lá fora, no deserto, já chegara o cair da noite, vermelho; mas ali, no salão da caverna, o crepúsculo era perpétuo, uma vastidão cinzenta abarrotada de gente que viera vê-la colocar sua vida em risco.

Abriu-se um caminho em meio à multidão, à direita de Jéssica, e ela viu Paul se aproximar, flanqueado por dois garotinhos. As crianças tinham um ar perturbador de presunção. Traziam as mãos sobre as facas e olhavam feio para a muralha humana de um lado e de outro.

— Os filhos de Jamis, que agora são filhos de Usul — disse Stilgar. — Estão levando a sério sua função de escolta. — Arriscou um sorriso para Jéssica.

Jéssica reconheceu a tentativa de animá-la e sentiu-se grata, mas não conseguiu desviar sua mente do perigo que a confrontava.

Não tive escolha, a não ser fazer isto, ela pensou. *Temos de agir com rapidez para garantir nosso lugar entre os fremen.*

Paul subiu para a saliência, deixando as crianças lá embaixo. Deteve-se diante da mãe, olhou de relance para Stilgar, voltou a olhar para Jéssica.

— O que está acontecendo? Pensei que tinham me convocado para o conselho.

Stilgar ergueu uma das mãos, pedindo silêncio, e fez um gesto para sua esquerda, onde se abrira outro caminho em meio à turba. Chani chegou por essa alameda, com seu rosto de fada marcado pelo pesar. Tinha removido o trajestilador e vestia um sári azul e gracioso que deixava nus seus braços magros. Perto do ombro, em seu braço esquerdo, havia amarrado um lenço verde.

O verde do luto, pensou Paul.

Era um dos costumes que os dois filhos de Jamis tinham lhe explicado indiretamente, dizendo-lhe que não usariam verde porque o tinham aceitado como pai-guardião.

— Você é a Lisan al-Gaib? — eles perguntaram. E Paul, que havia sentido o jihad nas palavras deles, livrara-se da pergunta com outra pergunta; descobrira, então, que Kaleff, o mais velho dos dois, tinha 10 anos e era o filho natural de Geoff. Orlop, o mais novo, tinha 8 e era o filho natural de Jamis.

Tinha sido um dia estranho com aqueles dois servindo de guardas a pedido dele, afastando os curiosos, dando-lhe o tempo de que precisava para acalentar seus pensamentos e suas lembranças prescientes, para planejar uma maneira de impedir o jihad.

Agora, ao lado de sua mãe sobre a saliência da caverna, olhando para a multidão, ele se perguntou se algum plano conseguiria impedir a torrente feroz de legiões fanáticas.

Chani, aproximando-se da saliência, era seguida de longe por quatro mulheres que carregavam outra sobre uma liteira.

Jéssica ignorou a aproximação de Chani, concentrando toda a sua atenção na mulher da liteira: uma velha, uma coisa antiga, enrugada e encarquilhada, de vestido preto, com o capuz atirado para trás, revelando o coque apertado de cabelos grisalhos e o pescoço fibroso.

As carregadoras da liteira depositaram gentilmente seu fardo sobre a saliência, mas permaneceram embaixo, e Chani ajudou a velha a ficar de pé.

Então essa é a Reverenda Madre, pensou Jéssica.

A velha apoiou todo o seu peso em Chani ao mancar na direção de Jéssica, parecendo um feixe de gravetos enrolado no manto negro. Ela se deteve diante de Jéssica, olhou para cima durante um bom tempo antes de falar num sussurro rouco:

– Então, você é a tal. – A cabeça idosa fez um sinal afirmativo, oscilando precariamente sobre o pescoço fino. – A shadout Mapes tinha razão em ter pena de você.

Jéssica falou com rapidez e escárnio:

– Não preciso da pena de ninguém.

– Isso ainda veremos – rouquejou a velha. Ela se virou com uma desenvoltura surpreendente e encarou a multidão. – Diga-lhes, Stilgar.

– É preciso?

– Somos o povo de Misr – a velha falou, com voz irritante. – Desde que nossos ancestrais sunitas fugiram de al-Ourouba, às margens do Nilo, conhecemos a fuga e a morte. Os jovens seguem em frente para que nosso povo não morra.

Stilgar inspirou fundo e deu dois passos adiante.

Jéssica sentiu o silêncio baixar sobre a caverna apinhada de gente – cerca de 20 mil pessoas naquele momento, de pé, quietas, quase imóveis. Fez com que ela se sentisse, de repente, pequena e cautelosa.

– Esta noite teremos de deixar este sietch que nos abrigou durante tanto tempo e ir para o sul, deserto adentro – disse Stilgar. A voz dele retumbava por sobre os rostos erguidos, reverberando com a força que a concha acústica atrás da saliência lhe concedia.

A multidão continuou em silêncio.

– A Reverenda Madre me contou que não sobreviverá a mais uma hajra – disse Stilgar. – Já vivemos antes sem uma Reverenda Madre, mas não é nada bom um povo procurar um novo lar nessa situação difícil.

Agora a multidão se inquietou, agitada por sussurros e correntes de desassossego.

– Para que isso não aconteça – disse Stilgar –, nossa nova Sayyadina, Jéssica dos Sortilégios, consentiu em se iniciar hoje no rito. Ela tentará passar ao interior, para que não percamos a força de nossa Reverenda Madre.

Jéssica dos Sortilégios, pensou Jéssica. Viu que Paul olhava para ela, com os olhos cheios de perguntas, mas sua boca guardou silêncio diante de toda a estranheza que os cercava.

Se eu morrer nessa tentativa, o que será dele?, Jéssica se perguntou. Mais uma vez, ela sentiu que sua mente era tomada por receios.

Chani levou a idosa Reverenda Madre para um banco de pedra no fundo da concha acústica e voltou a se colocar ao lado de Stilgar.

– Para não perdermos tudo, se Jéssica dos Sortilégios falhar – disse Stilgar –, Chani, filha de Liet, hoje será consagrada Sayyadina. – Ele deu um passo para o lado.

Desde as profundezas da concha acústica, a voz da velha chegou até eles, um sussurro amplificado, duro e penetrante:

– Chani voltou de sua hajra; Chani viu as águas.

Um murmúrio de resposta elevou-se da multidão:

– Ela viu as águas.

– Consagro a filha de Liet como Sayyadina – disse a voz rouca da velha.

– Ela é aceita – respondeu a multidão.

Paul mal ouvia a cerimônia, com sua atenção ainda concentrada no que haviam dito sobre sua mãe.

Se ela falhar?

Ele se virou e olhou para trás, para aquela que chamavam de Reverenda Madre, estudando as feições ressequidas da anciã, a fixidez insondável dos olhos azuis. Ela dava a impressão de que uma brisa poderia carregá-la para longe, mas também havia nela algo que sugeria que poderia permanecer intacta no caminho de uma tempestade de Coriolis. Ela tinha a mesma aura de poder que, em sua memória, ele atribuía à

Reverenda Madre Gaius Helen Mohiam, que o havia testado com a agonia na tradição do gom jabbar.

— Eu, a Reverenda Madre Ramallo, cuja voz fala por muitas, digo isto a vocês — disse a mulher. — É apropriado que Chani entre para as Sayyadina.

— É apropriado — respondeu a multidão.

A velha assentiu e sussurrou:

— Dou a ela os céus prateados, o deserto dourado e suas pedras reluzentes, os campos verdes que ainda virão. Isso dou à Sayyadina Chani. E, para que não esqueça que serve a todos nós, a ela caberão as tarefas servis nesta Cerimônia da Semente. Seja feita a vontade de Shai-hulud. — Ela ergueu um braço fino e moreno e o deixou cair.

Jéssica, sentindo a cerimônia se fechar sobre ela, numa torrente que a arrastava para muito além do ponto de retorno, olhou uma só vez para o rosto inquisitivo de Paul, depois preparou-se para o ordálio.

— Que os hidromestres se apresentem — disse Chani, apenas com um levíssimo tremor de incerteza em sua voz de menina.

Agora Jéssica se sentiu no foco do perigo, reconhecendo a presença do risco na cautela e no silêncio da multidão.

Um bando de homens avançou por um caminho cheio de meandros que se abriu na multidão, vindos lá de trás, aos pares. Cada par carregava um pequeno odre que tinha, talvez, o dobro do tamanho de uma cabeça humana. Os odres chapinhavam ruidosamente.

Os dois líderes depositaram sua carga aos pés de Chani sobre a saliência e recuaram.

Jéssica olhou para o odre, depois para os homens. Traziam os capuzes atirados para trás, expondo os cabelos longos e recolhidos num rolo na base do pescoço. Os fossos escuros dos olhos retribuíram o olhar dela sem vacilar.

Um vago aroma de canela elevou-se do odre e passou por Jéssica. *A especiaria?*, ela se perguntou.

— Temos água? — Chani perguntou.

O hidromestre à esquerda, um homem com uma cicatriz púrpura sobre a ponte do nariz, concordou uma vez com a cabeça.

— Temos água, Sayyadina — ele disse —, mas dela não podemos beber.

— Temos a semente? — Chani perguntou.

— Temos a semente — respondeu o homem.

Chani se ajoelhou e colocou as mãos sobre o odre cheio de líquido.

– Abençoadas sejam a água e sua semente.

O rito era familiar, e Jéssica olhou para trás, para a Reverenda Madre Ramallo. Os olhos da velha estavam fechados e ela se sentava curvada, como se dormisse.

– Sayyadina Jéssica – disse Chani.

Jéssica se virou e viu que a menina olhava para ela.

– Já provou da água benta? – perguntou Chani.

Antes que Jéssica conseguisse responder, Chani disse:

– Não é possível que tenha experimentado a água benta. Você vem de outro mundo e não teve esse privilégio.

A multidão suspirou, um sussurro de mantos que fez os cabelos da nuca de Jéssica se arrepiarem.

– A safra foi grande e o criador, destruído – Chani disse. Ela começou a desatarraxar uma biqueira fixada ao topo do odre.

Agora Jéssica sentia o perigo fervilhando a seu redor. Olhou para Paul, viu que ele tinha se deixado enredar pelo mistério do rito e tinha olhos somente para Chani.

Será que ele viu este momento no tempo?, Jéssica se perguntou. Descansou uma das mãos sobre o abdômen, pensando na filha ainda por nascer, perguntando-se: *Tenho o direito de colocar a nós duas em risco?*

Chani ergueu a biqueira na direção de Jéssica e disse:

– Esta é a Água da Vida, a água que é maior que a água: Kan, a água que liberta a alma. Se você for uma Reverenda Madre, ela irá lhe abrir o universo. Que Shai-hulud seja o juiz.

Jéssica viu-se dividida entre suas obrigações para com a criança por nascer e suas obrigações para com Paul. Em nome de Paul, ela sabia que deveria tomar aquela biqueira e beber o conteúdo do odre, mas, ao se inclinar para a biqueira que lhe era oferecida, seus sentidos a alertaram para o perigo.

A substância no odre tinha um cheiro acre, subitamente semelhante a muitos venenos que ela conhecia, mas, ao mesmo tempo, diferente de todos eles.

– Precisa tomá-la agora – Chani disse.

Não há mais volta, Jéssica lembrou a si mesma. Mas não lhe ocorreu nada em todo o seu treinamento de Bene Gesserit que pudesse ajudá-la a superar aquele momento.

O que é isto?, Jéssica se perguntou. *Aguardente? Uma droga?*

Ela se inclinou sobre a biqueira, sentiu o cheiro dos ésteres da canela, lembrando-se da embriaguez de Duncan Idaho. *Aguardente de especiaria?*, ela se perguntou. Enfiou o tubo do sifão na boca e sugou uma quantidade minúscula. Tinha gosto de especiaria, uma leve picada acre na língua.

Chani apertou a bolsa de couro. Uma enorme golfada da substância invadiu a boca de Jéssica e, antes que pudesse evitar, ela já a tinha engolido, lutando para manter a calma e a dignidade.

– Aceitar a pequena morte é pior que a morte propriamente dita – Chani disse. Olhou fixamente para Jéssica e esperou.

Jéssica devolveu-lhe o olhar, ainda segurando a biqueira em sua boca. Sentiu o conteúdo do odre em suas narinas, no céu da boca, na face, nos olhos: uma doçura picante agora.

Fresca.

Mais uma vez, Chani fez o líquido jorrar dentro da boca de Jéssica.

Delicada.

Jéssica estudou o rosto de Chani – os traços de fada –, vendo ali as feições de Liet-Kynes, ainda não fixadas pelo tempo.

É uma droga o que estão me fazendo beber, Jéssica disse consigo mesma.

Mas era diferente de qualquer outra droga que já tivesse experimentado, e o treinamento das Bene Gesserit envolvia provar várias drogas.

As feições de Chani eram tão claras, como se delineadas pela luz.

Uma droga.

Um silêncio vertiginoso se instalou em volta de Jéssica. Cada fibra de seu corpo aceitou o fato de que algo profundo lhe tinha acontecido. Sentiu que era um cisco consciente, menor que qualquer partícula subatômica, mas capaz de se mover e de perceber o ambiente circundante. Feito uma revelação abrupta – cortinas que se escancaravam –, ela notou que passara a perceber uma extensão psicocinestésica de si mesma. Ela era o cisco, sem ser.

A caverna continuava a rodeá-la, as pessoas. Ela as sentia: Paul, Chani, Stilgar, a Reverenda Madre Ramallo.

Reverenda Madre!

Na escola, circulavam boatos de que algumas mulheres não sobreviviam ao ordálio de Reverenda Madre, que a droga as matava.

Jéssica concentrou sua atenção na Reverenda Madre Ramallo, ciente agora de que tudo aquilo estava acontecendo num instante congelado de tempo – o tempo em suspensão, só para ela.

Por que o tempo está em suspensão?, ela se perguntou. Olhou para as expressões congeladas a sua volta, vendo um cisco de poeira acima da cabeça de Chani, e ali se deteve.

Esperando.

A resposta àquele instante veio como uma explosão em sua consciência: seu tempo pessoal tinha sido suspenso para salvar-lhe a vida.

Concentrou-se na extensão psicocinestésica de si mesma, olhando para dentro, e foi confrontada imediatamente com um núcleo de células, um fosso de escuridão que a fez recuar.

Esse é o lugar que não nos é dado ver, ela pensou. *Ali fica o lugar que as Reverendas Madres relutam tanto em mencionar: o lugar que só ao Kwisatz Haderach é dado ver.*

Essa percepção devolveu-lhe uma pequena medida de confiança e, mais uma vez, ela se arriscou a se concentrar na extensão psicocinestésica, tornando-se um eu-cisco que passou a procurar dentro dela o perigo.

Ela o encontrou na droga que tinha engolido.

A substância era uma série de partículas que dançavam dentro dela, e seus movimentos eram tão rápidos que nem mesmo o tempo congelado conseguia detê-las. Partículas que dançavam. Ela começou a reconhecer estruturas familiares, ligações atômicas: um átomo de carbono ali, uma forma helicoidal fugaz... uma molécula de glicose. Uma cadeia inteira de moléculas a confrontou, e ela reconheceu uma proteína... uma configuração metilproteica.

Aah!

Foi um suspiro mental e mudo em seu íntimo, quando ela viu a natureza do veneno.

Com sua sonda psicocinestésica, ela entrou no veneno, deslocou um cisco de oxigênio, deixou outro cisco de carbono se ligar, refez uma ligação de oxigênio... hidrogênio.

A mudança se espalhou... cada vez mais rápido, à medida que a reação catalítica ia abrindo sua superfície de contato.

A suspensão do tempo afrouxou o controle que exercia sobre Jéssica, e ela detectou movimento. Tocaram-lhe gentilmente a boca com a biqueira do odre, coletando uma gota de umidade.

Chani está tirando o catalisador de minha boca para transformar o veneno do odre, Jéssica pensou. *Por quê?*

Alguém a ajudou a se sentar. Viu que traziam a velha Reverenda Madre Ramallo para se sentar ao lado dela na saliência atapetada. Uma mão ressequida tocou-lhe o pescoço.

Havia mais um cisco psicocinestésico em sua percepção! Jéssica tentou repudiá-lo, mas o cisco foi se aproximando... cada vez mais.

E se tocaram!

Foi uma empatia absoluta, ser duas pessoas ao mesmo tempo: não era telepatia, e sim uma percepção comum.

Com a velha Reverenda Madre!

Mas Jéssica viu que a Reverenda Madre não pensava em si mesma como uma velha. Uma imagem se desdobrou na imaginação conjunta: uma menina de espírito dançarino e temperamento meigo.

No interior da percepção comum, a menina disse:

– Isso mesmo, é assim que eu sou.

Jéssica só conseguiu aceitar as palavras, mas não respondê-las.

– Logo tudo será seu, Jéssica – explicou a imagem interior.

É uma alucinação, Jéssica disse consigo mesma.

– Sabe que não – disse a imagem interior. – Rápido, agora, não resista. Não temos muito tempo. Nós... – Seguiu-se uma pausa prolongada e então: – Você devia ter nos contado que estava grávida!

Jéssica encontrou a voz que falava no interior da percepção comum.

– Por quê?

– Isto mudará vocês duas! Santa Mãe, o que foi que fizemos?

Jéssica sentiu uma alteração forçada na percepção comum, viu outra presença-cisco com o olho interior. O outro cisco corria desenfreadamente, aqui, ali, em círculos. Irradiava o mais puro pavor.

– Você terá de ser forte – disse a presença-imagem da velha Reverenda Madre. – Agradeça por estar esperando uma menina. Isto teria matado um feto do sexo masculino. Agora... com cuidado, com delicadeza... toque sua presença-filha. Seja sua presença-filha. Absorva o medo... acalme... use sua força e coragem... com delicadeza agora... com delicadeza...

O cisco rodopiante se aproximou, e Jéssica obrigou-se a tocá-lo.

O pavor ameaçou sobrepujá-la.

Ela resistiu da única maneira que conhecia: *"Não terei medo. O medo mata a mente..."*.

A litania trouxe uma calma aparente. O outro cisco encostou-se nela e ali ficou, quiescente.

As palavras não funcionam, Jéssica disse consigo mesma.

Ela se restringiu a reações emocionais básicas, irradiou amor, consolo, um aconchego cálido e protetor.

O pavor cedeu.

Mais uma vez, a presença da velha Reverenda Madre falou no interior da percepção:

– Tenho muito para dar a você. E não sei se sua filha conseguirá aceitar tudo isso sem perder a sanidade. Mas assim tem de ser: as necessidades da tribo são prioritárias.

– O que...

– Fique quieta e aceite!

Experiências começaram a se desenrolar diante de Jéssica. Era como uma aula-filme num projetor de treinamento subliminar na escola Bene Gesserit... só que mais rápido... numa velocidade estonteante.

E, no entanto... distinto.

Ia conhecendo cada experiência à medida que elas aconteciam: havia um amante, viril, barbado, com os olhos dos fremen, e Jéssica viu-lhe a força e a ternura, todo ele num único momento fugaz, por meio da memória da Reverenda Madre.

Agora não havia tempo para pensar no que aquilo poderia estar fazendo com sua filha em estado fetal, havia só o tempo de aceitar e registrar. As experiências choviam sobre Jéssica – nascimento, vida, morte –, questões importantes e desimportantes, uma torrente de tempo segundo a perspectiva de uma só pessoa.

Por que guardar na memória uma cascata de areia caindo do alto de um penhasco?, ela se perguntou.

Tarde demais, Jéssica percebeu o que estava acontecendo: a velha estava à beira da morte e, morrendo, ela despejava suas experiências na percepção de Jéssica, como se vertesse água numa taça. Jéssica observou o outro cisco voltar a desaparecer na percepção pré-natal. E, morrendo em concepção, a velha Reverenda Madre deixou sua vida na memória de Jéssica com um derradeiro atropelo de palavras sussurradas.

– Esperei você durante tanto tempo – ela disse. – Eis minha vida.

Ali estava, em resumo, tudo.

Até mesmo o momento da morte.

Agora sou uma Reverenda Madre, Jéssica percebeu.

E entendeu, com uma percepção generalizada, que tinha se tornado, em verdade, precisamente o que significava ser uma Reverenda Madre das Bene Gesserit. A droga-veneno a tinha transformado.

Ela sabia que não era exatamente daquela maneira que se fazia na escola Bene Gesserit. Nunca a haviam iniciado naqueles mistérios, mas ela sabia.

O resultado era o mesmo.

Jéssica sentiu que o cisco-filha ainda estava em contato com sua percepção interior e sondou-o, sem obter resposta.

Uma sensação terrível de solidão se espalhou por Jéssica tão logo ela entendeu o que lhe tinha acontecido. Viu sua própria vida como um padrão que reduzira o passo, enquanto toda a vida a seu redor ganhara velocidade, para que a interação dançante ficasse mais clara.

A sensação de ser um cisco se apagou ligeiramente, sua intensidade foi aliviada quando o corpo de Jéssica relaxou, afastada a ameaça do veneno, mas ela ainda sentia aquele *outro* cisco, tocava-o com uma sensação de culpa pelo que havia deixado acontecer a ele.

Fiz isso, minha pobre e querida filhinha ainda não formada, eu a trouxe para cá e expus sua consciência a todas as variedades deste universo, sem qualquer defesa.

Um filete de consolo-amor, como um reflexo daquilo que ela havia despejado nele, partiu do outro cisco.

Antes que conseguisse responder, Jéssica sentiu a presença da adab, a lembrança exigente. Havia algo que era preciso fazer. Tateou em busca dessa coisa e percebeu que era impedida pelo entorpecimento provocado pela droga transformada que permeava seus sentidos.

Eu conseguiria alterá-la, ela pensou. *Eu poderia anular a ação da droga e torná-la inofensiva*. Mas percebeu que aquilo seria um erro. *Faço parte de um rito de união*.

Foi aí que ela entendeu o que tinha de fazer.

Jéssica abriu os olhos, apontou o odre de água que Chani agora segurava acima de sua cabeça.

— Foi abençoada – Jéssica disse. – Misture as águas, deixe a transformação atingir a todos, para que as pessoas compartilhem essa bênção.

Que o catalisador faça seu trabalho, ela pensou. *Que as pessoas o bebam e tenham sua percepção umas das outras aumentada durante algum tempo. A droga é segura agora... agora que uma Reverenda Madre a transformou.*

No entanto, a lembrança exigente continuava a afetá-la, a impeli-la. Percebeu que havia outra coisa que ela precisava fazer, mas a droga dificultava o foco.

Aaaah... a velha Reverenda Madre.

— Conheci a Reverenda Madre Ramallo – disse Jéssica. – Ela se foi, mas continua aqui. Que sua memória seja celebrada no rito.

De onde foi que tirei essas palavras?, Jéssica se perguntou.

E percebeu que tinham saído de outra memória, da *vida* que tinham lhe dado e que agora fazia parte dela. Mas alguma coisa em relação àquele presente parecia incompleta.

— *Deixe-os com sua orgia* – a outra memória disse dentro dela. – *A vida lhes proporciona tão poucos prazeres. Sim, e você e eu precisamos desse pouco tempo para nos conhecermos antes que eu me afaste para me espalhar em suas lembranças. Já me sinto presa a pedacinhos seus. Aah, sua mente está cheia de coisas interessantes. Tantas coisas que nunca imaginei.*

E a mente-memória encerrada dentro dela abriu-se para Jéssica, permitindo-lhe ver um corredor largo que levava a outras Reverendas Madres, até que elas parecessem não ter fim.

Jéssica se encolheu, temendo se perder num oceano de unidade. Ainda assim, o corredor continuava ali, revelando a Jéssica que a cultura fremen era muito mais antiga do que ela suspeitava.

Viu que os fremen estiveram em Poritrin, onde se deixaram amolecer por um planeta complacente, presa fácil para os saqueadores imperiais capturarem e introduzirem nas colônias humanas de Bela Tegeuse e Salusa Secundus.

Ah, o pesar que Jéssica sentiu naquela *separação*.

Bem mais adiante no corredor, uma voz-imagem gritou:

— Negaram-nos o Hajj!

Jéssica viu as senzalas de Bela Tegeuse no fim daquele corredor interno, viu o extermínio e a seleção que levaram a humanidade a Rossak e

Harmonthep. Cenas de ferocidade brutal se abriram para ela como as pétalas de uma flor terrível. E ela viu a meada do passado carregada por uma Sayyadina após a outra, a princípio de boca em boca, escondida no cancioneiro da areia, depois aprimorada pelas próprias Reverendas Madres, com a descoberta da droga-veneno em Rossak... e agora discretamente fortalecida pelo desenvolvimento obtido ali em Arrakis, com a descoberta da Água da Vida.

Mais adiante, no corredor interno, outra voz gritou:

– Para nunca perdoar! Para nunca esquecer!

Mas a atenção de Jéssica estava concentrada na revelação da Água da Vida, visualizando sua origem: a exalação líquida de um verme da areia, um criador agonizante. E ao ver, em sua memória, que o matavam, ela sufocou um grito.

A criatura era afogada!

– Mãe, você está bem?

A voz de Paul a invadiu, e Jéssica se debateu para sair da percepção interior, erguer os olhos e ver o filho, consciente de sua obrigação para com ele, mas ressentindo-se da presença do menino.

Sou como uma pessoa cujas mãos foram mantidas dormentes, nenhuma sensação desde o primeiro instante de consciência... até que um dia a capacidade de sentir lhes foi imposta.

O pensamento pendurado em sua mente, uma percepção envolvente.

E eu digo: "Vejam! Tenho mãos!". Mas todas as pessoas ao meu redor perguntam: "E o que são mãos?".

– Você está bem? – Paul repetiu.

– Sim.

– Tudo bem se eu beber aquilo? – Apontou o odre nas mãos de Chani. – Querem que eu beba.

Ela ouviu o significado oculto nas palavras dele, percebeu que ele tinha detectado o veneno na substância original, ainda não transformada, que ele estava preocupado com ela. Foi aí que ocorreu a Jéssica questionar os limites da presciência de Paul. A pergunta dele revelava muitas coisas.

– Pode beber – ela disse. – Foi transformada. – E olhou para além do filho e viu que Stilgar a fitava, estudando-a com aqueles olhos escuríssimos.

– Agora sabemos que você não pode ser falsa – ele disse.

Ela sentiu que ali também havia um significado oculto, mas o torpor da droga sobrepujava-lhe os sentidos. Como era cálido e tranquilizador. Quanta bondade dos fremen trazê-la para tão boa companhia.

Paul viu a droga se apoderar de sua mãe.

Vasculhou sua memória: o passado fixo, as linhas de fluxo dos futuros possíveis. Era como examinar instantes suspensos de tempo, desconcertantes para as lentes do olho interior. Era difícil compreender os fragmentos arrancados do fluxo.

Aquela droga, ele poderia reunir informações sobre ela, entender como ela afetava sua mãe, mas a esse conhecimento faltava um ritmo natural, um sistema de reflexão mútua.

Percebeu, de repente, que uma coisa era enxergar o passado que ocupava o presente, mas a verdadeira prova da presciência era enxergar o passado no futuro.

As coisas insistiam em não ser o que aparentavam ser.

– Beba – disse Chani. Ela balançou a biqueira de um odre de água sob o nariz dele.

Paul aprumou-se e encarou Chani. Sentia uma excitação carnavalesca no ar. Sabia o que aconteceria se bebesse aquela droga feita de especiaria, que continha a quintessência da substância que o havia transformado. Ele voltaria à visão do tempo em estado puro, do tempo feito espaço. A droga o acomodaria no cume vertiginoso e o desafiaria a compreender.

Atrás de Chani, Stilgar disse:

– Beba, rapaz. Está atrasando o rito.

Foi aí que Paul escutou a multidão, ouvindo o desvario em suas vozes.

– Lisan al-Gaib – eles diziam. – Muad'Dib!

Baixou o olhar para ver a mãe. Ela parecia dormir em paz ainda sentada, com a respiração regular e profunda. Uma frase saída do futuro que era seu passado solitário entrou em sua mente: *"Ela dorme nas Águas da Vida"*.

Chani puxou-lhe a manga.

Paul levou a biqueira à boca, ouvindo os gritos das pessoas. Sentiu o líquido jorrar em sua garganta quando Chani apertou o odre, sentiu a vertigem dos vapores. Chani retirou a biqueira e entregou o odre a mãos que se estenderam desde o chão da caverna para pegá-lo. Os olhos dele se concentraram no braço dela, na faixa verde de luto que ela trazia ali.

Ao se levantar, Chani viu em que direção o olhar dele seguia e disse:

– Posso chorar por ele mesmo na felicidade das águas. Foi uma coisa que ele nos deu. – Tomou-lhe a mão e o puxou ao longo da saliência. – Somos parecidos numa coisa, Usul: nós dois perdemos nossos pais por causa dos Harkonnen.

Paul a acompanhou. Sentia como se tivessem separado sua cabeça do resto do corpo e religado-a de maneira estranha. Suas pernas pareciam moles e distantes.

Entraram numa passagem lateral estreita, com as paredes fracamente iluminadas por luciglobos espaçados. Paul sentiu que a droga começava a exercer sobre ele seu efeito singular, abrindo o tempo como a uma flor. Julgou necessário se firmar apoiando-se em Chani quando os dois entraram por mais um túnel tomado pela penumbra. A combinação de rigidez e maciez que ele sentia sob o manto da menina aqueceu-lhe o sangue. A sensação se misturou com o efeito da droga, dobrando o passado e o futuro dentro do presente, deixando-lhe uma margem estreitíssima de foco trinocular.

– Conheço você, Chani – ele sussurrou. – Nós nos sentamos sobre uma saliência acima da areia e eu aplaquei seus receios. Trocamos carícias na escuridão do sietch. Nós... – Descobriu-se perdendo o foco, tentou chacoalhar a cabeça, tropeçou.

Chani o amparou, fez com que atravessasse cortinas espessas e entrasse no calor amarelado de um apartamento particular: mesas baixas, almofadas, um colchão debaixo de uma coberta laranja.

Paul tomou consciência de que tinham parado, de que Chani o encarava, e de que os olhos dela revelavam um pavor mudo.

– Você precisa me dizer – ela sussurrou.

– Você é Sihaya – ele disse –, a primavera do deserto.

– Quando a tribo partilha a Água – ela disse –, estamos juntos... todos. Nós... partilhamos. Eu... sinto que os outros estão comigo, mas tenho medo de partilhar com você.

– Por quê?

Ele tentou focalizá-la, mas o passado e o futuro se fundiam ao presente, borrando a imagem dela. Ele a viu de incontáveis maneiras, em inúmeras posições e cenários.

– Há algo assustador em você – ela disse. – Quando eu o afastei dos outros... fiz isso porque senti o que eles queriam. Você... constrange as pessoas. Você... nos faz *ver* coisas!

Ele se esforçou para falar articuladamente:

– O que você vê?

Ela olhou para os próprios braços.

– Vejo uma criança... em meus braços. É nosso filho, seu e meu. – Levou a mão à boca. – Como é possível que eu conheça cada traço seu?

Têm um pouco do talento, sua mente lhe disse. *Mas eles o reprimem porque é apavorante.*

Num momento de lucidez, ele viu que Chani tremia.

– O que é que você quer me dizer? – ele perguntou.

– Usul – ela sussurrou, ainda tremendo.

– Você não pode entrar de costas no futuro – ele disse.

Foi tomado por uma profunda compaixão por ela. Trouxe-a para si e afagou-lhe a cabeça.

– Chani, Chani, não tenha medo.

– Usul, ajude-me – ela choramingou.

Enquanto ela falava, ele sentiu que a droga completava sua obra dentro dele, rasgando as cortinas para deixá-lo ver o turbilhão cinzento e distante de seu futuro.

– Está tão calado – Chani disse.

Ele pairava em sua percepção, vendo o tempo se esticar em sua dimensão fatídica, rodopiando em delicado equilíbrio, estreita, mas aberta feito uma rede a recolher incontáveis mundos e forças, um fio esticado que ele era obrigado a trilhar, mas uma gangorra na qual ele se equilibrava.

De um lado ele enxergava o Imperium, um Harkonnen de nome Feyd-Rautha que se atirava sobre ele tal qual espada mortífera, os Sardaukar partindo enraivecidos de seu planeta de origem para disseminar o pogrom em Arrakis, a Guilda conspirando e tramando, as Bene Gesserit e seus planos de reprodução seletiva. Concentravam-se todos como nuvens tempestuosas no horizonte de Paul, contidos apenas pelos fremen e por seu Muad'Dib, o gigante adormecido que eram os fremen, a postos para sua cruzada feroz através do universo.

Paul sentia que estava no centro, no eixo que fazia toda a estrutura girar, caminhando numa linha fina de paz com uma certa medida de felicidade, e Chani ao lado dele. Via a linha se estender diante dele, uma época de sossego relativo num sietch secreto, um momento de paz entre períodos de violência.

– Não há outro lugar para a paz – ele disse.

– Usul, você está chorando – Chani murmurou. – Usul, minha força, você está oferecendo umidade aos mortos? Aos mortos de quem?

– Àqueles que ainda não morreram – ele disse.

– Então deixe-os viver enquanto é tempo – ela disse.

Percebeu, em meio ao nevoeiro da droga, como ela tinha razão e trouxe-a para junto de si com uma força selvagem.

– Sihaya! – ele disse.

Ela tocou-lhe a face com a palma da mão.

– Não estou mais com medo, Usul. Olhe para mim. Vejo o que você vê quando me abraça assim.

– O que você vê? – ele indagou.

– Vejo nós dois oferecendo amor um ao outro na bonança entre duas tempestades. É o que estamos destinados a fazer.

A droga voltou a se apoderar dele, e Paul pensou: *Tantas vezes você me trouxe consolo e esquecimento.* Voltou a sentir a hiperiluminação, com suas imagens em alto-relevo do tempo, percebeu que seu futuro ia se transformando em lembranças: as indignidades afetuosas do amor físico, a partilha e a comunhão das individualidades, a suavidade e a violência.

– Você é que é forte, Chani – ele murmurou. – Fique comigo.

– Sempre – ela disse, e beijou-lhe o rosto.

livro terceiro
O PROFETA

> **Nenhuma mulher, nenhum homem, nenhuma criança jamais teve grande intimidade com meu pai. O mais perto que já se chegou de um companheirismo informal com o imperador padixá foi o relacionamento oferecido pelo conde Hasimir Fenring, um colega de infância. Nota-se a medida da amizade do conde Fenring primeiro numa coisa positiva: ele aplacou as suspeitas do Landsraad depois do Caso Arrakis. Custou mais de 1 bilhão de solaris em subornos com a especiaria, foi o que minha mãe disse, e também houve outros presentes: escravas, honrarias régias e patentes. A segunda maior prova da amizade do conde foi negativa. Ele se recusou a matar um homem, muito embora fosse capaz disso e meu pai o tivesse ordenado. É o que relatarei agora.**
>
> – "Conde Fenring: uma biografia", da princesa Irulan

O barão Vladimir Harkonnen ia furioso pelo corredor, recém-saído de seus aposentos particulares, atravessando rapidamente os trechos iluminados pelo sol de fim de tarde, que manava das janelas altas. Ele saltitava e se contorcia em seus suspensores, com movimentos violentos.

Passou esbravejando pela cozinha particular, pela biblioteca, a pequena sala de recepção, e entrou na antecâmara dos criados, onde o relaxamento de fim de tarde já tinha se instalado.

O capitão da guarda, Iakin Nefud, estava refestelado num divã, do outro lado da câmara, com o estupor da semuta estampado em sua cara achatada, cercado pelo lamento sinistro da música entorpecente. Sua corte pessoal estava sentada ali perto, pronta para fazer o que ele mandasse.

– Nefud! – rugiu o barão.

Homens correram.

Nefud se levantou, com o rosto tranquilo do efeito do narcótico, mas revestido de uma palidez que revelava medo. A música da semuta tinha cessado.

– Milorde barão – disse Nefud. Somente a droga evitou que sua voz tremesse.

O barão correu os olhos pelos rostos ao redor, vendo neles as expressões de calma frenética. Voltou sua atenção para Nefud e falou num tom sedoso:

– Há quanto tempo é meu capitão da guarda, Nefud?

Nefud engoliu em seco.

– Desde Arrakis, milorde. Quase dois anos.

– E sempre se antecipou às ameaças a minha pessoa?

– Esse foi sempre meu único desejo, milorde.

– Então, onde está Feyd-Rautha? – rugiu o barão.

Nefud se encolheu.

– Milorde?

– Você não considera Feyd-Rautha uma ameaça a minha pessoa? – Mais uma vez, a voz saiu sedosa.

Nefud umedeceu os lábios com a língua. Um pouco do entorpecimento da semuta deixou-lhe os olhos.

– Feyd-Rautha está no alojamento dos escravos, milorde.

– Com as mulheres, de novo, hein? – O barão estremeceu com o esforço para suprimir a raiva.

– Sire, pode ser que ele...

– Silêncio!

O barão avançou mais um passo, antecâmara adentro, notando como os homens se afastaram, abrindo um espaço discreto em torno de Nefud, desassociando-se do objeto de sua ira.

– Não mandei que você sempre soubesse exatamente o paradeiro do na-barão? – perguntou o barão. Aproximou-se mais um passo. – Não disse a você que era para saber *exatamente* o que o na-barão dissesse e para quem? – Mais um passo. – Não disse que você deveria me informar toda vez que ele fosse ao alojamento das escravas?

Nefud engoliu em seco. A transpiração brotava de sua testa.

O barão manteve seu tom de voz uniforme, quase desprovido de ênfase:

– Não disse essas coisas a você?

Nefud assentiu.

– E não disse para verificar todos os meninos escravos que mandasse para mim e que fizesse isso você mesmo... *pessoalmente*?

De novo, Nefud assentiu.

– Por acaso não viu a mancha na coxa do garoto que me mandou hoje? – o barão perguntou. – Será possível que você...

– Tio.

O barão girou e encarou Feyd-Rautha, parado no vão da porta. A presença do sobrinho ali, naquele momento – a aparência de pressa que o rapaz não disfarçava muito bem –, tudo era muito revelador. Feyd-Rautha tinha seu próprio sistema de espionagem de olho no barão.

– Há um cadáver em meus aposentos que quero ver removido – disse o barão, e manteve a mão sobre a arma de projéteis debaixo das vestes, agradecendo por seu escudo ser o melhor que havia.

Feyd-Rautha olhou de relance para dois guardas encostados na parede à direita e fez um sinal com a cabeça. Os dois se destacaram, saíram apressados pela porta e seguiram pelo corredor na direção dos aposentos do barão.

Aqueles dois, hein?, pensou o barão. *Ah, este monstrinho ainda tem muito a aprender a respeito de conspirações!*

– Imagino que tenha deixado tudo em paz no alojamento dos escravos, Feyd – disse o barão.

– Estava jogando quéops com o feitor – disse Feyd-Rautha, e pensou: *O que deu errado? O garoto que mandamos para meu tio obviamente foi morto. Mas era perfeito para o serviço. Nem mesmo Hawat teria escolhido melhor. O garoto era perfeito!*

– Jogando xadrez piramidal – disse o barão. – Que bom. Ganhou?

– Eu... ah, sim, tio. – E Feyd-Rautha se esforçou para conter sua inquietação.

O barão estalou os dedos.

– Nefud, quer cair novamente em minhas boas graças?

– Sire, o que foi que fiz? – perguntou Nefud, com voz trêmula.

– Isso não importa agora – disse o barão. – Feyd ganhou do feitor de escravos no quéops. Ouviu isso?

– Sim... sire.

– Quero que pegue três homens e procure o feitor – disse o barão. – E o garroteie. Traga o cadáver quando terminar, para que eu possa ver que fez tudo direito. Não podemos ter enxadristas tão ineptos a nosso serviço.

Feyd-Rautha ficou branco e deu um passo adiante.

– Mas, tio, eu...

– Mais tarde, Feyd – disse o barão, e acenou com a mão. – Mais tarde.

Os dois guardas que tinham ido buscar o corpo do menino nos aposentos do barão passaram aos trancos junto à porta da antecâmara, carregando entre eles seu fardo lânguido, que arrastava os braços. O barão ficou olhando até sumirem de vista.

Nefud foi para perto do barão.

– Quer que eu mate o feitor agora, milorde?

– Já – disse o barão. – E, ao terminar, acrescente esses dois que acabaram de passar a sua lista. Não gostei da maneira como carregaram aquele corpo. Essas coisas se fazem sem sujeira. Vou querer ver as carcaças dos dois também.

Nefud disse:

– Milorde, foi alguma coisa que eu...

– Faça o que seu mestre mandou – disse Feyd-Rautha, e pensou: *Só me resta esperar salvar minha pele.*

Ótimo!, o barão pensou. *Ele já sabe como reduzir o prejuízo.* E o barão sorriu consigo mesmo, pensando: *O rapaz também sabe o que me agrada e o que está mais propenso a impedir que minha ira recaia sobre ele. Sabe que tenho de preservá-lo. Quem mais me restou para tomar as rédeas do que terei de deixar um dia? Não tenho ninguém tão qualificado. Mas ele precisa aprender! E tenho de me preservar enquanto ele aprende.*

Nefud apontou os homens que deveriam ajudá-lo e saiu com eles pela porta.

– Acompanhe-me até meus aposentos, Feyd, por favor – disse o barão.

– Estou a suas ordens – aquiesceu Feyd-Rautha. Fez uma mesura, pensando: *Fui apanhado.*

– Depois de você – objetou o barão, fazendo um gesto para a porta.

Feyd-Rautha deixou seu medo transparecer apenas com uma hesitação mínima. *Será que tudo está perdido?*, ele se perguntou. *Será que ele vai enfiar um punhal envenenado em minhas costas... devagar, através do escudo? Será que ele tem outro sucessor?*

Deixe-o viver este momento de pavor, pensou o barão, caminhando ao lado do sobrinho. *Ele irá me suceder, mas eu escolherei a hora. Não deixarei que ele jogue fora o que construí.*

Feyd-Rautha tentava não andar rápido demais. Sentiu um calafrio na espinha, como se seu próprio corpo se perguntasse quando viria o golpe. Seus músculos ora se contraíam, ora relaxavam.

– Ouviu as últimas de Arrakis? – o barão perguntou.

– Não, tio.

Feyd-Rautha obrigou-se a não olhar para trás. Virou no fim do corredor, saindo da ala dos criados.

– Os fremen têm um novo profeta ou uma espécie de líder religioso – disse o barão. – Chamam-no Muad'Dib. Muito engraçado, na verdade. Significa "o Ratinho". Mandei Rabban deixá-los com sua religião. Isso irá mantê-los ocupados.

– Isso é muito interessante, tio – comentou Feyd-Rautha. Virou-se e entrou no corredor privativo dos aposentos do tio, perguntando-se: *Por que ele está falando de religião? Seria uma indireta para mim?*

– Não é mesmo? – perguntou o barão.

Entraram nos aposentos do barão, cruzaram o salão de recepção e dirigiram-se para o quarto. Foram recebidos por sinais discretos de luta: uma luminária suspensa fora de lugar, uma almofada no chão, uma bobina tranquilizadora tombada e aberta sobre o toucador.

– Foi um plano inteligente – disse o barão. Manteve seu escudo corporal em potência máxima, deteve-se e encarou o sobrinho. – Mas não inteligente o bastante. Diga-me, Feyd, por que não me matou você mesmo? Não lhe faltaram oportunidades.

Feyd-Rautha procurou uma cadeira suspensa e conseguiu dar de ombros mentalmente ao se sentar nela, sem que o tio a oferecesse.

Tenho de ser ousado agora, ele pensou.

– Você me ensinou a não sujar minhas próprias mãos – respondeu.

– Ah, sim – disse o barão. – Diante do imperador, precisamos ser capazes de declarar com sinceridade que não perpetramos o ato. A bruxa ao lado do imperador ouvirá nossas palavras e saberá se são verdadeiras ou falsas. Eu o adverti a esse respeito.

– Por que nunca comprou uma Bene Gesserit, tio? – perguntou Feyd-Rautha. – Com uma Proclamadora da Verdade a seu lado...

– Você conhece meus gostos! – gritou o barão.

Feyd-Rautha estudou o tio e disse:

– Mesmo assim, seria valioso ter uma delas para...

– Não confio nelas! – o barão resmungou. – E pare de tentar mudar de assunto!

Feyd-Rautha falou, com brandura:

– Como quiser, tio.

– Lembro-me de uma vez, na arena, há vários anos – disse o barão. – Pareceu-me que naquele dia tinham preparado um escravo para matar você. Foi isso mesmo que aconteceu?

– Foi há tanto tempo, tio. Afinal, eu...

– Sem evasivas, por favor – pediu o barão, e a severidade de sua voz revelou-lhe a raiva controlada.

Feyd-Rautha olhou para o tio, pensando: *Ele sabe; se não soubesse, não perguntaria.*

– Foi uma farsa, tio. Armei tudo para desacreditar seu feitor.

– Muito inteligente – disse o barão. – E também corajoso. Aquele gladiador-escravo quase pegou você, não foi?

– Foi.

– Se tivesse refinamento e sutileza equivalentes a essa bravura, você seria realmente formidável.

O barão sacudiu a cabeça de um lado para outro. E, como havia feito muitas vezes desde aquele dia terrível em Arrakis, viu-se lamentando a perda de Piter, o Mentat. Aquele tinha sido um homem de sutilezas delicadas e perversas. Contudo, não lhe salvaram a vida. O barão voltou a sacudir a cabeça. O destino, às vezes, era inescrutável.

Feyd-Rautha olhou ao redor do quarto, estudando os sinais de luta, imaginando como seu tio havia sobrepujado o escravo preparado com tamanho cuidado.

– Como foi que o derrotei? – o barão perguntou. – Aah, ora, Feyd... permita-me guardar algumas armas para me preservar na velhice. É melhor aproveitarmos a ocasião para fazermos um pacto.

Feyd-Rautha encarou o tio. *Um pacto! Então é certeza que tem a intenção de me manter como herdeiro. Do contrário, por que fazer um pacto? Pactua-se com iguais ou quase iguais.*

– Que pacto, tio? – E Feyd-Rautha se orgulhou de ter mantido a voz calma e racional, sem revelar seu entusiasmo.

O barão também notou o autocontrole do rapaz. Assentiu com a cabeça.

– Você é material de boa qualidade, Feyd. Não desperdiço material de qualidade. No entanto, você continua se recusando a entender o verdadeiro valor que tenho para você. É teimoso. Não vê por que é preciso me preservar como alguém do mais absoluto valor para você. Isto... – Apontou os indícios de luta no quarto. – Isto foi uma tolice. Eu não premio a tolice.

Vá direto ao assunto, velho idiota!, pensou Feyd-Rautha.

– Você pensa que sou um velho idiota – disse o barão. – Tenho de dissuadi-lo dessa ideia.

– Está falando de um pacto.

– Ah, a impaciência da juventude – lamentou o barão. – Bem, eis a essência da coisa, então: você vai parar de atentar estupidamente contra minha vida. E eu, quando você estiver pronto, irei me aposentar na posição de consultor, deixando você no trono.

– Aposentar-se, tio?

– Você ainda pensa que sou idiota – disse o barão –, e isso só faz confirmá-lo, hein? Você acha que estou implorando! Cuidado, Feyd. Este velho idiota viu a agulha protegida que você implantou na coxa daquele menino-escravo. Bem onde eu teria colocado a mão, hein? A menor pressão que fosse e... clique! Uma agulha envenenada na palma do velho idiota! Aaah, Feyd...

O barão chacoalhou a cabeça, pensando: *E teria funcionado se Hawat não tivesse me alertado. Bem, deixemos o rapaz acreditar que percebi a trama sozinho. De certo modo, foi o que fiz. Fui eu quem recolheu Hawat dos destroços de Arrakis. E este rapaz precisa ter mais respeito por minha habilidade.*

Feyd-Rautha permaneceu calado, lutando consigo mesmo. *Será que está falando a verdade? Terá mesmo a intenção de se aposentar? Por que não? Eu certamente irei sucedê-lo um dia, se agir com cuidado. Ele não pode viver para sempre. Talvez tenha sido uma tolice tentar acelerar o processo.*

– Você fala de um pacto – disse Feyd-Rautha. – Com que garantias nós o selaremos?

– Como é que podemos confiar um no outro, hein? – perguntou o barão. – Bem, Feyd, quanto a você: designarei Thufir Hawat para vigiá-lo. Para isso, confio nas habilidades de Mentat de Hawat. Entendeu? E quanto a mim, você terá de confiar. Mas não posso viver para sempre, não é, Feyd? E talvez devesse começar a desconfiar de que sei coisas que você *deveria* saber.

– Você fica com minha garantia. E eu, o que recebo de você? – Feyd-Rautha perguntou.

– Deixarei que continue vivo – respondeu o barão.

Mais uma vez, Feyd-Rautha pôs-se a estudar o tio. *Ele vai colocar Hawat para me vigiar! O que ele diria se eu lhe contasse que Hawat planejou a farsa com o gladiador que acabou custando a meu tio seu feitor de escravos? Provavelmente diria que eu menti para tentar desacreditar Hawat. Não, o bom Thufir é um Mentat e previu este momento.*

– Bem, o que me diz? – perguntou o barão.

– O que posso dizer? Aceito, claro.

E Feyd-Rautha pensou: *Hawat! Está fazendo jogo duplo... será isso? Será que passou para o lado de meu tio porque não o consultei quanto ao atentado com o menino-escravo?*

– Você não comentou o fato de eu designar Hawat para vigiá-lo – disse o barão.

Feyd-Rautha revelou sua raiva ao dilatar as narinas. O nome de Hawat tinha sido um sinal de perigo na família Harkonnen durante tantos anos... e agora tinha um novo significado: ainda perigoso.

– Hawat é um brinquedo perigoso – disse Feyd-Rautha.

– Brinquedo! Não seja estúpido. Sei o que Hawat é e como controlá-lo. Hawat tem emoções intensas... ah, ora, que podem se curvar às nossas necessidades.

– Tio, não entendo você.

– Sim, isso é bastante óbvio.

Somente um piscar fugaz dos olhos revelou o ressentimento momentâneo de Feyd-Rautha.

– E você não entende Hawat – disse o barão.

Nem você!, pensou Feyd-Rautha.

– A quem Hawat culpa pelas atuais circunstâncias? – o barão perguntou. – A mim? Certamente. Mas ele era um instrumento dos Atreides e levou a melhor sobre mim durante anos até o Imperium se envolver. É como ele vê a coisa. O ódio dele por mim agora é algo natural. Ele acredita ser capaz de me derrotar quando bem entender. Acreditando nisso, ele é derrotado. Pois dirijo a atenção dele para onde quero: contra o Imperium.

As contrações de uma nova compreensão desenharam linhas de tensão na testa de Feyd-Rautha e afinaram seus lábios.

– Contra o imperador?

Deixemos meu sobrinho querido saborear isso, o barão pensou. *Que ele diga consigo mesmo: "O imperador Feyd-Rautha Harkonnen". Que ele se pergunte quanto isso vale. Certamente deve valer a vida de um tio idoso e capaz de realizar esse sonho!*

Devagar, Feyd-Rautha umedeceu os lábios com a língua. Seria verdade o que o velho tolo dizia? Havia mais ali do que transparecia.

– E o que Hawat tem a ver com isso? – perguntou Feyd-Rautha.

– Ele pensa que está nos usando para se vingar do imperador.

– E quando isso acontecer?

– Seu pensamento não vai além da vingança. Hawat é um homem que precisa servir alguém e nem sequer sabe que é assim.

– Aprendi muito com Hawat – concordou Feyd-Rautha, sentindo a verdade em suas palavras ao pronunciá-las. – Mas, quanto mais aprendo, mais acho que deveríamos nos livrar dele... e logo.

– Não gosta da ideia de ser vigiado por ele?

– Hawat vigia todo mundo.

– E pode colocar você no trono. Hawat é discreto. Perigoso, trapaceiro. Mas não é agora que vou tirar dele o antídoto. Uma espada também é perigosa, Feyd. Mas temos a bainha certa para essa aí. O veneno dentro dele. Quando retirarmos o antídoto, a morte irá embainhá-lo.

– De certo modo, é como a arena – comentou Feyd-Rautha. – Fintas dentro de fintas dentro de fintas. Observamos para ver como o gladiador se inclina, para onde olha, como segura a faca.

Meneou a cabeça, concordando consigo mesmo, vendo que suas palavras agradavam o tio, mas pensou: *Sim! Como a arena! E o gume é a mente!*

– Agora você entendeu como precisa de mim – disse o barão. – Ainda tenho utilidade, Feyd.

Uma espada a ser empunhada até perder o fio e a serventia, Feyd-Rautha pensou.

– Sim, tio – ele disse.

– E agora – disse o barão –, iremos, nós dois, ao alojamento dos escravos. E verei você matar, com suas próprias mãos, todas as mulheres da ala dos prazeres.

– Tio!

– Haverá outras mulheres, Feyd. Mas eu já disse que ninguém erra comigo sem se preocupar com as consequências.

O rosto de Feyd-Rautha se anuviou.

– Tio, você...

– Vai aceitar seu castigo e aprender com ele – disse o barão.

Feyd-Rautha enfrentou o olhar triunfante do tio. *E terei de me lembrar desta noite*, ele pensou. *E, ao relembrá-la, terei de me lembrar de outras noites.*

– Não irá me recusar isso – disse o barão.

O que você poderia fazer se eu recusasse, velho?, Feyd-Rautha se perguntou. Mas sabia que poderia haver outro castigo, talvez uma punição mais sutil, um instrumento mais desumano para obrigá-lo a se submeter.

– Eu o conheço, Feyd – disse o barão. – Não irá recusar.

Muito bem, pensou Feyd-Rautha. *Agora preciso de você. Já entendi. O pacto está feito. Mas não precisarei de você para sempre. E... um dia...*

> **Nas profundezas do inconsciente humano, encontra-se uma necessidade difusa de um universo lógico e que faça sentido. Mas o universo real está sempre um passo adiante da lógica.**
>
> – Excerto de "Frases reunidas de Muad'Dib", da princesa Irulan

Já estive diante de muitos soberanos das Casas Maiores, mas nunca tinha visto um porco tão obeso e perigoso como este, Thufir Hawat disse consigo mesmo.

– Pode falar francamente comigo, Hawat – trovejou o barão. Recostou-se em sua cadeira suspensa, transfixando Hawat com os olhos cingidos por pregas de gordura.

O Mentat idoso olhou para o resto da mesa que o separava do barão Vladimir Harkonnen, reparando na opulência da fibra da madeira. Até mesmo aquilo era um fator a se considerar na avaliação que se fazia do barão, bem como as paredes vermelhas daquela sala de conferências particular e a fragrância suave e doce de ervas que pairava no ar, disfarçando um cheiro almiscarado e mais recôndito.

– Você não me fez mandar aquele aviso para Rabban por um capricho à toa – disse o barão.

O rosto idoso e curtido de Hawat continuou impassível, sem revelar um pingo do asco que sentia.

– Suspeito de muitas coisas, milorde – ele confirmou.

– Sim. Bem, gostaria de saber como Arrakis se encaixa em suas suspeitas a respeito de Salusa Secundus. Não adianta me dizer que o imperador está transtornado com uma associação qualquer entre Arrakis e seu misterioso planeta-prisão. Ora, eu me apressei em alertar Rabban só porque o mensageiro tinha de partir naquele paquete. Você disse que não podia esperar. Muito bem. Mas agora quero uma explicação.

Ele fala demais, pensou Hawat. *Não é como Leto, capaz de me dizer uma coisa só com o erguer de uma sobrancelha ou um aceno da mão. Nem como o Velho Duque, que conseguia comunicar uma frase inteira na maneira como acentuava uma única palavra. Isto é um palerma! Destruí-lo será um serviço à humanidade.*

– Não o deixarei sair daqui até ouvir uma explicação completa – disse o barão.

– O barão fala tão despreocupadamente de Salusa Secundus – comentou Hawat.

– É uma colônia penal – devolveu o barão. – A pior gentalha da galáxia é mandada para Salusa Secundus. Que mais precisamos saber?

– Que as condições no planeta-prisão são mais opressivas que em qualquer outro lugar – respondeu Hawat. – Deve ter ouvido falar que a taxa de mortalidade entre os novos prisioneiros é superior a sessenta por cento. Que o imperador pratica ali toda forma de opressão. Ouviu falar disso tudo e não se dispôs a fazer nenhuma pergunta?

– O imperador não permite que as Casas Maiores inspecionem sua prisão – grunhiu o barão. – Mas ele tampouco deu uma olhada em minhas masmorras.

– E a curiosidade a respeito de Salusa Secundus é... ah... – Hawat levou um dos dedos ossudos aos lábios – ... desencorajada.

– E daí? Ele não se orgulha de algumas das coisas que é obrigado a fazer por lá!

Hawat deixou que um sorriso levíssimo roçasse seus lábios escuros. Seus olhos cintilaram à luz do lucitubo quando ele encarou o barão.

– E nunca se perguntou de onde o imperador tira seus Sardaukar?

O barão mordeu os lábios grossos, o que deu a sua fisionomia o ar de um bebê fazendo beicinho, e sua voz transmitiu petulância quando ele disse:

– Ora... ele os recruta... ou seja, existem os alistamentos, e ele recruta os...

– Fuaa! – cortou Hawat. – As histórias que se ouvem a respeito das façanhas dos Sardaukar não são boatos, ou são? São os relatos em primeira mão de um número limitado de sobreviventes que combateram os Sardaukar, não são?

– Os Sardaukar são homens de armas excelentes, não há dúvida – disse o barão. – Mas creio que minhas próprias legiões...

– Em comparação com as tropas imperiais, não passam de um bando de excursionistas em férias! – resmungou Hawat. – Acha que não sei por que o imperador se voltou contra a Casa Atreides?

– Essa não é uma esfera sujeita a especulações – advertiu o barão.

Será possível que nem ele saiba o que levou o imperador a fazer isso?, Hawat se perguntou.

– Qualquer área está sujeita a minhas especulações, se é para fazer o que o barão me contratou para fazer – disse Hawat. – Sou um Mentat. Não se nega informações nem linhas de computação a um Mentat.

Durante um longo minuto, o barão olhou para ele, e então:

– Diga o que tem a dizer, Mentat.

– O imperador padixá se voltou contra a Casa Atreides porque os belomestres do duque, Gurney Halleck e Duncan Idaho, haviam treinado uma força combatente – uma *pequena* força combatente – quase tão boa quanto os Sardaukar. Alguns homens eram até mesmo melhores. E o duque estava na posição certa para ampliar sua força, torná-la tão poderosa quanto a do imperador.

O barão ponderou aquela revelação, e depois:

– O que Arrakis tem a ver com isso?

– Fornece um contingente de recrutas já condicionados ao mais severo treinamento de sobrevivência.

O barão sacudiu a cabeça.

– Não vá me dizer que são os fremen?

– São os fremen.

– Rá! Então para que alertar Rabban? Não deve ter restado mais que um punhado de fremen depois do pogrom dos Sardaukar e da opressão de Rabban.

Hawat continuou a olhar para ele, em silêncio.

– Não mais que um punhado! – repetiu o barão. – Rabban matou 6 mil deles só no ano passado!

Hawat ainda o fitava.

– E, no ano anterior, foram 9 mil – continuou o barão. – E, antes de partirem, os Sardaukar devem ter matado pelo menos 20 mil.

– Quantos soldados Rabban perdeu nos últimos dois anos? – Hawat perguntou.

O barão esfregou as papadas.

– Bem, está certo que ele anda recrutando em demasia. Os agentes dele fazem promessas bem extravagantes e...

– Digamos, uns 30 mil aproximadamente? – perguntou Hawat.

– Parece um pouco alto – disse o barão.

— Ao contrário — refutou Hawat. — Leio as entrelinhas dos relatórios de Rabban tão bem quanto milorde. E o barão certamente entendeu os relatórios que compilei com nossos agentes.

— Arrakis é um planeta feroz — disse o barão. — As baixas por causa das tempestades...

— Nós dois sabemos quais são as perdas por causa das tempestades — disse Hawat.

— E daí que ele perdeu 30 mil? — indagou o barão, e o afluxo de sangue corou-lhe a face.

— Segundo sua própria contagem — disse Hawat —, ele matou 15 mil em dois anos e perdeu o dobro disso. O barão diz que os Sardaukar cuidaram de mais 20 mil, talvez um pouco mais. E eu vi os manifestos dos transportes que os trouxeram de Arrakis. Se mataram 20 mil, perderam quase cinco vezes isso. Por que não encara esses números, barão? E compreende o que significam?

O barão falou, numa cadência fria e calculada:

— Essa é sua função, Mentat. O que significam?

— Apresento-lhe a contagem que Duncan Idaho fez no sietch que visitou — disse Hawat. — Tudo se encaixa. Se tivessem só 250 dessas comunidades, sua população seria de cerca de 5 milhões. Minha melhor estimativa é que eles teriam pelo menos duas vezes mais sietch do que isso. Num planeta como aquele, o melhor é dispersar a população.

— Dez milhões?

As papadas do barão estremeceram de espanto.

— No mínimo.

O barão mordeu os lábios grossos. Os olhos miúdos fitaram Hawat sem vacilar. *Seria realmente a computação de um Mentat?*, ele se perguntou. *Como poderia ser isso, sem que ninguém desconfiasse?*

— Não chegamos sequer a reduzir o crescimento de sua taxa de natalidade — disse Hawat. — Só eliminamos os espécimes não tão bem-sucedidos, deixando que os fortes ficassem ainda mais fortes, exatamente como em Salusa Secundus.

— Salusa Secundus! — vociferou o barão. — O que isso tem a ver com o planeta-prisão do imperador?

— O homem que sobrevive a Salusa Secundus já começa mais resistente que a maioria — disse Hawat. — Acrescente-se a isso o que há de melhor em treinamento militar...

– Bobagem! Seu argumento implica que *eu* poderia recrutar os fremen depois da maneira como foram oprimidos por meu sobrinho.

Hawat falou, com voz suave:

– O barão não oprime seus soldados?

– Bem... eu.. mas...

– A opressão é relativa – explicou Hawat. – Seus homens de armas levam uma vida muito melhor que aqueles que os cercam, não? Veem que há alternativas mais desagradáveis a ser os soldados do barão, não é?

O barão ficou em silêncio, olhando o vazio. As possibilidades: teria Rabban fornecido à Casa Harkonnen sua arma suprema?

No mesmo instante, disse:

– Como garantir a lealdade desses recrutas?

– Eu os reuniria em pequenos grupos, nada maior que um pelotão – disse Hawat. – Eu os removeria de sua situação opressiva e os isolaria com um quadro de pessoas que entendessem de onde eles vieram, de preferência pessoas que tivessem passado pela mesma situação opressiva. Então eu os encheria com a mística de que seu planeta, na verdade, era um campo de treinamento para produzir exatamente seres superiores como eles próprios. E, o tempo todo, mostraria o que esses seres superiores poderiam ganhar: uma vida suntuosa, belas mulheres, mansões requintadas... tudo o que desejassem.

O barão começou a concordar com a cabeça.

– Que é como os Sardaukar vivem no planeta deles.

– Os recrutas, com o tempo, passam a acreditar que um lugar como Salusa Secundus se justifica porque os produziu: a elite. O mais ordinário soldado dos Sardaukar leva uma vida, em muitos aspectos, tão digna quanto a de qualquer membro de uma Casa Maior.

– Mas que ideia! – sussurrou o barão.

– Começa a suspeitar o mesmo que eu – disse Hawat.

– Onde foi que isso começou? – perguntou o barão.

– Ah, sim, de onde vem a Casa Corrino? Havia gente em Salusa Secundus antes de o imperador mandar para lá os primeiros contingentes de prisioneiros? Nem sequer o duque Leto, um primo por parte de mãe, sabia ao certo. Essas perguntas não são encorajadas.

Os pensamentos embaciaram os olhos do barão.

– Sim, um segredo guardado com todo o cuidado. Usariam todos os estratagemas de...

– Além disso, o que há para esconder? – Hawat perguntou. – Que o imperador padixá tem um planeta-prisão? Todo mundo sabe disso. Que ele tem...

– Conde Fenring! – o barão falou de repente.

Hawat interrompeu o que dizia, estudou o barão com uma carranca confusa.

– O que tem o conde Fenring?

– No aniversário de meu sobrinho, há alguns anos – disse o barão. – Aquele janota imperial, o conde Fenring, veio como observador oficial e para... ah, concluir um acordo de negócios entre o imperador e eu.

– E daí?

– Eu... ah, durante uma de nossas conversas, creio que eu disse algo sobre fazer de Arrakis um planeta-prisão. Fenring...

– O que disse exatamente? – Hawat perguntou.

– Exatamente? Já faz um bom tempo e...

– Milorde barão, se quer aproveitar meus serviços ao máximo, terá de me fornecer informações adequadas. Essa conversa não foi gravada?

A fúria corou o rosto do barão.

– Você é tão ruim quanto Piter! Não gosto desses...

– Piter não está mais aqui, milorde – disse Hawat. – Por falar nisso, o que *de fato* que aconteceu com Piter?

– Ele ficou muito íntimo e muito exigente – disse o barão.

– O barão vive me garantindo que não costuma desperdiçar um homem que ainda tem serventia – lembrou Hawat. – Vai me desperdiçar com ameaças e sofismas? Discutíamos o que o barão disse ao conde Fenring.

O barão foi recompondo aos poucos sua fisionomia. *Quando chegar a hora*, ele pensou, *vou me lembrar da maneira como me tratou. Sim. Vou me lembrar.*

– Um momento – disse o barão, e voltou em pensamento àquele encontro no salão. Visualizar o cone de silêncio no qual os dois estiveram era de alguma ajuda. – Disse algo como: "O imperador sabe que um pouco de matança sempre foi uma das armas do negócio". Eu me referia às baixas na força de trabalho que sofremos. Depois eu disse alguma coisa sobre levar em consideração uma outra solução para o problema arrakino, e disse que o planeta-prisão do imperador me inspirava a imitá-lo.

– Sangue de bruxa! – exclamou Hawat. – O que disse Fenring?

– Foi aí que ele começou a me perguntar sobre você.

Hawat recostou-se, fechou os olhos, pensando.

– Então foi por isso que começaram a investigar Arrakis – concluiu. – Bem, já está feito. – Ele abriu os olhos. – Devem ter espiões por todo o planeta a essa altura. Dois anos!

– Mas certamente minha sugestão inocente...

– Nada é inocente aos olhos de um imperador! Quais foram suas instruções para Rabban?

– Simplesmente que ele deveria ensinar Arrakis a nos temer.

Hawat sacudiu a cabeça.

– Tem agora duas alternativas, barão. Pode exterminar os nativos, varrê-los completamente da face do planeta, ou...

– Desperdiçar uma força de trabalho inteira?

– Prefere que o imperador e as Casas Maiores que ele ainda é capaz de aliciar venham aqui fazer uma curetagem, raspar Giedi Primo como se raspa uma abóbora oca?

O barão estudou seu Mentat, e então:

– Ele não se atreveria!

– Não?

Os lábios do barão tremeram.

– Qual é sua alternativa?

– Abandonar seu querido sobrinho, Rabban.

– Abando... – o barão deixou a frase por dizer e encarou Hawat.

– Não lhe envie mais tropas, nenhuma ajuda de nenhum tipo. Não responda às mensagens dele, a não ser para dizer que chegou a seus ouvidos a maneira horrível como ele lidou com as coisas em Arrakis e que milorde pretende tomar medidas corretivas tão logo seja possível. Vou providenciar para que algumas de suas mensagens sejam interceptadas pelos espiões imperiais.

– Mas e quanto à especiaria, à receita, o...

– Exija os lucros do baronato, mas tome cuidado ao cobrá-los. Peça montantes fixos a Rabban. Podemos...

O barão virou as palmas das mãos para cima.

– Mas como posso ter certeza de que meu sobrinho matreiro não...

– Ainda temos nossos espiões em Arrakis. Diga a Rabban que, se não alcançar as quotas de especiaria estabelecidas por milorde, ele será substituído.

– Conheço meu sobrinho – disse o barão. – Isso só fará com que oprima ainda mais a população.

– Claro que sim! – Hawat retorquiu. – Não vai querer que isso pare agora! Quer apenas lavar as mãos. Deixe Rabban criar para milorde sua Salusa Secundus. Não há necessidade sequer de mandar prisioneiros para lá. Ele tem toda a população necessária. Se Rabban exaurir sua gente para cumprir as quotas de especiaria, então o imperador não precisará desconfiar de outro motivo. Isso é razão suficiente para extorquir o planeta. E o barão não demonstrará, nem com suas palavras, nem com seus atos, haver qualquer outro motivo para isso.

O barão não conseguiu evitar o tom zombeteiro de admiração em sua voz.

– Ah, Hawat, você é ardiloso. Agora, como iremos entrar em Arrakis e usar o que Rabban nos preparou?

– Essa é a coisa mais simples de todas, barão. Se a cada ano milorde aumentar um pouco mais a quota, a situação logo chegará a um ponto crítico. A produção cairá. O barão poderá remover Rabban e assumir o comando pessoalmente... para pôr ordem na bagunça.

– É justo – disse o barão. – Mas já vi que estou me cansando disso tudo. Estou preparando outra pessoa para tomar conta de Arrakis por mim.

Hawat estudou o rosto redondo e gordo diante dele. Sem pressa, o velho espião-soldado começou a menear afirmativamente a cabeça.

– Feyd-Rautha – ele disse. – Então esse é o motivo para a opressão agora. O barão também é muito ardiloso. Talvez possamos incorporar esses dois planos. Sim. Seu Feyd-Rautha pode chegar a Arrakis como um salvador. Pode conquistar o populacho. Sim.

O barão sorriu. E, por trás do sorriso, perguntou-se: *Agora, como é que isso se encaixa nos planos pessoais de Hawat?*

E Hawat, vendo que era dispensado, levantou-se e deixou a sala de paredes vermelhas. Enquanto caminhava, não conseguia reprimir as incógnitas perturbadoras que se intrometiam em todas as suas computações a respeito de Arrakis. Aquele novo líder religioso a quem

Gurney Halleck, escondido entre os contrabandistas, fizera menção, o tal Muad'Dib.

Talvez eu não devesse ter aconselhado o barão a deixar essa religião crescer onde bem entendesse, mesmo entre a gente da caldeira e do graben, disse consigo mesmo. *Mas é bem sabido que a repressão faz uma religião crescer.*

E pensou nos informes de Halleck a respeito das táticas de batalha dos fremen. As táticas cheiravam a coisa do próprio Halleck... de Idaho... e até mesmo de Hawat.

Será que Idaho sobreviveu?, ele se perguntou.

Mas era uma pergunta inútil. Ele ainda não indagara a si mesmo se seria possível Paul ter sobrevivido. Sabia que o barão estava convencido de que todos os Atreides haviam morrido. A bruxa Bene Gesserit tinha sido sua arma, admitira o barão. E isso só poderia significar o fim de todos eles, até mesmo do próprio filho da mulher.

Que ódio venenoso ela devia ter pelos Atreides, ele pensou. *Semelhante ao ódio que tenho por esse barão. Meu golpe será tão definitivo e completo quanto o dela?*

> **Há em todas as coisas um padrão que faz parte de nosso universo. Tem simetria, elegância e graça: as qualidades que sempre encontramos na obra de um verdadeiro artista. É possível encontrá-lo na mudança das estações, na maneira como a areia escorre de uma colina, nos emaranhados de galhos de um arbusto de creosoto ou no padrão de suas folhas. Tentamos reproduzir esses padrões em nossas vidas e nossa sociedade, à procura dos ritmos, das danças, das formas que confortam. Mas pode-se ver perigo na busca da perfeição definitiva. Está claro que o padrão definitivo encerra sua própria fixidez. Nessa perfeição, todas as coisas seguem para a morte.**
>
> **– Excerto de "Frases reunidas de Muad'Dib", da princesa Irulan**

Paul Muad'Dib lembrava-se de uma refeição carregada de essência de especiaria. Apegou-se a essa lembrança porque era um esteio e, daquele ponto de observação privilegiado, ele podia dizer a si mesmo que a experiência imediata devia ser um sonho.

Sou um palco de processos, ele disse a si mesmo. *Sou vítima da visão imperfeita, da consciência da raça, de seu propósito terrível.*

Mesmo assim, não conseguia se furtar ao medo de que tivesse se excedido de algum modo, perdido sua posição no tempo; e, agora, passado, futuro e presente fundiam-se, sem distinção. Era uma espécie de fadiga visual, que ele sabia advir da necessidade constante de manter o futuro presciente como uma espécie de memória que, por si só, era uma coisa que pertencia intrinsecamente ao passado.

Chani preparou a refeição para mim, disse consigo mesmo.

Mas Chani estava nas entranhas do sul – no país frio onde o sol era quente –, escondida numa das novas fortalezas sietch, a salvo com o filho deles, Leto II.

Ou isso ainda estaria por acontecer?

Não, ele se tranquilizou, pois Alia, a Estranha, sua irmã, tinha ido para lá com sua mãe e Chani, – uma viagem de vinte marteladores para o sul, acomodadas no palanquim da Reverenda Madre, preso no dorso de um criador selvagem.

Assustado, ele afastou a ideia de montar os vermes gigantes, perguntando-se: *Ou será que Alia ainda está para nascer?*

Eu estava numa razia, recordou Paul. *Saímos em incursão para recuperar a água dos nossos que morreram em Arrakina. E encontrei os restos de meu pai na pira funerária. Fiz um santuário para o crânio de meu pai num monte de pedras que os fremen mantêm logo acima da Garganta de Harg.*

Ou isso ainda estaria por acontecer?

Meus ferimentos são reais, Paul disse a si mesmo. *Minhas cicatrizes são reais. O santuário do crânio de meu pai é real.*

Ainda em seu estado quase onírico, Paul lembrou que Harah, a esposa de Jamis, tinha invadido sua privacidade certa vez para contar que houvera uma briga no corredor do sietch. Tinha sido no sietch interino, antes de mandarem as mulheres e as crianças para o remoto sul. Harah havia ficado lá, na entrada para a câmara interna, com as asas negras que eram seus cabelos amarradas para trás, presas por anéis numa corrente. Recolhera as cortinas da câmara e dissera-lhe que Chani tinha acabado de matar alguém.

Isso aconteceu, Paul disse consigo mesmo. *Foi real, não nasceu fora do devido tempo, não estava sujeito a mudanças.*

Paul lembrava-se de ter saído às pressas e encontrado Chani à luz dos globos amarelos do corredor, vestindo um sári azul brilhante, com o capuz atirado para trás e o rubor do esforço em suas feições de fada. Estava justamente embainhando a dagacris. Um tropel de gente disparava pelo corredor, carregando algo pesado.

E Paul lembrava-se de ter dito consigo mesmo: *Sempre sabemos quando estão carregando um corpo.*

Os hidroanéis de Chani, usados em público no sietch, num cordão em volta do pescoço, tilintaram quando ela se voltou para ele.

– Chani, o que foi? – ele perguntou.

– Despachei um sujeito que veio desafiar você para um combate singular, Usul.

– *Você* o matou?

– Sim. Mas talvez devesse tê-lo deixado para Harah.

(E Paul recordava como os rostos das pessoas ao redor deles haviam demonstrado apreço por aquelas palavras. Até mesmo Harah tinha gargalhado.)

– Mas ele veio desafiar *a mim!*

– Você me treinou pessoalmente na doutrina dos sortilégios, Usul.

– Certo, mas você não deveria...

– Nasci no deserto, Usul. Sei usar uma dagacris.

Ele reprimiu a raiva, tentou dialogar de maneira racional.

– Pode ser verdade, Chani, mas...

– Não sou mais uma criança caçando escorpiões no sietch com um globo portátil, Usul. Eu não brinco.

Paul lançou-lhe um olhar penetrante, surpreso com a ferocidade ímpar por baixo daquela atitude despreocupada.

– Ele não era digno, Usul – disse Chani. – Eu não quis interromper sua meditação com gente como ele. – Ela se aproximou, fitando-o com os cantos dos olhos e baixando a voz para que só ele a escutasse. – E, querido, quando souberem que um desafiante talvez tenha de *me* enfrentar e morrer de maneira vergonhosa pelas mãos da mulher de Muad'Dib, haverá bem menos desafiantes.

Sim, Paul disse consigo mesmo, *isso certamente tinha acontecido. Era passado-legítimo. E o número de desafiantes a colocar à prova a nova arma de Muad'Dib de fato diminuiu dramaticamente.*

Em algum lugar, num mundo alheio ao sonho, houve um sinal de movimento, o grito de uma ave noturna.

Estou sonhando, Paul se tranquilizou. *É a especiaria na comida.*

Ainda assim, havia nele uma sensação de abandono. Imaginou se seria possível que seu espírito-ruh tivesse, de algum modo, fugido para o mundo onde os fremen acreditavam que ele levava sua verdadeira existência: o alam al-mithal, o mundo das similitudes, o reino metafísico onde todas as limitações físicas eram eliminadas. E conheceu o medo ao pensar num lugar como aquele, porque remover todas as limitações era remover todos os pontos de referência. Na paisagem de um mito, ele não conseguiria se reorientar e dizer:

– Eu sou quem sou porque estou aqui.

Sua mãe tinha lhe dito certa vez:

– As pessoas, algumas pessoas, estão divididas quanto à maneira como pensam em você.

Devo estar acordando do sonho, Paul disse a si mesmo. Pois aquilo havia acontecido, aquelas palavras de sua mãe, lady Jéssica, que agora era a Reverenda Madre dos fremen, aquelas palavras tinham atravessado a realidade.

Paul sabia que Jéssica temia a relação religiosa entre ele e os fremen. Não gostava do fato de as pessoas tanto do sietch quanto do graben chamarem Muad'Dib de *Ele*. E ela andara fazendo perguntas nas tribos, enviando suas Sayyadina espiãs, coletando as respostas e remoendo-as em sua mente.

Ela citara um provérbio das Bene Gesserit:

– "Quando a religião e a política viajam no mesmo carro, os condutores acreditam que nada é capaz de ficar em seu caminho. Seu movimento torna-se impetuoso, cada vez mais rápido. Deixam de pensar nos obstáculos e esquecem que o precipício só se mostra ao homem em desabalada carreira quando já é tarde demais."

Paul lembrava-se de ter ficado lá, sentado, nos aposentos de sua mãe, na câmara interna coberta de cortinas escuras, repletas de desenhos entretecidos saídos da mitologia fremen. Ficara ali, ouvindo-a falar, reparando em como ela estava sempre observando, mesmo quando mantinha os olhos baixos. Seu rosto ovalado apresentava novas rugas nos cantos da boca, mas os cabelos ainda eram como bronze polido. Os olhos verdes e espaçados, ocultos sob a escuridão azul, impregnada de especiaria.

– Os fremen têm uma religião simples e prática – ele disse.

– Nada é simples na religião – ela o advertiu.

Mas Paul, visualizando o futuro nublado que ainda pairava sobre eles, viu-se tomado pela raiva. Só conseguiu dizer:

– A religião unifica nossas forças. É nossa mística.

– Você cultiva deliberadamente esse ar, essa bravura – ela investiu. – Nunca deixa de doutrinar.

– Foi assim que você me ensinou – ele retorquiu.

Mas ela tinha se resumido a brigas e altercações naquele dia. Havia sido o dia da cerimônia de circuncisão do pequeno Leto. Paul entendera parte das razões da irritação da mãe. Ela nunca havia aceitado o relacionamento dele – o "casamento da juventude" – com Chani. Mas Chani dera um filho varão aos Atreides, e Jéssica vira-se incapaz de rejeitar o menino junto com a mãe.

Jéssica, por fim, remexeu-se sob o olhar de Paul e disse:

– Você acha que sou uma mãe desnaturada.

– Claro que não.

– Vejo como você me observa quando estou com sua irmã. Você não entende o que é sua irmã.

– Sei por que Alia é diferente – ele disse. – Ela ainda não havia nascido, era parte de você, quando você alterou a Água da Vida. Ela...

– Você não sabe nada a esse respeito!

E Paul, subitamente incapaz de expressar o que aprendera fora do tempo, disse apenas:

– Não acho que seja desnaturada.

Ela notou a angústia dele e falou:

– Uma coisa, filho.

– Sim?

– Amo realmente sua Chani. Eu a aceito.

Isso foi real, Paul disse consigo mesmo. Não era a visão imperfeita a ser alterada pelas distorções provenientes do nascimento do próprio tempo.

Essa reafirmação renovou-lhe o domínio sobre seu mundo. Pedacinhos de realidade concreta começaram a imergir no estado onírico, atravessando-o, entrando em sua percepção. De repente, sabia estar num hiereg, um acampamento no deserto. Chani havia armado a tendestiladora sobre a areia fina, por ser macia. Só podia significar que Chani estava por perto; Chani, sua alma; Chani, sua sihaya, agradável como a primavera no deserto. Chani, que viera dos palmares no remoto sul.

Aí lembrou-se de Chani cantando-lhe uma canção dos areneiros na hora de dormir:

"Ó, minha alma
Não queira provar o Paraíso esta noite
E juro por Shai-hulud
Que chegará lá
Obediente a meu amor."

E ela cantara a canção das andanças que os namorados compartilhavam na areia, e seu ritmo era como o rocegar das dunas de encontro aos pés:

"Fala-me de teus olhos
Que falarei de teu coração.
Fala-me de teus pés
Que falarei de tuas mãos.
Fala-me de teu sono
Que falarei de teu despertar.
Fala-me de teus desejos
Que falarei de tuas carências."

Ele escutara alguém tocar o baliset em outra tenda. E havia, então, pensado em Gurney Halleck. À lembrança evocada pelo instrumento familiar, ele pensara em Gurney, cujo rosto tinha visto em meio a uns contrabandistas, mas que não o vira – a ele, Paul –, que não podia vê-lo nem saber que ele vivia, para não levar os Harkonnen inadvertidamente ao filho do duque que haviam matado.

Mas o estilo do instrumentista naquela noite, a peculiaridade dos dedos que tocavam as cordas do baliset, devolveu o verdadeiro músico à memória de Paul. Tinha sido Chatt, o Saltador, capitão dos Fedaykin, líder dos comandos suicidas que protegiam Muad'Dib.

Estamos no deserto, Paul se lembrou. *Estamos no erg central, fora do alcance das patrulhas Harkonnen. Estou aqui para trilharenar, chamar um verme e montá-lo com meus próprios meios, para que eu possa ser fremen por inteiro.*

Sentia agora a pistola maula em seu cinto, a dagacris. Sentia que o silêncio o cercava.

Era aquela quietude especial que antecedia a manhã, quando as aves noturnas já tinham partido e as criaturas do dia ainda não haviam dado sinal de vida a seu inimigo, o sol.

– Você precisa viajar pela areia à luz do dia para que Shai-hulud o veja e saiba que você não tem medo – dissera Stilgar. – Por isso, inverteremos nossos horários e iremos dormir esta noite.

Em silêncio, Paul levantou o torso, sentindo a frouxidão do trajestilador, folgado em volta de seu corpo, e a tendestiladora na penumbra mais adiante. Moveu-se com tamanha delicadeza, mas Chani o escutou.

Ela falou, mais uma sombra nas trevas da tenda:

– Ainda não raiou totalmente o dia, querido.

– Sihaya – ele disse, quase rindo.

– Você me chama de sua primavera no deserto – ela disse –, mas hoje sou teu tormento. Sou a Sayyadina que cuidará para que os ritos sejam observados.

Ele começou a apertar seu trajestilador.

– Você me citou, certa vez, as palavras do Kitab al-Ibar – ele comentou. – Disse: "A mulher é teu campo; vai então a teu campo e lavra-o".

– Sou a mãe de teu primogênito – ela concordou.

Ele a viu na penumbra, imitando-o em cada movimento, ajustando o trajestilador para o deserto aberto.

– Descanse o quanto puder – ela disse.

Paul reconheceu que era o amor de Chani por ele falando, e repreendeu-a delicadamente:

– A Sayyadina da Vigília não aconselha nem adverte o candidato.

Ela deslizou para junto dele, tocou-lhe a face com a palma da mão.

– Hoje sou tanto a observadora quanto a mulher.

– Devia ter deixado essa tarefa para outra pessoa – ele disse.

– A espera já é tão ruim – ela protestou. – Prefiro estar a teu lado.

Ele beijou a palma da mão dela antes de prender a aba facial de seu traje, depois virou-se e abriu o lacre da tenda. O ar que os saudou ao entrar tinha a secura inexata e gélida que condensava o orvalho ínfimo da aurora. Com ele veio o cheiro de uma massa pré-especiaria que haviam detectado a nordeste dali, e isso lhes dizia que haveria um criador por perto.

Paul saiu engatinhando pela abertura, ficou de pé sobre a areia e se espreguiçou, para livrar os músculos do sono. Uma tênue luminescência verde-perolada delineava o horizonte oriental. As tendas de sua tropa eram pequenas dunas falsas a cercá-lo na escuridão. Viu alguma coisa se mexer a sua esquerda, os guardas, e percebeu que eles também o viram.

Sabiam do perigo que ele enfrentaria naquele dia. Todos os fremen já o haviam enfrentado. Proporcionavam-lhe agora os últimos momentos sozinho, para que pudesse se preparar.

Tem de ser hoje, ele disse consigo mesmo.

Pensou no poder que detinha, a despeito do pogrom: os anciões que lhe mandavam seus filhos, para que fossem treinados na doutrina de batalha dos sortilégios; os anciões que agora lhe davam ouvidos no conselho e seguiam seus planos; os homens que voltavam para lhe oferecer o maior elogio entre os fremen: "Seu plano funcionou, Muad'Dib".

Contudo, o menor e mais insignificante guerreiro fremen era capaz de fazer algo que ele nunca fizera. E Paul sabia que sua liderança era prejudicada pelo conhecimento onipresente dessa diferença entre eles.

Ele não havia montado o criador.

Ah, sim, ele subira com os outros, nas incursões de ataque e treinamento, mas ainda não fizera sua própria viagem.

Até que o fizesse, seu mundo era limitado pelas habilidades alheias. Nenhum fremen de verdade poderia permitir algo assim. Até que o fizesse, até mesmo as vastas terras do sul – a área a uns vinte marteladores depois do erg – lhe eram negadas, a menos que mandasse vir um palanquim e viajasse feito uma Reverenda Madre ou um dos doentes e feridos.

Voltou-lhe à lembrança sua luta com a percepção interior durante a noite. Viu ali um estranho paralelo: se dominasse o criador, seu regime sairia fortalecido; se dominasse o olho interior, isso traria a própria medida de autoridade. Mas, para além dessas duas coisas, ficava a área nebulosa, o Grande Tumulto no qual o universo inteiro parecia envolvido.

A diferença na maneira como ele compreendia o universo o assombrava: a precisão combinada à imprecisão. Ele o via *in situ*. Contudo, ao nascer, ao se unir às pressões da realidade, o *agora* ganhava vida própria e crescia, com suas próprias diferenças sutis. Restava o propósito terrível. Restava a consciência da raça. E, acima de tudo isso, assomava o jihad, sangrento e selvagem.

Chani juntou-se a ele fora da tenda, abraçando os próprios cotovelos, olhando para ele com os cantos dos olhos, como fazia quando estudava-lhe o estado de ânimo.

– Fala-me outra vez sobre as águas de teu planeta natal, Usul – ela disse.

Paul viu que ela tentava distraí-lo, aliviar-lhe a mente das tensões antes do teste fatal. Estava clareando, e ele notou que alguns de seus Fedaykin já estavam desmontando as tendas.

– Prefiro que você me fale do sietch e de nosso filho – ele disse. – Nosso Leto já conquistou minha mãe?

– E a Alia também – ela respondeu. – E está crescendo rápido. Vai ser um homem grande.

– Como é lá no sul? – ele perguntou.

– Quando montar o criador, você verá pessoalmente – ela disse.

– Mas quero ver primeiro com seus olhos.

– É de uma solidão intensa – ela disse.

Ele tocou o lenço nezhoni na testa de Chani, que escapava do gorro do trajestilador.

– Por que não quer falar do sietch?

– Já falei. O sietch é um lugar solitário sem nossos homens. É um lugar de trabalho. Lidamos nas fábricas e nas estufas. Temos armas a fabricar; postes a fincar, para a previsão do tempo; especiaria a recolher, para os subornos. Temos dunas a plantar, para que cresçam e sejam ancoradas. Temos tecidos e tapetes a fazer, células de combustível para carregar. Temos crianças a educar, para que a força da tribo nunca se perca.

– Então nada lhes dá prazer no sietch? – ele perguntou.

– As crianças nos dão prazer. Observamos os ritos. Temos comida suficiente. Às vezes, uma de nós vem aqui para o norte ficar com seu homem. A vida precisa continuar.

– Minha irmã, Alia... as pessoas já a aceitaram?

Chani virou-se para ele à luz crescente do amanhecer. Seus olhos o transfixaram.

– É algo a se discutir outra hora, querido.

– Vamos discuti-lo agora.

– Você devia guardar suas forças para o teste – ela disse.

Ele percebeu que havia tocado num ponto sensível ao ouvir o retraimento na voz dela.

– O desconhecido traz suas próprias preocupações – ele falou.

Sem demora, ela concordou com a cabeça e disse:

– Há ainda... uma certa incompreensão por causa da estranheza de Alia. As mulheres têm medo porque ela é uma criança, quase um bebê, e já fala... de coisas que só um adulto deveria saber. Elas não entendem a... transformação no útero que fez Alia ser... diferente.

– Algum problema? – ele perguntou. E pensou: *Tive visões de problemas por causa de Alia.*

Chani olhou para a linha crescente do nascer do sol.

– Algumas mulheres se juntaram e foram apelar à Reverenda Madre. Exigiram que ela exorcizasse o demônio que vivia dentro de sua filha. Citaram a escritura: "Não permitirás que viva uma feiticeira entre nós".

– E o que minha mãe lhes disse?

– Ela recitou a lei e mandou as mulheres embora, envergonhadas. Disse: "Se Alia cria um problema, a falha é da autoridade que não previu nem impediu o problema". E tentou explicar como a alteração tinha afetado Alia no útero. Mas as mulheres se zangaram por terem sido humilhadas. Foram embora resmungando.

Haverá problemas por causa de Alia, ele pensou.

Um sopro cristalino de areia tocou as partes expostas do rosto dele, trazendo consigo o aroma da massa pré-especiaria.

– El Sayal, a chuva de areia que traz a manhã – ele disse.

Seu olhar se perdeu na luz acinzentada da paisagem desértica, a paisagem impiedosa, a areia que era a forma absorta em si mesma. Um relâmpago seco cortou um canto escuro ao sul, sinal de que uma tempestade ali tinha acumulado sua carga estática. A trovoada ribombou muito depois.

– A voz que embeleza a terra – disse Chani.

Outros homens de Paul saíram das tendas. Os guardas voltavam do perímetro. Tudo a seu redor movia-se com uniformidade na velha rotina que não exigia ordens.

– Dê o mínimo possível de ordens – dissera-lhe o pai... certa vez... havia muito tempo. – Depois de dar ordens em determinada matéria, terá sempre de dar ordens nessa matéria.

Os fremen conheciam essa regra instintivamente.

O hidromestre da tropa deu início ao canto matutino, acrescentando o chamado para o rito de iniciação do montarenador.

– O mundo é uma carcaça – entoou o homem, e sua voz era um lamento por sobre as dunas. – Quem é que pode afastar o Anjo da Morte? O que Shai-hulud decretou, assim tem de ser.

Paul pôs-se a escutar, reconhecendo que eram as palavras que também principiavam o cântico de morte de seus Fedaykin, as palavras que os comandos declamavam ao se atirar na batalha.

Será que hoje teremos aqui um santuário de pedras para marcar a partida de mais uma alma?, Paul se perguntou. *Será que os fremen irão se deter aqui, no futuro, para acrescentar mais uma pedra e pensar em Muad'Dib, que morreu neste lugar?*

Sabia que era uma das alternativas daquele dia, um *fato* nas linhas do futuro que se irradiavam daquela posição no espaço-tempo. A visão imperfeita o afligia. Quanto mais ele resistia a seu propósito terrível e combatia a chegada do jihad, maior era a confusão que se entremeava em sua presciência. Todo o seu futuro ia se tornando um rio que corria para o abismo: o nexo violento depois do qual tudo era névoa e nuvens.

– Stilgar vem aí – disse Chani. – Não posso interferir agora, querido. Agora tenho de ser a Sayyadina e observar o rito, para que seja relatado fielmente nas Crônicas. – Ela ergueu os olhos para fitá-lo e, por um momento, sua circunspeção vacilou, depois ela recuperou o controle. – Quando tiveres terminado, irei preparar teu desjejum com minhas próprias mãos – ela completou. Virou-se e partiu.

Stilgar vinha na direção dele, atravessando a areia finíssima, remexendo pequenas poças de poeira. Os nichos escuros de seus olhos continuavam fixos em Paul, com seu olhar indômito. O vestígio de barba negra acima da máscara do trajestilador, as linhas marcadas das maçãs do rosto, de tão imóveis poderiam ter sido gravadas pelo vento na rocha natural.

O homem trazia o estandarte de Paul – o estandarte verde e preto, com um hidrotubo no mastro – que já era uma lenda naquela terra. Com certa medida de orgulho, Paul pensou: *Não posso fazer nem as coisas mais simples sem que se tornem uma lenda. Eles irão registrar como me despedi de Chani, como saudarei Stilgar, cada gesto meu neste dia. Vivendo ou morrendo, é uma lenda. Não posso morrer. Aí seria apenas lenda, e nada impediria o jihad.*

Stilgar fincou o mastro na areia ao lado de Paul, deixou os braços caírem ao longo do corpo. Os olhos de azul sobre azul continuaram nivelados e atentos. E Paul pensou em como seus próprios olhos começavam a assumir aquela máscara de cor por causa da especiaria.

– Negaram-nos o Hajj – Stilgar disse, com a solenidade do ritual.

Como Chani havia lhe ensinado, Paul respondeu:

– Quem pode negar a um fremen o direito de andar a pé ou montado por onde desejar?

– Sou um Naib – disse Stilgar –, que nunca será capturado vivo. Sou uma das pernas do tripé da morte que destruirá nossos inimigos.

O silêncio baixou sobre eles.

Paul olhou para os outros fremen dispersos pela areia, atrás de Stilgar, a maneira como permaneciam imóveis naquele momento de oração pessoal. E pensou em como os fremen eram um povo cujo modo de vida consistia em matar, um povo inteiro que vivera todos os seus dias com raiva e tristeza, sem considerar, uma vez que fosse, o que poderia substituir uma ou outra, a não ser um sonho que Liet-Kynes havia lhes incutido antes de morrer.

– Onde está o Senhor que nos enviou através do deserto, por uma terra de covas? – Stilgar perguntou.

– Está sempre conosco – entoaram os fremen.

Stilgar aprumou os ombros, aproximou-se de Paul e baixou a voz:

– Agora, lembre-se do que eu lhe disse. Seja simples e direto, não faça nenhuma extravagância. Nossa gente monta o criador pela primeira vez aos 12 anos. Você já passou dessa idade faz mais de seis anos e não nasceu fremen. Não tem a obrigação de impressionar ninguém com sua coragem. Sabemos que é valente. Só precisa chamar o criador e montá-lo.

– Eu vou me lembrar – disse Paul.

– É bom mesmo. Não vou deixar você me envergonhar como professor.

Stilgar tirou de sob o manto um bastão plástico com cerca de um metro de comprimento. A coisa era pontuda de um dos lados e tinha uma matraca de mola na outra extremidade.

– Preparei este martelador pessoalmente. É dos bons. Tome.

Paul sentiu a suavidade cálida do plástico ao aceitar o martelador.

– Shishakli está com seus ganchos – disse Stilgar. – Ele os entregará a você quando subir naquela duna ali adiante. – Apontou para sua direita. – Chame um criador grande, Usul. Mostre-nos o caminho.

Paul reparou no tom de voz de Stilgar: tinha em parte a solenidade do ritual e, em parte, a preocupação de um amigo.

Naquele instante, o sol pareceu saltar acima do horizonte. O céu assumiu a cor azul-cinza prateada que anunciava um dia de calor e secura extremos, até mesmo para Arrakis.

– É a hora do dia escaldante – disse Stilgar, e agora sua voz era toda formal. – Vá, Usul, e monte o criador, viaje pela areia como líder de homens.

Paul bateu continência para seu estandarte, notando como a bandeira verde e negra pendia flácida agora que o vento da aurora morrera. Ele se virou para a duna indicada por Stilgar, um aclive cor de bronze sujo, com o cimo em forma de S. A maior parte da tropa já se deslocava na direção oposta, escalando a outra duna que havia abrigado o acampamento.

Restava um vulto de manto no caminho de Paul: Shishakli, um líder de esquadrão entre os Fedaykin, e somente seus olhos de pálpebras oblíquas eram visíveis entre o gorro e a máscara do trajestilador.

Shishakli apresentou duas hastes finas e flexíveis quando Paul chegou mais perto. As hastes tinham cerca de um metro e meio de comprimento, com ganchos cintilantes de açoplás numa das pontas e rugas na outra extremidade, para dar firmeza à mão que as segurasse.

Paul recebeu os dois com sua mão esquerda, como exigia o ritual.

– São meus próprios ganchos – Shishakli disse, com voz rouca. – Nunca falharam.

Paul assentiu, guardando o silêncio necessário, passou pelo homem e subiu o aclive da duna. No topo, olhou para trás, viu a tropa debandar como uma revoada de insetos, com os mantos esvoaçando. Estava sozinho agora, sobre a elevação arenosa, apenas o horizonte a sua frente, o horizonte plano e imóvel. Era uma boa duna aquela que Stilgar havia escolhido, mais alta que as demais, um bom ponto de observação.

Paul se abaixou e fincou o martelador bem fundo na face de barlavento, onde a areia era compacta e amplificaria ao máximo a transmissão das batidas rítmicas. Paul sabia que, com as hastes-ganchos flexíveis, ele conseguiria subir para o dorso alto e arredondado do criador. Enquanto um gancho mantivesse aberta uma das bordas dianteiras do segmento anelar de um verme, permitindo a entrada da areia abrasiva no interior mais sensível, a criatura não iria se recolher sob o deserto. Na verdade, faria girar seu corpo gigantesco para afastar o segmento aberto o máximo possível da superfície arenosa.

Sou um montarenador, Paul disse a si mesmo.

Olhou para os ganchos em sua mão esquerda, pensando que só precisava mudar a posição daqueles ganchos na curvatura do imenso flanco de um criador para fazer a criatura girar e virar, conduzindo-a para onde ele bem entendesse. Já tinha visto fazerem aquilo. Tinham-no ajudado a subir pelo flanco de um verme para uma curta viagem de treinamento.

Podiam montar o verme capturado até ele ficar imóvel e exausto na superfície do deserto, quando então era preciso convocar outro criador.

Paul sabia que, passando naquele teste, ele estaria qualificado a empreender a jornada de vinte marteladores até as terras do sul – para descansar e se recuperar –, até o sul, onde as mulheres e as famílias se escondiam do pogrom entre os novos palmares e sietch populosos.

Ergueu a cabeça e olhou para o sul, lembrando a si mesmo que o criador convocado ao acaso das imensidões do *erg* era uma incógnita, e quem o invocava era igualmente uma incógnita naquele teste.

– Estude com cuidado o criador que chega – explicara Stilgar. – Aproxime-se o suficiente para conseguir montá-lo quando ele passar, mas não perto demais para deixar que ele engula você.

Com uma decisão repentina, Paul soltou o trinco do martelador. A matraca começou a girar e o chamado retumbou pela areia, um cadenciado "tum... tum... tum...".

Ele se aprumou, vasculhando o horizonte, lembrando-se das palavras de Stilgar:

– Avalie com cuidado o vetor de aproximação. Lembre-se: os vermes raramente se aproximam de um martelador sem serem vistos. Use a audição da mesma maneira. Muitas vezes, nós o ouvimos antes de enxergá-lo.

E as palavras de aviso de Chani, murmuradas à noite, quando ela se deixou vencer pelo medo que sentia por ele, preencheram-lhe a mente:

– Ao se posicionar no caminho do criador, fique absolutamente imóvel. Pense como se fosse um trecho de areia. Esconda-se sob o manto e torne-se uma dunazinha em sua própria essência.

Lentamente, ele vasculhou o horizonte, de ouvidos atentos, à procura dos sinais que haviam lhe ensinado.

Veio do sudeste, um silvo distante, um sussurro arenoso. No mesmo instante, ele viu o contorno longínquo da trilha da criatura, de encontro à luz do amanhecer, e percebeu que nunca antes tinha visto um criador tão grande, nunca tinha ouvido falar de um verme daquele tamanho. Parecia ter mais de três quilômetros de comprimento, e a elevação da onda de areia à cabeça soberba do monstro era uma montanha que se aproximava.

Não é nada que eu tenha visto numa visão ou na vida, Paul advertiu a si mesmo. Atravessou correndo o caminho da coisa para se posicionar, absolutamente envolvido pelas necessidades prementes daquele momento.

> "Controlem a moeda e os tribunais: e que a ralé fique com o resto." É o que aconselha o imperador padixá. E ele lhes diz: "Se quiserem lucro, governem". Há verdade nessas palavras, mas eu me pergunto: "Quem é a ralé e quem são os governados?".
>
> – Mensagem secreta de Muad'Dib ao Landsraad, excerto de "Despertar de Arrakis", da princesa Irulan

Um pensamento espontâneo chegou à mente de Jéssica: *Paul deve fazer seu teste de montarenador a qualquer momento. Tentam esconder isso de mim, mas é óbvio.*

E Chani partiu numa missão misteriosa.

Jéssica estava sentada em sua câmara de repouso, aproveitando um momento de paz entre as aulas da noite. Era uma câmara agradável, mas não tão grande quanto aquela de que desfrutara no Sietch Tabr antes de fugirem do pogrom. Ainda assim, o lugar tinha tapetes espessos no chão, almofadas macias, uma mesa de centro baixa e bem à mão, cortinas multicoloridas nas paredes e luciglobos suaves e amarelos no alto. O aposento estava impregnado com o odor acre, vago e característico de um sietch fremen que ela começara a associar à sensação de segurança.

Mas ela sabia que nunca se livraria da impressão de estar num lugar alienígena. Era a aridez que os tapetes e as cortinas tentavam encobrir.

Um leve tilintar-tamborilar-bater-de-palmas chegou à câmara. Jéssica reconheceu no som a celebração ao nascimento, provavelmente o do filho de Subiay, cuja hora estava próxima. E Jéssica sabia que logo veria o bebê: um querubim de olhos azuis que apresentariam à Reverenda Madre para tomar a bênção. Também sabia que sua filha, Alia, estaria presente à celebração e lhe contaria como foi.

Ainda não era hora da prece noturna da separação. Não teriam começado uma celebração ao nascimento perto do horário da cerimônia que lamentava as incursões de apresamento de Poritrin, Bela Tegeuse, Rossak e Harmonthep.

Jéssica suspirou. Sabia que estava tentando manter seus pensamentos longe do filho e dos perigos que ele enfrentava, os alçapões com suas farpas envenenadas, os ataques dos Harkonnen (apesar de terem diminuído, pois os fremen destruíram muitas aeronaves e mataram vários agressores com as novas armas que Paul lhes dera) e os perigos naturais do deserto: os criadores, a sede e os abismos de pó.

Pensou em pedir café e, com o pensamento, veio aquela impressão onipresente de paradoxo no modo de vida dos fremen: como viviam bem naquelas cavernas dos sietch, em comparação com os peones do graben; quanta coisa, porém, não suportavam no hajr desprotegido do deserto, mais do que qualquer servo dos Harkonnen conseguiria aguentar.

Uma mão morena insinuou-se através das cortinas ao lado dela, depositou uma xícara sobre a mesa e recolheu-se. Da xícara elevou-se o aroma de café com especiaria.

Uma oferenda da celebração ao nascimento, Jéssica pensou.

Tomou e bebericou o café, sorrindo consigo mesma. *Em qual outra sociedade de nosso universo*, ela se perguntou, *uma pessoa de minha posição aceitaria e tomaria uma bebida oferecida anonimamente, sem nada temer? Naturalmente, agora sou capaz de alterar qualquer veneno antes que me faça mal, mas quem o oferece não sabe disso.*

Esvaziou a xícara, sentindo a energia e o efeito estimulante de seu conteúdo: quente e delicioso.

E imaginou que outra sociedade teria uma consideração tão natural por sua privacidade e seu conforto a ponto de a pessoa responsável pela oferenda se intrometer o bastante apenas para deixar ali o presente, sem incomodá-la? Era um presente enviado pelo respeito e pelo carinho, com um leve toque de temor.

Outro elemento do episódio se impôs à percepção de Jéssica: ela havia pensado em tomar café, e o café aparecera. Sabia que não tinha nada a ver com telepatia. Era o tau, a unidade da comunidade do sietch, uma compensação do veneno sutil da dieta baseada em especiaria que todos compartilhavam. O grosso da população jamais poderia esperar obter o esclarecimento que a semente da especiaria lhe trouxera; não foram treinados e preparados para isso. Suas mentes rejeitavam o que não conseguiam entender nem abarcar. Ainda assim, por vezes sentiam e reagiam como se fossem um só organismo.

E a ideia de coincidência não entrava em suas mentes.

Será que Paul passou em seu teste na areia?, Jéssica se perguntou. *Ele é capaz, mas os acidentes podem abater até mesmo os mais capazes.* A espera.

É a monotonia, ela pensou. *Conseguimos esperar somente durante algum tempo. E aí somos vencidos pela monotonia da espera.*

Havia todo tipo de espera em suas vidas.

Há mais de dois anos estamos aqui, ela pensou, *e ainda teremos de esperar duas vezes mais antes de podermos sonhar em tentar arrancar Arrakis do governador Harkonnen, o Mudir Nahya, o Bruto Rabban.*

– Reverenda Madre?

A voz que vinha do lado de fora das cortinas à porta de Jéssica era a de Harah, a outra mulher da família de Paul.

– Sim, Harah.

As cortinas se abriram e Harah pareceu atravessá-las sem tocar o chão. Calçava as sandálias que se usavam no sietch, vestia um sári vermelho e amarelo que deixava seus braços nus quase até os ombros. Os cabelos negros estavam repartidos ao meio e penteados para trás, como as asas de um inseto, oleosos e colados à cabeça. As feições aquilinas e salientes davam forma a uma carranca fechada.

Atrás de Harah vinha Alia, a menina de 2 anos.

Vendo sua filha, Jéssica se impressionou, como acontecia muitas vezes, com a semelhança entre Alia e Paul naquela mesma idade: a mesma solenidade deslumbrada no olhar inquisitivo, os cabelos escuros e a firmeza da boca. Mas também havia diferenças sutis, e era nisso que muitos adultos achavam Alia inquietante. A criança – que havia pouco começara a andar – portava-se com uma serenidade e uma consciência incompatíveis com sua idade. Os adultos ficavam chocados ao vê-la rir de um jogo sutil de palavras entre homens e mulheres. Ou flagravam-se dando atenção a seus quase ceceios, à voz ainda toldada pelo palato mole em formação, e descobrindo nas palavras da menina comentários maliciosos que só poderiam se basear em experiências que nenhuma criança de 2 anos teria vivido.

Harah sentou-se numa almofada com um suspiro exasperado e olhou feio para a criança.

– Alia – Jéssica fez um gesto para a filha.

A menina foi até uma almofada ao lado de Jéssica, sentou-se e segurou a mão da mãe. O contato da pele restaurou aquela percepção comum que as duas dividiam desde antes do nascimento de Alia. Não era uma questão de compartilhar pensamentos – apesar dos surtos telepáticos que ocorriam quando as duas se tocavam durante uma cerimônia na qual Jéssica transformava o veneno da especiaria. Era algo maior, uma consciência imediata da presença de outra centelha viva, uma coisa aguda e pungente, uma simpatia neural que as tornava emocionalmente uma só.

Da maneira formal apropriada a uma integrante da família de seu filho, Jéssica disse:

– Subakh ul kuhar, Harah. Como está na noite de hoje?

Com a mesma formalidade tradicional, a outra respondeu:

– Subakh un nar. Estou bem. – As palavras saíram quase monótonas. Ela voltou a suspirar.

Jéssica sentiu que Alia achava graça de alguma coisa.

– A ghanima de meu irmão está aborrecida comigo – disse Alia, com seu quase ceceio.

Jéssica notou o termo que Alia havia usado para se referir a Harah: ghanima. Nas sutilezas da língua fremen, a palavra significava "uma coisa adquirida em batalha", com a implicação extra de que a coisa não era mais usada para sua finalidade original. Um ornamento, uma ponta de lança usada como peso de cortina.

Harah olhou feio para a criança.

– Não tente me insultar, menina. Conheço meu lugar.

– O que foi que você fez desta vez, Alia? – perguntou Jéssica.

Harah respondeu:

– Ela não só se recusou a brincar com as outras crianças hoje como também se meteu onde...

– Escondi-me atrás das cortinas e vi o bebê de Subiay nascer – disse Alia. – É um menino. Ele chorou e chorou. Que pulmões! Quando ele já tinha chorado o suficiente...

– Ela apareceu e o tocou – disse Harah –, e ele parou de chorar. Todo mundo sabe que um bebê fremen precisa chorar bastante ao nascer, quando o parto é no sietch, porque nunca mais poderá chorar, para não entregar nossa posição num hajr.

— Ele já tinha chorado o suficiente – disse Alia. – Eu só queria sentir sua centelha, sua vida. Foi isso. E, quando me sentiu, ele não quis mais chorar.

— Só fez o povo falar mais ainda – disse Harah.

— O menino de Subiay nasceu com saúde? – perguntou Jéssica. Viu que alguma coisa incomodava Harah profundamente e imaginou o que poderia ser.

— Toda a saúde que uma mãe poderia pedir – disse Harah. – Sabem que Alia não o machucou. Não se importaram tanto com o fato de Alia tocá-lo. Ele se acalmou na mesma hora e ficou feliz. Foi... – Harah deu de ombros.

— É a estranheza de minha filha, não é? – Jéssica perguntou. – É a maneira como ela fala de coisas com maturidade, coisas que nenhuma criança dessa idade poderia saber, coisas do passado.

— Como é que ela sabe qual era a aparência de um criança em Bela Tegeuse? – indagou Harah.

— Mas ele parece! – disse Alia. – O menino de Subiay é igualzinho ao filho de Mitha, que nasceu antes da separação.

— Alia! – Jéssica disse. – Eu lhe avisei.

— Mas, mãe, eu vi e era verdade, e...

Jéssica sacudiu a cabeça, vendo os sinais de inquietação no rosto de Harah. *O que foi que dei à luz?*, Jéssica se perguntou. *Uma filha que, ao nascer, sabia tudo o que eu sabia... e mais: tudo o que lhe revelaram os corredores do passado, por meio das Reverendas Madres dentro de mim.*

— Não são só as coisas que ela diz – falou Harah. – São os exercícios também: a maneira como ela se senta e olha para uma pedra, movendo apenas um músculo perto do nariz, ou um músculo no dorso de um dedo, ou...

— Fazem parte do treinamentos das Bene Gesserit – disse Jéssica. – Sabe disso, Harah. Quer negar a minha filha sua herança?

— Reverenda Madre, sabe que não me importo com essas coisas – disse Harah. – É o povo, e a maneira como resmungam. Sinto que é perigoso. Estão dizendo que sua filha é um demônio, que as outras crianças se recusam a brincar com ela, que ela é...

— Ela tem tão pouca coisa em comum com as outras crianças – Jéssica disse. – Ela não é um demônio. É só a...

— Claro que não é!

Jéssica viu-se surpresa diante da veemência no tom de voz de Harah e olhou para Alia. A criança parecia perdida em pensamentos, irradiando uma sensação de... espera. Jéssica voltou sua atenção para Harah.

– Respeito o fato de que você faz parte da família de meu filho – Jéssica disse. (Alia estremeceu em contato com a mão dela.) – Pode falar francamente comigo, seja o que for que a incomoda.

– Não farei parte da família de seu filho por muito mais tempo – disse Harah. – Esperei todo esse tempo pelo bem de meus filhos, por causa do treinamento especial que *eles* recebem por serem filhos de Usul. É o pouco que pude lhes dar, pois é bem sabido que não divido a cama com seu filho.

Alia voltou a se mexer ao lado dela, meio adormecida, cálida.

– Mas você teria sido uma boa companheira para meu filho – Jéssica a consolou. E acrescentou consigo mesma, pois aqueles pensamentos nunca a abandonavam: *Companheira... não esposa*. Os pensamentos de Jéssica dirigiram-se ao centro, à mágoa provocada pelo falatório no sietch de que o relacionamento de Chani e seu filho havia se tornado algo permanente, um casamento.

Amo Chani, Jéssica pensou, mas lembrou a si mesma que o amor tinha de dar lugar à necessidade da realeza. Os casamentos reais tinham outros motivos além do amor.

– Acha que não sei o que está planejando para seu filho? – perguntou Harah.

– O que está querendo dizer? – indagou Jéssica.

– Planeja unir as tribos sob o comando d'*Ele* – disse Harah.

– E isso é ruim?

– Vejo perigo para ele... e Alia é parte desse perigo.

Alia aconchegou-se mais perto da mãe, com os olhos agora abertos, estudando Harah.

– Tenho observado vocês duas juntas – continuou Harah –, a maneira como se tocam. E Alia é como se fosse meu sangue, porque é irmã de alguém que tenho como irmão. Cuido dela desde que era só um bebezinho, desde o tempo da razia, quando fugimos para cá. Vi muitas coisas a respeito dela.

Jéssica concordou com a cabeça, sentindo a inquietação crescer dentro de Alia, a seu lado.

– Sabe o que quero dizer – falou Harah. – A maneira como ela sempre entendeu o que lhe dizíamos. Onde já se viu um bebê conhecer a hidrodisciplina desde tão cedo? Que outro neném, ao pronunciar as primeiras palavras para sua babá, disse: "Amo você, Harah"?

Harah olhou para Alia.

– Por que acha que aceito os insultos que ela me lança? Sei que ela não faz por mal.

Alia olhou para a mãe.

– Sim, tenho o poder da razão, Reverenda Madre – disse Harah. – Poderia ter sido uma Sayyadina. Vi o que vi.

– Harah... – Jéssica deu de ombros. – Não sei o que dizer. – E viu-se surpresa consigo mesma, porque era realmente a verdade.

Alia se empertigou, aprumou os ombros. Jéssica percebeu que a sensação de espera havia chegado ao fim, uma emoção composta de decisão e tristeza.

– Cometemos um erro – disse Alia. – Agora precisamos de Harah.

– Foi a cerimônia da semente – revelou Harah –, quando a senhora transformou a Água da Vida, Reverenda Madre, quando Alia ainda estava em seu ventre.

Precisamos de Harah?, Jéssica pensou.

– Quem mais poderia falar com as pessoas e fazê-las começar a me entender? – Alia perguntou.

– O que você quer que ela faça? – indagou Jéssica.

– Ela já sabe o que fazer – respondeu Alia.

– Direi a eles a verdade – disse Harah. Seu rosto, de repente, parecia velho e triste, com a pele cor de oliva e enrugada, um sortilégio nas feições pronunciadas. – Direi a eles que Alia só finge ser uma menininha, que ela nunca foi uma menininha.

Alia sacudiu a cabeça. As lágrimas correram por sua face, e Jéssica sentiu a onda de tristeza que vinha da filha, como se a emoção partisse dela própria.

– Sei que sou uma aberração – murmurou Alia. Essa constatação adulta, saída dos lábios da criança, foi como uma amarga confirmação.

– Você não é uma aberração! – gritou Harah. – Quem se atreveu a dizer que você é uma aberração?

Mais uma vez, Jéssica admirou-se com o tom impetuoso e protetor na voz de Harah. Jéssica viu, então, que Alia avaliara corretamente a situação: elas precisavam de Harah. A tribo entenderia Harah – tanto suas palavras quanto suas emoções –, pois era óbvio que ela amava Alia como se a menina fosse sua própria filha.

– Quem foi que disse isso? – repetiu Harah.

– Ninguém.

Alia usou uma ponta da aba de Jéssica para enxugar as lágrimas em seu rosto. Alisou o manto onde o havia molhado e amassado.

– Então não fale assim – Harah ordenou.

– Está bem, Harah.

– Agora – disse Harah –, pode me contar como foi, para que eu possa contar aos outros. Conte-me o que aconteceu com você.

Alia engoliu em seco e olhou para a mãe.

Jéssica fez que sim.

– Um dia eu acordei – disse Alia. – Foi como acordar depois do sono, só que eu não me lembrava de ter ido dormir. Eu estava num lugar morno e escuro. E estava assustada.

Ao escutar os quase ceceios da voz de sua filha, Jéssica lembrou-se daquele dia na grande caverna.

– Quando me assustei – Alia disse –, tentei fugir, mas não havia como. Aí vi uma centelha... mas não era exatamente como se eu a enxergasse. A centelha estava lá comigo, e eu senti as emoções da centelha... me acalmando, me aconchegando e, dessa maneira, me dizendo que tudo ia ficar bem. Era minha mãe.

Harah esfregou os olhos, sorriu para tranquilizar Alia. Mas havia um ar de desvario nos olhos da mulher fremen, uma veemência, como se eles também tentassem ouvir as palavras de Alia.

E Jéssica pensou: *O que sabemos de fato sobre o modo como alguém como ela pensa... com base em suas experiências únicas, seu treinamento e sua ascendência?*

– E justo quando me senti segura e tranquila – disse Alia –, apareceu outra centelha a nosso lado... e tudo aconteceu ao mesmo tempo. A centelha era a antiga Reverenda Madre. Ela estava... trocando sua vida com a de minha mãe... tudo... e eu estava ali com elas, vendo tudo... tudo. E aí acabou, e eu era elas e todas as outras e eu mesma... só que levei um bom tempo para me reencontrar. Havia tantas outras.

– Foi uma coisa cruel – disse Jéssica. – Nenhum ser deveria despertar e ganhar consciência dessa maneira. É admirável que você tenha conseguido aceitar tudo o que lhe aconteceu.

– Eu não podia fazer mais nada! – disse Alia. – Não sabia como rejeitar ou esconder minha consciência... ou isolá-la... tudo simplesmente aconteceu... tudo...

– Não sabíamos – Harah murmurou. – Quando demos a Água a sua mãe, para que ela a transformasse, não sabíamos que você estava ali, dentro dela.

– Não fique triste por causa disso, Harah – disse Alia. – Eu não devia sentir pena de mim mesma. Afinal, temos um motivo de alegria: eu sou uma Reverenda Madre. A tribo tem duas Reve...

Ela interrompeu o que dizia, inclinando a cabeça para ouvir melhor.

Harah voltou a se apoiar nos calcanhares, encostada à almofada; olhou para Alia, em seguida desviou sua atenção para o rosto de Jéssica.

– Não desconfiava? – Jéssica perguntou.

– Psiu – fez Alia.

Um cântico ritmado e longínquo chegou até elas através das cortinas que as separavam dos corredores do sietch. Ganhou volume, e agora trazia sons distintos:

– Ya! Ya! Yawm! Ya! Ya! Yawm! Mu zein, wallá! Ya! Ya! Yawn! Mu zein, wallá!

O coro passou diante da entrada, e suas vozes ressoaram, fazendo-se ouvir nos aposentos internos. Aos poucos, o som foi se afastando.

Quando o som já tinha se enfraquecido o suficiente, Jéssica deu início ao ritual, com a voz carregada de tristeza:

– Era Ramadã e abril em Bela Tegeuse.

– Minha família sentava-se no pátio da alberca – disse Harah –, no ar banhado pela umidade que se elevava do jorro de uma fonte. Havia um pé de portugal, arredondado e de cores vivas, bem ao alcance das mãos. Havia uma cesta com mish-mish e baclavás, e canecas de liban: toda sorte de coisas boas de comer. Em nossos jardins e em nossos rebanhos, havia paz... paz em toda a terra.

– A vida era cheia de felicidade antes dos apresadores – Alia disse.

– O sangue gelou em nossas veias com os gritos dos amigos – Jéssica disse. E ela sentiu que as lembranças a percorriam, saídas de todos aqueles passados de que ela partilhava.

— La, la, la, gritaram as mulheres — disse Harah.

— Os apresadores atravessaram o mushtamal, correndo em nossa direção, e suas facas pingavam sangue, as vidas de nossos homens — Jéssica disse.

O silêncio se abateu sobre as três, como fez em todos os aposentos do sietch, o silêncio da lembrança, do pesar que era assim renovado.

Em seguida, Harah pronunciou o encerramento formal da cerimônia, dando às palavras uma aspereza que Jéssica nunca ouvira antes:

— Nunca perdoaremos e nunca esqueceremos.

Na quietude contemplativa que se seguiu àquelas palavras, elas ouviram um burburinho de gente, o ruge-ruge de inúmeros mantos. Jéssica percebeu que havia alguém de pé atrás das cortinas que resguardavam sua câmara.

— Reverenda Madre?

Uma voz de mulher, e Jéssica a reconheceu: a voz de Tharthar, uma das esposas de Stilgar.

— O que foi, Tharthar?

— Um problema, Reverenda Madre.

Jéssica sentiu seu coração se confranger, um medo repentino por Paul.

— Paul... — ela disse, com a voz entrecortada.

Tharthar abriu as cortinas e entrou na câmara. Jéssica viu de relance uma multidão na outra sala, antes de as cortinas voltarem a seu lugar. Ela olhou para Tharthar, uma mulher pequena e morena, metida num manto negro com estampas vermelhas, o azul total de seus olhos, fixos em Jéssica, e as aberturas de seu nariz diminuto que, dilatadas, revelavam as escaras do obturador.

— O que foi? — indagou Jéssica.

— Chegaram notícias da areia — disse Tharthar. — Usul vai enfrentar o criador em seu teste... será hoje. Os rapazes dizem que não há como ele falhar, que ele será um montarenador ao anoitecer. Os rapazes estão se reunindo para uma razia. Querem atacar o norte e encontrar Usul por lá. Estão dizendo que vão conclamá-lo. Estão dizendo que vão obrigá-lo a desafiar Stilgar e assumir a liderança das tribos.

Recolher a água, plantar as dunas, mudar seu mundo aos poucos, mas com segurança: isso já não basta, Jéssica pensou. *As pequenas incursões, as incursões seguras: isso já não basta agora que Paul e eu os treinamos. Eles sentem sua força. Querem lutar.*

Tharthar trocou de pé e pigarreou.

Sabemos que é necessário esperar com cautela, Jéssica pensou, *mas eis aí o âmago de nossa frustração. Também conhecemos o mal que uma espera muito prolongada pode nos causar. Perdemos nossa noção de propósito quando a espera se alonga.*

– Os rapazes estão dizendo que, se Usul não desafia Stilgar, é porque tem medo – disse Tharthar.

Ela baixou o olhar.

– Então é assim – Jéssica murmurou. E pensou: *Bem, eu já sabia. E Stilgar também.*

Mais uma vez, Tharthar pigarreou.

– Até mesmo meu irmão, Shoab, está dizendo isso – ela falou. – Eles não deixarão escolha para Usul.

Então chegou a hora, Jéssica pensou. *E Paul terá de lidar com isso sozinho. A Reverenda Madre não se atreve a se envolver na sucessão.*

Alia soltou a mão da mãe e disse:

– Irei com Tharthar ouvir os rapazes. Talvez haja um jeito.

Jéssica trocou olhares com Tharthar, mas falou para Alia:

– Vá, então. E venha me contar o que ouviu tão logo puder.

– Não queremos que isso aconteça, Reverenda Madre – disse Tharthar.

– Não queremos – Jéssica concordou. – A tribo precisa de *toda* a sua força. – Olhou para Harah. – Você irá com elas?

Harah respondeu a parte implícita da pergunta:

– Tharthar não deixará que façam mal a Alia. Sabe que logo seremos esposas do mesmo homem, ela e eu. Andamos conversando, Tharthar e eu. – Harah olhou para Tharthar, depois para Jéssica outra vez. – Chegamos a um acordo.

Tharthar deu a mão a Alia e disse:

– Temos de nos apressar. Os rapazes estão de partida.

Elas saíram pelas cortinas, a criança de mãos dadas com a mulher pequenina, mas parecia que a criança liderava.

– Se Paul Muad'Dib matar Stilgar, isso não fará nenhum bem à tribo – disse Harah. – Foi sempre assim, a tradição da sucessão, mas os tempos mudaram.

– Os tempos também mudaram para você – constatou Jéssica.

– Não pense que tenho alguma dúvida quanto ao resultado de uma batalha como essa – disse Harah. – Não há como Usul perder.

– Foi isso que quis dizer – falou Jéssica.

– E crê que meus sentimentos pessoais afetam meu discernimento – disse Harah. Ela sacudiu a cabeça, e seus hidroanéis tilintaram junto ao pescoço. – Como está enganada. Talvez a senhora também pense que lamento não ser a escolhida de Usul, que tenho ciúme de Chani?

– Fazemos nossas escolhas na medida do possível – disse Jéssica.

– Tenho pena de Chani – falou Harah.

Jéssica se empertigou.

– O que quer dizer?

– Sei o que a senhora pensa de Chani – disse Harah. – Crê que ela não é a esposa certa para seu filho.

Jéssica se recostou e relaxou sobre as almofadas. Deu de ombros.

– Talvez.

– Pode ser que tenha razão – continuou Harah. – Se tiver, pode ser que encontre uma aliada surpreendente: a própria Chani. Ela quer o que for melhor para *Ele*.

Jéssica engoliu saliva para se livrar de um nó repentino na garganta.

– Chani me é muito querida – disse. – Ela não poderia ser...

– Seus tapetes estão muito sujos – disse Harah. Correu os olhos pelo chão, evitando o olhar de Jéssica. – É tanta gente pisando aqui o tempo todo. A senhora devia realmente mandar limpá-los com mais frequência.

> **É impossível evitar a ação da política dentro de uma religião ortodoxa. Essa luta pelo poder permeia o treinamento, a educação e o disciplinamento da comunidade ortodoxa. Por causa dessa pressão, os líderes de uma comunidade como essa inevitavelmente têm de enfrentar a questão interior suprema: sucumbir ao oportunismo absoluto para se manter no poder ou correr o risco de se sacrificar em nome da ética ortodoxa.**
>
> – Excerto de "Muad'Dib: a questão religiosa", da princesa Irulan

Paul esperava, de pé sobre a areia, fora do vetor de aproximação do gigantesco criador. *Não posso esperar feito um contrabandista, impaciente e irrequieto*, ele lembrou a si mesmo. *Tenho de ser parte do deserto.*

A coisa estava só a alguns minutos dali, e seu deslocamento preenchia a manhã com o silvo do atrito. Os dentes imensos, dentro do círculo cavernoso da boca, abriram-se como uma flor enorme. O odor de especiaria do verme dominava o ar.

O trajestilador de Paul não o incomodava em nada, e ele mal tinha consciência de que usava os obturadores nasais e a máscara respiradora. As aulas de Stilgar, as horas metódicas passadas na areia, obscureciam todo o resto.

– A que distância do raio do criador você tem de ficar na areia grossa? – Stilgar havia lhe perguntado.

E ele tinha respondido corretamente:

– Meio metro a cada metro de diâmetro do criador.

– Por quê?

– Para evitar o vórtice de sua passagem e ainda ter tempo de correr e montá-lo.

– Você já montou os pequeninos que criamos para a semente e a Água da Vida – dissera-lhe Stilgar. – Mas, em seu teste, você irá chamar um criador selvagem, um velho do deserto. É preciso ter o devido respeito por ele.

Agora o tamborilar grave do martelador misturava-se ao silvo do verme que se aproximava. Paul inspirou fundo, sentindo o cheiro da aspereza mineral da areia, mesmo através dos filtros. O criador selvagem, o velho do deserto, estava quase sobre ele, imenso. Seus encrespados segmentos dianteiros lançavam uma onda de areia que acabaria cobrindo Paul até os joelhos.

Mais perto, monstro adorável, ele pensou. *Mais. Ouviu meu chamado. Mais perto. Mais perto.*

A onda levantou os pés dele. A poeira superficial o cobriu. Ele se firmou, e seu mundo foi dominado pela passagem daquela muralha arredondada em meio a uma nuvem de areia, aquele penhasco segmentado, com os sulcos dos anéis claramente definidos.

Paul ergueu os ganchos, fez mira e inclinou-se para a frente. Sentiu que se prendiam e puxavam. Saltou para cima, plantando os pés naquela muralha e inclinando-se para trás, apoiado nas farpas aderentes. Aquele era o verdadeiro teste: se ele prendesse corretamente os ganchos na borda dianteira do segmento anelar, abrindo-o, o verme não iria rolar e esmagá-lo.

O verme diminuiu a velocidade. Passou por cima do martelador, silenciando-o. Lentamente, a criatura começou a rolar – para cima, para cima –, levando aquelas farpas irritantes o mais alto possível, longe da areia que ameaçava a imbricação interna e macia de seu segmento anelar.

Paul viu-se de pé no topo do verme. Estava exultante, como um imperador a observar seu mundo. Reprimiu um impulso repentino de brincar, de fazer o verme virar, de mostrar como dominava a criatura.

De repente, entendeu por que Stilgar o tinha alertado, certa vez, a respeito dos jovens impetuosos que dançavam e brincavam com aqueles monstros, faziam acrobacias nos dorsos das criaturas, removendo os dois ganchos e realojando-os antes que os vermes os derrubassem.

Deixando um dos ganchos no lugar, Paul soltou o outro e o prendeu mais abaixo, num dos flancos do animal. Depois de fixar o segundo gancho e experimentá-lo, baixou o primeiro e, desse modo, desceu pelo flanco do verme. O criador rolou e, ao fazê-lo, também virou, voltando ao campo de areia fina onde os demais aguardavam.

Paul os viu subir, usando os ganchos na escalada, mas evitando as bordas sensíveis dos anéis até chegarem lá em cima. Por fim, posicionaram-se em fila tripla atrás dele, ancorados pelos ganchos.

Stilgar avançou pelas fileiras, verificou o posicionamento dos ganchos de Paul, olhou para o rosto sorridente do rapaz.

– Conseguiu, hein? – perguntou Stilgar, elevando a voz acima do silvo que produziam ao passar. – É isso que está pensando? Que conseguiu? – Ele se aprumou. – Mas vou lhe dizer uma coisa: foi um servicinho porco. Temos moleques de 12 anos que sabem fazer melhor. Havia areia de percussão à esquerda de onde você ficou esperando. Não teria conseguido recuar para lá se o verme virasse naquela direção.

O sorriso sumiu do rosto de Paul.

– Eu vi a areia de percussão.

– Então por que não fez sinal para que um de nós assumisse posição como seu segundo? Era algo que poderia ter feito mesmo durante o teste.

Paul engoliu em seco e voltou o rosto para o vento produzido pelo deslocamento do verme.

– Acha que é maldade minha dizer isso agora – comentou Stilgar. – É meu dever. Penso em seu valor para a tropa. Se tivesse caído naquela areia de percussão, o criador teria se virado em sua direção.

Apesar da onda de raiva, Paul sabia que Stilgar falava a verdade. Foram necessários um longo minuto e todo o esforço do treinamento que ele havia recebido de sua mãe para que Paul recuperasse a sensação de calma.

– Peço desculpas – ele disse. – Não voltará a acontecer.

– Numa posição difícil, tenha sempre um segundo, alguém para pegar o criador se você não conseguir – ensinou Stilgar. – Lembre-se de que trabalhamos em conjunto. Dessa maneira, estamos garantidos. Trabalhamos em conjunto, certo?

Ele bateu no ombro de Paul.

– Trabalhamos em conjunto – Paul concordou.

– Agora – disse Stilgar, e a voz dele saiu ríspida –, mostre-me que sabe lidar com um criador. De que lado estamos?

Paul baixou os olhos e examinou a superfície de anéis escamados sobre a qual se encontravam, reparou no caráter e no tamanho das escamas, na maneira como ficavam maiores à direita dele, e menores à esquerda. Sabia que era característica de todo verme mover-se com mais frequência com um dos lados para cima. À medida que o animal ia envelhecendo, o lado de cima tornava-se uma coisa quase constante. As escamas de baixo ficavam maiores, mais pesadas e lisas. Era possível identificar as escamas de cima de um verme grande só pelo tamanho.

Mudando os ganchos de lugar, Paul foi para a esquerda. Fez sinal para os flanqueadores descerem e abrirem os segmentos do flanco, para que o verme mantivesse o trajeto em linha reta mesmo ao rolar. Depois de fazer a criatura virar, ele fez sinal para que dois pilotos deixassem a fila e se posicionassem à frente.

– Ach, haiiiii-yoh! – ele gritou o comando tradicional. O piloto da esquerda abriu um segmento anelar daquele lado.

Num círculo majestoso, o criador virou-se para proteger o segmento aberto. O verme fez uma volta completa e, quando apontou para o sul, Paul gritou:

– Geyrat!

O piloto soltou o gancho. O criador alinhou-se em curso retilíneo. Stilgar disse:

– Muito bom, Paul Muad'Dib. Com bastante prática, pode ser que ainda se torne um montarenador.

Paul franziu o cenho, pensando: *Não fui o primeiro a subir?*

Atrás dele irromperam as gargalhadas. A tropa começou a cantar, atirando o nome dele ao céu.

– Muad'Dib! Muad'Dib! Muad'Dib! Muad'Dib!

E bem lá atrás, Paul ouviu a batida dos aguilhoadores, golpeando os segmentos caudais. O verme começou a ganhar velocidade. Os mantos da tropa tremulavam ruidosamente ao vento. O som abrasivo do deslocamento do verme ganhou volume.

Paul olhou para os integrantes da tropa lá atrás e, entre eles, encontrou o rosto de Chani. Olhava para ela ao falar com Stilgar:

– Então sou um montarenador, Stil?

– Hal yawm! Hoje você é um montarenador.

– Então posso decidir para onde vamos?

– É assim que se faz.

– E sou um fremen, nascido hoje no erg Habbanya. Não vivi antes deste dia. Era uma criança até hoje.

– Não exatamente uma criança – disse Stilgar. Prendeu uma das bordas do capuz, açoitado pelo vento.

– Mas havia uma rolha tampando meu mundo, e essa rolha foi removida.

– Não há nenhuma rolha.

– Queria ir para o sul, Stilgar: vinte marteladores. Queria ver essa terra que estamos criando, essa terra que só vi com os olhos de outras pessoas.

E queria ver meu filho e minha família, pensou. *Agora preciso de tempo para pensar no futuro que é passado em minha mente. O turbilhão está chegando e, se eu não estiver no lugar certo para desenredá-la, a coisa escapará ao controle.*

Stilgar o fitava com um olhar firme e avaliador. Paul manteve sua atenção em Chani, viu o interesse dar sinais de vida no rosto da companheira e reparou também na empolgação que suas palavras haviam inflamado na tropa.

– Os homens estão ansiosos para sair em incursão com você nas pias dos Harkonnen – disse Stilgar. – As pias ficam só a um martelador de distância.

– Os Fedaykin já fizeram incursões comigo – disse Paul. – E voltarão a fazê-las, comigo, até não restar um só Harkonnen para respirar o ar de Arrakis.

Stilgar pôs-se a estudar Paul durante a viagem, e o rapaz percebeu que o homem via aquele momento através das lentes da lembrança de como tinha ascendido ao comando do Sietch Tabr e à liderança do Conselho dos Líderes, agora que Liet-Kynes estava morto.

Ele ouviu falar da agitação entre os fremen jovens, Paul pensou.

– Quer convocar uma assembleia dos líderes? – perguntou Stilgar.

Os olhos dos rapazes da tropa se acenderam. Seguiam no balanço da montaria e observavam. E Paul viu a expressão de desassossego no olhar de Chani, na maneira como ia de Stilgar, que era seu tio, para Paul Muad'Dib, seu companheiro.

– Você nem imagina o que quero – respondeu Paul.

E pensou: *Não posso recuar. Preciso ter esta gente sob meu controle.*

– Você é mudir da montarenada no dia de hoje – disse Stilgar. Sua voz soava fria e formal. – Como fará uso desse poder?

Precisamos de algum tempo para relaxar, tempo para refletir com calma, Paul pensou.

– Iremos para o sul – Paul falou.

– Mesmo que eu diga que voltaremos para o norte ao fim deste dia?

– Iremos para o sul – repetiu Paul.

Uma sensação de dignidade inevitável envolveu Stilgar quando ele apertou as abas do manto junto ao corpo.

– Haverá uma Assembleia – ele disse. – Mandarei as mensagens.

Acha que vou desafiá-lo, Paul pensou. *E sabe que não conseguirá me vencer.*

Paul voltou-se para o sul, sentindo o vento nas maçãs do rosto, pensando nas necessidades que entravam em suas decisões.

Não sabem como é isso, ele pensou.

Mas sabia que não podia deixar nenhuma consideração desviá-lo de seu curso. Tinha de ficar na linha central da tempestade de tempo que ele antevia. Haveria um instante no qual seria possível desenredá-la, mas só se ele estivesse no ponto certo para cortar o nó central.

Não vou desafiá-lo se eu puder evitar, pensou. *Se houver outra maneira de impedir o jihad...*

— Acamparemos para a refeição e a prece de fim de tarde na Caverna dos Pássaros, sob a Colina de Habbanya — disse Stilgar. Firmou-se num só gancho, resistindo ao balanço do criador, e apontou adiante, para uma barreira rochosa e baixa que surgia do deserto.

Paul estudou o paredão, os grandes veios de rocha que o cruzavam feito ondas. Nenhuma vegetação, nenhuma flor suavizava aquele horizonte rígido. E além estendia-se o caminho para o deserto austral, uma viagem de pelo menos dez dias e noites, por mais rápido que conseguissem açular os criadores com os aguilhões.

Vinte marteladores.

O caminho levava para bem longe das patrulhas Harkonnen. Sabia como seria. Os sonhos haviam lhe mostrado. Um dia, durante a viagem, haveria uma ligeira mudança de cor no horizonte distante — tão leve que talvez ele sentisse como se a imaginasse, motivado pela esperança — e lá estaria o novo sietch.

— Minha decisão convém a Muad'Dib? — perguntou Stilgar. Havia só um levíssimo toque de sarcasmo na voz dele, mas os ouvidos dos fremen que os cercavam, atentos a todas as tonalidades no grito de uma ave ou na mensagem sibilante de um ciélago, captaram o sarcasmo e puseram-se a observar Paul para ver o que ele faria.

— Stilgar me ouviu jurar lealdade a ele quando consagramos os Fedaykin — disse Paul. — Meus comandos suicidas sabem que falo com honra. Stilgar duvida?

A voz de Paul revelava uma dor verdadeira. Stilgar a percebeu e baixou o olhar.

– Usul, o camarada de meu sietch, dele eu nunca duvidaria – disse Stilgar. – Mas você é Paul Muad'Dib, o duque Atreides, e você é a Lisan al-Gaib, a Voz do Mundo Exterior. Esses homens, eu sequer os conheço.

Paul desviou os olhos para ver a Colina de Habbanya se elevar do deserto. O criador sob seus pés ainda parecia forte e disposto. Era capaz de levá-los a uma distância duas vezes superior a qualquer outra já percorrida por um fremen. Sabia que sim. Nada nas histórias que se contavam às crianças se comparava àquele velho do deserto. Paul percebeu que aquele verme seria a matéria de uma nova lenda.

Uma mão segurou-lhe o ombro.

Paul olhou para aquela mão, seguiu o braço até o rosto atrás dele: os olhos escuros de Stilgar expostos entre a máscara filtradora e o gorro do trajestilador.

– O líder do Sietch Tabr antes de mim – disse Stilgar –, ele era meu amigo. Passamos juntos por vários perigos. Ele me devia sua vida, por mais de uma ocasião... e eu devia a minha a ele.

– Sou seu amigo, Stilgar – disse Paul.

– Não há quem duvide disso – falou Stilgar. Removeu a mão, deu de ombros. – É a tradição.

Paul viu que Stilgar estava demasiadamente imerso na tradição fremen para considerar a possibilidade de fazer as coisas de um outro jeito. Ali, o líder tomava as rédeas das mãos de seu predecessor morto, ou então, se o líder morria no deserto, os mais fortes da tribo lutavam até a morte. Stilgar ascendera à posição de naib dessa maneira.

– Devíamos deixar este criador em areias profundas – disse Paul.

– Sim – concordou Stilgar. – Poderíamos caminhar até a caverna a partir daqui.

– Já o trouxemos tão longe que ele deve se enterrar e ficar um ou dois dias amuado – disse Paul.

– Você é o mudir da montarenada – disse Stilgar. – Diga quando nós... – Interrompeu o que ia dizendo e olhou para o céu oriental.

Paul girou. A capa azul de especiaria sobre seus olhos fazia o céu parecer escuro, um azul-celeste vivamente destilado, contra o qual uma intermitência ritmada se destacava em nítido contraste.

Ornitóptero!

– É um tóptero pequeno – disse Stilgar.

– Pode ser um batedor – disse Paul. – Acha que nos viram?

– A essa distância somos apenas um verme na superfície – disse Stilgar. Ele fez um gesto com a mão esquerda. – Desçam. Espalhem-se na areia.

A tropa começou a descer pelos flancos do verme, pulando para o chão, misturando-se à areia, debaixo de seus mantos. Paul marcou o ponto onde Chani desceu. No momento, restavam apenas ele e Stilgar.

– Primeiro a subir, último a descer – disse Paul.

Stilgar concordou com a cabeça, usou os ganchos para descer por um dos flancos, saltou para a areia. Paul esperou até que o criador estivesse a uma distância segura da área de dispersão, então soltou os ganchos. Aquele era o momento complicado quando o verme ainda não estava completamente exausto.

Livre dos aguilhões e dos ganchos, o grande verme começou a se enterrar na areia. Paul correu ligeiro para trás, percorrendo a ampla superfície do monstro, estimou cuidadosamente o momento certo e saltou. Aterrissou e continuou correndo, sem perder o passo, atirou-se de encontro à face de deslizamento de uma duna, da maneira como o haviam ensinado, e escondeu-se sob a cascata de areia que lhe cobriu o manto.

E agora, a espera...

Virou-se com delicadeza, ergueu uma dobra do manto e expôs uma nesga de céu. Imaginou os colegas, lá atrás, pelo caminho, fazendo a mesma coisa.

Ele escutou o bater das asas do tóptero antes de ver a aeronave. Ouviu-se o sussurro dos jatopropulsores, e o tóptero sobrevoou aquele trecho do deserto, descreveu um arco amplo e virou na direção da colina.

Paul reparou que era um tóptero sem identificação.

A aeronave sumiu de vista atrás da Colina de Habbanya.

Um piado soou no deserto. E mais outro.

Paul livrou-se da areia, subiu para o topo da duna. Outros vultos se levantaram, formando uma fileira da colina até ali. Reconheceu Chani e Stilgar entre eles.

Stilgar fez sinal, apontando a colina.

Eles se reuniram e deram início à trilharenada, deslizando pela superfície num ritmo irregular, para não incomodar nenhum criador. Stilgar alcançou Paul no cimo de uma duna, compactado pelo vento.

– Era uma das naves dos contrabandistas – disse Stilgar.

– É o que parece – concordou Paul. – Mas estamos muito dentro do deserto para encontrar contrabandistas.

– Eles também têm dificuldades com as patrulhas – disse Stilgar.

– Se chegam até aqui, podem chegar ainda mais longe – falou Paul.

– Verdade.

– Não seria bom que vissem o que poderiam ver caso se aventurassem muito ao sul. Os contrabandistas também vendem informações.

– Estavam atrás de especiaria, não acha? – perguntou Stilgar.

– Haveria uma nave e uma lagarta em algum lugar, à espera daquele tóptero – disse Paul. – Temos especiaria. Vamos lançar uma isca na areia e pegar uns contrabandistas. Devem aprender que esta é nossa terra, e nossos homens precisam praticar com as novas armas.

– Agora é Usul quem fala – animou-se Stilgar. – Usul pensa como fremen.

Mas Usul tem de ceder a decisões condizentes com um propósito terrível, pensou Paul.

E a tempestade ia se formando.

> **Quando a lei e o dever, unidos na religião, são a mesma coisa, a pessoa nunca chega à consciência plena de si mesma. Será sempre pouco menos que um indivíduo.**
>
> – Excerto de "Muad'Dib: as noventa e nove maravilhas do universo", da princesa Irulan

A usina de especiaria dos contrabandistas, com seu caleche matriz e o círculo de ornitópteros de controle remoto, surgiu sobre umas dunas altas, feito um enxame de insetos na esteira de sua rainha. À frente do enxame encontrava-se uma das elevações rochosas mais baixas que se erguiam do piso do deserto, tal qual pequenas imitações da Muralha-Escudo. As praias secas do morro tinham sido varridas recentemente por uma tempestade.

Na bolha do piloto da usina, Gurney Halleck debruçou-se, ajustou as lentes oleosas de seu binóculo e examinou o terreno. Passada a colina, ele viu um trecho escuro que poderia ser um afloramento de especiaria e fez sinal para que um dos ornitópteros em sobrevoo fosse investigar.

O tóptero bateu rapidamente as asas para indicar que recebera o sinal, deixou o enxame, disparou na direção da areia escura e contornou a área com seus detectores pendentes quase tocando a superfície.

Quase no mesmo instante, mergulhou e descreveu o círculo de asas recolhidas que informava a descoberta de especiaria à usina em espera.

Gurney guardou o binóculo em seu estojo, sabendo que os outros tinham visto o sinal. Gostava daquele local. O morro oferecia um pouco de resguardo e proteção. Estavam nas profundezas do deserto, um lugar improvável para uma emboscada... mas, ainda assim... Gurney fez sinal para que uma das tripulações sobrevoasse e esquadrinhasse o morro, mandou os reservas se manterem em formação em volta da área, não muito alto, para que não fossem avistados de longe pelos detectores dos Harkonnen.

No entanto, duvidava que as patrulhas Harkonnen viessem tão para o sul. Ainda era a terra dos fremen.

Gurney verificou suas armas, amaldiçoando a sorte que tornara os escudos inúteis ali. Era preciso evitar a todo custo qualquer coisa capaz de chamar um verme. Esfregou a cicatriz de cipó-tinta em sua mandíbula, estudando o cenário, e decidiu que seria mais seguro liderar uma equipe de terra e vasculhar o morro. A inspeção a pé ainda era a mais garantida. Cuidado nunca era demais quando fremen e Harkonnen estavam se matando.

Ali eram os fremen que o preocupavam. Eles não se importavam de vender toda a especiaria que se quisesse comprar, mas viravam diabos em pé de guerra quando alguém pisava em território proibido. E andavam tão diabolicamente ardilosos nos últimos tempos.

Aquilo aborrecia Gurney, a astúcia e a perícia em batalha daqueles nativos. Demonstravam uma sofisticação na guerra como ele nunca havia visto antes, e ele tinha sido treinado pelos melhores combatentes do universo, e depois amadurecera em batalhas onde poucos, somente os melhores, sobreviveram.

Gurney voltou a esquadrinhar o terreno, perguntando-se por que estaria apreensivo. Talvez fosse o verme que viram... mas tinha sido do outro lado do morro.

Uma cabeça apareceu ao lado de Gurney na bolha do piloto: o comandante da usina, um pirata velho e caolho, de barba cerrada, o olho azul e os dentes leitosos da dieta baseada em especiaria.

– Parece um trecho rico, senhor – disse o comandante da usina. – Entro com a lagarta?

– Desça até o pé daquele morro – ordenou Gurney. – Deixe-me desembarcar com meus homens. Você pode ligar as esteiras e chegar à especiaria a partir dali. Vamos dar uma olhada naquelas pedras.

– Sim, senhor.

– Em caso de problemas – disse Gurney –, salve a usina. Nós iremos nos tópteros.

O comandante da usina bateu continência.

– Sim, senhor. – Sumiu escotilha abaixo.

Gurney voltou mais uma vez a esquadrinhar o horizonte. Tinha de respeitar a possibilidade de que houvesse fremen ali, de que ele estava invadindo. Os fremen o preocupavam, sua resistência e imprevisibilidade. Muitas coisas naquele negócio o preocupavam, mas as recompensas eram enormes. O fato de não poder mandar os vigias subirem muito alto também o preocupava. E a necessidade de manter os rádios desligados só fazia aumentar sua apreensão.

A lagarta-usina fez a volta e começou a descer. Planou suavemente até a praia seca no sopé do morro. As esteiras tocaram a areia.

Gurney abriu o domo da bolha e soltou os cintos de segurança. No instante em que a usina parou, ele saiu, fechando com estrondo a bolha atrás dele, passando por cima dos anteparos das esteiras e pulando para a areia, livre da malha de emergência. Os cinco homens de sua guarda pessoal o acompanharam, saindo pela escotilha do nariz. Os outros liberaram o caleche aéreo da usina. A nave se desprendeu, subiu e pôs-se a voar baixo, num círculo estacionário.

Imediatamente, a grande lagarta-usina partiu com um solavanco e, vibrando, afastou-se do morro, seguindo na direção da mancha escura sobre a areia.

Um tóptero mergulhou ali por perto, derrapou na areia e parou. Foi seguido por mais um, e ainda outro. Descarregaram os homens do pelotão de Gurney e alçaram voo, pairando no ar.

Gurney se espreguiçou, experimentando os músculos dentro do trajestilador. Deixou a máscara filtradora cair do rosto, perdendo umidade em nome de uma necessidade maior: o poder de projetar a voz, se tivesse de gritar ordens. Começou a galgar as pedras, verificando o terreno: seixos e areia grossa sob os pés, o cheiro de especiaria.

Bom lugar para uma base de emergência, ele pensou. *Talvez seja uma boa ideia enterrar aqui algumas provisões.*

Olhou para trás, vendo seus homens se espalharem enquanto o seguiam. Bons homens, até mesmo os novatos que ele não tivera tempo de testar. Bons homens. Não era necessário lhes dizer o que fazer a todo momento. Em nenhum deles transpareciam as cintilações de um escudo. Naquele bando não havia covardes que portassem escudos no deserto, onde um verme poderia detectar o campo e aparecer para lhes roubar a especiaria encontrada.

A partir daquela ligeira elevação nas rochas, Gurney enxergava a mancha de especiaria a cerca de meio quilômetro de distância, e a lagarta acabava de alcançar o limite mais próximo. Ergueu os olhos para a aeronave de cobertura, reparando na altitude: não muito alto. Aprovou com a cabeça, virou-se para retomar a escalada morro acima.

Naquele instante, a montanha entrou em erupção.

Doze rastros de fogo ensurdecedores subiram feito raios, na direção dos tópteros e do caleche. Ouviu-se um clangor metálico vindo da lagarta-usina, e as pedras em volta de Gurney foram tomadas por homens de armas encapuzados.

Gurney teve tempo de pensar: *Pelos cornos da Grande Mãe! Foguetes! Eles se atrevem a usar foguetes!*

Então viu-se frente a frente com um vulto encapuzado, de cócoras, com a dagacris em riste. Outros dois homens esperavam nas pedras acima, à esquerda e à direita. Somente os olhos do homem de armas diante dele eram visíveis, entre o capuz e o véu de um albornoz cor de areia, mas a postura e a prontidão o alertaram para o fato de que se tratava de um homem de armas treinado. Os olhos eram de azul sobre azul, como os dos fremen das profundezas do deserto.

Gurney moveu uma das mãos na direção de sua faca, de olhos fixos na faca do outro homem. Se tiveram a audácia de usar foguetes, deviam ter outras armas de projéteis. Aquele momento pedia extrema cautela. Podia dizer, só pelo som, que ao menos parte de sua cobertura aérea havia sido abatida. Também se ouviam grunhidos, o barulho de vários combates atrás dele.

Os olhos do homem de armas à frente de Gurney seguiram o movimento da mão na direção da faca e voltaram a se fixar nos olhos de Gurney.

– Deixe a faca na bainha, Gurney Halleck – disse o homem.

Gurney hesitou. Aquela voz parecia estranhamente familiar, mesmo modificada pelo filtro do trajestilador.

– Sabe meu nome? – perguntou.

– Não precisa de uma faca comigo, Gurney – disse o homem. Levantou-se, embainhou a dagacris sob o manto. – Mande seus homens pararem com essa resistência inútil.

O homem atirou para trás o capuz e afastou o filtro para um lado.

O choque de ver o que Gurney viu paralisou-lhe os músculos. Pensou, a princípio, que olhava para uma imagem espectral do duque Leto Atreides. O reconhecimento pleno demorou a chegar.

– Paul – ele sussurrou. E depois, mais alto: – É você mesmo, Paul?

– Não confia em seus próprios olhos? – Paul perguntou.

– Disseram que você estava morto – falou Gurney, com voz áspera. Deu meio passo adiante.

– Diga a seus homens para se renderem – ordenou Paul. Acenou na direção do pé do morro.

Gurney se virou, relutando em tirar seus olhos de Paul. Viu luta apenas em alguns pontos. Parecia haver homens do deserto encapuzados por toda parte. A lagarta-usina estava em silêncio e havia fremen em cima dela. Não havia aeronaves no céu.

– Cessem a luta – Gurney bradou. Inspirou fundo e levou as mãos em concha à boca, fazendo as vezes de megafone. – É Gurney Halleck quem fala! Cessem a luta!

Aos poucos, com desconfiança, os combatentes foram se desvencilhando. Olhos intrigados voltaram-se para ele.

– São amigos – gritou Gurney.

– Mas que amigos! – alguém berrou de volta. – Mataram metade dos nossos.

– Foi um equívoco – disse Gurney. – Não piore as coisas.

Virou-se novamente para Paul, fitou os olhos fremen de azul sobre azul do rapaz.

Um sorriso roçou os lábios de Paul, mas havia na expressão uma dureza que fez Gurney se lembrar do Velho Duque, o avô de Paul. Foi aí que Gurney viu em Paul a aspereza esguia e de músculos rijos que nunca antes se vira num Atreides: a pele de aspecto curtido, as pálpebras semicerradas e o olhar calculista que parecia ponderar tudo ao alcance da visão.

– Disseram que você estava morto – repetiu Gurney.

– E parece que a melhor proteção foi deixá-los pensar que sim – disse Paul.

Gurney percebeu que aquela era a única satisfação que receberia por ter sido abandonado à própria sorte, por terem-no deixado acreditar que seu jovem duque... seu amigo... estava morto. Perguntou-se, então, se restara alguma coisa do menino que ele havia conhecido e treinado na doutrina dos homens de armas.

Paul deu um passo e aproximou-se de Gurney; descobriu que seus olhos ardiam.

– Gurney...

Pareceu acontecer espontaneamente, e os dois estavam se abraçando, batendo as mãos nas costas um do outro, sentindo a segurança da carne firme.

– Moleque! Moleque! – Gurney não parava de dizer.

E Paul:

– Gurney, meu velho! Gurney, meu velho!

Em seguida, os dois se separaram e entreolharam-se. Gurney inspirou fundo.

– Então você é a razão de os fremen terem ficado tão versados em táticas de batalha. Eu já devia ter desconfiado. Eles vivem fazendo coisas que eu mesmo poderia ter planejado. Ah, se eu soubesse... – Sacudiu a cabeça. – Se você tivesse me mandado notícias, rapaz... Nada teria me detido. Eu teria vindo correndo e...

Uma expressão nos olhos de Paul o conteve... o olhar duro, ponderador. Gurney suspirou.

– Claro, e haveria quem se perguntasse por que Gurney Halleck saiu correndo, e alguns teriam feito mais do que perguntar. Teriam partido atrás de respostas.

Paul assentiu, olhou para os fremen que esperavam a seu redor: as expressões de curiosidade e avaliação nos rostos dos Fedaykin. Voltou a olhar para Gurney e deu as costas aos comandos suicidas. Encontrar seu antigo mestre-espadachim o encheu de entusiasmo. Viu aquilo como um bom agouro, um sinal de que estava na rota do futuro em que tudo correria bem.

Com Gurney a meu lado...

Paul percorreu a encosta do morro com o olhar, passando pelos Fedaykin, e examinou os contrabandistas que acompanhavam Halleck.

– De que lado estão seus homens, Gurney? – ele perguntou.

– São todos contrabandistas – respondeu Gurney. – Estão do lado dos lucros.

– Nossa empresa não é muito lucrativa – disse Paul, e reparou no discreto sinal que Gurney lhe fez com um dedo da mão direita: o antigo código das mãos, saído de seu passado comum. Havia entre os contrabandistas homens a se temer e indignos de confiança.

Paul beliscou o lábio para indicar que compreendera, olhou para os homens que estavam de guarda nas pedras acima deles. Viu Stilgar ali. A lembrança do problema não resolvido com Stilgar esfriou um pouco o entusiasmo de Paul.

– Stilgar – ele disse –, este é Gurney Halleck, de quem você já me ouviu falar. O Mestre de Armas de meu pai, um dos mestres-espadachins que me instruíram, um velho amigo. Pode confiar nele para qualquer coisa.

– Entendi – disse Stilgar. – Você é o duque dele.

Paul fitou o semblante sombrio lá em cima, imaginando as razões que teriam levado Stilgar a dizer somente aquilo. *O duque dele.* A voz de Stilgar saíra com uma entonação estranha e sutil, como se tivesse preferido dizer outra coisa. E isso não era do feitio de Stilgar, que era um dos líderes dos fremen, um homem que falava o que pensava.

Meu duque!, Gurney pensou. *Meu duque!* Um lugar que estivera morto dentro dele começou a reviver. Só uma parte de sua consciência se concentrou na ordem de Paul para que os contrabandistas fossem desarmados até que pudessem ser interrogados.

A mente de Gurney voltou a esse comando quando ele ouviu os protestos de alguns de seus homens. Chacoalhou a cabeça e virou-se para eles.

– Vocês são surdos? – ele vociferou. – Este é o duque de Arrakis por direito. Façam o que ele mandar.

Aos resmungos, os contrabandistas aquiesceram.

Paul colocou-se ao lado de Gurney e falou em voz baixa:

– Não esperava que você caísse numa armadilha como esta, Gurney.

– Mereço a reprimenda – disse Gurney. – Aposto que aquela mancha de especiaria ali deve ter a espessura de um grão de areia, uma isca para nos fisgar.

– Uma aposta que você ganharia – disse Paul. Olhou para os homens que eram desarmados lá embaixo. – Há entre seu pessoal mais algum homem de meu pai?

– Nenhum. Somos pouquíssimos. Há alguns entre os livre-cambistas. A maioria usou o que ganhou para deixar este lugar.

– Mas você ficou.

– Fiquei.

– Porque Rabban está aqui – disse Paul.

– Pensei que nada mais me restava além da vingança – disse Gurney.

Um grito estranhamente truncado soou no alto do morro. Gurney olhou para cima e viu um fremen que acenava com o lenço.

– Vem aí um criador – disse Paul. Foi até um promontório de pedra, com Gurney em seu encalço, e olhou para o sudoeste. Era possível ver a cúpula do túnel de um verme a média distância, uma trilha coroada de pó que cortava diretamente as dunas e seguia na direção do morro.

– É bem grande – disse Paul.

Um ruído forte ergueu-se da lagarta-usina abaixo deles. A coisa virou em suas esteiras, feito um inseto gigantesco, e arrastou-se até as pedras.

– Pena que não conseguimos salvar o caleche – disse Paul.

Gurney olhou para ele, depois para as manchas de fumaça e os destroços no deserto, onde o caleche e os ornitópteros foram derrubados pelos foguetes dos fremen. Sentiu uma dor forte e repentina pelos homens perdidos ali, seus homens, e disse:

– Seu pai teria se preocupado mais com os homens que não conseguiu salvar.

Paul lançou-lhe um olhar duro e baixou os olhos. Sem demora, disse:

– Eram seus amigos, Gurney. Entendo. Para nós, porém, eram invasores que poderiam ver coisas que não deveriam ver. Precisa entender isso.

– Eu entendo muito bem – disse Gurney. – Agora, estou curioso para ver o que não deveria ver.

Paul ergueu os olhos e viu o velho e bem lembrado sorriso feroz no rosto de Halleck, a ondulação da cicatriz de cipó-tinta na mandíbula do homem.

Gurney acenou com a cabeça, apontando o deserto abaixo deles. Em toda parte, os fremen cuidavam de seus afazeres. Ocorreu-lhe que nenhum deles parecia preocupado com a aproximação do verme.

Soaram marteladas nas dunas do deserto aberto, depois da mancha de especiaria usada como isca: um rufar grave que parecia se ouvir com os pés. Gurney viu os fremen se espalharem pela areia na trajetória do verme.

O verme apareceu feito um grande peixe da areia, encapelando a superfície, cheio de ondulações e contorções nos anéis. Num instante, desde seu ponto de observação privilegiado acima do deserto, Gurney viu a captura de um verme: o salto temerário do primeiro gancheiro, o desvio da criatura, a maneira como um bando inteiro de homens subiu pela curvatura escamosa e cintilante do flanco do verme.

– Essa é uma das coisas que você não deveria ter visto – Paul disse.

– Havia histórias e boatos – disse Gurney. – Mas não é uma coisa fácil de acreditar sem ver. – Sacudiu a cabeça. – A criatura que todos os homens em Arrakis temem, e vocês a tratam como animal de montaria.

– Você ouviu meu pai falar da força do deserto – lembrou Paul. – Aí está. A superfície deste planeta é nossa. Não há tempestade, criatura ou condição capaz de nos deter.

Nos deter, nós, pensou Gurney. *Está falando dos fremen. Fala de si mesmo como um deles.* Mais uma vez, Gurney olhou para o azul da especiaria nos olhos de Paul. Sabia que seus próprios olhos tinham um pouco da cor, mas os contrabandistas conseguiam comida de fora do planeta e havia entre eles uma implicação sutil de que a cor dos olhos fazia parte de um sistema de castas. Falavam em "pincelada de especiaria" quando queriam dizer que um homem havia se naturalizado demais. E havia sempre uma insinuação de desconfiança nessa ideia.

– Houve um tempo em que não montávamos os criadores durante o dia nestas latitudes – disse Paul. – Mas resta a Rabban tão pouca cobertura aérea, que ele não pode desperdiçá-la à procura de uns pontinhos na areia. – Olhou para Gurney. – Sua aeronave foi um choque para nós.

Para nós... para nós...

Gurney balançou a cabeça para se livrar daqueles pensamentos.

– Não fomos um choque tão grande para vocês quanto vocês para nós – ele disse.

– O que se diz a respeito de Rabban nas pias e vilas? – perguntou Paul.

– Dizem que fortificaram as vilas dos graben de tal maneira que vocês não conseguirão lhes fazer mal. Dizem que só precisam esperar sentados dentro de suas defesas, enquanto vocês se desgastam num ataque inútil.

– Em suma – disse Paul –, estão imobilizados.

– Ao passo que vocês podem ir aonde quiserem – disse Gurney.

– É uma tática que aprendi com você – disse Paul. – Perderam a iniciativa, o que significa que perderam a guerra.

Gurney sorriu, uma expressão sagaz e sem pressa.

– Nosso inimigo está exatamente onde quero que fique – continuou Paul. Olhou para Gurney. – Bem, Gurney, vai se juntar a mim no final desta campanha?

– Juntar-me? – Gurney o encarou. – Milorde, nunca deixei de estar a seu serviço. Foi o único que restou... Pensava que estava morto. E eu, abandonado e sem rumo, fiz o que pude, esperando o momento de dar minha vida pelo que ela vale: a morte de Rabban.

Um silêncio constrangido baixou sobre Paul.

Uma mulher escalou as pedras e veio até eles, com os olhos entre o gorro do trajestilador e a máscara facial alternando-se entre Paul e o homem que o acompanhava. Ela parou diante de Paul. Gurney notou-lhe o ar possessivo, a maneira como ela se colocava junto a Paul.

– Chani – disse Paul –, este é Gurney Halleck. Você já me ouviu falar dele.

Ela olhou para Halleck, depois para Paul.

– Ouvi.

– Aonde foram os homens montados no criador? – perguntou Paul.

– Só o estão distraindo para nos dar tempo de salvar o equipamento.

– Bem, então... – Paul deixou a frase por dizer e farejou o ar.

– Vem aí uma ventania – comentou Chani.

Uma voz gritou do alto do morro acima deles:

– Ei, vocês aí: o vento!

Dessa vez Gurney viu os fremen se apressarem, uma correria, uma sensação de urgência. Algo que o verme não havia provocado, o medo do vento agora causava. A lagarta-usina arrastou-se para a praia seca abaixo deles e as pedras se abriram para lhe dar passagem... fechando-se em seguida com tamanho esmero que a entrada escapou aos olhos de Gurney.

– Vocês têm muitos desses esconderijos? – ele perguntou.

– Ponha muitos nisso – disse Paul. Olhou para Chani. – Encontre Korba. Diga-lhe que Gurney me avisou que há entre os contrabandistas homens nos quais não se pode confiar.

Ela olhou uma vez para Gurney, depois para Paul, assentiu com a cabeça e partiu, descendo as pedras, saltando com a agilidade de uma gazela.

– Ela é sua mulher – deduziu Gurney.

– Mãe do meu primogênito – disse Paul. – Os Atreides têm mais um Leto.

Gurney recebeu a notícia simplesmente arregalando os olhos.

Paul observava a movimentação a seu redor com um olhar crítico. A cor do caril agora tomava o céu meridional, e lufadas intermitentes de vento começaram a levantar poeira em volta de suas cabeças.

– Lacre o traje – disse Paul, cobrindo o rosto com a máscara e o gorro.

Gurney obedeceu, agradecendo a existência dos filtros.

Paul falou, com a voz abafada pelo filtro:

– Quem são os homens nos quais você não confia, Gurney?

– Alguns dos novos recrutas – respondeu Gurney. – Estrangeiros de fora do planeta... – Ele hesitou, repentinamente admirado consigo mesmo. *Estrangeiros*. A palavra chegara tão fácil a seus lábios.

– E daí? – fez Paul.

– Não são como os caçadores de fortuna que geralmente pegamos – disse Gurney. – São mais robustos.

– Espiões dos Harkonnen? – perguntou Paul.

– Creio, milorde, que não respondem a nenhum Harkonnen. Desconfio que sejam homens a serviço do Imperium. Têm algo de Salusa Secundus.

Paul lançou-lhe um olhar penetrante.

– Sardaukar?

Gurney encolheu os ombros.

– Podem até ser, mas disfarçam bem.

Paul concordou, pensando na facilidade com que Gurney voltara a agir como lacaio dos Atreides... mas, com reservas... diferenças sutis. Arrakis também o havia mudado.

Dois fremen encapuzados surgiram da rocha fendida abaixo deles e começaram a subir. Um deles carregava uma trouxa grande e preta sobre um dos ombros.

– Onde está meu pessoal agora? – Gurney perguntou.

– Estão seguros, nas pedras abaixo de nós – disse Paul. – Temos uma caverna ali, a Caverna dos Pássaros. Decidiremos o que fazer com eles depois da tempestade.

Uma voz vinda de cima chamou:

– Muad'Dib!

Paul virou-se ao ouvi-la e viu um guarda fremen fazer-lhes sinal para que descessem até a caverna. Paul indicou que tinha ouvido.

Gurney o estudava, com uma nova expressão no rosto.

– Você é Muad'Dib? – perguntou. – Você é o fantasma arisco?

– É meu nome fremen – disse Paul.

Gurney deu-lhe as costas, tomado por um pressentimento opressivo. Metade de sua gente estava morta sobre a areia, os outros eram prisioneiros. Não se importava com os novos recrutas, com os suspeitos, mas entre os demais havia bons homens, amigos, pessoas pelas quais se sentia responsável. *"Decidiremos o que fazer com eles depois da tempestade."* Era o que Paul havia dito. O que Muad'Dib havia dito. E Gurney se lembrou das histórias que contavam sobre Muad'Dib, a Lisan al-Gaib: de como ele havia esfolado um oficial Harkonnen e usado a pele para fazer seus tambores, de como vivia cercado por comandos suicidas, Fedaykin que se atiravam na batalha com cânticos de morte nos lábios.

Ele.

Os dois fremen que escalavam as pedras saltaram agilmente para uma plataforma diante de Paul. O de rosto moreno disse:

– Tudo em segurança, Muad'Dib. É melhor descermos agora.

– Certo.

Gurney reparou no tom de voz do homem: era parte uma ordem e parte um pedido. Aquele era o homem a quem chamavam Stilgar, mais um personagem das novas lendas fremen.

Paul olhou para a trouxa que o outro homem carregava e disse:

– Korba, o que há na trouxa?

Stilgar respondeu:

– Estava na lagarta. Tinha a inicial de seu amigo aí e contém um baliset. Ouvi muitas vezes você falar do talento de Gurney Halleck com o baliset.

Gurney estudou aquele que falava, vendo o contorno da barba negra acima da máscara do trajestilador, o olhar de gavião, o nariz cinzelado.

– Tem um colega que pensa, milorde – disse Gurney. – Obrigado, Stilgar.

Stilgar fez sinal para que seu colega entregasse a trouxa a Gurney e disse:

– Agradeça ao senhor seu duque. É a proteção dele que dá a você o direito de estar aqui.

Gurney recebeu a trouxa, intrigado com a aspereza implícita naquela conversa. O fremen tinha um ar desafiador, e Gurney imaginou se poderia ser ciúme. Ali estava alguém chamado Gurney Halleck, que já conhecia Paul antes de Arrakis, um homem que compartilhava com o rapaz uma camaradagem que Stilgar nunca conseguiria invadir.

– Eu queria que vocês dois fossem amigos – disse Paul.

– Stilgar, o fremen, é um nome célebre – começou Gurney. – Quem quer que mate os Harkonnen é alguém que eu ficaria honrado de contar entre meus amigos.

– Você apertará a mão de meu amigo Gurney Halleck, Stilgar? – Paul perguntou.

Vagarosamente, Stilgar estendeu a mão e apertou os calos grossos da mão com que Gurney empunhava a espada.

– São poucos aqueles que nunca ouviram o nome de Gurney Halleck – ele disse, soltando a mão. Virou-se para Paul: – A tempestade chega depressa.

– Já vamos – disse Paul.

Stilgar se virou e seguiu na dianteira enquanto desciam as pedras, um caminho cheio de curvas e voltas que levava a uma fenda sombria que dava acesso à entrada baixa de uma caverna. Alguns homens correram instalar um veda-portas atrás deles. Os luciglobos mostravam um espaço amplo, de teto abobadado, com uma saliência elevada, de um lado, e uma passagem que dela partia.

Paul saltou para a saliência, com Gurney logo atrás dele, e seguiu na frente até a passagem. Os demais se dirigiram a outra passagem, diametralmente oposta à entrada. Paul levou Gurney por uma antessala e para dentro de uma câmara com cortinas escuras, cor de vinho, nas paredes.

– Aqui podemos ter um pouco de privacidade durante algum tempo – disse Paul. – Os outros irão respeitar minha...

Um címbalo de alarme soou na câmara externa e foi seguido por gritos e o entrechoque de armas. Paul virou-se e correu, retornando pela antessala e saindo no rebordo de um átrio acima da câmara externa. Gurney vinha logo atrás dele, com a arma desembainhada.

Abaixo deles, no chão da caverna, era uma confusão rodopiante de vultos engalfinhados. Paul avaliou a cena durante um momento, distinguindo os mantos e as burkas fremen das roupas daqueles que os enfrentavam. Os sentidos treinados por sua mãe para detectar as pistas mais sutis perceberam um fato significativo: os fremen lutavam com homens que se vestiam como contrabandistas, mas estes encontravam-se abaixados, de três em três, e formavam triângulos quando acuados.

Aquele hábito do combate próximo era uma marca registrada dos Sardaukar imperiais.

Um Fedaykin na multidão viu Paul, e seu grito de guerra repercutiu na câmara:

– Muad'Dib! Muad'Dib! Muad'Dib!

Outros olhos também tinham avistado Paul. Uma faca negra foi arremessada em sua direção. Paul se esquivou, ouviu a faca tilintar ao bater na pedra atrás dele, olhou e viu que Gurney a recolhia.

Os triângulos agora eram acossados.

Gurney ergueu a faca diante dos olhos de Paul, apontou a finíssima voluta amarela da insígnia imperial, o timbre do leão dourado, os olhos multifacetados no pomo.

Sardaukar, com certeza.

Paul foi até a beirada da saliência. Restavam apenas três Sardaukar. Montes ensanguentados e rotos de Sardaukar e fremen espalhavam-se em zigue-zague por toda a câmara.

– Parem! – gritou Paul. – O duque Paul Atreides ordena que parem!

A luta titubeou e esmoreceu.

– Vocês, Sardaukar! – Paul gritou para o grupo que restava. – Por ordem de quem vocês ameaçam o duque vigente? – E, rápido, quando seus homens começaram a fechar o cerco sobre os Sardaukar: – Mandei parar!

Um dos três homens encurralados se levantou:

– Quem disse que somos Sardaukar? – ele quis saber.

Paul tomou a faca das mãos de Gurney e ergueu-a bem alto.

– Isto diz que vocês são Sardaukar.

– Então quem disse que você é o duque vigente? – indagou o homem.

Paul apontou os Fedaykin.

– Esses homens dizem que sou o duque vigente. Foi seu imperador quem concedeu Arrakis à Casa Atreides. *Eu* sou a Casa Atreides.

O Sardaukar ficou em silêncio, inquieto.

Paul estudou o homem: alto, cara achatada, com uma cicatriz lívida que percorria metade de sua face esquerda. A raiva e a confusão se revelavam em seus modos, mas, ainda assim, havia nele certo orgulho, sem o qual um Sardaukar pareceria nu e com o qual ele pareceria completamente vestido mesmo se estivesse nu.

Paul olhou para um de seus lugares-tenentes entre os Fedaykin e disse:

– Korba, como foi que eles conseguiram essas armas?

– Tinham facas escondidas em bolsos dissimulados em seus trajes-tiladores – disse o tenente.

Paul inventariou os mortos e feridos por toda a câmara e voltou a dar atenção ao tenente. As palavras já não eram necessárias. O lugar-tenente baixou os olhos.

– Onde está Chani? – Paul perguntou e, segurando o fôlego, esperou a resposta.

– Stilgar a tirou daqui. – Apontou com a cabeça a outra passagem, olhou de relance para os mortos e feridos. – Assumo a responsabilidade por este erro, Muad'Dib.

– Havia quantos desses Sardaukar, Gurney? – Paul perguntou.

– Dez.

Paul saltou agilmente para o chão da câmara e a atravessou a passos largos, colocando-se ao alcance da arma do porta-voz dos Sardaukar.

A tensão tomou conta dos Fedaykin. Não gostavam que ele se expusesse daquela maneira ao perigo. Era justamente o que haviam jurado evitar, porque os fremen desejavam preservar a sabedoria de Muad'Dib.

Sem se virar, Paul falou para seu lugar-tenente:

– Quantas baixas tivemos?

– Quatro feridos, dois mortos, Muad'Dib.

Paul percebeu certa movimentação atrás dos Sardaukar: Chani e Stilgar apareceram na outra passagem. Voltou sua atenção para os Sardaukar, fitando o branco alienígena dos olhos do porta-voz.

– Você, qual é seu nome? – Paul indagou.

O homem se enrijeceu, olhou de um lado e de outro.

– Nem tente – disse Paul. – Para mim, é óbvio que vocês receberam ordens para procurar e destruir Muad'Dib. Aposto que foram vocês que deram a ideia de procurar especiaria nas profundezas do deserto.

A respiração entrecortada de Gurney levou um sorriso tênue aos lábios de Paul.

O sangue corou o rosto do Sardaukar.

– O que veem diante de vocês é mais do que Muad'Dib – disse Paul. – Sete dos seus foram mortos, ao passo que nós perdemos apenas dois. Três para um. Está ótimo, considerando que lutamos com Sardaukar, hein?

O homem ficou nas pontas dos pés, mas voltou à posição inicial quando os Fedaykin avançaram.

– Perguntei seu nome – insistiu Paul, invocando as sutilezas da Voz. – Diga-me seu nome!

– Capitão Aramsham dos Sardaukar Imperiais! – o homem gritou. Ficou boquiaberto. Encarou Paul, confuso. Desapareceu a atitude que havia subestimado aquela caverna, como se não passasse de um covil de bárbaros.

– Muito bem, capitão Aramsham – disse Paul –, os Harkonnen pagariam muito dinheiro para saber o que vocês sabem agora. E o imperador... o que ele não daria para saber que um Atreides ainda vive, apesar de sua traição?

O capitão olhou de um lado e de outro, para os dois homens que lhe restavam. Paul quase enxergava os pensamentos que passavam pela cabeça do homem. Os Sardaukar não se rendiam, mas o imperador *precisava* saber que a ameaça existia.

Ainda usando a Voz, Paul disse:

– Renda-se, capitão.

O homem à esquerda do capitão saltou sem aviso na direção de Paul e recebeu no peito o impacto veloz da faca de seu próprio oficial superior. O agressor atingiu o solo já inerte e empapado de sangue, com a faca ainda cravada nele.

O capitão encarou o companheiro que lhe restava.

– Eu decido o que é melhor para Sua Majestade – disse. – Entendido?

O outro Sardaukar deixou cair os ombros.

– Largue a arma – mandou o capitão.

O Sardaukar obedeceu.

O capitão voltou sua atenção para Paul.

– Matei um amigo por você – ele falou. – Nunca nos esqueçamos disso.

– Vocês são meus prisioneiros – disse Paul. – Vocês se renderam a mim. Se irão viver ou morrer, não importa. – Fez sinal para que sua guarda levasse os dois Sardaukar e chamou o lugar-tenente que havia revistado os prisioneiros.

Os guardas se aproximaram e, aos empurrões, levaram os Sardaukar embora.

Paul inclinou-se na direção de seu lugar-tenente.

– Muad'Dib – disse o homem. – Eu falhei...

– A falha foi minha, Korba – disse Paul. – Devia ter alertado você quanto ao que procurar. No futuro, ao revistar os Sardaukar, lembre-se disso. Lembre-se também de que cada um deles tem uma ou duas unhas falsas nos dedos dos pés, que podem ser combinadas com outros objetos escondidos em seus corpos para produzir um transmissor eficaz. Têm mais de um dente postiço. Levam rolos de shigafio nos cabelos, tão finos que mal se consegue detectá-los, mas fortes o suficiente para garrotear um homem e decapitá-lo. Quando se trata dos Sardaukar, é preciso examiná-los, esquadrinhá-los, seja por reflexão ou com raios duros, arrancar-lhes cada fiapo de pelo do corpo. E, ao acabar, pode ter certeza de que não descobriu tudo.

Olhou para Gurney, que tinha se aproximado para ouvi-lo.

– Então é melhor matá-los – disse o lugar-tenente.

Paul sacudiu a cabeça, ainda olhando para Gurney.

– Não. Quero que eles escapem.

Gurney o fitou.

– Sire... – ele disse baixinho.

– Sim?

– Seu homem tem razão. Mate esses prisioneiros agora mesmo. Destrua todas os indícios de sua existência. Vocês humilharam os Sardaukar Imperiais! Quando ficar sabendo, o imperador não descansará até assá-los em fogo lento.

– É improvável que o imperador tenha esse poder sobre mim – disse Paul. Falou com vagar e frieza. Algo havia acontecido dentro dele enquanto confrontava o Sardaukar. Uma somatória de decisões havia se acumulado em sua percepção. – Gurney – continuou ele –, existem muitos membros da Guilda em volta de Rabban?

Gurney se empertigou e semicerrou os olhos.

– Sua pergunta não faz o menor...

– Existem? – vociferou Paul.

– Arrakis está fervilhando com agentes da Guilda. Estão comprando a especiaria como se fosse a coisa mais preciosa do universo. Por que acha que nos arriscamos tão longe no...

– É a coisa mais preciosa do universo – disse Paul. – Para eles.

Olhou para Stilgar e Chani, que agora atravessavam a câmara e vinham em sua direção.

– E nós a controlamos, Gurney.

– Os Harkonnen a controlam! – Gurney protestou.

– As pessoas capazes de destruir uma coisa, são elas que a controlam – objetou Paul. Acenou com a mão para calar futuros comentários de Gurney, acenou com a cabeça para Stilgar, que se deteve diante de Paul, com Chani a seu lado.

Paul, com a mão esquerda, pegou a faca do Sardaukar, apresentou-a a Stilgar.

– Você vive pelo bem da tribo – disse Paul. – Derramaria meu sangue com esta faca?

– Pelo bem da tribo – grunhiu Stilgar.

– Então use a faca – ordenou Paul.

– Está me desafiando? – quis saber Stilgar.

– Se o fizer – disse Paul –, irei me apresentar desarmado e deixarei você me matar.

Stilgar inspirou vigorosamente.

Chani disse "Usul!", depois olhou para Gurney, e então novamente para Paul.

Enquanto Stilgar ainda ponderava aquelas palavras, Paul falou:

– Você é Stilgar, um homem de armas. Quando os Sardaukar começaram a lutar aqui, você não estava na vanguarda do combate. Seu primeiro pensamento foi proteger Chani.

– Ela é minha sobrinha – disse Stilgar. – Se houvesse a menor dúvida de que seus Fedaykin não seriam capazes de lidar com essa ralé...

– Por que pensou primeiro em Chani? – indagou Paul.

– Não foi isso!

– Não?

– Pensei em você – admitiu Stilgar.

– Acha que seria capaz de erguer a mão contra mim? – perguntou Paul.

Stilgar começou a tremer.

– É o costume – ele murmurou.

– O costume é matar os estrangeiros encontrados no deserto e tomar sua água como uma oferenda para Shai-hulud – lembrou Paul. – Mas você permitiu que dois deles sobrevivessem mais uma noite: minha mãe e eu.

Como Stilgar continuasse em silêncio, encarando Paul, o rapaz disse:

– Os costumes mudam, Stil. Você mesmo os alterou.

Stilgar olhou para o emblema amarelo na faca que segurava.

– Quando eu for o duque em Arrakina, com Chani a meu lado, acredita que terei tempo para me preocupar com todos os pormenores da administração de Sietch Tabr? – Paul perguntou. – Você se preocupa com os problemas internos de todas as famílias.

Stilgar continuava fitando a faca.

– Acha que quero decepar meu braço direito? – indagou Paul.

Lentamente, Stilgar foi erguendo os olhos para ele.

– Você! – exclamou Paul. – Acha que quero privar a mim mesmo ou à tribo de sua força e sabedoria?

Em voz baixa, Stilgar disse:

– O rapaz de minha tribo cujo nome conheço bem, esse rapaz eu poderia matar no solo do desafio, se fosse essa a vontade de Shai-hulud. A Lisan al-Gaib, eu não conseguiria fazer mal. Você sabia disso quando me entregou a faca.

– Sabia – concordou Paul.

Stilgar abriu a mão. A faca tilintou de encontro à pedra do chão.

– Os costumes mudam – ele disse.

– Chani – chamou Paul –, vá até minha mãe, traga-a aqui, para que possamos contar com os conselhos dela no...

– Mas você disse que iríamos para o sul! – ela protestou.

– Eu errei – ele disse. – Os Harkonnen não estão lá. A guerra não está lá.

Ela inspirou fundo, aceitando o fato da mesma maneira que as mulheres do deserto aceitavam todas as necessidades em meio a uma vida entrelaçada à morte.

– Você levará uma mensagem só para os ouvidos de minha mãe – explicou Paul. – Diga-lhe que Stilgar me reconhece como duque de Arrakis, mas é preciso encontrar um jeito de fazer os jovens aceitarem isso sem combate.

Chani olhou para Stilgar.

– Faça o que ele manda – grunhiu Stilgar. – Nós dois sabemos que ele me venceria... e eu não conseguiria erguer minha mão contra ele... pelo bem da tribo.

– Voltarei com sua mãe – disse Chani.

– Mande-a vir – corrigiu Paul. – O instinto de Stilgar estava correto. Sou mais forte quando você está em segurança. Você ficará no sietch.

Ela fez menção de protestar, mas engoliu as palavras.

– Sihaya – disse Paul, usando o nome que lhe dava na intimidade. Virou-se para a direita, e encontrou o olhar feroz de Gurney.

A troca de palavras entre Paul e o fremen mais velho passara por Gurney feito uma nuvem desde que Paul fizera referência à mãe.

– Sua mãe – disse Gurney.

– Idaho nos salvou na noite do ataque – contou Paul, distraído com a partida de Chani. – Neste exato momento, nós...

– E o que é de Duncan Idaho, milorde? – perguntou Gurney.

– Ele morreu... dando-nos um pouco mais de tempo para escapar.

A bruxa está viva!, Gurney pensou. *Aquela de quem jurei me vingar, viva! E é óbvio que o duque Paul não sabe que tipo de criatura o deu à luz. A malvada! Traiu e entregou o pai dele aos Harkonnen!*

Paul passou por ele e pulou para a saliência. Olhou para trás, notou que os mortos e feridos tinham sido retirados e pensou amargamente que ali se escrevia mais um capítulo da lenda de Paul Muad'Dib. *Eu sequer saquei minha faca, mas irão falar deste dia como se eu tivesse matado vinte Sardaukar com minhas próprias mãos.*

Gurney acompanhou Stilgar, pisando em solo que nem sequer sentia. A caverna, com a luz amarela dos luciglobos, foi expulsa de seus pensamentos pela fúria. *A bruxa vive, e aqueles a quem ela traiu não passam de ossos em covas solitárias. Tenho de dar um jeito para que Paul saiba quem ela realmente é antes de matá-la.*

É tão comum o homem zangado negar furiosamente aquilo que seu eu interior lhe diz.

– "Frases reunidas de Muad'Dib", da princesa Irulan

A multidão na câmara de reuniões da caverna irradiava aquele sentimento coletivo que Jéssica havia captado no dia em que Paul matara Jamis. Havia uma ansiedade murmurejante nas vozes. Pequenos grupos se juntavam, feito nós em meio aos mantos.

Jéssica guardou um cilindro de mensagens sob o manto ao sair dos aposentos particulares de Paul para a saliência. Sentia-se descansada depois da longa jornada desde o sul, mas ainda estava ressentida, porque Paul não permitia que usassem os ornitópteros capturados.

– Não temos controle integral do ar – dissera ele. – E não podemos ficar dependentes de combustível de fora do planeta. É preciso recolher e guardar tanto o combustível quanto as aeronaves para o dia do esforço máximo.

Paul acompanhava um grupo de homens mais jovens perto da saliência. A luz fraca dos luciglobos dava à cena um quê de irrealidade. Era como um quadro vivo, ao qual se somava a dimensão formada pelos cheiros do sietch populoso, os sussurros, o arrastar dos pés.

Ela estudou o filho, perguntando-se por que ele ainda não lhe mostrara a surpresa: Gurney Halleck. Pensar em Gurney trazia as lembranças perturbadoras de um passado mais simples: dias de amor e beleza ao lado do pai de Paul.

Stilgar aguardava, acompanhado por um pequeno grupo de seus próprios homens, na outra ponta da saliência. Tinha um ar de dignidade inevitável, a maneira como se portava, sem dizer palavra.

Não podemos perder esse homem, Jéssica pensou. *O plano de Paul tem de funcionar. Qualquer outra coisa seria absolutamente trágica.*

Ela desceu pomposamente pela saliência, passando por Stilgar sem lhe dirigir um olhar, e misturou-se à multidão. Abriram-lhe caminho quando ela se dirigiu até onde estava Paul. E o silêncio a seguiu.

Sabia o que significava aquele silêncio: as perguntas mudas do povo, a admiração pela Reverenda Madre.

Os rapazes se afastaram de Paul quando ela se aproximou, e Jéssica viu-se momentaneamente consternada com o respeito renovado que demonstravam por ele. *"Todos os homens abaixo de você cobiçam sua posição"*, dizia o axioma das Bene Gesserit. Mas não via cobiça naqueles rostos. Eram afastados pela comoção religiosa que envolvia a liderança de Paul. E ela recordou outro dito das Bene Gesserit: *"Os profetas têm essa mania de morrer de maneira violenta".*

Paul olhou para ela.

– Chegou a hora – ela disse, entregando-lhe o cilindro de mensagens.

Um dos companheiros de Paul, mais ousado que os outros, olhou para o outro lado, para Stilgar, e perguntou:

– Você vai desafiá-lo, Muad'Dib? Agora é o momento certo. Irão julgá-lo um covarde se não...

– Quem se atreve a me chamar de covarde? – quis saber Paul. Sua mão disparou para o cabo da dagacris.

Com a respiração suspensa, o grupo foi acometido por um silêncio que se propagou pela multidão.

– Temos trabalho a fazer – disse Paul, ao ver o homem recuar. Paul se virou, usou os ombros para abrir caminho pela multidão até a saliência, saltou agilmente para a plataforma e confrontou o povo.

– Faça! – alguém gritou.

Elevaram-se murmúrios e sussurros atrás do grito agudo.

Paul esperou que se calassem. O silêncio demorou a chegar, em meio a uma tosse aqui e um arrastar de pés ali. Quando a caverna se aquietou, Paul ergueu o queixo e falou:

– Vocês estão cansados de esperar.

Mais uma vez, esperou até os gritos de resposta se extinguirem.

É verdade, estão cansados de esperar, pensou Paul. Ergueu o cilindro de mensagens e pensou no conteúdo que a mãe havia lhe mostrado, explicando como fora tomado de um mensageiro dos Harkonnen.

A mensagem era explícita: Rabban estava isolado ali em Arrakis! Não poderia mais pedir ajuda nem reforços!

Paul voltou a erguer a voz:

– Estão pensando que já é hora de eu desafiar Stilgar e mudar a liderança das tropas! – Antes que pudessem responder, Paul lançou-lhes sua voz, cheia de fúria: – Acham que eu, a Lisan al-Gaib, seria tão estúpido?

Fez-se um silêncio atônito.

Está aceitando o manto da religião, Jéssica pensou. *Não pode fazer isso!*

– É o costume! – alguém berrou.

Paul falou com secura, sondando as tendências emocionais secretas.

– Os costumes mudam.

Uma voz zangada ergueu-se de um dos cantos da caverna:

– Nós diremos o que vai mudar!

Ouviram-se gritos dispersos de concordância na multidão.

– Como quiserem – disse Paul.

E Jéssica ouviu as entonações sutis quando ele usou os poderes da Voz que ela havia lhe ensinado.

– E dirão mesmo – ele concordou. – Mas, primeiro, vocês vão ouvir o que eu tenho a dizer.

Stilgar percorreu a saliência, com o rosto barbado impassível.

– Esse também é o costume – disse ele. – A voz de qualquer fremen pode ser ouvida em conselho. Paul Muad'Dib é um fremen.

– O bem da tribo, essa é a coisa mais importante, não? – perguntou Paul.

Ainda com aquela mesma dignidade monótona, Stilgar disse:

– É assim que guiamos nossos passos.

– Muito bem – disse Paul. – Então, quem é que governa esta tropa de nossa tribo? E quem governa todas as tribos e tropas por meio dos instrutores de combate que treinamos na doutrina dos sortilégios?

Paul esperou, olhando por sobre as cabeças da multidão. Não houve resposta.

Sem demora, ele continuou:

– É Stilgar quem governa tudo isso? Ele mesmo diz que não. Sou eu, então? Até mesmo Stilgar às vezes faz o que eu mando, e os sábios, os mais ajuizados de todos, escutam e respeitam o que digo no conselho.

A multidão respondeu com um silêncio inquieto.

– Então – disse Paul –, é minha mãe quem governa? – Apontou Jéssica ali entre eles, nos trajes negros de sua posição. – Stilgar e todos os outros líderes de tropa pedem seu conselho antes de tomar quase todas as decisões importantes. Vocês sabem disso. Mas é a Reverenda Madre quem trilha a areia ou lidera uma razia contra os Harkonnen?

Rugas franziram os cenhos que Paul enxergava dali, mas ainda se ouviam murmúrios zangados.

É uma maneira perigosa de conduzir as coisas, Jéssica pensou, mas lembrou-se do cilindro de mensagens e de suas implicações. E viu qual era a intenção de Paul: chegar ao fundo da incerteza, livrar-se dela, e todo o resto seria apenas uma decorrência.

– Nenhum homem reconhece a liderança sem o desafio e o combate, não é? – Paul perguntou.

– É o costume! – alguém berrou.

– Qual é nosso objetivo? – Paul perguntou. – Destronar Rabban, a fera Harkonnen, e reinventar nosso mundo, fazer dele um lugar onde possamos criar nossas famílias, com felicidade e água em abundância. É esse nosso objetivo?

– Tarefas árduas exigem costumes severos – alguém gritou.

– Vocês quebram suas facas antes da batalha? – indagou Paul. – Digo isso como fato, e não como ostentação, nem desafio: não há aqui um único homem, nem mesmo Stilgar, capaz de me fazer frente em combate singular. O próprio Stilgar admite isso. Ele sabe, e vocês todos também sabem.

Mais uma vez, os resmungos zangados elevaram-se da multidão.

– Muitos de vocês praticaram comigo – disse Paul. – Sabem que não estou me gabando à toa. Se digo isso, é porque é um fato conhecido por todos nós, e seria tolice minha não enxergar a verdade. Comecei a treinar nessa doutrina muito antes de vocês, e meus professores eram mais duros do que qualquer um que vocês já tenham visto. Como acham que venci Jamis numa idade em que seus garotos ainda travam apenas combates de mentirinha?

Está usando bem a Voz, Jéssica pensou, *mas isso não basta com essa gente. Têm boa imunidade ao controle vocal. Ele também precisa cativá-los com a lógica.*

– Então – continuou Paul –, chegamos a isto. – Ergueu o cilindro de mensagens e removeu o pedaço de fita. – Isto foi tirado de um mensageiro dos Harkonnen. Sua autenticidade é inquestionável. Tem Rabban como destinatário. Informa-o de que seu pedido de novas tropas foi negado, que a safra de especiaria está muito abaixo da quota, que ele tem de arrancar mais especiaria de Arrakis com o pessoal de que já dispõe.

Stilgar colocou-se ao lado de Paul.

– Quantos de vocês entendem o que isso significa? – perguntou Paul. – Stilgar entendeu imediatamente.

– Estão isolados! – alguém gritou.

Paul enfiou a mensagem e o cilindro na faixa que levava à cintura. Puxou um cordão de shigafio trançado que trazia ao pescoço e tirou dali um anel, que ele ergueu bem alto.

– Este é o sinete ducal de meu pai – disse. – Jurei nunca voltar a usá-lo até estar pronto para levar minhas tropas a todo o planeta e reivindicar Arrakis como meu feudo por direito. – Colocou o anel no dedo e cerrou o punho.

Um silêncio absoluto se apoderou da caverna.

– Quem governa aqui? – perguntou Paul. Ergueu o punho. – Eu governo aqui! Eu governo cada centímetro quadrado de Arrakis! Este é meu feudo ducal, quer o imperador diga sim ou não! Ele o deu a meu pai, e eu o herdei de meu pai!

Paul ficou nas pontas dos pés, voltou a descansar sobre os calcanhares. Estudou a multidão, sentindo-lhe o ânimo.

Quase, ele pensou.

– Alguns homens daqui terão posições importantes em Arrakis quando eu reivindicar meus direitos imperiais – disse Paul. – Stilgar é um desses homens. E não porque eu queira suborná-lo! Nem por gratidão, embora eu esteja entre os muitos que lhe devem a vida. Não! Mas porque ele é sábio e forte. Porque governa sua tropa com inteligência, e não só pelas regras. Acham que sou estúpido? Acham que eu cortaria meu braço direito e o deixaria ensanguentado no chão só para proporcionar a vocês um espetáculo?

Paul percorreu a multidão com um olhar duro.

– Quem entre vocês dirá que eu não sou o soberano de Arrakis por direito? Terei de provar que sou deixando todas as tribos fremen do erg sem um líder?

Ao lado de Paul, Stilgar se mexeu e, intrigado, olhou para ele.

– Terei de nos enfraquecer quando mais precisamos de nossa força? – Paul perguntou. – Sou seu soberano e digo que já é hora de pararmos de matar nossos melhores homens e começarmos a matar nossos verdadeiros inimigos: os Harkonnen!

Num único movimento fugaz, Stilgar sacou sua dagacris e a apontou sobre as cabeças da multidão.

– Longa vida ao duque Paul Muad'Dib! – gritou.

Um bramido ensurdecedor tomou a caverna, ecoou e voltou a ecoar. Estavam aplaudindo e cantando:

– Ya hya chouhada! Muad'Dib! Muad'Dib! Muad'Dib! Ya hya chouhada!

Jéssica traduziu consigo mesma: *Longa vida aos guerreiros de Muad'Dib!* A cena que ela, Paul e Stilgar haviam preparado entre eles saíra como planejada.

O tumulto foi esmorecendo aos poucos.

Quando o silêncio retornou, Paul encarou Stilgar e disse:

– Ajoelhe-se, Stilgar.

Stilgar caiu de joelhos sobre a saliência.

– Dê-me sua dagacris – disse Paul.

Stilgar obedeceu.

Não foi isso que planejamos, pensou Jéssica.

– Repita comigo, Stilgar – disse Paul, e recordou as palavras da cerimônia de investidura, da maneira como tinha ouvido seu pai usá-las. – Eu, Stilgar, recebo esta faca das mãos de meu duque.

– Eu, Stilgar, recebo esta faca das mãos de meu duque – disse Stilgar, aceitando a arma branca e leitosa que Paul lhe oferecia.

– Onde meu duque mandar, ali colocarei esta arma – disse Paul.

Stilgar repetiu as palavras, falando com vagar e solenidade.

Relembrando a origem do rito, Jéssica piscou para conter as lágrimas e sacudiu a cabeça. *Sei qual é o motivo disto*, ela pensou. *Não deveria deixar que me afetasse.*

– Dedico esta arma à causa de meu duque e à morte de seus inimigos enquanto nosso sangue correr – disse Paul.

Stilgar repetiu em seguida.

– Beije a lâmina – ordenou Paul.

Stilgar obedeceu; depois, à moda dos fremen, beijou o braço com que Paul costumava empunhar a faca. Com o consentimento de Paul, ele embainhou a arma e ficou de pé.

Um murmúrio de admiração percorreu a turba, e Jéssica escutou as palavras:

– A profecia: uma Bene Gesserit mostrará o caminho e uma Reverenda Madre o verá.

E, mais ao longe:

– Ela nos mostra por meio de seu filho!

– Stilgar lidera esta tribo – falou Paul. – Que nenhum homem se engane. Ele comanda com minha voz. O que ele lhes disser será como se eu o dissesse.

Sábio, Jéssica pensou. *O comandante da tribo não pode perder prestígio entre aqueles que devem lhe obedecer.*

Paul baixou a voz e disse:

– Stilgar, quero trilharenadores no deserto hoje à noite, e mande ciélagos para convocar uma Assembleia do Conselho. Depois de despachá-los, traga com você Chatt, Korba, Otheym e dois outros tenentes a sua escolha. Leve-os a meus aposentos para planejarmos a batalha. Precisamos de uma vitória para mostrar ao Conselho dos Líderes quando eles chegarem.

Com um aceno da cabeça, Paul fez sinal para que sua mãe o acompanhasse e seguiu na frente, pelo caminho que descia da saliência e atravessava a turba, rumo à passagem central e aos alojamentos que haviam sido preparados ali. Ao ver Paul passar, a multidão estendeu as mãos para tocá-lo. Vozes gritaram seu nome.

– Minha faca está às ordens de Stilgar, Paul Muad'Dib! Deixe-nos lutar logo, Paul Muad'Dib! Deixe-nos regar nosso mundo com o sangue dos Harkonnen!

Sentindo as emoções da turba, Jéssica percebeu o entusiasmo combativo daquela gente. Não poderiam estar mais preparados. *Vamos colhê-los em seu auge*, ela pensou.

Na câmara interna, Paul indicou com um gesto que sua mãe se sentasse e disse:

– Espere aqui.

Abaixou-se e saiu por entre as cortinas que davam para a passagem lateral.

A câmara ficou silenciosa com a saída de Paul; tão silenciosa, atrás das cortinas, que nem mesmo o zunido fraco das bombas que faziam o ar circular dentro do sietch chegava até ela, sentada ali.

Ele vai trazer Gurney Halleck para cá, pensou. E admirou-se com a estranha mistura de emoções que a tomava. Gurney e sua música tinham participado de tantos momentos agradáveis em Caladan, antes de se mudarem para Arrakis. Parecia-lhe que Caladan tinha acontecido a uma outra pessoa.

Nos quase três anos desde então, ela tinha se *tornado* outra pessoa. Ter de confrontar Gurney Halleck a obrigava a reavaliar as mudanças.

O aparelho de café de Paul, a liga acanelada de prata e jásmio que ele herdara de Jamis, descansava sobre uma mesa baixa a sua direita. Ela o fitava, pensando em quantas mãos já haviam tocado aquele metal. Chani usara-o para servir Paul no último mês.

O que essa mulher do deserto pode fazer por um duque, a não ser lhe servir café?, ela se perguntou. *Não lhe oferece nem poder nem família. Paul tem somente uma grande oportunidade: aliar-se a uma Casa Maior poderosa, talvez até mesmo à família imperial. Afinal, algumas princesas já estão em idade de casar, e todas elas foram treinadas pelas Bene Gesserit.*

Jéssica imaginou-se trocando os rigores de Arrakis pela vida de poder e segurança que talvez levasse como mãe de um consorte real. Olhou para as cortinas espessas que obscureciam a pedra daquele claustro cavernoso, pensando em como havia chegado ali: viajando em meio a um exército de vermes, os palanquins e os estrados de carga abarrotados com os itens necessários para a campanha que viria.

Enquanto Chani viver, Paul não enxergará suas obrigações, Jéssica pensou. *Ela lhe deu um filho, e isso já basta.*

Foi tomada por um desejo repentino de ver o neto, o menino que, na aparência, tinha tanto do avô, era tão parecido com Leto. Jéssica levou as mãos às maçãs do rosto e deu início à respiração ritualizada que serenava as emoções e clareava a mente; em seguida, inclinou-se para a frente, dobrando o corpo à altura da cintura, como pedia o exercício religioso que preparava o corpo para as exigências da mente.

Sabia que não havia como contestar a escolha da Caverna dos Pássaros como posto de comando de Paul. Era ideal. E ao norte ficava o Desfiladeiro do Vento, que se abria para uma vila protegida, no interior de uma pia emparedada por penhascos. Era uma vila estratégica, lar de artesãos e técnicos, o centro de manutenção de todo um setor defensivo dos Harkonnen.

Ouviu-se uma tosse atrás das cortinas da câmara. Jéssica se empertigou, inspirou fundo e exalou devagar.

– Entre – disse.

As cortinas foram atiradas para um lado e Gurney Halleck saltou para dentro do aposento. Jéssica só teve tempo de vislumbrar o estranho esgar no rosto do homem, e então ele já estava atrás dela, erguendo-a, com um dos braços musculosos sob seu queixo.

– Gurney, seu idiota, o que está fazendo? – ela indagou.

Sentiu a ponta da faca tocar-lhe as costas. Uma constatação gélida emanava daquela ponta. Jéssica soube, naquele instante, que Gurney pretendia matá-la. *Por quê?* Não lhe ocorria nenhuma razão, pois a traição não era do feitio dele. Mas ela estava certa quanto às intenções do homem. Sabendo disso, sua mente se agitou. Ele não era um homem fácil de dominar. Era um matador que conhecia a Voz, que conhecia cada estratagema de combate, cada truque de morte e violência. Era um instrumento que ela mesma havia ajudado a treinar com palpites e sugestões sutis.

– Pensou que tinha escapado, hein, sua bruxa? – rosnou Gurney.

Antes que ela conseguisse repassar a pergunta em sua mente ou tentar respondê-la, as cortinas se abriram e Paul entrou.

– Aí está ele, mã... – Paul interrompeu o que ia dizendo e assimilou a tensão da cena.

– Fique onde está, milorde – disse Gurney.

– O que... – Paul sacudiu a cabeça.

Jéssica começou a falar, sentiu o braço apertar com mais força sua garganta.

– Falará apenas com minha permissão, bruxa – disse Gurney. – Eu só quero que diga uma coisa, para seu filho ouvir, e estou preparado para enfiar esta faca em seu coração por puro reflexo ao primeiro gesto que fizer contra mim. Mantenha sua voz no mesmo tom. Não estique nem mova certos músculos. Aja com extrema cautela para ganhar mais alguns segundos de vida. E, garanto, é tudo o que terá.

Paul deu um passo adiante.

– Gurney, meu velho, o que é...

– Pare aí mesmo onde está! – gritou Gurney. – Mais um passo e ela morre.

A mão de Paul esgueirou-se até o cabo de sua faca. Falou com uma calma letal:

– É melhor se explicar, Gurney.

– Jurei matar a mulher que traiu seu pai – falou Gurney. – Acha que posso esquecer o homem que me salvou de um fosso de escravos dos Harkonnen, que me deu liberdade, vida e honra... que me deu sua amizade, algo que eu prezava acima de tudo? Tenho a traidora sob o fio de minha arma. Ninguém pode me impedir de...

– Não poderia estar mais enganado, Gurney – disse Paul.

E Jéssica pensou: *Então é isso! Que ironia!*

– Enganado, eu? – Gurney indagou. – Vamos ouvir ela mesma contar. E que ela não esqueça que eu subornei, espionei e enganei para confirmar essa acusação. Cheguei a vender semuta para um capitão da guarda Harkonnen me contar uma parte da história.

Jéssica sentiu o braço em sua garganta afrouxar de leve, mas, antes que ela pudesse falar, Paul disse:

– O traidor era Yueh. Vou lhe dizer isso só uma vez, Gurney. As provas são cabais e incontestáveis. Foi Yueh. Não quero saber como foi que chegou a essa sua suspeita, que outra coisa não pode ser, mas, se ferir minha mãe – Paul sacou a dagacris da bainha e ergueu a arma diante dele –, seu sangue será meu.

– Yueh era um médico condicionado, apto a servir uma casa real – grunhiu Gurney. – Ele seria incapaz de trair!

– Conheço uma maneira de remover esse condicionamento – disse Paul.

– Prove – insistiu Gurney.

– As provas não estão aqui – disse Paul. – Estão no Sietch Tabr, bem ao sul, mas se...

– É um truque – rosnou Gurney, apertando a garganta de Jéssica com o braço.

– Não é um truque, Gurney – disse Paul, e sua voz saiu com uma nota de tristeza tão terrível que o som cortou o coração de Jéssica.

– Vi a mensagem que tomaram do agente Harkonnen – protestou Gurney. – O bilhete apontava diretamente para...

– Eu também a vi – disse Paul. – Meu pai me mostrou o recado na noite em que me explicou por que tinha de ser um truque dos Harkonnen para tentar fazê-lo desconfiar da mulher que amava.

– Ora! – disse Gurney. – Não tem...

– Fique quieto – ordenou Paul, e a calma monótona de suas palavras transmitia mais autoridade do que Jéssica já tinha ouvido em qualquer outra voz.

Ele domina o Controle Maior, ela pensou.

O braço de Gurney em seu pescoço tremeu. A ponta da faca em suas costas moveu-se com incerteza.

– O que você não fez – disse Paul – foi escutar minha mãe soluçar à noite, chorando por seu duque. Não viu como os olhos dela flamejam quando ela fala em matar os Harkonnen.

Então ele ouviu, ela pensou. As lágrimas turvaram-lhe os olhos.

– O que você não fez – Paul continuou – foi se lembrar do que aprendeu no fosso de escravos dos Harkonnen. Você diz ter orgulho da amizade com meu pai! Não aprendeu a diferença entre os Harkonnen e os Atreides para saber farejar um truque dos Harkonnen só pelo fedor que deixam em tudo o que tocam? Não aprendeu que a lealdade aos Atreides é comprada com amor, ao passo que a moeda dos Harkonnen é o ódio? Não enxergou a verdadeira natureza dessa traição?

– Mas Yueh? – resmungou Gurney.

– A prova que temos é o bilhete em que o próprio Yueh admite a traição – disse Paul. – Juro pelo amor que tenho por você, um amor que ainda terei depois de deixá-lo morto no chão.

Ouvindo o filho, Jéssica admirou-se com a perceptividade do rapaz, o discernimento penetrante de sua inteligência.

– Meu pai sabia escolher os amigos instintivamente – disse Paul. – Era comedido ao oferecer seu amor, mas nunca errava. Sua fraqueza era não entender o ódio. Pensava que qualquer um que odiasse os Harkonnen seria incapaz de traí-lo. – Olhou para a mãe. – Ela sabe disso. Entreguei-lhe a mensagem de meu pai, na qual ele dizia nunca ter deixado de confiar nela.

Jéssica sentiu que começava a perder o controle e mordeu o lábio inferior. Vendo a formalidade rígida de Paul, ela percebeu quanto lhe custavam aquelas palavras. Queria correr para ele, aconchegar a cabeça do filho junto ao peito como nunca fizera antes. Mas o braço em sua garganta não tremia mais; a ponta da faca em suas costas fazia pressão, firme e afiada.

– Um dos momentos mais terríveis na vida de um menino – disse Paul – é descobrir que seu pai e sua mãe são seres humanos que dividem um amor que ele nunca conhecerá. É uma perda, um despertar para o fato de que o mundo está *ali* e *aqui*, e estamos nele, sozinhos. Esse momento traz sua própria verdade: é impossível fugir dela. *Ouvi* meu pai falar de minha mãe. Ela não é a traidora, Gurney.

Jéssica recuperou a voz e disse:

– Gurney, solte-me.

Não havia nenhuma ordem especial nas palavras, nenhum truque que explorasse as fraquezas dele, mas a mão de Gurney cedeu. Jéssica foi até Paul, colocou-se diante dele, sem tocá-lo.

– Paul – ela falou –, existem outros despertares neste universo. De repente, vejo como usei, distorci e manipulei você para colocá-lo num caminho escolhido por mim... um caminho que fui obrigada a escolher, se isso servir de desculpa, em virtude de meu próprio treinamento. – Com um nó na garganta, ela se esforçou para engolir saliva, olhou o filho nos olhos. – Paul... quero que faça uma coisa por mim: escolha o caminho de sua felicidade. Sua mulher do deserto: case-se com ela, se for essa sua vontade. Desafie tudo e todos para fazer isso. Mas escolha seu próprio caminho. Eu...

Ela foi interrompida por um resmungo baixo atrás dela.

Gurney!

Viu que os olhos de Paul se dirigiam para um ponto atrás dela e virou-se.

Gurney estava no mesmo lugar, mas havia embainhado sua faca e removido o manto de cima do peito, expondo o cinza lustroso de um trajestilador, o tipo que os contrabandistas compravam nos sietch populosos.

– Crave sua faca bem aqui em meu peito – murmurou Gurney. – Mate-me e acabe logo com isso. Manchei meu nome. Traí meu próprio duque! O melhor...

– Quieto! – ordenou Paul.

Gurney o encarou.

– Feche o manto e pare de fazer papel de bobo – disse Paul. – Já aguentei bobagens demais por um dia.

– Mate-me, estou mandando! – vociferou Gurney.

– Sabe que eu não faria isso – disse Paul. – De quantas maneiras diferentes você me julga um idiota? Terei de passar por isso com cada homem de quem precisar?

Gurney olhou para Jéssica, falou num tom desesperado e súplice que não era de seu feitio.

– Então, milady, por favor... mate-me.

Jéssica foi até ele, colocou as mãos sobre os ombros do homem.

– Gurney, por que insiste em pedir aos Atreides que matem aqueles a quem amam? – Delicadamente, ela tirou-lhe o manto desfraldado das mãos, fechou e abotoou o tecido sobre o peito dele.

Gurney falou, com a voz entrecortada:

– Mas... eu...

– Você pensou estar fazendo algo por Leto – ela disse –, e por isso eu o respeito.

– Milady – fez Gurney. Deixou o queixo bater no peito, cerrou as pálpebras para conter as lágrimas.

– Pensemos nisto como um mal-entendido entre velhos amigos – ela disse, e Paul percebeu os tranquilizadores, os tons conciliadores na voz da mãe. – Já passou e podemos nos sentir gratos, porque nunca mais haverá outro mal-entendido como esse entre nós.

Gurney abriu os olhos brilhantes e úmidos, olhou para ela.

– O Gurney Halleck que conheci era um homem hábil tanto com a faca quanto com o baliset – disse Jéssica. – Era o homem do baliset quem eu mais admirava. Esse Gurney Halleck por acaso não recorda como eu gostava de ouvi-lo tocar para mim, durante horas e horas? Ainda tem um baliset, Gurney?

– Tenho um novo – respondeu Gurney. – Mandei trazer de Chusuk, um instrumento mavioso. Toca como se fosse um autêntico varota, apesar de não haver nele uma assinatura. Creio ter sido feito por um aluno de Varota que... – Interrompeu-se. – O que posso lhe dizer, milady? Estamos aqui, jogando conversa fora...

– Fora, não, Gurney – disse Paul. Colocou-se ao lado da mãe e olhou nos olhos de Gurney. – Não é jogar conversa fora, e sim uma coisa que, entre amigos, traz alegria. Eu tomaria como uma gentileza sua se tocasse para ela neste momento. Os planos de batalha podem esperar um pouco. De qualquer maneira, não entraremos em combate antes de amanhã.

– Eu... vou pegar meu baliset – cedeu Gurney. – Está ali no corredor. – Passou por eles e saiu pelas cortinas.

Paul tocou o braço da mãe e descobriu que ela tremia.

– Acabou, mãe – disse.

Sem mexer a cabeça, ela olhou para ele com o canto dos olhos.

– Acabou?

– Claro. Gurney está...

– Gurney? Ah... sim. – Ela baixou o olhar.

As cortinas farfalharam com o retorno de Gurney, munido do baliset. Ele começou a afinar o instrumento, evitando os olhos dos outros dois. As cortinas nas paredes abafavam os ecos, fazendo o baliset soar fraco e íntimo.

Paul levou a mãe até uma almofada e a fez se sentar ali, com as costas para as tapeçarias espessas da parede. Ocorreu-lhe, de repente, como ela parecia envelhecida, com as primeiras rugas ressecadas pelo deserto que começavam a surgir em seu rosto, a pele esticada nos cantos dos olhos velados de azul.

Está cansada, ele pensou. *Temos de dar um jeito de aliviar seu fardo.*

Gurney dedilhou uma corda.

Paul olhou para ele e disse:

– Tenho... de cuidar de algumas coisas. Espere por mim aqui.

Gurney assentiu. Sua mente parecia distante, como se, naquele momento, estivesse sob o céu límpido de Caladan, com flocos de nuvens no horizonte a prometer chuva.

Paul obrigou-se a dar as costas aos dois, saiu pelas cortinas pesadas que encimavam a passagem lateral. Escutou Gurney, lá atrás, dar início a uma canção, e deteve-se um instante fora do aposento para ouvir a música em surdina.

"Pomares e vinhedos,
E huris de seios fartos,
E uma taça a transbordar diante de mim.
Por que falo de batalhas
E montes a pó reduzidos?
Por que as lágrimas não secam?

Eis que os céus se abrem
E sua fartura derramam;
Basta estender as mãos e recolher riquezas.
Por que só penso em ciladas,
Venenos em taças fundidas?
Por que tanto os anos me pesam?

Acenam-me os braços do amor
Com seus prazeres desnudos,
E as promessas edênicas de êxtase.
Por que relembro cicatrizes,
E sonho com velhos pecados?
Por que os medos meu sono velam?"

Um mensageiro Fedaykin envolto num manto surgiu num canto da passagem à frente de Paul. O homem trazia o capuz atirado para trás e as presilhas do trajestilador pendiam-lhe do pescoço, prova de que acabara de chegar do deserto aberto.

Paul fez sinal para que ele parasse, afastou-se das cortinas que serviam de porta e percorreu a passagem até o mensageiro.

O homem se inclinou, com as mãos unidas diante dele, como se cumprimentasse uma Reverenda Madre ou uma Sayyadina dos ritos. Disse:

– Muad'Dib, os líderes estão começando a chegar para a reunião do conselho.

– Tão rápido?

– São os que Stilgar mandou chamar antes, quando pensávamos que... – Ele deu de ombros.

– Entendi. – Paul olhou para trás, na direção do som fraco do baliset, pensando na velha canção, a preferida de sua mãe: uma estranha tensão entre a melodia alegre e as palavras tristes. – Stilgar logo estará aqui com os demais. Mostre-lhes onde minha mãe os espera.

– Aguardarei aqui, Muad'Dib – disse o mensageiro.

– Sim... sim, faça isso.

Paul passou pelo homem e dirigiu-se às profundezas da caverna, para aquele lugar presente em todas as cavernas, um ponto perto do tanque de água. Haveria ali um pequeno shai-hulud, uma criatura com não mais de nove metros de comprimento, que era mantida ali, mirrada pelo crescimento tolhido, aprisionada entre valas cheias de água. O criador, depois de emergir de seu vetor, o criadorzinho, evitava a água que, para ele, era um veneno. E o afogamento de um criador era o maior segredo dos fremen, porque produzia a substância que os unia: a Água da Vida, o veneno que somente uma Reverenda Madre conseguiria transformar.

Paul tomara a decisão ao confrontar a situação tensa de ver a mãe ameaçada. Nenhuma das linhas do futuro que ele já tivesse visto transportava aquele momento de perigo provocado por Gurney Halleck. O futuro – o futuro cinzento e nublado – e a sensação concomitante de que o universo inteiro corria em direção a um nexo efervescente pairavam ao redor de Paul feito um mundo fantasmagórico.

Preciso ver isso, pensou.

Seu corpo havia adquirido, aos poucos, uma certa tolerância à especiaria que tornara as visões prescientes cada vez menos frequentes... e mais obscuras. A solução lhe parecia óbvia.

Tenho de afogar o criador. Veremos agora se sou o Kwisatz Haderach, capaz de sobreviver ao teste ao qual as Reverendas Madres sobrevivem.

> **E aconteceu, no terceiro ano da Guerra do Deserto, que Paul Muad'Dib estivesse deitado, sozinho, na Caverna dos Pássaros, sob as cortinas kiswa de uma alcova. E estava como morto, enredado na revelação da Água da Vida, e seu ser era transportado para além das fronteiras do tempo pelo veneno que concedia a vida. E assim cumpriu-se a profecia de que a Lisan al-Gaib poderia estar, ao mesmo tempo, viva e morta.**
>
> – "Lendas reunidas de Arrakis", da princesa Irulan

Chani emergiu do fundo da bacia de Habannya na escuridão que antecedia o amanhecer, escutando o tóptero que a trouxera do sul partir zumbindo rumo a um esconderijo naquela imensidão. A sua volta, a escolta mantinha distância, dispersando-se por entre as pedras da colina em busca de perigos, e para dar à companheira e mãe do primogênito de Muad'Dib aquilo que ela havia pedido: um instante para caminhar sozinha.

Por que ele me chamou?, ela se perguntou. *Antes me mandou ficar no sul com o pequeno Leto e Alia.*

Recolheu a barra do manto e saltou agilmente por cima de um matacão, e dali para a trilha ascendente que só aqueles que foram treinados para lidar com o deserto saberiam reconhecer no escuro. Os seixos escorregavam sob seus pés, e ela passava saltitando por eles, sem se deter para pensar na destreza que aquilo exigia.

A subida foi estimulante e aplacou os temores que cresciam dentro dela por causa do mudo retraimento de sua escolta e do fato de que haviam mandado um precioso tóptero buscá-la. Alegrou-se por estar tão próximo o momento de reencontrar Paul Muad'Dib, seu Usul. O nome dele podia ser um grito de guerra em todo o planeta: *"Muad'Dib! Muad'Dib! Muad'Dib!"*. Mas ela conhecia um homem diferente por um nome diferente: o pai de seu filho, o amante carinhoso.

Um vulto enorme assomou nas pedras acima de Chani, fazendo sinal para que ela se apressasse. Ela apertou o passo. Os pássaros da alvorada já estavam piando e alçando voo. Uma luz fraca começava a se espalhar pelo horizonte oriental. O vulto lá em cima não era ninguém que pertencesse a sua escolta. *Otheym?*, ela se perguntou, notando certa familiaridade nos modos e movimentos do homem. Foi até ele e reconheceu, à luz incipiente, o rosto largo e achatado do tenente dos Fedaykin, que trazia o gorro aberto e o filtro bucal meio frouxo, como às vezes se fazia durante breves passeios pelo deserto.

– Depressa – ele sussurrou, seguindo à frente dela pela fenda secreta que levava à caverna oculta. – Logo será dia – ele disse baixinho ao abrir um veda-portas para deixá-la passar. – Os Harkonnen estão desesperados e cometeram a imprudência de mandar patrulhar parte desta região. Não queremos correr o risco de sermos descobertos agora.

Saíram na entrada do estreito corredor lateral que levava à Caverna dos Pássaros. Os luciglobos se acenderam. Otheym passou por Chani e disse:

– Siga-me. Rápido.

Correram pela passagem, atravessaram mais uma porta-válvula, outra passagem e as cortinas que davam entrada ao que antes havia sido a alcova da Sayyadina, quando a caverna era apenas um lugar de descanso onde passar o dia. Agora, tapetes e almofadas cobriam o chão. Tapeçarias com a figura do gavião vermelho escondiam as paredes de pedra. De um lado, uma mesa de campanha baixa estava abarrotada de papéis que exalavam o aroma característico de sua matéria-prima, a especiaria.

A Reverenda Madre estava sentada ali, sozinha, bem de frente para a entrada. Ela ergueu os olhos e lançou aquele olhar introspectivo que fazia estremecer os não iniciados.

Otheym uniu as mãos e disse:

– Trouxe-lhe Chani. – Fez uma reverência e saiu, atravessando as cortinas.

E Jéssica pensou: *Como contar isso a Chani?*

– Como está meu neto? – perguntou Jéssica.

Então é para ser a saudação formal, pensou Chani, e seus receios retornaram. *Onde está Muad'Dib? Por que ele não veio me receber?*

– Tem saúde e é feliz, minha mãe – respondeu Chani. – Deixei-o com Alia, sob os cuidados de Harah.

Minha mãe, Jéssica pensou. *Sim, ela tem o direito de me chamar assim na saudação formal. Ela me deu um neto.*

– Ouvi dizer que o Sietch Coanua mandou um peça de tecido como presente – disse Jéssica.

– É um tecido adorável – confirmou Chani.

– Alia mandou algum recado?

– Nenhum. Mas o sietch anda mais tranquilo agora que as pessoas estão começando a aceitar o milagre que é a condição dela.

Por que ela está me enrolando?, perguntou-se Chani. *A urgência era tanta que mandaram um tóptero me buscar. E agora nos arrastamos com as formalidades!*

– Temos de mandar cortar uma parte do tecido para fazer roupas para o pequeno Leto – disse Jéssica.

– Como quiser, minha mãe – aquiesceu Chani. Baixou o olhar. – Alguma notícia das batalhas? – Manteve o rosto impassível, para que Jéssica não percebesse que, na verdade, a pergunta dizia respeito a Paul Muad'Dib.

– Novas vitórias – disse Jéssica. – Rabban nos enviou ofertas cautelosas de trégua. Os mensageiros foram mandados de volta sem sua água. Rabban chegou a aliviar os encargos de algumas vilas nas pias. Mas é tarde demais. O povo sabe que ele faz isso porque tem medo de nós.

– Então as coisas estão correndo como previu Muad'Dib – falou Chani. Olhou para Jéssica, tentando guardar seus temores para si. *Mencionei o nome dele, mas ela não respondeu. Não se vê nenhuma emoção nessa rocha envernizada que ela chama de rosto... mas ela está rígida demais. Por que está tão quieta? O que aconteceu a meu Usul?*

– Queria que estivéssemos no sul – disse Jéssica. – Os oásis estavam tão lindos quando partimos. Você não anseia pelo dia em que toda a terra irá se cobrir de flores, exatamente assim?

– A terra é linda, verdade – concordou Chani. – Mas encerra muita dor.

– A dor é o preço da vitória – disse Jéssica.

Será que ela está me preparando para a dor?, Chani se perguntou. Disse:

– São tantas as mulheres sem homens. Ficaram enciumadas ao saber que haviam mandado me chamar aqui no norte.

– Eu mandei que a chamassem – informou Jéssica.

Chani sentiu seu coração bater com força. Queria tapar os ouvidos com as mãos, receosa do que poderiam escutar. Mesmo assim, ela manteve a voz firme:

– A mensagem era assinada por Muad'Dib.

– Eu a assinei desse modo diante dos lugares-tenentes de meu filho – explicou Jéssica. – Foi um ardil da necessidade. – E Jéssica pensou: *É valente a mulher do meu Paul. Ela se atém ao protocolo, mesmo estando quase dominada pelo medo. Sim. Talvez ela seja justamente de quem precisamos agora.*

Apenas um levíssimo tom de resignação se insinuou na voz de Chani quando ela disse:

– Agora pode me dizer o que precisa ser dito.

– Você era necessária aqui para me ajudar a reanimar Paul – disse Jéssica. E pensou: *Pronto! Falei da maneira correta. Reanimar. Assim ela saberá que Paul está vivo, mas corre perigo, tudo numa palavra só.*

Chani precisou apenas de um momento para se acalmar, e então:

– O que é que posso fazer? – Ela queria pular em cima de Jéssica, sacudi-la e gritar: *"Leve-me até ele!"*. Mas esperou a resposta, em silêncio.

– Desconfio – disse Jéssica – que os Harkonnen tenham dado um jeito de infiltrar um agente entre nós para envenenar Paul. É a única explicação que parece adequada. Um veneno dos mais incomuns. Examinei-lhe o sangue com os métodos mais sofisticados e não o detectei.

Chani atirou-se para a frente e caiu de joelhos.

– Veneno? Ele está sofrendo? Posso...

– Está inconsciente – explicou Jéssica. – As funções vitais estão em níveis tão baixos que só podem ser detectadas com as técnicas mais refinadas. Estremeço só de pensar no que poderia ter acontecido se não tivesse sido eu a primeira a encontrá-lo. Para o olhar não treinado, ele parece morto.

– Tem outros motivos, além da cortesia, para ter me chamado – disse Chani. – Eu a conheço, Reverenda Madre. O que acha que eu posso fazer que a senhora não tenha conseguido?

Ela é corajosa, adorável e, aah, tão perceptiva, pensou Jéssica. *Teria dado uma ótima Bene Gesserit.*

– Chani – disse Jéssica –, pode achar isso difícil de acreditar, mas não sei exatamente por que mandei chamá-la. Foi instinto... uma intuição básica. O pensamento me ocorreu espontaneamente: "Mande chamar Chani...".

Pela primeira vez, Chani viu a tristeza na expressão de Jéssica, a dor desvelada que modificava seu olhar introspectivo.

– Fiz tudo o que sabia fazer – contou Jéssica. – E esse *tudo*... vai tão além do que geralmente se entende por *tudo*, que você teria dificuldade para imaginá-lo. Mesmo assim... fracassei.

– O velho companheiro, Halleck – perguntou Chani –, é possível que seja um traidor?

– Não o Gurney – disse Jéssica.

As três palavras foram uma conversa inteira, e Chani viu a busca, os exames... as lembranças de antigos fracassos que faziam parte daquela negativa categórica.

Chani oscilou para trás, voltando a apoiar-se sobre os pés; levantou-se, alisou o manto manchado pelo deserto.

– Leve-me até ele – disse.

Jéssica se ergueu, virou-se e atravessou as cortinas da parede à esquerda.

Chani a seguiu, viu-se no que antes havia sido um depósito, com as paredes de pedra agora escondidas sob cortinas pesadas. Paul estava deitado sobre um coxim de campanha encostado à parede mais distante. Acima dele, um único luciglobo iluminava-lhe o rosto. Um manto negro o cobria até o peito, deixando seus braços livres, esticados ao lado do corpo. Parecia estar despido sob o manto. A pele exposta parecia rígida, feita de cera. Não produzia nenhum movimento discernível.

Chani reprimiu o desejo de se adiantar e atirar-se sobre ele. Em vez disso, descobriu que seus pensamentos voltavam-se para seu filho, Leto. E percebeu, naquele instante, que Jéssica havia passado por aquilo um dia: seu homem ameaçado pela morte, e ela obrigada, em sua própria mente, a considerar o que se poderia fazer para salvar um filho jovem. Essa consciência formou um laço repentino com a mulher mais velha, e Chani estendeu a mão para segurar a de Jéssica. A força com que a mãe de Paul retribuiu o gesto era dolorosa.

– Está vivo – disse Jéssica. – Asseguro-lhe que está vivo. Mas o fio de sua vida é tão fino que facilmente deixaria de ser detectado. Alguns líderes já estão cochichando que é a mãe quem fala, e não a Reverenda Madre, que meu filho está de fato morto e que não quero entregar sua água à tribo.

– Há quanto tempo ele está assim? – perguntou Chani. Soltou a mão de Jéssica e avançou quarto adentro.

– Três semanas – respondeu Jéssica. – Passei quase uma semana tentando reanimá-lo. Foram reuniões, discussões... investigações. Então mandei chamar você. Os Fedaykin me obedecem; não fosse isso, não teria conseguido adiar a... – Umedeceu os lábios com a língua, observando Chani se aproximar de Paul.

Chani agora estava de pé ao lado dele, olhando de cima para a barba macia da juventude que lhe emoldurava o rosto, traçando com os olhos a linha alta das sobrancelhas, o nariz pronunciado, as pálpebras cerradas: o semblante tão tranquilo na rigidez do repouso.

– Como ele vem se alimentando? – perguntou Chani.

– As necessidades de seu corpo são tão insignificantes que ele ainda não precisa de comida – disse Jéssica.

– Quantas pessoas sabem o que aconteceu? – perguntou Chani.

– Somente os conselheiros mais chegados, alguns líderes, os Fedaykin e, claro, seja quem for que administrou o veneno.

– Nenhuma pista quanto ao envenenador?

– E não é por falta de investigação – disse Jéssica.

– O que dizem os Fedaykin? – perguntou Chani.

– Acreditam que Paul esteja num transe sagrado, reunindo seus santos poderes antes das batalhas finais. É uma ideia que venho estimulando.

Chani ajoelhou-se ao lado do coxim, inclinou-se, bem perto do rosto de Paul. Sentiu imediatamente uma diferença no ar perto da face dele... mas era só a especiaria, a ubiquidade cujo odor impregnava toda a vida dos fremen. Ainda assim...

– Vocês não são filhos da especiaria, como nós – disse Chani. – Chegou a investigar a possibilidade de que o corpo dele tenha se rebelado contra o excesso de especiaria na dieta?

– Todas as reações alérgicas foram negativas – disse Jéssica.

Ela fechou os olhos, tanto para apagar aquela cena quanto por ter percebido, de repente, como estava cansada. *Há quanto tempo estou sem dormir?*, ela se perguntou. *Há tempo demais.*

– Ao se transformar a Água da Vida – falou Chani –, faz-se isso dentro do corpo, com a percepção interior. Usou essa percepção para examinar o sangue dele?

– Sangue normal de fremen – confirmou Jéssica. – Completamente adaptado à dieta e à vida daqui.

Chani sentou-se sobre os calcanhares, submergindo seus temores na contemplação ao estudar o rosto de Paul. Era um truque que tinha aprendido de tanto observar as Reverendas Madres. Era possível obrigar o tempo a se submeter à mente. Concentrava-se toda a atenção.

Sem demora, Chani disse:

– Temos um criador aqui?

– Temos vários – respondeu Jéssica, com um quê de fadiga. – Nunca passamos sem eles nos dias de hoje. Cada vitória exige uma bênção. Cada cerimônia antes de um ataque...

– Mas Paul Muad'Dib não participa dessas cerimônias – disse Chani.

Jéssica fez que sim, lembrando-se dos sentimentos ambivalentes do filho em relação à droga feita de especiaria e à percepção presciente que ela provocava.

– Como sabe disso? – perguntou Jéssica.

– As pessoas falam.

– As pessoas falam demais – Jéssica completou, com amargura.

– Traga-me a Água do criador em estado natural – disse Chani.

Jéssica se empertigou ao ouvir o tom autoritário na voz de Chani, depois observou a concentração intensa da mulher mais jovem e disse:

– É para já.

Ela saiu pelas cortinas e mandou chamar um hidromestre.

Chani continuou sentada, fitando Paul. *Se ele tiver tentado isso...,* ela pensou. *E é o tipo de coisa que ele talvez tentasse...*

Jéssica ajoelhou-se ao lado de Chani, segurando um modesto jarro de campanha. O cheiro forte do veneno fez arderem as narinas de Chani. Ela mergulhou um dedo no líquido e levou-o para bem perto do nariz de Paul.

A pele do nariz sofreu um leve enrugamento. As narinas se dilataram lentamente.

Jéssica sufocou um grito.

Chani, com o dedo molhado, tocou o lábio superior de Paul.

Ele inspirou demorada e entrecortadamente.

– O que significa isso? – quis saber Jéssica.

– Calma – pediu Chani. – Precisa converter uma pequena quantidade da água sagrada. Rápido!

Sem questionar, pois havia reconhecido na voz de Chani o tom de alguém que sabia o que estava fazendo, Jéssica levou o jarro à boca e sorveu um pequeno gole.

Os olhos de Paul se abriram de repente. Ele fitou Chani.

– Ela não precisa transformar a Água – disse. Sua voz saiu fraca, mas firme.

Jéssica, com um pouco do líquido sobre a língua, sentiu seu corpo se mobilizar para converter o veneno quase automaticamente. Na ligeira exaltação que a cerimônia sempre proporcionava, ela percebeu o brilho vital que Paul emanava, uma radiação que ficou registrada nos sentidos dela.

Naquele instante, ela compreendeu.

– Você bebeu a água sagrada! – ela deixou escapar.

– Só uma gota – disse Paul. – Tão pequena... uma gota.

– Como é que pôde fazer uma coisa tão idiota? – ela indagou.

– Ele é seu filho – disse Chani.

Jéssica lançou-lhe um olhar feroz.

Um sorriso raro, afetuoso e compreensivo roçou os lábios de Paul.

– Ouça a minha querida – ele falou. – Escute o que ela diz, mãe. Ela sabe.

– Se outras pessoas são capazes de fazer uma coisa, ele tem de fazer essa coisa – explicou Chani.

– Com a gota em minha boca, quando senti seu contato e seu cheiro, quando entendi o que fazia comigo, entendi que era capaz de fazer a mesma coisa que você fez – ele disse. – Suas censoras Bene Gesserit falam do Kwisatz Haderach, mas nem sequer imaginam os diversos lugares por onde andei. Nos poucos minutos em que eu... – Não completou a frase, olhando para Chani com uma carranca confusa. – Chani? Como foi que chegou aqui? Você deveria estar... Por que está aqui?

Ele tentou se apoiar nos cotovelos. Chani o empurrou delicadamente para trás.

– Por favor, meu Usul – ela pediu.

– Sinto-me tão fraco – ele disse. Seu olhar percorreu a sala. – Há quanto tempo estou aqui?

– Você esteve três semanas num coma tão profundo que a centelha da vida parecia ter partido – contou Jéssica.

– Mas foi... eu tomei a Água um segundo atrás e...

– Um segundo para você, três semanas de medo para mim – disse Jéssica.

– Foi só uma gota, mas eu a converti – disse Paul. – Transformei a Água da Vida.

E antes que Chani ou Jéssica conseguissem detê-lo, ele enfiou a mão no jarro que haviam deixado no chão, ao lado dele; levou a mão ensopada à boca e engoliu o líquido contido na palma em concha.

– Paul! – gritou Jéssica.

Ele segurou a mão da mãe, encarou-a com um sorriso descarnado e inundou-a com sua percepção.

A conexão não era tão terna, recíproca e abrangente como havia sido com Alia e a velha Reverenda Madre na caverna... mas era uma conexão: os sentidos compartilhados da totalidade do ser. Isso a abalou e enfraqueceu, e ela se encolheu em sua mente, com medo dele.

Em voz alta, ele disse:

– Vocês falam de um lugar onde não podem entrar? Esse lugar que as Reverendas Madres não conseguem confrontar, mostre-o para mim.

Ela sacudiu a cabeça, aterrorizada diante dessa ideia.

– Mostre-o! – ele mandou.

– Não!

Mas não havia como fugir dele. Intimidada pela força terrível do filho, ela fechou os olhos e focalizou seu interior: a direção-que-é-treva.

A consciência de Paul a atravessou e contornou, entrando na escuridão. Ela vislumbrou vagamente o lugar, antes de sua mente se apagar, fugindo do horror. Sem saber por quê, todo o seu ser tremia diante do que tinha visto: uma região onde o vento soprava e as centelhas fulguravam, onde anéis de luz se expandiam e contraíam, onde fileiras de formas brancas e túmidas passavam por cima, por baixo e em volta das luzes, impelidas pela treva e por um vento vindo do nada.

No mesmo instante, ela abriu os olhos, viu que Paul a observava. Ele ainda segurava a mão dela, mas a conexão terrível havia desaparecido. Ela apaziguou seus tremores. Paul soltou a mão dela. Foi como se removessem uma muleta. Ela ficou de pé, sem muita firmeza, e cambaleou para trás. Teria caído se Chani não tivesse se levantado num salto para ampará-la.

– Reverenda Madre! – exclamou Chani. – O que há de errado?

– Cansada – Jéssica sussurrou. – Tão... cansada.

– Aqui – disse Chani. – Sente-se aqui. – Ela ajudou Jéssica a se sentar numa almofada encostada à parede.

O contato daqueles braços jovens e fortes pareceu tão bom a Jéssica. Ela se agarrou a Chani.

– Ele realmente viu a Água da Vida? – Chani perguntou. Desvencilhou-se de Jéssica.

– Viu – Jéssica sussurrou. Sua mente ainda estava em turbilhão devido àquele contato. Era como pisar em terra firme depois de semanas em mar agitado. Sentiu a velha Reverenda Madre dentro de si... e todas as outras, despertas e intrigadas: *"O que foi isso? O que aconteceu? Onde ficava aquele lugar?"*.

Entremeada àquilo tudo estava a percepção de que seu filho era o Kwisatz Haderach, o homem capaz de estar em muitos lugares ao mesmo tempo. Ele era o fato nascido do sonho das Bene Gesserit. E o fato não a deixava tranquila.

– O que aconteceu? – quis saber Chani.

Jéssica chacoalhou a cabeça.

Paul disse:

– Há, em cada um de nós, uma força ancestral que tira e uma força ancestral que dá. Um homem não vê dificuldade em confrontar aquele lugar dentro de si mesmo onde vive a força que tira, mas, para ele, é quase impossível enxergar a força que dá sem se transformar em algo diferente de um homem. Para uma mulher, é a situação contrária.

Jéssica ergueu os olhos, viu que Chani olhava para ela enquanto ouvia Paul.

– Está me entendendo, mãe? – perguntou Paul.

Ela só conseguiu assentir com a cabeça.

– Essas coisas estão há tanto tempo dentro de nós – disse Paul –, que se arraigaram a cada célula de nossos corpos. Somos moldados por essas forças. Podemos dizer a nós mesmos: "Sim, entendo como algo assim pode existir". Mas, quando olhamos para dentro e confrontamos a força bruta de nossa própria vida, sem proteção, vemos o perigo que corremos. Vemos que isso poderia nos esmagar. O maior perigo para aquela que Dá é a força que tira. O maior perigo para aquele que Tira é a força que dá. É tão fácil ser esmagado tanto pelo dar quanto pelo tirar.

– E você, meu filho – perguntou Jéssica –, você dá ou tira?

– Eu sou o fulcro – ele disse. – Não posso dar sem tirar e não posso tirar sem... – Interrompeu o que ia dizendo e olhou para a parede a sua direita.

Chani sentiu uma corrente de ar; virou-se a tempo de ver as cortinas se fecharem.

– Era Otheym – disse Paul. – Ele estava escutando.

Aceitando as palavras, Chani viu-se em contato com um pouco da presciência que assombrava Paul e ficou sabendo de algo que ainda viria a ser como se já tivesse acontecido. Otheym contaria o que tinha visto e ouvido. Os outros espalhariam a história, até que a terra se incendiasse. Paul Muad'Dib não é como os outros homens, eles diriam. Não resta dúvida. Ele é um homem, mas enxerga a Água da Vida, assim como fazem as Reverendas Madres. Ele é, de fato, a Lisan al-Gaib.

– Você viu o futuro, Paul – disse Jéssica. – Quer nos contar o que viu?

– Não o futuro – ele disse. – Vi o Agora. – Fez força para se sentar e, com um aceno da mão, afastou Chani, que fizera menção de ajudá-lo. – O Espaço acima de Arrakis está tomado pelas naves da Guilda.

Jéssica estremeceu diante da certeza na voz dele.

– O próprio imperador padixá está aqui – disse Paul. Olhou para o teto de pedra de sua alcova. – Com sua Proclamadora da Verdade favorita e cinco legiões de Sardaukar. Estão aqui o velho barão Vladimir Harkonnen, com Thufir Hawat a seu lado, e sete naves abarrotadas com todos os soldados que ele conseguiu alistar. Todas as Casas Maiores estão com suas tropas de assalto lá em cima... esperando.

Chani sacudiu a cabeça, incapaz de tirar os olhos de Paul. A estranheza dele, a monotonia da voz, a maneira como ele olhava através dela encheram-na de espanto.

Jéssica tentou engolir saliva, mas sua garganta estava seca. Disse:

– O que estão esperando?

Paul olhou para a mãe.

– A permissão da Guilda para pousar. A Guilda abandonará em Arrakis todas as forças que aterrissarem sem permissão.

– A Guilda está nos protegendo? – perguntou Jéssica.

– Nos protegendo! A própria Guilda provocou isso, espalhando histórias sobre o que fazemos aqui e reduzindo a tal ponto as tarifas do transporte de tropas que até mesmo as Casas mais pobres estão lá em cima agora, esperando para nos saquear.

Jéssica notou a ausência de rancor na voz dele e ficou admirada. Não havia por que duvidar de suas palavras: tinham aquela mesma veemência que ela notara no filho na noite em que ele havia revelado a senda futura que os levaria a viver entre os fremen.

Paul inspirou fundo e disse:

– Mãe, você tem de transformar um pouco da Água para nós. Precisamos do catalisador. Chani, mande uma equipe de batedores lá para fora... para procurar uma massa pré-especiaria. Se semearmos um pouco da Água da Vida acima de uma massa pré-especiaria, sabem o que acontecerá?

Jéssica ponderou as palavras dele e, de repente, entendeu o que ele queria dizer.

– Paul! – exclamou, com a voz entrecortada.

– A Água da Morte – ele disse. – Seria uma reação em cadeia. – Apontou o chão. – Espalharia a morte entre os criadorzinhos, matando um vetor do ciclo de vida que abrange a especiaria e os criadores. Arrakis irá se tornar uma verdadeira desolação: sem a especiaria, sem os criadores.

Chani levou a mão à boca, chocada, atônita e sem palavras diante da blasfêmia que saía dos lábios de Paul.

– Aquele que tem como destruir uma coisa é quem realmente a controla – disse Paul. – Nós temos como destruir a especiaria.

– O que está segurando a Guilda? – sussurrou Jéssica.

– Estão à minha procura – respondeu Paul. – Pense nisso! Os melhores navegadores da Guilda, homens capazes de sondar o futuro e buscar o trajeto mais seguro para os paquetes mais velozes, todos eles procurando por mim... e sem conseguirem me encontrar. Como tremem! Sabem que tenho o segredo deles aqui! – Paul ergueu a mão em concha. – Sem a especiaria, estão cegos!

Chani encontrou sua voz.

– Você disse que vê o *agora*!

Paul voltou a se deitar, vasculhando o *presente* estendido, cujos limites entravam pelo futuro e pelo passado, agarrando-se à percepção com dificuldade, pois a iluminação da especiaria começava a se apagar.

– Vá fazer o que mandei – ele disse. – O futuro está ficando tão turvo para a Guilda quanto para mim. As linhas de visão estão se estreitando. Tudo se concentra aqui, onde está a especiaria... onde nunca ousaram intervir antes... porque intervir seria perder o que precisavam ter. Mas agora estão desesperados. Todas as sendas levam às trevas.

E chegou o dia em que Arrakis se viu no eixo do universo, com a roda pronta para girar.

– Excerto de "Despertar de Arrakis", da princesa Irulan

– Olhe só para aquela coisa! – sussurrou Stilgar.

Paul estava ao lado dele, dentro de uma fenda na rocha, no alto da Muralha-Escudo, com um dos olhos fixo no coletor de um telescópio fremen. A lente de óleo focalizava um cargueiro estelar que o amanhecer deixava a descoberto na bacia abaixo deles. A alta fachada oriental da nave cintilava à luz horizontal do sol, mas o lado sombreado ainda exibia portinholas amareladas pelos luciglobos noturnos. Para além da nave, a cidade de Arrakina jazia fria e reluzente à luz do sol setentrional.

Paul sabia que não era o cargueiro que despertava a admiração de Stilgar, e sim a construção para a qual o cargueiro fazia as vezes de coluna central. Um único bivaque de metal, com vários andares, estendia-se num círculo de mil metros em volta da base do cargueiro – uma tenda composta de folhas metálicas imbricadas –, o alojamento temporário de cinco legiões de Sardaukar e de Sua Majestade Imperial, o imperador padixá Shaddam IV.

Desde sua posição, agachado à esquerda de Paul, Gurney Halleck disse:

– Contei nove níveis. Deve haver um bocado de Sardaukar lá dentro.

– Cinco legiões – disse Paul.

– Está clareando – sussurrou Stilgar. – Não gostamos, Muad'Dib, que você se exponha desta maneira. Vamos voltar para as pedras agora.

– Estou perfeitamente seguro aqui – disse Paul.

– Aquela nave está equipada com armas de projéteis – disse Gurney.

– Eles acreditam que estamos protegidos por escudos – disse Paul. – Não desperdiçariam um disparo contra três pessoas não identificadas, mesmo se nos vissem.

Paul moveu o telescópio para esquadrinhar o paredão mais distante da bacia, vendo os penhascos esburacados, os deslizamentos que identificavam as tumbas de tantos soldados de seu pai. E teve a sensação passageira de que era apropriado que os espectros daqueles homens, lá de cima, assistissem àquele momento. Os fortes e as cidadezinhas dos Harkonnen, nas terras resguardadas pela Muralha-Escudo, encontravam-se em poder dos fremen, ou então isolados da fonte, feito talos cortados de uma planta e deixados a murchar. Ao inimigo restavam apenas aquela bacia e aquela cidade.

– Pode ser que tentem uma surtida com os tópteros – disse Stilgar. – Se nos virem.

– Deixe que tentem – disse Paul. – Teremos tópteros para incendiar... e sabemos que vem chegando uma tempestade.

Apontou o telescópio para o lado oposto do campo de pouso de Arrakina, para as fragatas Harkonnen enfileiradas ali, com um estandarte da Companhia CHOAM tremulando suavemente no mastro fincado no chão logo abaixo delas. Paul imaginou o desespero que havia obrigado a Guilda a permitir o pouso daqueles dois grupos e manter todos os demais na reserva. A Guilda era como o homem que sondava a areia com o dedo do pé, para medir a temperatura do solo antes de erguer uma tenda.

– Há alguma novidade que possamos ver daqui? – perguntou Gurney. – É melhor procurarmos abrigo. A tempestade *está* chegando.

Paul voltou sua atenção para o gigantesco bivaque.

– Trouxeram até mesmo suas mulheres – disse. – E lacaios e criados. Aaah, meu caro imperador, como é confiante.

– Alguns homens estão subindo pelo caminho secreto – disse Stilgar. – Podem ser Otheym e Korba retornando.

– Certo, Stil – disse Paul. – Vamos voltar.

Mas ele deu uma última olhada ao redor com o telescópio, estudando a planície, com suas naves altas, o bivaque de metal reluzente, a cidade silenciosa, as fragatas dos mercenários Harkonnen. Em seguida, deixou-se escorregar para trás, contornando uma escarpa rochosa. Seu lugar junto ao telescópio foi tomado por um guarda Fedaykin.

Paul foi dar numa depressão rasa na superfície da Muralha-Escudo. O lugar tinha uns trinta metros de diâmetro e outros três de profundidade, uma característica natural da rocha que os fremen tinham escondido sob uma cobertura translúcida de camuflagem. O equipamento de comunicação se concentrava em volta de um buraco no paredão à direita. Os guardas Fedaykin, distribuídos por toda a depressão, esperavam a ordem de Muad'Dib para atacar.

Dois homens saíram do buraco junto ao equipamento de comunicação e falaram com os guardas posicionados ali.

Paul olhou para Stilgar e acenou com a cabeça na direção dos dois homens.

– Veja o que têm a relatar, Stil.

Stilgar obedeceu.

Paul se agachou, encostado à pedra, esticou os músculos e voltou a ficar de pé. Viu Stilgar mandar os dois homens de volta pelo buraco escuro na rocha, pensou na longa descida por aquele túnel estreito, escavado à mão, até a base da bacia.

Stilgar foi até Paul.

– O que era tão importante que não podiam mandar a mensagem por ciélago? – perguntou Paul.

– Estão poupando os animais para a batalha – disse Stilgar. Olhou de relance para o equipamento de comunicação, depois para Paul. – Mesmo com feixes concentrados, é errado usar essas coisas, Muad'Dib. Podem encontrar você determinando a posição das emissões.

– Daqui a pouco estarão ocupados demais para me procurar – disse Paul. – O que os homens informaram?

– Nossos Sardaukar de estimação foram soltos perto da Velha Ravina, no fundo da vertente, e estão a caminho para ver seu mestre. Os lança-foguetes e outras armas de projéteis estão em posição. As pessoas foram distribuídas como você mandou. Era só rotina.

Paul olhou para o outro lado da concavidade rasa, estudando seus homens à luz filtrada que a cobertura camuflada deixava passar. Sentiu que o tempo se arrastava, como um inseto que atravessasse penosamente a rocha exposta.

– A pé, nossos Sardaukar levarão um tempinho até conseguirem mandar um sinal para um transporte de tropas – disse Paul. – Estão sendo vigiados?

– Estão sendo vigiados – disse Stilgar.

Ao lado de Paul, Gurney Halleck limpou a garganta.

– Não é melhor irmos para um lugar seguro?

– Isso não existe – disse Paul. – A previsão do tempo ainda é favorável?

– Vem aí a bisavó de todas as tempestades – disse Stilgar. – Não está sentindo, Muad'Dib?

– O ar realmente parece propício – concordou Paul. – Mas gosto da certeza do posteio meteorológico.

– A tempestade chegará aqui em menos de uma hora – disse Stilgar. Acenou com a cabeça na direção da brecha que se abria para o bivaque do imperador e as fragatas Harkonnen. – Eles também sabem disso. Não há um tóptero no céu. Todos recolhidos e amarrados no chão. Receberam a previsão do tempo de seus amigos no espaço.

– Alguma outra surtida exploratória? – perguntou Paul.

– Nada desde o pouso de ontem à noite – disse Stilgar. – Sabem que estamos aqui. Acho que estão esperando para escolher a hora certa.

– Nós escolheremos a hora – disse Paul.

Gurney olhou para cima e resmungou:

– Se *eles* permitirem.

– Aquela frota continuará no espaço – disse Paul.

Gurney sacudiu a cabeça.

– Não têm escolha – disse Paul. – Podemos destruir a especiaria. A Guilda não se atreve a correr esse risco.

– As pessoas desesperadas são as mais perigosas – disse Gurney.

– E nós não estamos desesperados? – perguntou Stilgar.

Gurney olhou feio para ele.

– Você não conviveu com o sonho dos fremen – advertiu Paul. – Stil está pensando em toda a água que gastamos com subornos, nos anos a mais que teremos de esperar para ver Arrakis florescer. Ele não...

– Arrrgh – fez Gurney, mal-humorado.

– Por que ele está tão tristonho? – perguntou Stilgar.

– Ele sempre fica tristonho antes de uma batalha – disse Paul. – É a única forma de bom humor que Gurney se permite.

Um sorriso feroz e sem pressa se espalhou pelo rosto de Gurney, mostrando os dentes brancos por cima da gola de seu trajestilador.

– Muito me entristece pensar em todas aquelas pobres almas Harkonnen que despacharemos sem o sacramento da confissão – ele disse.

Stilgar riu.

– Ele fala como um Fedaykin.

– Gurney já nasceu comando suicida – disse Paul. E pensou: *Sim, é melhor que ocupem suas mentes com conversa fiada antes de nos medirmos com essa força na planície.* Olhou para a brecha no paredão de rocha e de volta para Gurney, viu que o guerreiro-trovador havia reassumido sua carranca mal-humorada.

— A preocupação mina a força — murmurou Paul. — Você me disse isso uma vez, Gurney.

— Meu duque — disse Gurney —, minha principal preocupação são as armas atômicas. Se usá-las para abrir um buraco na Muralha-Escudo...

— Aquelas pessoas lá em cima não irão usar armas atômicas contra nós — disse Paul. — Não se atreveriam... e pela mesma razão que não podem correr o risco de destruirmos a fonte da especiaria.

— Mas a injunção contra...

— A injunção! — vociferou Paul. — É o medo, e não a injunção, que impede as Casas de lançarem armas atômicas umas contra as outras. A linguagem da Grande Convenção é bem clara: "O uso de armas atômicas contra seres humanos será causa para obliteração planetária". Vamos explodir a Muralha-Escudo, não seres humanos.

— A diferença é muito sutil — disse Gurney.

— Os detalhistas lá em cima aceitarão qualquer argumento de bom grado — disse Paul. — Não falemos mais nisso.

Ele se virou, desejando se sentir realmente confiante. Sem demora, disse:

— E os citadinos? Já estão em posição?

— Sim — murmurou Stilgar.

Paul olhou para ele.

— O que o preocupa?

— Nunca conheci um citadino no qual se pudesse confiar completamente — disse Stilgar.

— Eu já fui um citadino — disse Paul.

Stilgar ficou rígido. Seu rosto corou com o afluxo de sangue.

— Muad'Dib sabe que eu não quis dizer...

— Sei o que você quis dizer, Stil. Mas a prova da fibra de um homem não é o que você pensa que ele irá fazer. É o que ele de fato fará. Esses citadinos têm sangue fremen. Só não descobriram ainda como escapar da escravidão. Ensinaremos a eles.

Stilgar assentiu e falou, em tom de arrependimento:

— Hábitos de uma vida inteira, Muad'Dib. Na Planície Fúnebre, aprendemos a desprezar os homens das comunidades.

Paul olhou para Gurney, viu que ele estudava Stilgar.

– Conte-nos, Gurney, por que o povo da cidade lá embaixo foi expulso de suas casas pelos Sardaukar?

– Um truque velho, meu duque. Imaginaram que nos sobrecarregariam com refugiados.

– Faz tanto tempo que as guerrilhas deixaram de ser eficazes que os poderosos esqueceram como combatê-las – disse Paul. – Os Sardaukar nos deram a vantagem. Pegaram algumas mulheres da cidade para se divertirem, decoraram seus estandartes de batalha com as cabeças dos homens que fizeram objeção. E encheram de um ódio febril pessoas que, não fosse isso, teriam considerado a batalha iminente não mais que uma grande inconveniência... e a possibilidade de trocar de dono. Os Sardaukar estão fazendo o recrutamento por nós, Stilgar.

– O povo da cidade parece, de fato, ansioso – disse Stilgar.

– Seu ódio ainda é recente e puro – disse Paul. – É por isso que vamos usá-los como tropa de choque.

– A mortandade entre eles será terrível – disse Gurney.

Stilgar concordou com a cabeça.

– Estão a par das dificuldades – disse Paul. – Sabem que cada Sardaukar que matarem será um a menos para nós. Vejam, cavalheiros, eles têm pelo que morrer. Descobriram que são um povo. Estão acordando.

Uma exclamação abafada partiu do vigia junto ao telescópio. Paul foi até a fenda na rocha e perguntou:

– O que foi aí fora?

– Uma grande comoção, Muad'Dib – sussurrou o vigia. – Naquela tenda de metal monstruosa. Um carro de superfície chegou da Platibanda Oeste, e foi como se um gavião invadisse um ninho de perdizes.

– Nossos prisioneiros Sardaukar chegaram – disse Paul.

– Agora têm escudos em volta de todo o campo de pouso – disse o vigia. – Dá para ver o ar tremular até mesmo na periferia do pátio de armazenagem onde guardavam a especiaria.

– Agora eles sabem com quem estão lutando – disse Gurney. – Que os animais Harkonnen tremam e chorem de medo ao saber que um Atreides ainda vive!

Paul falou para o Fedaykin junto ao telescópio:

– Fique de olho no mastro em cima da nave do imperador. Se minha bandeira for hasteada ali...

– Não será – disse Gurney.

Paul viu a carranca confusa de Stilgar e disse:

– Se tiver reconhecido minha reivindicação, o imperador mandará um sinal devolvendo a bandeira Atreides a Arrakis. Usaremos, então, o segundo plano e atacaremos apenas os Harkonnen. Os Sardaukar ficarão de fora e nos deixarão resolver a questão entre nós mesmos.

– Não tenho experiência com essas coisas estrangeiras – Stilgar disse. – Ouvi falar delas, mas parece improvável que...

– Não é preciso experiência para saber o que eles irão fazer – disse Gurney.

– Estão hasteando uma nova bandeira na nave alta – disse o vigia. – A bandeira é amarela... com um círculo preto e vermelho no centro.

– Como é sutil – disse Paul. – A bandeira da Companhia CHOAM.

– É a mesma bandeira das outras naves – disse o guarda Fedaykin.

– Não entendi – disse Stilgar.

– Ponha sutil nisso – disse Gurney. – Se tivesse hasteado a bandeira Atreides, ele teria de arcar com as consequências de seu ato. Há muitos observadores por perto. Poderia ter sinalizado com a bandeira Harkonnen em seu mastro, e isso teria sido uma declaração inequívoca. Mas, não: ele hasteia o trapo da CHOAM. Está dizendo às pessoas lá em cima... – Gurney apontou o espaço – ... onde está o lucro. Está dizendo que não dá a mínima se temos ou não um Atreides.

– Quanto tempo falta para a tempestade atingir a Muralha-Escudo? – perguntou Paul.

Stilgar se virou, consultou um dos Fedaykin que estavam na concavidade. Sem demora, voltou e disse:

– Muito em breve, Muad'Dib. Mais cedo do que esperávamos. É a trisavó de todas as tempestades... talvez até mais do que você desejava.

– É minha tempestade – disse Paul, vendo a admiração muda nos rostos dos Fedaykin que o ouviram. – Mesmo se abalasse o mundo inteiro, não poderia ser mais do que eu desejava. Ela atingirá a Muralha-Escudo em cheio?

– Ou tão perto disso que não fará diferença – disse Stilgar.

Um mensageiro saiu do buraco que descia até a bacia e disse:

– As patrulhas dos Sardaukar e dos Harkonnen estão se retirando, Muad'Dib.

– Esperam que a tempestade jogue tanta areia dentro da bacia que a visibilidade ficará prejudicada – disse Stilgar. – Acham que teremos o mesmo problema.

– Diga a nossos artilheiros para fazer pontaria antes de perdermos a visibilidade – disse Paul. – Eles terão de arrancar o nariz de cada uma daquelas naves tão logo a tempestade tiver destruído os escudos.

Ele foi até o paredão da concavidade, recolheu uma dobra da cobertura camuflada e olhou para o céu. Viam-se os rabos de cavalo de areia rodopiarem ao vento contra o céu escuro. Paul devolveu a cobertura a seu lugar e disse:

– Comece a mandar nossos homens lá para baixo, Stil.

– Você não vem com a gente? – perguntou Stilgar.

– Vou esperar um pouco aqui em cima com os Fedaykin – disse Paul.

Stilgar deu de ombros, dirigindo o gesto de cumplicidade a Gurney, foi até o buraco no paredão de rocha e desapareceu nas sombras.

– O detonador da Muralha-Escudo, eu o deixo em suas mãos, Gurney – disse Paul. – Aceita?

– Aceito.

Paul fez sinal para um tenente Fedaykin e disse:

– Otheym, comece a tirar as patrulhas de controle da área da explosão. Precisam sair de lá antes de a tempestade chegar.

O homem fez uma reverência e seguiu Stilgar.

Gurney inclinou-se na direção da fenda e falou com o homem ao telescópio:

– Fique atento ao paredão sul. Estará completamente sem defesas até nós o mandarmos pelos ares.

– Despache um ciélago com o sinal horário – ordenou Paul.

– Alguns carros terrestres estão seguindo na direção do paredão sul – disse o homem do telescópio. – Alguns deles estão usando armas de projéteis, testando-as. Nossa gente está usando escudos corporais como você mandou. Os carros terrestres pararam.

No silêncio repentino, Paul ouviu a música dos ventos endiabrados lá em cima: a frente da tempestade. A areia começou a escorrer para dentro da concavidade, através das brechas na cobertura, que acabou sendo arrancada por uma rajada de vento.

Paul fez sinal para que seus Fedaykin se abrigassem, foi até os homens junto ao equipamento de comunicação perto da boca do túnel.

Gurney permaneceu ao lado dele. Paul se inclinou sobre os ombros dos sinaleiros.

Um deles disse:

– É a *tataravó* de todas as tempestades, Muad'Dib.

Paul olhou para o céu cada vez mais escuro e disse:

– Gurney, mande os observadores do paredão sul saírem de lá. – Ele teve de repetir a ordem aos gritos, acima do barulho cada vez mais alto da tempestade.

Gurney virou-se para obedecer.

Paul prendeu o filtro facial e ajustou o gorro do trajestilador.

Gurney voltou.

Paul tocou-lhe o ombro e apontou para o detonador instalado na boca do túnel, depois dos sinaleiros. Gurney entrou no túnel, deteve-se ali, com uma das mãos no disparador e os olhos fixos em Paul.

– Não estamos recebendo mensagens – disse o sinaleiro ao lado de Paul. – Muita estática.

Paul assentiu, manteve os olhos no mostrador do horário-padrão em frente ao sinaleiro. Em seguida, olhou para Gurney, ergueu uma das mãos, voltou a olhar para o mostrador. O cronômetro se arrastou em sua última volta.

– Agora! – Paul gritou, abaixando a mão.

Gurney pressionou o disparador.

Um segundo inteiro pareceu passar antes de sentirem o chão sob seus pés ondular e tremer. Uma trovoada somou-se ao rugido da tempestade.

O vigia Fedaykin do telescópio apareceu ao lado de Paul, com o instrumento enfiado debaixo de um braço.

– A Muralha-Escudo foi rompida, Muad'Dib! – gritou. – A tempestade está em cima deles, e nossos artilheiros já abriram fogo.

Paul pensou na tempestade que varria toda a bacia, na carga de eletricidade estática do paredão de areia que destruiria todos os escudos no campo inimigo.

– A tempestade! – alguém berrou. – Temos de nos abrigar, Muad'Dib!

Paul voltou a si, sentindo as agulhadas da areia na face exposta. *Não há mais volta*, ele pensou. Passou um dos braços pelo ombro do sinaleiro e disse:

– Deixe o equipamento aí! Temos mais no túnel.

Sentiu que era arrastado para longe, com os Fedaykin amontoados a seu redor para protegê-lo. Espremeram-se na boca do túnel, sentindo sua quietude relativa, fizeram uma curva e entraram numa pequena câmara com luciglobos no alto e, depois dela, outra abertura de túnel.

Outro sinaleiro estava sentado ali junto a seu equipamento.

– Muita estática – disse o homem.

Um redemoinho de areia tomou o ar.

– Lacrem este túnel! – Paul gritou. Um silêncio opressivo e repentino foi a prova de que sua ordem tinha sido cumprida. – O caminho para a bacia ainda está livre? – perguntou Paul.

Um Fedaykin foi olhar, voltou e disse:

– A explosão provocou um pequeno desmoronamento, mas os engenheiros dizem que ainda está livre. Estão limpando tudo com raileses.

– Mande-os usar as mãos! – vociferou Paul. – Há escudos ativos lá embaixo.

– Estão tomando cuidado, Muad'Dib – disse o homem, mas virou-se para obedecer.

Os sinaleiros lá de fora passaram por eles carregando seu equipamento.

– Eu mandei deixar o equipamento para trás! – disse Paul.

– Os fremen não gostam de abandonar equipamentos, Muad'Dib – ralhou um dos Fedaykin.

– Os homens são mais importantes que o equipamento agora – disse Paul. – Logo teremos mais equipamento do que poderemos usar, ou então não precisaremos mais de equipamento.

Gurney Halleck apareceu ao lado dele e disse:

– Ouvi quando disseram que o caminho lá para baixo está livre. Aqui estamos muito perto da superfície, milorde, se os Harkonnen tentarem retaliar na mesma moeda.

– Não estão em condições de retaliar – disse Paul. – Estão descobrindo só agora que não têm escudos nem como deixar Arrakis.

– Mas o novo posto de comando está todo preparado, milorde – disse Gurney.

– Eles ainda não precisam de mim no posto de comando – disse Paul. – O plano seguirá em frente sem mim. Temos de esperar pelo...

– Estou recebendo uma mensagem, Muad'Dib – disse o sinaleiro junto ao equipamento de comunicação. O homem chacoalhou a cabeça, pressionou o fone de um receptor contra a orelha. – Muita estática! – Começou a rabiscar num bloco a sua frente, balançando a cabeça, esperando, escrevendo... esperando.

Paul foi até o sinaleiro e colocou-se ao lado dele. Os Fedaykin recuaram um pouco para lhe dar espaço. Ele olhou para o que o homem havia escrito e leu:

– Ataque... em Sietch Tabr... capturados... Alia (lacuna) famílias de (lacuna) mortos estão... eles (lacuna) filho de Muad'Dib...

O sinaleiro voltou a sacudir a cabeça.

Paul ergueu os olhos e viu que Gurney o fitava.

– A mensagem está truncada – disse Gurney. – A estática. Você não sabe se...

– Meu filho está morto – disse Paul, e soube, ao dizê-lo, que era verdade. – Meu filho está morto... e Alia foi capturada... é refém. – Sentiu-se vazio, uma casca sem emoções. Tudo o que ele tocava trazia a morte e o pesar. E era como uma doença capaz de se disseminar pelo universo.

Sentiu a sabedoria dos velhos, um acervo de experiências de incontáveis vidas possíveis. Alguma coisa pareceu rir e esfregar as mãos dentro dele.

E Paul pensou: *Como o universo conhece pouco a natureza da verdadeira crueldade!*

> **E Muad'Dib se apresentou diante deles e disse: "Apesar de darmos os prisioneiros como mortos, ela ainda vive. Pois sua semente é minha semente, e sua voz é minha voz. E ela enxerga as regiões mais longínquas da possibilidade. Sim, até o vale do incognoscível ela enxerga, por minha causa".**
>
> – Excerto de "Despertar de Arrakis", da princesa Irulan

O barão Vladimir Harkonnen, de olhos baixos, estava na câmara de audiências imperial, o selamlik oval no interior do bivaque do imperador padixá. Com olhares velados, o barão havia estudado a sala de paredes metálicas e seus ocupantes: os noukkers, os pajens, os guardas, a tropa de Sardaukar da Casa, em formação de uma parede a outra, todos em posição de descansar, sob as bandeiras de batalha capturadas, ensanguentadas e esfarrapadas que eram a única decoração da sala.

Soaram vozes do lado direito da câmara, que ecoavam vindas de uma passagem elevada:

– Abram caminho! Abram caminho para Sua Alteza Real!

O imperador padixá Shaddam IV saiu da passagem e entrou na câmara de audiências seguido por seu séquito. Esperou de pé, até lhe trazerem o trono, ignorando o barão e, aparentemente, ignorando todas as pessoas na sala.

O barão descobriu que não conseguia ignorar Sua Alteza Real e pôs-se a observar o imperador, em busca de um sinal, qualquer pista do propósito daquela audiência. O imperador esperava com aprumo, uma figura esguia e elegante, vestindo o uniforme cinzento dos Sardaukar, com remates de ouro e prata. O rosto magro e os olhos frios lembravam ao barão o duque Leto, morto havia tanto tempo. Era aquele mesmo ar de ave de rapina. Mas os cabelos do imperador eram ruivos, e não negros, e boa parte da cabeleireira ficava escondida sob um capacete ebâneo de burseg, com o timbre imperial sobre o penacho.

Os pajens trouxeram o trono. Era uma cadeira maciça, esculpida num único bloco de quartzo de Hagal: uma translucidez verde-azulada, com veios de fogo amarelo. Colocaram-na sobre o tablado, e o imperador ali subiu e se sentou.

Uma velha de *aba* preta, com a testa coberta pelo capuz, destacou-se do séquito do imperador e posicionou-se atrás do trono, repousando uma das mãos esqueléticas sobre o espaldar de quartzo. O rosto que se entrevia dentro do capuz era como a caricatura de uma bruxa: olhos e faces encovadas, um nariz muito comprido, a pele manchada e as veias salientes.

O barão controlou os tremores provocados pela aparição da mulher. A presença da Reverenda Madre Gaius Helen Mohiam, a Proclamadora da Verdade do imperador, revelava a importância daquela audiência. O barão desviou o olhar e pôs-se a observar o séquito, à procura de uma pista. Eram dois agentes da Guilda, um alto e gordo, o outro baixo e gordo, ambos com olhos cinzentos e insossos. E, cercada de lacaios, estava uma das filhas do imperador, a princesa Irulan, uma mulher que, segundo diziam, vinha sendo treinada nos maiores segredos da Doutrina Bene Gesserit, destinada a ser uma Reverenda Madre. Ela era alta e loira, tinha um rosto de beleza cinzelada e olhos verdes que pareciam enxergar além e através dele.

– Meu caro barão.

O imperador havia se dignado a reparar que ele estava ali. A voz era um barítono de controle refinado. Conseguia dispensá-lo ao mesmo tempo que o cumprimentava.

O barão fez uma profunda reverência, avançou até a posição designada, a dez passos do tablado.

– Vim como me pediu, Vossa Majestade.

– Pediu! – casquinou a velha.

– Ora, Reverenda Madre – ralhou o imperador, mas sorriu diante do embaraço do barão e disse: – Primeiro, diga-me aonde foi que mandou seu asseclas, Thufir Hawat.

O barão olhou rapidamente para a esquerda e a direita, passou uma descompostura em si próprio por não ter trazido seus guardas. Não que tivessem muita serventia contra os Sardaukar. Ainda assim...

– E então? – insistiu o imperador.

– Faz cinco dias que ele está fora, majestade. – O barão deu uma olhadela nos agentes da Guilda, depois voltou a se concentrar no imperador. – Era para ele pousar numa base dos contrabandistas e tentar se infiltrar no acampamento do fanático fremen, o tal Muad'Dib.

– Incrível! – exclamou o imperador.

Uma das garras da bruxa bateu de leve no ombro do imperador. Ela se inclinou e sussurrou-lhe ao ouvido.

O imperador fez que sim e falou:

– Cinco dias, barão. Diga-me, por que não está preocupado com essa ausência?

– Mas eu *estou* preocupado, majestade!

O imperador continuou a encará-lo, aguardando. A Reverenda Madre voltou a casquinar.

– O que estou querendo dizer, majestade – explicou o barão –, é que Hawat, de qualquer maneira, estará morto dentro de algumas horas. – E explicou o veneno latente e a necessidade de um antídoto.

– Quanta esperteza, barão – disse o imperador. – E onde estão seus sobrinhos, Rabban e o jovem Feyd-Rautha?

– A tempestade está chegando, majestade. Eu os mandei inspecionar nosso perímetro, para que os fremen não ataquem encobertos pela areia.

– Perímetro – disse o imperador. A palavra saiu como se lhe azedasse a boca. – A tempestade não terá lá grandes consequências dentro da bacia, e aquela escória fremen não vai atacar enquanto eu estiver aqui com cinco legiões de Sardaukar.

– Certamente não, majestade – falou o barão. – Mas não se pode censurar alguém pelo excesso de zelo.

– Aaah – disse o imperador. – Censura. Então não devo falar do tempo que essa bobagem aqui em Arrakis me fez perder? Nem dos lucros da Companhia CHOAM que descem pelo ralo que é este planeta? Nem das solenidades da corte e os assuntos de estado que tive de adiar, e até mesmo cancelar, por causa desta estupidez?

O barão baixou o olhar, assustado com a raiva do imperador. Sua posição delicada, sozinho e dependente da Convenção e do dictum familia das Casas Maiores, o deixava apreensivo. *Será que ele tem a intenção de me matar?*, o barão se perguntou. *Não poderia! Não com as outras Casas Maiores aguardando lá em cima, ansiosas pela menor desculpa para lucrar alguma coisa com este transtorno em Arrakis.*

– Fez algum refém? – perguntou o imperador.

– É inútil, majestade – disse o barão. – Esses fremen malucos fazem uma cerimônia fúnebre para cada prisioneiro e agem como se o sujeito já estivesse morto.

– E daí? – fez o imperador.

E o barão esperou, olhando de relance à esquerda e à direita, para as paredes de metal do selamlik, pensando na monstruosa tenda de metal eque a seu redor. Aquilo representava uma riqueza tão ilimitada que espantava até mesmo o barão. *Ele trouxe pajens*, pensou o barão, *e os lacaios inúteis da corte, suas mulheres e os acompanhantes – cabeleireiros, estilistas, tudo... todos os parasitas periféricos da Corte. Todos aqui, adulando, tramando em segredo, "comendo da banda podre" com o imperador... para vê-lo pôr um fim a este caso, para compor epigramas sobre as batalhas e idolatrar os feridos.*

– Talvez você nunca tenha procurado o tipo certo de refém – disse o imperador.

Ele sabe de alguma coisa, pensou o barão. O medo afundou feito uma pedra em seu estômago, tanto que ele mal conseguia suportar a ideia de comer. Contudo, a sensação lembrava a da fome, e ele pairou várias vezes em seus suspensores, prestes a pedir que lhe trouxessem comida. Mas não havia ninguém ali para atender seu pedido.

– Tem alguma ideia de quem poderia ser esse Muad'Dib? – perguntou o imperador.

– Um umma, com certeza – respondeu o barão. – Um fanático fremen, um aventureiro religioso. Aparece com regularidade às margens da civilização. Vossa Majestade sabe disso.

O imperador olhou para sua Proclamadora da Verdade, depois virou-se para o barão, de cenho franzido.

– E não sabe mais nada a respeito desse Muad'Dib?

– Um louco – disse o barão. – Mas todos os fremen são um tanto loucos.

– Um louco?

– Sua gente grita-lhe o nome ao se atirar nas batalhas. As mulheres jogam seus filhos pequenos contra nós e se lançam sobre nossas facas, para abrir uma brecha e seus homens atacarem. Não têm a menor... a menor... decência!

– Tão ruim assim? – murmurou o imperador, e o barão não deixou de notar o tom escarninho. – Diga-me, meu caro barão, investigou as regiões polares austrais de Arrakis?

O barão ergueu os olhos e encarou o imperador, espantado com a mudança de assunto.

– Mas... Bem, Vossa Majestade sabe que toda a região é inabitável, exposta ao vento e aos vermes. Nem sequer há especiaria naquelas latitudes.

– Não recebeu nenhum relatório dos cargueiros de especiaria, informando que há manchas de vegetação por lá?

– Sempre recebemos esses informes. Alguns foram investigados, tempos atrás. Algumas plantas foram avistadas. Muitos tópteros foram perdidos. Custos excessivos, Vossa Majestade. É um lugar onde um homem não consegue sobreviver muito tempo.

– Certo – disse o imperador. Estalou os dedos e uma porta se abriu à esquerda dele, atrás do trono. Pela porta entraram dois Sardaukar conduzindo uma menininha que parecia ter cerca de 4 anos de idade. Ela vestia uma aba preta, com o capuz jogado para trás, revelando as presilhas de um trajestilador, que pendiam de sua garganta. Os olhos eram azuis, como os dos fremen, num rosto redondo e delicado. Não parecia assustada e havia em seu olhar algo que deixou o barão apreensivo, sem que ele conseguisse explicar o motivo.

Até mesmo a velha Bene Gesserit e Proclamadora da Verdade recuou ao ver a criança passar e fazer-lhe o sinal de proteção contra o mal. A bruxa velha obviamente ficou abalada com a presença da menina.

O imperador limpou a garganta para falar, mas a menina falou primeiro, com uma vozinha fina e vestígios de ceceio palatino, mas, mesmo assim, clara:

– Então aí está ele. – Avançou até a beirada do tablado. – Não parece grande coisa, não é? Um velho gordo e assustado, fraco demais para aguentar o peso de seu próprio corpo sem o auxílio de suspensores.

Foi uma declaração tão inesperada na boca de uma criança, que o barão olhou para ela, sem palavras, apesar da raiva. *Será uma anãzinha?*, ele se perguntou.

– Meu caro barão – disse o imperador –, quero que conheça a irmã de Muad'Dib.

– A ir... – O barão desviou sua atenção para o imperador. – Não estou entendendo.

– Eu também peco por excesso de zelo, às vezes – disse o imperador. – Fui informado que suas *inabitadas* regiões polares austrais exibem indícios de atividade humana.

– Mas isso é impossível! – protestou o barão. – Os vermes... a areia fica desimpedida e...

– Parece que essas pessoas conseguem evitar os vermes – disse o imperador.

A criança sentou-se no tablado, ao lado do trono, deixou os pés penderem sobre a beirada e começou a balançá-los. Era com tamanho ar de confiança que ela observava o ambiente.

O barão olhou para os pés a balançar, a maneira como remexiam o manto negro, as sandálias que se entreviam sob o tecido.

– Infelizmente – disse o imperador –, mandei apenas cinco transportes com uma força de ataque ligeira apanhar prisioneiros para interrogatório. Mal conseguimos sair com três prisioneiros e um transporte. Imagine, barão, que meus Sardaukar quase foram sobrepujados por uma força composta principalmente de mulheres, crianças e velhos. Esta menina aqui comandava um dos grupos de ataque.

– Está vendo, Vossa Majestade! – exclamou o barão. – Está vendo como eles são!

– Deixei que me capturassem – disse a menina. – Não queria enfrentar meu irmão e ter de lhe contar que seu filho foi morto.

– Somente um punhado de nossos homens escapou – disse o imperador. – Escapou! Ouviu bem?

– Nós teríamos acabado com eles também – falou a menina –, não fossem as chamas.

– Meus Sardaukar usaram os jatos de atitude do transporte como lança-chamas – disse o imperador. – Uma manobra desesperada e a única coisa que lhes permitiu escapar com os três prisioneiros. Repare bem, meu caro barão: Sardaukar obrigados a bater em retirada, de maneira desordenada, por causa de mulheres, crianças e velhos!

– Temos de atacar com força – chiou o barão. – Temos de destruir até o último vestígio de...

– Silêncio! – berrou o imperador. Deslizou para a beirada do trono. – Pare de ofender minha inteligência. Você vem aqui, com essa sua inocência idiota e...

– Majestade – fez a velha Proclamadora da Verdade.

Ele fez sinal para que ela se calasse.

– Você diz não saber nada sobre a atividade que descobrimos, nem sobre as qualidades marciais desse povo soberbo! – O imperador quase se levantou do trono. – Por quem me toma, barão?

O barão deu dois passos para trás, pensando: *Foi Rabban. Ele fez isso comigo. Rabban...*

– E essa falsa desavença com o duque Leto – fez o imperador, com aparente satisfação, voltando a afundar em seu trono. – Que beleza de manobra.

– Majestade – implorou o barão. – O que está...

– Silêncio!

A velha Bene Gesserit pousou uma das mãos no ombro do imperador, inclinou-se e sussurrou ao pé do ouvido dele.

A menina sentada no tablado parou de balançar os pés e disse:

– Assuste-o um pouco mais, Shaddam. Eu não deveria me divertir com isso, mas descobri que é impossível reprimir esse prazer.

– Quieta, menina – disse o imperador. Ele se inclinou, pôs a mão sobre a cabeça da criança e olhou para o barão. – Será possível, barão? Será que é tão simplório quanto minha Proclamadora da Verdade diz que é? Não reconhece esta menina, filha de seu aliado, o duque Leto?

– Meu pai nunca foi aliado dele – a criança falou. – Meu pai está morto, e essa mula velha Harkonnen nunca me viu antes.

O barão ficou reduzido a um olhar feroz e estupefato. Quando recuperou a voz, foi só para dizer, entredentes:

– Quem?

– Eu sou Alia, filha do duque Leto e de lady Jéssica, e irmã do duque Paul Muad'Dib – disse a menina. Ela tomou impulso e desceu do tablado para o chão da câmara de audiências. – Meu irmão prometeu colocar sua cabeça no alto do mastro que leva o estandarte de batalha dele, e acho que é o que fará.

– Silêncio, menina – ordenou o imperador, voltando a se recostar. Com o queixo numa das mãos, pôs-se a estudar o barão.

– Não recebo ordens do imperador – disse Alia. Ela se virou, olhou para a Reverenda Madre. – Ela sabe.

O imperador olhou para sua Proclamadora da Verdade.

– O que ela quer dizer?

– Essa menina é uma abominação! – exclamou a velha. – A mãe dela merece o maior castigo de toda a história. A morte! Que não pode ser rápida para esta *criança*, nem para quem a gerou! – A velha apontou um dedo para Alia. – Saia da minha mente!

– T-P? – murmurou o imperador. Voltou rapidamente a olhar para Alia. – Em nome da Grande Mãe!

– Vossa Majestade não entende – disse a velha. – Não é telepatia. Ela está em minha mente. É como as outras que me antecederam, que me deram suas lembranças. Ela se encontra em minha mente! Não pode estar lá, mas está!

– Que outras? – quis saber o imperador. – Que absurdo é esse?

A velha se empertigou e abaixou a mão que ainda trazia um dedo esticado.

– Falei demais, mas resta o fato de que essa *criança*, que não é uma criança, precisa ser destruída. Há tempos fomos avisadas a respeito de alguém como ela, e o que fazer para evitar seu nascimento, mas fomos traídas por uma de nós.

– Você fala demais, velha – ralhou Alia. – Não sabe como foi e, mesmo assim, continua tagarelando feito uma total idiota. – Alia fechou os olhos, inspirou fundo e segurou o fôlego.

A velha Reverenda Madre gemeu e cambaleou.

Alia abriu os olhos.

– Foi assim que aconteceu – ela disse. – Um acidente cósmico... e você teve seu papel.

A Reverenda Madre estendeu as mãos, como se usasse as palmas para empurrar o ar na direção de Alia.

– O que está acontecendo aqui? – quis saber o imperador. – Menina, você é mesmo capaz de projetar seus pensamentos na mente de outra pessoa?

– Não é nada disso – falou Alia. – Se não nasci como vocês, não posso pensar como vocês.

– Mate-a – murmurou a velha, agarrando-se ao espaldar do trono, em busca de apoio. – Mate-a! – Os olhos idosos e encovados se fixaram em Alia.

– Silêncio – ordenou o imperador, e pôs-se a estudar Alia. – Menina, você consegue se comunicar com seu irmão?

– Meu irmão sabe que estou aqui – disse Alia.

– Pode dizer a ele para se render em troca de sua vida?

Alia sorriu, com nítida inocência.

– Não vou fazer isso.

O barão avançou com passos incertos e se deteve ao lado de Alia.

– Majestade – ele implorou –, eu não sabia de nada...

– Se me interromper de novo, barão – disse o imperador –, perderá o poder de interromper... para sempre. – Manteve sua atenção concentrada em Alia, observando-a com os olhos semicerrados. – Não vai fazer, hein? Consegue ler minha mente e ver o que farei com você se me desobedecer?

– Eu já disse que não leio mentes – ela explicou –, mas não é preciso ser telepata para ler suas intenções.

O imperador fechou a cara.

– Menina, sua causa está perdida. Só preciso convocar minhas forças e reduzir este planeta a...

– Não é tão simples – disse Alia. Olhou para os dois membros da Guilda. – Pergunte a eles.

– Não é inteligente contrariar meus desejos – falou o imperador. – Você não deveria me negar nem as coisas mais insignificantes.

– Meu irmão está chegando – disse Alia. – Até mesmo um imperador pode tremer diante de Muad'Dib, pois ele tem a força dos justos e o céu lhe sorri.

O imperador saltou do trono.

– Esta brincadeira já foi longe demais. Vou pegar seu irmão e este planeta e pulverizá-los...

Um estrondo abalou a sala. De repente, uma cascata de areia apareceu atrás do trono, onde o bivaque se acoplava à nave do imperador. O retesamento abrupto da pele sinalizou a ativação de um escudo de grande alcance.

– Eu avisei – disse Alia. – Meu irmão está chegando.

O imperador estava de pé diante do trono, com a mão direita colada ao ouvido, escutando o relatório da situação cuspido pelo servorreceptor. O barão deu dois passos e colocou-se atrás de Alia. Os Sardaukar correram para suas posições junto às portas.

– Vamos nos retirar para o espaço e reagrupar – disse o imperador. – Barão, minhas desculpas. Esses loucos *estão* atacando encobertos pela tempestade. Mostraremos a eles, então, a ira de um imperador. – Apontou para Alia. – Entreguem o corpo da menina à tempestade.

Enquanto ele falava, Alia foi recuando, fingindo pavor.

– Que a tempestade fique com o que conseguir pegar! – ela gritou. E caiu nos braços do barão.

– Eu a peguei, majestade! – gritou o barão. – Devo despachá-la ago-raaiiiiiiiiiiiiiiii! – Ele a jogou no chão e segurou seu braço esquerdo.

– Sinto muito, avô – disse Alia. – Acabou de conhecer o gom jabbar dos Atreides. – Ela ficou de pé, abriu a mão e soltou uma agulha negra.

O barão caiu de costas. Seus olhos se esbugalharam ao fitar o corte vermelho em sua palma esquerda.

– Você... você... – Rolou de lado em seus suspensores, uma massa flácida de carne mantida a alguns centímetros do chão, com a cabeça pendente e a boca escancarada.

– Essa gente é insana – resmungou o imperador. – Rápido! Para a nave. Vamos expurgar este planeta de todos...

Alguma coisa faiscou a sua esquerda. Um relâmpago globular saltou da parede, crepitou ao tocar o piso de metal. O cheiro de isolamento queimado se apoderou do selamlik.

– O escudo! – gritou um dos oficiais Sardaukar. – O escudo externo caiu! Eles...

Suas palavras se afogaram num rugido metálico quando o casco da nave, atrás do imperador, tremeu e balançou.

– Estouraram o nariz da nave – alguém berrou.

A sala foi tomada por pó. Encoberta pela poeira, Alia ficou de pé num salto e correu na direção da porta externa.

O imperador girou nos calcanhares, acenou para que seu pessoal se dirigisse para uma porta de emergência que se abriu na lateral da nave, atrás do trono. Fez um rápido sinal com as mãos para um oficial dos Sardaukar que, com um salto, atravessou a bruma de pó.

– Lutaremos aqui! – ordenou o imperador.

Mais um estrondo abalou o bivaque. As portas duplas se abriram do outro lado da câmara, deixando entrar a areia soprada pelo vento e o som de gritos. Viu-se momentaneamente, contra a luz, um vulto pequeno e envolto num manto negro: era Alia, que disparava em busca de uma faca para, como convinha a seu treinamento fremen, matar os Harkonnen e Sardaukar feridos. Os Sardaukar da Casa avançaram pelo nevoeiro amarelo-esverdeado na direção da abertura, de armas prontas, formando ali um arco para proteger a retirada do imperador.

– Salve-se, sire! – gritou um oficial Sardaukar. – Entre na nave!

Mas o imperador agora estava sozinho em seu tablado e apontava para as portas. Uma seção de quarenta metros do bivaque tinha sido arrancada com a explosão, e as portas do selamlik agora se abriam para a areia ao vento. Uma nuvem baixa de pó pairava sobre o mundo lá fora, soprada desde rincões distantes em tons pastéis. A nuvem lançava raios crepitantes de estática, e viam-se, através do nevoeiro, as faíscas dos escudos que a carga elétrica da tempestade ia colocando em curto-circuito. A planície pululava com vultos em combate: Sardaukar e homens trajando mantos, que saltavam e rodopiavam, como se saíssem da tempestade.

Tudo isso era uma moldura para aquilo que a mão do imperador apontava.

Do nevoeiro de areia surgiu uma massa disciplinada de formas fugazes: imensos aros ascendentes e seus raios de cristal, que se transformaram nas bocas escancaradas de vermes da areia, uma muralha maciça daquelas criaturas, cada qual com tropas fremen no dorso, partindo para o ataque. Chegavam formando uma cunha sibilante, com seus mantos a tremular ao vento, atravessando a escaramuça na planície.

Na direção do bivaque imperial vinham eles, e os Sardaukar da Casa ficaram perplexos, pela primeira vez em sua história, com uma investida que suas mentes achavam difícil aceitar.

Mas os vultos que saltavam do dorso dos vermes eram homens, e as armas brancas que cintilavam naquela luz amarela e agourenta eram algo que os Sardaukar tinham sido treinados para enfrentar. Atiraram-se ao combate. E foi homem contra homem na planície de Arrakina, enquanto um seleto guarda-costas Sardaukar empurrava o imperador de volta à nave, lacrava a porta depois de vê-lo entrar e preparava-se para morrer ali mesmo, como parte do escudo de seu soberano.

No choque do relativo silêncio dentro da nave, o imperador olhou para os rostos espantados de seu séquito, vendo a filha mais velha corada pelo esforço, a idosa Proclamadora da Verdade feito uma sombra negra, com a cara enterrada no capuz, e encontrando, por fim, os rostos que ele procurava: os dois membros da Guilda. Vestiam a cor cinzenta da Guilda, sem adornos, e aquilo parecia adequado à calma que mantinham, apesar das grandes emoções que os cercavam.

O mais alto dos dois, porém, tapava o olho esquerdo com uma das mãos. Enquanto o imperador o observava, alguém esbarrou em seu braço, deslocando-lhe a mão e revelando o olho escondido. O homem havia perdido uma das lentes de contato de seu disfarce, e o olho exibia um azul total e tão escuro que quase chegava a ser negro.

O menorzinho dos dois usou os cotovelos para abrir caminho e chegar um passo mais perto do imperador. Disse:

– Não temos como saber o que acontecerá.

E o companheiro mais alto, com a mão já de volta ao olho, acrescentou com frieza:

– Mas o tal Muad'Dib também não tem.

As palavras tiraram o imperador de seu estupor. Fez um esforço visível para se controlar e não dar voz a seu desprezo, pois não era necessário o foco exclusivo de um navegador da Guilda na linha de maior probabilidade para prever qual seria o futuro imediato lá fora, na planície. Imaginou se aqueles dois não estariam tão dependentes de sua habilidade que tinham esquecido como usar os olhos e a razão.

– Reverenda Madre – ele disse –, temos de traçar um plano.

Ela afastou o capuz do rosto e o fitou, sem piscar. O olhar que os dois trocaram foi de total entendimento. Restava-lhes uma só arma, e os dois sabiam qual era: traição.

– Mande chamar o conde Fenring nos aposentos dele – disse a Reverenda Madre.

O imperador padixá concordou com a cabeça e fez sinal para que um de seus assistentes cumprisse a ordem.

> **Era guerreiro e místico, ogro e santo, a raposa e o inocente, galante, cruel, menos que um deus, mais que um homem. Não há como medir as razões de Muad'Dib com critérios comuns. No momento de seu triunfo, viu a morte que lhe prepararam, mas aceitou a traição. Pode-se dizer que fez isso por ter senso de justiça? A justiça de quem, então? Lembre-se: falamos agora do Muad'Dib que mandou fazer tambores de batalha com a pele dos inimigos, o Muad'Dib que rejeitou as convenções de seu passado como duque com um aceno da mão, dizendo simplesmente: "Sou o Kwisatz Haderach. Essa razão já basta".**
>
> – Excerto de "Despertar de Arrakis", da princesa Irulan

Foi para a mansão do governador arrakino, a antiga Residência Oficial que os Atreides haviam ocupado ao chegar a Duna, que eles escoltaram Paul Muad'Dib na noite de sua vitória. O edifício estava como Rabban o havia deixado depois da reforma, praticamente intocado pelos combates, embora o povo da cidade o tivesse saqueado. Alguns móveis do saguão principal tinham sido revirados ou quebrados.

Paul entrou pomposamente pela porta principal, acompanhado de Gurney Halleck e Stilgar, que vinham um passo atrás. Sua escolta se espalhou pelo Grande Átrio, arrumando o lugar e limpando uma área para Muad'Dib. Um esquadrão começou a procurar armadilhas, para garantir que nenhuma tivesse restado.

– Lembro-me do dia em que chegamos aqui com seu pai – disse Gurney. Olhou ao redor, para as vigas e as janelas altas e estreitas. – Não gostei deste lugar na época e gosto dele menos ainda agora. Uma de nossas cavernas seria mais segura.

– Falou como um verdadeiro fremen – disse Stilgar, notando o sorriso gélido que suas palavras levaram aos lábios de Muad'Dib. – Vai reconsiderar, Muad'Dib?

– Este lugar é um símbolo – disse Paul. – Rabban viveu aqui. Ocupando este lugar, eu selo minha vitória de maneira que todos entendam. Mande os homens vasculharem o prédio. Que não toquem em nada. Certifiquem-se apenas de que não sobraram nem gente nem brinquedos dos Harkonnen.

– A suas ordens – disse Stilgar, e era grande a relutância em seu tom de voz quando ele se virou para obedecer.

Os homens encarregados das comunicações entraram correndo na sala, trazendo seu equipamento, e começaram a montá-lo perto da enorme lareira. Os guardas fremen que se somaram aos Fedaykin sobreviventes assumiram posições em volta da sala. Cochichavam entre si, lançando olhares desconfiados para todos os lados. Ali havia sido a casa do inimigo durante tanto tempo que eles não conseguiam aceitar facilmente sua presença lá dentro.

– Gurney, mande uma escolta buscar minha mãe e Chani – disse Paul. – Chani já sabe sobre nosso filho?

– O recado foi dado, milorde.

– Já estão retirando os criadores da bacia?

– Sim, milorde. A tempestade está quase passando.

– Qual é a extensão dos danos provocados pela tempestade? – Paul perguntou.

– No rastro da tormenta, no campo de pouso e em todos os pátios de armazenagem da especiaria, os danos foram vastos – informou Gurney. – Causados tanto pela batalha quanto pela tempestade.

– Nada que o dinheiro não conserte, eu presumo – disse Paul.

– Exceto as vidas perdidas, milorde – comentou Gurney, e havia um tom de reprovação em sua voz, como se dissesse: *"Quando é que um Atreides se preocupou primeiro com as coisas havendo pessoas em jogo?"*.

Mas Paul só conseguia focalizar sua atenção no olho interior e nas brechas que enxergava na muralha-tempo que ainda estava em seu caminho. Através de cada uma delas, ainda se via o jihad grassando ao longe pelos corredores do futuro.

Ele suspirou, atravessou o átrio, vendo uma cadeira encostada à parede. A cadeira estivera um dia no salão de jantar, e talvez seu próprio pai tivesse se sentado nela. Naquele momento, porém, era apenas um objeto onde repousar seu cansaço e escondê-lo dos homens. Sentou-se, fechando o manto em volta das pernas e afrouxando o trajestilador no pescoço.

— O imperador ainda está entocado no que sobrou de sua nave – comentou Gurney.

— Por ora, deixe-o confinado lá – disse Paul. – Já encontraram os Harkonnen?

— Ainda estão examinando os mortos.

— Alguma resposta das naves lá em cima? – Moveu o queixo na direção do teto.

— Nenhuma ainda, milorde.

Paul suspirou, recostando-se no espaldar da cadeira. Sem demora, disse:

— Traga-me um dos Sardaukar capturados. Temos de mandar um recado a nosso imperador. Chegou a hora de discutirmos os termos.

— Sim, milorde.

Gurney deu-lhe as costas, fez um sinal com a mão para um dos Fedaykin, que se pôs de guarda ao lado de Paul.

— Gurney – Paul murmurou. – Desde que voltamos a nos encontrar, estou esperando ouvi-lo apresentar a citação apropriada ao momento. – Virou-se, viu Gurney engolir em seco, viu o repentino e sinistro enrijecimento do queixo do homem.

— Como quiser, milorde – aquiesceu Gurney. Limpou a garganta e disse, entredentes: – "Então a vitória se tornou naquele dia em tristeza para todo o povo, porque nesse dia o povo ouviu dizer: 'O rei está muito triste por causa de seu filho'".

Paul fechou os olhos, expulsando o pesar de sua mente, deixando que esperasse, como um dia ele havia esperado para chorar por seu pai. Agora entregava seus pensamentos à série de descobertas daquele dia: os futuros misturados e a *presença* oculta de Alia em sua percepção.

De todos os usos da visão do tempo, aquele era o mais estranho.

— Eu enfrentei o futuro para colocar minhas palavras onde só você pudesse ouvi-las – dissera-lhe Alia. – Nem você consegue fazer isso, meu irmão. É uma brincadeira interessante. E... ah, sim: matei nosso avô, o barão velho e demente. Sofreu muito pouco.

Silêncio. Sua percepção do tempo tinha visto o retraimento da irmã.

— Muad'Dib.

Paul abriu os olhos e viu, acima dele, a barba negra de Stilgar, e os olhos escuros nos quais ainda fulgurava a chama da batalha.

— Vocês encontraram o corpo do velho barão – disse Paul.

Um silêncio pleno baixou sobre Stilgar.

– Como é que sabe? – ele murmurou. – Acabamos de encontrar o corpo naquela grande pilha de metal que o imperador construiu.

Paul ignorou a pergunta, vendo que Gurney estava de volta, acompanhado por dois fremen que amparavam um Sardaukar capturado.

– Aqui está um deles, milorde – disse Gurney. Fez sinal para que os guardas segurassem o prisioneiro a cinco passos de Paul.

Paul reparou que os olhos do Sardaukar tinham o aspecto vidrado do choque. Um hematoma azul se estendia do cavalete do nariz ao canto da boca. Era da casta loira e de traços cinzelados que parecia sinônimo de posição elevada entre os Sardaukar, mas seu uniforme rasgado não trazia nenhuma insígnia, a não ser os botões dourados com o timbre imperial e o debrum esfarrapado das calças.

– Creio que este é oficial, milorde – falou Gurney.

Paul concordou com a cabeça e disse:

– Sou o duque Paul Atreides. Entendeu, homem?

O Sardaukar o encarou, sem se mexer.

– Fale – disse Paul –, ou seu imperador pode morrer.

O homem piscou e engoliu em seco.

– Quem sou eu? – indagou Paul.

– O duque Paul Atreides – rouquejou o homem.

Pareceu submisso demais na opinião de Paul, mas, até aí, os Sardaukar nunca tinham se preparado para o que acontecera naquele dia. Nunca conheceram nada além da vitória, e Paul percebeu que isso podia ser uma fraqueza por si só. Guardou esse pensamento para usá-lo mais tarde em seu próprio programa de treinamento.

– Tenho uma mensagem para você levar ao imperador – disse Paul. E se expressou com as palavras da fórmula antiga: – Eu, duque de uma Casa Maior e primo do imperador, dou minha palavra de honra, de acordo com as leis da Convenção. Se o imperador e sua gente depuserem as armas e se apresentarem aqui, diante de mim, protegerei suas vidas com a minha. – Paul ergueu a mão esquerda, que trazia o sinete ducal, para que o Sardaukar o visse. – Juro por isto.

O homem umedeceu os lábios com a língua e olhou para Gurney.

– Sim – confirmou Paul. – Quem mais, se não um Atreides, teria a lealdade de Gurney Halleck?

– Levarei a mensagem – disse o Sardaukar.

– Levem-no a nosso posto de comando avançado e o despachem – ordenou Paul.

– Sim, milorde. – Gurney fez sinal para que os guardas obedecessem e conduziu-os para fora.

Paul voltou-se para Stilgar.

– Chani e sua mãe chegaram – disse Stilgar. – Chani pediu que a deixássemos a sós com sua dor por algum tempo. A Reverenda Madre quis ficar um pouco na sala dos sortilégios, não sei por quê.

– Minha mãe morre de saudades de um planeta que talvez nunca volte a ver – explicou Paul. – Onde a água cai do céu e a vegetação é tão densa que não se consegue caminhar através dela.

– Água caindo do céu – sussurrou Stilgar.

Naquele instante, Paul viu como Stilgar havia deixado de ser o naib fremen para se tornar uma *criatura* da Lisan al-Gaib, um receptáculo de admiração e obediência. Isso diminuía o homem, e Paul sentiu ali o vento espectral do jihad.

Vi um amigo se transformar em adorador, ele pensou.

Sentindo-se repentinamente solitário, Paul olhou ao redor da sala, notando como seus guardas, na presença dele, agora pareciam dignos e perfilados para uma revista. Percebeu a competição discreta e orgulhosa que se dava entre eles: todos sonhavam em ganhar a atenção de Muad'Dib.

Muad'Dib, de quem manam todas as bênçãos, ele pensou, e foi o pensamento mais amargo de sua vida. *Sentem que tenho de tomar o trono*, pensou. *Mas não têm como saber que o faço para impedir o jihad.*

Stilgar pigarreou e disse:

– Rabban também está morto.

Paul assentiu.

Os guardas a sua direita, de repente, deram um passo para o lado, assumindo a posição de sentido e abrindo caminho para Jéssica. Ela vestia a aba preta, e seu andar tinha resquícios do caminhar na areia, mas Paul notou como a casa resgatara uma parte do que a mãe havia sido um dia: a concubina de um duque vigente. Sua presença ainda tinha um pouco da antiga autoconfiança.

Jéssica se deteve diante de Paul e olhou para ele. Viu que estava cansado e que escondia esse fato, mas não teve pena dele. Era como se agora fosse incapaz de sentir qualquer emoção por seu filho.

– Este lugar é um símbolo – disse Paul. – Rabban viveu aqui. Ocupando este lugar, eu selo minha vitória de maneira que todos entendam. Mande os homens vasculharem o prédio. Que não toquem em nada. Certifiquem-se apenas de que não sobraram nem gente nem brinquedos dos Harkonnen.

– A suas ordens – disse Stilgar, e era grande a relutância em seu tom de voz quando ele se virou para obedecer.

Os homens encarregados das comunicações entraram correndo na sala, trazendo seu equipamento, e começaram a montá-lo perto da enorme lareira. Os guardas fremen que se somaram aos Fedaykin sobreviventes assumiram posições em volta da sala. Cochichavam entre si, lançando olhares desconfiados para todos os lados. Ali havia sido a casa do inimigo durante tanto tempo que eles não conseguiam aceitar facilmente sua presença lá dentro.

– Gurney, mande uma escolta buscar minha mãe e Chani – disse Paul. – Chani já sabe sobre nosso filho?

– O recado foi dado, milorde.

– Já estão retirando os criadores da bacia?

– Sim, milorde. A tempestade está quase passando.

– Qual é a extensão dos danos provocados pela tempestade? – Paul perguntou.

– No rastro da tormenta, no campo de pouso e em todos os pátios de armazenagem da especiaria, os danos foram vastos – informou Gurney. – Causados tanto pela batalha quanto pela tempestade.

– Nada que o dinheiro não conserte, eu presumo – disse Paul.

– Exceto as vidas perdidas, milorde – comentou Gurney, e havia um tom de reprovação em sua voz, como se dissesse: *"Quando é que um Atreides se preocupou primeiro com as coisas havendo pessoas em jogo?".*

Mas Paul só conseguia focalizar sua atenção no olho interior e nas brechas que enxergava na muralha-tempo que ainda estava em seu caminho. Através de cada uma delas, ainda se via o jihad grassando ao longe pelos corredores do futuro.

Ele suspirou, atravessou o átrio, vendo uma cadeira encostada à parede. A cadeira estivera um dia no salão de jantar, e talvez seu próprio pai tivesse se sentado nela. Naquele momento, porém, era apenas um objeto onde repousar seu cansaço e escondê-lo dos homens. Sentou-se, fechando o manto em volta das pernas e afrouxando o trajestilador no pescoço.

– O imperador ainda está entocado no que sobrou de sua nave – comentou Gurney.

– Por ora, deixe-o confinado lá – disse Paul. – Já encontraram os Harkonnen?

– Ainda estão examinando os mortos.

– Alguma resposta das naves lá em cima? – Moveu o queixo na direção do teto.

– Nenhuma ainda, milorde.

Paul suspirou, recostando-se no espaldar da cadeira. Sem demora, disse:

– Traga-me um dos Sardaukar capturados. Temos de mandar um recado a nosso imperador. Chegou a hora de discutirmos os termos.

– Sim, milorde.

Gurney deu-lhe as costas, fez um sinal com a mão para um dos Fedaykin, que se pôs de guarda ao lado de Paul.

– Gurney – Paul murmurou. – Desde que voltamos a nos encontrar, estou esperando ouvi-lo apresentar a citação apropriada ao momento. – Virou-se, viu Gurney engolir em seco, viu o repentino e sinistro enrijecimento do queixo do homem.

– Como quiser, milorde – aquiesceu Gurney. Limpou a garganta e disse, entredentes: – "Então a vitória se tornou naquele dia em tristeza para todo o povo, porque nesse dia o povo ouviu dizer: 'O rei está muito triste por causa de seu filho'".

Paul fechou os olhos, expulsando o pesar de sua mente, deixando que esperasse, como um dia ele havia esperado para chorar por seu pai. Agora entregava seus pensamentos à série de descobertas daquele dia: os futuros misturados e a *presença* oculta de Alia em sua percepção.

De todos os usos da visão do tempo, aquele era o mais estranho.

– Eu enfrentei o futuro para colocar minhas palavras onde só você pudesse ouvi-las – dissera-lhe Alia. – Nem você consegue fazer isso, meu irmão. É uma brincadeira interessante. E... ah, sim: matei nosso avô, o barão velho e demente. Sofreu muito pouco.

Silêncio. Sua percepção do tempo tinha visto o retraimento da irmã.

– Muad'Dib.

Paul abriu os olhos e viu, acima dele, a barba negra de Stilgar, e os olhos escuros nos quais ainda fulgurava a chama da batalha.

– Vocês encontraram o corpo do velho barão – disse Paul.

Jéssica havia entrado no Grande Átrio imaginando por que o lugar se recusava a se encaixar perfeitamente em sua memória. Ainda era uma sala estranha, como se ela nunca tivesse pisado ali, andado por ali com seu querido Leto, confrontado um Duncan Idaho bêbado; nunca, nunca, nunca...

Deveria haver uma tensão-palavra diametralmente oposta à adab, a lembrança exigente, pensou. *Deveria haver uma palavra para as lembranças que negam a si mesmas.*

– Onde está Alia? – ela perguntou.

– Lá fora, fazendo o que qualquer boa criança fremen deve fazer em momentos como este – respondeu Paul. – Está matando os inimigos feridos e marcando seus corpos para as equipes de reaproveitamento da água.

– Paul!

– Entenda que ela o faz por bondade – ele disse. – Não é curioso como entendemos mal a unidade secreta que há entre a bondade e a crueldade?

Jéssica lançou um olhar feroz para o filho, chocada com a mudança profunda que ele havia sofrido. *Foi a morte do menino a causa disso?*, ela se perguntou. E disse:

– Os homens estão contando histórias estranhas a seu respeito, Paul. Dizem que você tem todos os poderes da lenda, que não é possível esconder nada de você, que você enxerga o que ninguém mais vê.

– E uma Bene Gesserit me pergunta sobre lendas? – ele indagou.

– Tive participação nisso que você é – ela admitiu –, mas não espere que eu...

– Que tal viver bilhões e bilhões de vidas? – perguntou Paul. – Eis aí sua trama de lendas! Pense em todas essas experiências, na sabedoria que isso traz. Mas a sabedoria tempera o amor, não é? E dá nova forma ao ódio. Como se pode dizer o que é impiedoso quando não se explorou as profundezas da crueldade e da bondade? É melhor ter medo de mim, mãe. Sou o Kwisatz Haderach.

Jéssica tentou engolir saliva, mas sua garganta estava seca. No mesmo instante, disse:

– Certa vez, você negou ser o Kwisatz Haderach.

Paul sacudiu a cabeça.

– Não posso mais negar nada. – Olhou-a nos olhos. – O imperador e sua gente estão chegando. Serão anunciados a qualquer momento. Fique a meu lado. Quero ter uma visão clara de todos. Minha futura noiva estará entre eles.

– Paul! – Jéssica gritou. – Não cometa o mesmo erro de seu pai!

– Ela é uma princesa – disse Paul. – É minha chave para o trono, e é tudo o que sempre será. Erro? Acha que, só porque sou o que você fez de mim, não tenho a necessidade de me vingar?

– Mesmo dos inocentes? – ela perguntou, pensando: *Ele não pode cometer os mesmos erros que eu.*

– Ninguém mais é inocente – disse Paul.

– Diga isso a Chani – Jéssica retrucou, apontando a passagem nos fundos da Residência Oficial.

Chani entrou no Grande Átrio por ali, caminhando entre os guardas fremen, como se estivesse alheia à presença deles. Seu capuz e o gorro do trajestilador vinham atirados para trás, a máscara facial de lado. Caminhava com uma incerteza frágil ao atravessar a sala, para se colocar ao lado de Jéssica.

Paul viu as marcas das lágrimas no rosto de Chani. *Ela oferece água aos mortos.* Sentiu uma pontada de pesar, mas era como se só conseguisse sentir aquilo estando Chani ali presente.

– Está morto, querido – disse Chani. – Nosso filho está morto.

Mantendo-se sob rígido controle, Paul ficou de pé. Estendeu a mão, tocou a face de Chani, sentindo a umidade das lágrimas.

– Não há como substituí-lo – disse Paul –, mas teremos outros filhos. É Usul quem faz essa promessa.

Ele a afastou delicadamente e fez um gesto para Stilgar.

– Muad'Dib – disse Stilgar.

– Estão chegando da nave, o imperador e sua gente – disse Paul. – Ficarei aqui. Reúna os prisioneiros num espaço aberto, no centro da sala. Mantenha-os a uma distância de dez metros de mim, a não ser que eu dê outra ordem.

– A suas ordens, Muad'Dib.

Quando Stilgar se virou para obedecer, Paul ouviu os murmúrios admirados dos guardas fremen:

– Viram? Ele sabia! Ninguém lhe contou, mas ele sabia!

Já se escutava o séquito do imperador se aproximando, e seus Sardaukar cantarolavam uma marcha para elevar o moral. Ouviu-se um burburinho de vozes, e Gurney Halleck passou pelos guardas, foi falar com Stilgar, depois colocou-se ao lado de Paul, com uma expressão estranha nos olhos.

Será que também vou perder Gurney?, Paul se perguntou. *Da maneira como perdi Stilgar: perder um amigo e ganhar uma criatura?*

– Não têm armas de arremesso – informou Gurney. – Eu me certifiquei quanto a isso. – Olhou ao redor da sala, notando os preparativos de Paul. – Feyd-Rautha Harkonnen está com eles. Devo separá-lo?

– Deixe-o onde está.

– Também há gente da Guilda, e estão exigindo privilégios especiais, ameaçando decretar um bloqueio econômico a Arrakis. Disse a eles que eu lhe daria o recado.

– Deixe que ameacem.

– Paul! – Jéssica sussurrou atrás dele. – Ele está falando da Guilda!

– Arrancarei suas presas dentro em pouco – disse Paul.

Então pensou na Guilda: a força que havia se especializado durante tanto tempo que acabara se tornando um parasita, incapaz de existir independentemente da vida da qual se alimentava. Nunca tinham se atrevido a tomar a espada... e agora não havia como tomá-la. Poderiam ter ficado com Arrakis quando perceberam o erro que foi se especializar no narcótico de espectro perceptivo extraído do mélange e usado pelos navegadores. *Poderiam* ter feito isso, vivido seus dias de glória e morrido. Mas não, tinham vivido de um momento a outro, torcendo para que os mares onde nadavam produzissem um novo hospedeiro quando o antigo morresse.

Os navegadores da Guilda, dotados de uma presciência limitada, haviam tomado a decisão fatal: escolheram sempre o curso claro e seguro que levava inevitavelmente à estagnação.

Deixemos que deem uma boa olhada em seu novo hospedeiro, Paul pensou.

– Também têm entre eles uma Reverenda Madre das Bene Gesserit que diz ser amiga de sua mãe – informou Gurney.

– Minha mãe não tem amigas Bene Gesserit.

Mais uma vez, Gurney olhou ao redor do Grande Átrio, depois inclinou-se, bem perto do ouvido de Paul.

– Thufir Hawat está com eles, milorde. Não tive a oportunidade de ter com ele a sós, mas Thufir usou nossos antigos sinais manuais para dizer que vinha trabalhando com os Harkonnen e que pensou que milorde estivesse morto. Pediu para que o deixássemos com eles.

– Você deixou Thufir no meio daqueles...

– Foi ele quem quis... e achei melhor assim. Se... houver algo errado, nós o teremos sob controle. Se não... teremos um espião do outro lado.

Paul, então, pensou nos vislumbres prescientes que mostravam as possibilidades daquele momento... e numa sequência temporal em que Thufir carregava uma agulha envenenada que o imperador o mandava usar contra "esse duque oportunista".

Os guardas da entrada deram um passo para o lado e formaram um breve corredor de lanças. Ouviram-se vestes farfalhando e pés triturando a areia que entrara na Residência Oficial.

O imperador padixá Shaddam IV entrou no átrio à frente de seu séquito. O capacete de burseg se perdera, e os cabelos ruivos estavam em desalinho. A manga esquerda de seu uniforme vinha rasgada na costura interna. Não trazia cinto e estava desarmado, mas sua presença o acompanhava, como a bolha de um escudo de força que mantivesse livre a área a seu redor.

A lança de um fremen impediu-lhe a passagem, detendo-o onde Paul havia ordenado. Os demais se aglomeraram atrás dele, uma sobreposição de cores, nervosismo e olhares espantados.

Paul percorreu o grupo com o olhar, viu mulheres que escondiam sinais de pranto, viu os lacaios que vieram apreciar de camarote uma vitória dos Sardaukar e agora se engasgavam com o silêncio da derrota. Paul viu a ferocidade dos olhos pássaro-brilhantes da Reverenda Madre Gaius Helen Mohiam sob o capuz negro e, ao lado dela, a dissimulação tacanha de Feyd-Rautha Harkonnen.

Eis um rosto que o tempo me revelou, pensou Paul.

Em seguida, olhou para além de Feyd-Rautha, atraído por um movimento, enxergando ali um rosto fino de fuinha que nunca tinha visto antes: não no tempo, nem fora dele. Era um rosto que sentia dever conhecer, e a sensação trazia consigo a marca do medo.

Por que eu deveria temer esse homem?, ele se perguntou.

Inclinou-se na direção da mãe e sussurrou:

– O homem à esquerda da Reverenda Madre, aquele de aparência maligna: quem é ele?

Jéssica olhou, reconheceu o rosto que vira nos dossiês do duque.

– Conde Fenring – disse. – O morador desta casa antes de nós. Um eunuco genético... e assassino.

O moleque de recados do imperador, pensou Paul. E esse pensamento foi um choque que ressoou por toda a sua consciência, pois já tinha visto o imperador em incontáveis associações disseminadas pelos futuros possíveis, mas nenhuma vez o conde Fenring aparecera naquelas visões prescientes.

Ocorreu a Paul, então, que já tinha visto seu próprio corpo sem vida em inúmeros pontos da teia do tempo, mas nunca havia presenciado o momento de sua morte.

Será que me foi negado um vislumbre desse homem porque ele irá me matar?, Paul se perguntou.

O pensamento trouxe-lhe um mau presságio excruciante. Forçou sua atenção a passar de Fenring para os homens e oficiais remanescentes dos Sardaukar, com a amargura e o desespero estampados nos rostos. Aqui e ali, alguns semblantes chamaram brevemente a atenção de Paul: oficiais Sardaukar avaliando os preparativos naquela sala, ainda planejando e tramando uma maneira de transformar a derrota em vitória.

A atenção de Paul recaiu, por fim, sobre uma mulher loira de olhos verdes, um rosto de beleza patrícia, clássica em sua altivez, imaculada pelas lágrimas, invicta. Sem que lhe informassem, Paul sabia quem era ela: princesa real, treinada pelas Bene Gesserit, um rosto que a visão do tempo havia lhe mostrado em vários aspectos, Irulan.

Eis minha chave, ele pensou.

Foi aí que viu as pessoas amontoadas se mexerem e surgir entre elas um rosto e um corpo: Thufir Hawat, as feições envelhecidas e vincadas, os lábios manchados de negro, os ombros encurvados, a aparência de idade avançada e frágil.

– Ali está Thufir Hawat – disse Paul. – Deixe-o passar, Gurney.

– Milorde – protestou Gurney.

– Deixe-o passar – Paul repetiu.

Gurney assentiu.

Hawat avançou, trôpego, quando uma das lanças fremen se ergueu momentaneamente para lhe dar passagem. Os olhos remelentos examinaram Paul, avaliando, procurando.

Paul deu um passo à frente; percebeu a movimentação tensa e expectante do imperador e sua gente.

O olhar penetrante de Hawat passou por Paul, e o velho disse:

– Lady Jéssica, acabei de descobrir que pensei mal de milady. Não precisa me perdoar.

Paul esperou, mas sua mãe permaneceu em silêncio.

– Thufir, meu velho amigo – disse Paul –, como pode ver, não estou de costas para nenhuma porta.

– O universo está cheio de portas – retrucou Hawat.

– Sou filho de meu pai? – perguntou Paul.

– Parece-se mais com seu avô – Hawat respondeu, entredentes. – Tem o jeito dele e o mesmo olhar.

– Mesmo assim, sou filho de meu pai – disse Paul. – Pois digo-lhe, Thufir, que, como paga por seus anos de serviço a minha família, você pode agora pedir o que quiser de mim. Qualquer coisa. Precisa tomar minha vida agora, Thufir? É sua.

Paul deu um passo adiante, com as mãos abaixadas e junto ao corpo, vendo a compreensão surgir nos olhos de Hawat.

Ele entendeu que estou a par da traição, Paul pensou.

Modulando a voz para que um meio sussurro chegasse somente aos ouvidos de Hawat, Paul disse:

– Estou falando sério, Thufir. Se vai me atacar, faça-o agora.

– Eu só queria me ver mais uma vez diante de meu duque – disse Hawat. E Paul percebeu, pela primeira vez, o esforço que o velho fazia para não cair. Paul estendeu os braços, amparou Hawat pelos ombros, sentindo os tremores musculares sob suas mãos.

– Dói, amigo velho? – Paul perguntou.

– Dói, meu duque – confirmou Hawat –, mas o prazer é maior. – Ele virou meio corpo nos braços de Paul, estendeu a mão esquerda, com a palma para cima, na direção do imperador, expondo a agulha diminuta encaixada nos dedos. – Está vendo, majestade? – bradou. – Está vendo a agulha de seu traidor? Pensou que eu, que dei minha vida a serviço dos Atreides, agora lhes daria menos que isso?

Paul cambaleou quando o velho fraquejou em seus braços. Sentiu nele a morte, a flacidez definitiva. Delicadamente, Paul baixou Hawat até o chão, levantou-se e fez sinal para que os guardas levassem o corpo.

O silêncio apoderou-se do átrio enquanto sua ordem era cumprida.

Um ar de expectativa fatal havia se apoderado do rosto do imperador. Olhos que nunca haviam admitido o medo finalmente o aceitaram.

– Majestade – disse Paul, notando o espasmo de surpresa que tirou a princesa alta de seu devaneio. A palavra fora pronunciada com a atonalidade controlada das Bene Gesserit, encerrando cada nuance de desprezo e desdém que Paul foi capaz de colocar ali.

Foi realmente treinada pelas Bene Gesserit, Paul pensou.

O imperador limpou a garganta e disse:

– Talvez meu respeitado primo creia ter tudo a seu gosto agora. Nada poderia estar mais longe da verdade. Você violou a Convenção, usou armas atômicas contra...

– Usei armas atômicas contra um acidente geográfico do deserto – disse Paul. – Estava em meu caminho, e eu tinha pressa para chegar a você, majestade, e pedir uma explicação para certas coisas estranhas que andou fazendo.

– Há uma armada conjunta das Casas Maiores no espaço acima de Arrakis neste exato momento – lembrou o imperador. – Basta uma palavra minha e eles...

– Ah, sim – disse Paul –, já ia me esquecendo deles. – Esquadrinhou o séquito do imperador até ver os rostos dos dois membros da Guilda e falou, à parte, para Gurney: – Aqueles são os agentes da Guilda, Gurney, os dois gordinhos de cinza ali?

– Sim, milorde.

– Vocês dois – chamou Paul, apontando-os. – Saiam daí agora mesmo e mandem mensagens dizendo para a frota se retirar. Depois disso, peçam-me licença antes de...

– A Guilda não está a suas ordens! – vociferou o mais alto dos dois. Ele e o colega abriram caminho até as lanças que barravam a passagem e foram erguidas a um aceno de cabeça de Paul. Os dois homens se aproximaram, e o mais alto levantou um braço, apontando-o para Paul, e disse: – Podemos decretar um bloqueio econômico em resposta a suas...

– Se um de vocês dois voltar a falar alguma bobagem – disse Paul –, darei a ordem que destruirá toda a produção de especiaria em Arrakis... para todo o sempre.

– Você é louco? – indagou o membro da Guilda mais alto. Recuou um passo.

– Reconhece, então, que tenho o poder de fazer isso? – perguntou Paul.

O agente da Guilda pareceu fitar o vazio por um momento, e então:

– Sim, você é capaz de fazê-lo, mas não deve.

– Aaah – disse Paul, concordando consigo mesmo. – Navegadores da Guilda, os dois, não?

– Sim!

O mais baixo falou:

– Você também ficaria cego e condenaria todos nós a uma morte lenta. Faz ideia do que significa ficar sem a aguardente de especiaria depois de adquirido o vício?

– O olho que vê adiante e enxerga o curso seguro se fecha para sempre – disse Paul. – A Guilda está inválida. Os seres humanos passam a ser pequenos grupos isolados em planetas isolados. Sabe, posso fazer isso por puro despeito... ou só para acabar com o tédio.

– Vamos discutir isso em particular – disse o membro da Guilda mais alto. – Tenho certeza de que podemos chegar a um acordo que...

– Mande a mensagem para sua gente em órbita de Arrakis – ordenou Paul. – Esta discussão está me cansando. Se a frota lá em cima não partir logo, não precisaremos mais conversar. – Apontou com a cabeça os homens das comunicações num dos cantos do átrio. – Podem usar nosso equipamento.

– Primeiro temos de discutir isso – disse o mais alto. – Não podemos simplesmente...

– Mande a mensagem! – Paul vociferou. – O poder de destruir algo representa o controle absoluto sobre essa coisa. Vocês concordaram que eu tenho esse poder. Não estamos aqui para discutir, nem negociar, nem fazer acordos. Vocês obedecerão às minhas ordens ou arcarão com as consequências *agora mesmo*!

– Ele está falando sério – disse o membro da Guilda mais baixo. E Paul viu o medo se apoderar dos dois.

Vagarosamente, os dois foram até o equipamento de comunicação dos fremen.

– Será que vão obedecer? – perguntou Gurney.

— Sua visão do tempo é estreita — explicou Paul. — Enxergam o futuro até uma parede lisa que representa as consequências da desobediência. Todos os navegadores da Guilda em todas as naves lá em cima enxergam o futuro e veem essa mesma parede. Eles vão obedecer.

Paul virou-se, olhou para o imperador e disse:

— Quando permitiram que subisse ao trono de seu pai, foi só com a garantia de que você manteria o influxo de especiaria. Você os decepcionou, majestade. Sabe quais são as consequências?

— Não precisei da *permissão* de ninguém para...

— Pare de bancar o idiota — Paul vociferou. — A Guilda é como uma vila à beira de um rio. Precisam da água, mas só podem retirar a quantidade necessária. Não podem represar nem controlar o rio, porque isso chamaria a atenção para suas necessidades, o que um dia acarretaria sua destruição. O influxo de especiaria é o rio da Guilda, e eu construí uma represa. Mas minha represa não pode ser destruída sem que o rio seja destruído com ela.

O imperador passou uma das mãos pelos cabelos ruivos, olhou para as costas dos dois membros da Guilda.

— Até mesmo sua Bene Gesserit e Proclamadora da Verdade está tremendo — disse Paul. — As Reverendas Madres podem empregar outros venenos para fazer seus truques, mas, depois de usar a aguardente de especiaria, os outros deixam de funcionar.

A velha recolheu suas vestes pretas e informes, forçou passagem pela multidão para se apresentar diante da barreira de lanças.

— Reverenda Madre Gaius Helen Mohiam — disse Paul. — Faz muito tempo desde Caladan, não?

Ela olhou para a mãe de Paul, atrás dele:

— Bem, Jéssica, estou vendo que seu filho é mesmo o tal. Por causa disso, podemos perdoá-la até mesmo pela aberração que é sua filha.

Paul aplacou uma raiva gélida e penetrante, e falou:

— Vocês nunca tiveram o direito nem a razão de perdoar minha mãe por coisa alguma!

Os olhos da velha encontraram os dele.

— Pode tentar seus truques comigo, bruxa velha — disse Paul. — Onde está seu gom jabbar? Tente olhar para o lugar que vocês não se atrevem a ver! Irá me encontrar lá, olhando para você!

A velha baixou o olhar.

– Não tem nada a dizer? – quis saber Paul.

– Eu o acolhi entre os seres humanos – ela resmungou. – Não manche essa honra.

Paul ergueu a voz:

– Observem-na, camaradas! Esta é uma Reverenda Madre das Bene Gesserit, paciente de uma causa paciente. Foi capaz de esperar com suas irmãs por noventa gerações, até que a combinação de genes e local corretos produzisse a pessoa que seus planos exigiam. Observem-na! Agora ela sabe que as noventa gerações produziram essa pessoa. Aqui estou eu... mas... nunca... farei... o que... ela... mandar!

– Jéssica! – a velha gritou. – Faça-o calar!

– Faça você mesma – Jéssica disse.

Paul lançou um olhar penetrante para a velha.

– Por sua participação nisso tudo, eu poderia mandar estrangulá-la de bom grado – ele disse. – Você não conseguiria me impedir! – ele gritou, ao vê-la se empertigar de fúria. – Mas creio que o melhor castigo é obrigá-la a viver o resto de seus anos eternamente incapaz de me tocar, ou de me obrigar a fazer qualquer coisa que se encaixe em seus planos.

– Jéssica, o que foi que você fez? – indagou a velha.

– Cederei só numa coisa – disse Paul. – Vocês viram parte do que a raça precisa, mas viram muito mal. Imaginam controlar a reprodução humana e miscigenar alguns indivíduos seletos de acordo com seu grande plano! Como compreendem pouco o que...

– Não fale dessas coisas! – a velha silvou.

– Silêncio! – Paul berrou. Sob o controle dele, a palavra pareceu ganhar substância ao se propagar pelo ar que os separava.

A velha cambaleou e caiu nos braços das pessoas atrás dela, com o rosto descorado pelo choque diante da força com que ele havia dominado sua psique.

– Jéssica – ela sussurrou –, Jéssica.

– Lembro-me de seu gom jabbar – disse Paul. – Lembre-se do meu. Posso matá-la com uma palavra.

Os fremen espalhados pelo átrio se entreolharam. Não dizia a lenda: *"E sua palavra levará a morte eterna àqueles que se opõem à retidão"*?

Paul voltou sua atenção para a princesa alta ao lado do pai, o imperador. Mantendo seus olhos focados nela, disse:

— Majestade, nós dois sabemos como sair desta dificuldade.

O imperador olhou rapidamente para a filha, depois para Paul.

— E você se atreveria? Você! Um aventureiro sem família, um ninguém de...

— Já reconheceu quem eu sou — lembrou Paul. — Primo real, foi o que disse. Vamos parar com essa bobagem.

— Sou seu soberano — disse o imperador.

Paul olhou para os membros da Guilda, que agora estavam de pé junto ao equipamento de comunicação, voltados para ele. Um deles fez que sim.

— Eu poderia obrigá-lo — disse Paul.

— Você não se atreveria! — desafiou o imperador, entredentes.

Paul só fez encará-lo.

A princesa pousou uma das mãos sobre o braço do pai.

— Pai — ela disse, e sua voz era suave e sedosa, tranquilizadora.

— Não tente seus truques comigo — disse o imperador. Olhou para ela. — Não precisa fazer isso, filha. Temos outros recursos que...

— Mas eis aí um homem digno de ser seu filho — ela objetou.

A velha Reverenda Madre, recuperada a compostura, abriu caminho até o imperador, inclinou-se para lhe sussurrar algo ao pé do ouvido.

— Está intervindo em seu favor — disse Jéssica.

Paul continuou olhando para a princesa de cabelos dourados. À parte, para sua mãe, falou:

— Aquela é Irulan, a mais velha, não é?

— Sim.

Chani se aproximou pelo outro lado.

— Quer que eu saia, Muad'Dib?

Ele olhou para ela.

— Sair? Você nunca mais sairá do meu lado.

— Não há nenhum laço entre nós — disse Chani.

Paul olhou para ela em silêncio durante um momento.

— Fale-me somente a verdade, minha Sihaya. — Quando ela fez menção de responder, ele a silenciou, tocando-lhe os lábios com um dedo. — O laço que nos une não pode ser desfeito — ele disse. — Agora, observe de perto o que acontece, pois mais tarde quero ver esta sala à luz de sua sabedoria.

O imperador e sua Proclamadora da Verdade discutiam acaloradamente em voz baixa.

Paul falou para sua mãe:

– Ela não o deixa esquecer que isso faz parte de seu acordo para colocar uma Bene Gesserit no trono, e foi Irulan quem elas prepararam para isso.

– Era esse o plano? – comentou Jéssica.

– Não é óbvio? – Paul perguntou.

– Eu vejo os sinais! – disse Jéssica, ríspida. – Fiz a pergunta para você não esquecer que é melhor não tentar me ensinar as coisas que eu ensinei a você.

Paul olhou de relance para ela e flagrou um sorriso frio nos lábios da mãe.

Gurney Halleck inclinou-se, para se interpor entre eles, e disse:

– Não esqueça, milorde, que há um Harkonnen naquele bando. – Acenou com a cabeça na direção da cabeleira morena de Feyd-Rautha, acuado de encontro à barreira de lanças à esquerda. – Aquele de olhos dissimulados, do lado esquerdo. O rosto mais maldoso que já vi. Milorde me prometeu certa vez que...

– Obrigado, Gurney – disse Paul.

– É o na-barão... o barão, agora que o velho morreu – disse Gurney. – Servirá muito bem para o que eu...

– E você pode com ele, Gurney?

– Milorde está brincando!

– Essa discussão entre o imperador e a bruxa já se estendeu demais, não acha, mãe?

Ela concordou.

– Verdade.

Paul ergueu a voz e bradou para o imperador:

– Majestade, há um Harkonnen entre vocês?

O desdém da realeza se revelou na maneira como o imperador se virou para encarar Paul.

– Creio que meu séquito foi colocado sob a proteção de sua palavra de honra como duque – ele disse.

– Pergunto apenas para ter a informação – esclareceu Paul. – Quero saber se um Harkonnen faz parte oficialmente de seu séquito, ou se um

Harkonnen está meramente se escondendo atrás de um detalhe técnico por pura covardia.

O sorriso do imperador foi calculado.

– Quem quer que seja aceito como acompanhante do imperador faz parte de meu séquito.

– Tem a palavra de um duque – disse Paul –, mas Muad'Dib é outra história. Pode ser que ele não reconheça sua definição de séquito. Meu amigo Gurney Halleck deseja matar um Harkonnen. Se ele...

– Kanly! – gritou Feyd-Rautha. Atirou-se contra a barreira de lanças. – Seu pai disse que era uma vendeta, Atreides. Você me chama de covarde, mas se esconde entre suas mulheres e oferece um lacaio para lutar comigo!

A velha Proclamadora da Verdade sussurrou com veemência alguma coisa ao ouvido do imperador, mas ele a afastou e disse:

– Kanly, pois não? A kanly tem regras rígidas.

– Paul, dê um fim nisso – pediu Jéssica.

– Milorde prometeu que eu teria a chance de me vingar dos Harkonnen – disse Gurney.

– E você a teve – replicou Paul, sentindo um abandono absurdo tomar conta de suas emoções. Tirou o manto e o capuz pelos ombros e entregou-os a sua mãe, com o cinto e a dagacris. Começou a soltar as presilhas do trajestilador. Sentia agora que o universo se concentrava naquele momento.

– Isso não é necessário – falou Jéssica. – Existem métodos mais fáceis, Paul.

Paul despiu o trajestilador, sacou a dagacris da bainha que a mãe segurava.

– Eu sei – ele disse. – Veneno, um assassino, todos os velhos métodos que conhecemos bem.

– Milorde me prometeu um Harkonnen! – protestou Gurney, e Paul notou a fúria no rosto do homem, a maneira como a cicatriz de cipó-tinta se destacava, escura e saliente. – Milorde me deve isso!

– Eles o fizeram sofrer mais do que a mim? – perguntou Paul.

– Minha irmã – Gurney respondeu, entredentes. – Os anos que passei no fosso dos escravos...

– Meu pai – disse Paul. – Meus bons amigos e companheiros, Thufir Hawat e Duncan Idaho, os anos que passei como fugitivo, sem título nem auxílio... e mais uma coisa: agora é kanly, e você conhece tão bem quanto eu as regras que devem prevalecer.

Halleck deixou cair os ombros.

– Milorde, se aquele porco... ele não passa de um animal que se expulsa a pontapés, e depois é bom jogar fora o sapato contaminado. Chame um executor, se precisar, ou deixe-me cuidar disso, mas não se preste a...

– Muad'Dib não precisa fazer isso – disse Chani.

Paul olhou para ela, vendo em seus olhos o medo que sentia por ele.

– Mas o duque Paul precisa – ele disse.

– Aquilo é um animal Harkonnen! – chiou Gurney.

Paul hesitou, prestes a revelar que ele mesmo tinha ancestrais Harkonnen, mas se conteve a um olhar penetrante da mãe e disse simplesmente:

– Mas aquele ser tem forma humana, Gurney, e, na dúvida, merece ser tratado como um possível ser humano.

Gurney disse:

– Se ele fizer menção de...

– Por favor, afaste-se – disse Paul. Ergueu a dagacris e empurrou Gurney delicadamente para o lado.

– Gurney! – Jéssica disse, tocando-lhe o braço. – Nesse estado de ânimo, ele é como o avô. Não o distraia. É só o que pode fazer por ele agora. – E ela pensou: *Grande Mãe! Que ironia.*

O imperador observava Feyd-Rautha, via os ombros fortes, os músculos protuberantes. Virou-se para olhar Paul: um jovem de musculatura delineada, mas magérrimo, talvez não tão ressequido como os arrakinos nativos, mas suas costelas eram tão aparentes que se podiam contar, e os flancos tão encovados que era possível acompanhar o movimento dos músculos sob a pele.

Jéssica inclinou-se bem perto de Paul e baixou a voz para que só ele a ouvisse:

– Só uma coisa, filho. Às vezes, uma pessoa perigosa é preparada pelas Bene Gesserit, uma palavra é implantada nos recessos mais profundos da mente pelos antigos métodos de dor e prazer. O som-palavra mais comumente usado é Uroshnor. Se esse aí foi preparado, como desconfio bastante que foi, essa palavra, pronunciada ao ouvido dele, deixará seus músculos flácidos e...

– Não quero nenhuma vantagem especial com esse aí – disse Paul. – Saia do meu caminho.

Gurney dirigiu-se a ela:

– Por que ele está fazendo isso? Está pensando em se deixar matar e tornar-se um mártir? Essa conversa religiosa dos fremen, é isso que está anuviando sua razão?

Jéssica escondeu o rosto entre as mãos, percebendo que ela não entendia inteiramente por que Paul tomava aquele caminho. Sentia a morte na sala e sabia que Paul, mudado como estava, era capaz de fazer o que Gurney havia sugerido. Todos os talentos que ela possuía se concentravam na necessidade de proteger o filho, mas não havia nada que ela pudesse fazer.

– É essa conversa religiosa? – Gurney insistiu.

– Fique quieto – Jéssica sussurrou. – E reze.

Um sorriso repentino roçou a face do imperador.

– Se Feyd-Rautha Harkonnen... do meu séquito... assim o deseja – ele disse –, eu o libero de todas as restrições e concedo-lhe a liberdade de escolher seu próprio destino. – O imperador acenou com a mão na direção dos guardas Fedaykin de Paul. – Alguém aí dessa sua ralé está com meu cinto e minha faca. Se desejar, Feyd-Rautha poderá confrontar você com minha arma nas mãos.

– É o que desejo – disse Feyd-Rautha, e Paul viu o entusiasmo no rosto do homem.

Excesso de confiança, Paul pensou. *Eis aí uma vantagem natural que posso aceitar.*

– Peguem a faca do imperador – disse Paul, observando sua ordem ser executada. – Deixem-na ali no chão. – Indicou o lugar com o pé. – Apertem a ralé imperial contra a parede e deixem o Harkonnen passar.

Um confusão de mantos, um arrastar de pés, ordens e protestos em voz baixa acompanharam o cumprimento da ordem de Paul. Os membros da Guilda continuaram junto ao equipamento de comunicação. Olhavam feio para Paul, obviamente indecisos.

Estão acostumados a ver o futuro, Paul pensou. *Neste lugar, neste momento, estão cegos... assim como eu.* E ele experimentou os ventos do tempo, sentindo o turbilhão, o nexo tempestuoso que agora se concentrava naquele lugar-momento. Até mesmo as pequenas brechas agora estavam fechadas. Ele sabia que ali estava o jihad ainda por nascer. Ali estava a consciência da raça que ele havia conhecido um dia como seu propósito terrível. Ali havia razão suficiente para um Kwisatz Haderach, ou uma Lisan al-Gaib, ou até mesmo para os planos defeituosos das Bene Gesserit. A raça humana havia percebido sua própria dormência, sua própria estagnação, e agora conhecia somente a necessidade de provar o turbilhão que misturaria os genes e permitiria às combinações novas e fortes sobreviver. Todos os seres humanos estavam vivos, naquele momento, num único organismo inconsciente, passando por uma espécie de cio capaz de superar qualquer obstáculo.

E Paul viu como eram inúteis seus esforços para mudar uma coisinha que fosse naquilo tudo. Tinha cogitado se opor ao jihad dentro dele, mas o jihad viria. Suas legiões enfurecidas partiriam de Arrakis até mesmo sem ele. Precisavam apenas da lenda que ele já havia se tornado. Tinha mostrado a eles o caminho, concedido-lhes o domínio até mesmo sobre a Guilda, que precisava da especiaria para existir.

Foi tomado pela sensação de fracasso e, através dela, viu que Feyd-Rautha Harkonnen havia tirado o uniforme rasgado e vestia somente uma cinta de luta feita de malha.

Este é o clímax, Paul pensou. *A partir daqui, o futuro se abre, as nuvens dão lugar a uma espécie de glória. Se eu morrer aqui, dirão que me sacrifiquei para que meu espírito pudesse liderá-los. Se eu sobreviver, dirão que nada é capaz de se opor a Muad'Dib.*

– O Atreides está pronto? – Feyd-Rautha perguntou, usando as palavras do antigo ritual da kanly.

Paul decidiu responder à moda dos fremen:

– Que sua faca lasque e quebre! – Apontou a arma do imperador no chão, indicando que Feyd-Rautha devia avançar e pegá-la.

Mantendo sua atenção em Paul, Feyd-Rautha pegou a faca, sopesando-a por um momento em sua mão, para se acostumar com a arma. Sua empolgação se inflamou. Era a luta com a qual havia sonhado: homem contra homem, perícia contra perícia, sem a interferência dos escudos. Via uma trilha para o poder abrir-se diante dele, pois o imperador certamente recompensaria quem quer que matasse aquele duque incômodo. A recompensa poderia ser até mesmo aquela filha orgulhosa e uma parte do trono. E aquele duque rústico, o aventureiro de um mundo atrasado, não poderia ser páreo para um Harkonnen treinado em todo tipo de ardil e traição depois de mil combates na arena. E o campônio não tinha como saber que enfrentava ali outras armas além de uma faca.

Vejamos se você é à prova de veneno!, pensou Feyd-Rautha. Cumprimentou Paul com a arma do imperador e disse:

– Conheça a morte, idiota.

– Vamos lutar, primo? – Paul perguntou. Avançou nas pontas dos pés, de olho na arma que o aguardava, com o corpo abaixado e a dagacris branco-leite em riste, como se fosse uma extensão de seu braço.

Circularam um ao outro, raspando o chão com os pés descalços, observando com olhos atentos, à procura da menor brecha.

– Você dança lindamente – disse Feyd-Rautha.

Gosta de falar, Paul pensou. *Mais uma fraqueza. O silêncio o incomoda.*

– Já se confessou? – Feyd-Rautha perguntou.

Paul continuou a descrever seu círculo, em silêncio.

E a velha Reverenda Madre, assistindo à luta em meio ao séquito apertado do imperador, pôs-se a tremer. O jovem Atreides havia chamado o Harkonnen de primo. Só podia significar que ele sabia que os dois tinham ancestrais comuns, o que era compreensível, pois ele era o Kwisatz Haderach. Mas as palavras a obrigaram a se concentrar na única coisa que realmente importava ali.

Aquilo poderia ser uma grande catástrofe para o plano de reprodução das Bene Gesserit.

Ela tinha visto uma parte do que Paul vira ali, que Feyd-Rautha talvez chegasse a matar, sem sair vitorioso. Outro pensamento, porém, quase a subjugava. Dois produtos finais daquele programa extenso e custoso enfrentavam um ao outro numa luta até a morte que poderia facilmente tirar a vida de ambos. Se os dois morressem ali, restariam apenas a filha bastarda de Feyd-Rautha, ainda um bebê, uma incógnita, um fator desconhecido, e Alia, a abominação.

– Talvez vocês só conheçam ritos pagãos por aqui – disse Feyd-Rautha. – Quer que a Proclamadora da Verdade do imperador prepare seu espírito para a jornada?

Paul sorriu, descrevendo um círculo para a direita, alerta, os pensamentos lúgubres suprimidos pelas necessidades do momento.

Feyd-Rautha saltou, fazendo uma finta com a mão direita, mas só depois de passar rapidamente a faca para a esquerda.

Paul esquivou-se com facilidade, reparando na hesitação condicionada pelo hábito do escudo no golpe de Feyd-Rautha. Contudo, não era o condicionamento mais forte que Paul já tinha visto, e ele percebeu que Feyd-Rautha já havia lutado antes com oponentes não protegidos por escudos.

– Os Atreides costumam fugir ou ficar e lutar? – perguntou Feyd-Rautha.

Paul retomou o movimento circular, em silêncio. As palavras de Idaho vieram-lhe à mente, as palavras de seu treinamento, havia tanto tempo, na sala onde costumava praticar em Caladan: *"Use os primeiros instantes para estudar o oponente. Pode ser que, com isso, deixe passar a oportunidade de obter uma vitória rápida, mas os momentos de estudo garantem o êxito. É esperar e ter certeza".*

– Está pensando, talvez, que esta dança irá prolongar um pouco sua vida – disse Feyd-Rautha. – Muito bem. – Ele parou de circular e se aprumou.

Paul tinha visto o suficiente para fazer uma primeira aproximação. Feyd-Rautha conduzia para o lado esquerdo, apresentando o quadril direito, como se a cinta de malha fosse capaz de proteger todo o seu flanco. Era a ação de um homem treinado para lutar com um escudo ativado e uma faca em cada mão.

Ou... E Paul hesitou... a cinta era mais do que parecia ser.

O Harkonnen parecia confiante demais ao lutar com um homem que, naquele mesmo dia, havia liderado as forças que venceram legiões de Sardaukar.

Feyd-Rautha notou a hesitação e disse:

– Para que adiar o inevitável? Está só me impedindo de exercer meus direitos sobre esta bola de lixo.

Se for um dardo, pensou Paul, *está bem escondido. A cinta não parece ter sido adulterada.*

– Por que você não fala? – Feyd-Rautha quis saber.

Paul retomou o círculo e a observação, permitindo-se um sorriso frio diante do nervosismo na voz de Feyd-Rautha, um indício de que a pressão do silêncio aumentava.

– Você ri, hein? – perguntou Feyd-Rautha. E saltou em meio à frase.

Esperando a ligeira hesitação, Paul quase não conseguiu se esquivar do mergulho veloz da arma e sentiu a ponta arranhar-lhe o braço esquerdo. Calou a dor repentina naquele ponto, e sua mente foi tomada pela constatação de que a hesitação anterior não passara de um truque, uma finta dentro de outra. O oponente era melhor do que ele havia imaginado. Haveria truques dentro de truques dentro de truques.

— Foi seu Thufir Hawat quem me ensinou um pouco do que sei – disse Feyd-Rautha. – Ele me iniciou como matador. Pena o velho idiota não ter vivido para ver isto.

E Paul lembrou-se de Idaho ter dito certa vez: *"Espere apenas o que acontece na luta. Assim nunca ficará surpreso"*.

Mais uma vez, os dois circularam um ao outro, abaixados, cautelosos.

Paul viu o entusiasmo do oponente retornar, admirou-se com isso. Um arranhão significava tanto assim para aquele homem? A menos que a lâmina estivesse envenenada! Mas como poderia ser? Seus próprios homens haviam manipulado a arma e examinado-a com um farejador antes de entregá-la. Eram muito bem treinados para deixar passar uma coisa tão óbvia.

— Aquela mulher com quem você estava conversando ali – disse Feyd-Rautha. – A miudinha. Ela é especial para você? Um bichinho de estimação, talvez? Por acaso merece minha atenção especial?

Paul continuou calado, sondando com seus sentidos interiores, examinando o sangue da ferida, encontrando um vestígio de soporífero deixado pela arma do imperador. Reconfigurou seu próprio metabolismo para enfrentar aquela ameaça e transformar as moléculas do soporífero, mas sentiu um arrepio de dúvida. Haviam preparado uma arma com soporífero. Um soporífero. Nada que alertasse se um farejador de venenos, mas forte o bastante para deixar mais lentos os músculos que tocasse. Seus inimigos tinham os próprios planos dentro de planos, as próprias trapaças preparadas.

Mais uma vez, Feyd-Rautha saltou e golpeou.

Paul, com o sorriso congelado no rosto, fintou com lentidão, como se a droga o tivesse inibido, e, no último instante, esquivou-se e interceptou o braço que vinha de cima com a ponta da dagacris.

Feyd-Rautha saltou de lado, desvencilhou-se e recuou, com a arma já na mão esquerda, e tamanho foi seu autocontrole que somente uma ligeira lividez no queixo denunciou a dor lancinante do corte que Paul lhe fizera.

Que ele conheça agora seu momento de dúvida, Paul pensou. *Deixe-o desconfiar que usei veneno.*

— Traição! – berrou Feyd-Rautha. – Ele me envenenou! Sinto o veneno em meu braço!

Paul deixou cair seu manto de silêncio e disse:

– É só um pouco de ácido para compensar o soporífero na arma do imperador.

Feyd-Rautha retribuiu o sorriso frio de Paul, ergueu a arma na mão esquerda para cumprimentá-lo zombeteiramente. Atrás da faca, seus olhos fulguravam de ódio.

Paul passou a dagacris para a mão esquerda, imitando o oponente. Voltaram a descrever círculos, estudando-se.

Feyd-Rautha começou a reduzir o espaço entre eles, avançando aos poucos, com a faca em guarda alta, a raiva patente nos olhos semicerrados e na disposição do queixo. Fintou para a direita e por baixo, e os dois se atracaram, travaram as facas e passaram a uma disputa de força.

Paul, atento ao quadril direito de Feyd-Rautha, onde desconfiava haver um dardo envenenado, forçou o giro para a direita. Quase não viu a ponta da agulha surgir abaixo da linha do cinturão. Foi alertado pela abertura e a mudança de direção no movimento de Feyd-Rautha. A ponta diminuta não atingiu a pele de Paul por uma fração mínima.

No quadril esquerdo!

Uma traição dentro de outra dentro de outra, Paul lembrou. Usando os músculos treinados pela Doutrina Bene Gesserit, ele relaxou o corpo, tentando se aproveitar de um reflexo de Feyd-Rautha, mas a necessidade de evitar a ponta minúscula que se projetava do quadril do oponente tirou-lhe um pouco o equilíbrio, o suficiente para fazê-lo perder o pé de apoio e cair pesadamente ao chão, com Feyd-Rautha por cima.

– Está vendo, ali no meu quadril? – Feyd-Rautha sussurrou. – Sua morte, idiota. – E começou a torcer o corpo, forçando a agulha envenenada a se aproximar cada vez mais. – Vai paralisar seus músculos, e minha faca acabará com você. Não deixará nenhum vestígio detectável.

Paul pelejava, ouvindo em sua mente os gritos mudos de ancestrais impressos em suas células, exigindo que ele usasse a palavra secreta para retardar Feyd-Rautha e se salvar.

– Não vou usá-la! – exclamou Paul, com a voz entrecortada.

Feyd-Rautha se espantou; foi surpreendido numa fração mínima de hesitação. Foi o suficiente para Paul descobrir o equilíbrio precário num dos músculos da perna do oponente, e suas posições se inverteram. Feyd-Rautha viu-se parcialmente por baixo, com o quadril direito para cima, incapaz de se virar por causa da minúscula ponta da agulha, presa ao chão sob seu corpo.

Paul livrou a mão esquerda, lubrificada pelo sangue do braço, e enfiou a faca com força sob o queixo de Feyd-Rautha. A ponta chegou ao cérebro. O corpo de Feyd-Rautha se contraiu, depois cedeu, ainda deitado de lado, preso pela agulha enterrada no chão.

Inspirando fundo para recuperar a calma, Paul tomou impulso, afastou-se do corpo e se levantou. De pé ao lado do cadáver, com a faca numa das mãos, ele ergueu os olhos com vagar deliberado para fitar o imperador, do outro lado da sala.

– Majestade – disse Paul –, sua força perdeu mais um homem. Podemos agora deixar de hipocrisia e fingimento? Podemos discutir o futuro? Sua filha casada comigo e o caminho livre para um Atreides se sentar no trono.

O imperador se virou e olhou para o conde Fenring. O conde devolveu-lhe o olhar: o cinza contra o verde. O pensamento pairava claramente entre eles, pois sua amizade era tão antiga que se faziam entender apenas com um rápido olhar.

Mate esse oportunista para mim, dizia o imperador. *Sim, o Atreides é jovem e habilidoso, mas também está cansado depois de tanto esforço e, de qualquer maneira, não seria páreo para você. Desafie-o agora... você sabe como fazer. Mate-o.*

Lentamente, Fenring moveu a cabeça, um giro demorado, até encarar Paul.

– Faça o que mandei! – silvou o imperador.

O conde se concentrou em Paul, vendo-o com os olhos que sua lady Margot haviam treinado na Doutrina Bene Gesserit, ciente do mistério e da grandeza secreta que envolviam aquele jovem Atreides.

Eu conseguiria matá-lo, Fenring pensou, e sabia que era verdade.

Mas alguma coisa nas profundezas furtivas de seu ser deteve o conde, e ele vislumbrou brevemente, e de maneira inadequada, a vantagem que tinha sobre Paul: um jeito de se esconder do jovem, uma dissimulação da pessoa e das motivações que nenhum olhar conseguiria perceber.

Paul, parcialmente ciente disso pela maneira como o nexo temporal se agitava, enfim entendeu por que nunca tinha visto Fenring nas teias da presciência. Fenring era um daqueles que poderiam ter sido quase um Kwisatz Haderach, inutilizado por um defeito no padrão genético: um eunuco cujo talento se concentrava na dissimulação e no isolamento interior. Paul foi tomado por uma pena profunda pelo conde, a primeira sensação de irmandade que ele já havia experimentado.

Fenring, interpretando a emoção de Paul, disse:

– Majestade, sou obrigado a recusar.

A fúria dominou Shaddam IV. Ele deu dois passos curtos por entre seu séquito e esmurrou Fenring no queixo.

Um rubor escuro se espalhou pelo rosto do conde. Ele olhou diretamente para o imperador e falou, com deliberada falta de ênfase:

– Somos amigos há tempos, majestade. O que faço agora é pela amizade. Esquecerei que me bateu.

Paul limpou a garganta e disse:

– Falávamos do trono, majestade.

O imperador virou-se e olhou ferozmente para Paul.

– Eu estou no trono! - ele vociferou.

– Você terá um trono em Salusa Secundus – disse Paul.

– Depus minhas armas e vim aqui mediante sua palavra de honra! - berrou o imperador. – Ousa ameaçar...

– Sua pessoa está segura em minha presença – disse Paul. – Foi um Atreides quem prometeu. Muad'Dib, porém, condena você a seu planeta-prisão. Mas não tema, majestade. Aliviarei a aridez do lugar com todos os poderes a minha disposição. Irá se tornar um planeta ajardinado, cheio de amenidades.

À medida que o significado oculto nas palavras de Paul foi ganhando vulto em sua mente, o imperador passou a olhar com ferocidade para o jovem duque do outro lado da sala.

– Agora os verdadeiros motivos começam a aparecer – ele desdenhou.

– Verdade – disse Paul.

– E quanto a Arrakis? – perguntou o imperador. – Mais um planeta ajardinado e cheio de amenidades?

– Os fremen têm a palavra de Muad'Dib – disse Paul. – Teremos água corrente, a céu aberto, e oásis verdejantes, uma fartura de coisas boas. Mas também temos de pensar na especiaria. Portanto, sempre haverá desertos em Arrakis... e ventos violentos, e provações para fortalecer um homem. Nós, fremen, temos um ditado: "Deus criou Arrakis para treinar os fiéis". Não se pode contradizer a palavra de Deus.

A velha Proclamadora da Verdade, a Reverenda Madre Gaius Helen Mohiam, agora tinha sua própria interpretação para os significados ocultos nas palavras de Paul. Vislumbrou o jihad e disse:

– Não pode soltar essa gente no universo!

– Vocês terão saudade da gentileza dos Sardaukar! – cortou Paul.

– Não pode – ela sussurrou.

– Você é uma Proclamadora da Verdade – disse Paul. – Reconsidere suas palavras. – Olhou para a princesa. – É melhor acabar com isso logo, majestade.

O imperador dirigiu um olhar angustiado a sua filha. Ela tocou-lhe o braço e falou, num tom tranquilizador:

– Para isso fui treinada, pai.

Ele inspirou fundo.

– Não há como impedir isso – murmurou a velha Proclamadora da Verdade.

O imperador se aprumou, todo empertigado, com um ar de dignidade recuperada.

– Quem irá negociar em seu nome, primo? – ele perguntou.

Paul se virou; viu a mãe, de olhos cansados, esperando ao lado de Chani em meio a um esquadrão de guardas Fedaykin. Foi até elas, pôs-se a olhar para Chani.

– Sei quais são os motivos – Chani sussurrou. – Se tem de ser... Usul.

Paul, ouvindo as lágrimas secretas na voz dela, tocou-lhe a face.

– Minha Sihaya não precisa ter medo de nada, nunca – ele sussurrou. Baixou o braço, encarou a mãe. – Você irá negociar por mim, mãe, com Chani a seu lado. Ela tem sabedoria e olhos aguçados. E é com razão que se diz que ninguém negocia tão duro quanto um fremen. Ela verá as coisas com os olhos do amor que tem por mim e com o pensamento nos filhos que ainda virão e em suas necessidades. Escute-a.

Jéssica percebeu o calculismo insensível do filho e reprimiu um estremecimento.

– Quais são suas instruções? – ela perguntou.

– Todas as ações da Companhia CHOAM nas mãos do imperador como dote – ele disse.

– Todas? – Ficou tão espantada que quase perdeu a voz.

– É para despojá-lo de tudo o que tem. Vou querer um título de conde e um cargo de diretor da CHOAM para Gurney Halleck, e quero vê-lo no feudo de Caladan. Haverá títulos e o poder correspondente para todos os homens leais aos Atreides que sobreviveram, sem deixar de fora nem o mais reles soldado de infantaria.

– E quanto aos fremen? – Jéssica perguntou.

– Os fremen são meus – disse Paul. – O que receberem será concedido por Muad'Dib. Começará com a nomeação de Stilgar como governador de Arrakis, mas isso pode esperar.

– E para mim? – Jéssica perguntou.

– Alguma coisa que você queira?

– Talvez Caladan – ela disse, olhando para Gurney. – Não tenho certeza. Eu me tornei uma fremen... e uma Reverenda Madre... até demais. Preciso de um pouco de paz e tranquilidade para pensar.

– *Isso* você terá – disse Paul –, e mais alguma coisa que Gurney ou eu possamos lhe dar.

Jéssica fez que sim, sentindo-se repentinamente idosa e cansada. Olhou para Chani.

– E para a concubina real?

– Nenhum título para mim – Chani sussurrou. – Nada. Eu imploro.

Paul a olhou nos olhos, lembrando-se dela, de repente, com o pequeno Leto nos braços, o filho dos dois, morto naquela violência.

– Prometo-lhe neste instante – ele sussurrou – que você nunca precisará de um título. Aquela mulher será minha esposa e você, a concubina, porque isto é política, e temos de consolidar a paz agora, aliciar as Casas Maiores do Landsraad. Temos de obedecer às formalidades. Mas aquela princesa nunca terá nada de mim além de meu nome. Nenhum filho meu, nenhum contato, nenhuma doçura no olhar, nenhum instante de desejo.

– É o que diz agora – disse Chani. Olhou para o outro lado da sala, para a princesa alta.

– Conhece meu filho tão pouco assim? – Jéssica sussurrou. – Veja aquela princesa ali, tão orgulhosa e confiante. Dizem que tem pretensões literárias. Esperemos que encontre consolo nessas coisas, pois não terá muito mais que isso. – Jéssica deixou escapar um riso amargo. – Pense só, Chani: aquela princesa terá o nome, mas será menos que uma concubina, nunca conhecerá um momento de ternura do homem com quem estará comprometida. Ao passo que nós, Chani, nós que levamos o nome de concubinas... a história irá nos chamar de esposas.

Apêndices

Apêndice I:
A ecologia de Duna

> **Passado um ponto crítico no interior de um espaço finito, a liberdade diminui à proporção que os números aumentam. Isso vale tanto para os seres humanos no espaço finito de um ecossistema planetário quanto para as moléculas de um gás num recipiente hermeticamente fechado. A pergunta, no caso dos seres humanos, não é quantos conseguirão sobreviver dentro do sistema, e sim que tipo de vida levarão aqueles que sobreviverem.**
>
> – Pardot Kynes, primeiro planetólogo de Arrakis

A impressão deixada por Arrakis na mente do recém-chegado geralmente é a de uma aridez excessiva. Os estrangeiros talvez pensem que nada conseguiria viver ou crescer ali a céu aberto, que esse é o verdadeiro deserto que nunca foi e nunca será fértil.

Para Pardot Kynes, o planeta era só uma forma de expressão da energia, uma máquina acionada pelo sol. Precisava ser remodelado para se adaptar às necessidades humanas. Sua mente se voltou de imediato para a população humana e nômade, os fremen. Que desafio! Que instrumento eles poderiam ser! Os fremen: uma força ecológica e geológica de potencial quase ilimitado.

Era um homem simples e direto em muitos aspectos, o tal Pardot Kynes. Precisa contornar as restrições dos Harkonnen? Excelente. Então case-se com uma mulher fremen. Quando ela lhe der um filho fremen, comece com ele, com Liet-Kynes, e as outras crianças, ensine-lhes ecologia, crie uma nova linguagem, com símbolos que preparem a mente para manipular uma paisagem inteira, seu clima, os limites das estações, e para enfim transpor todas as ideias de força e penetrar a consciência deslumbrante da *ordem*.

"Existe uma beleza de movimento e equilíbrio que é reconhecida internamente em qualquer planeta salutar ao homem", dizia Kynes. "Vê-se nessa beleza um efeito estabilizador e dinâmico essencial a toda a vida. Seu objetivo é simples: manter e produzir padrões coordenados de diversidade crescente. A vida melhora a capacidade de um sistema fechado de sustentá-la. A vida – todas as formas de vida – está a serviço da vida. Os nutrientes necessários a ela são disponibilizados *pelas* formas de vida numa variedade cada vez maior à medida que a diversidade da vida aumenta. A paisagem inteira ganha vida, cheia de relações dentro de relações dentro de relações."

Esse era Pardot Kynes dando aulas para uma turma no sietch.

Contudo, antes das aulas, ele teve de convencer os fremen. Para entender como isso aconteceu, primeiro é preciso entender a enorme obstinação, a inocência com a qual ele abordava qualquer problema. Não era ingênuo: simplesmente não se permitia nenhuma distração.

Numa tarde quente, ele estava explorando a paisagem de Arrakis num carro terrestre de um só lugar quando deparou com uma cena lamentavelmente comum. Seis mercenários Harkonnen, munidos de escudos e armados até os dentes, haviam apanhado três fremen jovens ao ar livre, atrás da Muralha-Escudo, perto da vila do Fole. Pareceu a Kynes uma luta renhida, uma pancadaria mais cômica que real, até ele reparar que os Harkonnen pretendiam matar os fremen. A essa altura, um dos jovens já estava no chão, com uma artéria seccionada; dois mercenários também haviam tombado, mas ainda eram quatro homens armados contra dois rapazolas.

Kynes não era valente: apenas obstinado e cauteloso. Os Harkonnen estavam matando os fremen. Estavam destruindo os instrumentos com os quais ele pretendia recriar um planeta! Acionou seu próprio escudo, investiu e matou dois dos Harkonnen com um aço-liso antes que percebessem que havia alguém atrás deles. Esquivou-se de um golpe de espada desferido por um dos outros dois, abriu a garganta do homem com um rápido *entretisser* e deixou o único mercenário que restava para os dois jovens fremen, voltando toda a sua atenção para salvar o rapaz ferido. E o salvou mesmo... enquanto o sexto Harkonnen era despachado.

Duna

Agora, mas que grande embrulho de areia aquele! Os fremen não sabiam o que fazer com Kynes. Naturalmente, sabiam quem ele era. Nenhum homem pisava em Arrakis sem que um dossiê completo chegasse às fortalezas fremen. Eles o conheciam: era um funcionário do Império.

Mas ele matou os Harkonnen!

Os adultos talvez tivessem dado de ombros e, com certa tristeza, mandado seu espectro para junto dos seis homens mortos ali no chão. Mas aqueles fremen eram jovens inexperientes, e tudo o que viram foi que deviam àquele funcionário imperial uma dívida de gratidão extrema.

Kynes acabou, dois dias depois, num sietch que sobranceava o Desfiladeiro do Vento. Para ele, tudo era muito natural. Falou aos fremen sobre água, dunas ancoradas por gramíneas, palmares cheios de tamareiras, qanats a céu aberto correndo pelo deserto. Falou, e falou, e falou.

A seu redor acontecia um debate acalorado que Kynes nunca notou. O que fazer com aquele louco? Ele conhecia a localização de um grande sietch. O que fazer? E as coisas que dizia, aquela conversa maluca sobre um paraíso em Arrakis? Era só conversa. Ele sabia demais. Mas matou os Harkonnen! E o fardo d'água? Desde quando devemos alguma coisa ao Imperium? Ele matou os Harkonnen. Qualquer um é capaz de matar os Harkonnen. Eu mesmo já fiz isso.

Mas e aquela conversa sobre o desabrochar de Arrakis?

Muito simples: onde está a água para isso?

Ele diz que está aqui! E ele salvou três dos nossos.

Salvou três idiotas que ficaram na frente do punho dos Harkonnen! E ele viu dagacrises!

Já se sabia a decisão a tomar horas antes de alguém lhe dar voz. O tau de um sietch diz a seus membros o que precisam fazer; conhece-se até mesmo a necessidade mais cruel. Mandaram um guerreiro experiente com uma faca consagrada para fazer o serviço. Dois hidromestres o acompanharam para recolher a água do corpo. Uma necessidade cruel.

É duvidoso que Kynes tenha dado atenção a esse suposto executor. Falava para um grupo que o cercava a uma distância cautelosa. Caminhava ao falar, descrevendo um círculo breve, e gesticulava. Água a céu aberto, dizia Kynes. Caminhar ao ar livre sem os trajestiladores. Água a ser retirada de tanques! Portogais!

O homem com a faca o confrontou.

– Retire-se – disse Kynes, e continuou a falar a respeito de captadores de vento secretos. Esbarrou no homem ao passar por ele. As costas de Kynes ficaram expostas ao golpe cerimonial.

Não há mais como saber o que passou pela mente daquele suposto executor. Teria finalmente escutado Kynes e acreditado? Quem sabe? Mas o que ele fez ficou registrado. Uliet era seu nome, Liet *Sênior*. Uliet deu três passos e caiu deliberadamente sobre a própria faca: "retirou-se". Suicídio? Há quem diga que Shai-hulud o conduziu.

Tamanho presságio!

A partir daí, bastava a Kynes apontar e dizer: "Vocês vão para lá". E tribos inteiras de fremen iam. Homens morriam, mulheres morriam, crianças morriam. Mas eles iam.

Kynes voltou a suas tarefas imperiais, dirigindo as Estações de Experimentação Botânica. E agora os fremen começavam a aparecer entre os funcionários das estações. Os fremen se entreolhavam. Estavam infiltrando o "sistema", uma possibilidade que nunca haviam considerado. As ferramentas das estações começaram a entrar nos sietch, principalmente as radiofresas, que eram usadas para escavar bacias coletoras subterrâneas e captadores de vento secretos.

A água começou a acumular nas bacias.

Ficou evidente para os fremen que Kynes não era totalmente louco, só o suficiente para ser considerado um homem santo. Pertencia aos umma, a irmandade dos profetas. O espectro de Uliet foi promovido ao sadus, o trono dos juízes celestiais.

Kynes – direto e de uma determinação feroz – sabia que as pesquisas extremamente sistemáticas não produziriam nada novo. Montou experimentos limitados a pequenas unidades, com o intercâmbio frequente de informações, para obter um rápido efeito Tansley, e deixou cada grupo encontrar seu próprio caminho. Tinham de reunir milhões de minúsculos fatos. Sistematizou apenas esboços de testes isolados e aproximados que pudessem colocar suas dificuldades em perspectiva.

Colheram amostras geológicas por todo o bled. Desenvolveram mapas das prolongadas variações de tempo atmosférico a que se dava o nome de clima. Ele descobriu que, no amplo cinturão delimitado pelos paralelos simétricos aos setenta graus, tanto norte quanto sul, as temperaturas durante milhares de anos não tinham saído da faixa de 254 a 332 (escala absoluta), e que esse cinturão tinha longas estações de cultivo, nas quais as temperaturas variavam de 284 a 302 na escala absoluta: o intervalo de "bonança" para as formas de vida terrenas... desde que resolvessem o problema da água.

– Quando iremos resolvê-lo? – perguntaram os fremen. – Quando veremos Arrakis tornar-se um paraíso?

À maneira de um professor respondendo a uma criança que perguntasse quanto é dois mais dois, Kynes lhes disse:

– De trezentos a quinhentos anos.

Um povo de menos fibra talvez gemesse de desânimo. Mas os fremen aprenderam a ser pacientes com homens munidos de chicotes. Era um pouco mais de tempo do que esperavam, mas todos viram que o dia abençoado chegaria. Apertaram as faixas que traziam à cintura e voltaram ao trabalho. De algum modo, a decepção tornava mais real a esperança de um paraíso.

A preocupação em Arrakis não era a água, e sim a umidade. Os animais de estimação eram praticamente desconhecidos; os de criação, raros. Alguns contrabandistas empregavam o jumento do deserto domesticado, o kulon, mas o custo em água era alto, mesmo quando se equipavam os bichos com trajestiladores modificados.

Kynes pensou em instalar usinas de redução para recuperar a água a partir do hidrogênio e do oxigênio presos na rocha natural, mas o custo energético era demasiado. As calotas polares (desconsiderando-se a falsa sensação de hidrossegurança que davam aos peones) continham uma quantidade muito pequena para o projeto... e ele já desconfiava de onde a água deveria estar. Havia aquele aumento consistente da umidade em altitudes medianas e em certos ventos. Havia aquela pista fundamental na composição do ar: 23% de oxigênio, 75,4% de nitrogênio e 0,025% de dióxido de carbono, ficando os gases residuais com o resto.

Havia uma raiz nativa e rara que crescia acima dos 2.500 metros na zona temperada setentrional. Um tubérculo de dois metros de comprimento rendia meio litro d'água. E havia as plantas desérticas de origem terrena: as mais resistentes davam sinais de que poderiam vicejar quando plantadas em depressões revestidas com condensadores de orvalho.

Foi aí que Kynes viu a caldeira de sal.

Seu tóptero, voando entre duas estações longínquas no bled, foi tirado do curso por uma tempestade. Quando a tormenta passou, lá estava a caldeira – uma depressão oval gigantesca, com uns trezentos quilômetros em seu maior comprimento –, uma surpresa de branco ofuscante no deserto aberto. Kynes aterrissou, provou o gosto da superfície da caldeira, varrida pela tempestade.

Sal.

Agora ele tinha certeza.

Existira... um dia... água a céu aberto em Arrakis. Ele começou a reexaminar os indícios dos poços secos, onde os filetes de água apareciam e desapareciam, e nunca mais retornavam.

Kynes colocou seus recém-treinados limnólogos fremen para trabalhar. Sua principal pista: fragmentos coriáceos de matéria encontrados ocasionalmente na massa pré-especiaria depois de uma explosão. Eram atribuídos a uma fictícia "truta da areia" nas histórias folclóricas dos fremen. Quando os fatos se tornaram provas, uma criatura surgiu para explicar aqueles fragmentos coriáceos: um organismo que nadava na areia e prendia a água em bolsões férteis no interior dos estratos inferiores e porosos abaixo da faixa dos 280 (escala absoluta).

Esses "surrupiadores de água" morriam aos milhões em cada explosão de especiaria. Uma alteração de cinco graus na temperatura era capaz de matá-los. Os poucos sobreviventes entravam numa hibernação cística semidormente, emergindo depois de seis anos como vermes da areia de pequeno porte (por volta de três metros de comprimento). Desses, somente alguns escapavam dos irmãos maiores e dos bolsões de água da pré-especiaria para chegar à maturidade como o gigantesco shai-hulud. (A água é um veneno para shai-hulud, como os fremen já sabiam havia tempos, pois afogavam o raro "verme mirrado" do Erg Menor para produzir o narcótico de espectro perceptivo que eles chamam de Água da Vida. O "verme mirrado" é uma forma primitiva de shai-hulud que chega apenas a nove metros de comprimento, aproximadamente.)

Agora eles conheciam todo o círculo de relações: do criadorzinho para a massa pré-especiaria; do criadorzinho para shai-hulud; shai-hulud, que disseminava a especiaria, da qual se alimentavam criaturas microscópicas chamadas de psamoplâncton; o psamoplâncton, o alimento de shai-hulud, que crescia, enterrava-se e transformava-se em criadorzinhos.

Duna

Kynes e sua gente desviaram sua atenção dessas grandes relações para a microecologia. Primeiro, o clima: a superfície da areia muitas vezes atingia temperaturas de 344 a 350 graus (absolutos). Trinta centímetros abaixo, poderiam ser 55 graus mais baixas; trinta centímetros acima, 25 graus mais baixas. Folhas ou sombras escuras poderiam proporcionar novo resfriamento de 18 graus. Em seguida, os nutrientes: a areia de Arrakis é, em grande parte, um produto da digestão dos vermes; o pó (o problema verdadeiramente onipresente) é produzido pela movimentação constante da superfície, os "saltos" da areia. Os grãos mais grossos são encontrados no lado da duna que fica a barlavento. O lado exposto ao vento é compacto, liso e duro. As dunas antigas são amarelas (oxidadas), as dunas jovens são da cor da rocha que lhes deu origem, geralmente cinzentas.

Os lados de barlavento das dunas antigas propiciaram as primeiras áreas de plantio. Os fremen tentaram, em primeiro lugar, formar um ciclo de gramíneas psamófitas, com cílios capilares, semelhantes aos das trufas, que se entrelaçassem, emaranhassem e fixassem as dunas, privando o vento de sua grande arma: a mobilidade dos grãos.

Zonas adaptativas foram assentadas no extremo sul, longe dos olhos dos Harkonnen. As gramíneas psamófitas mutantes foram plantadas, em primeiro lugar, no lado a barlavento (face de deslizamento) de dunas selecionadas que ficavam no caminho dos ventos predominantes de oeste. Ancorada a face a barlavento, a face exposta ao vento ficava cada vez mais alta e as gramíneas eram deslocadas para acompanhar o ritmo. Gigantescas sifs (dunas alongadas, com cimos sinuosos), com mais de 1.500 metros de altura, foram produzidas dessa maneira.

Quando as dunas-barreiras atingiram altura suficiente, foram plantadas espadanas, mais resistentes, nas faces expostas ao vento. Foram ancoradas – "fixadas" – todas as estruturas sobre uma base de espessura quase seis vezes maior que a altura.

Aí eles entraram com plantas mais profundas – as efêmeras (quenopódios, fedegosas e amarantos, para começar), depois giestas-das-vassouras, tremoceiros baixos, trepadeiras do gênero eucalipto (adaptadas às regiões setentrionais de Caladan), tamargueiras-anãs, pinheiros-da-praia –, e então as verdadeiras espécies desérticas: *candelillas*, carnegíeas, ferocactos e equinocactos. Onde conseguissem fazê-las crescer, introduziram a salva-de-camelo, a romúlea, estipa, alfafa, ambrósia, abrônia, enotera, incenso, fustete e arbusto de creosoto.

Voltaram-se então para a necessária vida animal, criaturas que construíam tocas, para abrir e arejar o solo: raposa-orelhuda, rato-canguru, lebre-do-deserto, jabuti-da-areia... e os predadores para controlar essas populações: gavião-do-deserto, caboré, águia e coruja-do-deserto; e artrópodes para preencher os nichos que os demais não alcançavam: escorpião, centopeia, aranha-de-alçapão, vespa-mordedora e mosca-varejeira... e o morcego-do-deserto para mantê-los sob controle.

Aí veio o teste crucial: tamareiras, algodão, melões, café, ervas medicinais – mais de duzentas espécies de plantas comestíveis selecionadas para testar e adaptar.

"O que o analfabeto em ecologia não percebe em relação a um ecossistema", dizia Kynes, "é que se trata de um sistema. Um sistema! Um sistema mantém certa estabilidade fluida que pode ser destruída por um deslize em apenas um nicho. Um sistema tem ordem, uma correnteza que flui de um ponto a outro. Se algo represar a correnteza, a ordem desmoronará. Os inexperientes talvez só percebam esse desmoronamento quando já for tarde demais. É por isso que a função mais elevada da ecologia é a compreensão das consequências."

Tinham chegado a um sistema?

Kynes e sua gente observaram e esperaram. Os fremen agora sabiam o que ele queria dizer com uma previsão indefinida de até quinhentos anos.

Chegou um relatório dos palmares:

Na orla desértica das plantações, o psamoplâncton está sendo envenenado pela interação com as novas formas de vida. O motivo: incompatibilidade proteica. Formava-se ali uma água envenenada que as formas de vida nativas de Arrakis não tocavam. Uma zona estéril cercava as plantações, e nem sequer shai-hulud a invadia.

Kynes foi pessoalmente aos palmares – uma viagem de vinte marteladores (num palanquim, feito um homem ferido ou uma Reverenda Madre, porque ele nunca se tornou um montarenador). Ele testou a zona estéril (fedia que era um horror) e ganhou um bônus, um presente de Arrakis.

A adição de enxofre e nitrogênio fixado converteu a zona estéril num canteiro fértil para formas de vida terrenas. Eles podiam avançar o plantio como bem entendessem!

– Isso muda o cronograma? – perguntaram os fremen.

Kynes voltou a suas fórmulas planetárias. A essa altura, os números dos captadores de vento já eram razoavelmente confiáveis. Foi generoso com seus descontos, sabendo que não era possível delimitar com precisão os problemas ecológicos. Era preciso separar certa quantidade de cobertura vegetal para manter as dunas em seu lugar; certa quantidade para víveres (para consumo tanto humano quanto animal); certa quantidade para encerrar a umidade em sistemas radiculares e fornecer água às áreas secas mais próximas. A essa altura, já tinham mapeado os pontos frios e móveis no bled aberto. Era preciso introduzi-los nas fórmulas. Até mesmo shai-hulud tinha um lugar nas tabelas. Ele nunca poderia ser destruído, do contrário a riqueza da especiaria chegaria ao fim. Mas sua "fábrica" digestiva interna, com suas enormes concentrações de aldeídos e ácidos, era uma fonte gigantesca de oxigênio. Um verme de porte médio (por volta de duzentos metros de comprimento) liberava na atmosfera tanto oxigênio quanto dez quilômetros quadrados de superfície verde viva e capaz de fotossíntese.

Ele tinha de pensar na Guilda. Os subornos em especiaria para que a Guilda proibisse satélites meteorológicos e outros espiões nos céus de Arrakis já haviam alcançado grandes proporções.

Os fremen tampouco poderiam ser ignorados. Principalmente os fremen, com seus captadores de vento e suas propriedades irregulares, organizadas em torno do suprimento de água; os fremen, com sua nova cultura ecológica e seu sonho de fazer vastas extensões de Arrakis passarem da fase das pradarias para uma cobertura florestal.

Das tabelas surgiu um número que Kynes deu aos fremen. Três por cento. Se conseguissem envolver três por cento do elemento vegetal da superfície de Arrakis na formação de compostos de carbono, eles teriam seu ciclo autossustentável.

– Mas quanto tempo dá isso? – quiseram saber os fremen.

– Ah, sim: cerca de trezentos e cinquenta anos.

Então era verdade, como aquele umma dissera no início: a coisa não aconteceria durante a vida de nenhum homem vivo, nem durante as vidas de seus netos oito gerações depois, mas viria.

O trabalho continuou: construção, plantio, escavação, treinamento das crianças.

Aí Kynes, o Umma, morreu no desmoronamento da Bacia de Gesso.

A essa altura, seu filho, Liet-Kynes, já tinha 19 anos, era um fremen e montarenador consumado que já matara mais de cem Harkonnen. A nomeação imperial, para a qual Kynes já havia indicado o filho, veio naturalmente. A rígida estrutura de classes das faufreluches acabou desempenhando seu papel. O filho havia sido treinado para seguir os passos do pai.

O curso já tinha sido traçado a essa altura, os fremen ecologistas tinham seu norte. Liet-Kynes só precisava observar, cutucar e espionar os Harkonnen... até o dia em que seu planeta fosse assolado por um Herói.

Apêndice II:
A religião de Duna

Antes de Muad'Dib, os fremen de Arrakis praticavam uma religião cujas raízes no saari maometano estão aí para qualquer estudioso ver. Muitos identificaram os vastos empréstimos tomados de outras religiões. O exemplo mais comum é o Hino à Água, copiado diretamente do Manual Litúrgico Católico de Orange, que clama por nuvens de chuva que Arrakis nunca viu. Mas existem pontos de concordância mais profundos entre o Kitab al-Ibar dos fremen e os ensinamentos da Bíblia, da Ilm e da Fiqh.

Qualquer comparação das crenças religiosas predominantes no Imperium até o advento de Muad'Dib tem de começar com as principais forças que deram forma a essas crenças:

1. Os seguidores dos Catorze Sábios, cujo livro era a Bíblia Católica de Orange e cujos pontos de vista estão expressos nos Comentários e em outros textos produzidos pela Comissão de Tradutores Ecumênicos (CTE);

2. As Bene Gesserit, que, no âmbito particular, negavam ser uma ordem religiosa, mas operavam protegidas por um anteparo quase impenetrável de misticismo ritualístico, com um treinamento, um simbolismo, uma organização e métodos de ensino quase inteiramente religiosos;

3. A classe dominante agnóstica (incluída aí a Guilda), para quem a religião era uma espécie de espetáculo de fantoches para entreter o povo e mantê-lo dócil, e que acreditava essencialmente que todos os fenômenos – até mesmo os religiosos – poderiam ser reduzidos a explicações mecânicas;

4. Os chamados Ensinamentos Antigos, aí inclusos aqueles que foram preservados pelos Peregrinos Zen-sunitas do primeiro, segundo e terceiro movimentos islâmicos; o navacristianismo de Chusuk; as variantes budislâmicas dos tipos predominantes em Lankiveil e Sikun; os Livros Mistos do Lankavatara maaiana; o Hekiganshu zen de Delta Pavonis III; a Torá e o Zabur talmúdico que sobrevivem em Salusa Secundus; o difundido Ritual obeah; o Corão de Muadh, com suas Ilm e Fiqh puras, preservado entre os lavradores de arroz-pundi de Caladan;

os afloramentos hindus encontrados em todo o universo, em pequenos bolsões isolados de peones; e, por último, o Jihad Butleriano.

Entre as forças que deram forma às crenças religiosas, *existe* uma quinta, mas seu efeito é tão universal e profundo que merece destaque.

Naturalmente, trata-se da viagem espacial – e, em qualquer discussão da religião, ela merece ser escrita assim:

VIAGEM ESPACIAL!

O deslocamento da humanidade pela imensidão do espaço deu uma índole singular à religião nos cento e dez séculos que precederam o Jihad Butleriano. Para começar, a viagem espacial, apesar de difundida, era em grande parte não regulamentada, vagarosa e incerta, e, antes do monopólio da Guilda, dava-se por intermédio de uma miscelânea de métodos. As primeiras experiências no espaço, mal divulgadas e sujeitas a distorções extremas, foram um incentivo desenfreado à especulação mística.

De pronto, o espaço deu um sabor e um sentido diferentes às ideias a respeito da Criação. Nota-se essa diferença nas maiores conquistas religiosas do período. Em toda religião, a percepção do sagrado foi contaminada pela anarquia das trevas exteriores.

Foi como se Júpiter, em todas as suas formas descendentes, se recolhesse à escuridão materna para ser desbancado por uma imanência feminina cheia de ambiguidades e um rosto de inúmeros terrores.

As fórmulas antigas se enredaram e emaranharam ao se adaptarem às necessidades de novas conquistas e novos símbolos heráldicos. Foi um tempo de conflito entre feras-demônios, de um lado, e antigas preces e invocações, do outro.

Nunca houve uma decisão clara.

Durante esse período, dizem que o Gênesis foi reinterpretado, permitindo a Deus declarar:

"Crescei e multiplicai-vos; enchei o *universo* e sujeitai-o; e dominai sobre toda sorte de animais estranhos e criaturas vivas nos infinitos ares e nas infinitas terras abaixo deles."

Foi um tempo de feiticeiras com poderes de verdade. Nota-se seu comedimento no fato de nunca terem alardeado como foi que se apoderaram do facho.

Aí veio o Jihad Butleriano: duas gerações de caos. O deus da lógica-máquina foi destronado no seio das massas e elevou-se um novo conceito:

"Não se pode substituir o Homem."

Essas duas gerações de violência foram uma pausa talâmica para toda a humanidade. Os homens olharam para seus deuses e rituais e viram que tanto uns quanto outros haviam sido tomados pela mais terrível de todas as equações: o medo sobre a ambição.

Hesitantes, os líderes das religiões cujos seguidores haviam derramado o sangue de bilhões passaram a se encontrar para trocar opiniões. Foi um gesto encorajado pela Guilda Espacial, que começava a erigir seu monopólio sobre todas as viagens interestelares, e pelas Bene Gesserit, que estavam reunindo as feiticeiras.

Desses primeiros encontros ecumênicos resultaram dois grandes desdobramentos:

1. A percepção de que todas as religiões tinham pelo menos um mandamento comum: "Não desfigurarás a alma".

2. A Comissão de Tradutores Ecumênicos.

A CTE se reuniu numa ilha neutra da Velha Terra, a incubadora de onde saíram as religiões maternas.

Encontraram-se "na crença comum de que existe uma Essência Divina no universo". Toda religião com mais de um milhão de seguidores viu-se representada, e eles chegaram a um consenso surpreendentemente rápido quanto à declaração de seu objetivo comum:

"Estamos aqui para remover uma arma importante das mãos das religiões em disputa. E essa arma é a alegação de que detêm a única e verdadeira revelação."

O júbilo diante desse "sinal de profunda concordância" se mostrou prematuro. Durante mais de um ano-padrão, essa declaração foi o único anúncio da CTE. Os homens comentavam com rancor a demora. Os trovadores compunham canções espirituosas e mordazes a respeito dos 121 "Velhos Cacetes", como ficaram conhecidos os representantes da CTE (o nome veio de uma piada vulgar que brincava com as iniciais da CTE e chamava os representantes de "Cacetes Tapados Enrolões"). Uma das canções, "Sossego moreno", é relembrada periodicamente e ainda hoje é popular:

"Pense em colares floridos.
Sossego moreno – e
A tragédia
De todos os

Cacetes! Todos os Cacetes!
Tanto ócio – tanto ócio
Todo santo dia.
Soou a hora para
Milorde Sandwich!"

Vazavam alguns boatos das sessões da CTE. Dizia-se que estavam comparando textos e, de maneira irresponsável, os textos foram nomeados. Naturalmente, era inevitável que esses boatos provocassem revoltas antiecumênicas e inspirassem novos chistes.

Passaram-se dois... três anos.

Os comissários, com a morte e a substituição de nove deles, fizeram um recesso para formalizar a posse dos substitutos e anunciaram que trabalhavam arduamente na produção de um livro, extirpando "todos os sintomas patológicos" do passado religioso.

"Vamos produzir um instrumento de Amor para ser tocado de todas as maneiras", disseram.

Muitos julgam estranho que essa declaração tenha provocado os piores surtos de violência contra o ecumenismo. Vinte representantes foram chamados de volta por suas congregações. Um deles cometeu suicídio, roubando uma fragata espacial e atirando-a no sol.

Os historiadores estimam que as revoltas tenham custado oito milhões de vidas, o que deve dar umas seis mil para cada planeta da Liga do Landsraad de então. Considerando-se a agitação da época, talvez não seja uma estimativa exagerada, embora qualquer pretensão de precisão, nesse caso, não passe disto: pretensão. A comunicação entre os planetas estava num de seus momentos de maior baixa.

Os trovadores, naturalmente, andaram ocupadíssimos. Uma comédia musical popular na época mostrava um dos representantes da CTE sentado sob uma palmeira, numa praia branca, cantando:

"Em nome de Deus, da mulher e do esplendor do amor
Vadiamos sem temores nem cuidados.
Trovador! Trovador, cante mais uma ária
Em nome de Deus, da mulher e do esplendor do amor!"

Revoltas e comédias são meros sinais dos tempos, profundamente reveladores. Expõem o tom psicológico, as incertezas arraigadas... e a luta por algo melhor, além do medo de que aquilo tudo desse em nada.

Os principais diques a conter a anarquia naqueles tempos eram a Guilda incipiente, as Bene Gesserit e o Landsraad, que manteve seu registro de dois mil anos de reuniões, apesar dos obstáculos mais terríveis. A parte da Guilda parece clara: ela fornecia transporte gratuito para todas as atividades do Landsraad e da CTE. O papel das Bene Gesserit é mais obscuro. Com certeza, foi nessa época que elas consolidaram seu domínio sobre as feiticeiras, exploraram os narcóticos sutis, desenvolveram o treinamento prana-bindu e conceberam a Missionaria Protectora, o braço sinistro da superstição. Mas também foi o período que assistiu à composição da Litania contra o Medo e à compilação do Livro de Azhar, essa maravilha bibliográfica que preserva os grandes segredos da maioria das religiões antigas.

O comentário de Ingsley talvez seja o único cabível:

"Foram tempos profundamente paradoxais."

Durante quase sete anos, portanto, a CTE trabalhou. E, às vésperas de seu sétimo aniversário, eles prepararam o universo humano para uma proclamação solene. Naquele sétimo aniversário, eles revelaram a Bíblia Católica de Orange.

"Eis uma obra digna e significativa", disseram eles. "Eis uma maneira de fazer a humanidade perceber a si mesma como uma criação total de Deus."

Os homens da CTE foram comparados a arqueólogos de ideias, inspirados por Deus na grandiosidade da redescoberta. Dizia-se que eles deram à luz "a vitalidade de grandes ideais cobertos pelo sedimento acumulado dos séculos", que haviam "aguçado os imperativos morais que surgem de uma consciência religiosa".

Com a Bíblia C. O., a CTE apresentou o Manual Litúrgico e os Comentários – em muitos aspectos, uma obra mais digna de nota, não só por sua brevidade (menos da metade do tamanho da Bíblia C. O.) mas também por sua franqueza e pela mistura de autocomiseração e hipocrisia.

A introdução é um apelo óbvio aos soberanos agnósticos:

"Os homens, sem encontrar respostas para as *sunnan* [as 10 mil questões religiosas extraídas da Shariá], agora aplicam sua própria razão. Todos os homens buscam o esclarecimento. A religião é só a maneira mais antiga e honrada de os homens se esforçarem para entender o universo de Deus. Os cientistas buscam a legitimidade dos fatos. É tarefa da religião encaixar o homem nessa legitimidade".

Em sua conclusão, porém, os Comentários davam um tom mais duro, o que muito provavelmente vaticinou sua sina.

"Boa parte daquilo que chamávamos religião tinha uma atitude hostil e inconsciente em relação à vida. A verdadeira religião tem de ensinar que a vida está cheia de alegrias, que Deus as vê com bons olhos, que o conhecimento sem a ação é vazio. Todos os homens percebem que o ensino religioso pela regra e pela repetição é, em grande parte, um embuste. O ensinamento correto é reconhecido com facilidade. Sabe-se reconhecê-lo sem erro, porque ele desperta na pessoa aquela sensação de que é uma coisa que sempre se soube."

Foi uma estranha sensação de calma quando as prensas e os prelos de shigafio começaram a rodar e a Bíblia C. O. se espalhou pelos planetas. Houve quem interpretasse isso como um sinal de Deus, um presságio de unidade.

Mas até mesmo os representantes da CTE revelaram como essa calma era fictícia ao voltar para suas respectivas congregações. Dezoito deles foram linchados num intervalo de dois meses. Cinquenta e três se retrataram antes de um ano.

A Bíblia C. O. foi acusada de ser uma obra produzida pela "arrogância da razão". Disseram que suas páginas estavam cheias de um interesse sedutor pela lógica. Começaram a aparecer versões corrigidas que davam vazão à intolerância popular. Essas correções se apoiavam em símbolos aceitos (a cruz, o crescente, o chocalho emplumado, os doze santos, o Buda magro, e coisas do gênero), e logo ficou evidente que as crenças e superstições antigas *não* tinham sido absorvidas pelo novo ecumenismo.

O rótulo de Halloway para o esforço de sete anos da CTE – "Determinismo Galactofásico" – foi imediatamente aceito por bilhões de pessoas ansiosas, que interpretaram as iniciais D. G. como "Divina Gaitada".

O presidente da CTE, Toure Bomoko, ulemá dos zen-sunitas e um dos catorze representantes que nunca se retrataram (os "Catorze Sábios" da história popular), aparentemente admitiu, por fim, que a CTE havia errado.

"Não deveríamos ter tentado criar símbolos novos", disse. "Deveríamos ter percebido que não era para introduzirmos incertezas na crença já aceita, que não era para estimularmos a curiosidade em relação a Deus. Somos confrontados diariamente pela instabilidade apavorante de tudo que é humano, mas permitimos que nossas religiões fiquem mais rígidas e controladas, mais conformistas e opressoras. O que é essa sombra que atravessa a estrada do Mandamento Divino? É um alerta de que as instituições persistem, que os símbolos persistem quando seu sentido se perde, que não existe uma suma de todo o conhecimento obtenível."

A ambiguidade dolorosa dessa "admissão" não passou despercebida pelos críticos de Bomoko, que foi obrigado, logo depois, a fugir para o exílio, e sua vida passou a depender da promessa da Guilda de guardar sigilo. Dizem que morreu em Tupile, venerado e querido, e suas últimas palavras foram:

"É preciso que a religião continue a ser uma válvula de escape para as pessoas que dizem a si mesmas: 'Não sou o tipo de pessoa que quero ser'. Não pode jamais se degenerar num ajuntamento de pessoas satisfeitas consigo mesmas."

Faz bem pensar que Bomoko entendia o caráter profético de suas palavras: "As instituições persistem". Noventa gerações mais tarde, a Bíblia C. O. e os Comentários estavam difundidos por todo o universo religioso.

Quando Paul Muad'Dib estendeu sua mão direita sobre o santuário de pedra que encerrava o crânio de seu pai (a mão direita dos abençoados, e não a mão esquerda dos condenados), ele citou "O legado de Bomoko" palavra por palavra:

"Vocês que nos derrotaram dizem a si mesmos que a Babilônia tombou e suas obras foram derrubadas. Eu lhes digo que o homem ainda está em julgamento, cada homem em seu próprio banco dos réus. Cada homem é uma pequena guerra."

Os fremen diziam que Muad'Dib era como Abu Zide, cuja fragata desafiou a Guilda e um dia foi *lá* e voltou. *Lá*, quando empregado dessa maneira, traduz-se diretamente da mitologia fremen como a terra do espírito-ruh, o alam al-mithal em que todas as limitações são eliminadas.

É fácil ver o paralelo entre isso e o Kwisatz Haderach. O Kwisatz Haderach que a Irmandade B.G. procurava com seu programa de reprodução era interpretado como "o encurtamento do caminho" ou "aquele capaz de estar em dois lugares simultaneamente".

Mas é possível mostrar que essas duas interpretações derivam diretamente dos Comentários: "Quando a lei e o dever religioso são a mesma coisa, sua individualidade encerra o universo".

A respeito de si mesmo, Muad'Dib dizia:

"Sou uma rede no mar do tempo, livre para dragar o passado e o futuro. Sou uma membrana em movimento da qual nenhuma possibilidade consegue escapar."

Todos esses pensamentos são a mesma coisa e atentam para Kalima 22 na Bíblia C. O., onde se lê: "Quer ganhe voz ou não, o pensamento é uma coisa real e tem o poder da realidade".

É quando entramos nos comentários do próprio Muad'Dib em "Os Pilares do Universo", da maneira como são interpretados por seus sacerdotes, os Qizara Tafwid, que vemos quanto ele realmente devia à CTE e aos zen-sunitas fremen.

Muad'Dib: "A lei e o dever são a mesma coisa; que seja. Mas lembrem-se dessas limitações; assim nunca estarão totalmente conscientes de si mesmos. Assim continuarão imersos no tau coletivo. Assim serão sempre menos que um indivíduo".

Bíblia C. O.: redação idêntica (Revelações 61).

Muad'Dib: "A religião muitas vezes tem algo do mito do progresso que nos resguarda dos pavores de um futuro incerto".

Comentários da CTE: redação idêntica. (O Livro de Azhar atribui essa declaração ao autor religioso do século I, Neshou; por meio de uma paráfrase.)

Muad'Dib: "Se uma criança, um não iniciado, um ignorante ou um louco cria um problema, a falha é da autoridade que não previu nem impediu o problema".

Bíblia C. O.: "Todo pecado pode ser atribuído, ao menos em parte, a uma tendência natural para a maldade, que é um atenuante aceitável aos olhos de Deus". (O Livro de Azhar atribui isso à antiga Torá semítica.)

Muad'Dib: "Estende tua mão e come o que Deus te deu; e, quando estiveres satisfeito, louva o Senhor".

Bíblia C. O.: uma paráfrase de significado idêntico. (O Livro de Azhar atribui isso ao Primeiro Islã, numa forma ligeiramente diferente.)

Muad'Dib: "A bondade é o princípio da crueldade".

O Kitab al-Ibar dos fremen: "A opressão de um Deus bondoso é algo temível. Deus não nos deu o sol ardente (Al-Lat)? Deus não nos deu as Mães da Umidade (Reverendas Madres)? Deus não nos deu Shaitan (Íblis, Satã)? E não foi de Shaitan que ganhamos a perniciosidade da pressa?".

(Essa é a origem do ditado fremen: "A pressa vem de Shaitan". Pense: a cada cem unidades de calor geradas pelo exercício físico [pressa], o corpo evapora aproximadamente seis onças de suor. A palavra fremen para suor é bakka, ou lágrimas, e, numa das maneiras como é pronunciada, traduz-se como: "A essência da vida que Shaitan espreme de sua alma".)

O advento de Muad'Dib foi chamado de "religiosamente oportuno" por Koneywell, mas a oportunidade teve pouca coisa a ver com isso. Como o próprio Muad'Dib dizia: "Estou aqui; portanto...".

Contudo, é crucial para a compreensão do impacto religioso de Muad'Dib nunca perder de vista um fato: os fremen eram um povo do deserto acostumado a ambientes hostis durante toda a sua história. O misticismo não é difícil quando se sobrevive cada segundo superando uma hostilidade patente. "Você está ali; portanto...".

Com uma tradição como essa, o sofrimento é aceito – talvez como um castigo inconsciente, mas, ainda assim, aceito. E é bom ressaltar que o ritual fremen concede liberdade quase total em relação aos sentimentos de culpa. Não necessariamente porque, para eles, lei e religião eram idênticas, o que tornava a desobediência um pecado. Provavelmente seria mais correto dizer que eles expurgavam facilmente a culpa, porque sua existência cotidiana exigia julgamentos cruéis (e, muitas vezes, letais) que, numa terra mais branda, oprimiriam os homens com uma culpa insuportável.

Essa é, provavelmente, uma das origens da ênfase dos fremen na superstição (desconsiderando-se o auxílio da Missionaria Protectora). E daí que o silvo da areia é um presságio? E daí que é preciso fazer o sinal do punho quando se avista a Primeira Lua? A carne de um homem a ele pertence, mas sua água é da tribo – e o mistério da vida não é um problema a ser resolvido, e sim uma realidade a ser vivida. Os presságios ajudam a não esquecer isso. E, porque você está *aqui*, porque tem a religião, a vitória não escapará de suas mãos no final.

Como as Bene Gesserit já ensinavam havia séculos, muito antes de baterem de frente com os fremen:

"Quando a religião e a política viajam no mesmo carro, quando esse carro é conduzido por um homem santo vivo (baraka), nada é capaz de ficar em seu caminho."

Apêndice III: Relatório acerca dos motivos e propósitos das Bene Gesserit

Segue um excerto da suma preparada por seus próprios agentes, a pedido de lady Jéssica, logo após o Caso Arrakis. A franqueza deste relatório aumenta seu valor de maneira extraordinária.

Como as Bene Gesserit operaram durante séculos protegidas pelo anteparo de uma escola quase mística e, ao mesmo tempo, conduziram seu programa de reprodução seletiva dos seres humanos, nossa tendência é lhes conferir mais importância do que parecem merecer. A análise das "provas de fato" de seu julgamento no Caso Arrakis revela a profunda ignorância da escola no que concerne a seu próprio papel.

Pode-se argumentar que as Bene Gesserit só conseguiam examinar os fatos a sua disposição e que não tinham acesso direto ao profeta Muad'Dib. Mas a escola já tinha superado obstáculos maiores, e seu erro, neste caso, vai mais longe.

O programa das Bene Gesserit tinha como alvo o nascimento de uma pessoa que elas chamavam de "Kwisatz Haderach", uma expressão que significa "aquele capaz de estar em muitos lugares ao mesmo tempo". Em termos mais simples, o que procuravam era um ser humano com poderes mentais que lhes permitisse entender e usar dimensões de ordem mais elevada.

Estavam tentando gerar um super-Mentat, um computador humano com um pouco das habilidades prescientes encontradas nos navegadores da Guilda. Agora, preste muita atenção a estes fatos:

Muad'Dib, nascido Paul Atreides, era o filho do duque Leto, um homem cuja linhagem era observada cuidadosamente havia mais de mil anos. A mãe do profeta, lady Jéssica, era filha natural do barão Vladimir

Harkonnen e portadora de marcadores genéticos cuja importância suprema para o programa de reprodução era conhecida havia quase 2 mil anos. Ela era uma Bene Gesserit por criação e treinamento e *deveria ter sido um instrumento voluntário do projeto.*

Lady Jéssica recebeu ordens para produzir uma filha Atreides. O plano era promover o endocruzamento dessa filha com Feyd-Rautha Harkonnen, um sobrinho do barão Vladimir, sendo alta a probabilidade de nascer um Kwisatz Haderach dessa união. Em vez disso, por razões que ela confessa nunca terem ficado completamente claras nem para ela mesma, a concubina lady Jéssica desafiou as ordens que recebeu e deu à luz um filho homem.

Só isso já deveria ter alertado as Bene Gesserit para a possibilidade de uma variável imprevisível ter entrado no plano. Mas havia outras indicações muito mais importantes que elas praticamente ignoraram:

1. Ainda jovem, Paul Atreides demonstrou ser capaz de prever o futuro. Sabe-se que teve visões prescientes precisas e perspicazes, que desafiavam uma explicação quadridimensional.

2. A Reverenda Madre Gaius Helen Mohiam, a censora das Bene Gesserit que pôs à prova a humanidade de Paul quando ele tinha 15 anos, afirmou em depoimento que ele havia suportado, durante o teste, uma dor maior que qualquer outro ser humano na história. Contudo, ela não fez menção especial a esse fato em seu relatório!

3. Quando a família Atreides mudou-se para o planeta Arrakis, a população fremen de lá saudou o jovem Paul como profeta, "a voz do mundo exterior". As Bene Gesserit sabiam muito bem que os rigores de um planeta como Arrakis, com sua paisagem totalmente desértica, sua absoluta falta de água ao ar livre, sua ênfase nas necessidades mais primordiais para a sobrevivência, produzem inevitavelmente uma proporção elevada de sensitivos. E, no entanto, essa reação dos fremen e o elemento óbvio que era a dieta arrakina rica em especiaria foram minimizados pelas observadoras das Bene Gesserit.

4. Quando os Harkonnen e os fanáticos-soldados do imperador padixá reocuparam Arrakis, matando o pai de Paul e a maior parte dos soldados Atreides, Paul e sua mãe desapareceram. Mas, quase de imediato, houve relatos a respeito de um novo líder religioso entre os fremen, um homem chamado Muad'Dib, a quem, mais uma vez, saudaram como "a voz

do mundo exterior". Os relatórios afirmam, com toda a clareza, que ele era acompanhado por uma nova Reverenda Madre do Rito das Sayyadina, que também era "a mãe que o dera à luz". Os registros disponíveis às Bene Gesserit diziam claramente que as lendas fremen sobre o profeta encerravam estas palavras: "Ele nascerá de uma bruxa Bene Gesserit".

(Neste ponto, pode-se argumentar que as Bene Gesserit mandaram sua Missionaria Protectora a Arrakis séculos antes para implantar algo semelhante a essa lenda como salvaguarda caso integrantes da escola se vissem presas ali e precisassem de asilo, e que era melhor ignorar essa lenda da "voz do mundo exterior", pois parecia ser o típico estratagema das Bene Gesserit. Mas isso só seria verdade se admitíssemos que as Bene Gesserit estavam certas ao ignorar as outras pistas a respeito de Paul Muad'Dib.)

5. Quando o Caso Arrakis começou a ferver, a Guilda Espacial fez algumas ofertas às Bene Gesserit. A Guilda deu a entender que seus navegadores, que usam a droga feita com a especiaria de Arrakis para produzir a presciência limitada necessária para conduzir as espaçonaves através do vazio, estavam "incomodados com o futuro" ou viram "problemas no horizonte". Isso só podia significar que viram um nexo, um ponto de encontro de incontáveis decisões delicadas, para além das quais o caminho se escondia do olho presciente. Era uma indicação clara de que alguém estava interferindo com dimensões de ordem superior!

(Algumas Bene Gesserit sabiam, havia tempos, que a Guilda não era capaz de interferir diretamente na fonte vital da especiaria, pois os navegadores da Guilda já estavam lidando, a sua própria maneira inepta, com dimensões de ordem superior, pelo menos a ponto de reconhecer que o menor passo em falso em Arrakis poderia ser catastrófico. Era fato conhecido que os navegadores da Guilda não conseguiam prever uma maneira de controlar a especiaria sem produzir exatamente esse nexo. A conclusão óbvia era a de que alguém dotado de poderes de ordem superior passou a controlar a fonte da especiaria e, mesmo assim, as Bene Gesserit simplesmente não viram isso!)

Frente a esses fatos, chega-se à conclusão inescapável de que a ineficiência das Bene Gesserit nesse caso foi produto de um plano de ordem ainda mais elevada que elas desconheciam por completo!

Apêndice IV: O almanaque en-Ashraf (Trechos seletos das Casas Nobres)

SHADDAM IV (10.134-10.202)
O imperador padixá, o octogésimo primeiro de sua estirpe (Casa Corrino) a ocupar o Trono do Leão Dourado, reinou de 10.156 (ano em que seu pai, Elrood IX, sucumbiu ao chaumurky) até ser substituído pela Regência de 10.196, entregue a sua filha mais velha, Irulan. Seu reinado se destaca principalmente pela Revolta de Arrakis, que muitos historiadores atribuem à licenciosidade de Shaddam IV com as festas da Corte e a pompa do cargo. O número de bursegs foi duplicado nos primeiros dezesseis anos de seu reinado. A verba para o treinamento dos Sardaukar foi reduzida constantemente nos trinta anos anteriores à Revolta de Arrakis. Teve cinco filhas (Irulan, Chalice, Wensicia, Josifa e Rugi) e nenhum filho homem legítimo. Quatro de suas filhas o acompanharam em sua aposentadoria. Sua esposa, Anirul, uma Bene Gesserit de Grau Secreto, morreu em 10.176.

LETO ATREIDES (10.140-10.191)
Primo por parte de mãe dos Corrino, ele costuma ser chamado de o Duque Vermelho. A Casa Atreides governou Caladan como seu feudo-siridar durante vinte gerações, até ser pressionada a se mudar para Arrakis. É conhecido principalmente como o pai do duque Paul Muad'Dib, o regente umma. Os restos mortais do duque Leto ficam na Tumba do Crânio em Arrakis. Sua morte é atribuída à traição de um médico Suk, a mando do barão-siridar Vladimir Harkonnen.

LADY JÉSSICA (Atreides hon.) (10.154-10.256)
Filha natural (menção das Bene Gesserit) do barão-siridar Vladimir Harkonnen. Mãe do duque Paul Muad'Dib. Formou-se na Escola B. G. em Wallach IX.

LADY ALIA ATREIDES (10.191-)
Filha legítima do duque Leto Atreides e de sua concubina formal, lady Jéssica. Lady Alia nasceu em Arrakis, cerca de oito meses após a morte do duque Leto. A exposição pré-natal a um narcótico de espectro perceptivo geralmente é a razão apresentada para que as Bene Gesserit se refiram a ela como a "Amaldiçoada". Na história popular, é conhecida como Santa Alia, ou Santa Alia da Faca (*cf.* história detalhada em "Santa Alia: caçadora de um bilhão de mundos", de Pander Oulson).

VLADIMIR HARKONNEN (10.110-10.193)
Comumente chamado de barão Harkonnen, seu título oficial é barão-siridar (governador planetário). Vladimir Harkonnen é o descendente masculino em linha direta do bashar Abulurd Harkonnen, banido por covardia após a Batalha de Corrin. A volta da Casa Harkonnen ao poder costuma ser atribuída à manipulação sagaz do mercado de pele de baleia e, posteriormente, à consolidação com a abundância de mélange em Arrakis. O barão-siridar morreu em Arrakis durante a Revolta. O título passou brevemente ao na-barão Feyd-Rautha Harkonnen.

CONDE HASIMIR FENRING (10.133-10.225)
Um primo por parte de mãe da Casa Corrino, foi companheiro de infância de Shaddam IV. (A História Pirata de Corrino, muitas vezes desacreditada, traz o relato curioso de que Fenring teria sido o responsável pelo chaumurky que deu fim a Elrood IX.) Todas as narrativas concordam que Fenring era o amigo mais próximo de Shaddam IV. Entre as tarefas imperiais realizadas pelo conde Fenring estava a de Agente Imperial em Arrakis durante o regime Harkonnen e, mais tarde, Siridar-Absentia de Caladan. Juntou-se a Shaddam IV quando este se recolheu a Salusa Secundus.

CONDE GLOSSU RABBAN (10.132-10.193)
Glossu Rabban, conde de Lankiveil, era o sobrinho mais velho de Vladimir Harkonnen. Glossu Rabban e Feyd-Rautha Rabban (que adotou o sobrenome Harkonnen ao ser escolhido para integrar a casa do barão-siridar) eram filhos legítimos do hemi-irmão caçula do barão-siridar, Abulurd, que renunciou ao nome Harkonnen e a todos os direitos ao título ao receber o governo do subdistrito de Rabban-Lankiveil. Rabban era o sobrenome do lado materno.

Terminologia do Imperium

No estudo do Imperium, de Arrakis e de toda a cultura que produziu Muad'Dib, ocorrem muitos termos incomuns. Melhorar a compreensão é um objetivo louvável, daí as definições e explicações fornecidas a seguir.

A

ABA: manto folgado usado pelas mulheres fremen; geralmente na cor preta.

ABISMO DE PÓ: qualquer fenda ou depressão profunda no deserto de Arrakis que foi preenchida com pó e não aparenta ser diferente da superfície circundante; uma armadilha mortal, pois seres humanos e animais afundam no abismo e morrem sufocados (*veja-se* bacia de maré-poeira).

ACH: virar à esquerda; comando para o piloto de verme.

AÇO-LISO: qualquer arma branca de lâmina curta e fina (muitas vezes com a ponta envenenada) para ser usada com a mão esquerda no combate com escudos.

AÇOPLÁS: aço estabilizado com fibras de estravídio introduzidas em sua estrutura cristalina.

ADAB: a lembrança exigente que se manifesta por conta própria.

A.G.: empregado ao lado de uma data, significa "antes da Guilda" e identifica o sistema de datação imperial, fundamentado na gênese do monopólio da Guilda Espacial.

ÁGUA DA VIDA: um veneno "de iluminação" (*veja-se* Reverenda Madre). Especificamente, a exalação líquida de um verme da areia (*veja-se* Shai-hulud), produzida no momento de sua morte por afogamento, e que é transformada dentro do corpo de uma Reverenda Madre para se tornar o narcótico empregado na orgia tauística do sietch. Um narcótico de "espectro perceptivo".

AKARSO: planta natural de Sikun (de 70 Ophiuchi A), caracterizada por folhas quase oblongas. Suas listas verdes e brancas indicam a condição múltipla e constante de regiões paralelas de clorofila ativa e dormente.

AL-LAT: o sol original da humanidade; por extensão de sentido: a estrela primária de qualquer planeta.

ALAM AL-MITHAL: o mundo místico das similitudes, onde todas as limitações físicas são eliminadas.

ALTO CONSELHO: o círculo interno do Landsraad, que tem o poder de agir como tribunal supremo nas disputas entre as Casas.

AMPOLIROS: o lendário "Holandês Voador" do espaço.

AMTAL OU LEI DE AMTAL: uma lei comum em planetas primitivos, segundo a qual coloca-se uma coisa à prova para determinar seus limites e defeitos. Comumente: testar até a destruição.

AQL: o teste da razão. Originariamente, as "Sete Perguntas Místicas", que começam com "Quem é que pensa?".

AREIA DE PERCUSSÃO: compactação da areia de tal maneira que qualquer golpe repentino em sua superfície produz um som percussivo distinto.

ARENEIRO-MESTRE: superintendente geral das operações especieiras.

ARMALÊS: projetor laser de onda contínua. Seu emprego como arma é limitado numa cultura de escudos geradores de campos, por causa da pirotecnia explosiva (tecnicamente, uma fusão subatômica) criada quando seu raio encontra um escudo.

ARRAKINA: primeira povoação em Arrakis; sede de longa data do governo planetário.

ARRAKIS: o planeta conhecido como Duna; terceiro planeta de Canopus.

ARROZ-PUNDI: arroz modificado cujos grãos, ricos em açúcar natural, chegam a quatro centímetros de comprimento; principal produto de exportação de Caladan.

ASSEMBLEIA: distinta de uma Assembleia do Conselho. É uma convocação formal dos líderes fremen para testemunhar um combate que irá determinar a liderança da tribo. (A Assembleia do Conselho é uma reunião para se chegar a decisões que envolvem todas as tribos.)

ATORDOADOR: arma de projéteis de carga lenta que atira um dardo drogado ou envenenado. A eficácia é limitada pelas variações nas configurações dos escudos e pelo movimento relativo entre o alvo e o projétil.

AULIYA: na religião dos Peregrinos Zen-sunitas, a mulher à esquerda de Deus; a criada de Deus.

AUMAS: veneno administrado à comida (especificamente, veneno na comida sólida). Em alguns dialetos, chaumas.

AYAT: os sinais da vida (*veja-se* burhan).

B

B.G.: acrônimo para Bene Gesserit.

BACIA DE MARÉ-POEIRA: qualquer uma das depressões de grande extensão na superfície de Arrakis que foram preenchidas com poeira no decorrer dos séculos e nas quais foram mensuradas verdadeiras marés de poeira (*veja-se* maré de areia).

BACLAVÁ: um pastel indigesto feito com xarope de tâmaras.

BAKKA: nas lendas fremen, o pranteador que chora por toda a humanidade.

BALISET: um instrumento musical de nove cordas, a ser dedilhado, descendente direto da zithra e afinado na escala chusuk. Instrumento preferido dos trovadores imperiais.

BARAKA: homem santo vivo, dotado de poderes mágicos.

BASHAR (GERALMENTE, BASHAR CORONEL): um oficial dos Sardaukar, uma fração acima de coronel na classificação militar padrão. Patente criada para o governante militar de um subdistrito planetário (bashar da corporação é um título de uso estritamente militar).

BEDUIM: *veja-se* Ichuan Beduim.

BELA TEGEUSE: quinto planeta de Kuentsing; terceira parada da migração forçada dos zen-sunitas (fremen).

BENE GESSERIT: antiga escola de treinamento físico e mental para alunas do sexo feminino, fundada depois que o Jihad Butleriano destruiu as chamadas "máquinas pensantes" e os robôs.

BHOTANI JIB: *veja-se* chakobsa.

BI-LA KAIFA: amém (literalmente: "Nada mais precisa ser explicado").

BÍBLIA CATÓLICA DE ORANGE: o "Livro Reunido", o texto religioso produzido pela Comissão de Tradutores Ecumênicos. Contém elementos de religiões antiquíssimas, entre elas o saari maometano, o cristianismo maaiana, o catolicismo zen-sunita e as tradições budislâmicas. Considera-se como seu mandamento supremo: "Não desfigurarás a alma".

BIBLIOFILME: qualquer impressão de shigafio utilizada no treinamento que encerre um pulso mnemônico.

BINDU: relacionada ao sistema nervoso humano, em especial ao treinamento dos nervos. Muitas vezes mencionada como inervação-bindu (*veja-se* prana).

BLED: deserto plano e aberto.
BOLSAS COLETORAS: qualquer uma das bolsas de um trajestilador onde a água é recolhida e armazenada.
BROQUEL GRADEX: um separador eletrolítico usado para remover a areia da massa pré-especiaria; um aparelho do segundo estágio do refinamento da especiaria.
BURHAN: a prova da vida (comumente, os ayat e a burhan da vida; *veja-se* ayat).
BURKA: manto dotado de isolamento térmico, usado pelos fremen no deserto aberto.
BURSEG: um general que comanda os Sardaukar.

C

CAÇADOR-BUSCADOR: um fragmento voraz de metal sustentado por suspensores e teleguiado, tal qual uma arma, por um console controlador situado nas proximidades; dispositivo comum de assassínio.
CAID: patente de oficial Sardaukar concedida a um oficial militar cujos deveres exigem principalmente o trato com civis; governador militar de todo um distrito planetário; acima da patente de bashar, mas não idêntico a burseg.
CALADAN: terceiro planeta de Delta Pavonis; planeta natal de Paul Muad'Dib.
CALDEIRA: em Arrakis, qualquer região baixa ou depressão criada pelo afundamento do complexo subterrâneo subjacente. (Nos planetas com água suficiente, uma caldeira indica uma região antes coberta por água ao ar livre. Acredita-se que Arrakis tenha pelo menos uma dessas áreas, apesar de ainda se discutir esse assunto.)
CALECHE: uma aeronave, o burro de carga aéreo de Arrakis, utilizado para transportar equipamentos de grande porte para a mineração, busca e refinamento da especiaria.
CANTO E RESPONDU: um rito de invocação, parte da panoplía propheticus da Missionaria Protectora.
CAPTADOR DE VENTO: um aparelho instalado na trajetória dos ventos predominantes e capaz de condensar a umidade do ar aprisionado em seu interior, geralmente por meio de uma queda nítida e brusca da temperatura dentro do captador.

CASA: expressão idiomática para o Clã Governante de um planeta ou sistema planetário.

CASAS MAIORES: detentores de feudos planetários; empresários interplanetários (*veja-se* Casa).

CASAS MENORES: classe empresarial restrita a um planeta (em galach: "richece").

CATÁLOGO DE CRUZAMENTOS: o registro principal que as Bene Gesserit mantêm de seu programa de reprodução humana, voltado para a produção do Kwisatz Haderach.

CENSORA SUPERIORA: uma Reverenda Madre Bene Gesserit que também é a diretora regional de uma Escola B.G. (comumente: Bene Gesserit dotada de Visão).

CHAKOBSA: a chamada "língua ímã", derivada em parte do antigo bhotani (bhotani jib, sendo que jib significa dialeto). Uma série de dialetos antigos modificados pela necessidade de manter sigilo, mas sobretudo a língua de caça dos bhotani, os matadores de aluguel da primeira Guerra de Assassinos.

CHAUMAS (AUMAS EM ALGUNS DIALETOS): veneno no alimento sólido, distinto dos venenos administrados de outras maneiras.

CHAUMURKY (MUSKY OU MURKY EM ALGUNS DIALETOS): veneno administrado à bebida.

CHEREM: uma irmandade unida pelo ódio (geralmente para obter vingança).

CHOAM: acrônimo para Consórcio Honnête Ober Advancer Mercantiles, a empresa de desenvolvimento universal controlada pelo imperador e pelas Casas Maiores, tendo a Guilda e as Bene Gesserit como sócios comanditários.

CHUSUK: quarto planeta de Theta Shalish; o chamado "Planeta da Música", famoso pela qualidade de seus instrumentos musicais (*veja-se* Varota).

CIÉLAGO: qualquer um dos quirópteros modificados de Arrakis, adaptados para transportar mensagens distrans.

CIPÓ-TINTA: uma trepadeira natural de Giedi Primo, geralmente usada como chicote nos fossos de escravos. As vítimas ficam marcadas por tatuagens cor de beterraba que irão provocar dor residual durante muitos anos.

COISAS MISTERIOSAS: expressão idiomática para superstições infecciosas ensinadas pela Missionaria Protectora a civilizações suscetíveis.

COLETORES DE ORVALHO OU CONDENSADORES DE ORVALHO: não confundi-los com os colhedores de orvalho. Os coletores ou condensadores são aparelhos ovais com cerca de quatro centímetros em seu eixo maior. São feitos de cromoplástico, que assume uma cor branca e refletora quando submetido à luz e volta a ficar transparente no escuro. O coletor forma uma superfície distintamente fria, sobre a qual o orvalho da manhã se condensa. São usados pelos fremen para forrar depressões côncavas de plantio, onde fornecem uma fonte pequena, mas confiável, de água.

COLHEDORES DE ORVALHO: operários que ceifam o orvalho das plantas de Arrakis, usando um ceifador de orvalho semelhante a uma foice.

COLHEITADEIRA OU USINA-COLHEITADEIRA: uma máquina de mineração de especiaria de grande porte (geralmente, 120 por 40 metros), empregada comumente em afloramentos ricos em mélange não contaminado. (Geralmente chamada de "lagarta", devido ao corpo insetoide que se move sobre esteiras independentes.)

CONDICIONAMENTO IMPERIAL: uma invenção das Escolas de Medicina Suk; o condicionamento supremo para não tirar a vida humana. Os iniciados são marcados com uma tatuagem em forma de diamante na testa e têm permissão para usar os cabelos compridos e presos por um anel de prata Suk.

CONDUTOR DE ESPECIARIA: qualquer duneiro que controla e dirige máquinas móveis pela superfície desértica de Arrakis.

CONE DE SILÊNCIO: campo de um distorcedor que limita o poder de projeção da voz ou de qualquer outro vibrador, amortecendo as vibrações com uma vibração especular, 180 graus fora de fase.

CONSCIÊNCIA PIRÉTICA: a chamada "consciência de fogo"; o nível inibitório afetado pelo condicionamento imperial (*veja-se* condicionamento imperial).

CORIOLIS, TEMPESTADE DE: qualquer grande tempestade de areia em Arrakis, onde os ventos, nas planícies desprotegidas, são amplificados pelo movimento de rotação do próprio planeta e atingem velocidades de até setecentos quilômetros por hora.

CORRIN, BATALHA DE: a batalha espacial que deu nome à Casa Imperial Corrino. A batalha travada perto de Sigma Draconis no ano 88 a.G. estabeleceu a superioridade da Casa governante de Salusa Secundus.

CRIADOR: *veja-se* Shai-hulud.

CRIADORZINHO: o vetor meio vegetal, meio animal do verme da areia de Arrakis. Os excrementos do criadorzinho formam a massa pré-especiaria.

D

DAGACRIS: a faca sagrada dos fremen de Arrakis. É manufaturada em duas formas, a partir dos dentes retirados de carcaças de vermes da areia. As duas formas são a "estável" e a "instável". Uma faca instável precisa ser mantida perto do campo elétrico de um corpo humano para não se desintegrar. As facas estáveis são tratadas para que possam ser armazenadas. Todas têm cerca de vinte centímetros de comprimento.

DAR AL-HIKMAN: escola de tradução ou interpretação religiosa.

DERCH: virar à direita; comando para o piloto de verme.

DESAFIO TAHADDI: desafio fremen para o combate até a morte, geralmente para colocar à prova uma questão primordial.

DICTUM FAMILIA: a lei da Grande Convenção que proíbe que se mate uma pessoa da realeza ou membro de uma Casa Maior por traição informal. A lei estabelece o programa formal e limita os métodos dos assassinos.

DISTRANS: um aparelho que produz uma impressão neural temporária no sistema nervoso de quirópteros ou aves. A voz normal da criatura passa a portar a impressão da mensagem, que pode ser separada da onda portadora por um outro distrans.

DOUTRINA BENE GESSERIT: emprego das minúcias da observação.

DROGA DE ELACCA: narcótico formado com a queima da madeira de veios sanguíneos da elacca de Ecaz. Seu efeito é remover a maior parte do desejo de autopreservação. A pele dos drogados apresenta uma cor laranja característica, como a da cenoura. Usada comumente com o intuito de preparar os gladiadores escravos para a arena.

DUNEIROS: expressão idiomática para operários do deserto aberto, caçadores de especiaria e outros do gênero em Arrakis. Areneiros. Especieiros.

E

ECAZ: quarto planeta de Alpha Centauri B; o paraíso dos escultores, chamado assim por ser o planeta natal do *pau-névoa*, o vegetal que pode ser modelado *in situ* exclusivamente com a força do pensamento humano.

EFEITO HOLTZMAN: o efeito repelente negativo de um gerador de escudo.

EGOCÓPIA: retrato reproduzido por meio de um projetor de shigafio, capaz de reproduzir movimentos discretos que, segundo dizem, transmitem a essência do ego.

EL-SAYAL: a "chuva de areia". Uma precipitação de pó carreado a altitudes médias (cerca de dois mil metros) por uma tempestade de Coriolis. El-sayal costuma trazer a umidade para o nível do solo.

ERG: uma área extensa de dunas, um mar de areia.

ESCUDO DEFENSIVO: o campo protetor produzido por um gerador de Holtzman. Esse campo deriva da Primeira Fase do efeito anulador-suspensor. O escudo permite somente a entrada de objetos que se movem a baixas velocidades (dependendo da configuração, essa velocidade varia de seis a nove centímetros por segundo) e só pode ser curto-circuitado por um campo elétrico enorme (*veja-se* armalês).

ESMAGADORES: naus militares espaciais, compostas de muitas naus menores engatadas, projetadas para cair em cima de uma posição inimiga e esmagá-la.

ESPECIARIA: *veja-se* mélange.

ESPÍRITO-RUH: segundo a crença fremen, a parte do indivíduo que está radicada no mundo metafísico e é capaz de percebê-lo (*veja-se* alam al-mithal).

F

FAI: o tributo d'água, o principal tipo de imposto em Arrakis.

FARDO D'ÁGUA: no idioma fremen, uma dívida de gratidão extrema.

FAREJADOR DE VENENOS: analisador de radiações dentro do espectro olfativo, ajustado para detectar substâncias venenosas.

FAUFRELUCHES: a rígida lei de distinção de classes imposta pelo Imperium. "Um lugar para todo homem, e todo homem em seu lugar."

FECHADURA PALMAR: qualquer fechadura ou lacre que se pode abrir ao contato da palma da mão humana com a qual foi fechada.

FEDAYKIN: os comandos suicidas dos fremen; historicamente, um grupo formado com a intenção de – e comprometido a – dar a vida para reparar uma injustiça.

FIBRA DE KRIMSKELL OU CORDA DE KRIMSKELL: a "fibra tenaz", tecida com filamentos da trepadeira hufuf de Ecaz. Quando as pontas da laçada são puxadas, os nós de krimskell apertam como tenazes, cada vez mais, até atingir os limites preestabelecidos (um estudo mais pormenorizado encontra-se em *As trepadeiras estranguladoras de Ecaz*, de Holjance Vohnbrook).

FILME MINIMICRO: shigafio com um mícron de diâmetro, geralmente usado para transmitir dados de espionagem e contraespionagem.

FILTROBS: uma unidade filtradora nasal usada em conjunto com um trajestilador para capturar a umidade exalada na respiração.

FIQH: conhecimento, lei religiosa; uma das origens quase lendárias da religião dos Peregrinos Zen-sunitas.

FORAFREYN: palavra galach para "imediatamente de fora", ou seja, que não faz parte de sua comunidade imediata, que não é um dos escolhidos.

FRAGATA: a maior espaçonave capaz de pousar num planeta e dali decolar intacta.

FREMEN: as tribos livres de Arrakis, habitantes do deserto, remanescentes dos Peregrinos Zen-sunitas ("piratas da areia", de acordo com o Dicionário Imperial).

FREMKIT: kit de sobrevivência no deserto de fabricação fremen.

G

GALACH: idioma oficial do Imperium. É um híbrido angloeslávico, com traços fortes de língua de cultura especializada, adotados durante a longa sucessão de migrações humanas.

GAMONT: terceiro planeta de Niushe; destaca-se por sua cultura hedonista e práticas sexuais exóticas.

GANCHEIRO: um fremen munido de ganchos de criador, preparados para apanhar um verme da areia.

GANCHOS DE CRIADOR: os ganchos usados para capturar, montar e pilotar um verme da areia de Arrakis.

GARE: meseta.

GEYRAT: seguir em frente; comando para o piloto de verme.

GHAFLA: entregar-se a distrações. Por conseguinte, uma pessoa volúvel, indigna de confiança.

GHANIMA: uma coisa adquirida em batalha ou combate singular. Comumente, um suvenir do combate, guardado apenas para estimular a memória.

GIEDI PRIMO: o planeta de Ophiuchi B (36), terra natal da Casa Harkonnen. Um planeta de viabilidade mediana, com um espectro fotossinteticamente ativo reduzido.

GINAZ, CASA DOS: antigos aliados do duque Leto Atreides. Foram derrotados na Guerra de Assassinos travada com Grumman.

GIUDICHAR: uma verdade sagrada (comumente encontrada na expressão "giudichar mantene": uma verdade original e sustentadora).

GOM JABBAR: o inimigo despótico; a agulha inoculadora específica, envenenada com metacianureto e usada pelas censoras Bene Gesserit no teste que coloca à prova a percepção humana e tem, como alternativa, a morte.

GRABEN: uma fossa geológica extensa, formada com o afundamento do solo por causa de movimentos nas camadas subjacentes da crosta do planeta.

GRANDE CONVENÇÃO: a trégua universal imposta pelo equilíbrio de poder mantido pela Guilda, as Casas Maiores e o Imperium. Sua principal lei proíbe o uso de armas atômicas contra alvos humanos. Todas as leis da Grande Convenção começam com: "As formalidades precisam ser obedecidas...".

GRANDE MÃE: a deusa de cornos, o princípio feminino do espaço (comumente, Espaço Mãe), a face feminina da trindade masculina-feminina-neutra, aceita como Ser Supremo por muitas religiões do Imperium.

GRANDE REBELIÃO: termo comum para o Jihad Butleriano (*veja-se* Jihad Butleriano).

GRUMMAN: segundo planeta de Niushe, famoso principalmente pela rixa de sua Casa regente (Moritani) com a Casa Ginaz.

GUERRA DE ASSASSINOS: a forma limitada de guerra permitida pela Grande Convenção e pela Paz da Guilda. O objetivo é reduzir o envolvimento de espectadores inocentes. As regras prescrevem declarações formais de intenção e restringem as armas permissíveis.

GUILDA ESPACIAL (OU, SIMPLESMENTE, GUILDA): uma das pernas do tripé político que sustenta a Grande Convenção. A Guilda foi a segunda escola de treinamento físico-mental (*veja-se* Bene Gesserit) a surgir depois do Jihad Butleriano. O monopólio da Guilda sobre o transporte e as viagens espaciais, bem como sobre o sistema bancário internacional, é considerado o marco zero do Calendário Imperial.

H

HAGAL: o "Planeta das Joias" (Theta Shaowei II), minerado à época de Shaddam I.

HAIIIII-YOH!: ordem para agir; comando para o piloto de verme.

HAJJ: jornada sagrada.

HAJR: jornada pelo deserto, migração.

HAJRA: jornada de busca.

HAL YAWM: "Agora! Enfim!", uma exclamação fremen.

HARMONTHEP: é o nome que Ingsley dá ao planeta que serviu como a sexta parada da migração zen-sunita. Supõe-se que tenha sido um satélite de Delta Pavonis que já não existe mais.

HEMI-IRMÃOS: filhos homens de concubinas da mesma casa que têm seguramente o mesmo pai.

HIDRODISCIPLINA: o duro treinamento que prepara os habitantes de Arrakis para a vida no planeta sem desperdiçar a umidade do corpo.

HIDROFICHAS: anéis de metal de tamanhos variados, cada qual designando uma quantidade específica de água descontável das reservas dos fremen. As hidrofichas têm uma importância profunda (que ultrapassa a ideia de dinheiro), principalmente nos rituais de nascimento, morte e corte.

HIDROMESTRE: um fremen encarregado de cuidar da água e da Água da Vida, consagrado às obrigações cerimoniais que as envolvem.

HIDROTUBO: qualquer tubo no interior de um trajestilador ou de uma tendestiladora que transporta a água reaproveitada para uma bolsa coletora ou de uma bolsa coletora para o usuário.

HIEREG: acampamento temporário dos fremen no deserto aberto.

I

IBAD, OLHOS DOS: efeito característico de uma dieta rica em mélange; o branco dos olhos e as pupilas assumem uma cor azul intensa (o que indica uma forte dependência do mélange).

IBN QIRTAIBA: "Assim dizem as palavras sagradas...". Introdução formal dos encantamentos religiosos dos fremen (derivada da panoplía propheticus).

ICHUAN BEDUIM: a irmandade que reúne todos os fremen de Arrakis.

IJAZ: profecia que, por sua própria natureza, não pode ser contestada; profecia inimitável.

IKHUT-EIGH!: pregão do vendedor de água em Arrakis (etimologia incerta). *Veja-se* Suu-Suu Suuk!

ILM: teologia; ciência da tradição religiosa; uma das origens quase lendárias da religião dos Peregrinos Zen-sunitas.

ISTISLÁ: uma lei que promove o bem-estar de todos; geralmente um prólogo para uma necessidade cruel.

IX: *veja-se* Richese.

J

JIHAD: uma cruzada religiosa; cruzada fanática.

JIHAD BUTLERIANO: (*veja-se também* Grande Rebelião) a cruzada contra os computadores, máquinas pensantes e robôs conscientes, iniciada em 201 a.G. e concluída em 108 a.G. Seu principal mandamento continua na Bíblia C. O.: "Não criarás uma máquina para imitar a mente humana".

JUIZ DA TRANSIÇÃO: um funcionário designado pelo Alto Conselho do Landsraad e pelo imperador para supervisionar uma mudança de suserania, uma negociação da kanly ou uma batalha formal numa Guerra de Assassinos. A autoridade de árbitro do juiz só pode ser contestada diante do Alto Conselho com o imperador presente.

K

KANLY: rixa ou vendeta formal submetida às leis da Grande Convenção e levada avante de acordo com as mais severas restrições (*veja-se*

Juiz da Transição). Originariamente, as leis foram criadas para proteger espectadores inocentes.

KARAMA: um milagre; uma ação iniciada pelo mundo espiritual.

KHALA: invocação tradicional para aplacar os espíritos zangados de um lugar cujo nome foi mencionado.

KINDJAL: espada curta (ou faca comprida) de fio duplo, com cerca de vinte centímetros de lâmina ligeiramente recurva.

KISWA: qualquer figura ou desenho extraído da mitologia fremen.

KITAB AL-IBAR: um misto de guia de sobrevivência e manual religioso desenvolvido pelos fremen em Arrakis.

KULL WAHAD!: "Estou profundamente comovido!". Uma exclamação sincera de surpresa, comum no Imperium. A interpretação exata depende do contexto (dizem que Muad'Dib, certa vez, viu um filhote de gavião-do-deserto sair do ovo e murmurou: "Kull wahad!").

KULON: jumento selvagem das estepes asiáticas da Terra, adaptado a Arrakis.

KWISATZ HADERACH: "encurtamento do caminho". É o nome dado pelas Bene Gesserit à incógnita para a qual elas procuram uma solução genética: a versão masculina de uma Bene Gesserit, cujos poderes mentais e orgânicos viriam a unir o espaço e o tempo.

L

LA, LA, LA: grito de pesar dos fremen ("la" pode ser traduzido como a negação suprema, um "não" que não permite recurso).

LAGARTA DE AREIA: termo genérico para as máquinas projetadas para operar na superfície de Arrakis, caçando e coletando o mélange.

LEGIÃO IMPERIAL: dez brigadas (cerca de 30 mil homens).

LENÇO NEZHONI: o lenço almofadado usado na testa, sob o gorro do trajestilador, pelas mulheres fremen casadas, ou "associadas", após o nascimento de um filho homem.

LENTES DE ÓLEO: óleo de hufuf mantido em tensão estática por um campo de força envolvente, dentro de um tubo de observação, como parte de um sistema de ampliação ou manipulação da luz. Como podem ser ajustadas individualmente um mícron por vez, as lentes de óleo são consideradas as mais precisas para a manipulação da luz visível.

LIBAN: o liban dos fremen é uma infusão de água de especiaria e farinha de iúca. Originariamente, uma bebida feita de leite azedo.

LÍNGUA DE BATALHA: qualquer idioma especial de etimologia restrita, desenvolvido para a comunicação inequívoca na guerra.

LISAN AL-GAIB: "A Voz do Mundo Exterior". Nas lendas messiânicas dos fremen, um profeta de outro planeta. Traduzido às vezes como "Doador da Água" (*veja-se* Mahdi).

LITROFÃO: recipiente de um litro para o transporte de água em Arrakis; feito de plástico de alta densidade e inquebrável, dotado de lacre hermético.

LIVRE-CAMBISTAS: expressão idiomática para contrabandistas.

LIXEIRAS: termo genérico para qualquer contêiner de formato irregular, equipado com superfícies de ablação e amortecedores baseados em suspensores. São usadas para despejar materiais na superfície de um planeta desde o espaço.

LUCIGLOBO: dispositivo de iluminação sustentado por suspensores que tem fornecimento de energia próprio (geralmente baterias orgânicas).

M

MAHDI: nas lendas messiânicas dos fremen, "Aquele que Nos Levará ao Paraíso".

MANTENE: sabedoria subjacente, argumento de sustentação, princípio primeiro (*veja-se* Giudichar).

MANTO JUBBA: o manto multiuso (pode ser ajustado para refletir ou absorver o calor radiante, converte-se numa rede ou num abrigo), comumente usado por cima de um trajestilador em Arrakis.

MANUAL DOS ASSASSINOS: compilação, do séc. III, de venenos comumente usados numa Guerra de Assassinos. Ampliada posteriormente para incluir os dispositivos letais permitidos pela Paz da Guilda e a Grande Convenção.

MAPA DAS PIAS: mapa da superfície de Arrakis que traça as rotas mais confiáveis, determinadas por uma parabússola, entre um refúgio e outro (*veja-se* parabússola).

MARÉ DE AREIA: expressão idiomática que indica uma maré de poeira: a variação no nível de certas bacias preenchidas com poeira em

Arrakis, graças a efeitos gravitacionais do sol e dos satélites (*veja-se* bacia de maré-poeira).

MARTELADOR: estaca curta com uma matraca de mola numa das extremidades. Função: ser enterrado na areia e começar a "martelar" para chamar shai-hulud (*veja-se* ganchos de criador).

MASSA PRÉ-ESPECIARIA: o estágio de crescimento fungoide desenfreado obtido quando os excrementos dos criadorzinhos são encharcados com água. Nesse estágio, a especiaria de Arrakis forma uma "explosão" característica, trocando o material das profundezas subterrâneas pela matéria da superfície logo acima. Essa massa, depois de exposta ao sol e ao ar, torna-se o mélange *(veja-se também* mélange e Água da Vida).

MAULA: escravo.

MÉLANGE: a "especiaria das especiarias", o produto que tem em Arrakis sua única fonte. A especiaria, célebre principalmente por suas características geriátricas, causa dependência moderada quando ingerida em pequenas quantidades, e dependência grave quando sorvida em quantidades superiores a dois gramas diárias a cada setenta quilos de peso corporal (*veja-se* Ibad, Água da Vida e massa pré-especiaria). Muad'Dib alegava que a especiaria era a chave de seus poderes proféticos. Os navegadores da Guilda faziam afirmações semelhantes. O preço do mélange no mercado imperial chegou a 620 mil solaris o decagrama.

MENTAT: a classe de cidadãos imperiais treinados para realizar feitos supremos de lógica. "Computadores humanos".

METALEQUE: metal formado pelo crescimento de cristais de jásmio no interior do duralumínio; destaca-se por sua extrema força elástica em relação ao peso. O nome é derivado de seu uso corriqueiro em estruturas dobráveis que se abrem "em leque".

METAVIDRO: vidro produzido como uma infusão gasosa de alta temperatura dentro de folhas do quartzo de jásmio. Famoso por sua extrema força elástica (por volta de 450 mil quilogramas por centímetro quadrado à espessura de 2 centímetros) e capacidade como filtro seletivo de radiação.

MIHNA: a época de colocar à prova os fremen jovens que desejam ser aceitos como homens adultos.

MISH-MISH: damascos.

MISR: o termo que os zen-sunitas (fremen) usam historicamente para se referir a si mesmos: "o Povo".

MISSIONARIA PROTECTORA: o braço da ordem Bene Gesserit encarregado de semear superstições contagiantes em mundos primitivos, expondo-os, portanto, à exploração por parte das Bene Gesserit (*veja-se* panoplía propheticus).

MONITOR: uma nau de guerra espacial em dez seções, equipada com blindagem pesada e protegida por escudos. Foi projetada para se separar em suas seções componentes durante a decolagem, após uma aterrissagem planetária.

MONITOR CLIMÁTICO: uma pessoa treinada nos métodos especiais de se prever o tempo em Arrakis, entre eles o posteamento da areia e a interpretação dos padrões dos ventos.

MONTARENADOR: termo fremen para alguém capaz de capturar e montar um verme da areia.

MU ZEIN WALLÁ!: mu zein significa, literalmente, "nada de bom", e wallá é uma partícula exclamativa e reflexiva de terminação. Nessa introdução tradicional a uma maldição fremen, lançada sobre um inimigo, wallá devolve a ênfase às palavras mu e zein, produzindo o significado: "nada de bom, nunca é bom, bom para nada".

MUAD'DIB: o rato-canguru adaptado a Arrakis, uma criatura associada, na mitologia fremen do espírito da terra, a um desenho visível na face da segunda lua do planeta. Essa criatura é admirada pelos fremen por sua habilidade de sobreviver no deserto aberto.

MUDIR NAHYA: o nome fremen para o Bruto Rabban (conde Rabban de Lankiveil), o primo Harkonnen que foi governador-siridar de Arrakis durantes muitos anos. O nome costuma ser traduzido como "Rei Demônio".

MURALHA-ESCUDO: um acidente geográfico montanhoso nos confins setentrionais de Arrakis, que protege uma pequena área da força total das tempestades de Coriolis do planeta.

MUSHTAMAL: um pequeno anexo ou pátio ajardinado.

MUSKY: veneno na bebida (*veja-se* chaumurky).

N

NA-: um prefixo que significa "nomeado" ou "sucessor". Portanto: na--barão significa herdeiro legitimário de um baronato.

NAIB: alguém que jurou nunca ser capturado vivo pelo inimigo; juramento tradicional de um líder fremen.

NOUKKERS: oficiais do corpo de guarda-costas imperiais que têm laços de parentesco com o imperador. Patente tradicional dos filhos das concubinas reais.

O

ORNITÓPTERO (COMUMENTE, TÓPTERO): qualquer aeronave capaz de voo sustentado por meio do bater de asas, como fazem as aves.

P

PANOPLÍA PROPHETICUS: termo que abrange as superstições contagiantes usadas pelas Bene Gesserit para explorar regiões primitivas (*veja-se* Missionaria Protectora).

PAQUETE: principal cargueiro do sistema de transporte da Guilda Espacial.

PARABÚSSOLA: qualquer bússola que determina a direção por meio de anomalias magnéticas localizadas; utilizada onde existem mapas relevantes à disposição e onde o campo magnético total de um planeta é instável ou costuma ser mascarado por fortes tempestades magnéticas.

PENTAESCUDO: um campo gerador de escudo em cinco camadas, adequado para áreas pequenas, como vãos de portas ou passagens (os escudos grandes de reforço ficam mais instáveis a cada camada adicional), e praticamente intransponível para quem não estiver usando um dissimulador sintonizado aos códigos do escudo (*veja-se* porta dos prudentes).

PEONES (SING. PEOM): camponeses ou trabalhadores restritos a um planeta, uma das classes basais do sistema das faufreluches. Legalmente: a guarda do planeta.

PIA: uma área de terras baixas e habitáveis em Arrakis, cercada por terras altas, que a protegem das tempestades predominantes.

PILAR DE FOGO: um pirofoguete simples que serve de sinalizador no deserto aberto.

PIROPALA: uma das raras joias opalinas de Hagal.

PISTOLA DE TINGIBARA: um pulverizador de carga eletrostática desenvolvido em Arrakis para deixar uma grande marca de tinta na areia.

PISTOLA MAULA: arma de ação por mola que dispara dardos envenenados; alcance aproximado de quarenta metros.

PLATIBANDA: segundo nível superior dos penhascos protetores da Muralha-Escudo de Arrakis (*veja-se* Muralha-Escudo).

PLENISCENTA: uma flor verde e exótica de Ecaz, célebre por seu aroma doce.

PORITRIN: terceiro planeta de Épsilon Alangue, considerado por muitos Peregrinos Zen-sunitas como seu planeta de origem, apesar de certas pistas em seu idioma e sua mitologia indicarem raízes planetárias muito mais antigas.

PORTA DOS PRUDENTES OU BARREIRA DOS PRUDENTES (NO VERNÁCULO: PORTAPRU OU BARRAPRU): qualquer pentaescudo localizado de tal maneira a deixar escapar determinadas pessoas em condições de perseguição (*veja-se* pentaescudo).

PORTOGAIS (SING. PORTOGAL): laranjas.

POSTEAR A AREIA: a arte de colocar postes de plástico e fibra nos ermos do deserto aberto de Arrakis e interpretar os padrões gravados nos postes pelas tempestades de areia como pistas para a previsão do tempo.

PRANA (MUSCULATURA-PRANA): os músculos do corpo quando considerados como unidades para o treinamento supremo (*veja-se* bindu).

PRIMANES: relações de parentesco para além de primos.

PRIMEIRA LUA: o principal satélite natural de Arrakis, a primeira a nascer à noite; destaca-se por apresentar o desenho distinto de um punho humano em sua superfície.

PROCÈS-VERBAL: um relatório semiformal que denuncia um crime contra o Imperium. Legalmente, uma ação que se situa entre uma alegação verbal imprecisa e uma acusação formal de crime.

PROCLAMADORA DA VERDADE: uma Reverenda Madre qualificada a entrar no transe da verdade e detectar a falta de sinceridade ou a mentira.

Q

QANAT: um canal a céu aberto para o transporte de água de irrigação em condições controladas através de um deserto.

QIRTAIBA: *veja-se* Ibn Qirtaiba.

QIZARA TAFWID: sacerdotes fremen (após Muad'Dib).

QUÉOPS: xadrez piramidal; xadrez em nove níveis, com o duplo objetivo de colocar a rainha no ápice e o rei do oponente em cheque.

R

RACHAG: um estimulante cafeínico extraído das bagas amarelas do akarso (*veja-se* akarso).

RADIOFRESA: versão de curto alcance de uma armalês, utilizada principalmente como ferramenta de corte e bisturi cirúrgico.

RAMADÃ: período religioso antigo, marcado pelo jejum e a oração; tradicionalmente, o nono mês do calendário lunissolar. Os fremen fixam o costume de acordo com a nona passagem da primeira lua pelo meridiano do lugar.

RAZIA: um ataque guerrilheiro de caráter quase pirático.

RECATAS: tubos fisiológicos que ligam o sistema excretor humano aos filtros recicladores de um trajestilador.

REPAKIT: artigos essenciais para reparar e repor um trajestilador.

RESPIRARENADOR: aparelho respirador que bombeia o ar da superfície para dentro de uma tendestiladora coberta de areia.

REVERENDA MADRE: originariamente, uma censora das Bene Gesserit, alguém que já transformou um "veneno de iluminação" dentro de seu corpo, elevando-se a um estado superior de percepção. Título adotado pelos fremen para suas próprias líderes religiosas que chegaram a uma "iluminação" semelhante (*veja-se também* Bene Gesserit e Água da Vida).

RICHESE: quarto planeta de Eridani A, classificado, juntamente com Ix, como o suprassumo da cultura das máquinas. Célebre pela miniaturização. (Pode-se encontrar um estudo mais pormenorizado de como Richese e Ix escaparam aos efeitos mais graves do Jihad Butleriano em *O último jihad*, de Sumer e Kautman.)

S

SADUS: juízes. O título fremen se refere a juízes sagrados, equivalentes a santos.

SALUSA SECUNDUS: terceiro planeta de Gama Waiping; designado como planeta-prisão do imperador após a remoção da Corte Real para Kaitain. Salusa Secundus é o planeta natal da Casa Corrino e a segunda parada na migração dos Peregrinos Zen-sunitas. A tradição fremen afirma que eles foram escravos em S. S. durante nove gerações.

SAPHO: líquido energético extraído de raízes de taipa provenientes de Ecaz. Usado comumente pelos Mentats, que lhe atribuem a capacidade de ampliar os poderes mentais. Os usuários desenvolvem manchas de cor rubi na boca e nos lábios.

SARDAUKAR: os fanáticos-soldados do imperador padixá. Eram homens criados num ambiente de tamanha ferocidade que 6 em cada 13 pessoas morriam antes de chegar aos 13 anos de idade. Seu treinamento militar enfatizava a desumanidade e uma desconsideração quase suicida pela segurança pessoal. Eram ensinados desde a infância a usar a crueldade como arma-padrão, enfraquecendo os oponentes com o terror. No auge de sua hegemonia sobre o universo, dizia-se que sua habilidade com a espada se equiparava à dos Ginaz de décimo nível e que sua astúcia no combate corpo a corpo seria quase equivalente à de uma iniciada Bene Gesserit. Qualquer um deles era considerado páreo para os recrutas normais das forças armadas do Landsraad. À época de Shaddam IV, apesar de ainda serem formidáveis, sua força tinha sido minada pelo excesso de confiança, e a mística que nutria sua religião guerreira havia sido profundamente solapada pelo ceticismo.

SARFA: o ato de dar as costas a Deus.

SAYYADINA: acólito do sexo feminino na hierarquia religiosa dos fremen.

SCHLAG: animal natural de Tupile que quase foi caçado até a extinção por causa de seu couro resistente e fino.

SEGUNDA LUA: o menor dos dois satélites naturais de Arrakis, digno de nota pela figura do rato-canguru que aparece em sua superfície.

SELAMLIK: sala de audiências imperial.

SEMUTA: o segundo derivado narcótico (por extração cristalina) das cinzas da madeira de elacca. O efeito (descrito como um êxtase intemporal e ininterrupto) é evocado por certas vibrações atonais chamadas de música da semuta.

SERVÓGIO: mecanismo dotado de temporizador para realizar tarefas simples; um dos aparelhos de "automação" limitada permitidos após o Jihad Butleriano.

SHADOUT: "aquela que retira a água do poço", um título honorífico dos fremen.

SHÁ-NAMA: o quase lendário Livro Primeiro dos Peregrinos Zen-sunitas.

SHAI-HULUD: o verme da areia de Arrakis, o "Velho do Deserto", o "Velho Pai Eternidade" e o "Avô do Deserto". É significativo que o nome, quando pronunciado com uma certa entonação ou escrito com iniciais maiúsculas, designe a divindade da terra nas superstições domésticas dos fremen. Os vermes da areia ficam enormes (já foram avistados espécimes com mais de quatrocentos metros de comprimento nas profundezas do deserto) e chegam a idades muito avançadas, a menos que sejam mortos por outro verme ou afogados em água, que é um veneno para eles. Atribui-se a existência da maior parte da areia de Arrakis à ação dos vermes (*veja-se* criadorzinho).

SHAITAN: Satã.

SHARIÁ: a parte da panoplía propheticus que descreve o ritual supersticioso (*veja-se* Missionaria Protectora).

SHIGAFIO: extrusão metálica de uma planta rastejante (*Narvi narviium*) que só cresce em Salusa Secundus e Delta Kaising III. Destaca-se por sua extrema força elástica.

SIETCH: na língua fremen, "lugar de reunião em tempos perigosos". Como os fremen viveram tanto tempo em perigo, o termo veio a designar, por extensão de sentido, qualquer caverna labiríntica habitada por uma de suas comunidades tribais.

SIHAYA: na língua fremen, a primavera do deserto, com insinuações religiosas que implicam o tempo da fertilidade e "o paraíso que ainda virá".

SIRAT: o trecho da Bíblia C. O. que descreve a vida humana como uma jornada através de uma ponte estreita (a sirat), com "o paraíso à direita, o inferno à esquerda, e o Anjo da Morte atrás".

SOLARI: unidade monetária oficial do Imperium, seu poder de compra foi estabelecido em negociações quadricentenárias entre a Guilda, o Landsraad e o imperador.

SOLIDOGRAFIA: a imagem tridimensional que sai de um projetor solidográfico, que utiliza sinais de referência em 360 graus impressos num rolo de shigafio. Os projetores solidográficos ixianos costumam ser considerados os melhores.

SONDAGI: a tulipa filicópsida de Tupali.

SORTILÉGIOS, DOS: expressão idomática; aquilo que tem algo de misticismo ou bruxaria.

SUBAKH UL KUHAR: "Como está?". Cumprimento fremen.

SUBAKH UN NAR: "Estou bem, e você?". Resposta tradicional a um cumprimento fremen.

SUSPENSÃO BINDU: uma forma especial de catalepsia autoinduzida.

SUSPENSOR: fase secundária (baixo consumo) de um gerador de campo de Holtzman. Anula a gravidade dentro de certos limites prescritos pelo consumo relativo de massa e energia.

SUU-SUU SUUK!: pregão dos vendedores de água em Arrakis. Suuk é um mercado (*veja-se* ikhut-eigh!)

T

TAHADDI AL-BURHAN: um teste supremo para o qual não cabe recurso (geralmente porque ele leva à morte ou à destruição).

TAQWA: literalmente, "o preço da liberdade". Uma coisa de grande valor. Aquilo que uma divindade exige de um mortal (e o medo provocado por essa exigência).

TAU, O: na terminologia fremen, a unidade da comunidade sietch, ampliada pela dieta baseada em especiaria e, principalmente, a orgia tau de unidade evocada pela ingestão da Água da Vida.

TENDESTILADORA: recinto pequeno e lacrável de tecido em microssanduíche, projetado para reaproveitar, na forma de água potável, a umidade ambiente liberada dentro dela pela respiração de seus ocupantes.

T-P: expressão idiomática para telepatia.

TESTE-MASHAD: qualquer teste no qual a honra (definida como prestígio espiritual) está em jogo.

TLEILAX: planeta solitário de Thalim, célebre como centro de treinamento renegado para Mentats; origem dos Mentats deturpados.

TRAJESTILADOR: roupa que envolve o corpo todo, inventada em Arrakis. Seu tecido é um microssanduíche com as funções de dissipar o calor e filtrar os dejetos do corpo. A umidade reaproveitada torna-se disponível por meio de um tubo que vem de bolsas coletoras.

TRANSE DA VERDADE: transe semi-hipnótico induzido por um dentre vários narcóticos de "espectro perceptivo", no qual as pequenas inconfidências da mentira deliberada ficam aparentes para a observadora em transe. (Obs.: os narcóticos de "espectro perceptivo" costumam ser fatais, exceto para indivíduos insensibilizados, capazes de mudar a configuração do veneno em seus próprios corpos.)

TRANSPORTE DE TROPAS: qualquer nave da Guilda projetada especificamente para transportar tropas de um planeta a outro.

TREINAMENTO: quando aplicado às Bene Gesserit, este termo comum assume um significado especial, referindo-se ao condicionamento de nervos e músculos (*vejam-se* bindu e prana) elevado ao último grau permitido pelas funções naturais.

TRILHARENADOR: qualquer fremen treinado para sobreviver no deserto aberto.

TRIPÉ DA MORTE: originariamente, o tripé no qual os executores do deserto enforcavam suas vítimas. Por extensão de sentido: os três membros de um cherem que juraram a mesma vingança.

TUPILE: o chamado "planeta santuário" (provavelmente vários planetas) para as Casas derrotadas do Imperium. Sua(s) localização(ões) é (são) conhecida(s) apenas pela Guilda e guardada(s) como segredo inviolável sob os termos da Paz da Guilda.

U

ULEMÁ: um doutor em teologia entre os zen-sunitas.

UMMA: alguém que pertence à irmandade dos profetas (no Imperium, termo desdenhoso que indica qualquer pessoa "desvairada" e dada a fazer predições fanáticas).

UROSHNOR: um dos diversos sons desprovidos de sentido que as Bene Gesserit implantam nas psiques de vítimas seletas a fim de controlá-las. A pessoa sensibilizada, ao ouvir o som, fica temporariamente imobilizada.

USINA DE ESPECIARIA: *veja-se* lagarta de areia.
USUL: no idioma fremen, "a base da coluna".

V

VAROTA: famoso fabricante de balisets; natural de Chusuk.
VEDA-PORTAS: um lacre plástico, hermético e portátil usado para manter a hidrossegurança nas cavernas em que os fremen acampam durante o dia.
VENENO RESIDUAL: uma inovação atribuída ao Mentat Piter de Vries, por meio da qual o corpo é impregnado com uma substância que exige a aplicação repetida de antídotos. A remoção do antídoto a qualquer momento causa a morte.
VERITÉ: um dos narcóticos de Ecaz que destroem a vontade. Torna uma pessoa incapaz de mentir.
VERME DA AREIA: *veja-se* Shai-hulud.
VIGIA CONTROLE: o ornitóptero leve, num grupo de caçadores de especiaria, encarregado de controlar a vigilância e a proteção.
VOZ: o treinamento combinado, criado pelas Bene Gesserit, que permite à iniciada controlar outras pessoas usando apenas certas nuances de tom de voz.

W

WALI: um fremen jovem ainda não colocado à prova.
WALLACH IX: nono planeta de Laoujin, sede da Escola Mãe das Bene Gesserit.

Y

YA HYA CHOUHADA: "Longa vida aos guerreiros!". Grito de guerra dos Fedaykin. Ya (agora), nesse grito, é amplificado pela forma hya (o agora que se prolonga na eternidade). Chouhada (guerreiros) traz o sentido adicional de lutar contra a injustiça. Há nessa palavra uma distinção que especifica que os guerreiros não lutam por qualquer coisa, e sim que foram consagrados a lutar contra uma coisa específica e exclusiva.

YA! YA! YAWM!: cadência dos cânticos fremen, usada em momentos de profundo significado ritualístico. Ya tem o significado original de "Agora preste atenção!". A forma yawm é um termo modificado que exige proximidade urgente. O canto costuma ser traduzido como "Agora, ouça isto!".

YALI: os aposentos pessoais de um fremen no sietch.

Z

ZEN-SUNITAS: seguidores de uma seita cismática que se desviou dos ensinamentos de Maomé (o chamado "Terceiro Muhammad") por volta de 1381 a.G. A religião zen-sunita destaca-se principalmente por sua ênfase no misticismo e por um retorno aos "costumes dos antepassados". A maioria dos estudiosos nomeia Ali Ben Ohashi como o líder do cisma original, mas há indícios de que Ohashi pode ter sido meramente o porta-voz masculino de sua segunda esposa, Nisai.

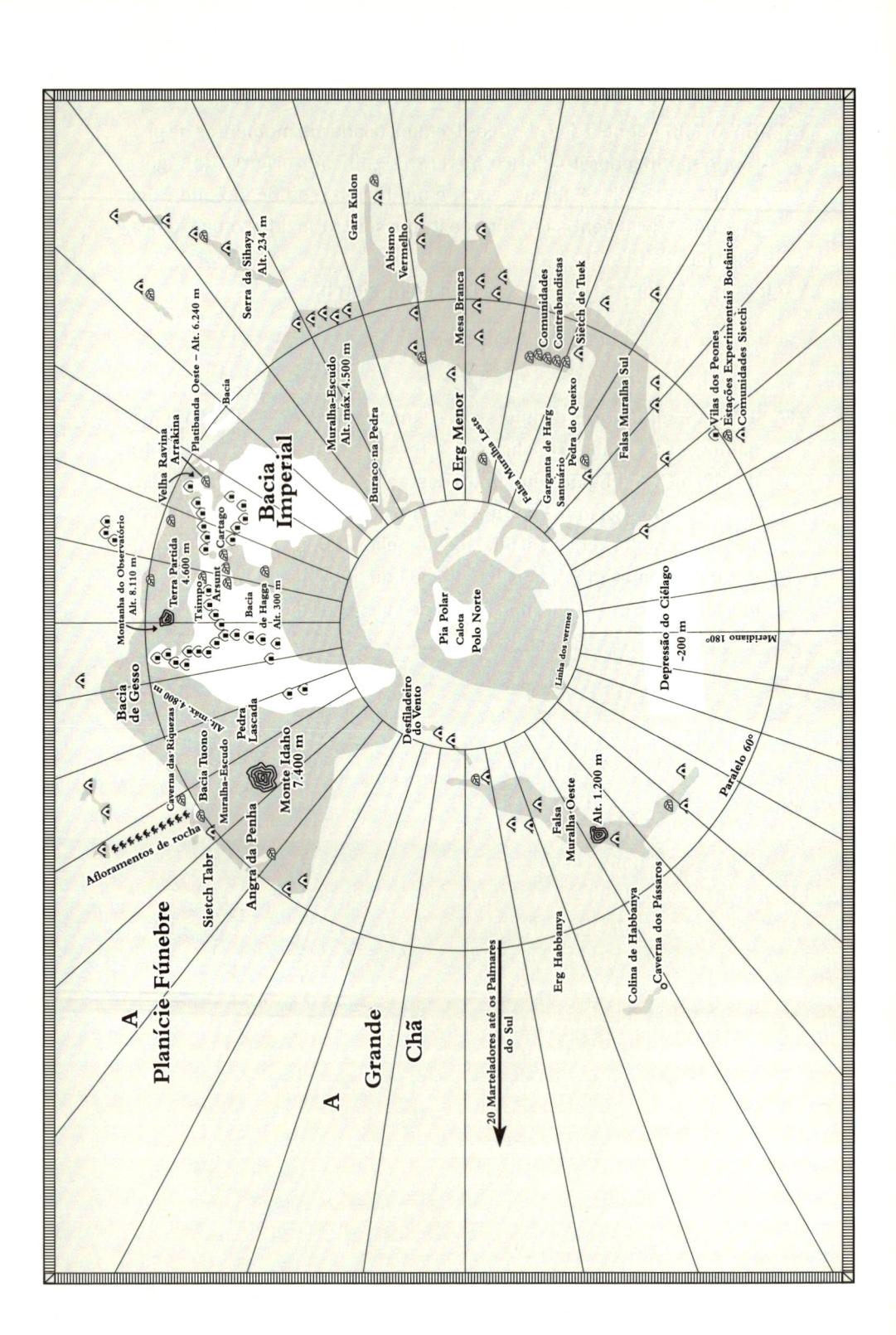

A Planície Fúnebre

- Serra da Sihaya — Alt. 6.240 m
- Gara Kulon
- Abismo Vermelho
- Mesa Branca
- Comunidades Contrabandistas
- Sietch de Tuek
- Platibanda Oeste – Alt. 6.240 m
- Bacia
- Muralha-Escudo Alt. máx. 4.500 m
- Buraco na Pedra
- Falsa Muralha Leste
- Garganta de Harg
- Santuário Pedra do Queixo
- Falsa Muralha Sul
- Vilas dos Peones
- ⓔ Estações Experimentais Botânicas
- △ Comunidades Sietch
- Velha Ravina Arrakina
- Bacia Imperial
- Cartago
- Terra Parida 4.600 m
- Tsimpo
- Arsunt
- Bacia de Hagga Alt. 300 m
- Montanha do Observatório Alt. 8.110 m
- Bacia de Gesso Alt. máx. 4.800 m
- Caverna das Riquezas
- Bacia Tuono
- Muralha-Escudo
- Pedra Lascada
- Monte Idaho 7.400 m
- Afloramentos de rocha
- Sietch Tabr
- Angra da Penha
- Pia Polar Calota Polo Norte
- Linha dos vermes
- Desfiladeiro do Vento
- Depressão do Ciélago -200 m
- Meridiano 180°
- Paralelo 60°
- Falsa Muralha-Oeste
- Alt. 1.200 m
- Erg Habbanya
- Colina de Habbanya
- Caverna dos Pássaros
- O Erg Menor
- 20 Marteladores até os Palmares do Sul
- A Grande Chã

Notas cartográficas

BASE PARA A LATITUDE: meridiano que cruza a Montanha do Observatório.
REFERÊNCIA PARA A DETERMINAÇÃO DA ALTITUDE: o Grande Bled.
PIA POLAR: 500 metros abaixo do nível do bled.

CARTAGO: cerca de 200 quilômetros a nordeste de Arrakina.
CAVERNA DOS PÁSSAROS: na Colina de Habbanya.
PLANÍCIE FÚNEBRE: erg aberto.
GRANDE BLED: deserto plano e aberto, diferente da área de dunas e ergs. O deserto aberto vai de aproximadamente 60° Norte a 70° Sul. Em grande parte areia e pedra, com afloramentos ocasionais do complexo subterrâneo.
GRANDE CHÃ: uma depressão rochosa e aberta que se mistura ao erg. Fica cerca de 100 metros acima do bled. Em algum ponto da chã fica a caldeira de sal descoberta por Pardot Kynes (pai de Liet-Kynes). Existem afloramentos rochosos que chegam a 200 metros de altura entre o Sietch Tabr e as comunidades sietch indicadas, ao sul.
GARGANTA DE HARG: o santuário do crânio de Leto fica acima dessa garganta.
VELHA RAVINA: uma fenda na Muralha-Escudo de Arrakina que desce até os 2.240 metros; destruída por Paul Muad'Dib.
PALMARES DO SUL: não aparecem neste mapa. Ficam aproximadamente a 40° de latitude Sul.
ABISMO VERMELHO: 1.582 metros abaixo do nível do bled.
PLATIBANDA OESTE: um escarpamento elevado (4.600 metros) que se ergue da Muralha-Escudo de Arrakina.
DESFILADEIRO DO VENTO: emparedado por penhascos, abre-se para as vilas das pias.
LINHA DOS VERMES: indica os pontos mais ao norte onde foram registrados vermes. (A umidade, e não o frio, é o fator determinante.)

Sobre o autor

Franklin Patrick Herbert Jr. nasceu em Tacoma, Washington. Trabalhou nas mais diversas áreas – operador de câmera de TV, comentarista de rádio, pescador de ostras, instrutor de sobrevivência na selva, psicólogo, professor de escrita criativa, jornalista e editor de vários jornais – antes de se tornar escritor em tempo integral. Em 1952, publicou seu primeiro conto de ficção, "Looking For Something?", na revista *Startling Stories*, mas a consagração ocorreu apenas em 1965, com a publicação de *Duna*. Herbert também escreveu mais de vinte outros títulos, incluindo *The Jesus Incident* e *Destination: Void*, antes de falecer em 1986.

TIPOGRAFIA:
Domaine [texto e entretítulos]

PAPEL:
Pólen soft 80g/m² [miolo]
Couché fosco 150g/m² [revestimento da capa]
Offset 150g/m² [guardas]

IMPRESSÃO:
Ipsis Gráfica e Editora [outubro de 2021]

1ª EDIÇÃO:
novembro de 2015 [5 reimpressões]

2ª EDIÇÃO:
abril de 2017 [10 reimpressões]